LE PETIT SECRET DE LUNA

www.editionsbookmark.com

Mariana Zapata

LE PETIT SECRET DE LUNA

Traduit de l'anglais par

Alma Tully

Infinity

Collection Infinity est un label appartenant aux éditions Bookmark.

Ceci est une œuvre de fiction. Les noms, les personnages, les lieux et les faits décrits ne sont que le produit de l'imagination de l'auteur, ou utilisés de façon fictive. Toute ressemblance avec des personnes ayant réellement existé, vivantes ou décédées, des établissements commerciaux, des événements ou des lieux ne serait que le fruit d'une coïncidence.

Edition originale américaine parue sous le titre : Luna and the Lie

Traduction © Alma Tully
Suivi éditorial © Lorraine Cocquelin
Correction © Emmanuelle Raux
Maquette © Gabe Reyes
Illustration de la couverture © Okay Création

ISBN: 9791038118133
Existe en format numérique

www.editionsbookmark.com

En mémoire de ma tante Evi
Avec mon amour éternel

Chapitre 1

— Putain, Luna !

Entendre cette exclamation me força à entrouvrir une paupière.

Mais c'est la voix basse et profonde qui venait de la prononcer qui me poussa à diriger mon regard vers l'homme qui se tenait à trois mètres de moi.

Celui qui avait les mains sur les hanches et fronçait les sourcils.

À cause de moi.

Si je devais *deviner* ce qui me valait l'honneur de cette grimace mécontente, j'aurais dit que c'était parce que j'avais les yeux fermés depuis… vingt minutes, d'après un bref coup d'œil vers ma fidèle montre G-Shock.

De qui je me moque ? J'aurais pu *parier* tout ce que j'avais que c'était exactement ça, la raison.

Quand je l'avais vu ce matin, penché sur le capot ouvert d'un pick-up de la GMC[1] datant des années cinquante, un bout de son tee-shirt de compression blanc dépassant de sous son bleu de travail, j'avais compris qu'il était déjà de mauvaise humeur. Non pas que quiconque soit de bonne humeur un vendredi matin, mais… si l'homme qui me fixait d'un regard noir portait du blanc, c'est qu'il était de mauvaise humeur. C'était un fait.

---

1 General Motor Truck Company, autrefois connue sous le nom de GMC Truck, est une branche du groupe américain General Motors centrée sur les véhicules de service et de transport. (NdT)

Ça n'avait sûrement pas aidé que, lorsque je lui avais apporté sa tasse de café ce matin-là et qu'il m'avait demandé «Tu as décidé ?», j'aie donné la même réponse que chaque fois qu'il avait posé cette question par le passé et que chaque fois qu'il le ferait à l'avenir :

— Euh… *non.*

Franchement, il aurait dû s'y attendre, vu que c'était à peu près la sept centième fois qu'il me le demandait et qu'il obtenait le même refus. Pourtant, même après tout ce temps, ça continuait de l'agacer.

Et même si ce n'était pas complètement inhabituel pour mon patron – enfin, l'un des deux, pour être précise – de dire «Putain, Luna !», ce n'était pas non plus fréquent. Je n'aimais pas m'attirer des ennuis. Mes amis m'avaient dit plus d'une fois que j'étais allergique au fait d'énerver ou de décevoir les gens. C'était une malédiction dont je n'avais pas encore réussi à me débarrasser, malgré toutes les fois où cela m'avait porté préjudice.

Je ne pus m'empêcher de décocher un sourire à l'homme qui avait les mains sur les hanches et les sourcils froncés. J'hésitai à lui adresser un clin d'œil, parce que je savais à quel point ça l'agaçait, mais je renonçai. Après tout, c'était un jour à tee-shirt blanc et je préférais conserver mon énergie puisqu'il me restait au moins huit heures de boulot avant de pouvoir rentrer chez moi pour le week-end.

— Oui ? répondis-je à son «Putain, Luna !».

Je n'allais pas demander ce que j'avais fait. Je n'avais rien fait de mal en fermant les yeux quelques minutes…

… techniquement, du moins.

Ripley plissa les yeux, parvenant à se concentrer uniquement sur moi, ignorant les sept autres employés à plein temps assis dans la salle de pause où avaient lieu nos réunions hebdomadaires du vendredi. À neuf heures du matin, soit deux heures après le début de ma journée de travail, tous les employés de *Cooper's Collision and Customs* dodelinaient de la tête en écoutant nos patrons discuter des projets à venir, de ceux en cours, de l'avancement de chacun, des problèmes ou doléances, ou encore se prendre la tête sur qui abusait du désodorisant dans les toilettes…

Ce n'était pas franchement marrant ni un secret pour personne que nous subissions cette réunion uniquement parce que nous étions payés pour ça. C'était déjà assez difficile de rester éveillé le matin, quel que soit le jour de la semaine, mais en plus, le vendredi, à quelques heures seulement du week-end et avec la chaleur corporelle de tous les employés réunis dans une petite salle ? Il était impossible de ne *pas* fermer les yeux.

C'est sûr, veiller jusqu'à minuit passé la veille pour regarder un film d'horreur avec Lily n'avait pas aidé, mais, quand elle me l'avait proposé, je n'avais pas pu lui dire non. Le temps qu'il nous restait à passer ensemble filait à la vitesse de la lumière et je savais que je regretterais un jour de ne pas avoir profité de la moindre opportunité de passer du temps avec elle. J'avais appris cette leçon avec mes deux autres sœurs.

Malgré tout, j'étais à peu près sûre que l'homme qui me fixait d'un regard noir à ce moment-là ne savait rien de tout ça et s'en foutait royalement, et ses mots suivants le confirmèrent.

— Est-ce qu'on n'a pas déjà parlé des siestes pendant les réunions ? m'interrogea Ripley avec son accent traînant, d'un ton qui n'était pas franchement gentil.

Comme jamais, en fait.

Je gardai un œil sur lui sans bouger de la position dans laquelle j'étais quand il m'avait interpellée : avachie sur la table, le menton appuyé sur ma paume. Au lieu d'avoir les deux yeux fermés cependant, j'en gardai un ouvert et, sans cesser de sourire, je lui donnai la réponse attendue :

— Oui, on en a parlé, répondis-je avant d'ajouter, au cas où il aurait oublié ce qu'il m'avait dit : Tu m'as dit de ne pas le faire.

C'était le cas. «*Luna, tu dois arrêter de pioncer pendant ces foutues réunions. Si tu veux faire une sieste, tu attends de rentrer chez toi dans huit heures, O.K. ?*» Nous avions eu cette conversation aussi bien en privé qu'en présence de M. Cooper – l'homme qui m'avait engagée, qui était mon patron et le propriétaire originel de *Cooper's Collision and Customs,* et son copropriétaire depuis trois ans.

J'avais bien reçu le message et l'avais respecté.

Mon patron, enfin celui qui me regardait en fronçant les sourcils, n'eut aucune réaction. Il ne cligna même pas des yeux en m'entendant confirmer ce que nous savions tous les deux.

— Oui. C'est exactement ce que j'ai dit.

Juste à côté de lui, M. Cooper toussota, mais ne se joignit pas à la conversation. Je ne le pris pas personnellement. J'avais surpris suffisamment de leurs disputes pour savoir qu'il leur avait fallu un certain temps pour en arriver à ce stade de leur relation : celui où ils n'étaient pas d'accord, mais ne se bouffaient pas le nez devant nous. J'étais à peu près sûre de ne pas être la seule à ne pas regretter cette période de nos vies à *CCC*. Pendant quelque temps, nous étions tous devenus maîtres dans l'art de rester assis, aussi immobiles que possible, et de regarder le mur en faisant comme si nous n'étions pas là.

J'avais même obtenu ma thèse dans cette technique, depuis le temps.

— … Et personne n'est payé à faire la sieste pendant les réunions, termina Rip, les mains toujours sur les hanches, comme si ce qu'il disait ne tenait pas du simple bon sens.

Ce visage sévère, toujours renfrogné, parvint à ajouter un «même pas toi» silencieux à la fin de la phrase, comme si je m'attendais à un traitement de faveur.

Ce n'était pas le cas et cela ne l'avait jamais été, malgré tout ce qu'il pouvait penser quand il était de mauvaise humeur. Ce «même pas toi» ne pouvait être que… *moi.* L'employée qui arrivait plus tôt que tous les autres, restait plus tard aussi, et n'avait été malade qu'une poignée de fois au cours des neuf dernières années. La personne qui ne disait jamais non à des heures sup'.

Mais tout ça, ça avait toujours été mon choix, et je le savais. C'est pourquoi je la fermais. J'aurais pu dire non quand on me le demandait. À chaque fois que j'étais restée plus tard ou que j'étais venue le week-end, c'était *ma* décision.

Si vous vous brisiez les jambes parce que vous aviez sauté d'un pont, vous n'alliez pas ensuite vous plaindre auprès de l'ami qui vous avait mis au défi de le faire.

Assumer mes responsabilités et ne pas rejeter la faute sur les autres quand je ne pouvais m'en prendre qu'à moi-même était l'une des rares choses que j'avais apprises de ma famille, même si ce n'était pas elle qui avait voulu me l'enseigner.

Je m'empressai de couper court à mes pensées. Certaines choses et certaines personnes étaient tellement toxiques que rien que de songer à elles pouvait être destructeur.

Je préférais faire le choix d'être heureuse, et ça impliquait de ne pas ressasser le passé. Aujourd'hui serait une bonne journée, ainsi que demain, et le jour suivant, et celui d'après.

C'est cette pensée qui me permit de garder mon sourire en place tout en soutenant le regard de Rip. Il m'en fallait plus que lui et son tee-shirt blanc pour me mettre de mauvaise humeur ou pour me blesser. Il m'en fallait aussi beaucoup plus que de penser à certaines personnes pendant ne serait-ce qu'une seconde.

En résumé : j'étais fatiguée. J'avais fermé les yeux. Il m'avait prise sur le fait. Il n'y avait aucune raison que je sois contrariée.

— Luna, continua Rip de sa voix ridiculement basse qui m'avait surprise la première fois que je l'avais entendue. On se comprend ? Fini, les putains de sieste pendant ces réunions. C'est pas si compliqué à comprendre, si ?

Deux chaises plus loin, quelqu'un lâcha un petit rire, mais je reconnus le coupable sans même le voir et ne perdis pas de temps à tourner la tête vers lui ou même à m'agacer de son amusement.

Le sourire toujours vissé au visage, je hochai la tête en direction de mon patron. Je le comprenais cinq sur cinq. Je comprenais aussi le regard que lui adressa M. Cooper, à sa gauche. Ripley n'était pas censé jurer devant moi ou aucun des autres employés. C'était un autre sujet dont les deux propriétaires de l'un des ateliers de carrosserie les plus prospères de Houston avaient discuté pendant de longues heures dans leur bureau quand ils ne savaient pas que je les espionnais…

Ce que je faisais tout le temps.

Même s'ils l'ignoraient.

Enfin, j'espérais que c'était le cas, mais on ne pouvait pas dire qu'ils étaient particulièrement subtils ou discrets non plus.

***

Tout avait commencé trois ans plus tôt.

Cooper's Collision and Customs était une entreprise familiale fondée dans les années quarante par le père de M. Cooper. Quand j'avais obtenu mon job, six ans avant ce jour fatidique, l'atelier était florissant depuis une vie entière. Chaque employé de *CCC* était payé équitablement, régulièrement, et M. Cooper avait été – et était toujours – le meilleur patron au monde. Si l'on me demandait mon avis, il était l'un des meilleurs hommes au monde *tout court* et j'étais certaine que tous mes collègues étaient d'accord avec moi.

Un jour, tout était normal. Nous avions un patron. Nous étions dix. Tout allait bien. Et le jour suivant, j'étais arrivée au boulot sans tenir compte du pick-up Ford, un modèle de collection, garé sur le parking réservé aux clients. Puis j'avais surpris la voix familière de M. Cooper et une autre bien plus grave provenant du bureau à sept heures du matin, en train de discuter de comment ils allaient se répartir les bénéfices et de là où ils voulaient déménager le garage.

J'en étais restée sous le choc. En même temps, je ne vois pas comment l'inverse aurait été possible. Se répartir les bénéfices ? Déménager un garage qui était installé au même endroit depuis quatre-vingts ans et quelques ? Il tournait bien, comme toujours. Tout semblait aller bien.

En toute honnêteté, même aujourd'hui, je ne comprenais toujours pas pourquoi M. Cooper avait décidé d'embaucher quelqu'un pour gérer l'entreprise.

Je les avais écoutés aussi longtemps que j'avais pu avant de m'éclipser comme si de rien n'était.

Une partie de moi avait totalement paniqué en pensant aux implications de leur conversation. Ce n'était que deux mois plus tard, deux mois durant lesquels j'avais gardé tout ça pour moi au cas où j'aurais mal compris, que M. Cooper avait lâché la bombe au beau milieu d'une de ces fameuses réunions du vendredi matin.

— J'ai une nouvelle importante à vous annoncer, avait déclaré cet ange sur terre à tous les employés réunis. Le garage va déménager.

J'étais probablement la seule qui avait remarqué que ses mains tremblaient fortement, car personne n'en avait jamais reparlé.

Tous les employés avaient commencé à s'exprimer en même temps, mais M. Cooper les avait ignorés et avait continué :

— Cela fait des années que nous avons besoin de plus de place. On est trop serrés ici. Vous le savez aussi bien que moi. Nous déménageons dans un espace de trois mille sept cents mètres carrés.

Il avait annoncé d'autres choses dont je ne me souvenais plus, assis là, les mains plongées dans les poches de son jean usé. Ensuite, et seulement ensuite, il avait pris une grande inspiration et lâché la *véritable* bombe, celle dont personne n'avait connaissance – sauf moi.

— Ce n'est pas la seule chose qui va grandir. Avec plus d'espace, on pourra prendre en charge un plus gros volume d'activité.

À ce moment-là, tout le monde s'était tu, et j'étais restée là, les mains entre mes cuisses, les lèvres pressées et l'estomac retourné par la confirmation que je n'avais pas imaginé cette conversation des mois plus tôt.

— Lucas Ripley va rejoindre l'équipe.

M. Cooper, un homme que nous aimions tous, avait soufflé, comme s'il n'était pas sûr lui-même de la nouvelle. Ou alors peut-être était-ce simplement mon imagination.

— Il sera copropriétaire de *Cooper's* et gérera et développera le pôle restauration à partir de maintenant, avait-il ajouté avant de déglutir et de croiser les bras. Vous avez des questions ?

Heureusement pour moi, tout le monde était trop préoccupé par le déménagement, l'agrandissement et l'arrivée d'un nouveau propriétaire pour remarquer que je n'en avais posé aucune.

Aucun d'entre nous ne s'était demandé qui était Lucas Ripley ou pourquoi il rejoignait l'entreprise.

Le lendemain, j'étais allée au boulot et j'avais trouvé un pick-up qui me disait quelque chose garé juste à côté de la Mustang superbement restaurée de M. Cooper. J'avais vite compris à qui appartenait la nouvelle voiture. Parce que depuis le temps que je travaillais pour M. Cooper, personne d'autre à part lui n'arrivait aussi tôt que moi.

Personne.

Puis j'étais entrée dans le bâtiment et étais passée devant le bureau, passage obligé pour rejoindre l'espace où je consacrais l'essentiel de mon temps à peindre, retaper des carrosseries ou nettoyer les voitures. Je n'avais pas été totalement surprise de trouver M. Cooper derrière son bureau, en train de parler à un homme en face de lui.

Le type était immense et le tee-shirt à manches longues qu'il portait en plein mois de juillet le moulait comme une seconde peau. Il le recouvrait des poignets jusqu'au-dessus des clavicules, ne dévoilant que quelques centimètres de peau tatouée sur son cou. Peut-être, m'étais-je dit, s'agissait-il de ces vêtements censés réguler la température du corps et le garder au frais.

Tandis que je m'arrêtais devant la porte, j'avais remarqué que, même de profil, cet homme avait le visage le plus grincheux et le moins avenant que j'aie vu de toute ma vie. Je n'aurais su comment l'expliquer, mais c'était le cas. Et il était tout simplement magnifique.

Je veux dire, il était juste si *mâle*. De la pure testostérone, associée à autre chose d'absolument masculin.

Je voyais de beaux mecs dans la nature de temps en temps. J'en voyais sur Internet encore plus souvent. Mais *celui-ci*, celui dont je sus instinctivement qu'il serait mon nouveau patron, celui dont le torse et les épaules dignes d'un lutteur professionnel faisaient disparaître la chaise sur laquelle il était assis, la plupart des autres ne lui arrivaient pas à la cheville.

Il n'était pas le genre d'hommes sur lesquels mes sœurs bavaient. Il ne ressemblait pas à un top-modèle. Ses pommettes étaient larges, son visage carré, et ses lèvres n'étaient pas à proprement parler charnues. Mais l'ensemble constituait un visage inoubliable.

Un visage à couper le souffle.

Et j'avais su à cet instant que ce visage et ces biceps aussi épais que mes cuisses, couverts par un tee-shirt moulant, allaient me hanter.

Et *ça*, ça m'avait surprise.

Puis ça m'avait agacée pendant une seconde alors que je méditais le fait que je ne *voulais pas* d'un nouveau patron. Séduisant ou non. J'adorais M. Cooper et je savais à quoi m'en tenir avec lui. Avec lui, je me sentais en sécurité. Ce nouvel arrivant était un inconnu dont je ne savais que faire. Il ne serait pas un simple collègue.

Même avec le recul, cependant, je n'aurais jamais pu deviner à ce moment-là combien Lucas Ripley me hanterait par la suite. J'ignorais, en entrant dans cette pièce et en me présentant, qu'il finirait par me devoir une faveur. Je n'aurais pas non plus imaginé combien cette dette lui pèserait, jour après jour.

Ce que je savais alors, c'était que je m'étais postée dans l'embrasure de la porte du bureau originel de *Cooper's Collision and Customs* et que j'avais souri et fait un signe de la main aux deux hommes à l'intérieur.

— Luna, m'avait immédiatement accueillie M. Cooper avec un sourire si large que, si je ne l'avais pas connu aussi bien, je n'aurais pas remarqué à quel point ses épaules étaient tendues. Bonjour.

— Bonjour, monsieur Cooper, avais-je répondu avant de diriger mon attention sur l'armoire à glace assise de l'autre côté du bureau.

L'homme immense s'était tourné vers moi, avait glissé un regard à M. Cooper, avant de reporter son attention sur moi. Ce visage, si peu avenant à cause de la tension de sa mâchoire et du froncement de sourcils constant, ne s'était pas déridé. L'inconnu ne m'avait pas souri en retour, n'avait pas fait le moindre effort pour avoir l'air un peu plus amical. Il s'était contenté de… me fixer des yeux.

Et en un instant, cette attention s'était transformée en regard noir.

Alors, mon cœur avait fait ce qu'il faisait toujours quand je rencontrais quelqu'un qui ne voulait pas s'intéresser à moi : il m'avait poussée à *vouloir* que cette personne, cet homme qui pouvait potentiellement être mon nouveau patron, m'apprécie.

C'était une autre malédiction dont je n'avais pas réussi à me débarrasser, même après toutes ces années : le besoin que l'on m'apprécie. En réalité, je savais que je survivrais si quelqu'un s'avérait ne pas être un fan de Luna Allen, mais… cela ne m'empêchait pas d'essayer. Je pouvais toujours reporter la faute sur *ces personnes auxquelles je refusais de penser*, si je me laissais aller.

Mais je faisais de mon mieux pour éviter d'y songer, justement.

— Salut, avais-je déclaré en avançant d'un pas et en tendant la main devant moi. Je suis Luna.

Et M. Cooper étant M. Cooper, il avait enchaîné :

— Ripley, je te présente Luna Allen. Elle fait les peintures et donne un coup de main à la carrosserie ou aux finitions et au nettoyage si besoin. Luna, voici Ripley, mon… partenaire.

J'avais bien remarqué son hésitation à qualifier cet homme de partenaire, mais je n'y avais pas accordé d'importance particulière. Surtout alors que mon nouveau patron prenait tout son temps pour lever sa main de là où elle reposait contre sa cuisse, puis pour glisser ses longs doigts et sa large paume contre la mienne, la serrant un instant avant de me relâcher aussi vite.

Ses yeux s'étaient étrécis très légèrement, mais je l'avais remarqué, et cela n'avait fait que renforcer mon besoin de me faire apprécier de lui.

— C'est un plaisir de vous rencontrer, lui avais-je dit en laissant retomber ma main.

Mon nouveau patron m'avait observée avec attention, et ses yeux – de cette nuance oscillant entre le bleu irréel et le vert – étaient retournés vers M. Cooper une dernière fois avant de revenir vers moi.

Je ne m'attendais pas à la question qui était sortie presque aussitôt de sa bouche :

— Tu es assez âgée pour travailler ici ? m'avait-il demandé.

Je n'avais jamais entendu une voix comme la sienne, qui tenait plus du grondement que d'autre chose.

Je n'avais pu m'empêcher de glisser un regard vers mon patron de toujours, parce qu'il m'avait posé quasiment la même question juste avant de me proposer un boulot à mes dix-sept ans. Alors, mon sourire s'était élargi et j'avais reporté mon attention sur l'homme aux tatouages sombres qui lui remontaient jusqu'à la mâchoire.

— *Oui.*

Il n'avait pas sourcillé, et ses yeux bleu-vert, rendus encore plus perçants par ses cils noirs courts mais très courbés, s'étaient de nouveau plissés.

— Depuis combien de temps tu bosses ici ?

— Six ans, avais-je rétorqué d'un air aussi impassible que lui.

Il avait cligné des yeux avant de continuer à m'interroger de sa voix grave et rauque :

— Et qu'est-ce que tu sais sur la peinture ?

Qu'est-ce que je savais sur la peinture ?

J'avais failli en perdre mon sourire, mais j'étais parvenue à le garder plaqué sur mon visage. Ce type n'était pas la première personne à me poser cette question. J'étais l'une des rares femmes de ma connaissance à travailler dans un atelier de carrosserie.

Quand j'étais petite, je ne m'étais jamais dit que je finirais par peindre des voitures ou des pièces détachées pour gagner ma vie. Je me serais encore moins doutée que je finirais par adorer ça et être plutôt douée, sans vouloir me vanter. C'était ainsi, la vie était pleine de surprises.

Alors j'avais dit la vérité à cet homme qui était en train de faire exactement la même erreur qu'à peu près toutes les personnes que j'avais rencontrées dans ma vie.

— Je sais tout sur la peinture.

Je lui avais souri, parce que ce n'était pas de l'arrogance. C'était la pure vérité ; et j'avais vu M. Cooper se dérider en entendant ma réponse.

Le nouveau venu avait de nouveau cligné des yeux et sa voix s'était faite encore plus grave tandis qu'il poursuivait, en haussant les sourcils :

— Qu'est-ce que tu sais de la réparation de carrosserie ?

Réparer les imperfections sur une carrosserie, qu'elles soient minimes ou au contraire très importantes, représentait une partie du travail effectué à l'atelier. Sans me départir de mon sourire, j'avais répondu :

— Presque autant.

Ce type ne pouvait pas le savoir à ce moment-là, mais M. Cooper m'avait fait commencer par les réparations de carrosserie avant de me faire passer à la peinture. Je m'étais montrée plutôt douée aussi.

Mais l'homme qui venait de devenir mon nouveau patron avait jeté un coup d'œil à M. Cooper, de l'autre côté du bureau, avant de se retourner vers moi et de me demander d'une voix tendue que je n'avais pas su interpréter :

— Qu'est-ce que tu sais des voitures de collection ?

Et *merde*.

J'avais regardé M. Cooper, mais il était trop occupé à observer l'autre homme pour remarquer que j'aurais voulu son attention et son soutien. Alors j'avais répondu la première chose qui m'était passée par la tête :

— Je connais certains trucs. Pas tout, mais pas rien non plus.

L'homme que je trouvais à tomber quelques instants auparavant avait pincé les lèvres, ces lèvres qui n'étaient ni trop fines ni trop pleines.

— Tu sais souder ?

Est-ce que je savais souder ? J'avais plissé les yeux.

— Est-ce un test ?

Le quasi-inconnu en face de moi ne s'était pas gêné pour répéter sa question avec exactement la même intonation que la première fois.

Et j'avais su, j'avais *su* qu'il était bien en train de me tester. Alors j'avais haussé les épaules et lui avais dit la vérité.

— Je connais les bases.

Il avait eu un rictus, et son corps massif et musclé s'était reculé contre le dossier de sa chaise. Puis il avait levé le menton, recouvert d'une barbe de trois jours brune avec des touches de gris, confirmant qu'il me testait toujours.

— Si tu bossais sur la carrosserie et que tu trouvais du plomb, qu'est-ce que tu ferais ?

De coin de l'œil, j'avais vu M. Cooper soupirer et se passer la main sur les yeux. C'était la première fois qu'il effectuait ce geste qui allait devenir si habituel pour lui au cours des trois années suivantes. Mais ça, c'est une autre histoire.

Par chance – et j'avais su à cet instant même que j'avais eu de la chance de connaître la réponse, car je suis à peu près sûre qu'il m'aurait virée illico si cela n'avait pas été le cas –, je lui avais donné la bonne réponse.

Il s'était redressé et avait croisé les bras avant de déclarer d'un ton totalement sérieux et incroyablement condescendant, un ton qu'il utiliserait encore une bonne centaine de fois les années suivantes :

— Tu feras l'affaire.

Je ferai l'affaire.

Et ce fut le cas.

***

Tout ça avait eu lieu des années plus tôt et, depuis, j'avais pigé comment me comporter avec Lucas Ripley, ou Rip, ou Ripley, ainsi qu'il nous avait demandé de l'appeler à son arrivée.

Alors, quand il me demanda si j'avais compris son interdiction des siestes, je lui donnai la seule réponse possible :

— On se comprend.

Je dis ça aussi aimablement que je le pus, sachant pertinemment que la réponse allait l'agacer encore plus.

Mais dans la vie, les plaisirs simples étaient parfois les meilleurs, et faire réagir Rip sans le rendre vraiment furieux était un jeu auquel j'adorais jouer, bien plus que je ne l'aurais dû. De temps en temps, dans les bonnes circonstances et s'il portait un tee-shirt de compression bleu marine, je réussissais même à lui soutirer l'ombre d'un sourire. Encore plus rarement, j'obtenais un rapide demi-sourire qui disparaissait en un clin d'œil.

Et si mon petit cœur se languissait de ce léger sourire, ça ne regardait personne d'autre que moi.

Et mes sœurs.

Et ma meilleure amie.

Mais c'était tout.

J'évitais de m'attarder sur mon envie de lui faire arborer une expression différente de son répertoire qui consistait soit à froncer les sourcils, soit à afficher un air passablement agacé, soit à lever les yeux au ciel. Je refusais aussi de penser à son air impassible. Il était possible que j'aime et déteste à la fois cet air. Mais pas question d'y songer.

Bref.

Il ne lui avait fallu que deux jours de travail chez *CCC* pour me demander, avec un regard noir en coin, si je souriais tout le temps. Mais c'était M. Cooper qui lui avait répondu que c'était le cas. Et il avait raison.

Pour revenir à sa tirade dans la salle de pause cependant, j'ouvris mon deuxième œil et décochai un large sourire à l'homme en face de moi. Il portait un tee-shirt à manches longues si près du cou que c'était quasiment un col roulé, qui collait à chacun des muscles de son torse massif comme une seconde peau.

— Mais je ne dormais pas, poursuivis-je pour me justifier. J'ai entendu tout ce que tu as dit.

Je ne fus pas surprise quand il tourna ce corps de bientôt quarante et un ans vers moi. Ce type était honnêtement devenu encore plus beau avec les années, malgré les sillons de chaque côté de sa bouche et le pli entre ses sourcils qui étaient plus profonds d'année en année.

— Ah oui ? Et j'ai dit quoi ? me défia-t-il.

Il pouvait être un tel emmerdeur parfois qu'il méritait vraiment que je lui rende la monnaie de sa pièce. Il fallait bien que quelqu'un le fasse.

À côté de lui, M. Cooper leva les yeux au ciel et j'aurais juré l'avoir vu articuler silencieusement les premières phrases du *Notre Père*. Deux des gars assis autour de la table commencèrent à marmonner dans leur barbe. Je crus entendre un « enfoiré de maniaque du contrôle » de la part de l'un d'eux. Cela dut être le cas de Rip aussi, car il passa immédiatement en revue les occupants de la pièce, comme à la recherche du coupable.

La dernière fois qu'il avait fait ça, deux personnes que j'appréciais avaient été virées.

— Tu as commencé par dire que les pauses-déjeuner duraient trop longtemps, répliquai-je. Puis tu as parlé du fait que l'aspirateur de l'atelier doit être vidé après chaque utilisation parce que ce n'est pas ton boulot de t'en charger.

L'interrompre dans sa quête punitive avait dû suffire à lui faire oublier ce qu'il était en train de faire, car à peine avais-je prononcé quelques mots que je me retrouvai de nouveau au centre de son attention – ce dont je me serais bien passée, en l'occurrence. Parce qu'il portait ce jour-là un tee-shirt blanc et que, la plupart du temps, mes chances de me tirer d'une conversation avec lui sans qu'il pousse une gueulante étaient de quarante pour cent. Les jours où il portait un tee-shirt gris, elles étaient autour de soixante-dix pour cent. Les jours des tee-shirts bleu marine, on était à quatre-vingt-cinq pour cent. Les jours bleu marine, je pouvais lui donner une tape dans le dos sans même recevoir de regard noir. Ces jours-là étaient mes préférés.

Mon sourire s'élargit encore et je haussai même les sourcils, donnant tout ce que j'avais.

— Ça te suffit ou tu veux que je récite ce que tu as dit mot pour mot ? Parce que j'en suis probablement capable, patron.

Son visage, que j'avais tendance à regarder bien plus souvent que je ne l'aurais dû, ne changea pas d'un pouce. Il ne cligna même pas des yeux. En même temps, il aurait dû se douter que je ne mentais pas. Il fallait bien avouer, pour sa défense, qu'il ne faisait confiance à personne dans l'atelier. Même pas à M. Cooper, si j'en croyais les disputes que je surprenais souvent entre eux. Et j'avais plutôt tendance à les croire. La dernière fois que je m'étais retrouvée avec des gens qui se disputaient autant, ils se haïssaient véritablement.

Je lui décochai un sourire encore plus grand – et très forcé – pour lui montrer mes dents. À côté de moi, un de mes collègues ricana.

Mon patron – celui-ci, en tout cas – n'était toujours pas amusé.

Mais il ne répéta pas « Putain, Luna ! », ce que je décidai de prendre pour une victoire.

Rip continua à me regarder deux secondes supplémentaires de son air impassible avant de diriger de nouveau son attention sur le reste du groupe et de me bannir de ses pensées, ce qu'il faisait apparemment souvent.

— Comme je le disais, continua-t-il enfin, ce n'est pas parce que nous avons une équipe de ménage que nous avons le droit de mettre le bordel. Personne n'est ici pour faire la bonne ou la baby-sitter.

La main sur ma bouche, je dissimulai un bâillement et jetai un coup d'œil en coin au collègue assis à ma droite, qui regardait le mur en face d'un air vague. L'homme de quarante-cinq ans avait la respiration forte, mais régulière, la bouche juste assez entrouverte pour que je sache qu'il s'était endormi dans cette position. À ma gauche, mon autre collègue, un type de trente ans qui bossait à l'atelier depuis presque aussi longtemps que moi, avait la jambe qui tressautait.

Remarquant que je l'observais, il eut un petit sourire et désigna Rip du regard tout en secouant la tête. « Bon Dieu », articula-t-il en silence.

C'était dans ce genre de moments que je me rappelais à quel point j'avais de la chance d'avoir ce job, à quel point j'avais de la chance que tous les mecs avec qui je bossais soient sympas et se montrent respectueux avec moi.

En tout cas, c'était le cas maintenant.

Il avait fallu qu'un certain nombre de types soient virés ou démissionnent pour que *CCC* ait les employés actuels, mais je n'aurais pu rêver mieux. Quand j'avais dix-sept ans, ce job avait été l'un des derniers auxquels j'avais postulé. J'avais failli renoncer en constatant qu'il s'agissait d'un boulot dans un garage, ce qui n'était pas vraiment ce que je cherchais. Mais à ce moment de ma vie, quand j'avais rencontré M. Cooper, il m'avait donné le choix : travailler pour lui ou… pas du tout.

J'avais pris le job, parce que quand vous aviez dix-sept ans et seulement deux cents dollars en poche, que vous n'aviez aucune idée de quoi faire de votre vie, mais la certitude que vous ne pouviez pas retourner en arrière, et que quelqu'un vous offrait une chance… la première vraie opportunité que quiconque vous ait donnée… Vous ne pouviez pas dire non.

Je devais tout à M. Cooper. Vraiment. Il avait plus changé ma vie que n'importe qui d'autre l'aurait pu ou ne le pourrait jamais, et je l'en avais remercié chaque jour pendant des années. J'étais persuadée qu'il ne savait pas quoi faire de moi à cette époque, mais il m'avait proposé un boulot, m'avait offert un toit, m'avait donné les armes pour m'en sortir, et le reste avait suivi.

Mon téléphone vibra dans ma poche et j'y glissai la main pour le sortir tandis que Ripley commençait à parler gestion du temps et efficacité. Tout en gardant un œil sur lui, debout devant moi, les bras croisés, ce qui faisait ressortir les muscles de ses biceps, je posai mon portable sur ma cuisse. Pas question de me faire choper avec, surtout pas après m'être déjà attiré les foudres du boss dès le matin. Il nous restait une journée entière à tenir.

Les yeux toujours fixés sur mon patron, je déverrouillai l'écran sans regarder. Rip continuait à parler, son regard balayant la pièce comme pour vérifier que personne n'était en train de s'endormir. Je jetai un coup d'œil vers l'écran et vis que j'avais reçu un message d'un numéro inconnu. J'étais sûre que ce serait un texto d'une de mes sœurs, mais ce n'était pas le cas. Je refusai de me sentir déçue.

Surveillant Rip du coin de l'œil, j'ouvris le message pour le lire aussi vite que possible.

210-555-1230 : « *Je m'appelle Julius Thomas. Il faut que je vous parle au plus tôt. Veuillez s'il vous plaît me rappeler dès que possible.* »

Julius Thomas ? Personne de ma connaissance ne portait ce nom. Le même numéro avait essayé de m'appeler la veille, mais je l'avais ignoré, tout comme le message vocal qu'il m'avait laissé. Le numéro venait de San Antonio… mais je n'attendais de nouvelles de personne vivant là-bas.

J'avais réglé mes factures. J'avais oublié de payer celle d'électricité à temps, mais je n'avais eu que deux jours de retard. Selon moi, c'était probablement une arnaque. Pauvres tocards.

Je rangeai mon téléphone dans ma poche, mon attention dirigée droit sur l'homme qui parlait toujours, les fesses contre le plan de travail. Je tournai la tête vers M. Cooper, qui écoutait Rip avec une expression étrange que je ne reconnus pas. Pour une fois, ce n'était pas de la frustration.

Ils n'étaient même pas en train de se disputer quand j'étais arrivée à l'atelier ce matin-là.

Tandis que j'essayais de décrypter l'expression de M. Cooper, un ronflement à ma gauche me fit donner un coup de pied dans la jambe de mon collègue, Miguel. Il étouffa un ronflement grave, son corps entier se contractant alors qu'il se réveillait brusquement.

— Bon sang, murmura-t-il en se redressant légèrement sur sa chaise. Merci, Luna.

Je ne comptais pas laisser mes collègues s'attirer des ennuis si je pouvais l'éviter, et ils le savaient.

Même celui assis de l'autre côté de la pièce, qui avait pris son pied quand Rip m'avait surprise les yeux fermés. J'adorais cet endroit. Même si Lucas Ripley s'en prenait à moi de temps en temps, j'adorais cet endroit et les personnes qui y travaillaient. J'étais aimée, j'avais un chez-moi, j'avais un boulot, et on était *vendredi*. Il n'y avait pas grand-chose de plus dont je pouvais avoir besoin.

Et plus que tout, aujourd'hui serait une bonne journée. Quand vous aviez autant de bonnes choses et de bonnes personnes dans votre vie, comment pouvait-il en être autrement ?

— Avant que nous ne mettions un terme à la réunion de ce matin, déclara soudain M. Cooper, me faisant prendre conscience que j'avais totalement perdu le fil, j'aimerais faire une annonce.

CHAPITRE 2

Peut-être avais-je parlé un peu vite quand j'avais dit qu'aujourd'hui serait une bonne journée.

Elle n'était pas devenue mauvaise directement après la fin de la réunion, mais… ça avait dégénéré après ça.

Les choses pouvaient toujours être pires, cependant. Toujours.

Quand j'étais arrivée à mon atelier ce matin-là, j'avais commencé à travailler sur un projet de petite envergure qui ne me prendrait pas longtemps : je devais mettre de l'apprêt. L'apprêt, ou primaire, est une sorte de couche préparatoire à appliquer avant la peinture. Cela aidait cette dernière à mieux adhérer à la surface, augmentait la résistance de la peinture dans le temps et protégeait le matériau destiné à être peint. Quand vous travailliez sur une voiture qui ne serait peut-être jamais repeinte, l'apprêt était l'une des étapes les plus importantes avant de changer la couleur.

Lorsque était venue l'heure de la réunion, j'avais terminé mon projet et m'étais dirigée vers la salle de pause, sachant déjà les autres tâches que j'avais pour la journée. D'habitude, je pouvais connaître au moins une semaine ou deux à l'avance mes missions pour la journée. Comme tout le monde au garage. Nous étions une machine bien rodée, car nous nous transmettions les projets à différents stades de leur avancement.

Une bonne planification était une des spécialités de M. Cooper, qui y excellait. Cela permettait de rendre les voitures à leurs propriétaires au plus vite.

Voilà pourquoi notamment le garage avait non seulement survécu, mais s'était même développé malgré les récessions. Nous travaillions dur et le plus rapidement possible sans sacrifier la qualité, et M. Cooper faisait payer un prix honnête pour tout. *Cooper's* n'était pas le garage le moins cher du coin, mais ce n'était pas le plus onéreux non plus. Plusieurs amis m'avaient raconté avoir payé trop cher un travail ou avoir un mécano qui prenait trop de temps sur un projet.

M. Cooper ne rentrait jamais dans ce genre de jeux. Nous étions tous supposés travailler ensemble. Et la plupart du temps, c'était le cas.

La plupart du temps.

Le problème était que la voiture sur laquelle j'étais censée bosser ensuite avait été ajoutée à mon planning en urgence, car le propriétaire nous payait une fortune pour qu'elle lui soit rendue la semaine suivante. Quand je partis en quête du véhicule cependant, je le trouvai immédiatement, dans le même état que la dernière fois que je l'avais vu.

Absolument pas prêt. Et même très loin de l'être.

C'est pourquoi, deux heures après la fin de notre réunion, je pris ma pause-déjeuner un peu agacée.

Juste un peu. Je n'allais pas non plus m'énerver pour ça. Ce n'était pas grand-chose, toutes proportions gardées. À moins que l'un de mes proches ne soit blessé ou tué, je ne laissais pas les choses m'atteindre trop longtemps. Mes collègues carrossiers, dont le job consistait à réparer les imperfections avant de m'envoyer une voiture, n'avaient pas terminé. Il n'y avait pas de quoi péter un câble, mais je pouvais être un peu agacée.

Il y avait d'autres façons de dépenser mon énergie, et ce jour-là, ce serait de finir la foutue carrosserie à leur place.

Ma frustration devait être visible sur mon visage, car j'avais à peine fait un pas dans la salle de pause que M. Cooper me demanda :

— Qu'est-ce qu'il y a, petite lune ?

Je ne pus retenir un sourire en entendant le surnom affectueux que me donnait mon mentor en dehors de l'atelier ou parfois quand nous travaillions et qu'il n'y avait personne d'autre à portée de voix. Nous n'en avions jamais parlé, mais je savais qu'il agissait ainsi pour que personne n'y voie du favoritisme. J'étais à peu près certaine que tout le monde savait que j'étais sa préférée, de toute manière.

Après tout, il m'avait accueillie chez lui, m'avait fait une place dans sa vie et dans sa famille.

Nous ne cachions pas le fait que nous passions les anniversaires, Thanksgiving et Noël ensemble, ainsi que le Nouvel An jusqu'à il y a quelques années. À présent, il prétendait être trop vieux pour rester éveillé jusqu'à minuit. Il faisait partie de ma famille, et ce depuis bientôt dix ans. Tout comme sa femme. Tout comme mes sœurs, aussi.

Et parce que nous étions si proches, parce qu'il avait appris à me connaître si bien, je ne pouvais pas cacher le fait que quelque chose me dérangeait. Ou plus précisément quelqu'un, et ce quelqu'un travaillait pour lui.

La même personne à propos de laquelle je n'avais jamais été totalement honnête avec lui.

— Rien de grave, mentis-je.

J'essayai de lui adresser un sourire sincère, mais je ne dus pas réussir, car son expression inquiète ne changea pas.

Il portait une chemise vert olive toute neuve avec *COOPER'S COLLISION AND CUSTOMS* brodé sur le torse et, du haut de ses soixante et onze ans et de son mètre quatre-vingt-dix au moins, il continua à me regarder, les sourcils froncés.

— Luna, fit-il tandis que je passais derrière lui, posant ma main sur son épaule brièvement avant de me diriger vers le frigo. Même si ce n'est pas grand-chose, que se passe-t-il ? Est-ce à propos des filles ?

— Non, les filles vont bien, répondis-je, consciente qu'il parlait de mes petites sœurs.

— Il s'est passé quelque chose à la maison ?

— Non, tout va bien, Mister C., promis, mentis-je par omission tout en sortant mon déjeuner du frigo.

Je me demandai pendant un instant ce que ma petite sœur avait préparé. J'avais travaillé tard la veille et, quand j'étais enfin rentrée, le temps de me doucher, elle avait déjà rempli ma gamelle et l'avais mise au frigo pour le lendemain.

Voilà une chose pour laquelle je devrais me sentir reconnaissante aujourd'hui. *Dieu merci, ma petite sœur me prépare à manger tous les jours.* Elle était la meilleure cuisinière de la famille et ne se privait pas d'en faire profiter les autres. Et je ne comptais pas laisser la tristesse m'envahir à l'idée qu'il me restait moins de deux mois à avoir ma cuisinière privée à la maison avant qu'elle ne parte.

— Dis-moi pourquoi tu fais cette tête, reprit M. Cooper d'une voix basse et mesurée, me tirant de mes pensées.

J'étais au bord des larmes, alors que je m'étais promis de ne pas me laisser abattre. Ma petite sœur grandissait et partait pour l'université. J'avais toujours su que cela arriverait un jour. C'était même ce que j'avais espéré. J'avais déjà vécu ça avec mes deux autres sœurs, et j'étais fière d'elle – d'elles – et heureuse. Vraiment.

Mais je n'avouerais jamais que j'avais déjà pleuré deux fois rien qu'en pensant au départ de Lily.

Et il n'était pas question que je laisse mes émotions déborder au boulot. Même pas en rêve.

— Est-ce que tu es triste ou en colère, Luna ? Je n'arrive pas à deviner.

Je posai le sac contenant mon déjeuner sur la table, à côté de là où M. Cooper était assis, et commençai à en sortir des boîtes en plastique. Il y en avait trois.

L'une était pleine de légumes verts prédécoupés, la deuxième contenait ce qui semblait être du riz, des haricots et du bœuf haché, et la plus petite paraissait être remplie de *pico de gallo*[2]. Miam.

— Je ne suis pas triste. Promis.

Menteuse.

— La voiture sur laquelle je devais commencer à bosser aujourd'hui n'est pas prête, c'est tout, ajoutai-je en ouvrant les couvercles pour jeter un œil à l'intérieur.

J'avais l'impression d'être une balance rien qu'en disant ça, mais je fis de mon mieux pour l'ignorer.

— Ça a l'air bon, fit remarquer M. Cooper, tandis que je me retournais pour mettre le mélange avec les haricots dans le micro-ondes. Qui était supposé bosser dessus avant qu'elle ne passe entre tes mains ?

Il avait presque murmuré sa question.

Je me mordis les lèvres et pressai quelques boutons. *Pas question de m'énerver. Pas question de tirer des conclusions hâtives.*

— Vous savez qui, déclarai-je d'une voix normale.

Je ne faisais rien de mal en le disant, je n'avais donc aucun besoin d'être discrète.

Et, oui, M. Cooper savait de qui je parlais. Il avait beau être le patron – *l'un* des patrons –, je ne me plaignais guère à lui, surtout parce que j'avais rarement des motifs de plaintes. Je ne voulais pas balancer quelqu'un et lui attirer des ennuis. Je ne profiterais jamais de ma relation avec M. Cooper pour ça ; c'était la raison pour laquelle notre comportement purement professionnel au garage me convenait parfaitement.

Mais…

Je lui avais *déjà* parlé une fois ou deux d'un certain collègue qui faisait de son mieux pour me pourrir la vie et se comporter comme un connard. Mais juste envers moi. Quelle veinarde je faisais !

---

2 Pico de gallo : sauce typique de la cuisine mexicaine, mélange de tomates coupées en dés, d'oignons et de piments jalapeños avec du sel, du jus de citron et de la coriandre. Le pico de gallo est un plat typique de l'influence de la cuisine mexicaine dans le sud des États-Unis. (NdT)

Je ne m'étais pas plainte dans le but de me venger ou quoi que ce soit, seulement pour me passer les nerfs. M. Cooper était assez sage et professionnel pour comprendre que, quand je lui en avais parlé un jour chez lui, c'était avant tout en tant que sa fille d'adoption et que je me défoulais à propos d'un type qui avait trompé quelqu'un qui m'était cher. Ce que je n'avais jamais révélé, c'était que ce « quelqu'un » était la cadette de mes petites sœurs. Évidemment, le fait que ce mec ait fait pleurer l'une de mes sœurs était déjà un mauvais point pour lui. Comme en plus il n'était pas particulièrement sympa avec moi, même aujourd'hui, nous n'avions pas vraiment une bonne relation.

Mais cette fois, M. Cooper tourna ce visage que j'aimais tant vers moi, les sourcils froncés.

— Encore ? Il n'a pas déjà fait quelque chose du genre il y a quelques semaines ?

Si, deux semaines auparavant, pour être exacte. Et un mois plus tôt aussi, mais à plus petite échelle.

Toutefois, j'avais réagi de la même manière qu'à chaque fois : j'avais ravalé ma colère et fait ce qu'il fallait. C'était mon boulot et je ne comptais pas m'attirer des ennuis juste parce que quelqu'un n'avait pas fait le sien. La seule raison pour laquelle M. Cooper était au courant de ce qui s'était passé deux semaines plus tôt était parce qu'il m'avait surprise à mettre du mastic carrosserie sur une voiture. Il n'avait pas compris pourquoi c'était moi qui m'en occupais alors qu'il savait que j'avais d'autres projets dans mon planning.

J'observai le décompte des secondes sur l'écran du micro-ondes.

— J'ai passé deux heures à bosser dessus, Mister C. J'en ai encore pour deux heures avant de pouvoir même commencer à poser l'apprêt. Et je suis censée m'occuper d'une autre voiture après celle-ci.

Adieu, mes plans de ce soir.

J'étais de nouveau en train de m'énerver.

Non pas parce que j'allais devoir rester tard, mais parce que mon instinct me soufflait que la seule raison pour laquelle j'allais terminer tard était que mon collègue avait fait exprès de ne pas finir sa partie du boulot. Il aurait beau le nier jusqu'à son dernier souffle, je savais la vérité. Je l'avais entendu ricaner ce matin quand Rip avait voulu me passer un savon.

— A-t-il expliqué pourquoi il n'a pas fini ? demanda M. Cooper d'une voix sincèrement étonnée.

Je ne lui en voulais pas. En même temps, cela me faisait chaud au cœur qu'il ne s'attende pas toujours au pire de la part des gens... Même si j'avais le pressentiment que, pour cette personne en particulier, il devrait s'y attendre. Je doutais que Jason désobéisse à des ordres directs de M. Cooper.

Je me mordis l'intérieur de la joue et gardai la voix basse, jetant un coup d'œil à la porte pour m'assurer de l'absence de la personne dont je parlais.

— Il a dit qu'il a dû s'occuper d'une autre voiture et qu'il n'a pas eu le temps de finir celle-là.

Je crois qu'il ignorait que j'avais un jour fait le même boulot que lui. Les voitures qui étaient censées être peintes prenaient la priorité sur tout le reste. Il n'y avait aucune raison pour que Jason, l'emmerdeur en question, ne s'y mette pas alors qu'il savait très bien que j'avais besoin qu'il avance de son côté.

M. Cooper avait engagé ce vaurien six mois plus tôt – ce que je n'avais découvert que trop tard – et j'étais *sûre* que c'était son genre de me refiler plus de travail. Jason n'était pas un carrossier, techniquement. Il se retrouvait juste à remplacer les employés en vacances ou qui avaient pris un jour de congé. En gros, il faisait ce que j'avais fait à son âge : tout ce qu'on lui demandait.

— Ce n'est pas grave, poursuivis-je tout en me rappelant les choses positives que j'avais.

Je suis aimée, j'ai un bon métier, j'ai un chez-moi. Je suis heureuse et je suis en sécurité. Et surtout, mes sœurs aussi l'étaient. Cette histoire avec Jason, ce n'était rien.

— Je vais quand même finir tout ce que j'ai sur ma liste aujourd'hui, conclus-je.

Mais M. Cooper semblait hésitant. Il essayait probablement de trouver une raison autre que la mauvaise volonté pour expliquer ce qui était arrivé.

— Veux-tu que je lui parle ? demanda-t-il au bout d'un moment.

Je lâchai un soupir tout en versant le contenu d'un Tupperware dans l'autre avant d'attraper celui de *pico de gallo* et de l'ajouter au reste de mon déjeuner.

J'étais énervée, certes, mais l'étais-je assez pour attirer des ennuis à cette pourriture ?

Je me sentais coupable rien que d'y penser et je détestais ça.

— Non, finis-je par marmonner. Je vais lui laisser le bénéfice du doute.

Et voilà que je mentais de nouveau. Il n'était pas question que lui fasse cette faveur. Je savais qu'il me menait en bateau. J'en étais sûre, point barre.

Mais je n'aimais pas l'idée de lui attirer des problèmes parce que je m'étais plainte à l'un de nos patrons – un patron qui ferait à peu près n'importe quoi pour moi, si je le lui demandais. Ce Jason était peut-être un sale menteur, *mais* on ne pouvait jamais savoir ce qui se passait dans la vie de quelqu'un, le poussant à agir comme un connard. Même si le fait de se comporter comme tel durait depuis six mois, et même pendant les six mois encore avant, au cours desquels il était sorti avec ma sœur avant de coucher avec une autre fille. Il avait peut-être besoin d'argent. Peut-être que je ressemblais à sa mère et qu'il avait un complexe d'Œdipe. Peut-être qu'il était stressé et que j'étais une cible facile.

… Mais ce n'était probablement rien de tout ça.

— Tu es sûre ?

Je lançai un regard à M. Cooper puis hochai la tête.

Il leva les sourcils, gris-blanc et très épais, et cligna des yeux, une expression grave sur son visage profondément ridé.

— Je suis sûre, confirmai-je tout en plantant dans mon déjeuner la fourchette que ma petite sœur avait emballée pour moi ce matin-là.

Je n'avais pas confiance en mes collègues et en leur capacité à nettoyer autre chose que des mugs, et elle le savait.

Mon téléphone choisit cet instant pour émettre une notification depuis la poche avant de mon jean.

— Une seconde, déclarai-je avant de le sortir pour regarder l'écran.

Thea *:* Je vais rester à Dallas ce week-end finalement, mais je viendrai pour la cérémonie de diplôme de Lily ! J'ai trop besoin de $$$.

Je lui répondis aussitôt, ignorant la pointe de déception que je ressentais. Je savais bien que je n'avais aucune raison de me sentir ainsi alors que je comprenais très bien pourquoi elle ne venait pas me voir. C'était juste que je ne l'avais pas vue depuis bientôt trois mois.

Moi *:* D'accord. Bonne chance.

Une seconde plus tard, j'avais sa réponse.

Thea *:* Bisous

— Kyra ? demanda M. Cooper, désignant la cadette de mes petites sœurs.

Celle avec qui Jason, ce salopard, était sorti.

— Non, Thea, corrigeai-je.

Thea était l'aînée après moi, du haut de ses vingt et un ans. Je revins à la page d'accueil de mon téléphone puis le reposai, écran vers le bas, sur la table entre nous.

— Elle ne vient pas ce week-end, finalement, continuai-je en reprenant ma fourchette. Je suppose qu'ils lui ont proposé plus d'heures à l'école ou quelque chose comme ça.

Il était parfaitement au courant de la dernière fois qu'elle avait promis de venir et avait fini par se défiler. Tout comme lors de cette visite ratée, je m'étais rayée du planning pour que tout le monde soit au courant qu'il n'était pas question que je vienne travailler ce week-end-là. Ça m'arrivait de bosser le samedi. J'avais des factures à payer, l'argent ne poussait pas sur les arbres, et je n'avais pas de *sugar daddy*, après tout. Les heures sup' étaient mes meilleures amies. Mais j'étais capable d'être honnête envers moi-même : j'avais hâte d'avoir du temps pour moi et de le passer avec mes sœurs. Tant pis.

Le « Oh » de M. Cooper en réponse m'indiqua qu'il voyait clair dans mon jeu. Il connaissait mes sœurs presque aussi bien que moi. Par conséquent, je lui parlais d'elles assez souvent et il avait une bonne idée du nombre de fois où Thea et Kyra annulaient nos retrouvailles.

Même si c'était toujours pour une bonne raison.

Je lui adressai un nouveau sourire crispé avant de planter ma fourchette dans ma nourriture.

— Elle a dit qu'elle était sûre de pouvoir venir pour la cérémonie de diplôme la semaine prochaine ; au moins, c'est une bonne nouvelle.

— Oui, c'est sûr, acquiesça-t-il.

Il avait pris une voix très douce, alors que ce n'était pas grave qu'elle ne vienne pas me voir, après tout.

Vraiment.

— Je n'arrive pas à croire que cette petite passe son diplôme. J'ai l'impression qu'elle a encore onze ans.

— Moi aussi, Mister C., moi aussi, fis-je dans un sourire.

Quelques semaines plus tôt, nous étions allées visiter des appartements pour elle à Lubbock.

Soit M. Cooper s'était aperçu que je ne voulais plus y penser, soit il comprit qu'il n'y avait rien à ajouter, car il prit une autre bouchée de son sandwich au thon avant de marmonner :

— Je voulais te dire que quelqu'un a appelé ce matin en demandant à te parler.

Je fronçai le nez et observai mon assiette.

— C'était un homme.

Je clignai des yeux.

— J'ai demandé son nom plusieurs fois, mais il a refusé de me le donner, poursuivit-il.

Il ne pouvait pas s'agir d'un client, puisque je ne les rencontrais que rarement. Il arrivait que je traverse le garage alors qu'un ou deux clients étaient en train de parler à M. Cooper ou à Rip d'une voiture sur laquelle on travaillait, ou d'une voiture qu'ils voulaient nous acheter. Mais c'était rare que nous laissions des clients entrer dans l'atelier à proprement parler pendant les heures de boulot. Alors, c'était impensable que je parle directement à l'un d'entre eux. Les seules personnes que je devais écouter, c'étaient M. Cooper et Ripley.

— Je ne savais pas si tu avais demandé un crédit ou si quelqu'un voulait vérifier que tu étais bien employée ici, expliqua-t-il en soufflant légèrement, comme s'il ne pouvait pas imaginer que je postulerais à un autre job. Mais je préférais aussi ne pas confirmer que tu travaillais bien ici. Tu sais, *au cas où*.

Nous savions tous les deux de quoi il parlait. *Au cas où* il s'agirait de quelqu'un à qui je ne voulais pas parler. *Au cas où* je préférerais que cette personne me croie morte.

— Je lui ai demandé qui était au téléphone et il a de nouveau exigé de te parler. Nous avons continué comme ça un moment, puis il m'a remercié et a raccroché, mais ça avait l'air plutôt professionnel.

Hmm.

Il n'y avait aucune raison pour que quelqu'un cherche à me joindre.

En tout cas, personne dont j'avais envie d'entendre parler.

— Je te dirai s'il rappelle, déclara M. Cooper. Je ferai pareil, je ne dirai pas que tu travailles ici, mais je ne dirai pas l'inverse non plus.

— Merci, Mister C., murmurai-je en réfléchissant tout en prenant une bouchée de mon plat.

Je glissai un regard à l'homme à côté de moi, remarquant la tension dans ses épaules. J'avais une petite idée de ce qui pouvait la causer.

— Et vous, vous allez bien ? J'ai été surprise quand vous avez annoncé que Rogelio s'en va.

Il grogna tout en mâchant. La dernière chose qu'il avait dite pendant la réunion de ce matin était que l'un des employés de longue date du garage démissionnait pour monter sa propre affaire.

— Je suis content pour lui, déclara-t-il finalement, et je savais qu'il était sincère. Mais tu sais à quel point c'est dur de trouver de bons employés, et maintenant, il faut que je le remplace avant qu'il parte. On va avoir du mal si on se retrouve en sous-effectif.

Nous étions déjà à la limite d'être en sous-effectif, alors avec une personne en moins ?

Il haussa une épaule.

— Je trouverai quelqu'un. Je n'arrête pas de recevoir des CV de gamins qui sortent de l'école.

— Si je peux faire quoi que ce soit pour vous aider, dites-le-moi, lançai-je dans un sourire.

M. Cooper passa un bras autour de mes épaules et m'attira contre lui.

Il ne le faisait que rarement, aussi, je fus tellement surprise que j'eus à peine le temps de me tourner vers lui pour lui sourire.

Son rire bas me fit baisser les yeux vers mon poignet gauche, où son regard était fixé. Ou plutôt vers le bracelet constitué de petits donuts en plastique, recouverts de glaçage coloré.

— Je me demandais quel était ton accessoire du jour.

Je secouai le poignet.

— C'est Lily qui me l'a acheté, expliquai-je.

— En voilà un accessoire joyeux, petite lune, confirma-t-il avec un sourire chaleureux.

— Luna ! appela une voix masculine qui m'était familière.

Je tournai la tête vers la porte au moment où M. Cooper commençait à retirer son bras. Comme je m'y attendais, le corps massif de Rip occupait toute la largeur de l'embrasure de la porte. Il se tenait là, un bout de papier taché de graisse à la main, le regard fixé sur moi. Il ignorait totalement M. Cooper, assis à côté de moi et ramenant son bras contre son flanc. Il ne fronçait pas les sourcils, mais il y avait quelque chose dans son expression…

— Salut, Rip, répondis-je en lui souriant, tandis que je me redressais.

Il releva le menton, attirant ainsi mon regard sur les petites rides autour de sa bouche causées par son air perpétuellement renfrogné. Son ton était bourru *et* agacé.

— Tu as commencé la Thunderbird ?

— Pas encore.

Est-ce que je devais lui raconter ce qui s'était passé ? Je jetai un coup d'œil à son tee-shirt et repensai à son attitude mal lunée à la réunion du matin. La connerie de Jason me mettait en retard et je ne m'étais pas encore occupée de la voiture dont il me parlait.

— Rends-moi service, reprit Rip.

Il continuait à me regarder fixement, me donnant l'impression que j'avais fait quelque chose de mal en acceptant l'étreinte de M. Cooper.

Mais ce n'était pas le cas, et Rip était pleinement conscient de la relation quasi paternelle que j'entretenais avec son associé. Je l'avais invité chez moi deux fois pour Thanksgiving. J'avais pris soin de préciser que M. Cooper et sa femme seraient là aussi, afin qu'il ne croie pas que j'essayais de lui faire des avances. Il n'était jamais venu.

— J'ai changé d'avis pour la couleur et j'ai laissé un nouveau bon de commande sur ton bureau. Jettes-y un œil. Je sais qu'on a la couleur en stock dans la réserve, donc sers-toi de celle-là à la place, compris ?

Je hochai la tête. Nouveau bon de commande. Nouvelle couleur. Il avait recommencé à m'aboyer dessus, façon balai dans le cul. Très bien.

Les yeux sarcelle de Ripley se plissèrent tandis qu'il m'observait depuis la porte, ignorant toujours royalement l'homme à côté de moi.

— Tu as besoin que je l'écrive ? demanda-t-il d'un ton qui frisait la condescendance.

Je n'y prêtai pas attention.

— Non, je m'en souviendrai.

Depuis la porte, Rip hocha la tête avant de revenir sur ses pas. Je n'avais pas besoin de le regarder pour savoir à quoi ressemblait son cul dans son bleu de travail. Il était parfaitement proportionné par rapport au reste de sa personne, de son mètre quatre-vingt-quinze à sa carrure de taureau. Large et rebondi.

À côté de moi, M. Cooper laissa échapper un soupir que j'avais déjà entendu des centaines de fois. Je le comprenais. Moins ces deux-là interagissaient, mieux cela valait pour tout le monde autour d'eux.

Et surtout pour M. Cooper.

Mais à cet instant, je ne pouvais pas me concentrer sur le cul de Rip ou savourer le fait que j'avais pu voir son visage sans son air renfrogné habituel, même si cela n'avait duré qu'une seconde. Parfois, il prenait sa pause-déjeuner en même temps que moi. Parfois, il s'asseyait à côté de moi pour manger. Son coude me frôlait alors. Parfois même, son avant-bras effleurait le mien. S'il était dans un de ses bons jours, il levait un sourcil dans ma direction et je prenais ça pour un sourire. Si c'était un de ses très bons jours, je le lançais sur la voiture sur laquelle il était en train de travailler et nous en discutions pendant quelques minutes.

J'avais renoncé à lui poser des questions personnelles à peu près deux mois après son arrivée à *CCC*.

Mais les jours où M. Cooper et moi nous retrouvions dans la salle de pause en même temps, rien de tout ça n'avait lieu.

Rip se contentait de faire volte-face et de partir. Je ne pouvais pas m'empêcher de remarquer la façon dont M. Cooper restait assis en s'efforçant de ne pas le prendre personnellement.

Ce jour-là, il était impossible de ne pas remarquer à quel point être ignoré ainsi le rongeait de l'intérieur alors qu'il était l'homme le plus gentil que je connaissais.

Je pris donc soin de me retourner vers mon patron préféré et lui adressai un sourire auquel il ne crut probablement pas.

— Est-ce que je vous ai déjà dit que cette couleur vous allait super bien ? On ne vous donnerait même pas soixante-cinq ans, dans cette tenue, Mister C. !

***

Ce n'est que plusieurs heures plus tard que je me rendis compte de la connerie que je venais de faire.

Je ne sais pas exactement ce qui me valut cette soudaine prise de conscience, alors que j'étais accroupie pour passer en un geste régulier le pistolet à peinture sur l'aile dont je m'occupais. Mais tandis que je me tenais devant la section de la carrosserie entre la portière arrière et le coffre, j'eus une illumination. Une illumination qui disait : *Luna, attends une minute.*

Attends une minute.

— Merde.

Les yeux fixés sur l'aile juste devant moi, je repoussai la capuche de mon bleu de travail, remontai mes lunettes de protection sur le haut de mon crâne et fis glisser mon masque filtrant sur mon menton, m'efforçant de réfléchir.

Mais la couleur de la voiture ne changea pas une fois mes lunettes retirées.

Elle était toujours bleu argenté.

Elle était toujours couleur Silver Mink.

«*J'ai laissé un nouveau bon de commande sur ton bureau*», avait dit Rip lors du déjeuner.

J'avais récupéré le bon de commande sur le bureau. J'en étais sûre. Il était écrit Silver Mink. J'en étais sûre. Je ne me serais pas plantée en le lisant.

Mais… Silver Mink… Il y avait quelque chose à propos de la couleur, à propos de ce nom, qui me trottait dans la tête.

Silver Mink, Silver Mink, Silver Mink…

N'était-ce pas la couleur qu'il voulait au départ ?

Avais-je utilisé le mauvais bon de commande ?

Le cœur battant à tout rompre, je déglutis et m'efforçai de me souvenir de ce que j'avais fait. J'avais pris le bon, je l'avais lu trois fois puis j'étais allée chercher la peinture. J'étais sûre de ça. J'en étais *certaine*.

Mais…

Je me précipitai jusqu'à mon bureau et feuilletai les bons de commande qui étaient posés dessus. Au bout d'une minute, je le trouvai. Ou plutôt, je *les* trouvais. Putain, il y en avait deux.

Il me fallut une poignée de secondes pour vérifier la commande sur mon ordinateur et confirmer mes soupçons.

J'avais commencé à peindre la voiture d'une *autre couleur*.

Putain.

Pas Brittany Blue.

Pas couleur *Brittany Blue* comme le disait la commande. La *bonne* commande.

Pourquoi est-ce que je n'avais pas vérifié ? Je vérifiais toujours. *Toujours*.

— Merde.

Je clignai des yeux, prise d'une brusque envie de vomir.

— Merde, merde, merde !

J'avais envie de frapper quelque chose. Mais c'était à moi que j'en voulais vraiment. J'avais été préoccupée par le coup de téléphone dont avait parlé M. Cooper, par ma sœur annulant notre week-end et par mon collègue qui me pourrissait la vie. J'avais regagné le rez-de-chaussée après le déjeuner, frustrée par des choses auxquelles je ne pouvais rien.

J'étais retournée dans mon atelier et j'avais passé quatre heures supplémentaires à poncer la voiture puis à poser l'apprêt. Je l'avais laissé sécher avant de récupérer le premier dossier que j'avais trouvé pour la Thunderbird. Je l'avais lu et j'étais allée chercher la peinture dans la réserve où nous conservions tous nos surplus.

Et le reste avait suivi. J'avais récupéré le pot de peinture, tout préparé, et Miguel m'avait aidée à déplacer les voitures pour faire de la place. Puis je m'étais glissée dans la cabine réservée à la peinture et j'avais commencé à la vaporiser sur la carrosserie. Mes pensées n'arrêtaient pas de revenir au message et au coup de téléphone, malgré mes écouteurs qui diffusaient la bande originale de la comédie musicale *Wicked* à fond dans mes oreilles. À ce moment-là, et seulement à ce moment-là, ça m'avait frappée.

Bon sang, j'avais lu le mauvais bon de commande.

Oh non. Oh non, oh non, *oh non*.

— Putain de merde, murmurai-je à moi-même.

La panique me retourna l'estomac, me donnant la nausée instantanément. *Instantanément.*

Pendant une microseconde, je me demandai si je ne pouvais pas réparer mon erreur sans impliquer qui que ce soit. Mais à peine avais-je envisagé cette option que je me rendis compte que ce n'était pas possible. Qu'est-ce que je pouvais bien faire ? Cacher la voiture et recommencer tout à zéro ? Rien que l'apprêt avait besoin de vingt-quatre heures pour sécher.

Je n'étais pas sûre de croire aux miracles et je ne comptais pas commencer maintenant.

Mes mains allèrent d'elles-mêmes plonger dans mes cheveux, lissant les mèches qui m'arrivaient au menton et que j'avais attachées à l'aide d'une pince pour me dégager le visage. Je tirai sur les pointes si fort que c'en fut douloureux. Mais la couleur ne changea pas et les mots écrits sur le bon de commande ne disparurent pas comme par magie. J'étais toujours dans la merde.

Il n'y avait qu'une chose à faire.

Prends sur toi, ma caille, me dirait ma sœur.

Et si tu te fais virer ? me demandait mon cerveau.

J'avais déjà fait une erreur au boulot, mais c'étaient des roues que j'avais foirées et seulement deux sur quatre.

Je n'étais que rarement absente. Je n'étais jamais en retard. Je ne me rappelais pas m'être plainte un jour. D'accord, M. Cooper était ce qui se rapprochait le plus d'un vrai père pour moi. Mais ma connerie représentait des centaines de dollars de boulot à refaire par ma faute. Cet argent se répartissait entre mon propre salaire horaire et la peinture que je venais de gâcher. Tout ça parce que je n'avais pas pris le temps de chercher les deux bons de commande et de vérifier les foutues *dates*.

J'en étais malade.

Et si je me faisais virer ? Ça pouvait arriver. Rip était dans un de ses jours en blanc.

Et il avait déjà viré des gens pour moins que ça quand il portait du blanc.

Merde. *Merde, merde, merde.*

Il n'y a qu'une seule chose à faire, Luna, chuchotait la voix de la raison dans un coin de ma tête.

Relâchant mes cheveux, je pris une grande inspiration, qui ne s'avéra pas profonde du tout, mais ressemblait plutôt à un sifflement d'asthmatique. Je n'allais pas aggraver les choses en prétendant que rien ne s'était passé.

J'avais fait une connerie.

J'assumais toujours mes actes.

Je ne fuyais pas mes problèmes, même si parfois je les ignorais.

Je valais mieux que ça. *Je vaux mieux que ça.* Je refusais d'être ce genre de personne.

Je ne m'interdis pas pour autant de marmonner une prière ou deux, apprises chez les Cooper, tandis que je me dirigeais vers l'atelier principal. J'hésitai un instant à appeler M. Cooper pour tout lui avouer, parce que je ne le pensais pas capable de me hurler dessus, lui, au moins.

Je ne pouvais pas, cependant.

C'était un jour de tee-shirt blanc et Rip avait déjà ignoré M. Cooper de façon flagrante. Ce dernier ne méritait pas de se faire passer un savon pour quelque chose que j'avais fait. Or, c'était exactement ce qui se passerait si je me servais de lui comme d'un tampon entre Rip – la personne qui m'avait réellement donné les bons de commande du projet sur lequel j'avais merdé – et moi.

Je fis de mon mieux pour me convaincre que je n'avais aucune raison de m'inquiéter. Qu'est-ce que Rip allait faire ? M'engueuler ? Ce ne serait pas la première fois que quelqu'un me hurlerait dessus. J'avais maîtrisé cet art alors que je n'étais qu'une gamine. Ce n'était pas comme s'il allait en venir aux mains, me traiter de débile ou encore sous-entendre que mon existence entière était une erreur. Il grimacerait, emploierait ce ton condescendant dont il se servait sur tout le monde à l'occasion, serait peut-être grincheux pendant quelques jours, puis…

Il déciderait de me virer.

Rien de grave.

Je pouvais trouver un autre boulot. Je recevais des offres de temps en temps. D'accord, elles étaient toutes en dehors de Houston. D'accord, je ne voulais pas *vraiment* changer de travail et recommencer à zéro ailleurs avec des gens qui ne me connaissaient pas et ne se souciaient pas de moi, mais…

Ne t'avise pas de perdre tes moyens, Luna, m'avertit une petite voix. *N'y songe même pas.*

Je pris une autre grande inspiration, mais elle s'avéra irrégulière et haletante. J'assumerais mes erreurs, m'étais-je juré il y a longtemps. J'assumerais tous mes actes.

Ne dramatise pas, me dis-je tout en mettant un pied devant l'autre, me dirigeant vers l'atelier principal du garage. J'observai les huit voitures différentes garées à l'intérieur actuellement, réparties sur quatre « files ». Trois files étaient habituellement réservées aux véhicules en cours de réparation mécanique, souvent accidentés. La quatrième était réservée à celui ou ceux que Ripley était en train de restaurer.

Comme je m'y attendais, la plupart des mécanos de *CCC* avaient fini leur journée et étaient partis. Je remarquai cependant deux têtes qui ne possédaient pas la chevelure poivre et sel de Rip.

Je pouvais le voir, sur la file la plus éloignée de moi, en train de retirer les sièges d'une GTO qui n'était pas là avant le déjeuner.

Pourquoi ? Pourquoi avais-je merdé aujourd'hui ? Putain, putain, *putain.*

Et pourtant, j'avais bien merdé. Je ne pouvais pas le cacher. J'avais beau le vouloir de toutes mes forces, je ne pouvais pas remonter le temps et rattraper mon erreur.

Assume. Je n'avais pas le choix. *Mentir est mal, la plupart du temps. Faire semblant d'être stupide est pire.*

Je me répétai cela en boucle tandis que je me faufilais entre les voitures pour rejoindre Rip, ignorant les regards curieux que me lançaient les deux types qui bossaient toujours. Ce n'était pas inhabituel que je vienne dans l'atelier principal, mais ce n'était pas normal non plus.

Peut-être que je pouvais lui demander de parler dans son bureau ou dans mon atelier.

Comment avais-je pu merder à ce point ? Je savais que les gens faisaient des erreurs. L'homme qui m'avait tout appris en faisait tout le temps.

D'accord, ça n'était jamais arrivé alors que Rip était à *CCC*, et ça n'avait jamais été une erreur aussi grosse. Quand l'ancien peintre en chef avait merdé, c'était parce qu'il avait choisi le mauvais effet de peinture ou n'avait pas remarqué une pièce qui aurait eu besoin d'une couche supplémentaire. Ce n'était pas un bout d'une voiture peint de la mauvaise couleur.

Tu ne pleureras pas, Luna. Tu ne pleureras pas. Il ne va pas te frapper, et s'il te hurle dessus, tu peux le supporter mieux que n'importe qui d'autre ici. Si tu te fais virer, ce sera ta faute. Tu ne pourras t'en prendre à personne d'autre. Tout ira bien. Thea, Kyra et Lily sont presque autonomes. Un jour, tu pourras rire de celui où tu as sérieusement merdé. Simplement, il te faudra peut-être une décennie pour en arriver là. Tu es une bonne personne et tu essaies de prendre les bonnes décisions, même quand ça craint.

Ce fut avec cette pensée en tête que je me forçai à continuer d'avancer vers l'homme qui s'était de nouveau penché à l'intérieur de la voiture. Je ne pouvais voir ni sa tête ni son corps tandis que je me rapprochais. *Je peux gérer ça*, me répétai-je.

Puis j'arrivai à sa hauteur.

Rip était en train de retirer les vis du siège conducteur comme je m'y attendais, aussi fis-je le tour vers le bon côté et restai plantée là, l'observant à genoux, le haut de son corps avalé par la voiture, l'autre moitié appuyée sur un chiffon sale posé sur le sol de béton.

Il ne me vit pas, ne m'entendit pas.

Le connaissant, il faisait peut-être simplement semblant.

— *Salut*, Rip, déclarai-je donc d'une voix forte.

Il allait se douter que quelque chose n'allait pas, j'en étais sûre.

Il ne s'arrêta pas de travailler. S'il leva les yeux au ciel, je ne le sus jamais, mais j'entendis sa réponse :

— Quoi ?

Quoi ? Pas « Qu'est-ce que tu veux ? » ou « De quoi as-tu besoin ? ». C'était un jour à tee-shirt blanc, après tout. À quoi est-ce que je m'attendais ?

— Je peux te parler ?

— Parle, répliqua-t-il.

Je pouvais le faire.

— Est-ce qu'on peut discuter dans ton bureau ou dans mon atelier ?

La phrase était sortie dans un filet de voix croassante. Je grimaçai et croisai les doigts pour qu'il ne le remarque pas.

À cet instant seulement, ses bras arrêtèrent de bouger et, malgré sa voix rauque, j'entendis clairement sa réponse :

— Suis occupé, Luna. Qu'est-ce qu'il y a ?

« Qu'est-ce qu'il y a ? » Bon. C'était plutôt bon signe.

Pourtant, je fus incapable de dire autre chose que :

— Est-ce que je t'ai déjà dit que tu étais super bien coiffé aujourd'hui ?

Ses mèches retombaient de façon *particulièrement* sexy ce jour-là. Je ne mentais pas.

J'essayais juste de gagner du temps.

— Crache le morceau, Luna, grommela-t-il, conscient que je racontais n'importe quoi. J'ai pas toute la journée. J'ai besoin de vider cette voiture. Qu'est-ce qu'il y a ?

Mon patron, celui pour qui je comptais faire un gâteau ce week-end, celui qui avait déjà perdu patience avec moi quand je ne lui avais pas dit quelle faveur je voulais de sa part à sept heures du matin, puis quand il m'avait chopée les yeux fermés pendant la réunion, ne me donna même pas une seconde pour réfléchir à une façon de me sortir de ce mauvais pas.

Pourquoi ? Pourquoi n'ai-je pas merdé sur un projet que M. Cooper m'a donné ? Il aurait été déçu, mais il ne m'aurait pas fusillée du regard. Il ne se débarrasserait pas de moi, lui.

De l'autre côté de l'Eclipse garée à côté de moi, je remarquai mes deux collègues regardant dans ma direction comme de vraies commères. Owen et Miguel n'essayaient même pas de cacher le fait qu'ils nous écoutaient en douce. Je ne savais pas ce que Miguel faisait ici si tard, et encore moins pourquoi il aidait Owen, mais tant pis.

Je me forçai à ne pas pester contre Jason. Après tout, c'était un peu sa faute si tout ça m'arrivait. S'il avait fait son boulot, j'aurais déjà commencé à peindre la voiture au moment où Rip était venu me trouver dans la salle de pause.

Au bout du compte, cependant, je ne pouvais en vouloir qu'à moi-même pour ne pas avoir vérifié le bon de commande.

— Owen, tu diras à ta fille joyeux anniversaire de ma part ! lançai-je avec un geste de la main vers mes collègues.

Ils sourirent tous les deux et Owen me fit un signe du pouce. Toutefois, aucun des deux ne détourna le regard. Quiconque avait répandu la rumeur que les femmes étaient de plus grosses commères que les hommes n'avait jamais travaillé dans un environnement composé uniquement de mâles.

— Luna, quel est ton foutu problème ? intervint Rip d'un ton qui dévoilait un soupçon d'impatience.

Maintenant ou jamais.

— Hmm…

Ma phrase resta de nouveau en suspens. Je me forçai à détourner le regard de Miguel et Owen pour diriger mon attention sur le bout de coude que je voyais recommencer à s'agiter à l'intérieur de la GTO.

— Tu comptes dire un truc ou pas ? J'ai besoin d'avancer, là, continua-t-il d'un ton encore plus agacé et impatient.

Je pouvais le faire. Je n'avais pas le choix.

— Luna, reprit Rip en faisant durer chaque syllabe, toute amabilité ayant bel et bien disparu de sa voix.

— Rip, commençai-je avant de fermer les yeux pendant un instant. J'ai merdé.

Il y eut une pause, puis il demanda lentement, si lentement que je n'étais pas assez idiote pour croire qu'il ne m'avait pas entendue :

— Qu'est-ce que tu viens de dire ?

Il allait me forcer à le faire. Évidemment.

— J'ai merdé, répétai-je.

Je ne méritais pas de grimacer. C'était entièrement ma faute. Et celle de Jason.

— J'ai pris le mauvais bon de commande pour la Thunderbird. Au lieu de Brittany Blue, j'ai utilisé la couleur Silver Mink qui était sur le bon de commande original et j'avais déjà commencé quand j'ai réalisé mon erreur.

Je l'avais fait. Je l'avais réellement fait.

— Je suis vraiment, vraiment désolée, ajoutai-je, même si je savais que ça ne servirait à rien.

À un moment, son coude avait cessé de bouger. Bon sang, j'étais même à peu près sûre qu'il avait arrêté de respirer, parce que les quelques centimètres que je voyais de lui à part ses jambes ne remuaient pas non plus. Et merde.

— C'est ma faute. J'ai juste… Je n'étais pas concentrée. J'aurais dû vérifier dans le système et je ne l'ai pas fait. Je suis tellement désolée.

Il ne disait toujours rien.

Merde.

— Je peux rester plus tard ce soir pour commencer à rattraper le coup. Lundi, je peux poser l'apprêt et, si je reste tard, je pourrai reprendre le rythme normal…

Il avait arrêté de m'écouter. Je le voyais. Je choisis donc de me taire.

Il se mit à bouger tandis que je continuais à m'expliquer. D'abord, je vis apparaître ses abdos, puis le haut de son torse, suivi par son cou, et enfin sa tête sortit de la voiture qu'il était en train de vider. Ses yeux si intenses se concentrèrent sur moi, l'air soigneusement impassible. J'avais déjà vu cette expression chez lui, mais de loin. En tant qu'observatrice et non comme destinataire.

Et je sus. Bon sang, je sus.

J'allais en prendre pour mon garde.

Lucas Ripley ne me déçut pas. Il prit une voix terriblement calme, presque froide, et me lança :

— Je t'ai spécifiquement demandé si tu avais besoin de noter ça. Ça te dit quelque chose ?

Putain. Ça sentait le roussi.

Que pouvais-je faire, à part acquiescer ?

Ses yeux bleu-vert ne cillèrent même pas.

— Je t'ai *demandé* si tu avais besoin que je te l'écrive et tu m'as dit non, continua-t-il.

Même furieux, son visage possédait une telle beauté brute que je ne pouvais pas le regarder, pas maintenant. Sa voix se fit encore plus froide, si c'était possible, et je sentis un frisson me parcourir l'échine.

— Et je vais devoir te payer des heures sup' pour du travail qui était déjà fait ? insista-t-il, les yeux étrécis. Je vais devoir te *payer* pour une erreur que *tu* as faite ?

Je restai plantée là.

J'avais fait une connerie. Je ne pouvais pas l'ignorer.

— Rip, je suis désolée. C'est la première fois que je fais une erreur pareille…

Il essuya sa main immense, tachée d'huile ou de cambouis, sur son torse.

— Putain, c'est pas la question, Luna, rétorqua-t-il d'un ton sec en levant les yeux vers moi. C'est une perte de temps. C'est une perte d'argent. C'est une perte de peinture, bordel.

Rip secoua la tête. Dans ses cheveux bruns étaient apparues de rares mèches grises juste à temps pour son anniversaire lundi.

Il ne prenait pas de gants et j'acceptais tous ses reproches, me sentant de plus en plus mal. Il avait raison. Il aurait eu la même réaction envers quiconque ayant fait la même erreur, mais cela ne m'aidait pas vraiment à me sentir mieux.

— Je suis désolée. Je resterai plus tard et tu n'as pas besoin de me payer. Je sais que c'est ma faute, répondis-je.

Je priai pour qu'Owen et Miguel ne puissent pas entendre ma voix monter dans les aigus. Je dus serrer les poings pour m'empêcher de faire craquer mes articulations.

Mon patron haussa les sourcils, qu'il avait sombres et épais, me confirmant que je n'allais pas m'en tirer comme ça. Et je n'allais certainement pas être absoute de quoi que ce soit.

— Et maintenant tu veux me faire culpabiliser de te passer un savon comme n'importe quel patron le ferait ? lâcha-t-il avec un regard sombre, sa bouche si sexy dans ses bons jours tordue en un rictus. Ça ne marchera pas avec moi, Luna. Tu as merdé et c'est tout ce qu'il y a à dire.

J'avais merdé, c'était vrai. Je n'étais pas en train d'essayer de me dédouaner. Je hochai la tête en évitant de regarder vers mes collègues.

— Je sais, Rip. Ce n'est pas ce que j'essaie de faire. Je suis désolée, déclarai-je.

Il secoua la tête, comme pour se débarrasser de moi par la même occasion. Il sortit un chiffon à peu près propre de son bleu de travail et le passa sur son visage.

— Ce ne sont pas des excuses qui vont réparer cette connerie, marmonna-t-il.

Évidemment. J'avais appris cette leçon bien avant qu'il n'entre dans ma vie.

— Je sais. Je ferai tout moi-même. Je vais commencer tout…

— Laisse tomber, lâcha-t-il dans un souffle, le visage toujours caché par le bout de tissu.

Qu'est-ce que ça voulait dire ?

— Mais je peux le faire. Je sais que c'est ma faute…

— Non.

Il éloigna le chiffon de son visage et se concentra sur moi. Sa mâchoire était serrée, et si je doutais encore de sa fureur, j'en aurais eu la confirmation à cet instant. Je n'avais jamais vu son front aussi plissé.

— Garde la peinture de la même couleur que celle que tu as commencée, grommela-t-il en passant le chiffon sur ses mains, me transperçant le front de son regard noir. Mais sache que c'est une belle connerie.

— Je suis désolée, murmurai-je.

J'étais à peu près sûre que mes collègues avaient commencé à se rapprocher pour mieux nous entendre, et je faisais de mon mieux pour les ignorer.

Rip secoua la tête de nouveau.

— Ça ne change rien. Va peindre la voiture de la couleur que tu as déjà commencée.

— Mais…

— Je ne veux pas continuer à discuter de cette connerie, Luna, m'interrompit-il en regardant le plafond, avant de poursuivre d'une voix claire comme de l'eau de roche : Et ça sera noté dans ton dossier.

Dans mon dossier ? Comme ma première erreur ? Dans le sens : au bout de trois, je suis virée ? Était-ce ainsi que ça marchait ? Je ne savais même pas que cela existait.

Je le fixai du regard, lèvres pincées, et inspirai par le nez. Je n'allais pas me laisser affecter par le fait de me faire engueuler. *Pas question.*

Rip, au contraire, me regardait avec une telle fureur contenue que j'avais l'impression qu'il préférerait ne pas me voir ; qu'il ne voulait pas voir mon visage que je ne maquillais pas à part le rouge à lèvres rose que je portais tous les jours ; qu'il ne voulait pas voir les cheveux que je teignais en bleu couleur barbe à papa depuis un an. Qu'il ne voulait pas me voir, *moi.*

Il ne serait pas le premier.

— Je suis désolée, répétai-je en m'accrochant à ce qui me restait de dignité.

Je me sentais minuscule. À sa façon de me fixer du regard, je sus qu'il n'ajouterait rien.

Je m'étais excusée sincèrement. C'était tout ce que je pouvais faire. Je me détournai et revins sur mes pas, évitant soigneusement de rencontrer le regard de mes collègues, parce que je ne voulais pas voir la pitié sur leur visage. Je ne m'étais pas éloignée de beaucoup quand j'entendis Rip lancer :

— Vous comptez vous remettre au boulot un jour ?

Je pinçai les lèvres et baissai les yeux vers mon bracelet orné de donuts, passant mon pouce sur l'un d'eux. Ça aurait pu être pire.

Il aurait pu me virer, et alors il n'aurait pas eu besoin de me rendre la faveur qu'il me devait depuis bientôt trois ans. J'étais sûre qu'il aurait été soulagé.

Tout allait bien, même si je n'en avais pas l'impression pour le moment.

Les choses pouvaient toujours être pires.

CHAPITRE 3

Toutes les lumières de la maison étaient allumées quand je garai la voiture dans l'allée vers vingt-deux heures ce soir-là.

Littéralement toutes.

Je soupirai, éteignis le moteur et me rappelai que, bientôt, il n'y aurait plus personne à la maison pour mettre de la lumière. Ou me préparer une gamelle pour le midi. Ou me faire un câlin quand j'en avais besoin. Ou me convaincre de me coucher tard pour regarder un film d'horreur.

Ce constat me fit soupirer de nouveau, mais cette fois pour une raison totalement différente.

Puis je me rappelai que ma facture d'électricité allait grimper cet été si ma petite sœur ne se calmait pas, aussi, j'ouvris la portière et sortis.

Dans le noir, j'avais du mal à discerner la vieille maison. Je ne voyais que des carrés et des rectangles de lumière derrière les rideaux dont ma sœur Thea m'avait fait cadeau un an plus tôt.

Je montai les deux marches avant de faire jouer mon trousseau de clés autour de mon index puis de glisser la bonne dans la serrure. La télévision était à plein volume, ce qui n'empêcha pas ma petite sœur Lily, la benjamine, de m'entendre.

— Luna ? C'est toi ? appela-t-elle.

— Non, c'est un meurtrier avec une hache, répondis-je en déposant mes clés dans le bol que mon autre sœur m'avait offert pour mon anniversaire la même année. Tu as préparé un truc pour le dîner ?

Dis oui, dis oui, dis oui…

— Non, j'ai commandé des pizzas !

Comme tous les vendredis où elle ne travaillait pas, ma petite sœur était postée devant la télé. Selon elle, la dernière année de lycée était *épuisante*. J'ignorais si c'était vrai.

Mais j'avais toujours su voir clair dans son jeu. Si elle restait à la maison les vendredis soir où elle ne travaillait pas, c'était pour mettre de l'argent de côté. Elle était toujours en train d'économiser pour quelque chose. Cette année, c'était pour aller à l'université. L'année précédente, c'était pour une voiture – une voiture dont j'avais fini par financer la moitié.

Rien qu'à l'idée d'une pizza, mon estomac se mit à gargouiller, me rappelant que je n'avais pas fini mon déjeuner et n'avais mangé depuis qu'une banane et une poignée de Skittles piochées dans ma réserve pas-si-secrète après l'incident avec Rip. C'était quasiment un miracle que je n'aie pas fini avec une migraine après ça, mais le Coca que j'avais bu avec les Skittles avait probablement aidé.

J'étais *lasse*. Dans tous les sens du terme. Peu importe à quel point j'avais tenté de ne pas me morfondre dans la culpabilité à cause de ma connerie, peu importe à quel point j'essayais de ne pas penser à Rip et à son inflexibilité, le fait est que c'était arrivé. Son expression, le ton de sa voix et la culpabilité qui me tordait les entrailles tournaient en boucle dans ma tête. J'avais la poitrine serrée depuis des heures.

Même maintenant, j'étais honteuse et déçue de moi-même.

« *Ce ne sont pas des excuses qui vont réparer cette connerie.* »

Je soupirai de nouveau tout en délaçant mes bottes et en m'en débarrassant, les rangeant à côté des Converse noires de Lily tout en jetant un œil à la paire de Vans jaunes et de New Balance roses qui se trouvaient là aussi.

Tout en me massant l'arcade sourcilière, je me traînai jusqu'au salon à l'autre bout du couloir. En traversant la maison, je ne voyais que tout ce que je souhaitais encore refaire à l'intérieur; abattre certains de ces murs était d'ailleurs tout en haut de ma liste. Avec un peu de chance, j'arriverais convaincre Lily de m'aider avant qu'elle ne parte. Si mes autres sœurs venaient me voir, je pourrais peut-être leur demander un coup de main aussi. Il n'y avait pas assez d'heures dans la journée ni de journées dans l'année.

Dans le salon, je trouvai Lily assise entre une fille et un garçon de son âge que j'avais déjà rencontrés. Je leur fis un signe de la main, mais envoyai un baiser à la jeune fille aux cheveux châtain clair au milieu.

— Salut, lançai-je à la cantonade.

Ma sœur leva les bras vers le plafond, sa façon de me demander de venir la voir.

C'était la personne la plus affectueuse de la famille, raison de plus pour laquelle elle allait me manquer en partant à l'université. Cette pensée fut comme un coup de poignard en plein ventre.

Lily avait sa remise de diplôme la semaine prochaine. *La semaine prochaine.*

Elle aurait dix-huit ans dans quelques semaines. Elle serait légalement une adulte, mais resterait toujours ma petite sœur qui avait grandi beaucoup trop vite malgré tous mes efforts pour empêcher ça.

Je me penchai sur le dossier du canapé, et Lily passa les bras autour de mon cou tandis qu'elle posait une joue contre la mienne.

— Dure journée, ma caille ?

— Il y a pire, il y a mieux, mon canard en sucre, susurrai-je contre sa peau en y déposant un léger baiser.

— Désolée, ma belle.

Elle me rendit mon baiser; ses yeux verts, de la même teinte que les miens et ceux de nos deux autres sœurs, étaient particulièrement attentifs. Elle m'avait déjà répété assez souvent que je travaillais trop et que j'allais m'user avant l'âge.

— Tu veux qu'on aille dans ma chambre ? s'enquit-elle avant que son regard ne soit attiré par le bracelet sur mon poignet. Oh, regarde, tu l'as mis !

Je l'embrassai de nouveau avant de me redresser.

— Évidemment que je l'ai mis, et pas la peine de partir, sauf si ça vous embête que je reste un peu le temps de finir vos pizzas.

Elle grimaça.

— Tu as dû sniffer trop de vapeurs toxiques aujourd'hui.

Je lui adressai une grimace en retour avant de me retourner pour me diriger vers la cuisine au bout d'un autre couloir. Il fallait vraiment que j'ouvre encore plus l'espace de vie afin d'améliorer l'intérieur. J'avais récupéré les plans quand j'avais acheté la maison, et j'étais sûre que je pourrais trouver un ingénieur ou un architecte capable de me dire quels murs je pouvais abattre. Je travaillais trop pour pouvoir regarder les émissions de réaménagement et de rénovation d'intérieurs, mais j'avais une bonne idée du rendu final que je souhaitais pour la maison.

Je parcourus du regard ce que je possédais actuellement : une cuisine fermée qui avait sûrement été à la pointe de la mode au siècle dernier, des placards d'une couleur indéterminée, un plan de travail qui avait été remplacé il y a moins de vingt ans, une cuisinière et un réfrigérateur qui se contentaient de faire leur boulot… Il y avait des récipients en verre et en céramique sur le plan de travail, un blender sophistiqué que Lily m'avait convaincue d'acheter, un robot sur lequel j'avais craqué un jour de soldes du Black Friday et un panier en métal rempli de pommes et d'oranges.

J'avais tellement de choses et tellement de chance. Même dans son état actuel, la cuisine, qui avait certes besoin d'un sérieux coup de neuf, me rendait heureuse. Parce qu'elle était à moi et que personne ne pouvait me la prendre… sauf si j'arrêtais de rembourser mon prêt. Mais je n'avais pas encore été virée, alors je m'en inquiéterais un autre jour.

Je me rappelais toujours le temps où les placards et le frigo étaient totalement vides. Je m'étais alors fait la promesse que, un jour, je pourrais ouvrir un placard et toujours y trouver quelque chose à manger, et pareil pour mes sœurs. Je m'étais juré que si j'avais des enfants un jour, je leur donnerais ce que mes parents avaient été trop égoïstes, négligents et irresponsables pour nous donner.

À l'instant où j'eus cette pensée, je me rappelai que c'était exactement ce que j'avais accompli. Cela voulait peut-être dire bosser soixante heures par semaine et me faire engueuler par un patron qui m'ignorait royalement quand j'essayais de le mettre de bonne humeur, mais j'avais réussi. J'avais *réussi*.

J'avais beau être épuisée, avoir les muscles de mes épaules courbaturés à force de tenir le pistolet à peinture, tout comme ceux de mes bras et de mes mains à cause de tout le travail de carrosserie que j'avais fait aujourd'hui, cela en valait la peine.

Un rire me parvint depuis le salon ; je reconnus celui de ma petite sœur. Rien que ce détail acheva de confirmer à quel point cela valait le coup de m'épuiser à la tâche toute la semaine.

Voilà pourquoi, tandis que je me dirigeais vers la boîte à pizza posée sur le plan de travail à côté du frigo, je me sentis de nouveau plus légère.

Oui, j'avais fait une connerie. Oui, c'était plutôt une mauvaise journée. Oui, mon corps entier me faisait mal. Mais j'étais chez moi. Une personne que j'aimais m'avait embrassée. J'avais un lit où dormir.

Au bout du compte, c'était une bonne journée, à un ou deux détails près.

J'ouvris la boîte à pizza et m'aperçus qu'il ne restait qu'une seule part. Malgré tout, c'était toujours une bonne journée.

Il restait assez dans le budget pour commander une autre pizza si je le voulais vraiment, et ça, ça suffisait à mon bonheur.

Chapitre 4

Le lundi suivant, je sus que j'aurais dû revenir sur mes pas et attendre pour faire mon café au moment où j'entrai dans la salle de pause et entendis mes patrons se disputer.

Encore une fois. Ce devait bien être la millième, ou pas loin, en tout cas.

Pour ma défense, si j'évitais la pièce chaque fois que je les entendais se quereller, je ne pourrais plus boire une seule tasse de café ou presque. Pareil pour mon déjeuner. Ou pour remplir ma bouteille d'eau. Ou pour vérifier si j'avais bien lu leur écriture en pattes de mouches sur les Post-it.

Ce matin, encore plus que d'habitude, j'avais besoin de caféine. J'avais rêvé de mon père pour la première fois depuis des mois. Le rêve avait été si réaliste que je m'étais réveillée avec les larmes coulant sur mes joues. Cela faisait des années que je n'avais pas sangloté aussi fort… une prise de conscience qui n'avait fait que redoubler mes pleurs. J'avais eu l'impression d'être de nouveau chez eux, de revivre les nuits où mon père était bourré – il était odieux au quotidien, mais il devenait alors un vrai cauchemar. De revivre les jours où, si j'avais de la chance, la femme que mes sœurs connaissaient comme leur mère était allongée sur le canapé, complètement défoncée, occupée à rien d'autre que de me faire comprendre à quel point elle me détestait. J'avais fini par renoncer à me rendormir et, étendue dans mon lit, je m'étais répété les choses que je m'étais dites un millier de fois.

Je suis aimée. J'ai un toit au-dessus de ma tête. De quoi manger dans mes placards. Un lit dans lequel dormir. De l'argent sur mon compte en banque.

Je me rappelai que la vie était un cadeau – parfois on souhaiterait pouvoir l'échanger, d'autres fois on voudrait le garder pour toujours, mais ça restait un cadeau. L'herbe semblait peut-être plus verte ailleurs, mais au moins, vous aviez de l'herbe. Certains endroits dans le monde n'avaient même pas ça.

Tout allait bien.

J'avais plus de choses que je n'aurais pu en rêver.

J'allais *bien.*

Heureusement que ma petite sœur avait le sommeil lourd. Autrement, lui expliquer pourquoi je m'étais réveillée en pleurant toutes les larmes de mon corps aurait été une vraie plaie. Il se passait parfois un long moment sans que je songe à eux ou à cette période de ma vie ; ma petite sœur, elle, avait décidé de ne jamais penser à eux du tout, en tout cas pas que je sache… J'avais déjà essayé d'en discuter avec elle, histoire de vérifier qu'elle allait bien, mais elle avait refusé.

J'étais consciente de tout ce que je possédais. Faire un effort pour me le rappeler n'avait pas beaucoup aidé, mais suffisamment quand même. Cela m'avait permis de prendre une grande inspiration, de sortir du lit pour lequel j'avais économisé pendant six mois et de prendre une douche dans ma propre salle de bains, dans une maison que j'avais achetée et pour laquelle je remboursais mon emprunt chaque mois. J'arrivais même à mettre assez de côté pour rembourser plus que mes mensualités. J'avais attrapé ma gamelle dans le frigo, pleine d'un repas préparé par Lily ce week-end, et pensé au dernier moment à récupérer le gâteau que j'avais fait la veille pendant que Lily cuisinait le déjeuner. Je m'étais longuement battue avec elle pour qu'elle achète son déjeuner à l'école, mais elle avait obstinément répété que la nourriture là-bas avait un goût de vieille chaussette et qu'elle cuisinait bien mieux elle-même.

Après tout ça, j'étais sortie de chez moi au volant d'une voiture que j'avais achetée moi-même, pour me rendre à un boulot que j'adorais la plupart du temps.

Je suis aimée. J'ai un toit au-dessus de ma tête. De quoi manger dans mes placards. Un lit dans lequel dormir. Un énorme paquet de Skittles sur mon bureau dans l'atelier. Un four dans lequel cuisiner des gâteaux et de l'argent pour acheter des ingrédients. Et tout ça, grâce à moi. Tout ça parce que quelqu'un, un jour, m'avait donné une chance, un peu d'amour et m'avait laissée travailler dur pour obtenir tout ce que j'avais aujourd'hui.

Et ce fut *ça* qui me permit de me sentir mieux, plus que tout le reste. Savoir que je n'étais pas vulnérable et que je n'avais pas à dépendre de quelqu'un d'autre pour les premières nécessités.

C'est pourquoi, plus que n'importe quel jour, entendre mes deux patrons se disputer me pesa, comme si l'on m'avait posé un sac de farine de cinquante kilos sur les épaules. J'avais besoin de me préparer du café pour me réveiller avant de me diriger vers ma cabine de peinture, afin de pouvoir faire semblant de m'être levée en pleine forme. Je n'étais pas d'humeur à interrompre subtilement une dispute entre qui que ce soit.

Mais je savais que je le ferais quand même. Je détestais quand les gens autour de moi s'engueulaient, surtout quand j'en aimais un et que je m'intéressais un peu trop à l'autre.

— *Quand est-ce que tu comptais m'en parler ?!*

La voix qui me parvint était rauque, bourrue, mais comme enrobée de chocolat. C'était une si belle voix, même s'il la maniait comme une foutue épée pour découper les gens et leurs émotions en petits morceaux. Au moins, il se comportait comme ça avec tout le monde. Il était très exigeant, et quiconque commettait une erreur ne s'en tirait jamais impunément. Moi comprise.

Sans tenir compte de son comportement envers moi le vendredi, je lui avais préparé un beau et grand gâteau d'anniversaire la veille. J'en faisais pour tout le monde, même mes collègues que je détestais.

Je n'avais pas assez de cruauté en moi pour les faire sortir du lot et ne rien apporter le jour de leur anniversaire. Mais les gens que je préférais à l'atelier avaient droit à leur dessert préféré. Les autres se contentaient des mélanges tout faits qui étaient en solde ce jour-là.

— *Ripley, fous-moi la paix. Je ne pensais pas que ça te poserait problème,* répondit la deuxième voix, celle que j'avais passé quasiment les dix dernières années de ma vie à écouter.

Cette voix-là était plus douce, plus légère. *Plus patiente.*

Le contraire de celle de Ripley en tous points.

— *Tu croyais que je ne m'intéresserais pas à qui tu emploies pour bosser avec moi ?*

— *Bien sûr que si, mais je me suis contenté de publier une annonce pour le poste. Je ne pensais pas que je devais d'abord parler d'une simple annonce avec toi. Allons, fiston*, déclara M. Cooper.

— *Je t'interdis de m'appeler comme ça, putain ! Je ne suis pas ton fils.*

Si je gagnais un dollar chaque matin où, en entrant dans la salle de pause, je les entendais se disputer dans l'un des bureaux, j'aurais assez d'argent désormais pour m'offrir ce voyage en Grèce que je m'étais promis.

La première fois que je les avais entendus se quereller, dès le lendemain du jour où Rip m'avait soumise à son test idiot pour vérifier mes connaissances, je m'étais inquiétée. Leur désaccord concernait la paie et le fait que le garage avait trop d'employés. J'avais été angoissée pendant des jours après, redoutant que nous soyons nombreux dans la boîte à être virés. J'étais une des plus jeunes. Si quelqu'un devait prendre la porte, je m'étais dit que ce serait moi. Ils pouvaient toujours sous-traiter la peinture à une autre société. J'en étais pleinement consciente.

Heureusement, personne n'avait été viré. Il avait fallu deux mois à attendre et à écouter en douce aux portes pour comprendre que M. Cooper avait mis son veto et qu'il ne laisserait personne perdre son travail.

Enfin, à moins que quelqu'un ne le mérite, bien sûr.

À présent, je me contentais d'accepter que l'homme dont j'aimais écouter la voix – et dont j'aimais admirer le visage – se disputait avec M. Cooper sans aucune raison. Le ciel était trop bleu ? C'était la faute de M. Cooper. Il avait besoin d'une pièce qui n'avait pas été commandée ? C'était la faute de M. Cooper.

Je ne comprenais pas et ne comprendrais probablement jamais. M. Cooper était génial. Plus génial que génial. Je lui donnerais n'importe lequel de mes organes sans hésiter.

J'avais beau faire de mon mieux pour surprendre leurs conversations, je n'avais jamais réussi à comprendre ce qui s'était passé pour déclencher un tel antagonisme. En y réfléchissant, il y avait beaucoup de choses que je n'avais jamais saisies entre eux. Aucun de nous, d'ailleurs, et ce n'était pas faute d'avoir essayé. Si j'avais passé autant de temps à écouter les disputes entre M. Cooper et Rip, c'était parce qu'il y avait quelque chose entre eux qui sonnait… faux.

J'étais à peu près sûre qu'il y avait beaucoup de rancœur, en tout cas de la part de Ripley, mais je n'arrivais pas à comprendre pourquoi. Pourquoi est-ce que M. Cooper l'avait fait entrer dans la société – *sa* société – s'il ne s'entendait pas avec lui ?

Il devait y avoir une raison pour laquelle un homme avait débarqué un jour et était devenu notre nouveau patron, presque sans crier gare. Sans rien d'autre qu'un sourire crispé de la part du propriétaire de *CCC*, accompagné d'un «Je vous présente Ripley» dans la salle de pause.

Ripley, cet homme qui cachait sa peau sous des manches longues en toutes occasions. Je ne l'avais jamais, *jamais* vu porter quoi que ce soit d'autre. Pas quand nous bossions jusqu'à minuit. Pas quand nous travaillions jusqu'à deux heures du matin. Pas quand il arrivait à sept heures pour commencer la journée. Même pas le samedi. Il gardait soigneusement cachés ses tatouages.

Au début, je m'étais demandé s'ils étaient moches ou vieux, mais il ne me semblait pas être le genre de personnes à se soucier de ce que pensaient les autres. Et puis, il aurait juste pu les faire recouvrir, si c'était le cas. M. Cooper avait toujours été plutôt aisé et l'atelier n'avait fait que se développer depuis qu'il s'était lancé dans la restauration. Ou, plus spécifiquement, grâce aux voitures que Rip achetait, restaurait puis revendait. Je ne me souvenais pas d'une seule voiture sur laquelle il avait bossé qui n'ait pas été revendue pour beaucoup plus d'argent que ce qu'elle lui avait coûté au départ. Il pouvait sûrement se payer de nouveaux tatouages s'il n'aimait pas les siens. La seule explication logique à laquelle je pouvais penser était que les tatouages étaient très personnels. Je ne me baladais pas dans la rue en montrant le mien, après tout.

Une partie de moi continuait à espérer qu'il oublierait un jour et remonterait ses manches, par exemple. D'ailleurs, il pouvait aussi relever sa chemise s'il le voulait, je ne m'en plaindrais pas. Mais le connaissant, ce jour ne viendrait jamais. S'il n'avait pas montré ses tatouages depuis qu'il était arrivé, je doutais fortement qu'on les voie un jour.

Après tout, ça ne me regardait en rien. Si je voulais vraiment savoir, je suppose que je pourrais me servir de la faveur qu'il me devait pour lui faire cracher le morceau, mais je n'en avais jamais eu envie et je n'en avais pas l'intention.

Sur le moment, je décidai de faire ce que je faisais toujours quand je les entendais. Je pouvais ainsi faire d'une pierre deux coups et déposer le gâteau que j'avais préparé pour Rip. Jusqu'à l'année précédente, je ne savais même pas quand il était né. La seule raison pour laquelle je l'avais découvert, c'était parce qu'il m'avait un jour lancé son portefeuille pour que je prenne sa carte bancaire afin d'acheter à manger, et son permis de conduire s'était trouvé bien en évidence.

L'année précédente, il avait eu l'air de ne pas pouvoir se décider entre jeter son gâteau et le manger, mais il m'avait quand même remerciée.

Je m'attendais à peu près à la même réaction cette année, mais cela me suffisait.

Après avoir rempli la cafetière d'eau et sorti un nouveau filtre, j'allai récupérer la boîte secrète de déca que je cachais dans l'un des placards. J'en déposai une bonne cuillère dans le filtre puis, me retournant pour vérifier que personne n'était caché dans un coin pour m'observer, je remplis le reste de café normal. Depuis des années que je m'étais mise à préparer le premier café du matin, personne ne s'était aperçu de mon petit manège. Autrement, je n'en finirais plus d'entendre des plaintes sur le fait de devoir boire du déca.

En réalité, je préférais éviter d'avoir les mains tremblantes sous l'effet de la caféine quand je m'occupais de peinture. Sans oublier que la dernière chose dont la plupart de mes collègues avaient besoin, c'était d'un breuvage les rendant encore plus hyperactifs qu'ils ne l'étaient au quotidien.

Je gardai les yeux fixés sur la cafetière tout en patientant.

Je continuai aussi à écouter les deux hommes dans la pièce à côté, puisque je n'avais rien d'autre à faire. En tout cas, c'est comme ça que je justifiais le fait d'espionner leur conversation. Je ne me tenais pas non plus derrière la porte, l'oreille contre le battant. Ce n'était pas ma faute si le bâtiment n'avait aucune isolation phonique.

— *Pour autant que je sache, c'est* notre *boîte et nous prenons les décisions ensemble,* grogna la voix la plus basse.

— *Tu es énervé à cause d'une annonce ?*

— *Je suis énervé parce que tu ne m'inclus pas dans les décisions qui me concernent !* rétorqua Rip.

Je devais avouer que je comprenais M. Cooper. Pourquoi Rip lui en voulait-il pour une simple offre d'emploi ? Je veux dire… sérieusement ?

— *Ripley, je n'ai embauché personne. Tout ce que j'ai fait, c'est poster une annonce.*

— *Ce n'est pas le fait que tu aies posté une annonce, le problème ! C'est le fait que tu ne m'en aies rien dit. J'en ai ras le bol que tu prennes des décisions sans m'en parler avant. Tu n'écoutes jamais.*

— *Quand est-ce que je ne t'ai pas écouté ?* s'enquit M. Cooper d'un ton qui trahissait son impatience grandissante.

— *Par où commencer ? Tu préfères que je fasse dans l'ordre chronologique ou que je parte d'aujourd'hui et que je revienne en arrière ?*

Je grimaçai.

Ce n'était pas près de s'améliorer. Nul besoin d'une boule de cristal pour savoir que c'était plus que probable que la conversation dégénère encore, d'ailleurs. Merde.

Je fis donc ce que je faisais toujours quand j'avais l'impression que leurs disputes risquaient de partir en cacahuète. Comme cette fois où j'avais entendu quelque chose se briser à l'intérieur du bureau et que M. Cooper n'était pas retourné au garage pendant plusieurs jours. Il m'avait avoué, plusieurs semaines plus tard, qu'il n'avait pas l'habitude d'être responsable devant une autre personne et qu'il avait eu besoin de prendre quelques jours, car sa pression artérielle avait tellement augmenté que sa poitrine en était devenue douloureuse.

Je ne voulais pas que M. Cooper, qui prenait des médicaments contre l'hypertension depuis que je le connaissais, souffre. C'était donc à moi de faire quelque chose. Personne d'autre ne s'y collerait.

Un souvenir de mon père me traitant de petite fouineuse de merde fit irruption dans mes pensées, mais je me forçai à ravaler ce rappel indésirable et récupérai deux tasses sur l'égouttoir à côté de l'évier. J'ajoutai exactement la même dose de sucre dans les deux.

Le voyant de la cafetière s'alluma au moment même où je finissais de verser le lait dans l'une des tasses. Au même instant, j'entendis M. Cooper hausser le ton de l'autre côté du mur ; cela faisait bien longtemps que je ne l'avais pas entendu aussi frustré.

— Honnêtement, qu'est-ce que j'ai bien pu faire ces derniers temps pour que tu te comportes comme ça avec moi ?

Je regrettai presque d'entendre ces mots exacts pour la dixième fois. Je n'en étais que plus curieuse : que signifiaient-ils, bon sang ?

«*Qu'est-ce que j'ai bien pu faire ces derniers temps pour que tu te comportes comme ça avec moi ?*»

C'étaient des mots durs. Amers. Mais jamais M. Cooper n'en disait plus.

Je remplis les tasses de café brûlant, mélangeai les deux avec la même cuillère et glissai la poignée du sac en plastique contenant le gâteau autour de mon poignet. Je saisis l'anse de chaque tasse, ignorant le nombre de fois où j'avais fait exactement la même chose pour d'autres personnes dans ma vie. Sauf que, dans ces cas-là, le café n'aidait jamais, contrairement à ce que j'espérais de tout mon cœur. Cela finissait toujours par se retourner contre moi.

Mais tant pis.

— M. Cooper ? appelai-je en sortant de la salle de pause et en tournant à gauche.

Je tapotai du coude contre la porte close située juste à côté de la pièce dont je venais de sortir, évitant soigneusement de renverser du café. Le seul indice quant au rôle de cette porte était une petite plaque d'un vert passé indiquant «*BUREAU*». Nous l'avions emportée quand nous avions déménagé des précédents locaux.

Il y eut une pause avant que la voix si familière de M. Cooper ne retentisse, déclarant la même chose qu'à chaque fois que je frappais à la porte.

— Bonjour, Luna. Entre.

Me forçant à sourire, je poussai le battant et regardai M. Cooper de l'autre côté de son bureau, l'air plutôt fatigué pour une heure si matinale. Ses cheveux étaient déjà un mélange de gris et de blanc quand je l'avais rencontré, mais il était difficile d'ignorer à quel point le blanc s'était étendu à présent. Les rides de son visage étaient plus profondes que dans mon souvenir, et ses lèvres fines étaient pincées si souvent que j'avais du mal à me souvenir du temps où elles ne l'étaient pas.

Cet homme avait besoin de vacances ; pas juste d'un week-end à la campagne, mais de vraies, longues vacances. Je devrais en parler à Lydia. Il fallait qu'il allège ses horaires aussi, tant que l'on y était, mais c'était une autre histoire.

— Bonjour, M. Cooper, répliquai-je en avançant d'un pas dans la minuscule pièce qu'il appelait son bureau. J'ai entendu que vous étiez là et je voulais vous apporter votre café avant d'attaquer mon travail.

Je me dirigeai vers son bureau et lui tendis la tasse blanche ébréchée arborant « *COOPER'S COLLISION AND CUSTOMS* » en lettres à demi effacées, probablement aussi vieilles que moi.

M. Cooper me sourit, mais je devinais la tension dans ses yeux.

— Tu n'avais pas besoin de faire ça, dit-il.

Il utilisait les mêmes mots chaque matin que nous jouions cette comédie : je faisais semblant d'entrer ici par politesse, mais nous savions tous les trois que ce n'était pas la vérité. Peut-être qu'ils ne savaient pas à quel point je les espionnais quand ils parlaient d'une voix normale, mais nous savions tous ici qu'il était impossible de ne pas les entendre quand ils haussaient le ton ou se mettaient à crier.

— Pas de problème, lui assurai-je, tandis qu'il s'emparait de la tasse que je lui tendais. Cette coupe vous va très bien.

— Merci, répondit-il, l'air sur ses gardes même s'il continuait à sourire.

Je lui en décochai un en retour, ni forcé ni crispé, avant de me tourner pour tendre la deuxième tasse de café – un mug rétro que m'avait offert Lenny à l'effigie de la comédie musicale *Cats* – à l'autre homme dans la pièce. Je ne changeai pas d'expression, gardant le même grand sourire fermement en place.

— Je t'ai apporté le tien aussi, Rip, déclarai-je en lui tendant calmement la tasse.

Mes yeux se fixèrent sur l'ébauche de tatouage que j'apercevais sur sa gorge, caché en majeure partie par le tee-shirt gris à col montant qu'il portait.

Je masquai ma surprise de le voir se disputer avec M. Cooper un jour où il portait du gris. Au lieu de quoi je lui souris de plus belle, juste pour le titiller. Peut-être que vendredi ne s'était pas exactement déroulé de la meilleure des façons, mais, d'après mon expérience, Rip n'était pas rancunier. Et puis, il attendrait que nous soyons seuls pour me demander si j'avais décidé quelle faveur exiger. Il viendrait me trouver plus tard pour me poser la question.

Je l'observai tendre sa main au moins deux fois plus grande que la mienne, en contemplai le dos ainsi que ses doigts – recouverts d'une faucheuse miniature, de lignes noires tracées au hasard et d'une lettre qui était probablement un M sur son annulaire – qui me prirent la tasse. Ce fut à ce moment-là, et seulement à ce moment-là, que je m'autorisai à lever les yeux vers ce visage auquel je pensais beaucoup trop pour mon propre bien, même quand il n'était pas vraiment dans ses meilleurs jours.

Parce que même si je ne pensais à lui qu'une fois par jour, c'était une de trop. Je savais à quoi m'en tenir. J'avais aussi une sorte de radar interne pour les choses sans espoir, et c'était le cas ici.

Je n'étais pas amoureuse ou quoi que ce soit, mais j'appréciais beaucoup de choses chez lui. Ce que j'appréciais le plus, c'était probablement le fait qu'il ne laissait personne lui marcher sur les pieds, même si cela allait parfois un peu loin. J'admirais Lucas Ripley. J'admirais beaucoup de choses chez lui. Il n'était peut-être pas l'homme le plus gentil ou le plus doux au monde, mais il n'était pas cruel ou impoli sans raison… la plupart du temps. À l'atelier, les autres mecs le traitaient de tyran dur à cuire, mais moi, je voyais en lui un homme bien.

J'aimais bien Rip, tout comme j'aimais bien les sacs Louis Vuitton que je savais pertinemment que je ne posséderais jamais, car il y avait toujours une autre dépense urgente à faire. Je pouvais les apprécier de loin, même en sachant qu'ils ne seraient jamais à moi. Donc…

Ce que je n'aimais pas, c'était son attitude à l'égard de M. Cooper. Mais trois ans plus tôt, quand je lui en avais parlé, ce dernier m'avait dit de ne pas y faire attention. «*Je le connais depuis toujours, petite lune. C'est un bon garçon, sous ses airs rudes. Ne t'en fais pas pour ça. Je sais me défendre.*»

— Merci, Luna, fit Rip, me tirant de mes pensées.

— De rien, répondis-je, comme tous les matins quand nous avions cette conversation.

En effet, c'est exactement ce que nous faisions tous les jours, même ceux où il n'était pas en train de se disputer avec M. Cooper quand j'arrivais. Je lançais le café, lui préparais une tasse comme il l'aimait – j'avais appris ses préférences en l'observant se servir quand nous étions dans la salle de pause en même temps – et l'apportais à l'endroit où il se trouvait ce matin-là dans l'immense atelier. Je posais la tasse sur la surface plane la plus proche, puis le saluais d'un «Bonjour !». Ensuite, selon la couleur de son tee-shirt, il me disait «Merci», soit d'une voix claire, soit dans un grommellement. Je répondais «De rien», puis il me demandait «As-tu choisi ?», ce à quoi je répondais par la négative. Selon son humeur également, je lui demandais s'il avait passé une bonne soirée, un bon week-end. Je recevais un mot en réponse, parfois deux si j'avais de la chance, et voilà. C'était tout.

Je dégageai les poignées du sac toujours autour de ma main et l'ouvris.

— Joyeux anniversaire.

Je retirai le moule en métal avec son couvercle en plastique et lui tendis le gâteau, le sourire toujours vissé aux lèvres.

— Il est au chocolat, avec du glaçage à la vanille, expliquai-je, le bras toujours en l'air.

Il écarquilla les yeux.

Puis ses prunelles bleu-vert – ces foutues prunelles d'une couleur qui semblait presque irréelle – glissèrent sur le gâteau avant de revenir vers moi.

Il ouvrit encore plus grand les yeux.

Puis il le fit.

Pour la première fois depuis des mois, sa bouche s'arrondit de peut-être un millimètre. Un millimètre maximum. Mais c'était un sourire. Un sourire minuscule qui aurait pu être interprété d'une dizaine d'autres façons par des gens qui n'avaient pas passé autant de temps que moi à regarder ce visage… Toutefois, je savais ce que c'était. Un léger sourire.

Tout ça grâce à un gâteau d'anniversaire.

Mon cœur se mit à battre la chamade comme l'idiot désespéré qu'il était.

— Sérieux ? demanda-t-il d'une voix qui ne laissait en rien entendre qu'il était en train de se disputer deux minutes plus tôt.

Comme s'il était surpris que je lui aie préparé un gâteau, même si je l'avais déjà fait l'année précédente. Sa bouche était toujours relevée en un sourire microscopique et je vis ses yeux s'égarer sur les boucles d'oreilles que je portais ce jour-là. Elles étaient en forme de cupcakes. Je les avais mises exprès pour son anniversaire.

Aussi, je hochai la tête, souriant toujours.

— Je ne voulais pas le laisser dans le frigo, au cas où tu ne voudrais pas partager.

Ça, et puis au cas où il ne voudrait pas que l'on fasse tout un plat – sans mauvais jeu de mots – de son quarante et unième anniversaire.

Il tendit ses deux mains immenses vers moi et me prit le moule, le secouant légèrement de haut en bas comme s'il en testait le poids. C'était juste un gâteau tout bête dans un moule avec un couvercle. Ce n'était rien de spécial. Cela m'avait pris maximum trente minutes pour mélanger les ingrédients puis le décorer, et voilà. Ce n'était rien. Vraiment. Simplement, je me rappelais ce que c'était que de vouloir un gâteau d'anniversaire et de n'avoir personne autour de soi pour en acheter ou en faire un. Les filles étaient encore trop jeunes, à l'époque.

— Merci, Luna.

Je fis de mon mieux pour ne pas avoir l'air trop ravie, mais je suis à peu près sûre d'avoir échoué.

— De rien.

Je n'allais pas le prévenir qu'à l'intérieur il était écrit «*Joyeux anniversaire, patron*». Avec un peu de chance, cela le ferait sourire – quand il se retrouverait seul dans le noir.

— Tu ne fais pas ton âge.

Il ne réagit pas à ma blague. Ses yeux bleu sarcelle étaient encore fixés sur le couvercle rouge quand il ajouta dans un murmure :

— Tu viens au *Mickey* ce soir ?

Le *Mickey* était le bar en bas de la rue où tous les employés fêtaient les anniversaires ou parfois se retrouvaient sans raison après le boulot. Jamais Rip n'avait fait exprès de passer du temps avec nous, cependant. Même pas lors de son dernier anniversaire ou celui d'aucun d'entre nous. Donc…

— Oui, répondis-je en m'accrochant à mon sourire.

Je devrais prévenir ma sœur que je sortais, mais d'après son planning affiché sur le frigo, son service ne se finissait pas avant vingt-deux heures, de toute manière.

Rip hocha la tête, son minuscule sourire s'effaçant jusqu'à ce que son expression soit juste… plus détendue que d'habitude.

— D'accord.

Je ne m'attendais pas à plus d'enthousiasme de sa part, donc je souris.

Tout allait bien. J'étais prête à m'échapper de cette pièce et à commencer ma journée de boulot, à oublier mon cauchemar et ce matin, et juste… à oublier.

— J'espère que tu aimeras le gâteau, mais je devrais aller dans mon atelier, déclarai-je en reculant d'un pas, le sourire collé aux lèvres.

— Grosse journée ? s'enquit M. Cooper.

Il avait gardé un ton professionnel comme nous étions devant Rip. Je me retournai vers lui et hochai la tête, lui détaillant ce que j'avais sur mon planning.

— Il fait tellement humide que la peinture est galère à faire sécher, mais je vais m'en sortir.

M. Cooper hocha la tête.

— Miguel a appelé, il est malade.

Miguel était l'un des carrossiers et l'un de mes collègues préférés. De temps en temps, à peu près une fois tous les deux mois, souvent le vendredi, il ne venait pas au boulot. Mais chaque fois, c'était pour aller chercher ses enfants plus tôt à l'école et faire des trucs avec eux. Je trouvais ça mignon. Qu'il soit absent un lundi, surtout un jour où les enfants avaient école, était bizarre. Je lui enverrais un message pour vérifier que tout allait bien.

Rip enchaîna.

— J'avais besoin de son aide.

Je devinais où il voulait en venir.

— Tu penses que tu auras du temps pour m'aider à finir un peu de carrosserie et mettre au moins une couche d'apprêt avant de partir ?

Bon, la seule chose que j'avais prévue pour ce soir-là était d'aller au *Mickey* pour son anniversaire… Cela dit, même si ça n'avait pas été mon seul plan depuis les deux dernières minutes, je savais déjà que j'aurais quand même accepté.

Malgré tout, j'aurais préféré ne *pas* ajouter des tâches à ma liste déjà longue pour la journée. Je pouvais toujours rogner sur ma pause-déjeuner et manger dans mon atelier, non ? Cela me permettrait de dégager un peu de temps.

Ce n'était pas comme si j'avais besoin de me rendre à sa soirée d'anniversaire, après tout.

Ou d'y être à l'heure.

— Tu n'es pas obligée, intervint M. Cooper un instant plus tard.

Je vis Ripley ouvrir la bouche… pour protester ? Pour lui rétorquer que si, j'étais obligée ? Je n'en avais aucune idée, mais il la referma presque aussitôt. Ils n'étaient pas supposés se disputer devant les employés.

Même moi.

Mais je ne pus ignorer le regard furieux qu'il lança à M. Cooper pour m'avoir donné une échappatoire.

— Ça ne me dérange pas, monsieur Cooper.

Je pensai à un plan de travail en granit sur lequel je bavais, mais qui était bien au-dessus de mon budget. Plus je faisais d'heures sup', plus j'étais proche de pouvoir me l'offrir. Je me tournai vers Rip et hochai la tête, souriant toujours.

— Je vais regarder mon planning et réarranger certains trucs, mais je pense que je peux dégager du temps.

— Tu es sûre ? demanda M. Cooper.

Pas vraiment, mais…

— Oui.

Rip acquiesça, mais je vis le regard que lui jeta mon plus ancien patron. Il n'était pas content. Au moins, c'était agréable de savoir qu'il n'était pas d'accord avec l'homme avec qui il partageait maintenant ses responsabilités.

— Si tu as besoin d'aide, dis-le-nous. J'étais en train de me dire que Jason devrait passer un peu plus de temps à la peinture, suggéra M. Cooper au bout d'un moment, m'examinant attentivement.

La peinture, c'était ce dont je m'occupais dans la cabine isolée du reste de l'atelier, vaste et très lumineuse, quand je repeignais les voitures qui passaient entre nos mains.

C'était là que je passais le plus clair de mon temps, sauf si j'aidais à la carrosserie ou aux finitions, si jamais c'était calme.

Rien que l'idée de passer du temps avec Jason me semblait pire que de me vaporiser de la javel dans les yeux, mais je hochai la tête et réprimai ma grimace. En tout cas, je l'espérais. Mister C. savait mieux que personne ce que je ressentais envers Jason. S'il essayait de me faire travailler avec lui… peut-être savait-il quelque chose que j'ignorais. Ou alors, peut-être qu'il se disait simplement que la meilleure façon d'améliorer notre relation était de nous faire passer du temps ensemble. Je n'étais pas fan de ce plan.

— Merci.

M. Cooper eut un sourire qui m'aida à surmonter l'horreur que je ressentais à propos de Jason. Il devait être content que je ne lui aie pas répondu du tac au tac de ne pas me refiler cet emmerdeur.

— On parlera plus tard ?

— Avec plaisir. À plus, répondis-je sans plus y penser.

Je jetai un regard en direction de Rip, de son tee-shirt à manches longues et de son jean tellement taché qu'il n'y avait quasiment plus de bleu visible, et lui adressai un dernier sourire.

— Passe une bonne journée, Rip. Encore un joyeux anniversaire !

— Merci, Luna, grogna-t-il, comme d'habitude et comme il le ferait probablement toujours.

— À plus tard, lançai-je à M. Cooper.

— Dis-nous si tu as besoin d'aide, ajouta ce dernier, tandis que je sortais de la pièce. Je peux demander à Jason de te rejoindre, si besoin.

J'agitai la main en signe d'acquiescement.

Ignorant les battements frénétiques de mon cœur à la suite du sourire que Rip m'avait décoché, je me dirigeai vers la salle de pause pour préparer mon café le plus vite possible. J'allais avoir besoin de chaque minute si je voulais tout finir à temps pour aller au bar fêter l'anniversaire de Rip.

Je me demandais pourquoi il avait pris cette décision, mais bon, ça n'avait pas vraiment d'importance, n'est-ce pas ?

J'avais à peine eu le temps de verser une cuillère de ma réserve de sucre de coco dans mon mug de voyage que j'entendis les deux hommes de l'autre côté du mur recommencer à discuter.

Mais cette fois, ils chuchotaient presque. Je supposai que soit ils ne se rendaient pas compte à quel point j'avais l'oreille fine, soit ils n'avaient pas réalisé que les murs étaient fins, parce que je pouvais tout entendre quand même.

M. Cooper prit la parole en premier.

— *C'est vraiment une chouette fille.*

Il y eut une pause que je ne sus pas interpréter, puis Rip répondit :

— *Ouais.*

C'était probablement la chose la plus gentille qu'il ait jamais dite, à part pour les quelques compliments qu'il faisait parfois sur mon travail.

— *Tu devrais*… commença M. Cooper.

La réponse fut un simple mot.

— *Non.*

Non.

Non à quoi ?

Qu'avait voulu dire M. Cooper avant que Rip ne l'interrompe ? Il devrait quoi ? Me remercier ? M'envoyer une carte ? Être un peu plus chaleureux ? Ne pas être aussi abrupt avec quelqu'un qui l'aimait un peu plus qu'il ne le méritait ? Je n'avais jamais rien dit à M. Cooper, ou à qui que ce soit d'autre à l'atelier, sur le fait que j'étais attirée par Rip. J'imaginais mal que suggérer de me remercier ou de m'acheter une carte puisse valoir un « Non » aussi ferme, mais…

Ça ne pouvait être rien d'autre. Comme si M. Cooper allait lui dire de s'intéresser à moi. Et comme si Rip pouvait avoir ce genre de pensées. *Ben voyons.*

Je ne pouvais même pas…

Qu'est-ce que je faisais ? Allais-je vraiment laisser un rêve stupide à propos de mon père me mettre le moral à zéro ? Étais-je en train de m'apitoyer sur mon sort ? Allais-je me laisser troubler parce que Rip ne *m'appréciait* pas ? Je savais pertinemment que cela n'avait jamais été une possibilité. Il ne pouvait même pas me parler sans souffler et râler la moitié du temps. Il avait dit que oui, j'étais une chouette fille, mais pas que j'étais jolie ou qu'il devrait me proposer un rencard ou autre chose du genre.

Il était temps que je commence ma journée de boulot et que j'oublie tout ça. J'allais juste rassembler toutes mes émotions en une boule que j'allais… jeter loin d'ici. J'utilisais cette technique depuis des années. Je pouvais recommencer.

Et c'est ce que je fis.

Je me concentrai sur la pointe de douleur que je ressentais à l'idée que Rip ne s'intéresse jamais à moi, sur mon rêve à propos de deux personnes qui ne sauraient pas ce que c'était que la gentillesse même si on la leur fourrait sous le nez… puis j'en fis une boule et la balançai dans la poubelle imaginaire déjà remplie des autres choses par lesquelles je ne me laissais plus atteindre.

Tout allait bien. Le cœur est plus résistant que ce que l'on croit la plupart du temps, et je me plaisais à penser que le mien était particulièrement badass.

Je me dépêchai de verser le lait dans ma tasse, en en mettant beaucoup plus que je ne le voulais, ajoutai le café, mélangeai le tout puis bougeai mes fesses pour descendre l'escalier et me mettre au travail.

Tout allait bien. J'étais aimée. J'avais tout ce dont j'avais vraiment besoin. Ma sœur avait préparé une tarte à la cerise et j'étais à peu près sûre qu'elle en avait mis dans ma gamelle. Ça, c'était sans aucun doute un point positif pour la journée.

Heureusement, je travaillais à *CCC* depuis si longtemps que j'aurais pu m'y déplacer les yeux fermés. En bas de l'escalier et droit devant, il y avait l'espace principal où les réparations et les rénovations avaient lieu. En bas de l'escalier et à gauche, puis tout droit, il y avait le couloir qui menait vers la partie du bâtiment où je bossais. Elle n'avait rien de spécial, à part deux immenses portes-fenêtres vitrées. L'une menait au couloir relié à l'espace principal, et l'autre s'ouvrait sur le parking autour du bâtiment. Le reste de la pièce était quasi nu. Un bureau avec un ordinateur et une imprimante, trois machines différentes pour mélanger la peinture, un évier industriel avec des savons et des produits de nettoyage ainsi que deux chaises. Une grande cabine calée dans un coin prenait un tiers de la pièce.

J'avais déjà déposé mes affaires quand j'étais arrivée. Je plaçai mon mug sur le bureau et sortis les dossiers des projets sur lesquels je travaillais. J'ouvris le premier, et j'avais à peine commencé à lire les instructions quand mon portable sonna.

Les yeux toujours sur le dossier, j'ouvris le tiroir dans lequel j'avais rangé mon sac et en sortis mon téléphone.

Je n'hésitai qu'une seconde. C'était le même numéro qui avait appelé et m'avait laissé un message la semaine précédente. Celui que j'avais ignoré.

Et puis merde.

Je décrochai.

— Allô ?

Il y eut un bruit à l'autre bout de la ligne puis une voix que je ne reconnus pas répondit :

— *Bonjour, puis-je parler à Mlle Luna Allen, s'il vous plaît ?*

Mlle Luna Allen ? Voilà qui était très formel. Je ne me souvenais pas de la dernière fois que quelqu'un s'était adressé à moi en m'appelant « mademoiselle ».

— Oui, c'est moi.

— *Oh*, fit l'homme à l'autre bout de la ligne. *Bonjour, mademoiselle Allen. Comment allez-vous ?*

— Très bien, mentis-je. Et vous ?

— *Je vais bien, merci. Mon nom est Julius Randall et je vous appelle de la part de Mlle Eugenia Miller.*

En entendant le nom de ma grand-mère, ma poitrine se serra. Je n'avais pas entendu ce nom depuis… des années. Depuis que j'étais allée chercher Thea, Kyra et Lily chez elle.

« *Ne reviens pas ici, Luna,* m'avait-elle ordonné la dernière fois que je l'avais vue. *Prends-les avec toi et assure-toi qu'aucune de vous ne reviendra.* »

Nous n'étions jamais revenues. Aucune de nous.

— Est-ce que… tout va bien ? demandai-je, ignorant à quel point ma voix s'était adoucie.

— *Malheureusement, Mlle Miller est décédée samedi soir.*

Je déglutis et clignai des yeux en l'apprenant.

— *J'ai essayé de vous contacter quand elle a dû être prise en charge par le centre de soins palliatifs…* expliqua-t-il avant de s'éclaircir la voix. *Elle a demandé spécifiquement que je prenne contact avec vous.*

Elle voulait que je sache qu'elle était malade ?

Je n'avais pas…

Quelque chose de lourd – la culpabilité, c'était de la foutue culpabilité – m'écrasa la poitrine. Avait-il essayé de m'appeler parce qu'elle avait demandé… peut-être pas à me parler à *moi*, mais plutôt à mes sœurs ? Pour les voir une dernière fois ? Pour s'assurer que nous pourrions nous dire au revoir, même si elle ne le savait pas ?

— Je suis tellement désolée, murmurai-je, essayant de digérer ses mots. Je n'avais pas parlé à ma grand-mère depuis des années.

Il y eut une pause à l'autre bout du fil.

— *Je suis désolé de vous transmettre cette mauvaise nouvelle, mademoiselle Allen, mais elle a été très claire sur le fait que, le moment venu, elle voulait que vous soyez au courant.*

Je me trouvai à court de mots, comme s'ils avaient été aspirés hors de ma bouche. Je ne me demandai pas *pourquoi* elle avait voulu ça. Je savais qu'elle tenait sincèrement à mes sœurs. Elle les avait accueillies pendant trois ans avant de décider qu'elles seraient mieux loin, très loin du reste de la famille. Elle nous avait dit de ne jamais revenir.

Nous n'avions jamais été très proches pour commencer et… tout était allé si vite après que je n'étais pas restée en contact avec elle. Je ne m'étais pas rendu compte que mes sœurs ne l'avaient pas fait non plus. Nous parlions peu de nos vies avant de déménager à Houston.

— Pouvez-vous me dire ce qui s'est passé ? le questionnai-je, un poids me pesant toujours sur la poitrine.

— *Elle a eu une pneumonie et il y a eu des complications*, expliqua l'homme d'une voix douce, mais professionnelle. *On lui avait diagnostiqué un début de démence sénile il y a quelques années. Tout était déjà organisé pour les funérailles. Il y a eu une annonce dans le journal. L'enterrement est ce jeudi.*

— Jeudi ?

— *Je suis désolé si cela ne vous laisse pas beaucoup de temps,* s'excusa Julius Randall, trop poli pour me dire qu'il avait essayé de me prévenir qu'elle n'allait pas bien. *Je peux vous envoyer les informations sur la cérémonie, si vous souhaitez y aller.*

Voulais-je y aller ?

Je pris tout à coup conscience de ce que cela impliquait, mais…

Ma grand-mère avait *voulu* que j'y aille. Ou en tout cas l'une de mes sœurs. Autrement, elle n'aurait pas demandé à son avocat de me contacter. Elle voulait que nous soyons au courant.

Je ne souhaitais pas m'y rendre.

Je me sentais terriblement coupable de penser ça, mais…

Je n'avais pas envie. Ni que Kyra, Thea ou Lily y aillent. Pas. Question.

Elle savait pour quelle raison nous ne nous étions pas vues physiquement depuis que j'avais vingt ans. Mais elle avait quand même émis cette requête quand elle était encore en état de le faire. Après tout ce que mamie Genie avait fait pour nous, accueillant trois enfants tandis que j'étais à Houston, à des centaines de kilomètres de là, à travailler et à essayer de ramasser les morceaux épars de ma vie. Je pouvais faire ça pour elle.

Mais bon sang, j'ai pas envie. Vraiment pas. Pas du tout, du tout, du tout envie.

L'idée de mes petites sœurs s'y rendant m'était encore plus intolérable.

Des souvenirs de ma vie avant mes dix-sept ans… avant que je ne m'échappe de cette maison de l'enfer… me déchirèrent de l'intérieur. Je perdis immédiatement toute sensibilité dans l'un de mes genoux.

Je ne voulais pas y aller.

— *Mademoiselle Allen ?* m'appela l'avocat.

Je déglutis et serrai les muscles de mes cuisses pour empêcher mon genou de lâcher. Je fis un effort pour me souvenir de tout ce qui allait bien dans ma vie.

Et même après ça, je ne voulais pas y aller, bon sang.

Je ne désirais voir personne, ni dans cette vie ni dans la prochaine, pour être totalement honnête.

— *Mademoiselle Allen, vous êtes toujours là ?*

Je ne souhaitais voir aucun d'entre eux. Quand j'étais partie, je m'étais dit que je ne les reverrais jamais. Je me l'étais promis.

Mais mamie Genie te le demandait. Mamie Genie qui s'est occupée des filles quand tu ne pouvais pas le faire. Qui t'a appelée pour que tu viennes les chercher.

Je serrai le poing et une terrible sensation d'anxiété se nicha dans ma poitrine, me coupant le souffle.

Elle me l'avait spécifiquement demandé.

C'était le moins que je puisse faire.

Je ne veux pas y aller.

Je ne voulais pas voir les plus gros enfoirés de la planète.

Mais mamie Genie…

— Je suis là, marmonnai-je en contractant la cuisse de nouveau.

Je ne supportais pas le son de ma voix et encore moins ce que je dis ensuite :

— Pouvez-vous me donner une seconde le temps que je trouve un bout de papier où écrire les informations ?

— *Bien sûr, mademoiselle Allen. Pendant que vous faites ça, je voudrais vous informer d'un héritage que Mlle Miller vous a laissé dans son testament. Je vais devoir vous demander de remplir quelques formulaires et de me les renvoyer…*

La main tremblante, j'écrivis le nom et l'adresse de l'entreprise de pompes funèbres tandis que je mémorisais l'heure de la cérémonie. Tout ce qui concernait l'héritage entra par une oreille et ressortit par l'autre. Rien de tout ça ne m'importait le moins du monde, surtout alors que j'essayais toujours de digérer les autres informations accompagnant le décès de mamie Genie. Ou ce que cela impliquait d'aller à son enterrement.

Je pensais être au-dessus de ça. Je pensais avoir surmonté tout ça. J'avais grandi. J'étais devenue plus forte.

Je ne voulais pas y aller. Je ne voulais pas y aller. *Je ne veux pas y aller, bon sang. Pas à San Antonio.*

Ni nulle part près de San Antonio.

Une partie de moi voulait croire qu'ils ne seraient pas là. Ou que s'ils l'étaient, ils n'auraient pas le culot de me dire quoi que ce soit. Ils s'attaquaient aux gens qu'ils croyaient être plus faibles qu'eux. J'étais plus âgée, à présent. Plus dure, non, mais plus âgée et plus forte.

Lily et les autres seraient peut-être furieuses quand je leur dirais que je ne voulais pas qu'elles y aillent, mais elles s'en remettraient.

Nous avions fait un pacte quand j'étais passée les prendre chez mamie Genie pour les amener dans la maison de M. Cooper. Celui de ne jamais retourner *là-bas*. De recommencer à zéro, ensemble. Nous nous en sortirions très bien toutes seules.

Je regardai les notes que j'avais écrites sur le bon de commande sur lequel je devais commencer à travailler. Je ne me souvenais pas d'un seul mot parce que…

Je ne voulais pas y aller.

Aussitôt que cette pensée me traversa, une autre réflexion s'imposa à mon esprit.

Merde.

J'avais besoin de réfléchir.

CHAPITRE 5

J'avais pris beaucoup de mauvaises décisions dans ma vie.

Beaucoup.

J'étais capable de l'admettre, surtout parce que chaque erreur que j'avais faite m'avait permis d'en tirer des leçons importantes.

Ne pas perdre mon temps à attendre que les gens changent et, s'il était possible que j'aie mes règles, ne pas prendre le risque de quitter la maison sans un tampon.

Honnêtement, la liste était plutôt longue, mais ces deux-là étaient mes leçons préférées.

Toutefois, tandis que j'étais assise au bar, seule à une table vide, j'acceptai le fait que venir ici ce soir avait été une décision stupide. Encore plus stupide que quand j'avais acheté des vêtements une taille en dessous pour «me motiver à perdre du poids». Ils étaient toujours dans mon placard, l'étiquette encore accrochée. Le problème avec cette décision actuelle, c'était que je n'étais pas sûre d'en tirer une leçon importante. Ou une leçon tout court.

Personne ne m'avait forcée à venir au bar. Personne ne m'avait chuchoté à l'oreille : «Luna, ruine ta journée entière à caresser l'idée d'utiliser cette faveur que Rip te doit. Dépêche-toi de finir ton boulot, va au bar pour célébrer (en quelque sorte) son anniversaire, puis fais semblant que tout va bien.»

J'allais demander une faveur à Rip.

Une faveur que, techniquement, il me devait bien. Une faveur à propos de laquelle il m'interrogeait chaque jour où nous travaillions ensemble, sans exception. Sauf si c'était un de ces matins où j'interrompais une dispute entre M. Cooper et lui et que nous ne nous voyions pas du reste de la journée.

Je ne voulais pas le lui demander, cela dit.

Je ne voulais rien lui demander du tout.

Le problème était que je ne voulais pas aller à l'enterrement de ma grand-mère toute seule. La simple idée de m'y rendre seule me rendait malade, plus encore que le fait de demander une faveur à Rip. Mais la quasi-panique que je ressentais à l'idée que l'une de mes sœurs m'accompagne dépassait tout ça de loin. Quant à demander à M. Cooper ou à l'un de mes amis de venir avec moi et prendre le risque qu'ils *voient* avec qui je partageais mon patrimoine génétique…

Non. Non, tout simplement.

C'était juste un aller-retour à San Antonio. Neuf heures en tout, cérémonie comprise. Il n'aurait rien d'autre à faire que de rester assis là et peut-être jeter à la cantonade ce regard noir qu'il avait perfectionné avant de commencer à travailler à *CCC*.

Il n'y avait pas de quoi s'inquiéter. Après tout, Rip devrait même être content que ce soit tout ce que je lui demande. Pas vrai ? Peut-être qu'il serait de meilleure humeur s'il n'avait plus à me poser la même question tous les jours, tout ça pour entendre la même réponse à chaque fois.

Tout ce qu'il voulait depuis le début, c'était se débarrasser de cette histoire entre nous pour que nous soyons quittes. Il ne s'en était jamais caché. Pas une seule fois. Alors, j'allais l'aider et en finir après tout ce temps.

Peut-être même qu'il me remercierait.

Ben voyons. J'avais perdu la tête. Allais-je vraiment demander une faveur à Rip ? L'homme qui, d'après les cicatrices qu'il avait aux mains déformant les tatouages sur ses articulations, avait probablement participé à plus de bagarres qu'un boxeur pro ?

J'allais lui demander de venir avec moi à l'enterrement de ma grand-mère afin que, avec un peu de chance, sa présence décourage ma famille de venir me parler ?

J'étais pathétique. Vraiment. Tout comme mon père me l'avait répété pendant la majeure partie de mon enfance.

« *Pauvre petite merdeuse débile.* »

Ce souvenir sortit complètement de nulle part.

Je le piétinai fermement jusqu'à ce qu'il retourne dans la petite boîte où il était supposé rester enfermé.

C'était une bonne journée. Ma sœur avait bien mis une part de tarte à la cerise dans ma gamelle, et ça, c'était un gros point positif. J'avais fait tout mon travail, et même un peu plus que ça.

Je suis heureuse. Je suis aimée. J'ai tout ce dont je peux avoir envie, et même plus.

Je pouvais le faire. J'avais déjà fait des choses plus flippantes que de demander une faveur. J'étais au-dessus de toutes ces conneries.

Voilà précisément sur quoi j'allais me concentrer tandis que je restais assise là, seule, à regarder Rip au bar en train de commander à boire, et à attendre que certains de mes collègues se joignent à nous ; personne d'autre n'était arrivé, alors que j'avais été l'avant-dernière à partir. Connaissant la plupart de mes collègues, soit ils ne viendraient pas, soit ils étaient en *before*, c'est-à-dire qu'ils s'enfilaient des bières chez eux pour ne pas trop dépenser en en buvant au bar. Ce ne serait pas la première fois qu'ils feraient ça.

Ce qui était bien avec moi, c'est que je ne consommais pas beaucoup d'alcool de toute manière. Je n'aimais pas l'idée d'être dans une voiture avec un étranger bourré ou même un peu pompette. Et puis, il y avait aussi cette inquiétude qui avait toujours été profondément ancrée en moi : comment réagirais-je si j'étais sous l'influence de quoi que ce soit ?

Allais-je réellement le lui demander ?

Mon portable vibra dans ma poche. Je le sortis et vis le nom de ma meilleure amie s'afficher. Une idée me vint tout à coup. Si Rip m'envoyait paître, je pouvais toujours lui demander si l'un de ses amis à elle ne pouvait pas m'accompagner. Il y en avait bien un qui dirait oui. Je me foutais de ce qu'un inconnu pouvait penser.

Il y avait toujours un plan B.

Lenny : Qu'est-ce que tu fais ce soir ?

Je répondis sans hésiter. Ce n'est pas comme si j'avais autre chose à faire à part regarder autour de moi en stressant.

Moi : C'est l'anniversaire du patron et je suis au bar.

Lenny : Rip ?

Moi : Ouais.

À cet instant, je pris conscience que j'avais été si occupée que je ne lui avais pas écrit de la journée.

Moi : Ma grand-mère est morte il y a quelques jours. Son avocat m'a appelée pour organiser les funérailles. Elle avait demandé à ce que je sois prévenue…

Une vague de tristesse et de culpabilité me coupa le souffle avant que je ne puisse continuer mon message.

Moi : L'enterrement est en fin de semaine à San Antonio. Je ne veux pas y aller, mais je lui dois bien ça. Mieux vaut moi que Lily, Kyra ou Thea.

Est-ce que je commençais à avoir une migraine, ou bien était-ce mon imagination ?

Serrant mon téléphone dans ma main, je levai les yeux et observai l'homme à trois mètres devant moi.

J'étudiai son dos large qui n'était plus recouvert par un tee-shirt gris, mais au lieu de ça par une chemise henley d'un vert profond qui épousait la vaste plaine de son dos, chaque cran de sa colonne vertébrale, la courbe de ses muscles latéraux, et qui parvenait malgré tout ça à être serrée autour de sa taille. Il était juste grand. De partout. Je l'avais assez observé pour le savoir. Jamais, jusqu'à la fin de ma vie, je n'oublierais une seule partie de son corps.

Je soupirai, mais ne détournai toujours pas le regard. Il était déjà devant le bar depuis au moins cinq minutes. Soit il attendait encore d'être servi, soit il prétendait que je n'étais pas la seule personne du boulot ici.

Mon portable sonna de nouveau.

Lenny : Ça craint, je suis désolée.
Lenny : J'irai avec toi. J'ai pas peur.

Je me mordis l'intérieur de la joue et écrivis ma réponse.

Moi : Je sais que tu le ferais pour moi, Len, mais tu dois encore te reposer après ton opération et tu ne peux pas étrangler quelqu'un pour le moment.

Je savais que je devrais lui dire que je réfléchissais à demander à Rip, mais elle ignorait qu'il me devait une faveur. Elle avait entendu, encore plus que quiconque, tout ce que j'avais à dire sur lui. Elle ne comprendrait pas pourquoi un homme qui m'adressait à peine la parole serait d'accord pour m'accompagner chez moi.

Je m'étais enfermée moi-même dans un mensonge en ne lui disant pas la vérité. Et à présent, je n'avais aucun moyen d'en sortir sans lui expliquer toute l'histoire. Or, j'avais beau aimer et tenir à Lenny DeMaio, ce n'était pas à moi de lui raconter ce qui s'était passé.

Rip et moi étions les deux seules personnes au monde à avoir besoin de connaître la vérité.

Moi : Ce sera pour le prochain enterrement familial.

Le prochain enterrement familial. Comme s'il y avait un autre membre de ma famille biologique, à part mes sœurs, qui me manquerait ou que j'irais voir quand il ne serait plus de ce monde. C'était tellement triste.

En grandissant, j'aurais donné absolument n'importe quoi pour un père qui viendrait me border le soir. Pour une mère qui me ferait un câlin et mettrait des pansements sur mes bobos. Pour un frère aîné qui me protégerait si d'autres gens étaient méchants avec moi. Pour un père qui jouerait avec moi. Pour que la personne que j'avais appelée « maman » pendant des années me fasse un câlin. Pour un frère qui ferait simplement attention à moi.

J'avais le vague souvenir d'avoir écrit une lettre au père Noël, quand je croyais encore qu'il finirait peut-être par trouver ma maison et que je pourrais lui demander quelque chose. Mais il n'avait jamais répondu à mes lettres. Il ne m'avait jamais apporté ce que je souhaitais.

Quand j'étais gamine, la famille de mon oncle venait fêter Noël avec nous, et si quelqu'un était encore assez sobre pour se rendre compte que nous avions besoin de manger, nous commandions à un fast-food. Il y avait tellement de bière et d'alcool que tous ceux qui avaient plus de quinze ans finissaient bourrés et se mettaient à se disputer. Il y avait au moins une bagarre ou deux, et au moins une drogue qui circulait. Il n'y avait jamais de cadeaux. Pas de sapin ou de décorations. Ou d'amour. Noël n'avait jamais ressemblé à ce que l'on voyait dans les films.

Pendant très, très longtemps, j'aurais été prête à faire n'importe quoi si les membres de la famille que j'avais à cette époque avaient pu être… même une fraction des personnes que je voulais qu'ils soient.

Mais ça n'avait jamais été le cas.

Beaucoup de personnes n'avaient même pas ça. Je n'étais pas seule et le savoir m'avait beaucoup aidée en grandissant. J'avais toujours mal et une partie de moi ne pouvait pas s'empêcher d'espérer…

Je soupirai.

Puis une petite sœur était arrivée, et une autre, et enfin Lily… et elles avaient été tout ce dont j'avais pu rêver. Leur mère n'avait pas une once d'instinct maternel, ce qui avait probablement joué, mais elles avaient été à moi. Elles m'avaient donné leur amour et j'avais baigné dedans.

J'avais fait de mon mieux pour m'assurer que mes sœurs recevraient un petit quelque chose le matin de Noël, avec le peu d'argent que je réussissais à voler quand quelqu'un était assez stupide pour laisser un portefeuille ou un sac à main traîner. Une brosse à cheveux du magasin *Tout à un dollar*. Quelques barrettes.

Ce n'était peut-être rien de très sophistiqué, mais c'était déjà quelque chose, et aucune d'entre elles ne s'était jamais plainte.

C'était pour ça que j'allais retourner à San Antonio. Pour qu'elles n'aient pas à le faire. Pour que même mamie Genie ne soit pas seule avec des personnes qu'elle ne pouvait pas supporter de son vivant.

Ma meilleure amie répondit à mon message presque aussitôt, m'évitant de prolonger mon voyage sur cette route d'espoirs déçus et de rêves qui ne deviendraient jamais réalité.

Lenny : J'ai un autre bras, ma poule, et deux jambes en bon état de marche.

Lenny : Je connais au moins trois types de la salle de sport qui feraient semblant d'être ton garde du corps en échange d'une bonne bouffe.

Et voilà mon plan B assuré, même si je détestais demander des faveurs presque autant que je détestais dépendre d'autres gens.

Ma seule consolation avec Rip était qu'il avait déjà une dette envers moi. Enfin, c'était ce qu'il croyait, en tout cas. Je ne connaissais personne, adepte de MMA ou non, qui soit aussi intimidant ou flippant que Lucas Ripley. C'était la vérité.

Et le fait qu'il ne soit pas désagréable à regarder et que je l'appréciais quand il n'était pas en train de me grogner dessus ne jouait qu'un rôle mineur dans ma décision. Tout, tout petit.

Seules les idiotes rêvaient d'hommes avec lesquels elles n'avaient aucune chance.

Mais c'était ma malédiction. D'aimer et de tenir à des gens qui ne me le rendaient pas. En tout cas, pas de la manière dont je l'aurais voulu.

Avec Rip, j'avais accepté la teneur de notre relation depuis le début.

De tous les hommes de la planète pour qui mon cœur aurait pu se mettre à battre la chamade parfois, quand je n'étais pas préparée, de tous les hommes qui auraient pu me faire perfectionner l'art d'observer quelqu'un du coin de l'œil, il avait fallu que ce soit un de mes patrons.

Évidemment.

Mon patron qui n'était pas si gentil, d'ailleurs.

Parce que c'était ma malédiction.

J'étais tellement stupide.

Gardant mon téléphone sur les genoux et luttant contre la partie de moi qui s'y refusait, je levai les yeux. Mais je ne vis que la même chose qu'auparavant. Un homme qui, je le savais, faisait près d'un mètre quatre-vingt-quinze et était perché sur un tabouret de bar. Un homme aux cheveux d'un brun profond strié de quelques mèches argentées. Un homme au visage le plus souvent figé en une expression agacée ou en colère… sauf quand il y avait de bonnes nouvelles au boulot. Plus de cent kilos de muscles sur une ossature *carrément* imposante. Des cuisses monumentales, de larges fesses et des avant-bras faisant la taille de mes biceps voire plus, un torse qui pouvait servir de lit à un chien de taille moyenne…

Allez, courage, Luna, va lui demander, m'ordonna ma conscience. *Il a une dette envers toi. Une énorme dette. Enfin, en quelque sorte.*

Fermant les yeux, je fis de mon mieux pour dire à mon pauvre cœur de se calmer. J'essayai de dire à mes yeux de regarder ailleurs. N'importe où ailleurs. N'importe qui d'autre.

Mais un cœur n'est pas vraiment sensible aux arguments logiques quand il s'agit de ce qu'il veut. Tout comme quand il s'agit de ce dont il a peur.

Intrépide, mais totalement stupide.

Une vibration sur mes genoux me fit baisser les yeux vers mon téléphone et je vis le message le plus récent s'afficher :

Lenny : Ne va pas à l'enterrement si tu ne veux pas. Ta grand-mère comprendrait.

Ce sentiment visqueux et froid inonda mon estomac de nouveau, recouvrant la frustration que je ressentais face à mon irrépressible attirance pour Rip. S'il y avait quelque chose qui pouvait me faire oublier ça, c'était bien la culpabilité que je ressentais d'être sortie de la vie de ma grand-mère il y a tant d'années et de ne jamais l'avoir revue.

Nous savions toutes les deux que c'était la seule solution, mais cela ne m'aidait pas à me sentir mieux.

Moi : Je lui dois bien ça, même si je préférerais rester coincée derrière quelqu'un qui conduit quinze kilomètres-heure en dessous de la limite pendant une heure. Tu sais ce qu'elle a fait pour nous. C'est le moins que je puisse faire.

Cela, Lenny le savait. Sa famille et elle avaient été là pour moi quand j'avais récupéré mes sœurs. Parmi les gens autour de moi, c'était elle qui en savait le plus, à part les Cooper. Mais elle ne savait pas tout. Personne n'avait toutes les pièces du puzzle, mais c'était déjà beaucoup.

Deux secondes à peine s'écoulèrent avant sa réponse.

Lenny : Mon offre tient toujours, ma poule.
Lenny : Tu es la meilleure personne que je connaisse, pour info.

Les yeux baissés sur mon téléphone, je souris.

Moi : Je t'aime aussi.
Lenny : 🙄
Lenny : Je t'écrivais parce que papi G prépare des margaritas et qu'il voulait savoir où tu étais.
Moi : Dis-lui que je l'aime.
Lenny : Sans faute. Tu as trouvé Rip ?
Moi : Je l'ai sous les yeux.
Lenny : *Stalker.*
Moi : Il est littéralement juste devant moi, je ne peux pas m'en empêcher.
Lenny : Je suis à peu près sûre que c'est ce que pensent tous les *stalkers*.

Je risquai un énième coup d'œil vers le sujet de notre conversation et ravalai un soupir.

Moi : Parfois je ne le comprends pas.
Lenny : Parce qu'il a l'air de sortir de prison et qu'il est pourtant l'opposé de tous les pauvres types avec qui tu es sortie ?
Lenny : Papi G dit qu'il t'aime aussi et te demande de venir et d'amener la gamine si elle est dans le coin. Je ne lui ai pas dit que tu es au bar, autrement il s'inviterait. Inutile de te dire comment il devient en public.

Je ravalai un éclat de rire à son premier commentaire, mais un second m'échappa à la lecture de la suite. Rip ressemblait bien à quelqu'un ayant connu la prison. C'était injuste, mais vrai.

Pour autant que je sache, peut-être que c'était le cas.

En même temps, je le jugeais d'après un visage qu'il n'avait pas choisi. Après tout, peut-être qu'il cachait un cœur gros comme ça et passait son temps libre à sauver et soigner de petits animaux. Au fond, il avait peut-être une nature aimante et attentionnée qu'il ne partageait qu'avec quelques heureux élus qui avaient gagné sa confiance.

Tout était possible.

À cette idée, je tapai ma réponse avec un sourire aux lèvres sans tenir compte du premier commentaire.

Moi : Je ne sais pas combien de temps je vais rester, mais si je pars bientôt, je passerai chez vous. Dis à papi G que la gamine travaille ce soir. Vous venez tous à la remise des diplômes ?

Lenny : Oui. Je suis honnêtement prête à pleurer samedi.

Lenny : J'ai préparé le klaxon, à propos. POUET POUET, ma poule.

Elle n'était pas la seule à s'attendre à pleurer ce week-end, ce qui me rendit heureuse pour une raison étrange.

J'avais toujours un sourire aux lèvres quand Rip se retourna, un verre rempli d'un liquide sombre à la main, et que son regard se riva au mien.

Je n'hésitai pas à sourire de plus belle avant de poser mon téléphone sur la table, même si mon cœur tambourinait dans ma poitrine à l'idée de lui demander un service.

Je ne voulais pas. Je ne l'avais jamais voulu. J'avais prévu de ne jamais rien lui demander.

Mais…

Eh bien…

J'allais lui demander ça.

Je le devais. Pour mes sœurs. Et pour moi, parce que l'idée de retourner là où j'avais grandi toute seule me rendait nerveuse.

Presque comme s'il pouvait deviner ce qui se passait dans ma tête, il plissa légèrement les yeux, juste assez pour que je m'en aperçoive. En réponse, je souris de plus belle, montrant même mes dents. Il se doutait déjà qu'il se passait quelque chose. Pas moyen de le cacher, malheureusement. Je n'étais pas une trop mauvaise menteuse, sauf quand les gens me connaissaient.

Rip resta planté là une seconde, à me regarder de ses yeux bleu-vert en fronçant les sourcils. Une seconde plus tard, il avait fait un pas en avant. Puis un autre pied s'avança. Et un autre.

Rip se dirigeait vers moi, sa chemise verte dévoilant plus de tatouages sur son cou que je n'en avais jamais vus auparavant. Il y avait un crâne – un foutu crâne – recouvrant sa pomme d'Adam, prolongé de lignes et de formes sur les côtés. De mon côté, je me disais que j'aurais bien voulu changer d'avis pour la faveur… mais je ne pouvais pas.

Je ne changerais pas d'avis.

J'avais fait des choses plus flippantes que ça. J'en referais. *La peur*, me dis-je, *est quasiment un hallucinogène.* Elle n'était que dans la tête, et tant que l'on en avait conscience et que l'on s'attendait au pire comme au meilleur, il n'y avait pas de quoi s'inquiéter.

— Et voici le héros du jour, le saluai-je, souriant toujours.

Mon idiot de cœur palpitait encore très fort, malgré tous mes efforts pour le contenir, et je fis de mon mieux pour ne pas garder les yeux fixés sur l'encre noire gravée de manière permanente sur la peau de Rip.

Il me jeta un regard du coin de l'œil tout en tirant la chaise juste en face de la mienne. Il s'assit. Juste *là*. Tout près de moi.

D'accord. Je pouvais la jouer cool. Je pouvais rester décontractée.

— Tu es là depuis longtemps ? demanda-t-il de sa voix grave et grondante qui donnait toujours l'impression qu'il était énervé… même en ce moment.

Je secouai la tête.

— À peu près vingt minutes, répliquai-je. Et toi ?

Il émit un bruit qui ressemblait à un grognement tout en portant son verre à ses lèvres et but une gorgée de sa boisson, quelle qu'elle soit.

Bon, ce n'était pas comme si c'était vraiment important de savoir depuis combien de temps il était arrivé.

— Est-ce que les autres ont prévu de venir ? ajoutai-je comme il ne disait rien après avoir reposé son verre sur la table.

J'avais entendu deux des gars discuter de l'invitation peu enthousiaste de Rip quand j'étais allée aux toilettes, mais je ne savais rien de plus.

Son regard n'avait pas quitté le mien depuis l'instant où il m'avait aperçue et ne se détourna pas tandis qu'il haussait les épaules.

— J'en doute, répondit-il.

Je dus grimacer, car il ajouta d'un ton léger :

— Je ne suis pas exactement la personne préférée de qui que ce soit, Luna.

Mon sourire s'effaça d'un seul coup et je ne pus m'empêcher de froncer les sourcils. À la dureté de ses mots. À leur côté… détaché. Ce n'était pas une pensée agréable pour lui. Ce n'était pas une pensée agréable tout court et ça m'embêtait… même si c'était vrai que M. Cooper était ma personne préférée à l'atelier. Et que j'étais la sienne. Et celle de Miguel…

Merde.

— Je suis sûre que… commençai-je, mais il m'interrompit.

— Je suis sûr que non, répéta-t-il en tapotant son verre du bout des ongles.

Rip haussa le menton d'un millimètre, m'offrant ainsi une vue imprenable sur les tracés qui frôlaient sa mâchoire. Il déglutit, tout son langage corporel indiquant qu'il prononçait ces mots de cette manière parce qu'ils n'étaient pas importants pour lui. Il ne s'en souciait pas. Pourquoi le devrait-il ? semblait dire son corps.

La déclaration qui suivit le confirma.

— Je ne suis pas ici pour être l'ami de qui que ce soit.

Eh bien, ça, c'était dit.

J'aurais voulu lui répondre quelque chose qui montrerait que ce n'était pas comme si les autres le détestaient ou ne l'appréciaient pas.

La plupart des gars étaient juste… sur leurs gardes.

Même moi, je l'étais, alors qu'il ne me faisait pas peur et ne m'intimidait pas… enfin, quand je ne faisais pas de connerie.

Mais je ne savais pas quoi répondre à cette déclaration. Je détestais les menteurs, autant que je détestais les gens que l'alcool rendait agressifs ou encore les carottes cuites. Alors, je fis la seule chose à laquelle je pouvais penser : je souris et haussai les épaules. Il n'avait même pas l'air dépité ou blessé par ce qu'il venait de dire. Qui étais-je pour en faire tout un plat si lui-même disait que cela ne lui faisait ni chaud ni froid ?

— Tu as aimé ton gâteau ?

Il se contenta de baisser légèrement le menton, son regard intense et brillant me clouant sur place, ses doigts toujours serrés autour de son verre presque plein.

Et quelque chose me chuchota : « Fais-le maintenant, Luna. »

C'était maintenant ou jamais.

Je lui décochai un immense sourire.

— Dis, Rip ?

Il continua à me regarder tout en portant son verre à ses lèvres et en buvant une autre gorgée.

Je supposai que c'était sa façon de me dire « Oui ? ».

Et puis merde. *Fais-le.*

Sans me départir de mon sourire, je lançai :

— Jeveuxutilisermafaveur.

Il ne dit rien pendant tellement longtemps que j'étais sûre qu'il allait finir par m'envoyer me faire foutre, précisant qu'il ne faisait que plaisanter tout ce temps.

Et ce fut pile à ce moment-là, alors que le mot commençant par P planait dans mon esprit, que je me rendis compte à quel point cette pensée était stupide.

Rip, plaisanter ? Dans mes rêves.

S'il comptait refuser, il allait falloir qu'il me le dise. Ça ne me dérangerait pas. Ça ne m'offenserait pas. J'irais de l'avant et trouverais quelqu'un d'autre pour venir avec moi.

À la place, Rip se contenta de me demander :

— Tu veux utiliser ta faveur ?

Je croassai un «Oui» presque inaudible, mais, s'il ne le comprenait pas, mon hochement de tête devrait lui dire tout ce qu'il avait besoin de savoir.

Rip… Rip resta assis là et reposa son verre sur la table. Il lâcha un long soupir que j'entendis à peine. Un muscle tressauta le long de sa mâchoire. Puis il prononça un seul mot, et ce n'était pas celui auquel je m'attendais. C'était celui que je voulais entendre, mais pas celui que j'avais anticipé :

— D'accord.

D'accord ?

C'était tout ?

Quand j'étais enfant, j'avais appris à ne jamais donner à quelqu'un une raison de revenir sur sa réponse si j'avais déjà obtenu celle que je voulais. Bon. Peut-être que je trouvais la rapidité de sa réponse louche, mais le contenu me convenait.

— J'ai besoin que tu m'accompagnes à un enterrement.

Il resta immobile ; seule la dilatation de ses narines indiqua qu'il m'avait entendue. Puis il cligna des yeux. Lucas Ripley se redressa contre le dossier de sa chaise, sa chemise se tendant sur son torse impressionnant, et il pinça les lèvres.

— Tu veux que je fasse semblant qu'on est fiancés ou un truc du genre ? articula-t-il.

Je… Ma bouche s'ouvrit. Se referma.

Ce fut à mon tour de le fixer du regard. À mon tour de pincer les lèvres.

Puis, et seulement à ce moment-là, je tournai mon visage vers le plafond et *j'éclatai de rire.*

Je plaquai la paume de ma main sur mes yeux, me penchai en arrière tout comme il venait de le faire, et mon rire redoubla.

J'étais tellement distraite que je ratai presque la façon dont il aboya un « Quoi ?! ».

Pensait-il que je voulais que l'on prétende être de futurs mariés ?

Je ris de plus belle, laissant retomber ma paume juste pour m'essuyer les yeux du dos de la main.

— Qu'est-ce qui peut bien être si drôle ? grogna-t-il.

Je ne pus m'empêcher de sourire, pour ce moment, pour moi, pour tout. Je laissai échapper un rire avant de répondre :

— Non, je ne veux pas qu'on fasse semblant d'être fiancés.

J'éclatai de rire de nouveau, regardant le plafond.

— Pourquoi… Pourquoi est-ce que je voudrais ça ? réussis-je enfin à demander.

J'aurais pu jurer sur la tête de mes futurs enfants qu'il rougit instantanément. Si quelqu'un m'avait demandé si je pensais que Rip était physiquement capable de rougir, je lui aurais ri au nez. Mais la preuve était là : du rouge sur ses joues. Même sur son nez.

Chez n'importe qui d'autre, cela aurait été adorable parce qu'il fronçait les sourcils en même temps.

— Non, ce n'est pas ce que je demande.

Je riais toujours, sincèrement incapable de m'arrêter malgré toute la bonne volonté du monde, parce que son visage était toujours écarlate et que je ne pouvais que profiter du spectacle.

— Je ne m'attendais pas à ce que tu dises ça, poursuivis-je. Ça sortait tout droit d'une romcom !

Je l'imaginai en regarder une à la maison, souriant tout seul, et gloussai.

Mon patron fronça les sourcils profondément.

— C'est quoi, une romcom ?

Comme s'il ne le savait pas. *Ben voyons.* Je pouvais laisser couler. Pour le moment.

Je jetai un coup d'œil à son visage toujours rose, et mon fou rire repartit de plus belle. *Faire semblant d'être fiancés.* Qui aurait cru que Rip me ferait rire alors que j'avais tellement été stressée toute la journée à l'idée de lui demander ma faveur ?

Il ne me laissa même pas en profiter, car son expression se durcit tandis que je me moquais de lui, son regard noir me signifiant qu'il risquait de me tuer si je n'arrêtais pas.

— Tout ce que tu veux, c'est que j'aille à un enterrement avec toi, alors ?

Ce fut un rappel brutal de ce que je lui demandais. De *pourquoi* je le lui demandais.

Toute envie de rire me quitta instantanément et mon sourire disparut. Je hochai la tête, la gravité du sujet écrasant toute la joie que j'avais pu ressentir.

— Oui, s'il te plaît.

Il ne plissa pas les yeux. Ne perdit pas non plus son air de serial killer. Il se contenta de me fixer. Je ne savais pas s'il ne me faisait pas confiance ou s'il n'arrivait pas à croire que c'était ce que je lui demandais, mais peu m'importait.

Je lui rendis son regard, et un souvenir s'imposa à mon esprit tandis que je repensais à la raison pour laquelle j'avais prévu de ne jamais revenir là où j'avais grandi.

«*Je vais te tuer, putain, Luna ! Si jamais tu reviens, je te jure que je te tue, espèce de petite merde ! Je n'arrive pas à y croire, bordel !*»

C'était suffisant pour me faire avaler ma salive. Suffisant pour réveiller ma culpabilité pendant un instant, avant que je ne l'écrase du talon de mes chaussures de sécurité. Je n'avais aucune raison de m'en vouloir.

Rip patientait, réfléchissant à Dieu sait quoi. Puis il hocha la tête brièvement, comme si nous venions de conclure une affaire après beaucoup de négociations.

Ce qui était le cas, en quelque sorte.

J'avais fait quelque chose pour lui, et maintenant il me rendait la pareille. C'était ce qu'il avait proposé. Ça avait été son idée depuis le début.

Mais juste à ce moment-là, il me surprit en me demandant :

— Tu es sûre ? C'est pour ça que tu veux utiliser ta faveur ?

J'acquiesçai gravement.

— Je ne comptais pas te demander quoi que ce soit, mais, oui, c'est ce que je veux.

Je lui souris, même si mes dents étaient tellement serrées à cause du souvenir que je venais de repousser au fin fond de mon esprit qu'elles en étaient douloureuses.

— S'il te plaît.

Je le faisais pour mamie Genie. Je le faisais pour Thea, Kyra et Lily. Et j'irais jusqu'au bout, parce que faire ce qui nous semblait juste n'était presque jamais la même chose que choisir la facilité.

L'homme assis en face de moi, avec sa beauté dure, que je connaissais à peine au bout de trois ans, continua à m'observer attentivement. Il sirota sa boisson une seconde, puis deux. Il me glissa un autre regard en coin tout en buvant, mais ce n'était pas un regard *méchant* ou même agacé.

— D'accord.

Oh.

— D'accord, soufflai-je.

Un soulagement indescriptible m'envahit. Juste. Comme. Ça.

D'accord.

— Génial, ajoutai-je précipitamment avant qu'il ne puisse changer d'avis. Merci.

Ses yeux s'égarèrent vers l'une de mes oreilles et s'y attardèrent pendant un instant avant qu'il ne s'adosse à son siège.

— Quand ?

— Jeudi, répondis-je, luttant contre mon envie de toucher ma boucle d'oreille. Je vais avoir besoin de poser la journée. *On* va avoir besoin de poser la journée.

Il acquiesça de nouveau, l'air si parfaitement à l'aise que c'était comme si je ne lui avais rien demandé.

— C'est à San Antonio.

Il grimaça à ces mots, et je me demandai pourquoi. Mais comme il ne disait rien et ne revenait pas sur son accord, je me tus. S'il ne voulait plus le faire pour Dieu sait quelle raison, je n'allais pas insister. Il y avait toujours le plan B, et même le plan C.

— Un seul jour ? se renseigna-t-il d'une voix qui me semblait lointaine après sa grimace.

— Oui.

Il était absolument hors de question que je reste à San Antonio plus longtemps que le strict nécessaire. Même une nuit serait trop. Une journée me semblait déjà trop.

Je n'avouai rien de tout ça à voix haute, cependant.

Il inclina la tête et jeta un coup d'œil à la place vide à notre table avant de revenir à mon visage. Ses narines se dilatèrent de nouveau presque imperceptiblement.

— Jeudi, donc.

Ce jeudi. Avant cet instant, je ne m'étais pas rendu compte à quel point la date était proche.

— Oui, acquiesçai-je, priant pour qu'il ne puisse pas entendre l'appréhension dans ma voix.

Une main se posa sur mon épaule et la pressa, nous empêchant l'un comme l'autre d'ajouter un mot.

Je n'avais pas besoin de me retourner pour savoir que c'était l'un de mes collègues.

Aussi, je fus un peu surprise quand M. Cooper annonça, de sa voix grave :

— Joyeux anniversaire.

À une ou deux exceptions près, Mister C. n'était jamais venu boire un verre avec nous. Les seules fois avaient été pour l'enterrement de vie de garçon d'Owen, qui était loin d'être une grosse fête parce que ce dernier n'avait pas voulu s'attirer les foudres de sa future femme, et pour fêter le départ d'un collègue qui avait démissionné après avoir obtenu son diplôme et trouvé un boulot en tant qu'ingénieur.

À part ça… ce n'était jamais arrivé.

Puis une autre voix retentit.

— Joyeux anniversaire, Ripley ! déclara une voix féminine que je reconnus comme celle de Lydia, la femme de M. Cooper.

Si je n'avais pas le regard toujours fixé sur Rip, j'aurais manqué la manière dont, à chaque mot qui sortait de la bouche de Lydia, son visage se faisait plus dur. Il avait été plutôt neutre tandis que nous discutions, puis Rip avait adopté un air mesuré dès que M. Cooper avait pris la parole… mais avec chaque mot de Lydia, sa mâchoire se crispa. Les tendons dans son cou se firent plus prononcés. Puis il se redressa sur la chaise dans laquelle il avait commencé à se détendre.

Ripley n'avait jamais été une personne décontractée, facile à vivre.

Néanmoins, je ne lui avais jamais vu l'expression qu'il arborait alors. Pas quand il s'énervait contre les autres employés de l'atelier. Même pas quand il m'avait engueulée pour avoir merdé sur la couleur de la Thunderbird et que son visage avait été si glacial.

L'air qu'il arborait à présent… ce n'était pas de la colère. Ce n'était pas de la fureur ou de la déception. En tout cas, pas exactement. Je connaissais bien ces expressions.

Là, cela ressemblait plutôt à un million d'émotions différentes compressées dans un corps prêt à exploser.

Il n'avait jamais regardé M. Cooper ainsi, même quand il ne savait pas que je l'observais.

Il était impossible que Mme Cooper lui ait fait quoi que ce soit. Elle était l'une des femmes les plus gentilles de ma connaissance. Elle était aimante, attentionnée, chaleureuse.

Elle m'avait prise dans ses bras un nombre incalculable de fois et m'avait préparé un gâteau d'anniversaire chaque année depuis que nous nous connaissions.

M. Cooper l'avait qualifiée de sainte, un jour, et je voulais bien le croire. J'avais vécu avec elle pendant des années. J'avais passé presque toutes mes vacances avec elle depuis que j'avais commencé à travailler pour *CCC*.

Si M. Cooper était merveilleux, elle l'était tout autant que lui et je les aimais tous les deux.

Aussi, quand j'entendis Rip exhaler longuement, je ne sus que penser. Il avait l'air… Il avait l'air d'avoir vu une tempête et d'avoir décidé de fermer tous les volets pour se protéger. De nous.

Je l'observai tandis que ses yeux allaient de M. à Mme Cooper puis retournaient vers le premier. Je n'avais jamais vu sa pomme d'Adam ressortir autant.

— Merci, finit-il par déclarer, comme sous la torture.

Je n'avais pas besoin de regarder les Cooper pour sentir la tension qui émanait d'eux.

Elle se fit encore plus forte quand Rip attrapa son verre sur la table et le but cul sec, sans même une grimace.

D'un mouvement vif, il repoussa sa chaise et marmonna :

— Merci pour le gâteau, Luna. Je te verrai au boulot, ajouta-t-il pour M. Cooper.

Mais il ne nous regardait ni l'un ni l'autre.

Il ne regarda pas Mme Cooper non plus.

Un instant plus tard, il était parti.

Eh bien.

Ça, c'était carrément bizarre.

Chapitre 6

Je ne peux pas dire que je ne fus pas soulagée quand j'arrivai au boulot le lendemain matin et ne trouvai que la seule voiture de Rip sur le parking. Celle de M. Cooper étant absente, je savais que j'allais échapper à une de leurs disputes après les événements de la veille. *C'était gênant.* Je ne savais pas trop ce qui se passait entre M. Cooper et lui ces temps-ci, mais leur relation me semblait encore plus tendue que d'habitude. Et ce n'était pas peu dire.

Sur la route pour me rendre à l'atelier, je m'étais demandé s'il ne valait pas mieux éviter Rip pour ne pas lui donner l'occasion de me dire qu'il avait changé d'avis à propos de San Antonio. Puis je m'étais reprise, m'interdisant d'être une telle poule mouillée. Parce que si je montrais des signes de nervosité à l'idée d'y aller, Rip commencerait à se demander pourquoi.

J'entrai dans le bâtiment, déposai mes affaires comme d'habitude, puis me dirigeai à l'étage pour préparer le café. Je n'avais pas vu mon patron – alias mon futur garde du corps – sur le chemin, mais ça n'avait rien de surprenant. Je n'entendis aucun bruit en provenance de son bureau non plus, mais il y avait une dizaine d'endroits où il aurait pu être. Je préparai nos deux cafés puis redescendis et le trouvai penché sur le capot ouvert du pick-up de la GMC sur lequel il bossait depuis quelque temps.

D'après ce que je pouvais voir, il ne portait pas de tee-shirt blanc sous son bleu de travail. J'étais à peu près sûre qu'il était… gris. Gris n'était pas la meilleure des couleurs quant à son humeur, mais au moins ce n'était pas blanc.

Bon.

Comporte-toi normalement.

Ne lui donne pas de raison de revenir sur sa décision.

— Bonjour, patron, l'appelai-je d'une voix que j'espérais normale.

Il ne releva pas la tête de sous le capot, mais j'entendis sa voix basse me grommeler un « Bonjour » en réponse.

Au moins, il avait répondu. C'était déjà une victoire.

— Je laisse ton café sur la bleue, annonçai-je tout en déposant sa tasse sur l'une des nombreuses servantes d'atelier disposées le long du mur.

— Merci, Luna, fit-il après une pause.

Je rêvais ou son « Merci » fut moins grogné que son « Bonjour » ? Peut-être parce que c'était la première fois depuis tellement longtemps qu'il n'avait pas besoin de me demander comment je voulais utiliser la faveur qu'il me devait.

Peut-être.

Je reculai d'un pas et jetai un coup d'œil vers les fesses que l'on devinait à travers le tissu lâche du bleu de travail qu'il portait déjà. Juste pendant une seconde. Ses épaules et ses bras étaient si larges qu'il devait se glisser dans une taille XL dans laquelle il flottait au niveau de la taille. Je m'autorisai un dernier regard avant de quasiment crier :

— De rien !

Lui demander comment s'était passé le reste de sa soirée me semblait être une très mauvaise idée, aussi préférai-je me taire. Personne ne partait en trombe du bar le soir de son anniversaire et passait une bonne soirée ensuite.

J'eus le temps de faire trois pas en arrière et je ne m'étais même pas encore retournée que je l'entendis m'interpeller.

— Attends une seconde.

Je me figeai sur place.

— Tu as besoin de quelque chose ?

À demi caché sous le capot, il n'éleva pas la voix avant de poursuivre :

— Je veux te parler de la Mustang que tu as sur ton planning aujourd'hui. Laisse-la pour le moment, je dois y réfléchir un peu avant. Je descendrai te voir et je te dirai quoi changer plus tard. D'accord ?

Je n'avais pas encore regardé la paperasse, mais d'accord.

— Pas de souci. Je m'organiserai en fonction.

— 'ccord, se contenta-t-il de répondre de sous le capot.

Je me dirigeai vers la cabine de peinture et tâchai de me rappeler ce que j'avais à faire exactement. Je faisais de mon mieux pour ne pas penser à ma grand-mère. Ou à l'enterrement. Ou au fait d'aller à San Antonio tout court. Ou à la remise de diplôme de ma sœur et en quoi cela représentait le début de la fin. Au lieu de ça, je me souvins comme la soirée avait été sympa après le départ de Rip. J'avais passé un bon moment avec les Cooper et les deux employés de *CCC* qui avaient fini par se montrer.

Voilà ce sur quoi je voulais me concentrer, et si cela signifiait oublier tout ce qui se passait d'autre dans ma vie en ce moment, eh bien, je pouvais le faire.

Une fois dans mon atelier, j'ouvris mon tiroir et en retirai mes dossiers, trouvant celui que je cherchais. C'était une Mustang sur laquelle j'avais posé l'apprêt la semaine précédente, mais on m'avait dit d'attendre avant de la finir. Ce genre de choses arrivait assez souvent et je ne m'étais pas posé plus de questions.

Heureusement, il y avait toujours d'autres choses à faire. Je passai en revue la musique sur mon portable, choisis la bande originale de *Grease* et commençai ma journée.

***

Je venais de finir tout ce sur quoi je pouvais avancer pour la journée quand je me mis en quête de Rip.

— Il est parti, m'annonça Miguel, l'un de mes collègues préférés et l'une des deux seules personnes à l'atelier à être là depuis presque aussi longtemps que moi.

Je clignai des yeux.

— Où ça ?

Mon collègue plissa les yeux.

— Je crois qu'il est sorti dans la cour, il cherchait des pièces qu'il ne trouvait nulle part.

Évidemment.

Son regard noisette glissa sur le côté avant de revenir vers moi. Il ne put masquer l'hésitation dans sa voix tandis qu'il me demandait :

— Tu veux que je l'appelle ?

Il essayait de ne pas grimacer alors que, selon toute probabilité, il priait silencieusement pour que je ne réponde pas par l'affirmative.

Je secouai la tête. Bien que ce soit infime, Rip était un peu plus sympa avec moi qu'avec le reste des employés. Il ne pestait que rarement contre moi, au moins. Mais j'appréciais tout de même l'offre de Miguel.

— Non, c'est bon, je peux le faire.

Il ne prit même pas la peine de cacher son soupir soulagé.

— Dis-moi si tu as besoin d'aide !

— Compte sur moi. Merci, Miguelito.

Au surnom que j'avais piqué à sa femme des années plus tôt, il eut un sourire, que je lui rendis avant de retourner dans ma cabine, où je composai le numéro de Rip de mémoire.

Il répondit immédiatement.

— *Ici Rip.*

— Salut, patron, c'est Luna…

— *Ouais ?*

— Euh… j'ai besoin de commencer la Mustang. De quoi est-ce que tu voulais me parler ?

Il y avait une autre voix d'homme à l'autre bout de la ligne, une qui semblait être en train de lui poser une question…

— *Quoi ?* demanda Rip en s'adressant à moi, après un instant.

— La Mustang. Je t'appelle à propos de la Mustang.

— *Qu'est-ce qu'elle a, la Mustang ?*

Ça y est, je percevais de l'irritation dans sa voix.

Je tapotai la surface de mon bureau du bout des doigts.

— Ce matin, tu m'as dit que tu voulais en reparler.

Il y eut de nouveau du bruit de son côté de la ligne, des voix s'exprimant plus fort les unes que les autres.

— *Je ne sais pas de quoi tu parles,* finit-il par répondre.

Je me mordis la joue.

— Donc tu ne veux *pas* en reparler ?

Les voix retentirent encore, puis, au bout d'un moment, celle de Rip se fit de nouveau entendre.

— *Je suis occupé, Luna. Tu n'as rien d'autre à faire ?* fit-il sèchement.

J'écartai le téléphone de mon oreille pour le regarder. Bon sang. J'en connaissais un qui était d'une humeur de dogue. C'était exactement ce à quoi je m'étais attendue de sa part après la soirée de la veille. Eh ben.

— Apparemment pas, marmonnai-je en grimaçant toujours devant le téléphone avant de le remettre à mon oreille. Je voulais juste vérifier qu'on était sur la même longueur d'onde…

Il poussa un de ses grognements.

Puis il me raccrocha au nez.

Je reposai le combiné sur son socle, secouant la tête, et repris le foutu dossier. Il m'avait donné l'impression de l'avoir appelé sans aucune raison.

Le plus tôt je commençais, le plus tôt je pouvais en finir.

Peut-être que je pourrais même partir à l'heure pour une fois et rentrer chez moi assez tôt pour appeler mes sœurs et les prévenir pour mamie Genie et l'enterrement. Mais une partie de moi espérait pouvoir repousser ce coup de fil encore un peu.

***

Je venais de fermer les portes de la cabine après avoir mis une deuxième couche de peinture sur la Mustang quand la porte de mon atelier s'ouvrit en grand. J'avais la main sur le haut de ma tenue de protection, m'apprêtant à en descendre la fermeture Éclair, quand le corps immense de Rip apparut dans l'embrasure, recouvert des clavicules aux doigts de pied par son bleu de travail et ses chaussures de sécurité, ce qui était tout à fait normal, mais…

Il avait cette expression sur le visage que je ne lui avais vue qu'une poignée de fois auparavant.

La dernière étant celle où je m'étais trompée de couleur pour la peinture, c'est-à-dire beaucoup trop récemment.

— Salut, le saluai-je, consciente que ma voix semblait méfiante.

J'arrêtai même de descendre la fermeture Éclair au niveau de mon nombril.

Son ton fut à la mesure du regard noir qu'il me décochait.

— *De quelle couleur est-ce que tu as peint cette foutue voiture ?*

Je me figeai sur place et le regardai s'arrêter à même pas deux mètres de moi, la mâchoire aussi serrée que d'habitude.

— Je crois que ça commençait par « Mist », mais je ne me souviens plus exactement. Je l'ai commandée il y a deux semaines…

Je me retenais de montrer mon agacement, tâchant de comprendre pourquoi il se tenait là à me regarder comme si j'avais perdu sa clé à molette porte-bonheur.

Sa mâchoire se décala sur la gauche, puis sur la droite, et sa pomme d'Adam s'agita. La ride profonde entre ses sourcils se fit plus marquée. Hésitante, j'arrêtai de bouger pour me concentrer à la place sur l'homme qui se tenait à quelques pas de moi.

— Luna.

J'avais rêvé ou venait-il de grogner mon prénom ?

Évidemment que je n'avais pas rêvé.

Quand il se massa le front avec son poing, je sus qu'il était définitivement furieux à propos de quelque chose, mais j'ignorais quoi. J'avais fait exactement ce qu'il avait demandé, non ?

— De quelle couleur est-ce que tu as peint cette foutue voiture ? répéta-t-il lentement.

Je pinçai les lèvres un instant avant de répondre prudemment, sans le quitter des yeux :

— De la couleur qui était sur le bon de commande.

Rip rejeta la tête en arrière, dévoilant la longue ligne de son cou musclé et sa pomme d'Adam parfaitement proportionnée tandis qu'il lâchait un soupir si rauque que je n'aurais pas pu le rater.

— Est-ce que je n'ai pas… commença-t-il avant de s'interrompre dans un grondement.

Est-ce qu'il n'avait pas… quoi ?

Sa voix se fit encore plus basse.

— Est-ce que je ne t'ai pas dit de ne rien faire tant qu'on n'en avait pas reparlé ?

— Si, répondis-je en plissant les yeux.

Je ne comprenais pas ce qui l'avait mis dans cet état-là. J'avais relu le bon de commande *trois fois* pour être certaine d'avoir toutes les informations. J'avais même regardé les dates et vérifié le système informatique pour m'assurer qu'il n'y avait pas eu de changement ou de mise à jour depuis.

Ce n'était pas le cas.

Donc…

— Et je t'ai appelé…

Je ne poursuivis pas ma phrase, de plus en plus déroutée par son expression assassine.

Ses yeux ne revenaient toujours pas vers moi. Son poing était toujours appuyé contre son front.

— Luna.

Une partie de moi savait que ce n'était pas le moment de plaisanter, mais… je répondis quand même.

— *Ripley*.

Ouaip, cela eut le bénéfice de le faire enfin me fixer droit dans les yeux. Il me fusilla du regard, la mâchoire encore plus serrée qu'avant. Crispée, même. Il était furieux.

— Je ne déconne pas, siffla-t-il en me regardant de haut.

Ce fut à mon tour de déglutir. Même mon pauvre petit cœur se serra face à l'expression qu'il arborait et que je ne croyais pas avoir méritée, bon sang.

Rip était furieux. Contre moi.

Je clignai des yeux et me demandai ce que j'avais bien pu faire pour mériter ça.

Il devait être capable de lire dans mes pensées, car il ne tarda pas à m'éclairer.

— Je t'ai demandé d'attendre pour la voiture et de m'en parler d'abord, pas vrai ? lâcha-t-il d'un ton sec.

Il n'avait même pas haussé la voix, mais il était toujours tellement énervé que je fus totalement surprise.

Je retins ma respiration avant de hocher la tête parce que… eh bien, c'était le cas, il me l'avait demandé.

Mais le truc, c'était que j'avais essayé de lui en parler. Je l'avais appelé. Je me rendais compte que ce n'était sans doute pas le moment de faire valoir cet argument, cependant.

— Pourquoi est-ce que tu as peint la voiture alors que je t'avais bien dit que je voulais en reparler avec toi ? insista-t-il.

Il était, honnêtement, vraiment furibond.

Malgré tout, je ne bougeai pas.

Il n'allait pas me faire de mal et il ne pourrait rien me dire que je n'avais pas déjà entendu de la part de quelqu'un que j'avais aimé.

Par conséquent, je ne cherchai pas à mentir. J'avais appris il y a longtemps que quand certaines personnes étaient trop en colère, il n'y avait aucun moyen de les raisonner. Et Rip… avait beau se comporter comme un connard – un vrai connard si j'étais honnête, car *je l'avais appelé* –, je n'avais pas peur. Je n'étais pas inquiète. Pas sérieusement.

Je restai donc plantée là, le cœur battant un peu plus vite, puis je lui dis la vérité même si elle ne me vaudrait pas de gagner quoi que ce soit.

— Je l'ai peinte parce que je t'ai appelé pour discuter de la voiture et tu m'as dit que tu n'avais aucune idée de ce dont je parlais, expliquai-je d'une voix ferme. J'ai fait mon boulot.

Et c'était vrai.

Ses doigts se détendirent et il déglutit de nouveau.

— Mais je t'ai spécifiquement dit d'attendre que je t'en parle.

Je retins ma respiration et ne détournai pas le regard, même pas une seule seconde, tandis que je répétais ce que je lui avais déjà dit :

— Je sais, mais je t'ai appelé pour en parler.

— Je ne voulais pas que tu peignes cette foutue voiture de cette couleur, Luna ! siffla-t-il d'une voix froide et cruelle, dévoilant tout à coup ses dents si blanches.

Très bien.

Tout va bien. Tout va bien. Tout va bien.

Je m'autorisai enfin à prendre une respiration par le nez et fis de mon mieux pour garder une voix calme. Je ne pouvais que répéter la même phrase, *encore*, comme une idiote qui ne savait pas d'expérience que l'on ne pouvait pas raisonner quelqu'un qui était déjà en colère.

— Mais je t'ai appel…

— J'étais occupé, putain !

Je ne pus que… que rester plantée là, sincèrement, sérieusement, totalement perdue. Qu'est-ce qui lui arrivait, bon sang ? C'était une chose qu'il soit d'une humeur de chien, râle et soit condescendant, mais ça ?

Ripley me regarda et secoua la tête, ses narines se dilatant au rythme de sa respiration hachée. Il laissa tomber sa main avant de la relever et de la passer sur le haut de son crâne.

Je ne bougeai pas.

Rip secoua la tête.

— Recommence depuis le début, marmonna-t-il de cette voix si calme que je ne savais pas comment interpréter.

Recommencer tout ?

C'était une plaisanterie ?

Je n'étais pas du genre à en faire des tonnes, et je n'étais pas particulièrement susceptible non plus ; malgré tout, je ne pus que rester plantée là.

Ce qu'il me demandait de faire…

Je fermai les yeux, serrai les poings et me répétai qu'il n'y avait pas de raison de me laisser contrarier. J'étais payée à l'heure, après tout. Cela n'allait pas me faire de mal non plus.

Enfin, sauf intérieurement, parce que l'on me reprochait quelque chose qui n'était techniquement pas ma faute.

En tout cas, je ne croyais pas.

Et tu as déjà merdé il n'y a pas si longtemps, me rappela mon cerveau.

— Commence dès maintenant. Je vais chercher l'échantillon de peinture et passer la commande. Je demanderai à quelqu'un d'aller la prendre, poursuivit-il de sa voix grave et glaciale pour laquelle je n'avais aucune affection.

Ne disant toujours rien, j'ouvris les yeux et me contentai de le fixer du regard. L'indignation et une autre émotion que je ne saurais nommer me coupaient le souffle et me vidaient de toute volonté de lutter.

Il voulait que je recommence à zéro. Il voulait que je repeigne une voiture sur laquelle j'avais déjà commencé à travailler. Et comme si cela ne suffisait pas, il *me* rendait responsable.

Nous savions tous les deux que j'avais raison. Au fond, il devait savoir qu'il était en tort. Parce que nous savions tous les deux que je l'avais appelé. Ce n'était pas ma faute s'il n'avait pas fait attention ou s'il avait été trop distrait pour me dire ce qu'il voulait.

En tout cas, ce n'était pas ma faute s'il était déjà en colère et qu'il avait un caractère irascible dès le départ.

Mais je ne lui fis aucune remarque et ne dis rien de tout ça devant lui.

Il était mon patron.

Avoir raison ne valait pas le coup de perdre ce job, et une partie de mon inconscient le savait.

Mais il y avait une autre partie de moi… cette petite Luna que l'on avait accusée même quand elle n'était pas en tort… cette petite Luna-là n'appréciait pas vraiment de porter le chapeau quand elle savait être innocente. J'en avais assez.

Toutefois, Rip était mon patron.

Mon patron qui me fixait du regard et duquel je n'arrivais pas à détourner les yeux.

Il n'était pas dans son état normal. Je le savais. Ce n'était pas son genre. Il n'aurait pas pu cacher ce genre de comportement pendant trois ans. Il fallait que je comprenne.

Je me mordis l'intérieur de la joue et me jetai à l'eau. Qu'allait-il faire ? Continuer à me hurler dessus ?

— Rip, qu'est-ce qui ne va pas ? demandai-je, même si je ne pouvais pas garantir que ça ne se retournerait pas contre moi.

Ses yeux sarcelle se rivèrent aux miens. Il s'immobilisa presque entièrement.

— T'as foiré la voiture, Luna. Qu'est-ce que tu crois ?

— Ce n'est pas ce que je voulais dire.

Il se contenta de me fusiller du regard pour toute réponse.

Nous étions de retour à la case départ. Très bien.

Je ne dirais rien à propos de cette foutue voiture. Je savais qu'il avait tort et il en avait tout autant conscience. Mon instinct me soufflait que son comportement était lié, au moins en partie, à autre chose que la voiture qu'il prétendait être la source de sa fureur. Mais j'avais du mal à laisser les gens tranquilles, même s'ils pouvaient retourner leur colère contre moi. Je n'arrivais juste pas à rester silencieuse.

C'est pourquoi je ne cédai pas.

— Je sais que tu détestes quand j'essaie de plaisanter avec toi, mais si tu as besoin de parler de quoi que ce soit, je ne dirai jamais rien à personne. Promis.

Je clignai des yeux, haussai une épaule.

— Je suis vraiment douée pour garder les secrets, ajoutai-je. Je suis sérieuse.

Il m'observa, mais ne répondit pas. Ses épaules larges demeurèrent crispées. Son expression dure lui resta collée au visage. Cet homme tellement, tellement beau ne dévoilait rien du tout. Pas un seul petit indice.

J'aurais dû y être habituée.

Au bout d'un moment, il se mit à secouer la tête.

— Recommence depuis le début, se contenta-t-il de déclarer.

Puis il se retourna et sortit de la pièce.

La vie était remplie de choix.

Vous pouviez choisir comment gérer les choses. Comment les accepter ou non. Vous pouviez choisir si une rose était belle ou si ses épines représentaient un risque trop grand pour vos doigts.

Ce que je choisis, moi, fut de ne pas laisser Rip ruiner ma journée. Je choisis de ne pas rester en colère ou blessée.

C'est pourquoi je rassemblai toute la colère que je ressentais envers Rip en une boule, que je jetai à la poubelle.

Il était mon patron.

Je devais supposer qu'il venait bien avec moi à San Antonio et c'était tout ce qui importait. Il devait avoir d'autres problèmes et j'avais juste eu la malchance d'être au mauvais endroit au mauvais moment. Ou quelque chose comme ça.

Ce qui venait de se passer n'avait pas été ma faute.

Malgré tout, il s'était quand même comporté comme un connard. Un connard injuste, pour être précise.

J'avais cependant un job à faire. J'avais de l'argent à gagner. Voilà ce qui m'attendait. Ripley n'était pas mon ami, et ce n'est pas comme s'il essayait de le devenir. Il était mon patron.

J'acceptai cet état de fait dans un soupir et me mis au travail.

Chapitre 7

Quand j'arrivai au garage le lendemain trente minutes plus tôt que d'habitude, je me dis que c'était parce que j'avais beaucoup de boulot.

Pas parce que j'en voulais à Rip.

Et certainement pas parce que j'avais fait un autre cauchemar à propos de mon père qui m'avait réveillée en sursaut et en sueur. Je n'arrivais pas à me rappeler ce qui s'était passé exactement, seulement quelques bribes, mais la terreur et la nausée étaient là. Toujours présentes et en force après tant de temps.

Je m'étais tournée et retournée tout le reste de la nuit dans mon lit, à essayer d'éviter la pointe de chagrin que je ressentais à cause du cauchemar. Il m'avait semblé si réel. Peut-être parce que ce qui se passait dans le rêve était si proche de ce qui était vraiment arrivé… Être appelée «merdeuse». Être appelée par le mauvais prénom. L'ivrognerie… Cette peur.

Ce que le rêve ne m'avait pas rappelé, c'était à quel point j'avais grandi depuis. Ou le fait que j'étais partie loin de là-bas et que j'avais emmené mes sœurs aussi.

Depuis ce moment, cette décision, je m'étais accrochée à chaque instant de bonheur que j'avais pu ressentir.

Alors, tout comme depuis bientôt dix ans quand je me sentais plus impuissante que jamais, j'allai au seul endroit qui me changeait toujours les idées. Le garage.

Je me disais que, finalement, heureusement que je n'avais pas été très productive la veille, grâce aux heures que j'avais dû passer à réparer «mon erreur». Miguel était venu m'aider pendant à peu près une heure et m'avait raconté que Rip lui avait aboyé dessus simplement parce qu'il était sur son passage.

Mais même avec son aide, j'étais loin d'avoir fini. J'étais partie pile à dix-sept heures la veille, ce qui n'avait pas aidé. Rip ne m'avait pas regardée quand j'étais passée devant lui sur mon chemin, mais j'avais été prête.

Prête à l'ignorer s'il me disait quoi que ce soit, tout comme il avait ignoré le fait que je l'avais appelé pour lui parler de la voiture.

Pouah.

Ma journée ne s'était pas vraiment améliorée quand j'étais rentrée à la maison.

Ma sœur était là, ce qui était une bonne nouvelle, mais à l'instant où je lui avais parlé du coup de téléphone – qui, certes, datait de quelques jours plus tôt, ce que j'avais sciemment omis de lui révéler –, ça avait dégénéré très vite. C'est surtout mon intention de me rendre à San Antonio qui avait jeté de l'huile sur le feu.

— Pourquoi est-ce que tu fais ça ? avait demandé Lily en pleurant à chaudes larmes.

Elle s'était levée à l'instant où j'avais mentionné le nom de la ville dans laquelle j'allais me rendre pour la première fois depuis six ans.

— Tu sais comment ils sont ! avait-elle ajouté.

Évidemment que je le savais. Comment aurais-je pu oublier ?

Cette conversation avait ensuite pris un tour plus sérieux, incluant un appel en conférence avec nos deux autres sœurs, qui étaient restées silencieuses et tendues tandis que Lily poussait une diatribe d'un quart d'heure sur le fait que je serais stupide d'y aller.

J'avais le sentiment qu'elles allaient toutes m'en vouloir pendant un moment et risquaient de m'ignorer un peu le week-end où elles descendraient pour la remise de diplôme de Lily, mais elles n'allaient pas me faire changer d'avis.

Je savais que la meilleure chose que je puisse faire pour ma santé mentale était d'y penser le moins possible, histoire de ne pas me rendre plus nerveuse que je ne l'étais déjà ou de ne pas finir par me faire changer d'avis. Il fallait que j'y aille. C'était la bonne décision.

Je savais en y allant ce matin-là que je devais laisser tout ça de côté et me concentrer : je devais préparer la voiture pour la couche de Tropical Turquoise qui allait recouvrir le bleu-gris pâle de la veille. Ensuite, je rajouterais de la couleur avant de finir par deux couches de vernis.

Youpi.

Je détestais faire des erreurs, même si ce qui s'était passé n'en était pas techniquement une. Je me souvenais de Mack, l'homme qui m'avait appris tout ce que je savais, me disant que j'étais trop dure avec moi-même quand je faisais mal quelque chose. « *Tout le monde fait des erreurs,* m'avait-il rassurée avec une tape dans le dos. *Ce n'est pas la fin du monde, petite Luna.* »

Et une partie de moi le savait pertinemment. Mais une plus grande partie n'arrivait pas à se débarrasser de cette mentalité, même en grandissant. Peut-être parce que je pensais que toute cette histoire était surtout la faute de Rip. Je l'avais appelé. C'était lui qui n'avait pas fait attention, et pourtant c'était quand même ma faute.

Comme toujours.

Je m'arrêtai au *drive* pour commander un café plutôt que de me le préparer moi-même, surtout parce que j'avais envie d'un mocha au chocolat blanc plutôt que du même mélange que je faisais tous les matins. Et si mes mains n'étaient pas aussi stables que d'habitude… Tant pis.

J'étais en train de bosser sur cette foutue Mustang dans la cabine de peinture accolée à mon atelier quand je levai les yeux par hasard et avisai un visage familier de l'autre côté de la fenêtre située sur la porte.

Rip.

Ne voulant pas interrompre mon mouvement pour pouvoir enfin poser l'apprêt le plus tôt possible, je me concentrai sur ce que j'étais en train de faire et continuai mon mouvement de bras.

Je n'arrêtai pas avant d'avoir fini la dernière section.

S'il avait besoin de quelque chose et qu'il ne voulait pas attendre, il pouvait laisser un mot.

Il savait qu'il ne valait mieux pas m'interrompre au milieu de ce que j'étais en train de faire. Je ne voulais pas refaire une erreur, surtout pas devant lui.

Quand j'eus enfin terminé, je reposai la ponceuse sur le sol et enlevai ma capuche, mes doigts se prenant un instant dans l'élastique tandis que je me dirigeais vers la porte pour l'ouvrir.

— Bonjour, déclarai-je en essayant de ne pas grommeler.

J'ôtai mes lunettes de protection puis mon masque avec ventilation intégrée. La plupart de mes collègues portaient de simples masques, mais je ne voulais pas prendre le risque de respirer des trucs qui pourraient finir par me tuer.

Rip cligna des yeux, et ce fut à cet instant que je m'aperçus qu'il n'avait pas son bleu de travail. Il portait un tee-shirt de compression gris sauf que, cette fois, il était sous un tee-shirt noir avec écrit *COOPER'S COLLISION AND CUSTOMS* en lettres jaune tournesol. J'avais oublié que c'était un jour de vente aux enchères. Sans vraiment y penser et sans le vouloir, je baissai les yeux vers son jean usé non taché et ses chaussures, différentes de celles qu'il portait au quotidien à l'atelier.

Il tenait un petit sac en papier blanc pincé entre l'index et le pouce.

Je me mordis l'intérieur de la joue, me souvenant à quel point il avait été injuste la veille.

Puis je me rappelai qu'il était mon patron et que même s'il avait tort – et c'était bien le cas –, ce serait à moi de ramper, sauf si je voulais changer de boulot.

Je n'en avais pas du tout envie.

— Luna, déclara-t-il de sa voix grave qui en temps normal me donnait des frissons, mais qui ne me fit ce jour-là aucun effet.

Enfin, presque aucun.

— Bonjour, patron, le saluai-je d'un air impassible.

Il me tendit le petit sachet blanc.

— Je ne suis pas en colère contre toi, lâcha-t-il d'emblée d'une voix calme, ses yeux bleu-vert fixés sur mon visage.

Il n'était pas en colère contre moi ?

Comme si j'avais fait quelque chose qui méritait qu'il se mette en colère ?

Je pinçai les lèvres et regardai le sac qu'il me tendait toujours.

Ses yeux passèrent mon visage en revue, et le sien se transforma très légèrement, devenant presque… plus doux ? Plus gentil ?… Coupable ?

— Ce n'est pas la fin du monde, Luna.

De tout ce qu'il aurait pu dire…

— Je ne peux pas te donner de traitement de faveur et d'impunité alors que je ne laisserais jamais passer ça avec les autres, expliqua-t-il en m'observant attentivement d'un air si sérieux que je ne savais pas comment l'interpréter. Me faire un gâteau d'anniversaire ne te donne pas automatiquement une carte « Sortez de prison ».

Je ne pus que le regarder fixement et encaisser sa référence au Monopoly.

Il secoua le sachet, le tendant encore plus vers moi.

— Je t'ai apporté le donut que tu aimes bien. Prends-le. C'est celui en forme de tresse, continua-t-il comme si je n'avais aucune idée de quel donut je préférais.

Mais la seule personne qui n'avait aucune idée de ce qui se passait était lui.

Il m'avait apporté un donut ?

Était-ce sa façon de s'excuser pour m'avoir accusée de quelque chose qui n'était pas ma faute ?

Oui. Ça devait être le cas. Je ne voyais pas ce que ça pouvait être d'autre.

C'était vraiment sa façon de présenter ses excuses.

Une petite partie de moi voulait continuer de lui en vouloir…

Mais être rancunier était une perte de temps. Ce n'était qu'un vortex qui aspirait votre temps, votre énergie et votre bonheur. Du temps, de l'énergie et du bonheur qui seraient plus utiles pour faire quelque chose de bien, quelque chose qui améliorerait votre vie entière. Quelque chose qui pourrait vous rendre heureux.

Et je voulais être heureuse plus que je ne voulais avoir raison.

C'est pourquoi je ne gardais rancune envers quelqu'un que pour des raisons importantes, et je ne m'autorisais pas à y penser trop souvent. Enfin, d'habitude.

Je jetai un dernier regard à Rip avant de diriger mes yeux vers le sac en papier. Je soupirai.

J'allais choisir, peut-être pas d'être heureuse, mais au moins de ne pas être en colère. Rip ne serait pas la première personne à me faire porter le chapeau pour quelque chose qui était sa faute. C'était juste le dernier d'une longue liste, mais c'était l'un des rares à s'être excusés pour ça… de cette façon qui lui était propre, en tout cas.

C'était important. Plus que ça, pour être honnête. En y réfléchissant, j'appréciais le fait qu'il ait pris la peine de faire ce qu'il venait de faire, même si ce n'était pas grand-chose. Ne venais-je pas d'éviter de dire à mes sœurs que j'étais au courant depuis des jours pour notre grand-mère parce que je ne voulais pas qu'elles soient encore plus en colère contre moi ?

Je ne voulais pas être une hypocrite.

Je me mordis l'intérieur de la joue.

— Merci, dis-je, même si cela sonnait plutôt comme une question.

Il hocha la tête brièvement, plissant les yeux comme s'il pouvait lire dans mes pensées.

Il ne s'excusa pas de m'avoir engueulée – *sans raison* –, mais il m'avait apporté un donut. Mon préféré. Je ne pensais pas qu'il avait fait attention à ce genre de détails.

Je tendis la main lentement, comme s'il allait changer d'avis et reprendre le sachet à la dernière minute. Je m'en emparai, observant son visage tandis qu'il faisait de même avec moi, cherchant je ne savais quoi. L'assurance que je ne démissionnerais pas ? Que je ne pleurerais pas ?

— Tu as un planning chargé aujourd'hui ? demanda-t-il, à peine avais-je saisi le sac.

Difficile de ne pas le prendre comme une question piège : il savait que j'avais une voiture entière à refaire, sur laquelle je devais poser l'apprêt puis peindre, sans parler de tous les autres projets sur lesquels il me fallait avancer puisque je prenais une journée pour aller à San Antonio.

— Plutôt, oui.

Il passa la pièce en revue avant d'incliner le menton comme pour lui-même plutôt que pour moi.

— Finis ce que tu es en train de faire et retrouve-moi dehors.

— Pourquoi ?

Il ne me regardait toujours pas.

— Il y a une vente aux enchères aujourd'hui. Tu vas venir avec moi.

Quoi ?

— Mais…

— Dépêche-toi. Ça commence dans une heure, déclara-t-il.

Il recula d'un pas et me regarda enfin droit dans les yeux de nouveau. Son visage était lisse. Aucun signe de frustration ou de tension du tout, et je ne savais pas quoi en penser.

— Je dois m'occuper de la voiture que tu…

Ses yeux brillants se posèrent sur moi et ses sourcils se haussèrent légèrement.

— Ça peut attendre.

— Mais…

Pourquoi voulait-il que je vienne avec lui, d'un seul coup ?

— C'est M. Cooper qui t'accompagne, d'habitude, continuai-je.

Les rares fois où j'étais allée aux ventes aux enchères, c'était avec M. Cooper. Mais la dernière remontait à… trois ans ? Quatre ? Peut-être plus ? Quand j'avais commencé à essayer d'apprendre tout ce que je pouvais au sujet des voitures, il n'arrêtait pas de m'emmener et de me montrer des choses, m'expliquant tout ce à quoi il pouvait penser et tout ce qui me rendait curieuse. J'avais adoré ça. Je ne me serais jamais doutée que tout ceci m'intéresserait à ce point-là.

Mais depuis que j'avais repris le job de peintre en chef, j'avais d'autres choses à faire à la place.

— Il ne bosse pas aujourd'hui. C'est ton tour.

Je tapotai du bout du doigt ma boucle d'oreille avec un faux rubis en forme de cœur.

— Mais…

Le regard de Rip s'égara sur le côté de mon visage pendant un instant avant de revenir sur moi.

— Tout peut attendre. Je te retrouve devant ma voiture.

Il était sérieux à l'idée que je vienne avec lui.

— Mais… bégayai-je.

Je ne poursuivis pas, parce que je ne savais pas quelle autre raison je pouvais donner pour justifier de rester.

À part le fait qu'il m'avait engueulée pour rien la veille, je n'avais aucune raison de *vouloir* rester et travailler. Qui disait non à la possibilité d'échapper au boulot pendant quelques heures ? Moi, apparemment, et je ne savais même pas pourquoi je m'y opposais, à part pour le fait que je lui en voulais quand même un peu pour son comportement de la veille. D'accord, j'allais lui pardonner et tourner la page, mais je n'étais pas un robot. Je ne pouvais pas contrôler mes sentiments avec un bouton. J'avais besoin d'au moins dix minutes.

— Je prendrai le relais si tu as du retard. Allons-y, ordonna-t-il d'une voix qui n'était plus tout à fait patiente, mais pas encore impatiente.

Il fit un autre pas en arrière et se retourna pour sortir.

— Tu peux manger ça dans ma voiture. On y va, lança-t-il par-dessus son épaule.

Manger…

Il était sérieux. Il voulait vraiment que je vienne avec lui.

La porte se referma tandis que je restais là à fixer le sachet entre mes mains.

Je soupirai de nouveau.

Il ne me fallut pas longtemps pour retourner dans mon atelier, m'extirper de ma combinaison de protection et attraper mon sac à main. Je ne pensais pas en avoir besoin, mais j'avais regardé un épisode d'une série un jour où quelqu'un avait un accident et mourait sans pouvoir être identifié. Depuis, je faisais en sorte d'avoir mes papiers avec moi tout le temps. À cause de ça, et du fait que mes leggings tachés de peinture n'avaient pas de poche dans laquelle mettre mon téléphone. Puis je sortis de la pièce et me dirigeai vers le parking, fermant la porte de l'atelier derrière moi d'un coup de pied.

Rip m'attendait à l'intérieur de sa voiture, le menton relevé et la tête posée en arrière contre l'appuie-tête. Ses lèvres bougeaient juste assez pour que je sache que soit il se parlait à lui-même… soit il chantait en play-back en écoutant la radio.

J'étais sûre que c'était la deuxième hypothèse.

Non, non, je n'allais pas trouver ça adorable. Non. Pas alors qu'il était si bizarre et sur les nerfs depuis quelques jours. Pas alors qu'il s'était montré si injuste pour quelque chose qui n'était pas ma faute. Pas question que ça m'arrive.

… Sauf que c'était en train de m'arriver. Je le trouvais adorable.

Je réussis à garder mon sourire en place, une main tenant mon sac, l'autre le donut.

Rip tourna la tête pour me regarder m'approcher de sa voiture. Avant que je n'arrive, il se pencha en avant et m'ouvrit la portière depuis l'intérieur. Je grimpai sur le siège passager, attentive à ne pas érafler le cuir ou quoi que ce soit d'autre qui ruinerait son intérieur tout juste restauré.

— J'ai fait aussi vite que j'ai pu, lui assurai-je en posant mon sac à mes pieds et en attrapant la ceinture.

Il démarra la voiture.

— Ça fait juste une minute que je suis là.

Je lui jetai un regard du coin de l'œil tout en refermant la portière et en posant le sachet en papier sur mes genoux, me demandant une fois de plus pourquoi il voulait que je vienne avec lui.

Et où était M. Cooper ?

J'attendis que nous ayons passé le portail relié à la barrière qui faisait le tour du garage pour lui demander :

— Ça te dérange si je passe un appel ?

Il se contenta de secouer la tête pour toute réponse.

Je me penchai et sortis mon téléphone de mon sac. J'ouvris directement la page des favoris et cherchai l'un de deux seuls noms d'hommes dans cette catégorie.

Le téléphone sonna deux fois avant qu'une voix familière ne réponde.

— *Petite lune*, fit M. Cooper.

Il avait l'air d'aller bien et tout semblait normal.

— Bonjour, Mister C.

— *Je voulais t'appeler hier soir. Miguel m'a écrit pour me raconter ce qui s'était passé avec Rip.*

Je jetai un coup d'œil à ma gauche pour vérifier qu'une certaine personne n'écoutait pas. Rien, sur son visage, ne trahissait qu'il avait entendu.

— *Mais Lydia est revenue et ça m'est sorti de la tête.*

— Pas de problème, l'interrompis-je avant qu'il ne puisse continuer. Tout va bien.

Son soupir m'indiqua qu'il n'était pas d'accord avec moi, ce qui me réchauffa le cœur.

— Je vous appelais pour vous prévenir que je vais à la vente aux enchères avec Rip aujourd'hui.

Silence à l'autre bout du fil.

Je glissai un regard vers Rip et vis un muscle tressaillir sur sa mâchoire.

— Je ne sais pas combien de temps on sera partis, mais je voulais juste vous prévenir au cas où quelqu'un essaierait de me joindre. Rip a dit que vous ne travailliez pas aujourd'hui.

Il y eut un autre instant de silence.

Puis :

— *D'accord, pas de problème.*

Encore un silence.

— *C'est bien, Luna.*

— Tout va bien ?

— *J'ai un rendez-vous chez le médecin,* répondit-il après un temps. *Je serai de retour demain.*

Un rendez-vous médical ?

— Vous avez de nouveau des problèmes d'hypertension ?

Son marmonnement en réponse n'était absolument pas sincère du tout. C'était sa façon de ne pas mentir, mais de ne pas dire la vérité non plus.

— C'est bien ce que je pensais, grommelai-je. Bonne chance pour votre rendez-vous, vous me direz ce qu'il en est. N'oubliez pas d'avouer au docteur que vous continuez d'apporter des sandwichs à la viande et des pizzas congelées au boulot quand vous pensez que personne ne vous regarde.

M. Cooper eut un petit rire. Je raccrochai après qu'il m'eut confirmé qu'il me verrait le vendredi.

Mais sérieusement, j'espérais qu'il parlerait à son médecin des en-cas qu'il ne devrait absolument pas manger, comme nous le savions tous les deux. J'avais fait tout ce que je pouvais pour lui, en jetant ces conneries quand j'en trouvais.

Je rangeai mon téléphone dans mon sac, me redressai et posai les mains sur les genoux, jetant un regard en coin à Rip.

— J'aurais pu te dire qu'il avait un rendez-vous médical, affirma-t-il en passant sur la file de gauche.

Je ne pus m'empêcher de me mordre l'intérieur de la joue et de grimacer. Il aurait pu me le dire ?

— Je n'étais pas sûre que tu saches.

Honnêtement, je n'étais pas certaine qu'il avait pris le temps de se renseigner ou de demander. En même temps, en me fondant sur les conversations que j'avais entendues, Rip demanderait probablement à M. Cooper un certificat médical prouvant qu'il était bien allé chez le médecin comme il l'avait dit.

Mais tout ça n'était pas censé faire partie de mes affaires.

Ni lui ni moi ne prîmes la parole pendant un moment. Je regardais par la vitre et jetais parfois un regard à la dérobée vers Rip, mais je passai la majeure partie du temps à dire à mon corps de se détendre. Je n'allais pas continuer de lui en vouloir alors qu'il s'était excusé, en quelque sorte. En tout cas, il s'était plus excusé que la plupart des personnes au cours de mon existence ne l'avaient fait. J'avais pardonné pire à des gens. Il se passait quelque chose dans sa vie que je ne comprenais pas très bien, mais je pouvais être patiente. Je pouvais être compréhensive. Certaines personnes avaient juste besoin de s'en sortir par elles-mêmes.

Par-dessus tout, il fallait que je me souvienne – et que j'accepte – qu'il était mon patron. J'avais beau essayer, et même parfois au fond de moi dans un coin caché et secret de mon esprit, espérer autre chose, c'était tout ce qu'il serait jamais. Nous n'étions pas amis et il ne montrait aucun intérêt à être sympa, poli ou gentil.

Cela lui allait très bien de n'être le préféré de personne. Ce n'était pas ce qu'il voulait. Et il ne le voudrait jamais.

Mon cœur se serra pendant un moment tandis que j'y songeais, ainsi qu'au fait que j'avais passé les trois dernières années à le regarder à la dérobée et à penser un peu trop à quelqu'un avec qui je n'avais aucune chance. Ce n'était que… de l'admiration. Une admiration sincère.

Mais peut-être qu'au lieu de rêver à ce sac Louis Vuitton que je ne pourrais probablement jamais acheter malgré toutes mes économies, je pouvais aller dans un centre commercial et m'offrir un sac magnifique pour un dixième du prix. Il ferait tout ce que l'autre sac aurait pu faire. La seule différence étant que j'aurais les moyens de me l'offrir. Il était à ma portée.

Nul besoin de continuer de rêver. Ce n'était pas comme si je croyais aux rêves, de toute manière.

— Tu comptes manger ce donut avant demain ? demanda Rip à brûle-pourpoint.

Je tournai la tête vers lui. Essayait-il de plaisanter ? Rien sur son visage ne laissait entendre qu'il était particulièrement amusé ou enjoué, mais…

— Oui.

— Tu ne fais pas un régime, au moins ? demanda-t-il tout en nous faisant entrer sur l'autoroute.

Je ne savais même pas où nous nous rendions précisément.

S'il avait été n'importe qui d'autre – et si je n'avais pas été en train de penser à lui et à son absence d'amis –, j'aurais éclaté de rire. Au lieu de cela, je retins à grand-peine un petit sourire.

— *Non.*

D'accord, je n'étais pas aussi fine que lorsque j'étais ado. Je travaillais trop – et j'étais trop paresseuse – pour aller à la salle de sport cinq fois par semaine… Cependant, je faisais de mon mieux. Je mangeais bien, certains jours même mieux que bien, mais, de manière générale, je n'allais jamais dire non à un donut. Ou à une part de tarte à la cerise.

En tout cas, surtout pas à mon donut préféré.

— Pourquoi tu l'as pas encore mangé, alors ?

Je touchai du bout des doigts le bord du sac, roulé pour le maintenir fermé.

— Je me suis dit que je le mangerais à la vente aux enchères. Je ne veux pas en mettre partout dans ta voiture.

Il jeta un regard dans ma direction.

— Tu ne vas pas en mettre partout.

— Mais je ne veux pas prendre le risque.

Je n'avais pas besoin de regarder autour de moi pour me rendre compte que tout l'intérieur était immaculé.

Il lavait soigneusement l'extérieur de sa voiture plus que régulièrement. Même son bureau était au carré, sans un crayon qui dépassait.

— C'est juste une voiture. S'il y a des miettes, c'est pour ça que les aspirateurs existent, rétorqua-t-il d'une voix décontractée.

Je ne m'attendais pas du tout à cette réponse.

— Tu es sûr ?

— Oui, je suis sûr, Luna. Mange ton foutu donut. Je ne l'ai pas acheté pour que tu le regardes.

Bon, s'il insistait.

Je déroulai le haut du sachet et y plongeai la main pour récupérer ma sucrerie. La sucrerie que mon patron m'avait achetée. Peut-être parce qu'il se sentait un peu mal. Peut-être, me disais-je.

Il y avait de quoi.

Je me penchai en avant, attrapai mon téléphone dans mon sac et cliquai sur l'icône de l'appareil photo. Je jetai un coup d'œil vers Rip, m'assurant qu'il regardait toujours devant lui. Je pris une photo du donut, la joignis à un message puis reposai le portable sous ma cuisse.

— Je ne savais pas que tu faisais partie de ces gens qui prennent des photos de leur nourriture, commenta-t-il à voix basse.

Ces gens. Je pinçai les lèvres pour m'empêcher de sourire.

— Ma petite sœur adore ces donuts, me surpris-je à expliquer, réprimant toujours un sourire. Je la nargue un peu.

Il mit tellement de temps à répondre que je ne m'attendais pas à la question qu'il me posa ensuite :

— Elles sont toutes les trois plus jeunes que toi, c'est ça ?

Je ne savais même pas comment il était au courant que j'en avais trois.

— Oui, toutes les trois. La plus jeune, celle à qui j'ai envoyé la photo, va avoir dix-huit ans dans quelques semaines. Elle est en dernière année au lycée, lui expliquai-je en portant le donut à mon visage avant de mordre dedans à pleines dents, réprimant un gémissement tellement c'était bon. Les deux autres ont dix-neuf et vingt et un ans, mais elles n'habitent plus avec moi.

Le seul signe qu'il m'avait écoutée fut un bref hochement de tête. Je n'avais pas envie de lui fournir encore plus d'informations alors qu'il ne s'y intéressait probablement pas vraiment.

Il ne dit pas un mot tandis que je mangeais le reste du donut. J'avais mal à l'estomac à cause de l'excès de sucre, mais aucune importance.

Alors que j'allais avaler l'avant-dernière bouchée, je m'arrêtai un instant.

— Tu en veux un morceau ?

Il souffla et je me retournai vers lui. Le côté de sa bouche que je pouvais voir était relevé.

— Ça va, merci.

Je finis le reste avant qu'il ne puisse changer d'avis. J'étais en train de me lécher les doigts quand Rip reprit la parole.

— À quelle heure tu veux partir, demain ?

Je faillis déglutir, mais cela aurait trahi mon appréhension de ce voyage. Je ne voulais pas lui donner une raison de ne pas venir avec moi.

— L'enterrement est à onze heures. Ça te va si on se retrouve à sept heures et demie ?

Il n'eut aucune hésitation, en tout cas verbalement, mais de là où j'étais, je vis un muscle se contracter dans sa joue, ce qui confirmait que je ne voulais pas lui donner l'occasion de revenir sur sa décision.

— Très bien pour moi. Je passerai te chercher, proposa-t-il.

— D'accord.

Parfait. Juste parfait.

Je ne voulais pas y aller. Bon sang, je ne voulais pas y aller.

Mais je m'y rendrais quand même, et rien ne changerait ça, donc je devais vivre avec et l'accepter.

Je ne comptais pas ruiner ma journée en pensant à l'inévitable. Je changeai donc de sujet et gardai une voix légère.

— Alors, est-ce que tu cherches quelque chose en particulier aujourd'hui ?

C'était la bonne question à poser.

Et si ça ne me dérangeait pas de l'écouter parler, c'était juste parce qu'il avait une belle voix.

***

Je l'avais perdu.

Merde !

Rip et moi nous étions séparés une demi-heure plus tôt. Nous étions arrivés à la vente aux enchères assez tôt pour prendre le temps de regarder toutes les voitures garées sur le parking de la casse. Je n'étais jamais venue ici avant, mais j'avais entendu dire que Rip et M. Cooper y avaient fait d'excellentes affaires. Cette vente aux enchères n'avait lieu que tous les deux mois : lors de certaines visites, ils n'achetaient rien. C'était l'une des plus petites ventes du coin. Une ou deux fois par an, l'un des deux hommes se rendait aux plus grosses ventes qui avaient lieu dans d'autres villes du sud-ouest.

Heureusement, j'avais trouvé deux voitures qui remplissaient presque tous les critères que Rip m'avait détaillés sur la route. L'une d'elles était un peu plus rouillée que je ne l'aurais voulu, mais elle était tout de même en meilleur état que certaines des voitures qu'il avait achetées dans le passé. La deuxième était super, mais j'avais reconnu deux autres types travaillant dans des ateliers de restauration qui l'avaient repérée aussi. Comme nous avions tous mis un point d'honneur à ce que nos regards ne se croisent pas, je savais qu'ils étaient sérieusement intéressés.

Nous n'aurions pas la voiture pour une bouchée de pain, mais ça en vaudrait quand même la peine.

Et maintenant, la vente allait commencer dans… quelques minutes, et je n'avais aucune idée de l'endroit où Rip pouvait être. J'avais essayé de l'appeler, mais il n'avait pas répondu. Je me rappelais l'avoir vu laisser son portable dans la voiture. Me mettant sur la pointe des pieds, je regardai autour de moi, faisant de mon mieux pour ignorer les blonds et les hommes aux cheveux noirs, cherchant celui dont la chevelure était presque principalement d'une parfaite teinte acajou.

Un homme s'était déjà arrêté pour me demander s'il pouvait m'aider pour quelque chose. Je doutais qu'il m'ait crue quand je lui avais dit que je cherchais mon patron. Je me retournai vers le fond du parking dans lequel je marchais depuis quasiment une heure, tendant le cou aussi loin que possible. Cherchant, cherchant, cherchant…

Bingo.

J'avais trouvé Rip. Il était plus grand et plus imposant que tous les autres, et portait cette chemise moulante qui n'aurait pas dû être adaptée à la chaleur de Houston, mais qui était sûrement prévue pour.

Il avait les mains sur les hanches et parlait à un autre homme qui devait mesurer dix centimètres de moins que lui.

Je ne sais pas pourquoi cela me surprit qu'il connaisse des gens, encore plus qu'il semble être en train de discuter, mais c'était le cas. Non pas qu'il ne parlait jamais, mais la plupart du temps, il donnait des ordres plus qu'il ne discutait. Le regard braqué sur lui pour ne pas le perdre de vue de nouveau, je me dirigeai vers lui.

J'observai l'autre homme. Il avait l'air d'avoir à peu près l'âge de Rip, voire un peu plus, et il était plus fin. Mais c'est le tatouage qu'il avait sur le côté du cou qui attira mon attention.

Je regardai Rip, puis de nouveau son ami, et me concentrai sur ce dernier. Il avait des tatouages tout le long des bras, des marques noires et épaisses pas faciles à discerner, mais d'une certaine manière…

L'inconnu secoua la tête, mais semblait toujours décontracté.

Rip, cependant… se mit à regarder autour de lui. À ma recherche ?

— *Mesdames et messieurs, les enchères vont commencer dans cinq minutes. Je répète, ciiiinq minutes*, annonça une voix via les enceintes installées à côté du podium bricolé pour l'occasion.

Merde.

Je levai la main au-dessus de ma tête et l'agitai pour attirer son attention.

— Rip ! criai-je.

Il tourna la tête brusquement vers la gauche avant de faire le tour du parking, comme s'il me cherchait.

Je continuai à lui faire signe. Je me sentais mal de l'interrompre, mais je savais qu'il fallait que je lui montre ce que j'avais trouvé et qu'il voudrait sûrement voir tant que nous en avions encore le temps. C'était pour ça qu'il m'avait amenée, non ? Et puis merde. Je me dirigeai vers lui, zigzaguant à travers la petite foule aussi vite que je le pouvais. Il ne me fallut pas longtemps pour me rapprocher de Rip et de l'autre homme. J'agitai la main aussi haut que possible au-dessus de ma tête.

— Patron !

Il dut me voir, car il inclina le menton dans ma direction, les yeux cachés derrière ses lunettes de soleil. Mais je vis sa bouche s'ouvrir et prononcer quelques mots à toute vitesse.

Il n'eut pas le temps d'en dire beaucoup avant que je n'arrive à ses côtés, arborant un sourire pour son ami et lui. Son ami qui me regardait avec une expression surprise mais curieuse, tandis que Rip mettait fin à la conversation d'un ton sec :

— À plus tard !

Avant que je ne puisse prononcer un mot, mon patron serra la main de son compagnon et se retourna vers moi.

Bon, d'accord.

Il ne voulait pas que je rencontre son ami. Très bien. Pas de problème.

Il était mon patron. Il n'y avait aucune raison pour que je rencontre son ami.

L'autre homme lâcha un ricanement avant de hausser les épaules et de tourner les talons pour repartir Dieu sait où.

Le sourire que j'adressai à Rip était sincère. Il était mon patron et ne me devait rien à part un chèque à la fin du mois pour les heures que j'avais faites.

— Je suis désolée d'avoir crié et d'être venue directement, mais je voulais que tu voies ces deux voitures avant que les enchères ne commencent, lui dis-je sans laisser ma curiosité prendre le dessus.

Il y avait quelque chose de bizarre dans l'expression qu'il arborait.

— Qu'est-ce que tu as trouvé ? m'interrogea-t-il.

Sa voix était normale. Ou en tout cas, comme d'habitude. Elle ne dévoilait aucun indice quant à l'identité de l'autre homme. En même temps, pourquoi Rip m'en parlerait-il ?

Je fis un geste du pouce derrière mon épaule, vers l'endroit où j'avais trouvé les perles rares.

— Elles sont rouillées toutes les deux, mais pas plus que d'autres qu'on a achetées avant. Laisse-moi te montrer, patron. Je pense qu'avec un peu de soins et d'amour, elles pourraient être vraiment super.

Il détailla mon visage et ma tête. Je m'aperçus qu'il positionnait son corps pour m'empêcher de voir l'homme avec qui il était en train de parler avant mon arrivée.

— Montre-moi, déclara-t-il.

C'est ce que je fis, et je fus plutôt fière de moi quand il finit par remporter les enchères pour les deux voitures que j'avais repérées.

Chapitre 8

Quand mon alarme retentit le lendemain, de l'appréhension comme je n'en avais pas ressenti depuis des années me donna instantanément envie de vomir.

Cela faisait tellement, *tellement* de temps que je n'avais pas été si anxieuse et bouleversée que j'en avais la nausée.

Malgré cela, je m'extirpai du lit. Il fallait que je me lève. Je ne le voulais pas, mais je le devais.

Je me douchai même si je m'étais déjà lavée la veille au soir, me maquillai, m'habillai et me dirigeai vers la cuisine, ignorant mes genoux qui auraient voulu trembler et mon estomac qui se révoltait. J'entendis des bruits de vaisselle venant de la cuisine. D'habitude, j'étais en route pour le boulot à cette heure et ma sœur Lily était sous la douche, aussi m'étonnai-je de l'entendre s'affairer.

Si je me fiais au volume sonore des bruits métalliques que j'entendais, elle était probablement encore furieuse contre moi. Je ne l'avais pas vue depuis deux jours. Elle était déjà dans sa chambre quand j'étais revenue à la maison et n'avait pas pris la peine de venir me dire bonjour.

Mon intuition se trouva confirmée dès que j'entrai dans la cuisine : elle était en train de verser ce qui ressemblait à du porridge dans deux bols avec violence. Effectivement, elle était de mauvaise humeur. Lily était comme moi : elle était du matin.

Contrairement à nos deux sœurs, je n'avais jamais eu besoin de m'assurer qu'elle se réveille à temps pour aller à l'école. J'étais plutôt de bonne humeur de façon générale, mais Lily était toujours de meilleure humeur que moi.

Aujourd'hui était une exception d'après ce que je voyais et entendais.

— Bonjour, lançai-je doucement.

Je détestais le fait que nous en soyons arrivées là.

Elle ne me regarda pas. Je remarquai qu'elle ne s'était pas encore douchée ni rien. Elle était toujours en pyjama.

— Bonjour, répliqua-t-elle dans un grognement qui me fit presque sourire.

La regardant du coin de l'œil, je me dirigeai vers le placard à côté de là où elle se tenait, l'observant verser des dés de myrtilles depuis une planche à découper vers les bols, avant d'ajouter des noix.

Je remplis mon verre d'eau, ignorant mon estomac douloureux du mieux que je le pouvais. *Je ne veux pas y aller.*

— Tu as le temps de manger, pas vrai ? grommela ma petite sœur adorée, plus ronchonne que jamais.

— Oui, répondis-je avant d'avaler mon verre d'eau d'un trait.

Elle fit glisser l'un des bols sur le comptoir vers moi avec un grognement avant de se retrouver devant la cuisinière et de récupérer la casserole dont elle s'était servie.

— Mange. Qui sait quand tu pourras déjeuner.

Je ne me sentais pas l'envie de sourire, vraiment pas, mais l'affection que je ressentais pour cette fille plus si petite que ça me serrait la poitrine… sous le coup de l'amour, bien sûr. Tellement d'amour que cela me rappelait la raison pour laquelle j'allais à l'enterrement. Pour qu'elle n'ait pas besoin de le faire.

— Merci, Lily, lui dis-je en ouvrant un tiroir afin d'en sortir une cuillère.

Elle maugréa quelque chose tout en ouvrant le robinet et en plaçant la casserole sous le jet d'eau après avoir attendu quelques secondes.

Je ne dis pas un mot tandis que j'avalais bouchée après bouchée de porridge et qu'elle finissait la vaisselle. Je mangeai tellement vite que quand elle eut fini, plus de la moitié était déjà dans mon estomac. En toute honnêteté, je crois que je n'avais perçu le goût que de la première bouchée.

Je ne voulais pas y aller.

— À quelle heure penses-tu rentrer ?

Je clignai des yeux. Elle me tournait le dos, penchée au-dessus de l'évier.

— Je ne suis pas sûre. Vers quinze heures, j'imagine, répondis-je.

Je me tapotai le nez du bout de la cuillère et la vis se ratatiner encore plus sur l'évier.

— Je te promets que je ne resterai pas une seconde de plus que nécessaire, mon canard en sucre. Promis.

Elle inspira profondément et ses épaules se relevèrent de quelques centimètres ; je pouvais même voir sa cage thoracique se gonfler. Mais elle n'émit pas un son. Elle ne se retourna pas non plus.

Je voulais la prendre dans mes bras, mais mes pieds refusaient de bouger. Je voulais lui dire que tout irait bien. Que je n'avais jamais voulu y aller non plus, mais que je devais bien ça à mamie Genie pour avoir pris soin d'elles toutes ces années.

Mais…

Je n'étais pas sûre de pouvoir supporter qu'elle refuse mon étreinte ou me dise de ne pas la toucher. Ce ne serait pas la première fois que l'une de mes sœurs ferait ça. Lâche comme je l'étais, je restai figée sur place, serrant les poings et observant ma petite sœur et sa lutte intérieure. Elle était la dernière personne au monde que je voulais blesser ou que je voulais voir en colère contre moi.

— Lily, je t'aime. Je ne veux pas y aller, mais il faut bien que l'une de nous le fasse, et si papa et ta mère sont là… Je ne veux pas qu'ils te voient. Je ne veux pas qu'ils voient aucune d'entre vous. Rien de bon n'en découlerait et quelque part au fond de toi, tu le sais, plaidai-je d'une voix douce. Tout ira bien. Je te le promets. Ta mère sera probablement trop défoncée et papa… Ne t'inquiète pas pour moi, d'accord ? Je t'ai montré une photo de Ripley. Personne ne se risquera à se frotter à lui, et je sais me défendre.

Elle renifla.

Malgré tout, je restai plantée là. J'aurais réellement voulu aller la voir, mais j'en étais juste… incapable. Mes yeux se posèrent sur l'écran du four qui affichait l'heure. Lisant qu'il était déjà sept heures vingt-cinq, je soupirai.

— Je ne vais pas travailler après. Si tu n'as rien de prévu, on pourra faire quelque chose toutes les deux.

Ma petite sœur poussa un soupir, comme en écho au mien.

— D'accord.

— D'accord ? répétai-je pour être sûre.

— Oui, d'accord, acquiesça-t-elle.

Pinçant les lèvres, j'avalai le reste du porridge dans mon bol et attrapai une bouteille de café glacé dans le frigo. Puis je remplis ma bouteille d'eau, et j'avais à peine attrapé mon sac que Lily reprenait la parole.

— Tu as toujours ta bombe au poivre ? marmonna-t-elle.

Je me figeai. Puis je vérifiai sa présence dans mon sac.

— Je l'ai, la rassurai-je avec un regard vers le petit contenant qu'elle m'avait offert pour mon anniversaire l'année précédente.

Les mains occupées, je pivotai vers elle et vis qu'elle me tournait toujours le dos. Je voulais la prendre dans mes bras. Je voulais vraiment la prendre dans mes bras ou qu'elle me prenne dans les siens, mais j'allais avoir besoin de tout mon courage pour plus tard.

— Il faut que j'y aille, mais passe une bonne journée au lycée, d'accord ? Merci pour le petit déjeuner.

— Bonne chance.

Je souris en direction de l'arrière de sa tête et rassemblai mes affaires contre ma poitrine, puis je me retournai. J'avais à peine eu le temps de traverser le couloir quand sa voix me parvint depuis la cuisine.

— Je t'aime, Luna ! Je ne suis pas en colère contre toi ! Je veux juste que tu ailles bien !

Je me mordis la lèvre et secouai la tête, submergée de soulagement.

— Je sais. Je t'aime aussi ! Ne t'en fais pas pour moi et passe une bonne journée au lycée ! criai-je en retour, croisant les doigts pour que ma voix ne me trahisse pas.

Je récupérai mes clés et sortis de la maison, ignorant le fait que mon cœur battait à un rythme régulier, quoiqu'un peu plus rapide que d'habitude. J'avais à peine eu le temps de refermer la porte à clé et de m'asseoir sur le perron qu'un pick-up jaune familier s'avançait dans l'allée. D'après ma montre, il était pile à l'heure.

Je ne m'étonnai pas que Ripley connaisse mon adresse. Je m'étais dit qu'il me la demanderait s'il en avait besoin. Certains de mes collègues m'avaient rendu visite depuis que j'avais acheté cette maison, et évidemment les Cooper savaient où j'habitais. Avec ses cent quarante mètres carrés – et le fait que ça avait été une saisie hypothécaire, ce qui avait joué sur le prix –, elle était parfaite pour moi… et la sœur qui vivait toujours avec moi. La maison avait eu besoin d'un sacré rafraîchissement quand je l'avais achetée et, même après autant de temps, c'était toujours le cas. Ce qui avait été fait, je l'avais fait moi-même avec un peu d'aide de la part de mes sœurs, mes amis et leurs familles. Lentement mais sûrement, nous y arrivions.

À l'allure à laquelle cela avançait, il faudrait probablement encore un ou deux ans avant qu'elle ne ressemble à la maison que j'avais en tête. Pendant une seconde, je me demandai ce que Ripley pensait du vieux bungalow. Mais seulement une seconde.

Puis je décidai qu'il s'en foutait probablement et n'avait peut-être même pas fait attention, même s'il était quasi impossible de rater la maison d'un violet foncé avec ses finitions grises et blanches.

Il m'avait fallu des mois pour changer la couleur et recouvrir le bleu et le blanc passés d'origine, mais à chaque fois que je m'avançais dans l'allée, la voir… me rendait heureuse, tout simplement.

Et si quelque chose vous rend heureux, cela en vaut toujours le coût et l'effort.

Je descendis les marches de mon perron et m'avançai sur le chemin que le grand-père de ma meilleure amie m'avait aidé à refaire avant de se mettre à la peinture. Je ne pus m'empêcher de regarder en arrière vers ma maison.

Et de sourire.

J'avais tellement de chance.

Tellement de chance que j'oubliais parfois à quel point.

Rip m'observait à travers la vitre côté passager. Je m'approchai de la voiture et ouvris la portière.

— Bonjour, le saluai-je en entrant avant de refermer derrière moi.

Il m'observa attraper ma ceinture et l'attacher. Je remarquai la veste noire sur le siège entre nous.

— Bonjour, finit-il par répondre.

Je déposai mon sac et mes boissons sur le sol, puis lissai ma jupe noire sur mes cuisses avant de lui sourire. Je devais la jouer cool et décontractée, ne pas montrer le fait que je m'étais réveillée ce matin quasi prête à prier pour qu'une catastrophe naturelle nous empêche de nous rendre à San Antonio.

— Tu veux que je mette le GPS ou tu sais comment y aller ? demandai-je quand j'eus finalement un moment pour regarder mon patron.

Et je le regardai vraiment.

La première chose que je remarquai fut le foulard fin noir et blanc qu'il portait.

En juin.

La deuxième chose que je remarquai fut le reste de sa personne. Bon Dieu.

Je l'avais prévenu que nous allions à un enterrement, mais je ne m'étais pas préparée à… ça. Jamais je n'avais vu Ripley ainsi tiré à quatre épingles. Il portait une chemise gris charbon boutonnée jusqu'en haut sous le foulard qu'il avait autour du cou, et ses yeux semblaient encore plus brillants que d'habitude.

Je jetai un coup d'œil vers ses chaussures noires cirées – elles avaient l'air totalement neuves. Son pantalon de costume noir semblait neuf aussi. Je baissai les yeux vers la veste noire étendue entre nous et me fis la réflexion qu'elle paraissait ne jamais avoir été portée non plus.

Je me forçai à revenir sur son visage et assimilai ses joues rasées de près, la façon dont ses cheveux courts étaient coiffés. J'avais l'impression qu'il avait utilisé un produit qui leur donnait un air plus soigné que d'habitude.

Lucas Ripley était sur son trente-et-un.

Et je l'emmenais voir les pires personnes au monde, si elles venaient.

Ce qui était probable.

Plus que probable, même.

Qui essayais-je de duper ? On parlait de moi. Si j'en croyais ma chance, ils seraient tous présents. Même mon grand frère. Soyons fous.

Mes cheveux n'étaient ni de la même couleur ni de la même longueur qu'avant, mais ils me reconnaîtraient.

Je pouvais le faire. J'allais le faire. Ce n'était que l'histoire de quelques heures.

Il fallait que je me reprenne avant que Rip ne comprenne à quel point je n'avais pas envie d'y aller. C'est pourquoi je prononçai les premiers mots qui me passèrent par la tête à cet instant :

— Quelle élégance !

C'était un euphémisme, mais je ne voulais pas insister.

Comment répondit-il ? En tirant sur le col de sa chemise, la main sous son foulard pour le desserrer.

— Je me sens idiot.

J'éclatai de rire, me surprenant moi-même.

— Eh bien, on ne dirait pas, répondis-je avec un sourire sincère. Tu es superbe.

Que fit-il ? Il leva les yeux au ciel, mais je décelai une pointe de rose sur ses joues. Je ne l'aurais pas cru du genre timide.

— Alors, beau gosse, tu as besoin que je te guide ou bien tu connais la route ?

Il leva les yeux au ciel de nouveau et passa la première.

— Je connais la route.

Je crus l'entendre ajouter « Malheureusement ».

***

Nous ne parlâmes pas beaucoup ni l'un ni l'autre au cours des trois heures qui suivirent.

Rip avait choisi une station de radio pour vieux, ce qui me fit sourire tandis que je regardais par la vitre, parce que je n'aurais jamais deviné que c'était ce qu'il écoutait. Je l'avais entendu fredonner deux ou trois fois et cela n'avait fait que renforcer mon sourire. Il n'essayait pas vraiment de le cacher. Je jouai au solitaire sur mon portable jusqu'à ce que j'aie la nausée, puis de nouveau une fois cette dernière passée.

Mais tandis que les minutes s'égrenaient, puis une heure, et une autre, et une autre…

Ma nausée se renforça et pour des raisons qui n'avaient rien à voir avec le fait de regarder un écran minuscule dans une voiture en mouvement. Tous les exercices de respiration du monde n'aideraient en rien. Pas plus que le fait de fermer les yeux et de me dire que je devais tenir le coup et que je saurais gérer, quoi qu'il arrive. Tout l'optimisme que j'avais ressenti ce matin-là s'était lentement érodé tandis que la réalité de l'endroit où j'allais se faisait de plus en plus palpable.

La voiture n'allait pas tomber en panne et me faire rater la cérémonie.

J'étais sur la route et l'enterrement aurait lieu.

Mais j'allais y survivre, et c'était le plus important.

Nous nous rapprochâmes du centre-ville et je commençai à repérer des tas d'éléments familiers me rappelant les années que j'avais vécues à San Antonio. La ville avait beaucoup changé en presque dix ans, mais pas assez pour être totalement différente de l'époque où j'y avais grandi.

Je n'avais pas prévu de revenir un jour.

J'ouvris l'application GPS de mon téléphone et entrai l'adresse que m'avait donnée l'avocat. Elle m'indiqua douze minutes de trajet jusqu'à destination. La cérémonie était censée commencer dans vingt minutes, l'heure d'arrivée n'aurait donc pas pu être plus parfaite.

Je croisai les doigts et les calai entre mes cuisses. Je regrettais à moitié de ne pas avoir plus écouté M. Cooper quand il récitait une prière pour se calmer, lorsque parfois il était énervé.

— Ça va aller ? finit par demander Rip après des heures de quasi-silence.

Je jetai un coup d'œil vers lui pour peut-être la vingtième fois – ou était-ce la cinquantième ? – depuis que j'étais montée dans la voiture. Sa mâchoire s'était serrée de plus en plus, kilomètre après kilomètre. Les rides autour de ses yeux s'étaient faites plus profondes. Même sa peau semblait être différente. Plus empourprée.

Peut-être était-ce mon imagination, mais il avait l'air de redouter cette journée au moins autant que moi.

Était-ce parce qu'il était avec moi alors qu'il aurait préféré ne pas l'être ?

— Oui, ça va aller, lui répondis-je en toute honnêteté en l'observant attentivement. Et toi ?

Ses doigts se crispèrent sur le volant.

— Ouais, fit-il d'une voix rauque.

N'importe quoi. Il appréhendait vraiment ce qui nous attendait.

Aussitôt que je me fis cette réflexion, la culpabilité qui me tordait l'estomac se rappela à moi, mais pour une raison qui n'avait rien à voir avec moi ou ce que je voulais.

Peut-être qu'il n'aimait pas les enterrements. Peut-être qu'ils le faisaient se sentir mal. Comment étais-je censée savoir ? Je travaillais entourée d'hommes depuis une décennie et au cours de tout ce temps, j'avais appris que même s'ils ne voulaient pas faire quelque chose – je veux dire s'ils ne voulaient *vraiment* pas faire quelque chose –, ils le faisaient quand même plutôt que de renoncer à leur fierté.

Je ne voulais pas forcer quelqu'un à faire une chose qu'il ne voulait pas faire juste pour me sentir mieux.

— Tu peux me déposer ici et repartir. Je me débrouillerai pour rentrer à Houston, lui proposai-je.

Les petites rides autour de sa bouche me disaient exactement à quel point il était mal à l'aise.

Parce que je l'avais mis dans cette situation.

Il se retourna vers moi plus lentement qu'un paresseux. Ses sourcils se haussèrent à la même vitesse et il me fixa de son regard bleu-vert.

— Je vais pas faire ça.

Qu'est-ce que je disais ? La fierté, quelle emmerdeuse.

— Je suis sérieuse, Rip, insistai-je avec un sourire tendu et probablement totalement faux. Je peux y aller toute seule. Ce n'est rien. Tu en as déjà assez fait.

J'aurais juré le voir lever les yeux au ciel.

— La ferme, Luna.

Mais quel menteur.

— Tu as l'air d'avoir la grippe, patron.

— Je vais bien, insista-t-il.

Je pinçai les lèvres et observai attentivement son visage.

— C'est pour ça que tu serres le volant tellement fort depuis une heure que tes phalanges sont toutes blanches ? ironisai-je.

Aussitôt ma question posée, je pinçai les lèvres de nouveau parce que… eh bien, c'était la vérité.

Il fit rouler sa mâchoire de gauche à droite et secoua légèrement la tête.

— Luna, je vais bien, essaya-t-il de me rassurer.

— Je ne veux pas que tu te retrouves à faire quelque chose que tu n'as pas envie de faire.

Il ne dit rien pendant quelques instants, mais je vis ses épaules perdre un peu de leur tension et se détendre.

— Aller à la cérémonie ou l'enterrement lui-même ne me pose aucun problème, affirma-t-il d'une voix calme. Tu peux laisser tomber.

Je me mordis la lèvre et le regardai, tâchant de décider si je devais continuer à argumenter. Il était évident qu'il ne voulait pas être là. Je n'étais pas si aveugle ou idiote. Mais je le croyais quand il disait que ce n'était pas l'enterrement qui lui posait problème.

Qu'est-ce qui pouvait déranger Rip autant… qui ne soit pas M. Cooper ou Lydia ? Ou alors des problèmes au boulot ?

À l'instant où j'ouvrais la bouche pour lui dire d'attendre dans la voiture, il serra de nouveau le volant et déclara :

— Je vais faire ça avec toi. J'ai une dette envers toi. Ça ne me dérange pas.

Il avait une dette envers moi.

C'était la seule raison pour laquelle il était ici. Ce n'est pas comme si je ne le savais pas ou comme si cela me blessait. Ce n'était pas le cas. Seulement, mon cœur se serra un peu à ce rappel du fait qu'il ne faisait que me rendre une faveur… une faveur que j'avais gagnée grâce à un mensonge. C'était la seule raison pour laquelle il était avec moi à cet instant même, assis à quelques dizaines de centimètres, portant une chemise, un pantalon de costume et un foulard, sa veste étendue entre nous. Il était plus beau que dans mes rêves les plus fous. Si je rêvais de lui, bien sûr…

Je fermai ma bouche et hochai la tête, même s'il ne me voyait probablement pas.

Le GPS nous ordonna de prendre la sortie à trois cents mètres.

— C'est l'enterrement de qui, auquel on va ? me questionna-t-il une seconde après avoir changé de file.

Je serrai les poings. Je lui devais au moins cette information, non ?

— Celui de ma grand-mère.

— Oh, fit-il.

Je ne m'attendais pas à autre chose.

Ce qui m'avait surprise en revanche, c'était la façon dont il avait posé la question. Peut-être était-ce le fait qu'il ait même pris la peine de se renseigner. La dernière fois que j'avais été malade, il ne m'avait pas demandé si je me sentais mieux, il m'avait demandé *si j'étais toujours contagieuse.*

— Ça va ?

Sa prévenance me prit totalement de court, d'autant qu'il avait parlé à voix basse.

Malgré tout, je mentis.

— Ça va, répondis-je.

Il me jeta un regard en coin, son expression faisant écho à sa voix : elle était différente par rapport à d'habitude, plus pensive.

— Ça n'a pas l'air d'aller.

Il n'avait pas besoin de savoir que toute cette histoire me rendait malade. Je grimaçai, puis je haussai une épaule.

— C'est juste que…

Devais-je lui avouer ?

Non. Quand il s'agissait du pire, j'étais suffisamment avide et bonne menteuse pour le garder pour moi, puisque nous étions déjà si proches. Et puis, il mentait aussi en prétendant que cela ne le dérangeait pas de venir, alors qu'il était clair que c'était le cas.

— Je ne suis pas revenue chez moi… à San Antonio, corrigeai-je rapidement, depuis longtemps.

Je me détestais d'avoir appelé cette ville « chez moi ».

Les doigts de Rip se crispèrent sur le volant une fois de plus.

— Tu as habité ici ?

Peut-être était-ce mon imagination, mais il me semblait que sa voix était plus grave. Elle avait perdu sa pointe de douceur.

— Oui, répondis-je d'un air vague. J'ai grandi ici.

Ses yeux bleu-vert revinrent vers moi et sa mâchoire frémit.

— Quand est-ce que tu es partie ? marmonna-t-il.

C'étaient des questions plus personnelles que toutes celles qu'il avait pu me poser depuis trois ans que nous nous connaissions.

Je serrai les poings encore plus.

— Quelques mois avant mes dix-huit ans. Donc ça fait neuf ans.

Il prit de nouveau un air pensif, sourcils froncés et petit creux prononcé entre les deux. Il se demandait probablement pourquoi j'étais partie alors que j'étais si jeune.

— Tu as de la famille ici ? demanda-t-il, semblant confirmer mes hypothèses.

Une semaine plus tôt, peut-être que je lui aurais tout raconté. Mais à cet instant, je ne voulais pas le faire. Je regardai droit devant moi et fis de mon mieux pour ne pas froncer les sourcils.

— Ma grand-mère est la seule personne que je considère comme faisant encore partie de ma famille ici, et je ne l'avais pas vue depuis des années. Je n'ai appris que lundi pour l'enterrement, juste avant que je te demande de venir avec moi.

Ses sourcils se froncèrent pensivement de nouveau, et la culpabilité m'étreignit.

Devrais-je lui dire ? Ou au moins le prévenir ? Si j'étais à sa place…

Je devrais lui dire. Je n'avais jamais été douée pour faire marcher les gens. Et je n'avais jamais apprécié que les autres essaient de me faire marcher. C'était la bonne décision.

— Rip ?

— Hmm ?

Je pouvais le faire.

— Écoute, je veux que tu saches que certaines personnes de ma « famille » risquent d'être à l'enterrement et… c'est un peu compliqué avec elles… Je t'ai demandé de venir avec moi, parce que tu es la personne la plus imposante que je connaisse et je me suis dit que personne ne viendrait te chercher des embrouilles, et je ne pense pas que tu laisserais qui que ce soit me causer trop de problèmes non plus si tu étais dans le coin, même si… tu sais… tu ne pensais pas avoir une dette envers moi…

Je racontais n'importe quoi. J'essayais de trouver mes mots, mais je ne savais pas quoi dire qui ne reviendrait pas à admettre à quel point ma famille craignait.

Je serrai de nouveau les poings.

— Mon plan est de ne pas m'occuper des autres, d'aller à l'enterrement et de rentrer chez moi. Je voulais juste t'expliquer pourquoi on restera à l'écart. Je ne veux parler à aucun d'entre eux s'ils sont là, lui dis-je en omettant le fait que la moitié des personnes présentes risquaient de donner l'impression d'avoir envie de me tuer.

Voilà. Il ne pouvait pas dire que je ne l'avais pas prévenu. En tout cas, c'est ce que je me dirais.

La dernière réaction à laquelle je m'attendais fut cette espèce de petit sourire incongru.

Je patientai, et il poussa un soupir qui n'était pas exactement mécontent : il avait toujours ce petit sourire.

— Quoi ? lui demandai-je prudemment.

Son expression ne changea pas tandis qu'il répondait :

— Je ne pensais pas que tu m'avais invité à venir quelque part parce que tu ne voulais pas y aller seule.

Je pinçai les lèvres et grommelai une réponse presque dans un murmure :

— Mais tu croyais que je voulais que tu fasses semblant d'être mon petit ami.

Son petit sourire disparut en un clin d'œil.

— Non, pas du tout, rétorqua-t-il d'une voix dure.

J'éclatai de rire en me souvenant, *en me souvenant* de lui me demandant s'il voulait que je prétende que nous étions fiancés.

Fiancés. Rip et moi. Pff.

Rip, quant à lui, décida d'ignorer le fait que j'étais pliée en deux sur le siège à côté de lui et revint au sujet de départ. Mais rien ne pouvait cacher ses joues empourprées ou la façon dont il s'était raidi quand j'avais commencé à rire.

— Je m'étais dit que tu avais autre chose à me demander, d'accord ? Si c'était important, je pensais que tu aurais dit quelque chose.

À ces mots, je fermai la bouche et me mordis la joue.

Il laissa échapper un soupir qui me transperça le cœur.

— Je me foutais de ce que tu pouvais vouloir, Luna. Si je pouvais le faire, je comptais le faire.

À cause de sa dette.

— Je suis désolée… commençai-je.

Je me sentais coupable à nouveau : il avait beau nier de toutes ses forces, je sentais qu'il y avait quelque chose dans toute cette situation qui l'embêtait. Il était ici par fierté et cet éléphant blanc n'allait pas le laisser admettre quoi que ce soit.

— Arrête, m'interrompit-il. Ce n'est pas grand-chose. Ce n'est rien, même.

Je retins un soupir. J'espérais qu'il le penserait toujours quand nous repartirions à Houston. En vérité, j'espérais même qu'il le penserait toujours quand nous serions assis pour la cérémonie.

— D'accord.

Quoi qu'il en dise, je culpabilisais toujours.

Peut-être que pour lui ce n'était rien, mais pour moi, cela voulait dire beaucoup. Quelle que soit la raison de sa présence, je lui étais reconnaissante d'être là.

Quelques instants plus tard, Rip pénétrait sur le parking d'une entreprise de pompes funèbres qui m'était vaguement familière. D'après mes souvenirs, ma grand-mère ne vivait pas très loin d'ici. À deux occasions, j'étais venue chez elle à vélo quand je ne pouvais pas rester une minute de plus chez moi – un vélo que j'avais acheté au bout de six mois à voler un à un des petits billets dans le portefeuille de mon père quand il s'effondrait quelque part dans la maison, souvent sous le coup de l'alcool ou de la drogue. Elle n'habitait peut-être pas dans le quartier le plus chic de la ville, mais c'était toujours mieux que là où je vivais.

En même temps, à certains moments, l'enfer aurait été mieux que là où je vivais.

Je ravalai ce souvenir et me signai intérieurement. Le parking n'était qu'à moitié rempli, principalement avec des voitures récentes. Je ne voyais le Voyager défoncé de mes cauchemars nulle part. En même temps, je ne m'attendais pas à autre chose.

Rip trouva une place et s'y gara, puis il se tourna vers moi, tout en épaules larges et en torse immense comprimé dans sa belle chemise.

— Ça va ? me demanda-t-il de nouveau.

Non.

— Ouais, mentis-je.

Ma voix était faible et sonnait faux, même à mes oreilles. Mais à force de le répéter, peut-être que ça finirait par devenir vrai ?

Il cligna des yeux et, à cet instant, il sut que je le baratinais. Pourtant, il continua à me regarder pendant encore un moment avant d'éteindre le moteur.

— Prête, alors ? me défia-t-il, pas dupe.

C'est maintenant ou jamais, Luna.

— Prête, acquiesçai-je en lui adressant un sourire joyeux qui, en mon for intérieur, ressemblait plutôt à une grimace.

J'ouvris la portière une seconde avant qu'il n'ouvre la sienne, et nous les claquâmes en même temps.

Tout va bien. Je suis aimée. J'ai tout ce que j'ai toujours voulu et même plus. J'ai choisi d'être heureuse pour le reste de ma vie.

Je n'allais rien laisser de tout ça m'atteindre. Pas question.

Je déglutis et forçai mes pieds à faire un pas, puis un autre vers le bâtiment de briques.

Mon cœur tambourinait dans ma poitrine et, honnêtement, une partie de moi aurait pu tomber dans les pommes ici et maintenant si je l'avais voulu. M'évanouir aurait été une excuse parfaite pour ne pas rentrer dans ce bâtiment.

Mais cela n'allait pas arriver.

Quand Rip, grand et imposant, me rattrapa pour marcher à mes côtés, toujours plus près du bâtiment, je me forçai à relâcher le souffle que je retenais sans m'en rendre compte.

Je pouvais le faire. Il n'y avait rien à craindre. J'avais survécu dix-sept ans dans une maison avec ces gens.

Il n'allait rien m'arriver.

Je ne dis pas un mot à Rip tandis que nous nous approchions des portes. Il en ouvrit une et me fit signe d'entrer, son visage grave concentré sur le mien. Je lui adressai un sourire crispé avant de franchir le seuil.

L'entrée était fraîche et aérée. Mon regard fut immédiatement attiré par un immense cliché de ma grand-mère dans un cadre doré clinquant. Sur une plaque étaient écrits son nom ainsi que ses dates de naissance et de mort. J'avais vu cette photo avant qu'elle ne soit agrandie. Ma grand-mère s'était rendue dans un studio de photographie pour une de ces séances où ils utilisent du maquillage, de la lumière et des effets pour donner le résultat le plus flatteur possible. Cela devait être il y a vingt ans, d'après mes souvenirs. Elle était telle que dans ces derniers : ses cheveux châtains dont j'avais hérité étaient coiffés et ondulés, son visage rond était mis en valeur par son rouge à lèvres d'un rose brillant. C'est d'elle que je tenais mon amour des rouges à lèvres. Elle n'avait jamais eu peur des couleurs les plus folles et les plus originales, et elle ne sortait jamais de chez elle sans.

Mais ce que je remarquai tout de suite fut qu'elle ne souriait pas. Elle n'avait jamais été du genre à sourire à tout va, mais elle pinçait les lèvres d'une façon qui pouvait y ressembler. Elle avait l'air fière et même un peu snob. C'était étrange de me dire que cette patronne d'un salon de coiffure, une mère célibataire qui avait élevé deux enfants seule, partageait les gènes de deux fils qui étaient devenus des hommes cruels et violents. Un jour, je l'avais entendue dire qu'elle avait honte d'eux. C'était aussi mon cas.

Comment avais-je pu laisser six ans s'écouler sans la voir ?

Elle avait été la seule à me montrer de la gentillesse. Ce n'était peut-être pas l'amour le plus chaleureux et réconfortant qui soit, mais c'était déjà ça.

Si elle ne m'avait pas proposé de prendre les filles quand j'avais finalement été assez désespérée pour partir, j'aurais peut-être fini par m'attarder dans un endroit qui était un véritable enfer. Et qui sait ce qui serait arrivé à mes sœurs si j'étais restée coincée dans cette maison plus longtemps.

Ma grand-mère avait planté l'idée de partir dans ma tête un jour que nous étions chez elle pour nous doucher parce que l'on nous avait coupé l'eau à la maison. « *Va-t'en, Luna. Je vais m'occuper des filles. Mais il faut que tu partes.* »

J'avais fini par partir quand je n'avais pas pu rester une seconde de plus… après avoir fait la seule et unique chose qui m'assurerait que Lily, Thea et Kyra ne seraient pas coincées dans cette maison.

J'ignorais ce qui se serait passé si elle ne m'avait pas appelée pour que je vienne chercher mes sœurs, quand mon père était sorti de prison.

Je lui avais envoyé des cartes d'anniversaire et de Noël chaque année depuis, mais elle n'avait jamais répondu et ne m'avait jamais appelée, même quand j'avais écrit mon numéro sur l'une de ces cartes. Ça ne changeait rien, cependant.

Mamie Gen, je suis désolée. Je t'aimais réellement, et je te serai toujours reconnaissante de m'avoir aidée à sortir d'ici et d'avoir pris soin des filles aussi longtemps que tu l'as pu.

Rip me frôla le bras en s'arrêtant à côté de moi. Il regardait autour de lui et, à moins que ce ne soit mon imagination, il avait de nouveau l'air tendu. Je le vis s'attarder sur le portrait de ma grand-mère.

EUGENIA MILLER
1945-2018

Voir son nom de famille était… bizarre. Cela m'atteignit plus que quand je le voyais sur les papiers de mes sœurs. Je ne le voyais plus jamais accolé au mien depuis que j'avais décidé que je ne voulais pas de ce rappel.

Quelques personnes se trouvaient devant une porte menant à gauche. Je les observai un moment, mais ne les reconnus pas.

C'était maintenant ou jamais, pas vrai ?

Je pouvais le faire. J'allais le faire. Et quand j'en aurais terminé, je retournerais dans *ma* maison voir ma sœur, et j'aurais un job auquel me rendre le lendemain.

Je soufflai par le nez.

— On peut aller s'asseoir, annonçai-je à Rip.

Il me jeta un regard en coin. Du haut de son mètre quatre-vingt-quinze, il devait baisser les yeux vers mon mètre soixante-dix. Il hocha la tête. Nous nous avançâmes vers la porte ouverte et il resta à mon côté tout du long. L'homme et la femme qui se tenaient là nous firent un signe de tête grave quand nous passâmes devant eux. La pièce était remplie par des rangées de bancs ordonnés devant une sorte d'estrade surélevée tout au bout, sur laquelle reposait un cercueil. Ouvert. Comme je m'y attendais depuis que j'avais vu le parking, seules les trois premières rangées de bancs étaient pleines. Je ne pus m'empêcher d'observer le dos des gens présents, passant de tête en tête.

Je m'arrêtai. Du dos de ma main, j'effleurai les doigts de Rip.

— Je veux aller dire au revoir, murmurai-je. Si tu veux juste attendre ici, je n'en ai pas pour longtemps.

— J'y vais avec toi, répliqua-t-il sans l'ombre d'une hésitation, en chuchotant aussi.

Je me massai la tempe de la main. Ce n'est pas que je ne voulais pas qu'il vienne avec moi – pas du tout –, mais juste que… ce cercueil et le dos de toutes ces têtes me faisaient hésiter et me sentir mal à la fois.

Malgré tout, je hochai la tête. Je n'arrivais même pas à maîtriser l'expression de mon visage pour lui signifier que j'allais bien. Parce que, pour être honnête, je n'allais pas vraiment bien. Je n'allais pas mal, mais je n'allais pas bien.

Ripley inclina le menton vers moi et ce fut ça, ce petit geste, qui m'aida à continuer. Nous descendîmes l'allée centrale et il vint se placer sur le côté tandis que je montais sur l'estrade.

Regarder à l'intérieur était surréel. Prendre conscience de sa mort l'était encore plus – et me rendait sincèrement triste.

Heureusement, il était plutôt facile d'ignorer les regards dans mon dos. Peut-être n'était-ce que mon imagination, mais j'en doutais. Peu importait, en réalité, tandis que je contemplais un visage à la fois familier et inconnu. Cela faisait tellement longtemps.

Une dizaine de pensées me traversèrent l'esprit ; j'avais plusieurs choses à dire à ma grand-mère.

Merci.

J'espère que tu allais bien.

Moi, je m'en suis sortie.

Les filles vont toutes très bien.

Lilly va avoir son diplôme et elle est la première de sa classe.

Elles seront toutes à l'université.

Partir était la meilleure chose que j'aurais pu faire.

Je suis désolée de ne pas avoir plus gardé contact.

Le bruit des portes claquant derrière moi me tira de mes pensées et me fit prendre conscience que j'étais restée un long moment immobile à regarder cette femme aux yeux fermés. Son visage familier et étranger à la fois. La première personne qui m'avait appris que prendre la bonne décision n'était pas facile et ne le serait probablement jamais.

Ce n'est qu'à ce moment-là que je reculai d'un pas et fis un sourire doux-amer à ma grand-mère. Je finis par me retourner et repérai immédiatement Ripley à quelques mètres de moi, dos au mur…

Et les yeux fixés sur les occupants des bancs.

Je suivis la direction de son regard, consciente de ce que j'étais en train de faire. Une partie de moi savait que ce que j'allais voir ne me plairait probablement pas. Mais je continuai malgré tout.

Évidemment, avec ma chance, le premier visage que j'aperçus était celui de la dernière personne que je voulais voir. Regardant droit devant lui. L'air impassible. Prétendant que je n'étais même pas là.

Mon père avait l'air d'avoir pris vingt ans depuis la dernière fois que je l'avais vu. Comme ma grand-mère, il m'était familier et étranger à la fois. Il avait un air de déterré.

Beaucoup de choses pouvaient changer en dix ans, j'imagine.

Le principal changement étant le fait que je ne ressentais aucune terreur tandis que je le regardais. Mes genoux ne tremblaient pas. Je n'avais pas de haut-le-cœur.

Au lieu de ça, une sorte de froid m'envahit et me gela les veines.

Mes yeux glissèrent vers la femme assise à côté de lui et je ne sus pas quoi penser quand j'eus du mal à la reconnaître aussi. Son visage était neutre, couvert de lésions. Elle était plus maigre que dans mes souvenirs. Beaucoup plus maigre. Là où mon père avait l'air d'avoir pris vingt ans, elle en faisait trente de plus. Les années ne l'avaient pas épargnée. Non pas que cela avait été le cas quand je la connaissais.

À côté d'elle se trouvait un homme avec qui j'avais grandi, mais que je connaissais à peine.

Mon cousin.

Bien entendu, ils étaient là. Tous sauf mon grand frère et mon oncle qui était toujours en prison, mais ce n'était pas une surprise. Ces gens étaient tout en haut de la liste des êtres humains avec qui je ne voulais rien avoir à faire.

Je m'empêchai d'y réfléchir plus avant et me retournai pour rejoindre Rip au moment où un homme en costume descendait l'allée principale. Je vis Rip observer les occupants du banc que je ne voulais pas avoir sous les yeux une seconde de plus, puis tourner le regard vers moi avant de revenir à eux. Il finit par se poser sur moi quand je m'arrêtai juste à côté de lui. Il avait de nouveau ce tic à la mâchoire.

D'accord.

Je hochai la tête et il cligna des yeux assez lentement pour acquiescer. Nous longeâmes l'allée côte à côte. Mon cœur battait, battait, battait un peu plus vite que la normale tandis que nous dépassions tous les bancs les uns après les autres. Je finis par m'arrêter deux rangées avant la sortie. Je me glissai jusqu'au bout et m'assis juste au moment où l'homme en costume venait se placer derrière un pupitre à côté du cercueil de ma grand-mère. Ripley s'assit tout contre moi, le tissu de la veste qu'il avait enfilée juste avant que nous n'entrions effleurant mon coude. J'avais remonté les manches du chemisier noir que j'avais glissé dans ma jupe.

Le contact physique ne m'aidait pas.

Je pouvais voir le dos des personnes assises au deuxième rang, mais je me forçai à me concentrer sur l'homme qui avait commencé à parler de ma grand-mère avec des mots vagues, si vagues que je ne m'en souviendrais pas et que j'avais l'impression qu'il utilisait les mêmes termes génériques pour tout le monde. Mon visage devint chaud et le resta tandis que je restais assise là, à écouter ce discours sans vraiment y faire attention. Mes oreilles commencèrent à bourdonner, mais je fis de mon mieux pour l'ignorer, tout comme je ne tenais pas compte de mon cœur qui semblait vouloir me sortir de la poitrine.

Le bras de Rip bougea, effleurant mon coude de plus belle.

Mais je gardai les yeux fixés droit devant moi.

En moins de temps que je ne l'aurais cru, l'homme s'arrêta de parler et nous donna les indications pour aller au cimetière où mamie Genie serait enterrée.

Et mes oreilles continuaient de bourdonner.

Je me levai plus vite que je n'en avais eu l'intention et Rip fit de même, heureusement. Nous sortîmes en premier et fûmes les premiers aussi à nous diriger vers le parking.

La tension dans le corps de Rip était si perceptible que j'aurais presque pu la goûter. Je la sentais partout, même si je ne la comprenais pas et que je n'étais pas d'humeur à essayer.

À l'instant où nous entrâmes dans la voiture et qu'il claqua la portière, je sus que quelque chose n'allait pas.

— Luna ? lâcha-t-il d'un ton dur.

J'avais le regard fixé sur le rétroviseur à ma droite. Mon cousin venait de sortir et regardait autour de lui sur le parking, probablement pour me chercher.

— Oui ?

La respiration de Rip s'était alourdie, mais restait régulière. Je pouvais l'entendre sans problème.

— Ton nom de famille est vraiment Allen ?

Merde.

La douleur dans mon crâne s'intensifia et me transperça l'œil droit. Je serrai les lèvres et perdis toute sensation dans mes doigts. Je grimaçai, intérieurement et extérieurement.

C'était à peu près la dernière question à laquelle je m'attendais de sa part.

D'une manière ou d'une autre, je réussis à lui dire la vérité, parce qu'il n'y avait pas moyen que je mente. Ce n'était pas le genre de choses que je pouvais essayer de cacher quand il y avait déjà une poignée de personnes qui connaissaient la vérité.

— Légalement, oui, admis-je lentement, tandis que ma migraine empirait. Mais ça n'a pas toujours été le cas.

Avait-il reconnu le nom de ma grand-mère ? Celui que j'avais porté pendant les dix-huit premières années de ma vie ?

C'était exactement la raison pour laquelle je l'avais changé. C'était ce que j'avais voulu éviter. Seule quelques personnes – dont M. Cooper – savaient que je n'avais pas toujours porté mon nom de famille actuel, Allen. Personne d'autre à l'atelier, pas même les employés qui étaient là depuis presque aussi longtemps que moi, n'était au courant.

Ils n'avaient aucune raison de savoir que mes sœurs et moi avions des noms différents. J'étais la seule pour l'instant à détester mon nom de famille assez pour ne pas vouloir le garder. Lily avait déjà mentionné le fait qu'elle voulait le changer aussi, mais elle était encore tellement jeune.

Rip avait fermé les yeux à un moment. Son front se plissa tandis qu'il fronçait les sourcils. Je vis son torse massif se soulever puis retomber dans un grand soupir.

— D'accord, souffla-t-il d'une voix incroyablement calme.

D'accord ?

Est-ce qu'il… savait ?

Avait-il lu les journaux et reconnu le nom, et maintenant qu'il avait vu à quoi ma famille ressemblait, avait-il fait le lien ?

Ça n'avait pas été un coup de filet énorme. Mon père avait pris trois ans de prison seulement. Pour son frère, c'était une autre histoire. Mais quand j'étais enfant, tous les gens savaient que Miller n'était pas le meilleur nom de famille du monde. Ils n'étaient peut-être pas au courant pour la méthamphétamine, mais ils savaient qu'il se passait quelque chose, et personne ne faisait jamais rien.

Jusqu'à ce que je décide d'agir.

Je n'arrivais même pas à ressentir de la culpabilité à l'idée que Rip connaisse une partie de la vérité que j'avais tellement voulu fuir.

— Avant, mon nom de famille était Miller.

Je ne voulais pas lui donner l'impression que j'avais essayé de le cacher. Même si c'était le cas.

— D'après mon acte de naissance, continuai-je, le nom de famille de ma mère était Ramirez, mais quand j'ai changé de nom, je ne voulais pas choisir quelque chose auquel ils pourraient penser. Tu sais que le prénom de M. Cooper est Allen, et je me suis dit que Luna Allen, ça sonnait bien.

Son front se plissa et les petites rides au coin de sa bouche se firent plus marquées. Il secoua la tête lentement, mais je n'avais aucune idée de ce à quoi il pensait. Ses joues changèrent de couleur et… rosirent ? Pourquoi ?

— J'ai changé de nom il y a huit ans, ajoutai-je.

Tout en lui parlant, je jetai un coup d'œil au rétroviseur de nouveau. D'autres personnes sortaient du bâtiment, mais aucune d'entre elles ne m'était familière.

Je me demandais si mon père était déjà monté dans sa nouvelle voiture, quelle qu'elle soit, sans que je le remarque.

— M. Cooper et Lydia m'ont accompagnée au tribunal deux jours après mes dix-huit ans pour que j'entame la procédure. Ils ont payé les frais de dossier. Le juge a fini par m'accorder ma demande et… j'ai changé de nom, expliquai-je, toujours concentrée sur le rétroviseur, la douleur derrière mes yeux toujours brûlante. Personne n'est au courant à part mes sœurs, les Cooper et, maintenant, toi.

Rip laissa échapper un long soupir, et le cuir du siège craqua tandis qu'il se retournait.

J'étais lâche et ne voulais pas le regarder.

— Tu as vu toute l'histoire aux infos ?

Il ne répondit pas. Mais le cuir craqua de plus belle et il soupira à nouveau, encore plus fort que précédemment. C'était probablement le soupir le plus profond que j'aie jamais entendu de sa part.

Dans le rétroviseur, je vis le corbillard sortir de l'avant du bâtiment et un policier débouler de nulle part sur une moto.

Il était temps de partir.

Pour aller voir mon père, dont le crime le moins grave avait été de vendre de la drogue. L'homme à qui j'aurais pardonné tout ça, si seulement il avait été une personne décente. Si seulement il avait été… différent.

— Si tu ne veux pas aller à l'enterrement, je comprendrais, lançai-je à Rip tout en luttant contre l'envie de me frotter le visage entre mes paumes.

Il eut un nouveau soupir – pas aussi profond, mais significatif quand même.

— On peut y aller, fit-il.

Les mots étaient à peine sortis de sa bouche qu'il démarrait la voiture et passait la première.

Je pouvais presque entendre les rouages tourner dans sa tête. Je percevais sa tension. Je n'aimais pas ça.

Est-ce qu'il pensait…

— Je ne suis pas… comme eux, affirmai-je, juste au cas où c'était à ça qu'il songeait.

J'étais quelqu'un de fiable. Je ne lui avais jamais menti auparavant. Je n'avais rien volé depuis des années, et même à l'époque, l'idée que ce soit du vol était subjective. En tout cas, selon moi.

— Je n'ai jamais pris de drogues. Je ne bois que rarement. Je ne ferais jamais de mal à qui que ce soit, au garage ou ailleurs, même si c'était mérité.

Son bref grognement dédaigneux me fit sursauter. Il serra le volant entre ses doigts pour peut-être la centième fois depuis qu'il était venu me chercher.

— Je ne pensais pas à ça.

Je retins ma respiration et gardai les yeux fixés sur lui et sur son expression, mais il ne laissait rien transparaître.

— Ah bon ?

Il fit de nouveau un petit bruit de dédain et secoua la tête, son attention concentrée sur la route.

— Tu es une fille bien. Tout le monde le sait, commença-t-il avant de s'interrompre, la mâchoire crispée. Personne n'est parfait, Luna, mais bon sang, je sais reconnaître une fille bien… une bonne personne… quand j'en rencontre une.

Le souffle qu'il laissa échapper était quasiment un soupir.

— Et tu en es une. Je ne vais pas commencer à compter les points avec toi à propos des conneries qu'on a faites dans le passé. Je sais que tu n'es pas comme… ces gens à l'intérieur.

Mon nez me chatouilla et je ne… je ne voulais pas parler des choses que j'avais faites.

— Je ne les avais pas vus depuis mes dix-sept ans, déclarai-je dans un souffle. Je te l'ai dit, je ne suis pas… C'est compliqué. On ne… s'entend pas bien.

Pendant que nous parlions, une queue s'était formée à la suite du corbillard. Rip glissa la voiture entre une Chevrolet Impala et un petit pick-up Toyota. Je regardai derrière moi, m'assurant que je ne connaissais pas les personnes dans le pick-up.

Selon moi, les lâches qui constituaient les membres de ma famille auraient été capables de tenter quelque chose de stupide comme de griller un feu rouge accidentellement ou de ne pas regarder la route. Et je partageais des gènes avec *eux*.

Merde. À quoi est-ce que je pensais ? Je ne devrais pas être ici.

Si, Luna. Tu as tous les droits d'être ici. Tu crois qu'ils étaient proches de mamie Genie ? Tu crois qu'ils seraient là s'ils n'avaient pas d'autres raisons ? Ils ne font jamais rien qui ne leur bénéficie pas d'une manière ou d'une autre.

Les gens ne changent pas. En tout cas, pas la plupart des gens.

— Je suis désolée de ne pas te l'avoir dit, déclarai-je. Je suppose que j'espérais qu'ils ne viendraient pas.

Il ne répondit rien. Il se contenta de conduire, le silence s'étirant entre nous. Je ne pouvais que rester assise là et, au bout de quelques instants, je regardai par la vitre. La migraine qui avait commencé derrière mes yeux empira tandis que nous avancions.

Au bout d'un moment, nous entrâmes dans le cimetière et nous garâmes. Je retins mon souffle alors que nous sortions de la voiture et nous dirigions vers deux gerbes de fleurs en forme de cœur. Rip resta à mes côtés tout du long, mais j'avais l'impression que la tension dégoulinait hors de lui. Mes incessants coups d'œil par-dessus mon épaule pour vérifier qu'aucun d'entre eux ne nous suivait indiquaient à quel point je me méfiais des personnes qui faisaient partie de ma famille.

J'étais à peu près sûre que si je me renseignais sur l'histoire familiale des Miller, je découvrirais que l'expression «coup de poignard dans le dos» venait de l'un de mes ancêtres.

Heureusement, je ne vis aucun d'entre eux, en tout cas pas juste derrière nous. Nous nous arrêtâmes devant la tombe elle-même, un trou qui me sembla trop petit pour un cercueil. Je gardai la tête baissée, mais ne fermai pas les yeux.

Le bras de Rip effleura mon coude tandis qu'il venait se placer à côté de moi, si proche que je pouvais sentir la chaleur se dégager de son corps. La sensation était loin d'être désagréable. Sa simple taille et le fait qu'en toute probabilité il ne laisserait personne me faire du mal physiquement me rassuraient. Même s'il n'était pas ravi d'être là ou d'apprendre que j'étais de la famille d'un criminel. Il faisait trop chaud pour mon chemisier à manches longues et je ne pouvais qu'imaginer à quel point lui devait bouillir sous sa veste et sa chemise de costume. Mais il ne se plaignait pas ni ne laissait entendre d'aucune manière que ça le gênait.

J'eus le sentiment que c'était sa présence ici qui m'empêchait de partir en courant, tandis que je regardais s'approcher les trois personnes que je n'avais pas vues depuis des années.

La mère de mes sœurs ne me regarda pas.

Mais mon cousin avait les yeux fixés sur moi. À côté de lui, l'homme qui était responsable pour moitié de mon existence agissait comme si j'étais invisible.

Je restai figée sur place, les observant.

J'aurais voulu pouvoir me souvenir de ce moment et me dire que j'avais été la plus mature. Que j'avais détourné le regard pendant que le chapelain, ou qui qu'il soit, prononçait quelques mots impersonnels à propos d'une femme qu'il n'avait probablement jamais rencontrée. J'aurais voulu pouvoir me concentrer sur mamie Genie et les quelques souvenirs que j'avais d'elle.

Mais je ne fis rien de tout ça.

Pendant que l'homme parlait, je restai plantée là, regardant tour à tour mon cousin et l'homme que mon acte de naissance appelait mon père.

Mon cousin me grogna quasiment dessus.

Mon père regardait droit devant lui sans me voir, avec ces yeux verts que je voyais à chaque fois que je me regardais dans un miroir.

Le bras de Rip m'effleura une fois ou deux, mais j'étais trop concentrée sur les membres de ma famille pour m'inquiéter du fait qu'il s'ennuie. Ou que je l'aie déçu en faisant partie de la famille de ces gens. Il y avait un million de choses auxquelles il pouvait être en train de penser, et aucune d'entre elles n'était positive.

Ce n'est que lorsque le chapelain s'arrêta de parler et que les trente personnes autour de nous s'approchèrent du cercueil avec des petits souvenirs que je fus tirée de mes pensées. Je m'avançai pour déposer dans le trou la petite photo de mes sœurs et moi que j'avais mise dans mon sac la veille.

J'étais prête à partir, et cela n'avait rien à voir avec les personnes de l'autre côté du cercueil.

Je voulais juste rentrer chez moi, là où je me sentais en sécurité, avec les personnes qui m'aimaient, dans la vie qui me rendait heureuse – une vie qui, je le jurais, ne me rendrait que plus heureuse encore.

Je me retournai vers Rip, qui semblait entièrement concentré sur moi. Je croisai son regard et hochai la tête.

Il acquiesça en retour, son regard glissant derrière moi pendant une seconde, puis nous retournâmes vers la voiture, évitant les tombes et les fleurs.

Heureusement que j'avais été incapable de me détendre ou de baisser la garde, car j'entendis des pas pressés derrière moi et m'attendais à moitié à la main qui m'encercla le poignet, durement et cruellement, une seconde avant qu'elle ne me tire en arrière.

Ou essaie, en tout cas.

Parce que je ne me laissai pas faire. J'avais passé des années à la salle de sport avec Lenny pour apprendre à me défendre. C'était comme ça que nous nous étions rencontrées. C'était elle qui donnait le cours d'autodéfense auquel je m'étais inscrite.

Puis elle avait continué à m'enseigner une fois que les cours avaient pris fin. C'est pourquoi je ne me retins pas quand je jetai mon coude en arrière aussi fort que possible puis, dans un même mouvement dont elle aurait été fière, donnai un coup de ma jambe droite, qui rencontra une jambe gauche violemment. À l'instant où la personne derrière moi trébucha en avant, j'attrapai son bras droit et le tendis en travers de mon corps dans une clé de bras – une technique de soumission qui plaçait le coude en limite d'étirement pour maîtriser un ou une adversaire. *Un* adversaire, pour être précise, puisque je savais de qui il s'agissait.

Ce mouvement, Lenny et moi l'avions pratiqué des dizaines et des dizaines de fois, tellement que j'en avais eu marre. Elle l'avait démontré sur moi *doucement* et j'avais eu mal pendant des jours. Mais cela en avait totalement valu le coup, j'imagine, puisque j'avais agi d'instinct, comme elle me l'avait promis.

— Putain ! siffla la voix que je ne reconnaissais plus.

— Ne me touche pas, ordonnai-je à mon cousin d'un ton sec.

Je ne le quittai pas des yeux, resserrant encore ma prise. Je savais que je lui faisais mal, et je n'en avais rien à faire.

Du coin de l'œil, j'avais vu Rip se figer et se retourner, mais j'avais la situation en main, sans mauvais jeu de mots.

J'avais toujours eu la situation en main. Même quand j'étais plus jeune. Parce que je m'appelais peut-être Allen, maintenant, mais j'avais fait partie de la famille Miller, où être une fille, être plus jeune, ne changeait rien. Je m'étais battue avec tous les membres de ma famille qui avaient mon âge quand j'étais gamine, et même certains qui n'avaient pas mon âge. Ils étaient tous des brutes et des connards. Sans exception.

Celui-ci en particulier avait été le premier à me taper dessus. J'avais encore une petite marque sur le front en souvenir d'une de ces fois. Et en observant sa propre joue, je pouvais encore voir la cicatrice qu'il avait récoltée à quatorze ans quand je l'avais frappé droit sur la pommette de toutes mes forces.

— Pose la main sur moi encore une fois et je te la casse, lui promis-je, terriblement sérieuse.

Son visage, fin et ovale, était pincé sous le coup de la douleur. Il essaya de récupérer son bras, mais en était totalement incapable.

— Lâche-moi, espèce de sale pute.

Je n'étais pas comme lui, me rappelai-je en finissant par le relâcher, le repoussant par la même occasion. Malgré ses quelques centimètres de plus que moi, il trébucha en arrière.

Il avait vraiment une sale tête, avec ses dents jaunes, ses joues creuses, ses yeux décolorés.

C'était à ça que j'avais échappé. Ça que j'avais épargné à mes sœurs.

Dieu merci. *Dieu merci.*

Je reculai d'un pas et ne m'arrêtai que quand je heurtai la masse dure d'un corps appartenant à Ripley. Ses mains ne me touchèrent pas. Il ne fit rien d'autre que de se tenir là.

Avec un peu de chance, il était au moins en train de fusiller mon cousin des yeux, utilisant ce regard qui, je le savais, était capable de faire faire demi-tour à n'importe lequel des mecs du garage.

— Je ne suis venue que pour mamie Genie, déclarai-je aussi calmement que je le pouvais, même si je me sentais tout sauf calme. Laissez-moi tranquille.

— Te laisser tranquille ? gronda mon cousin tenant son bras. Tu es venue ici. Tu savais exactement ce que tu faisais. On t'a dit de ne jamais revenir.

Il avait raison.

Cela avait été une décision mutuelle, d'une certaine façon.

Mais cela ne changeait rien au fait qu'il aurait pu se contenter de me laisser partir.

— Je suis venue pour l'enterrement. Je ne veux pas d'ennuis, tentai-je de lui expliquer même s'il secoua la tête avant que je n'aie fini ma phrase. Je ne reviendrai jamais après ça.

J'ajoutai presque «crois-moi» à la fin, mais je savais que ça ne servirait à rien.

Honnêtement, j'avais l'intuition de ce qu'il allait dire avant qu'il ne le fasse. Mon cousin n'avait jamais été très malin ni très créatif.

— Espèce de sale pute…

Je serrai les poings pour me préparer.

Mais à cet instant, je les sentis. Les mains sur mes épaules.

Puis je l'entendis. Le grondement bas de l'homme derrière moi.

Puis je les perçus. Les mots qui sortirent de sa bouche, ces syllabes dures qui resteraient gravées en moi pour le reste de ma vie.

— Ferme ta gueule. Tout de suite.

Je retins mon souffle de nouveau quand j'entendis à quel point sa voix était calme.

Je vis mon cousin ouvrir la bouche pour dire quelque chose, puis la refermer. L'expression de son visage indiquait clairement qu'il ne voulait pas obéir, mais il le fit quand même. Il recula d'un pas. Puis d'un autre, montrant presque les crocs tandis qu'il s'éloignait de plus en plus.

Gardant la bouche fermée pendant tout ce temps.

Ce n'est que lorsqu'il fut à au moins six mètres de moi que les mains lâchèrent mes épaules.

Puis Rip fit un pas en arrière.

Quand je me retournai vers le garde du corps pour qui j'avais dû utiliser ma seule et unique faveur, il avait les mains sur son foulard, autour de son cou.

Il était en train de le réajuster, pour une raison ou une autre.

Ses joues étaient plus empourprées que jamais et les tendons de son cou ressortaient fortement.

Et son regard… il avait les yeux rivés au sol, les lèvres pincées.

J'avais réussi. *Je vais bien. Je suis aimée. J'ai un chez-moi. J'ai tout ce que j'ai toujours voulu et même plus.*

Mais être consciente de tout ça n'empêcha pas mon corps de se mettre à trembler.

Peut-être que l'adrénaline avait disparu et me laissait sous le choc après avoir vu ce que les gens dont je partageais les gènes étaient devenus. Ou peut-être était-ce le rappel de ce que j'avais fui. D'à quel point j'avais été désespérée pour partir de chez eux à dix-sept ans, sans la moindre idée de ce que j'allais faire, d'où j'allais vivre. D'à quel point j'avais eu peur *après*. D'à quel point j'avais été furieuse.

Mais j'étais surtout bouleversée de m'être sentie aussi vide pendant aussi longtemps. D'avoir voulu si fort que les choses soient différentes. D'avoir tellement souffert à force de désirer des choses que l'on ne m'avait jamais données.

Cela pouvait être pour l'une de ces raisons ou pour toutes à la fois.

Je m'étais toujours sentie seule de temps en temps, et l'idée que ma petite sœur allait finir par me quitter bientôt me frappa comme un boulet de canon en pleine poitrine.

Je voulais de l'amour, et même après toutes ces années, je l'avais trouvé, et en même temps je ne l'avais pas.

J'avais presque vingt-sept ans et j'étais toujours en train de chercher. Je n'avais jamais cessé de le vouloir, après tout ce temps. Et me voilà aujourd'hui, incapable de faire un câlin à ma sœur parce que j'avais peur de ne pas m'en remettre si elle ne me laissait pas faire. Parce que j'avais deux autres sœurs qui m'avaient repoussée par colère des années auparavant, et je n'avais jamais pu l'oublier. Voilà la personne que j'étais devenue à cause d'eux.

Je les haïssais.

Je restai plantée là, et tout ce que je pouvais faire, c'était de prendre une inspiration qui fut presque un hoquet.

Jamais de ma vie je n'avais fait quelque chose de malveillant juste par méchanceté. J'avais fait des sacrifices pour mes sœurs. Je m'étais épuisée à la tâche pour nous, jour après jour. J'avais essayé d'être une bonne personne, une personne décente, parce que c'était à ça que j'aspirais.

Et voilà que les personnes qui m'avaient traitée comme une moins que rien toute ma vie essayaient de recommencer après tout ce temps.

Je les haïssais. Je les haïssais tellement que je n'arrivais pas à reprendre mon souffle. Je n'arrivais pas à reprendre mon foutu souffle à cause d'elles.

Comme si ça ne suffisait pas, je me haïssais d'avoir laissé mon idiot de cousin m'atteindre.

Je ne vis pas les yeux de Rip parcourir mon visage, je ne vis pas son expression dure et féroce se faire plus surprise. Je ne vis jamais la façon dont il rejeta la tête en arrière, le menton incliné vers le bas et les narines dilatées.

— Luna…

Je serrai les dents tandis que les larmes me montaient aux yeux tout d'un coup, mais je me forçai à lever la tête vers lui. Je n'avais pas honte. Je n'avais honte de rien de tout ça. Ça me rendait juste furieuse.

Je choisissais d'être heureuse. Je choisissais d'être heureuse pour le reste de ma vie, et rien ni personne n'allait me prendre ça. Pas question.

Mais pourquoi est-ce que les choses n'auraient pas pu être différentes ?

— Tout va bien ? demanda-t-il.

Il prenait toujours son temps pour parler, et son expression était un mélange d'horreur et de choc tandis qu'il me contemplait.

— Oui, fis-je en me mordant la joue avant d'ajouter immédiatement après : Non.

Il jeta un regard derrière moi un instant avant de revenir à mon visage. Son expression peu familière disparut, remplacée par son air prêt à en venir aux mains, qui était mon expression préférée chez Rip. Son torse se gonfla d'une longue inspiration.

— Tu veux que j'aille lui casser la gueule ? s'enquit-il, totalement sérieux.

— Ouais.

L'un de ses pieds s'avança.

— Mais ne le fais pas.

Je m'essuyai les yeux du dos de la main, reconnaissante d'avoir pensé à porter du mascara waterproof et de m'être passé du spray sur le visage au cas où. Je savais que je ne devais pas me laisser atteindre par ça. Je le *savais*. Je valais mieux que ça.

— Luna…

Je m'essuyais les joues du bout des doigts et sentis un tremblement me parcourir, violent et désagréable. Ça commença au niveau de mes épaules et descendit dans tout mon corps, me vidant totalement. Aspirant, aspirant, *aspirant*. Était-ce vraiment trop demander que les choses aient été un peu différentes ? De venir à un enterrement sans ce rappel de ce qu'avait été mon enfance et d'à quel point j'avais essayé de m'en éloigner ?

Je sus que j'avais perdu la tête quand je demandai à Rip d'une voix tremblante :

— Donne-moi juste une minute, s'il te plaît.

— Bien sûr, répondit-il sans même y réfléchir.

Je me passai la langue sur les lèvres.

Adolescente, je me demandais ce qui se serait passé si ma mère n'était pas morte à ma naissance. Si elle aurait été une meilleure mère que celle que j'avais connue en grandissant. Je me demandais si notre père aurait pu être différent.

Mais en grandissant, je m'étais rendu compte que les choses auraient pu être pires.

Je devais accepter que je ne saurais jamais à quel point les choses auraient pu être différentes.

Tout ce que je pouvais faire, c'était rester là et ralentir ma respiration, inspirer et expirer.

— Encore juste trente secondes, dis-je à voix basse, tâchant d'ignorer la douleur dans ma poitrine.

Mais il n'écouta pas. Il bougea et, avant que je n'aie le temps de faire quoi que ce soit, quelque chose de chaud et de lourd tomba sur mes épaules et mes bras.

Ses mains se drapèrent sur mes épaules, par-dessus ce qui devait être sa veste, et glissèrent sur mes bras, épousant parfaitement la forme de mes muscles et de mes os, et atteignant finalement mes poignets. Je perçus sa chaleur. Ses paumes finirent de descendre jusqu'à prendre mes mains en coupe. Ses doigts s'attardèrent là. Serrèrent les miens.

Puis ils retombèrent.

J'avais toujours su qu'au fond c'était un mec bien.

Ce fut à ce moment-là que je me forçai à faire un pas en arrière. À respirer. Ici, dans le cimetière, avec la veste de Ripley sur les épaules, je reniflai et m'essuyai les yeux une fois de plus, regardant tout autour de moi et rien à la fois.

Ce fut un peu plus facile ensuite de regarder Rip tandis que je continuais à me frotter les paupières. Son expression était redevenue calme, détachée. Pas méchante. Pas surprise. Simplement… calme.

— Merci, fis-je d'une voix dont j'étais sincèrement fière. On peut y aller maintenant ?

L'unique indication que quelque chose lui traversait l'esprit était la dilatation de ses narines, car son expression ne changea pas.

Les seuls mots que nous échangeâmes au cours des trois heures qui suivirent furent quand nous nous arrêtâmes à une station-service et qu'il me demanda si je voulais commander quelque chose au fast-food à l'intérieur, mais ce fut tout.

Quand il se gara devant chez moi après tout ça – mon téléphone m'indiquant que j'avais une heure avant que Lily ne revienne –, je tendis la main et la posai sur la sienne, là où elle reposait sur le volant. Depuis des années que nous nous connaissions, nous n'avions rien fait d'autre que de nous effleurer accidentellement. Et voilà que deux fois dans la même journée, nous faisions davantage. C'était étrange.

— Merci, Rip, dis-je en croisant son regard bleu-vert. Ma sœur a sa remise de diplôme samedi. Si tu veux passer à partir de dix-huit heures, tu seras le bienvenu. On aura de quoi manger, boire, et tout.

Je serrai sa main dans la mienne, juste une fois, et me dégageai.

J'ouvris la portière et me glissai hors de la voiture. Puis je refermai derrière moi, montai sur le trottoir et lui fis un signe de la main.

Il ne fit aucun geste en retour.

Mais il attendit que j'aie ouvert ma porte avant de partir.

Je me dirigeai droit vers ma chambre, me changeai et, à cet instant, à cet instant seulement, je pleurai.

Pour mamie Genie.

Pour mes sœurs.

Pour la mère que je n'avais jamais rencontrée.

Pour le passé, le présent et le futur.

Mais surtout, pour moi-même.

Chapitre 9

En temps normal, j'avais beau ne pas être fan des réunions du vendredi matin, je ne les détestais pas autant que les carottes cuites, par exemple.

Mais ce vendredi était peut-être l'exception qui confirmait la règle.

La veille avait juste été… pas le meilleur jour de ma vie, mais pas le pire non plus. Même une fois que Rip m'avait déposée chez moi, la journée ne s'était pas améliorée. J'avais pleuré pendant près d'une heure avant de m'essuyer le visage et de me souvenir de toutes les choses merveilleuses que j'avais.

Quand Lily avait fait irruption dans la maison en criant «Luna !» de toutes ses forces comme si elle s'attendait à ce que je ne sois pas rentrée, mes yeux étaient encore rouges et gonflés.

Elle s'était précipitée dans ma chambre, en trombe. Un regard avait suffi à ma petite sœur pour qu'elle me rejoigne sur le lit au bord duquel j'étais assise, m'entourant de ses bras.

— C'était si horrible que ça ? avait-elle demandé.

— Un petit huit sur vingt. Ça aurait pu être mieux, mais ça aurait pu être pire, avais-je admis en posant les mains sur ses avant-bras, autour de mon cou.

Lily s'était contentée de resserrer son étreinte.

— Tu veux me raconter ?

— Ils étaient là, avais-je simplement répondu. Ta mère est toujours droguée. Papa avait une sale mine. Rudy m'a attrapée par le poignet, mais je l'ai immobilisé par une clé de bras. Rip a quasiment menacé de lui botter le cul et après ça il m'a laissée tranquille.

Ma sœur adorée avait embrassé ma tête au moins cinq fois avant de répondre.

— Tu aurais dû lui casser le bras.

— Je sais.

— Lui mettre un coup dans les boules.

— Voire deux.

— Lui cracher dans les yeux.

— Du vinaigre serait plus douloureux.

J'essayais de la faire rire, et ça avait marché. Ce n'était pas un grand rire franc, mais c'était déjà ça.

— Je suis contente que Rip soit venu avec toi, avait-elle poursuivi d'une voix plus légère.

— Moi aussi, avais-je répondu tout contre son avant-bras, appuyant mon menton par-dessus.

Elle m'avait serrée encore plus fort.

— Dis-moi ce que ton patron aime bien et je le préparerai pour lui. Il le mérite pour avoir menacé ce débile de Rudy.

Elle ne savait pas ce que j'avais fait et n'avait aucune idée qu'il s'agissait uniquement d'un échange de services. Je ne comptais pas la reprendre. Elle avait déjà de quoi s'inquiéter sans que j'en rajoute; aussi m'étais-je contentée de hocher la tête.

Elle m'avait massé le dos de la main avant de continuer :

— Allez. Direction le *Red Lobster* pour profiter de ma remise d'employé avant qu'elle n'arrive à échéance. C'est moi qui offre.

C'est comme ça que nous avions fini par aller au *Red Lobster* pour un dîner de bonne heure avant d'aller au cinéma. «Pour te changer les idées», avait affirmé Lily. Et cela avait marché, en tout cas jusqu'à ce que j'essaie d'aller me coucher. Puis tout m'était revenu d'un seul coup.

La façon dont mon père m'avait ignorée, comme si j'étais morte à ses yeux. Ce que mon cousin avait fait.

Les cent un souvenirs d'autrefois auxquels je refusais de penser.

Rien ne m'avait aidée à me détendre et rien ne m'avait gardée endormie quand je m'étais enfin assoupie. Je m'étais tournée dans tous les sens toute la nuit, à repenser aux choses que j'aurais dû faire différemment et à toutes celles que je ne changerais pas.

Je suis en bonne santé. J'ai un endroit où vivre. J'ai des gens qui se soucient de moi.

Et j'ai trouvé un rouge à lèvres tout neuf dans mon tiroir à sous-vêtements que j'avais totalement oublié.

Lily et moi avons passé un bon moment toutes les deux.

J'avais réussi à partir au boulot avant que ma sœur ne sorte de sa chambre. J'avais totalement oublié quel jour de la semaine nous étions et ce que ça voulait dire.

Il y avait nos réunions hebdomadaires, et puis il y avait celles *mensuelles*. Ces dernières n'avaient lieu qu'une fois par mois et elles donnaient aux *employés* le droit de se plaindre et pas juste à M. Cooper ou Ripley. C'était au tour du reste d'entre nous.

Je les détestais.

Peut-être était-ce principalement à cause de la veille ou peut-être était-ce parce que j'aurais préféré être dans ma cabine en train de travailler plutôt que d'être assise sur une chaise dans la salle de pause à écouter les gars se plaindre les uns des autres.

C'est bien à ça que servaient ces réunions : à se plaindre. Longuement et en détail. Je détestais ça.

Ces réunions étaient un mal nécessaire cependant. Au cours des années, j'avais vu des situations dégénérer tellement entre deux employés qu'ils en venaient aux mains. Je bossais avec autant d'hommes depuis si longtemps que j'avais compris qu'ils ne pouvaient pas simplement tourner la page au bout d'un moment. Le problème était que toute personne se retrouvant impliquée dans une altercation était virée.

C'était déjà arrivé, et j'étais sûre que cela se reproduirait, avec ou sans ces réunions mensuelles.

Pendant une heure, donc, parfois une heure et demie selon le niveau de stress et d'énervement des gars, je restais assise là à regarder dans le vide pour ne pas me faire remarquer sous prétexte que j'avais les yeux fermés. J'avais passé la majorité de mon enfance à me créer une bulle autour de moi pour ne pas entendre les gens se disputer. À côté, ce n'était rien.

Si ce n'est que c'était long.

Ennuyeux.

Agaçant.

Et honnêtement un peu douloureux.

À l'exception de Jason, j'appréciais sincèrement tous les gens avec qui je bossais. Je ne comprenais pas pourquoi ils ne pouvaient pas s'élever au-dessus des petites rancœurs mesquines.

— … Et c'est n'importe quoi que je sois coincé à tout poncer tout seul parce que tous les autres prétendent qu'ils sont occupés à faire autre chose juste pour être dispo quand il s'agit de passer au mastic. Mes bras fatiguent aussi, pu… bon sang ! marmonna Jason depuis sa place de l'autre côté de la table, les coudes sur les genoux et l'expression aussi irritée que l'était sa voix.

Même moi, je levai les yeux au ciel.

Miguel leva les mains d'un geste exaspéré.

— Tu racontes n'im…

M. Cooper soupira et remua sur le siège à côté de moi. Je n'avais pas encore eu le temps de lui raconter ma journée de la veille, mais il m'avait prise dans ses bras quand je m'étais assise à côté de lui. Mon langage corporel lui disait probablement que ça ne s'était pas très bien passé.

Il y eut un grognement, puis Miguel reprit :

— Tu ne fais pas que poncer. Arrête d'exagérer.

Je retins une grimace et laissai mes paupières s'alourdir.

— On dirait bien, pourtant. Chacun doit faire sa part ici de façon équitable. Je veux faire du mastic aussi. Je fais de la carrosserie. Je ne fais pas que *poncer*.

— Et je ne fais pas que…

Mon collège continua sur sa lancée, mais je l'ignorai pour me concentrer sur l'homme qui m'avait tenu les mains et avait mis sa veste autour de mes épaules à peine vingt-quatre heures plus tôt.

Mes yeux se concentrèrent sur l'esquisse de tatouages le long du cou de Rip. Je lui avais apporté son café ce matin-là, comme d'habitude, et il m'avait dit merci, comme d'habitude aussi. Il n'y avait eu aucun signe que les choses pouvaient être différentes.

Et ça m'avait fait me sentir bien mieux à propos de la veille, alors que je ne m'y attendais pas.

Les gars continuèrent à déblatérer pendant encore un moment, mais j'en profitai pour vérifier ma liste mentale de tout ce que je devais passer chercher pour la remise de diplôme de Lily avant de rentrer chez moi ce soir. Elle ne voulait pas de ballons parce qu'elle ne souhaitait pas que l'on gâche de l'hélium pour elle. J'avais déjà appelé un restaurant pour réserver un déjeuner tardif après la cérémonie, mais je savais qu'il y aurait au moins quelques personnes qui reviendraient à la maison avec nous. J'avais donc besoin d'acheter de quoi grignoter pour les nourrir. De quoi boire. Des glaçons. Des chips…

— … Va passer dès cette semaine à la peinture.

À la peinture ? Ces mots me tirèrent immédiatement de mes pensées. Je jetai un coup d'œil à M. Cooper qui avait commencé à parler à un moment donné et me concentrai sur lui.

— Ça te va, Luna ?

Ses yeux se fixèrent sur moi comme s'il n'avait pas remarqué que je ne l'avais pas écouté.

Merde.

— Qu'est-ce que tu disais, pardon ?

D'après son expression, devoir se répéter ne le dérangeait pas.

— Jason va t'aider à la peinture pour les prochaines semaines, à partir d'aujourd'hui.

Oh non.

Non, non, non, *non.*

— Je ne suis pas autant en retard que ça, souris-je en serrant les mains contre mon ventre sans m'en rendre compte. Si j'ai besoin d'aide, je sais que je peux demander.

J'avais pris soin de garder les yeux fixés sur mon patron et de conserver mon sourire en place.

— On a parlé du fait que Jason apprenne à peindre, tu te souviens ?

Tout le monde dans la pièce se tourna vers l'intéressé. Jason, le type qui faisait exprès de ne pas finir ses projets pour que je sois obligée de le faire à sa place. Jason, le type qui appréciait beaucoup trop quand je m'attirais des problèmes. Jason, le sale type qui avait trompé ma petite sœur.

Jason, le type qui savait que j'étais consciente qu'il n'était pas un mec bien et qui ne m'avait jamais aimée depuis.

Génial.

Je me forçai à hocher la tête, mais mon sourire se fit crispé.

Je ne voulais même pas le regarder. Je ne l'aimais pas, il ne m'aimait carrément pas du tout, et la seule façon dont nous arrivions à bosser ensemble était en laissant à l'autre beaucoup d'espace.

Doublement génial.

— Je sais que tu peux rattraper ton retard, mais si tu as de l'aide, tu iras plus vite et tu n'auras pas besoin de rester tard, continua M. Cooper avec un sourire chaleureux, comme s'il avait sincèrement l'impression de me rendre un service.

Je n'avais pas besoin de regarder Jason pour comprendre que je préférais rester jusqu'à minuit plutôt que de le laisser m'aider.

C'était quoi, le délire avec tous ces pauvres types dans ma vie ? C'était comme si Dieu voulait que je rencontre le meilleur et le pire dans ce qu'ils avaient de plus extrême. Je ne rencontrais personne qui était juste entre les deux.

— Ça te va, Jason ? demanda M. Cooper.

— Ouaip, répondit l'homme derrière moi, que je ne pouvais honnêtement pas supporter.

Ouaip.

Évidemment, il fallait que ça arrive.

J'avais survécu à l'enterrement de ma grand-mère la veille. Ma sœur obtenait son diplôme le lendemain. Je supposais que je pouvais surmonter ça aussi.

— Génial, m'entendis-je marmonner.

Aujourd'hui allait être une bonne journée. D'une manière ou d'une autre.

***

Je pouvais compter sur les doigts d'une main le nombre de personnes dans ma vie que je haïssais vraiment.

La plupart étant ces gens que je pouvais techniquement appeler ma famille.

Mais honnêtement, c'était à peu près tout.

Haïr quelqu'un, pour moi, cela voulait dire que si cette personne avait besoin d'une greffe d'organe et que j'étais la seule personne au monde pouvant lui donner ce dont elle avait besoin, je ne le ferais pas.

Mais j'étais tout à fait capable de donner un rein à un inconnu s'il me posait gentiment la question.

Pour moi, il y avait une différence énorme entre ne pas apprécier quelqu'un et le haïr. Il y avait plein de gens que je n'appréciais pas pour une raison ou une autre – ils pouvaient être égoïstes, cruels, impolis, coincés ou une combinaison de tout ça. Mais s'ils avaient absolument besoin de quelque chose que je possédais, a priori, je le leur donnerais. Peut-être que je ne sourirais pas, mais je ferais le nécessaire. C'était la bonne décision.

J'avais rencontré beaucoup de connards dans ma vie. J'étais même de la famille de la plupart d'entre eux. Mais Jason… Jason était un cas à part.

Et je ne disais pas ça à la légère.

Je me pinçai l'arête du nez pour ne pas être tentée de le pincer lui à la place, cet après-midi-là.

— Pourquoi est-ce que tu as fait ça ? demandai-je lentement.

Je faisais de mon mieux pour imiter la voix de Ripley, calme et tranquille comme si je ne ressentais aucune émotion. Mais à l'intérieur, je lui avais balancé un coup de pied dans l'entrejambe au moins quatre fois en cinq minutes.

Peut-être même vingt fois.

Ce bon à rien, qui passait son temps à hausser les épaules sans travailler en arborant un petit sourire satisfait, fit ce qu'il faisait de mieux : il haussa les épaules. Il savait pourtant qu'il avait expressément ignoré les instructions que je lui avais laissées pendant que je prenais ma pause-déjeuner. Elles n'auraient pas pu être plus précises.

Deux couches d'apprêt. Deux couches d'apprêt. Deux. Pas une. Deux.

Et combien en avait-il mis ?

Une seule.

Le temps que j'aille aux toilettes et que je parle à M. Cooper de ce qui s'était passé lors de l'enterrement, puis qu'il me dise qu'il pensait avoir trouvé un remplaçant pour le mécanicien qui partait, Jason avait commencé à ajouter de la couleur avant même que l'apprêt n'ait pu sécher. Je ne savais même pas où il avait trouvé la peinture.

Ce n'était pas une erreur de débutant. C'était une erreur d'abruti.

Je lui avais dit au moins cinq fois de laisser l'apprêt sécher pendant vingt-quatre heures minimum avant la couche finale. Pas dix minutes. Surtout quand il manquait déjà une couche d'apprêt.

Je sentis ma paupière gauche tressauter.

Je pris une nouvelle grande inspiration par le nez et expirai par la bouche. Il l'avait fait exprès. Je savais qu'il avait fait exprès de ne pas respecter les instructions. Je l'aurais parié sur ma vie.

— C'est pas si mal, essaya-t-il de se justifier avant de me tourner le dos pour faire Dieu sait quoi.

Je contemplai la voiture et un malaise m'envahit, rampant vers moi par le col de ma chemise.

— Jason, il fallait deux couches.

— Mais le résultat n'est pas si mal.

Je soufflai tout en fermant la bouche, restant les joues gonflées pendant un instant tandis que je réfléchissais à ce que je pouvais – et devais – dire.

— Ce n'est pas le problème, fis-je aussi patiemment que je le pouvais avant de m'agenouiller pour observer les jantes posées sur une couverture épaisse.

Je n'avais pas besoin d'une lampe torche pour voir qu'il y avait une ligne de peinture inégale tout le long. Je pouvais aisément distinguer des traces de gris sous le rouge. Je voulais lui dire qu'il avait foiré cette partie-là aussi, mais… il avait déjà fait une belle connerie en oubliant une couche d'apprêt. J'avais l'intuition qu'il n'avait même pas agité le tube de peinture avant de commencer.

— Je dirai rien si tu dis rien non plus, ricana mon nouvel assistant, que j'espérais très temporaire.

Je me levai et soupirai. C'était fait. Je ne pouvais plus rien y changer. Cela ne valait pas le coup de me mettre dans tous mes états. Je ne me souviendrais pas de cette histoire dans dix ans, mais…

— Il va falloir tout retirer et recommencer depuis le début, déclarai-je en détruisant ses rêves.

Je n'avais pas besoin de le regarder pour savoir qu'il me dévisageait comme si je me foutais de lui. Mais à quoi s'attendait-il exactement ?

J'aurais dû dire quelque chose à M. Cooper à l'instant où il avait évoqué cette idée.

Mais je ne l'avais pas fait, et c'était ma faute.

— Il faut aussi que ça ait le temps de sécher, expliquai-je en faisant le tour de la voiture et en me penchant pour mieux voir une autre ligne de peinture inégale qui se prolongeait sur tout le côté du véhicule.

Il se dépêchait. C'était pour ça que c'était si raté. Mais la raison pour laquelle il avait décidé de se dépêcher, pour laquelle il avait même voulu apprendre la peinture, me dépassait complètement.

Nous commencions tous quelque part. Nous faisions tous des erreurs. Je pouvais rester calme. Je pouvais lui donner une seconde chance.

Cela allait être dur cependant, puisque chaque fois que je le regardais, je ne pouvais que penser à toutes les occasions où il avait essayé de m'attirer des ennuis.

— Une fois que ce sera sec, je t'aiderai à poncer si j'ai le temps, et tu peux essayer de recommencer l'apprêt, déclarai-je.

— M'aider à poncer ? répéta-t-il avec des yeux de merlan frit.

— Oui.

Je tournai la tête vers lui pour le voir grimacer. Mais il ne disait toujours rien.

— Je t'aiderai. Je ne peux pas prendre du retard à cause de ça. Si j'ai un moment pour t'aider, je le ferai, et ce sera probablement le cas.

Mon collègue cligna des yeux. Il devait avoir vingt ans, trop vieux pour être aussi pleurnichard, ce qui ne l'empêcha pas de continuer ses jérémiades.

— Mais ça va prendre des heures !

Sans blague ? Je lui répondis par un haussement d'épaules, comme lui un peu plus tôt. C'était sa faute s'il n'avait pas lu les instructions ou alors avait décidé de les ignorer. Comment disait-on ? Quand on n'a pas de tête, on a des jambes ? Ou des bras en l'occurrence…

— M. Cooper a dit que je suis censé t'aider à la peinture, commença Jason d'un ton outré et surpris.

Et c'est parti.

— Ça en fait partie.

— Et les autres carrossiers ? Pourquoi ils ne peuvent pas le faire ? tenta-t-il.

— Parce qu'ils ont leur propre boulot à faire.

Ce qu'il savait parfaitement.

— Ils ont déjà fait leur boulot pour cette voiture. Tu peux leur demander de l'aide s'ils ont le temps, mais en général ils sont encore plus occupés que moi et je ne compte pas demander à ta place. Si c'était moi qui avais fait une connerie, je préférerais que personne ne soit au courant. Je préférerais tout faire moi-même, mais c'est à toi de voir.

Peut-être que remarquer que j'aurais eu honte à sa place n'était pas la chose la plus sympa à faire, mais…

Ce type avait mis une autre fille enceinte pendant qu'il sortait avec ma sœur de dix-huit ans. Depuis le temps qu'il bossait ici, je n'avais jamais entendu parler d'un fils ou d'une fille. Mais ça ne me regardait pas.

Je n'avais même pas des bribes de sympathie pour lui. Pour l'autre fille, évidemment. Mais pour Jason ? Même pas un peu.

— Mais… s'étouffa-t-il.

Je n'étais pas d'humeur à m'occuper de lui, loin de là.

— Écoute, Jason, va en parler à M. Cooper ou Rip si tu ne veux pas t'y coller. J'ai trop de boulot pour le faire à ta place. J'ai déjà fait une connerie ce mois-ci et j'ai assumé. Je t'ai laissé des instructions et tu ne les as pas suivies. Je ne ferai pas ça pour toi. Point final.

Tant pis pour toi, mon pote.

Jason, qui faisait à peu près dix centimètres de plus que moi du haut de son mètre quatre-vingts et était un type plutôt en forme, déglutit. Je vis la fureur dans ses yeux, et je n'aimais pas ça. Je n'avais jamais aimé ça. C'était pour cette raison que je l'évitais autant que possible.

Mais… M. Cooper, qui ne demandait jamais rien, voulait que je travaille avec lui. Je pouvais le faire, pour lui. J'allais le faire.

— Ce n'est pas contre toi. Je ne peux pas laisser passer ça alors que tu as oublié deux étapes importantes. Je serais furieuse si j'étais le client et que j'avais payé des milliers de dollars pour une peinture dont le résultat n'est pas à la hauteur. M. Cooper n'accepterait pas ça non plus. Nous avons une réputation à tenir et je refuse d'être responsable de ça. Je suis désolée, mais tu dois recommencer.

Il me fixait toujours de ses petits yeux cruels, l'air en colère.

M. Cooper, M. Cooper, M. Cooper. Je voulais le faire pour M. Cooper.

— J'ai déjà fait des erreurs aussi. Ça arrive, ajoutai-je en essayant d'adoucir le coup. Ce n'est pas grave. C'est une erreur qui peut être réparée.

Nous n'avions pas besoin d'en parler à Rip, il devrait être reconnaissant de ça, déjà.

Mais ce n'était pas le cas.

— Putain, c'est beaucoup de boulot pour une toute petite…

D'accord, peut-être que M. Cooper allait finir par avoir une dette envers moi si je survivais à ça.

— Ce n'est pas une toute petite erreur. C'est une grosse erreur. Je ne veux plus en parler, le coupai-je en essayant de garder une voix calme et un visage neutre, pas comme si je venais de lui donner un vingt et unième coup dans l'entrejambe mentalement. Poussons la voiture hors de cette pièce pour que tu puisses commencer et que je puisse avancer. Il faut que je finisse ce capot à un moment ou un autre, et je dois encore poser le Scotch de protection.

Il ne bougea pas, ne répondit pas. Il ne fit que m'adresser un regard sombre que j'avais vu beaucoup trop souvent chez des personnes qui y parvenaient bien mieux que lui.

Oh, bon sang. J'indiquai la voiture du doigt.

— Allez, c'est parti.

Il serra la mâchoire, mais hocha la tête au bout d'un moment.

Voyant cela, je me retournai enfin pour me diriger vers les doubles portes qui prenaient quasiment un mur entier de la cabine. Elles devaient être assez grandes pour que des voitures entières puissent entrer sans problème.

À l'instant où je lui tournai le dos, je l'entendis marmonner :

— Sale pute.

Peut-être que s'il avait été un adolescent, j'aurais fait la sourde oreille.

S'il ne s'était pas toujours comporté comme un salaud avec moi, j'aurais fait la sourde oreille.

S'il n'avait pas été un menteur et un tricheur, j'aurais fait la sourde oreille.

Mais ce n'était pas le cas.

Je me retournais lentement tout en décidant si j'allais en parler à M. Cooper après ou non, quand la porte séparant mon atelier de celui de réparation s'ouvrit. Un visage apparut, appartenant à la personne qui avait été plutôt sympa avec moi vingt-quatre heures plus tôt.

… Et une personne de plus qui avait une idée de la situation dans laquelle j'avais grandi. Mais il ne dirait jamais rien à personne. Il ne dévoilerait pas aux autres employés de l'atelier qui était mon père ou qu'il avait fait de la prison.

Par ma faute. Ceci, personne ne le savait.

Rip garda la lourde porte ouverte en y appuyant son épaule, son bleu de travail boutonné jusqu'en haut. Son visage n'indiquait en rien que son opinion à mon égard avait changé.

— Luna, ça te dérangerait de rester ce soir pour m'aider avec la GTO qu'on a trouvée à la vente aux enchères ? demanda-t-il sur le même ton qu'il avait déjà employé des centaines de fois avec moi.

J'aurais dû dire non. Après avoir dû m'occuper de Jason, je voulais juste rentrer chez moi. Je voulais me purger de la frustration que je ressentais envers lui. En plus, il fallait que je passe acheter ce dont j'aurais besoin pour le lendemain.

Malgré cela… je hochai la tête.

C'était pour ça que les magasins ouverts vingt-quatre heures sur vingt-quatre existaient, après tout.

— Je n'ai besoin que d'une ou deux heures. Je veux la retaper aussi vite que possible, continua-t-il avant de poser les yeux sur Jason et de le regarder un instant.

Je me demandais s'il percevait son côté abruti avec un poil dans la main, mais Jason travaillait au garage depuis suffisamment longtemps pour que j'en déduise qu'il en faisait juste assez pour que ça ne se remarque pas. Autrement… eh bien, autrement, Rip l'aurait viré, je suppose.

— D'accord, répondis-je.

— Très bien, fit-il.

Son regard resta fixé sur l'homme en face de lui, mais je vis la ride se creuser entre ses sourcils. Peut-être qu'il le percevait aussi, finalement.

— Tout va bien ?

Non.

— Ouais, répondis-je cependant.

Rip tourna la tête vers moi.

Je lui souris, consciente que, s'il me connaissait au moins un peu, il ne serait pas dupe une seconde.

— Dis-moi s'il y a quoi que ce soit, déclara Rip d'une voix trop calme.

Lui dire s'il y avait quoi que ce soit ? Pouvait-il percevoir que j'étais à deux doigts de mettre cette personne sur ma liste noire de manière permanente ? J'étais justement en train de penser à le dénoncer à M. Cooper, mais, même pour moi, en parler à Rip semblait un peu trop dur.

J'étais peut-être de mauvaise humeur, mais pas à ce point.

J'attendis jusqu'à ce que Rip sorte de la pièce avant de me concentrer de nouveau sur l'imbécile avec qui j'allais être coincée pour encore un moment.

J'adorais mon métier. J'adorais mes collègues. J'avais beaucoup de chance.

Mais je ne pouvais toujours pas sentir cette enflure humaine.

— Allez, sortons cette voiture d'ici pour que tu puisses t'y mettre.

***

— Rip ? appelai-je plus tard ce jour-là en regardant un détail sur l'aile de la GTO.

Il y avait du plomb dessus, mais je ne savais pas trop s'il voulait que je le brûle – ce que je préférais éviter – ou s'il comptait le faire lui-même.

Il n'y eut pas de réponse.

— Rip ?

Rien.

Où était-il ?

J'aurais juré l'avoir vu à peine dix minutes plus tôt. Son téléphone avait sonné, mais je ne l'avais pas vu partir. Je n'avais pas besoin de regarder l'horloge digitale accrochée au mur pour savoir qu'il était vingt heures. Je voulais rentrer chez moi. J'avais mal partout. J'étais *fatiguée.* Épuisée, honnêtement.

Mais d'abord, il fallait vraiment que je demande à Rip pour la voiture, et l'autre carrossier qui était là une heure auparavant était parti. Il voulait rentrer dîner avec sa famille, et je le comprenais. Je lui avais dit de s'en aller.

— Rip ? appelai-je de nouveau, plus fort.

Je tendis l'oreille, mais je n'entendais rien. Absolument rien. Pas une seule voix. Juste le silence.

Où était-il, bon sang ?

Je me redressai et, une main sur le bas de ma colonne vertébrale qui était douloureuse à force d'être debout toute la journée, je criai encore plus fort et de manière plus agaçante :

— *Riiiiip* ?

Dans l'immense pièce vide, seul un écho me répondit, me faisant sourire.

— *Rip* ? appelai-je une dernière fois, en vain.

Il ne me fallut pas plus de quelques minutes pour monter l'escalier et vérifier son bureau et la salle de pause.

Quelques minutes plus tard, j'étais retournée voir dans mon atelier, mais il n'était pas là non plus. J'avais même ouvert la porte des toilettes et appelé, sans succès.

Il ne m'aurait pas laissée ici sans dire un mot.

En tout cas, il ne l'avait jamais fait avant. Il ne me faisait certainement pas un câlin ou un bisou pour me dire au revoir après une journée à travailler ensemble, mais il ne partait jamais avant moi. Je doutais fortement qu'il commence maintenant.

Je réfléchis aux autres endroits où il pourrait se trouver et me dis qu'il était peut-être dehors. Une douleur me vrilla le bas du dos tandis que je me dirigeais vers la porte arrière et l'ouvrais doucement en tendant l'oreille au cas où Rip serait là. La barrière et le portail tout autour du bâtiment empêchaient les intrus de s'approcher, mais si quelqu'un voulait vraiment entrer, sauter par-dessus la barrière n'était pas impossible. L'atelier avait des projecteurs automatiques et des caméras de sécurité tout autour du bâtiment, déclenchés par des détecteurs de mouvement après dix-huit heures.

J'avais à peine entrouvert la porte que j'entendis la voix basse, si basse de Rip.

— Ce n'est pas de ça que je parle.

J'hésitai pendant une seconde, me demandant si je devais attendre qu'il raccroche. Mais… c'était pour le boulot.

Fermant la porte derrière moi, plus doucement que nécessaire si j'étais tout à fait honnête, je suivis la direction d'où venait sa voix. Le parking était vide mis à part quelques voitures de clients attendant qu'ils viennent les récupérer, trois vieilles bagnoles qui devaient être restaurées, ma voiture et celle de Rip.

— Shorty a dit qu'ils avaient donné ton nom. Je fais que répéter ce qu'il m'a dit, O.K. ? fit une voix que je ne connaissais pas.

Je me figeai. Il n'était pas seul.

Devais-je… ?

— Pourquoi ? J'ai payé pour sortir. *Je suis sorti.* Depuis longtemps. Il n'y a pas de raison que l'un d'eux évoque mon nom, rétorqua Rip, confirmant que je n'avais pas imaginé sa voix.

— Mec, j'en sais rien, moi. Je veux rien avoir à faire avec ça non plus. J'ai une vie, maintenant. Une vraie vie. Je vais avoir un gosse ; je veux rien de tout ça, continua la voix inconnue. Je savais que cette merde leur exploserait à la gueule. Ils doivent être désespérés. C'est pas comme s'ils avaient beaucoup d'alliés.

— Évidemment qu'on savait que ça allait se finir comme ça. Eux aussi, s'ils avaient été plus attentifs. Mais ça n'a pas d'importance parce qu'ils n'ont aucun moyen de savoir où je peux bien être. Aucun d'entre eux ne connaissait mon nom. Ils connaissent le tien ?

— Nan. Pourquoi ils le connaîtraient ? C'est pas comme si on remplissait un formulaire pour entrer. Shorty est le seul qui sait plus ou moins que je suis toujours dans le coin, et c'est juste parce que c'est le seul à avoir toujours des raisons de rester en contact avec moi. Je l'ai pas vu depuis qu'on est sortis. La seule raison pour laquelle il m'a appelé aujourd'hui, c'est pour me raconter ce qu'il avait entendu. Pour nous prévenir au cas où quelqu'un essaierait de nous convaincre de revenir, je suppose.

Il y eut un silence tendu qui me sembla bien plus long que les deux secondes qu'il dura en réalité.

— Je ne reviendrai jamais.

— Moi non plus. J'en ai fini avec ça, ajouta l'étranger d'une voix calme.

Rip soupira assez fort pour que je l'entende.

— Je suis trop vieux pour ces conneries, dit-il. Liam est trop vieux pour ça. J'ai une bonne vie ici et je ne suis pas près de la foutre en l'air en rejoignant ces idiots.

— On dirait bien, répondit l'étranger avec un petit rire. Pas étonnant que tu aies été si doué pour réparer des trucs, mec.

Un grognement me fit reculer d'un pas.

— Putain, mec. J'ai pas besoin que ces conneries me suivent jusqu'ici.

— Ça ne devrait pas, essaya de le rassurer l'autre homme. Je sais pas pourquoi ils ont parlé de toi après aussi longtemps, mais Shorty me tiendra au courant s'il entend quelque chose d'autre.

— J'espère bien. Sinon, continua Rip, j'étais à San Antonio hier, mais personne ne m'a vu. Même si ça avait été le cas, ça ne veut rien dire.

Il y eut un silence, puis :

— Qu'est-ce que tu faisais là-bas, bon sang ?

Une autre pause.

— Rien. J'y ai passé à peine deux heures. Ne t'en fais pas.

— Tu es sûr que personne ne t'a vu ?

— Certain.

Mais je pouvais entendre l'hésitation dans la voix de Rip. Elle semblait un peu différente par rapport à d'habitude, juste un peu, mais assez pour que je me rende compte qu'il y avait quelque chose de louche dans sa déclaration.

Était-il en train de mentir ? Qui pouvait l'avoir vu à San Antonio qu'il ne voulait pas voir ?

Ou dont il ne voulait pas être vu ?

Je ne voulais jamais revoir ma famille. Je n'étais pas vraiment en position de juger, mais…

Je reculai de deux pas. Puis continuai jusqu'à me retrouver à la porte. Je l'ouvris doucement, et la fermai encore plus silencieusement derrière moi une fois rentrée dans le bâtiment.

Rip avait payé pour sortir de quoi ? Où est-ce qu'il pouvait bien être pour avoir besoin de payer pour s'en sortir ? Et pourquoi avaient-ils peur tous les deux d'être retrouvés et obligés de rejoindre quelque chose ? De quoi pouvaient-ils bien parler ? Et pourquoi est-ce que les gens ne savaient pas son vrai nom ? Qui n'avait pas de vrai nom, déjà ? Dans quelle situation était-il possible de ne pas en avoir ? Et pourquoi est-ce qu'il n'avait pas voulu qu'on le voie à San Antonio ?

Que faisait Rip avant de venir ici, bon sang ?

Je ne me rappelais même pas avoir fait le chemin jusqu'à l'atelier principal. Je ne me souvenais pas de m'être accroupie à côté de la voiture sur laquelle nous étions en train de travailler. Tout ce que je savais, c'est que quand je repris conscience de mon environnement, j'étais là, à essayer de deviner à quoi essayait d'échapper Rip.

Avait-il été en prison ? Était-il recherché par la police ? Avait-il fait quelque chose… de mal ?

J'avais déjà menti pour lui, mais mon instinct me disait, comme il le faisait en cet instant, que je n'avais pas à m'inquiéter. Rien qui puisse être réellement mauvais.

Pas à ce point-là, en tout cas.

Il n'était peut-être pas l'homme le plus patient du monde, mais il n'avait jamais été violent, loin de là. Ses attentes étaient tellement hautes que je le voyais mal être un tricheur. Il était dur, mais plutôt juste.

— Luna ? appela la voix grave que j'aurais pu reconnaître n'importe où, non loin de moi.

— Je suis là ! répondis-je en me redressant et en me collant ce que j'espérais être un sourire sur le visage.

Il se tenait à peine à deux mètres de moi et semblait désorienté. Puis, à l'instant où il me vit me relever, cet air disparut, remplacé par ce qui faisait office chez lui d'expression détendue.

— Tout va bien ? demanda-t-il en s'avançant vers moi.

— Oui, répondis-je en souriant toujours. J'ai juste une crampe au dos.

Il n'avait pas l'air de me croire totalement.

Je décidai que je devais changer de sujet tout de suite.

— Il y a du plomb qu'il faut enlever, mais je me demandais si tu comptais le faire ? Je peux m'en occuper, mais tu le feras probablement mieux que moi, poursuivis-je avec un sourire forcé. Je ne dis pas ça pour y échapper ou pour te flatter, mais… je préférerais ne pas le faire si jamais c'est possible.

Il avait beau être un dur à cuire, il n'eut même pas l'air agacé de me voir essayer d'échapper à cette tâche.

— Montre-moi.

Heureusement, j'étais accroupie juste à côté de l'endroit où était le plomb, autrement… Eh bien, je ne sais pas ce que j'aurais fait, mais j'aurais dû trouver un mensonge plus convaincant. Il s'accroupit à côté de moi, et je lui montrai ce dont je parlais.

— Oui, confirma-t-il. Je vais m'en occuper. Ne t'en fais pas.

C'était ce que je me disais. Je lui adressai un petit sourire, mais mon cœur battait toujours à tout rompre après avoir entendu les mots que mon cerveau essayait encore de décoder. *Il a payé pour en sortir. Vrai nom. Trop vieux pour ces conneries.*

Je n'avais aucune idée de ce que tout cela voulait dire.

Mais mes yeux furent attirés par le col de son tee-shirt de compression et y restèrent plus longtemps qu'ils ne l'auraient dû.

— Tu vas bien ? lança Rip tout à coup.

Cette fois, mon sourire en réponse était sincère. Je hochai la tête.

— Tu es sûre ? insista-t-il.

— Oui, affirmai-je. Je suis juste fatiguée. Je n'ai pas bien dormi cette nuit.

Ses yeux bleu-vert continuèrent à me fixer, et je me fis la réflexion qu'il savait probablement exactement pourquoi. Puis il jeta un coup d'œil à l'horloge au mur.

— Rentre chez toi. Je vais m'en occuper, et rentrer aussi. On en a fait assez.

Je le regardai, m'efforçant d'oublier les mots qui étaient sortis de sa bouche quelques minutes plus tôt.

— Tu es sûr ?

Ce fut à son tour de hocher la tête.

— D'accord. J'étais…

Mon téléphone sonna depuis la poche arrière de mon jean, je le sortis et lus ce qu'affichait l'écran avant de le ranger dans ma poche.

Il suivit ma main du regard, le visage impassible, puis releva le menton et fronça les sourcils.

— Tu ne vas pas répondre ?

— Non.

Les coins de sa bouche se relevèrent peut-être d'un millimètre.

— Cela fait deux heures que mes sœurs m'appellent alors qu'elles savent que je suis ici, expliquai-je. Elles sont à arrivées à Houston et…

Je m'interrompis, prenant conscience qu'il n'était pas comme mes autres collègues à qui je racontais ma vie. Je fis un geste de la main et secouai la tête.

— Enfin, bref, je vais y aller alors, si tu n'as plus besoin de moi.

Rip avait toujours les sourcils froncés, mais il hocha la tête.

Je reculai d'un pas, prête à me détourner.

— Si tu veux passer chez moi demain quand même, je ne laisserai personne t'embêter trop, promis-je, sachant qu'il ne s'engagerait à rien. Sinon, je te verrai lundi. Passe un bon week-end.

Au moins je l'avais invité, comme je le faisais à chaque fois.

— Luna, appela-t-il avant que je n'aie fait un pas de plus.

Je me figeai, m'attendant à moitié à ce qu'il me demande de faire quelque chose d'autre pour lui.

— Oui ?

Il se tenait là, les mains sur les hanches, à me fixer du regard, l'expression aussi indéchiffrable que d'habitude.

Je lui souris.

— Tout va bien, patron ?

Je vis tout son corps entier expulser un souffle, puis sa bouche tressaillir.

— Décide de ce que tu veux comme faveur, prononça-t-il de sa voix basse et grondante.

— Pardon ?

L'expression qui se peignit alors sur son visage, je la comprenais. C'était celle qui disait « Luna est une idiote ». Puis il se répéta.

Et même après cela, je n'avais aucune idée de ce dont il pouvait bien vouloir parler.

— Je ne comprends pas de quelle faveur tu veux parler, lui dis-je avec lenteur, comme si c'était lui qui ne comprenait pas ce qu'il disait.

Parce que c'était le cas.

Je m'en étais servie hier. Il n'était plus vraiment de toute première jeunesse, mais il n'était pas non plus du genre à perdre la tête.

Il se passa la paume sur les yeux et soupira mon nom.

— Décide d'une nouvelle faveur.

— Quelle nouvelle faveur ?

Rip se frotta le visage de nouveau tout en secouant la tête.

— L'autre ne comptait pas. Choisis-en une nouvelle.

Je… *Quoi ?*

Il devait avoir perçu la question sur mon visage, car il marmonna :

— Luna, l'autre ne comptait pas. Demande-moi autre chose.

Un souvenir de Rip venant se tenir derrière moi, ordonnant à mon cousin de la fermer, remplit mon esprit. Je pouvais encore sentir le soulagement qui m'avait envahie. Mais je ne pourrais jamais profiter de lui. Je n'en aurais même pas envie.

— Rip, je ne voulais pas de cette faveur. Tu ne me dois rien.

Cet homme magnifique, d'une beauté à couper le souffle, laissa retomber ses mains.

— Je n'ai pas besoin d'une nouvelle faveur. Tu as fait plus que je n'aurais jamais pu le demander. C'était ce que je voulais.

Il me fixa de son regard noir que j'adorais et détestais tout à la fois.

— Je m'en fous, essaya-t-il de déclarer de sa voix qui signifiait *on en a fini avec ce sujet.*

— Rip…

— Ça ne comptait pas, m'interrompit-il, arborant de nouveau cette expression qui disait « Luna est une idiote ».

— Mais je ne veux rien d'autre.

— Et je ne veux pas avoir de dette envers toi, Luna, insista-t-il en m'observant attentivement. Autre chose, d'accord ? Tu trouveras bien.

J'ouvris la bouche et sentis mes yeux se plisser d'eux-mêmes.

— Ripley, je ne veux pas que tu me doives quoi que ce soit. C'était juste une chose que j'ai dite pour toi. C'est tout.

Sa main vint tirer sur le col de son tee-shirt de compression, dévoilant le crâne qui était tatoué là. Sa respiration était profonde.

— Je te dis comment ça va se passer. Choisis autre chose. T'accompagner à cet enterrement ne comptait pas, expliqua-t-il en me fixant d'un regard qui me coupa presque le souffle. Ce n'était rien. Compris ?

Évidemment qu'il pensait que ce n'était rien. C'était lui qui ne comprenait rien.

— Ce n'était pas rien pour moi, rétorquai-je doucement.

Mon patron, l'homme qui se tenait devant moi, ne prononça pas un mot. Il ne bougea pas. Ne broncha pas. Ne tressaillit même pas.

Il ne discuta pas.

Il se contenta de me regarder.

Je ne pus que lui sourire faiblement pour lui montrer que cela avait été bien assez. Je ne voulais pas qu'il sente qu'il avait une dette envers moi. Ce n'était pas le cas.

— Ça ne compte pas, Luna. Pas aujourd'hui, pas demain. Choisis quelque chose d'autre ou je choisirai pour toi. O.K. ? demanda-t-il de sa voix calme, posée, tranquille, en me transperçant de son regard déterminé.

C'était à mon tour de le fixer. À mon tour de le regarder. Parce que je connaissais ce ton et cette voix, et ce qu'ils voulaient dire.

Je laissais peut-être certaines personnes s'en tirer parfois, mais on ne parlait pas ici d'un type ayant un problème avec l'autorité en train de me traiter de pute.

Il s'agissait de mon patron qui avait l'impression d'avoir une dette envers moi alors que ce n'était pas le cas. Alors que je ne le voulais pas.

Mais j'eus à peine le temps de dire son nom avant d'apercevoir quelque chose sur son visage dur.

Sa poitrine se gonfla tandis qu'il soufflait profondément avant de fixer son regard impitoyable sur moi.

— Je paie toujours mes dettes, et ce qu'on a fait ne compte pas.

Il leva le menton et commença à se retourner. Il en avait fini avec moi.

— Rentre chez toi.

Je restai plantée là un moment tandis qu'il se dirigeait vers les servantes, sortant un chiffon de sa poche pour s'essuyer les mains.

Je soupirai.

— Bonsoir, Luna, lança-t-il par-dessus son épaule, un tout petit peu plus fort que de sa voix normale.

— Bonsoir, Rip, répondis-je en secouant la tête à mon tour.

Bon sang. Mais c'était *quoi*, son problème ?

Chapitre 10

— Regarde-la. On dirait qu'hier encore on discutait pour savoir si elle devait commencer avec des serviettes ou des tampons, s'attendrit ma meilleure amie en soupirant à côté de moi.

Je soufflai du nez tout en suivant son regard à l'opposé de notre tablée. Je contemplai Lily, en bout de table, entourée de quelques-uns de ses amis ainsi que de nos deux sœurs. À vingt-six ans, j'étais apparemment trop âgée pour m'asseoir de leur côté, dans un restaurant que j'avais réservé il y a de ça plusieurs mois. Du mien, il y avait mon amie Lenny, son grand-père, le meilleur ami de son grand-père, M. Cooper et Lydia – la famille élargie que nous nous étions créée depuis que j'avais quitté San Antonio.

Je m'étais sentie mélancolique tout au long de la journée et ce sentiment n'avait fait qu'empirer tandis que ma sœur avait traversé la scène au milieu de l'immense stade où se déroulait la remise de diplômes de son lycée. J'aimais toutes mes sœurs, mais Lily… Lily était la petite dernière. Elle était la meilleure d'entre nous.

J'étais heureuse pour elle, mais cela me rendait triste de voir ma petite sœur grandir.

Heureusement, Lenny avait réussi à entrer avec un Klaxon malgré la sécurité – je ne savais pas comment elle avait fait, mais je comptais le lui demander plus tard – et au moment où elle l'avait fait sonner, vrillant par là même les oreilles de toutes les personnes dans un rayon de trente mètres, je n'avais pu m'empêcher de me sentir joyeuse. Simplement heureuse et fière.

Ma petite sœur était maintenant diplômée. Elle se situait dans les dix premiers pour cent de sa classe, comme ses sœurs, et avait obtenu une bourse couvrant presque tous ses frais dans une université publique à Lubbock.

Cette pensée en particulier emplissait ma poitrine de fierté tandis que je la regardais s'appuyer sur le dossier de son siège et rigoler à pleins poumons à quelque chose que quelqu'un près d'elle lui avait dit.

— Ne m'en parle pas ! J'ai réussi à ne pas pleurer jusqu'ici et je ne compte pas commencer maintenant, répondis-je à mon amie la plus proche.

Elena DeMaio, Len, ou encore Lenny, comme tout le monde l'appelait, ricana et se tourna vers moi. Elle portait une robe en coton boutonnée qu'elle m'avait empruntée, car elle n'arrivait toujours pas à lever un de ses bras au-dessus de sa tête deux mois après son opération. Elle avait presque l'air douce avec son bras en écharpe. Presque.

Nous savions tous qu'elle ne l'était pas, mais nous l'aimions malgré tout.

Elle faisait partie des personnes que j'aimais le plus au monde et je ne savais toujours pas pourquoi cette triple championne nationale de judo et une fois championne du monde m'avait choisie lors d'un cours d'autodéfense qu'elle donnait et avait décidé de faire de moi son amie il y a de ça huit ans. Lenny s'était simplement approchée de moi alors que j'épongeais ma sueur et m'avait demandé : «Tu veux aller chercher quelque chose à manger ?» Peut-être avait-elle discerné la solitude au fond de mes yeux, parce que je me sentais carrément seule à cette période, ou peut-être s'ennuyait-elle juste. Mais la suivre fut une des meilleures décisions de ma vie.

Grâce à elle, j'avais pu ajouter des personnes à ma famille de cœur : son grand-père et son meilleur ami. Regarder les beaux gosses de sa salle de sport était également un bonus.

— Tu n'as jamais répondu à mon texto de l'autre soir, fit Lenny pour changer de sujet plutôt que de me rappeler que j'avais une raison d'être un peu triste. Comment ça s'est passé ? Tu as vu tu-sais-qui ?

Je contemplai mes sœurs à l'autre bout de la table puis m'assurai que M. Cooper était en pleine conversation et n'écoutait pas. J'avais le champ libre.

Jouant avec un fil de ma robe bleu royal, je fronçai le nez et murmurai :

— Oui, je voulais t'appeler, mais j'ai passé le reste de la journée avec Lily et j'ai travaillé toute la journée hier.

— Et ? insista-t-elle en se penchant vers moi.

Je tournai de nouveau la tête vers mes sœurs.

— Disons que j'ai utilisé mes talents de judoka et que son coude lui fera mal pendant un petit moment.

Elle me frappa à l'épaule. Elle me frappa littéralement à l'épaule, et je ne pris pas la peine de faire comme si elle ne m'avait pas fait mal, parce que, bon sang, j'avais mal.

— T'as pas fait ça ?!

J'acquiesçai tout en me massant l'épaule.

— Si. Puis Rip a menacé de lui botter le cul et ça a calmé le jeu direct, répondis-je avant de grimacer. Merde, Lenny, garde ta force d'Amazone pour toi. Ça fait mal !

Lenny leva les yeux au ciel et ignora complètement ma souffrance.

— C'est tout ce qui s'est passé ?

Je haussai les épaules et jetai un nouveau coup d'œil à M. Cooper. J'avais laissé cette partie de l'histoire de côté quand je la lui avais racontée.

— Oui, en gros. Mon père a une sale gueule, et la mère des filles, c'est encore pire. J'ai l'impression qu'elle prend de la méthamphétamine maintenant. Au moins, c'est fini. Je ne les verrai plus jamais, conclus-je avec un sourire avant d'ajouter d'un ton que j'espérais enthousiaste : Youpi !

Elle ne répondit pas à mon exclamation de joie, ne prononça pas un mot. Et ça voulait tout dire.

À ma gauche, M. Cooper était en pleine conversation avec le meilleur ami du grand-père de Lenny. À droite de Lenny, Lydia parlait à papi Gus. Nous nous connaissions tous bien. Nous avions même passé plusieurs fois les fêtes de fin d'année ensemble, pour la plupart.

Ils étaient tout ce que j'avais toujours voulu.

Lenny soupira et j'essayai de croiser son regard.

— C'était pour quoi, ce soupir ?

— Rien du tout, mentit-elle.

Je la regardai d'un air accusateur.

Il était impossible de manquer la façon dont elle haussa son épaule en bon état, celle qui n'était pas en écharpe.

— Tu m'as fait penser à quand j'étais petite et que je pleurais parce que j'aurais voulu que ma mère ne soit pas partie, mais que j'ai sûrement eu de la chance qu'elle ne soit pas restée.

Elle n'avait pas besoin d'en dire plus. Je comprenais.

Elle aurait pu avoir une famille comme la mienne. Elle aurait pu se retrouver avec quelqu'un comme mon père. Ou comme la personne que j'ai appelée « maman » trop longtemps. Ou comme mon frère, qui n'avait pas été particulièrement mauvais, mais qui n'avait pas été particulièrement bon non plus. Ou n'importe quel autre Miller.

Elle avait entendu assez de bribes d'histoire pour savoir que je ne souhaiterais cela à personne.

Alors que je regardais de nouveau l'autre bout de la table où se trouvaient les trois sœurs pour qui j'avais travaillé tous les jours comme une folle pendant des années, une infime partie de moi pleura silencieusement de ne pas avoir eu les mêmes opportunités qu'elles. C'était égoïste et j'en avais conscience, mais je savais également que, si je le pouvais, jamais je n'échangerais ma place avec aucune d'entre elles. Jamais.

Je pensais à toutes les choses que je n'avais jamais pu vivre et qui allaient de soi pour tous les autres. Au moins, le jour où j'avais reçu mon équivalence du bac, M. Cooper et Lydia m'avaient emmenée dans le restaurant où nous étions en ce moment pour fêter ça.

— J'avais l'habitude de me dire que j'avais été échangée à la naissance et que mes parents étaient autre part en train d'élever une petite fille qui me ressemblait comme deux gouttes d'eau, avouai-je à Lenny à voix basse, le regard toujours tourné vers les deux têtes blondes et la tête châtain clair de l'autre côté de la table. Je les imaginais en train de l'emmener à Disney, à des cours de danse classique, manger à la même table chaque soir… et je me disais qu'elle était sûrement super heureuse.

» Et au début, j'avais envie de pleurer en pensant qu'elle avait eu tant de chance et que je m'étais retrouvée avec *eux*. Et puis, un jour, alors que mon père était bourré, il a attrapé mon bras si violemment que j'ai cru qu'il l'avait cassé sur le coup… Et je me suis dit que j'étais contente que cette autre petite fille ait eu de bons parents, car au moins l'une d'entre nous était heureuse. Peut-être qu'elle n'aurait pas été capable de vivre avec eux. Mais, moi, j'y arrivais. À vivre avec eux, je veux dire, et donc c'était tant mieux si les choses s'étaient passées comme ça.

Je pinçai les lèvres et basculai la tête en arrière pour regarder le plafond. Non pas parce que je ne voulais pas que Lenny me voie pleurer – elle m'avait vue faire de nombreuses fois auparavant –, mais parce que je n'aurais même pas eu envie de me voir moi-même à ce moment-là. Je ne voulais pas me rappeler que j'étais la même personne qui avait rêvé de ces choses. Une partie de moi détesterait peut-être toujours le fait d'avoir eu besoin de ces rêves, et c'était stupide, car j'avais tourné la page.

Mais quand même.

Quand on veut survivre, notre corps et notre cerveau peuvent nous convaincre de tout et n'importe quoi.

J'aurais aimé pouvoir protéger la petite Luna de tout cela. J'aurais pu stopper tous les « *Putain de Luna* », les « *Pourquoi tu es toujours dans le chemin ?* », « *T'as pas autre part où aller ?* » et « *Petite merde !* » ou encore « *Fous-moi la paix !* ». Tout ce que j'avais voulu, c'était de l'attention ou de l'affection de mon père ou de la seule mère que j'avais connus.

J'aurais pu empêcher toutes les fois où mon père disait que j'étais inutile et qu'il regrettait le fait que j'avais survécu à la place de ma vraie mère. J'aurais pu protéger les oreilles de la petite Luna de toutes les disputes et de tous les cris qui n'avaient rien à voir avec elle, mais qui la rongeaient malgré tout.

Je pleurais pour ça.

Je pleurais pour cette petite fille, si fort que je n'arrivais pas à l'exprimer avec des mots.

Je me mordis la lèvre et clignai des yeux.

Je m'accrochais au fait que je savais au fond de mon cœur qu'il valait mieux tard que jamais. J'étais aimée, j'avais une maison, j'avais de l'argent et j'avais un travail maintenant. J'étais heureuse. J'avais tellement plus que ce que j'aurais pu mériter – tellement plus que ce que les personnes qui auraient dû m'aimer avaient souhaité pour moi.

Je remballai ces pensées, les roulai en une boule de la taille d'un ballon de basket et lançai celui-ci de toutes mes forces dans un panier de basket imaginaire loin, très loin de moi.

J'étais là. J'allais bien. C'était une belle journée, et j'étais entourée de personnes qui me donnaient plus d'amour et de bonheur en un mois que j'en avais eus pendant dix-sept ans.

Je ne verrais plus jamais ces salauds.

Et aujourd'hui allait être une belle journée, bon sang !

Alors, je repris mes esprits et baissai la tête pour regarder mon amie.

— Est-ce que tu sais qu'une fois j'ai volé un flacon de Visine[3] et que je comptais en mettre quelques gouttes dans le café de mon père, mais que je me suis toujours dégonflée ? lui demandai-je.

Lenny eut un petit rire.

---

3 Visine est une marque de produits oculaires pour traiter des symptômes comme la rougeur des yeux. Une légende urbaine voudrait que glisser quelques gouttes de Visine dans une boisson provoque une diarrhée foudroyante. C'est (heureusement) faux ! Mais l'ingestion de Visine peut avoir de réels effets nocifs et même provoquer la mort. (NdT)

— Non. Espèce de psychopathe. Est-ce que je t'avais déjà dit qu'une fois j'avais demandé au père Noël de ramener ma mère ?

— C'est triste, Lenny, fis-je avec une grimace. J'ai pratiquement fait la même chose.

— Hmm.

— Est-ce que je t'avais déjà dit que je voulais genre dix enfants quand j'étais jeune ? ajoutai-je en haussant un sourcil.

Elle éclata d'un rire qui n'était pas aussi puissant que d'habitude, mais j'étais heureuse qu'elle le laisse sortir tout de même. Son rire lui ressemblait : bruyant, direct, et tellement plein de joie qu'il était totalement communicatif.

— Dix ? Mon Dieu, *pourquoi* ?

Je fronçai le nez tout en la regardant.

— Ça sonnait bien.

Son rire moqueur fut un peu plus fort que le précédent.

— T'es complètement malade, Luna. Un, deux, trois, quatre, cinq, six, sept, huit, neuf, dix-dix ?

— C'est ça, tu sais compter, répondis-je avec un large sourire. J'ai dit ça quand j'étais jeune, pas récemment. Je ne peux pas subvenir aux besoins de dix enfants.

— *Quand même*. Et pourquoi pas… aucun ?

Thea éclata de rire à l'autre bout de la table, me faisant tourner la tête brièvement.

— D'accord, madame l'enfant unique, ris-je. Je trouve que quatre, c'est un bon nombre, maintenant.

Mon amie grogna avant de s'avancer pour attraper une chips et la plonger dans le petit bol de guacamole à côté.

— Écoute, papi Gus était pratiquement mon frère, mon père, mon oncle et mon grand-père à la fois, et j'avais plein d'enfants avec qui jouer, argua-t-elle. Tu fais comme tu le sens, mais un futur sans enfants me convient très bien, je crois.

Je m'avançai à mon tour, attrapai un morceau de fajitas de son assiette et le plaçai dans ma bouche.

— Tu verras, tu finiras avec deux enfants, répliquai-je en couvrant ma bouche pendant que je mâchais la viande. Tu as déjà une aura maternelle, bien plus que n'importe quelle personne de ma connaissance.

Elle leva les yeux au ciel, mais ne démentit pas. Nous savions toutes les deux que c'était vrai. Du haut de ses vingt-sept ans, elle s'occupait d'adultes se comportant comme des bébés toute la journée. Elle savait ce qu'elle faisait. J'étais amie avec mes collègues. Lenny, elle, faisait office de baby-sitter pour les siens.

— T'es mal placée pour me dire ça, ma vieille, lança-t-elle d'une voix grincheuse qui voulait dire qu'elle savait qu'elle ne pouvait le nier.

Elle n'avait pas tort, cependant.

Elle prit un morceau de fajitas et le goba avant de marmonner :

— Pour information, tu devrais t'y mettre bientôt si tu en veux quatre. Tu ne rajeunis pas.

Je levai les yeux au ciel et continuai à mâcher.

Je lui fis un doigt d'honneur et elle répondit de même.

Je souris, et elle me rendit un sourire narquois.

— Puisqu'on est sur le sujet des enfants et que tu ne peux pas en avoir toute seule…

Mon sourire s'effaça immédiatement. Ce n'était pas la première fois que nous avions cette conversation.

— Je n'ai pas envie d'en parler, là tout de suite.

Elle m'ignora.

— Il est peut-être temps que tu te remettes à rencontrer des gens.

Je jetai un coup d'œil à l'autre bout de la table. Heureusement, personne n'avait décidé de commencer à écouter notre conversation.

— Je n'ai pas envie d'en parler, insistai-je.

De nouveau, elle m'ignora.

— Ça remonte à quand, ta relation avec ce vieux ?

— Tu es obligée de parler aussi fort ? intervins-je avant de jeter un coup d'œil autour de moi et de chuchoter : Et ça fait trois ans, tu le sais très bien.

— Et donc, ça fait combien de temps depuis ce mec qui voulait que tu l'appelles « papa » ?

Elle n'avait pas dit ça.

J'explosai de rire, alors que je savais que c'était la dernière chose à faire, connaissant la curiosité des gens autour de moi.

— *Tais-toi, Len* ! chuchotai-je.

Mais ce qui sortit de ma bouche ressemblait plus à un rire. Foutue Lenny.

J'avais presque oublié le seul et unique « rebond » de ma vie. À l'époque, il avait trente-six ans et moi vingt-trois.

Bien évidemment, elle m'ignora de nouveau alors qu'elle réfléchissait aux dates.

— C'était il y a trois ans, c'est ça ?

— On peut parler de ça plus tard ?

J'étais pratiquement en train de la supplier même si je ne pouvais m'empêcher de rire en repensant à cette courte et étrange relation dans laquelle je m'étais engagée avec presque aucune attente.

Le ricanement de Lenny m'indiqua que nous n'allions pas en parler plus tard. Nous allions en parler maintenant. Parce que quand Lenny DeMaio voulait quelque chose, elle l'obtenait.

La situation dérapa lorsque M. Cooper se retourna vers nous et nous sourit.

— Qu'est-ce qui est si drôle par ici ? demanda-t-il.

Oh, bon sang. Je commençai à secouer ma tête.

— Elle est juste…

C'était trop tard.

— J'essaie de dire à Luna qu'elle doit recommencer à sortir avec des gens si elle veut avoir quatre enfants un jour, et on fait la liste de ses ex.

— Il n'y en a eu qu'un et demi, et le demi est discutable, déclarai-je, mais je savais que ça ne servait à rien.

De nouveau, elle m'ignora.

— Et je lui ai rappelé le tout premier.

Le visage de M. Cooper changea immédiatement.

— Je ne l'aimais pas, dit-il.

Au moins, Lenny n'avait pas parlé de…

— Est-ce que c'était celui qui voulait que tu l'appelles «papa» ? intervint papi Gus de nulle part, alors qu'il était en pleine conversation il y a de ça deux minutes, la dernière fois que j'avais vérifié.

Ce fut à mon tour de frapper Lenny à l'épaule, chose que je ne faisais jamais.

Malheureusement, elle ne bougea pas d'un poil et fit comme si elle n'avait rien senti alors qu'elle acquiesçait à la question de son grand-père.

Je ne savais même pas pourquoi j'étais surprise qu'elle le lui ait dit.

Du coin de l'œil, je vis M. Cooper sourciller. Cet homme était pratiquement mon père adoptif. Ce n'était pas pour rien que je lui avais dit que nous nous étions séparés au bout d'un mois parce que *ça ne fonctionnait pas entre nous*. Et non parce que l'homme avec qui je sortais alors voulait que je l'appelle «papa».

— Je ne l'aimais pas non plus, ajouta papi Gus, qui avait le même âge que M. Cooper, à un ou deux ans près. En revanche, celui aux cheveux gris, je l'aimais bien, Luna.

Moi aussi.

— Il n'était pas trop mal, acquiesça Lenny à contrecœur avant de secouer la tête. Mais ça fait plus de trois ans et je pense qu'il est temps qu'on trouve un nouveau copain à «une certaine personne».

Comme si l'identité de la *certaine personne* n'était pas assez évidente, elle me pointa du doigt.

Je secouai la tête, mes tripes me disant que j'étais en train de perdre le contrôle de la situation à toute vitesse.

— Je vais bien, insistai-je.

Même si… eh bien, même si, en vérité, j'aurais bien aimé avoir quelqu'un dans ma vie.

Lydia, qui venait de se joindre à la conversation, se pencha vers moi et me prit la main.

— Lenny n'a pas tort, Luna. Tu serais heureuse seule, mais la vie est toujours mieux avec des gens avec qui la partager, tu ne crois pas ?

Je clignai des yeux.

— Je connais quelques hommes sympathiques à qui je pourrais te présenter, poursuivit-elle d'un air pensif. Je vais m'assurer qu'ils ne sont pas en couple et je te tiens au courant.

J'allais tuer Lenny.

— Ne vous en faites pas, ce n'est pas nécess…

— TU VEUX TROUVER UN NOUVEAU COPAIN, LUNA ? s'écria Lily depuis l'autre côté de la table.

J'avais changé d'avis. Je n'allais pas la tuer, j'allais la torturer. Pendant des années.

Je secouai la tête et me forçai à sourire.

— Lily, pourquoi ne montres-tu pas à tout le monde les photos de la maison dans laquelle tu vas vivre quand tu seras à la fac ? Elle est très jol…

Ma traîtresse de sœur fit comme si elle n'avait pas entendu et continua :

— MON PROF DE SPORT T'A TROUVÉE TRÈS MIGNONNE, ET IL VIENT DE ROMPRE AVEC SA COPINE.

Avait-elle besoin de le crier ? Le fait qu'elle sache qu'il me trouvait mignonne, et surtout qu'elle sache qu'il venait de rompre avec sa petite amie, me dépassait totalement.

— Non, ça va aller… commençai-je, avant que cette traîtresse de Lenny ne m'interrompe.

— Il y a un ou deux gars à la maison Maio qui ne sont pas des cons finis à qui je pourrais te présenter.

Elle faisait référence à la salle de sport dédiée aux arts martiaux où nous nous étions rencontrées. La même salle qui appartenait à son grand-père et dans laquelle elle travaillait à mi-temps. Un jour, quand papi Gus déciderait finalement de prendre sa retraite, elle reprendrait la gestion de l'établissement.

Je pouvais déjà imaginer comment un rencard avec quelqu'un de là-bas se passerait. L'idée me fit probablement plus paniquer que le fait que M. Cooper sache qu'un homme – le deuxième avec qui j'avais couché – avait voulu que je l'appelle «papa» pendant que nous… pendant.

Mon Dieu. Il était probablement traumatisé à vie, à présent. J'allais tuer Lenny. J'allais vraiment le faire. Elle me manquerait pour le reste de ma vie, mais je n'avais pas le choix. Tant pis.

— Ou pas, mais je dis ça comme ça, répondis-je en me concentrant sur la conversation en cours plutôt que sur les futurs cauchemars de M. Cooper.

Elle me regarda d'un air que je ne connaissais que trop bien.

— Je connais d'autres personnes qui ne sont pas de là-bas que je pourrais te présenter. Dans ma famille, on connaît du monde, pas vrai, papi ?

Dans ma famille, on connaît du monde.

J'étais entourée de mes proches.

Toute cette conversation était ma faute. Je n'aurais jamais dû mentionner le fait que je voulais avoir des enfants un jour. Si seulement j'avais fermé ma grande bouche…

— J'ai plusieurs hommes en tête, commença papi Gus, d'un air distrait et bien trop pensif.

Bon. Tout ceci avait duré trop longtemps.

— Merci, tout le monde, même toi, qui as crié assez fort pour que tout le restaurant soit au courant que vous souhaitez me caser, mais je suis tout à fait capable de trouver mes propres rencards.

Je n'y croyais pas moi-même et, vu le silence qui me répondit, eux non plus.

Je pris le fait que personne n'ait rigolé comme un compliment.

— Moi aussi, je connais du monde, dis-je avant de m'interrompre. Arrêtez de me regarder comme ça. Je connais des gens et on me drague parfois. Merci pour votre optimisme.

De nouveau, personne ne dit mot, ce qui était agréable.

Ou pas.

— Je ne suis pas si moche. Je peux trouver quelqu'un pour sortir avec moi si j'en ai envie, déclarai-je sèchement.

Ce fut Lily qui décida d'ignorer tout ce que je venais de dire. Elle frappa la paume de sa main contre la table avant de crier :

— ALORS, COMMENT ON S'ORGANISE ? JE PEUX ENVOYER À TOUT LE MONDE UN CALENDRIER GOOGLE OU CASER DES RENCARDS À LUNA SELON LES JOURS, ET ON PEUT ENVOYER DES MESSAGES AU GROUPE.

Oh, bon sang.

Lydia se pencha vers moi et mit sa main sur la mienne tout en m'adressant un énorme sourire.

— Laisse-nous faire ceci pour toi, Luna chérie. Peut-être que tu vas t'amuser. Tu peux nous faire confiance. Qu'en penses-tu ?

Qu'est-ce que je venais de dire ?

Qu'est-ce que je viens de dire ?

Je retins mon souffle et fis le tour de tous les visages tellement enthousiastes autour de la table. Tous ces visages. Des gens que j'aimais. Des gens qui m'aimaient – à l'exception des amis de Lily bien sûr.

Mais les autres…

Lenny me frappa au bras de nouveau, aussi fort que la fois précédente.

— Dis oui, Luna, me pressa-t-elle.

Elle, une femme qui n'était jamais sortie avec qui que ce soit depuis que je la connaissais. Pas une seule fois.

Mais c'était une autre histoire.

Ils voulaient que je leur fasse confiance ?

Je contemplai leurs visages de nouveau et prononçai trois mots que j'avais peur de regretter fortement.

— Si vous voulez ?

Chapitre 11

Le reste du week-end passa en un éclair.

Après être restés tellement longtemps au restaurant que les serveurs nous lançaient des regards appuyés, nous étions tous allés chez moi comme je m'y attendais. Notre groupe de quinze personnes grossit jusqu'à ce nous nous trouvions à trente à un moment de la soirée, et nous finîmes par passer commande à la pizzeria la plus proche. Les Cooper dépensèrent une petite fortune en achetant des chips et des boissons au magasin de la station-service. Je les avais vus disparaître pendant un moment avant de revenir chargés de sacs.

J'étais de tellement bonne humeur que j'avais juste eu mal quand ma sœur Lily était venue me voir à un moment et avait passé un bras autour de mes épaules.

— Ma caille, la tante d'une de mes amies a besoin d'aide dans son restaurant à Galveston cet été, et elle peut nous embaucher. Ses parents ont une maison de plage et nous pouvons dormir chez eux. Elle a dit que les pourboires étaient *vraiment* bons l'été, plus gros que ceux que je reçois actuellement. Beaucoup plus gros.

Elle ne m'avait pas demandé ma permission, mais elle ne m'avait pas non plus *avertie* qu'elle allait le faire.

Je savais ce que ça voulait dire. Galveston était une petite station balnéaire à un peu plus d'une heure de là où nous habitions. Elle allait rester là-bas.

À gagner de l'argent. Elle avait beau m'écouter, je n'étais pas sa mère. J'avais déjà de la chance d'être sa tutrice. Notre relation avait toujours été cette danse étrange où j'étais ce qu'elle avait de plus proche d'une mère, mais où je ne voulais pas franchir cette ligne, essayant de trouver le juste milieu entre être sa sœur et… sa gardienne.

Je n'avais jamais vu ma situation comme une position où je pouvais leur dire ce qu'elles devraient faire ou comment elles devraient vivre leur vie. J'avais fait un millier d'erreurs moi-même. Qui étais-je pour essayer de leur donner des conseils ou même pour être un modèle pour elles ? À moins qu'elles n'aient une idée vraiment mauvaise, je gardai mon opinion pour moi concernant ce qu'elles voulaient faire.

Je n'avais pas *envie* que Lily parte pour sans doute le reste de l'été.

Mais…

Je cachai ma tristesse et lui souris.

— C'est génial, Lil. Quand est-ce que tu commences ? Tu vas poser ton préavis de deux semaines au restaurant ou juste les appeler pour les prévenir que tu ne reviens pas ? demandai-je en faisant référence au poste de serveuse qu'elle occupait depuis presque deux ans.

Elle me répondit qu'elle allait poser son préavis, mais que son patron la virerait probablement dès qu'elle le ferait. Apparemment, c'était ce qu'il faisait toujours. Si ça se passait comme elle le prévoyait, elle partirait le vendredi, me dit-elle avant de déposer un baiser sur ma joue puis de me raconter à quel point elle allait être bronzée, me dire que je pourrais venir la voir le week-end et que nous pourrions passer du temps à la plage.

Lily avait raison. J'étais à la maison le lendemain de sa remise de diplôme quand elle partit au travail et j'y étais toujours quand elle en revint quatre heures plus tard et m'expliqua que son patron lui avait dit de ne pas s'embêter à finir ses deux semaines.

Par conséquent, elle partait.

Après avoir passé le reste du dimanche à la maison juste avec elle, puisque Thea et Kyra étaient parties tôt le matin – l'une à Austin et la seconde à Dallas –, les jours qui suivirent filèrent à toute vitesse. Je l'aidai à faire quelques cartons de vêtements et l'accompagnai acheter un nouveau maillot de bain. Nous allâmes dîner avec Lenny et papi Gus le mercredi. Puis, le vendredi matin, j'allai la réveiller avant de partir au boulot et déposai quatre baisers sur ses joues avant de lui dire au revoir tandis qu'elle dormait toujours à moitié.

Elle avait promis de revenir un week-end sur deux et moi de lui rendre visite aussi, mais je savais comment cela risquait de se finir. Mes deux autres sœurs avaient promis la même chose, mais, malgré cela, je les voyais à peine trois ou quatre fois par an. Quand je proposais de leur rendre visite, elles n'avaient pas le temps pour ça non plus.

Alors, ma sœur de dix-sept ans, bientôt dix-huit, dans une maison de plage dans une ville où il y avait plein de fêtes ? Je l'imaginais mal revenir le week-end, qui était probablement le moment où elle allait gagner le plus de pourboires.

Je n'allais pas compter dessus.

Lily m'enverrait quand même des messages tous les jours. Et je pouvais toujours lui passer un coup de fil.

Ce vendredi-là, alors que j'avais demandé il y a des mois de partir plus tôt pour un rendez-vous chez le gynécologue, je faisais de mon mieux pour m'accrocher à chaque petit morceau de bonheur que je pouvais trouver. C'est peut-être pour cette raison que j'essayais d'être encore plus enthousiaste que d'habitude en installant la décoration pour le pot de départ de mon collègue. Je venais de finir de scotcher le dernier bout de la banderole noire quand une haute silhouette s'arrêta devant la porte de la salle de pause.

Les bras tendus aussi loin que je le pouvais et des morceaux de Scotch sur les mains, je me retournai pour adresser un sourire bouche fermée à Rip. Je n'étais même pas surprise qu'il ne soit pas passé le samedi.

Ce n'était pas la première fois que je l'invitais quelque part et qu'il ne venait pas. Ce n'était pas grave.

— Bonjour, patron.

Il s'immobilisa et regarda autour de lui.

— Qu'est-ce que c'est que tout ça ?

— C'est le dernier jour de Rogelio, expliquai-je en désignant les lettres cartonnées épelant «*CIAO POTO*» sur les placards de la salle de pause.

Rip se gratta la tempe.

— Je suis en pause-déjeuner, ajoutai-je, avant qu'il ne dise quoi que ce soit sur le fait que je n'étais pas payée pour faire la décoration d'un pot de départ.

Jusqu'ici, ça avait été une semaine à tee-shirt gris, je ne voulais pas tout gâcher.

Il jeta un regard vers la pancarte puis vers les deux ballons noirs les plus proches de lui.

— D'accord, fut sa seule réponse.

Je me retournai vers la banderole et appuyai sur le Scotch une dernière fois pour vérifier qu'il était bien accroché, puis je descendis de l'escabeau que j'avais dû monter ici depuis ma cabine.

— D'où est-ce que ça vient, tout ça ? s'enquit-il, me prenant par surprise.

Je repliai l'escabeau et l'appuyai contre le plan de travail. Je jetai un regard en coin à Rip et lui souris avant de lui expliquer :

— J'ai rapporté ça de chez moi. Je m'en suis servie pour la fête de départ de ma sœur il y a deux ans. J'ai aussi une banderole bleue à la maison si tu veux pour ton prochain anniversaire, plaisantai-je.

Son petit rire tandis qu'il restait planté là me fit sourire de plus belle.

— Il y a du gâteau. Si tu en veux une part, Rogelio a dit qu'il serait là dans… dix minutes, annonçai-je après avoir regardé ma montre.

Mon patron ne bougea pas, mais il n'en avait pas fini avec ses questions.

— Quel genre ?

— Un gâteau des anges[4].

Il leva une main pour se gratter la gorge, exposant peut-être un millimètre de peau de plus que d'habitude.

— C'est toi qui l'as fait ? demanda-t-il de cette voix calme qui était probablement ma préférée.

— Non.

Avec le départ imminent de Lily, je n'avais pas voulu gâcher trente minutes de mon temps avec elle pour faire autre chose.

— Je l'ai acheté au magasin. Je t'en garderai un morceau et le rangerai dans le tiroir à légumes, si tu n'es pas là, suggérai-je, avant de détourner les yeux pour finir de ranger mon bazar.

Tout était allé si vite que je n'avais même pas eu le temps de repenser à la dernière vraie conversation que j'avais eue avec lui, quand il m'avait dit qu'il avait toujours une dette envers moi.

Je décidai que ce n'était probablement pas le meilleur moment pour commencer à y réfléchir. Peut-être plus tard ce soir, quand je rentrerais chez moi. Peut-être plus tard dans la cabine quand j'essaierais d'ignorer Jason.

En attendant, je rangeai tous les sacs que j'avais rapportés de la maison et sortis le gâteau du frigo pour le placer sur le plan de travail. J'avais à peine empilé les assiettes en carton – parce que je ne comptais pas faire la vaisselle et que les mecs ne la feraient pas non plus si c'étaient de vraies assiettes –, que Miguel entra dans la pièce.

— Tu n'as pas décoré la pièce pour mon anniversaire, se plaignit-il.

Je lui glissai un regard en coin.

---

4 Type de gâteau typiquement américain, blanc, plutôt léger et en forme de kouglof. Il est appelé « gâteau des anges » (angel's cake) par opposition au « gâteau du diable » (devil's cake), un lourd gâteau au chocolat à étages. (NdT)

— C'est le *pot de départ* de Rogelio. Tu sais que je ne mets pas de déco pour les anniversaires, sauf s'ils se finissent par un zéro. Et il te reste quoi ? Encore cinq ans avant la cinquantaine ?

Ce fut à son tour de me glisser un regard noir.

— Pas la peine de me le rappeler.

J'éclatai de rire.

Il finit par rire aussi et entra dans la pièce.

— Quel genre de gâteau tu as acheté ?

— Un gâteau des anges, mais minute, papillon ! La première part est pour Ro.

— Il s'en va, et tu sais qu'il va en vouloir la moitié, Luna. Tu sais comment il est, tenta de me raisonner Miguel tout en ouvrant le frigo et en fouillant à l'intérieur.

Rip, qui avait réchauffé son déjeuner pendant que je nettoyais la table et parlais à Miguel, s'empara d'une chaise rangée sous la table et s'y assit tout en déposant un Tupperware devant lui.

Comme j'en avais fini avec les décorations, je récupérai ce qui était peut-être le dernier déjeuner que ma sœur me préparerait jamais et m'assis à table en face de lui. J'avais picoré dedans tout en décorant la pièce. Un steak Salisbury[5], de la purée maison et des épinards vapeur. Bon sang, ce qu'elle allait me manquer !

Miguel s'assit à côté de moi, ouvrit le sac contenant son déjeuner et en sortit un sandwich et un paquet de chips.

Je lui donnai un coup de coude.

— Ce n'est pas l'anniversaire de ta femme aujourd'hui ?

Il se figea, puis releva les yeux si lentement, le regard fixé sur le mur droit devant lui, que je devinai la réponse.

— On est le 6 ? murmura-t-il.

---

5 Le steak Salisbury est un plat composé de bœuf haché et d'autres ingrédients (porc, mie de pain, farine, flocons d'avoine, protéine de soja...) modelés en forme de steak et généralement assortis d'une sauce brune. C'est une spécialité populaire aux États-Unis. (NdT)

Je jetai un regard vers Rip, qui observait Miguel d'un air curieux.

— Oui.

Miguel jura longuement à voix basse en espagnol avant de se tourner vers moi, une expression horrifiée et paniquée sur le visage.

— Je me demandais pourquoi elle me lançait des regards noirs ce matin, marmonna-t-il pensivement, les yeux écarquillés. Elle va me tuer. Je croyais que son anniversaire était demain.

— Elle ne va pas te tuer, essayai-je de le rassurer.

Mais je ne croyais pas mes propres mots. Je l'avais rencontrée. Nous étions amies. Elle allait le massacrer.

Le visage de Miguel indiquait qu'il ne me croyait pas non plus.

— Bon, d'accord, peut-être, mais je sais ce que tu peux faire. Tu lui as déjà acheté un cadeau ?

Ce n'était pas le cas. Il n'avait pas besoin de le dire, je le lisais sur son visage.

— J'allais emmener les enfants demain pour aller le chercher.

— Très bien, répondis-je entre deux bouchées. Je connais un fleuriste qui peut livrer avant quinze heures si tu commandes bientôt.

Il sembla reprendre des couleurs.

— Celui chez qui tu avais commandé pour Owen le mois dernier ?

Je hochai la tête, et il opina. Ce n'était pas la première fois que ça arrivait avec un des employés de l'atelier. J'avais les numéros de carte bancaire de la moitié de mes collègues sauvegardés sur mon téléphone. D'habitude, je les aidais à acheter des cadeaux de Noël pour leurs femmes ou petites amies puisqu'ils laissaient toujours ça pour le dernier moment.

— Quelles sont ses préférées ? demandai-je.

Silence.

— Miguelito, quelles sont les fleurs qu'elle aime bien ?

Il regardait de nouveau dans le vague.

Nous éclatâmes de rire tous les deux.

— Lesquelles tu aimes, toi ? m'interrogea-t-il comme si cela allait aider.

— Oh, ça m'est égal. Ne me demande pas à moi.

Miguel cligna des yeux.

— Luna, quelles fleurs est-ce que tes petits amis t'ont envoyées ?

Petits amis. Comme s'il y avait *vraiment* besoin d'utiliser le pluriel. Je lui lançai un regard équivoque avant de sortir mon portable de ma poche et de chercher dans mes contacts le numéro du fleuriste qui avait déjà sauvé certains des autres employés.

— Ils ne m'en ont jamais offert. Merci pour le rappel, fis-je d'un ton que j'espérais léger et taquin, comme si ce n'était rien.

Parce que c'était vrai, ce n'était rien.

Si je voulais des fleurs, je pouvais me les acheter moi-même.

— Aucun d'entre eux ? insista mon collègue.

Je trouvai le contact et posai mon téléphone sur la table entre nous.

— Non.

— Même pas le vieux ?

J'eus un petit rire et secouai la tête.

— Arrête, fis-je tout en indiquant le portable du doigt. Maintenant, appelle et commande tes fleurs.

Il sourit et sortit son propre téléphone pour composer le numéro en quelques instants.

— Et tes sœurs ? s'enquit-il, tandis que cela sonnait.

Je ne sais pas exactement pourquoi je regardai Rip juste à ce moment-là, mais quand je le fis, son attention était heureusement concentrée sur sa nourriture. Aussi, je secouai la tête.

— Pour ta remise de diplôme ? lança-t-il ensuite.

— Ah, j'ai passé une équivalence. Je n'ai pas… fini le lycée de manière… classique.

Miguel cligna des yeux et, par chance, le fleuriste répondit et il commença à expliquer sa demande puis à épeler une adresse.

Je réussis à manger le reste de mon steak avant que M. Cooper n'entre dans la salle de pause, une main sur son estomac comme s'il mourait de faim. Il parcourut la salle du regard et m'adressa un grand sourire.

— Tu as fait un super boulot.

Je lui souris en retour. Miguel raccrocha et poussa un profond soupir.

— Il a dit qu'il pouvait les déposer à son bureau avant quinze heures.

— Tu vois ? Elle ne te tuera qu'un petit peu finalement.

Miguel me donna deux tapes dans le dos.

— Merci, Lunita. Tu m'as sauvé la peau.

— Tu aurais trouvé une solution toi-même.

Mais Miguel n'en avait apparemment pas terminé.

— Luna ?

Je relevai le menton vers lui tout en savourant ma purée. Il prit une bouchée de son sandwich.

— Il faut qu'on te trouve un petit copain.

Je m'arrêtai de mâcher à l'instant où M. Cooper éclata de rire et déposa ce qui semblait être un sandwich au poulet en face de ma place.

Je secouai la tête.

— Ignore Mister C., Miguel.

Malheureusement, cette conversation intéressait beaucoup l'homme qui me connaissait depuis cinq ans maintenant.

— Quoi ? Pourquoi vous avez ri, Mister C. ? Vous pensez qu'elle doit se trouver un petit copain aussi ?

— Nous avons eu cette discussion le week-end dernier. Tout ce que j'ai accepté, c'est d'aller à quelques rencards. Peut-être. C'est tout.

Miguel hocha la tête pensivement tout en piochant dans son sachet de chips.

— Je connais cinq… non, trois…

— Oh non. J'ai assisté à tes réunions de famille.

Mon collègue commença à rire.

J'utilisai ce prétexte pour changer de sujet.

— *Bref*, comment ça s'est passé avec le type que vous avez eu en entretien et que vous aimiez bien ? Vous allez l'embaucher ?

Je regrettai ma question à l'instant où elle sortit de ma bouche.

Surtout quand les yeux de M. Cooper glissèrent vers Ripley. Il sourit malgré tout, les narines se dilatant juste assez pour m'indiquer qu'il n'était pas totalement sincère.

— Il est venu aujourd'hui. Je pense que ça s'est bien passé, mais on va en discuter.

— Il est sympa ?

Le sourire de M. Cooper se transforma en un sourire sincère.

— Tu crois que j'embaucherais quelqu'un qui ne l'est pas ?

Je lui souris, mais je ne pouvais m'empêcher de penser que la seule raison pour laquelle je passais une bonne journée, c'était parce que Jason avait mal à la gorge et ne parlait pas autant que d'habitude.

Mais je ne dis pas un mot sur ce sujet.

***

Je venais de finir de donner des instructions à Jason pour le reste de l'après-midi et avais mon sac ainsi que mes clés à la main, prête à partir pour mon rendez-vous chez le gynécologue, quand j'entendis des cris en provenance du premier étage.

Bon sang.

Sérieusement ?

Tout le monde avait eu une part de gâteau, voire deux. Cela aurait dû être une bonne journée. Aucun des mecs n'était venu dans mon atelier pour se plaindre.

Et Jason m'avait à peine agacée. Sachant que je redoutais de rentrer chez moi pour trouver la maison vide, la journée ne s'était pas trop mal déroulée. Nous avions déjeuné sans problème. Le reste de la journée aurait dû continuer sans problème non plus.

Je longeai le couloir jusqu'à l'atelier principal et trouvai tous mes collègues là-bas, occupés. Cependant, deux d'entre eux avaient la tête levée et regardaient vers le plafond comme s'ils pouvaient voir le bureau à travers.

Je me figeai, mon sac sur l'épaule, et suivis la direction de leurs regards.

— Tu vas faire quelque chose ? demanda Miguel, l'un de ceux qui regardaient le plafond.

Je lui jetai un bref regard.

— Pourquoi moi ?

— Je ne suis pas leur préféré, rétorqua-t-il avec un petit rire.

Je clignai des yeux et ignorai les ricanements d'Owen, le deuxième à regarder en l'air.

— Je n'ai pas ta formule magique, ajouta Miguel.

— Je n'ai pas de formule magique.

Il regarda vers Owen et tous deux hochèrent la tête en même temps.

— Oh que si !

— Il faut que j'y aille. J'ai un rendez-vous médical dans… trente minutes, déclarai-je en jetant un coup d'œil à ma montre.

Les cris s'intensifièrent pendant quelques instants, attirant notre attention vers l'escalier qui montait vers le premier étage.

— Fais quelque chose, Luna, me demanda Owen. C'est le dernier jour de Rogelio. Je ne veux pas que ce soit mon dernier jour aussi. Miguel ne veut pas que ce soit son dernier jour. Personne, à part Rogelio, ne veut que ce soit son dernier jour. Tu sais ce que ça donne quand ils s'y mettent.

Je voulais contester, vraiment, mais je savais choisir mes batailles. Et dans ce cas, je n'avais aucune chance de gagner. Je savais déjà qu'aucun d'entre eux n'allait monter et dire quoi que ce soit.

— Poules mouillées, grognai-je.

Je ne pus m'empêcher de sourire en les entendant rire.

Je lâchai mon sac et le laissai tomber à mes pieds.

— Vous me revaudrez ça, marmonnai-je dans ma barbe tout en ignorant mes collègues.

Je montai l'escalier et secouai la tête.

— Je te paierai un Sprite ce soir ! s'écria Owen.

— Qu'est-ce qu'il se passe ce soir ? lançai-je en m'arrêtant sur les marches et en me retournant.

— On se retrouve au *Mickey*. Ça fait des heures que j'ai dit à Jason de te prévenir, expliqua-t-il.

Ce foutu salopard. Bon sang, quel sale type.

À part ça, c'était une solution parfaite à ma réticence à retourner chez moi ce soir. Je lui fis un signe du pouce.

— Je vous retrouve là-bas alors, déclarai-je avant de monter le reste des marches tout en tendant l'oreille.

Les voix cessèrent pendant une seconde, mais je percevais quand même une sorte de vrombissement sourd de colère. Juste au moment où j'arrivais en haut de l'escalier, le bruit reprit. Mais cette fois, ce n'étaient plus des voix indiscernables, mais une suite de mots compréhensibles.

— … *tel manque de respect !*

— *Moi, je manque de respect ? Tu te fous de ma gueule ?*

— *Non, je ne me fous pas de toi, Ripley ! Tu as blessé Lydia ! Nous sommes venus parce qu'elle m'a dit que je devrais y aller.*

Oh. À ces mots, je grimaçai. Je pensais qu'assez de temps s'était écoulé depuis le soir où Rip était parti en plein milieu de sa soirée d'anniversaire pour qu'ils n'en reparlent pas. J'avais tort. Je fis un pas en avant, puis un autre. Écoutant toujours.

— *Je me fous de savoir pourquoi tu es venu ou pourquoi tu l'as emmenée avec toi !*

— *Parce que c'est ma femme, et ce depuis bientôt vingt-trois ans !* hurla mon patron préféré.

Je fis quelques pas de plus, laissant la salle de pause derrière moi et m'approchant de la porte du bureau, puis je me figeai sur place en entendant la suite.

— *Ouais, la femme que tu as épousée un an après que la précédente est morte. Et tu me parles de respect.*

M. Cooper avait déjà été marié avant Lydia ?

Je clignai des yeux devant la porte. J'étais… je ne sais pas. Choquée ? Surprise ?

Je travaillais pour M. Cooper depuis près de dix ans et je n'avais jamais entendu parler d'une autre femme.

Il y avait des tas de raisons pour lesquelles des personnes ne partageraient pas ce genre d'informations, me dis-je tout en levant la main. Si sa première femme était décédée et qu'il ne voulait pas en parler… Savoir pourquoi ne me regardait pas, et il ne m'appartenait pas de juger.

Il y avait bien assez de choses dans ma vie dont je préférerais ne jamais parler à personne.

Mais savoir qu'il avait eu une autre femme avant celle que je connaissais… Que nous nous connaissions depuis si longtemps et que je lui avais révélé des choses que je n'avais jamais avouées à personne d'autre alors qu'il ne m'avait rien dit…

Ça n'a rien à voir avec toi, me rappelai-je. Ça ne me regardait pas. Même pas un peu.

Je frappai à la porte.

Les voix se turent.

— *Luna* ? fit M. Cooper d'une voix basse et tendue.

Évidemment, il savait que c'était moi. Personne d'autre n'était assez stupide pour venir les embêter alors qu'ils étaient en train de se crier dessus. Ou alors je pouvais me dire que j'étais la seule assez courageuse pour le faire.

Ces poules mouillées étaient restées en bas à attendre un miracle.

À la place, j'étais tout ce qu'ils avaient.

— Je m'en vais maintenant, j'ai mon rendez-vous chez le médecin et j'ai laissé Jason à la peinture. Est-ce que l'un d'entre vous a besoin de quoi que ce soit avant que j'y aille ?

Je levai les yeux au ciel en entendant mes propres mots. Je n'essayais même pas d'être subtile pour interrompre leur dispute. Avaient-ils besoin de quoi que ce soit ? Depuis quand est-ce que je leur demandais ça avant de partir ? Jamais, voilà quand.

Il y eut une pause, qui consistait probablement en un face-à-face entre tous les deux de chaque côté du bureau de M. Cooper, assis ou debout, à fixer la porte d'un regard noir, à moins qu'ils ne se fixent des yeux mutuellement.

— Non, ça va, lança finalement M. Cooper. Merci d'avoir demandé.

Je fis une grimace à la porte parce que nous savions tous les deux qu'il me racontait des craques.

Puis un grondement à peine intelligible me parvint :

— Va à ton rendez-vous, Luna.

— D'accord ! m'écriai-je d'un ton joyeux tellement faux que je grimaçai. Passez une bonne soirée !

Je reculai de trois pas et m'arrêtai. Puis j'écoutai, et j'attendis.

Mais pas un son ne me parvenait depuis le bureau.

Puis la poignée tourna soudainement et, une seconde plus tard, la porte s'ouvrait.

Merde.

Cela ne servait à rien de me cacher ou de courir. Ça ne ferait qu'empirer les choses et attirer l'attention sur ce que j'étais en train de faire. Voilà pourquoi je continuai à marcher normalement vers l'escalier. Je ne jetai un regard par-dessus mon épaule que quand j'arrivai sur le palier, et je vis que c'était Rip qui m'avait suivie.

Son expression était semblable à d'habitude, celle qui donnait l'impression qu'il était un grondement de tonnerre enfermé dans une enveloppe de chair et d'os.

Allez, tant pis. Je lui fis un signe de la main.

— À demain, patron ! lançai-je tout en sachant que je n'obtiendrais pas de réponse.

Il était d'une humeur de dogue.

Mon téléphone vibra dans ma poche et, quand je l'en sortis, le nom de ma sœur s'afficha sur l'écran.

Il était accompagné d'une photo de ce qu'elle m'avait dit être la plage Jamaica, à Galveston.

Puis un autre message arriva.

Lily : J'AIMERAIS QUE TU SOIS LÀ.

Mon pauvre petit cœur se serra, mais je lui répondis tout de même.

Moi : Moi aussi. Je t'aime, prends soin de toi.

J'écrivis un second message, mais mon doigt s'immobilisa au-dessus de la touche «Envoyer» tandis que j'hésitais.
Je l'envoyai.

Moi : Ne m'oublie pas.

Sa réponse fut instantanée.

Lily : Je ne pourrais jamais oublier ma SŒUR PRÉFÉRÉE.

Sa sœur préférée.
Bon, d'accord. Elle ne m'avait jamais appelée ainsi avant, mais ça me plaisait. Ça me plaisait beaucoup.
Au moment où je décidais de cela, l'idée de retourner dans une maison vide me sembla une vraie torture. Je profitai d'avoir mon téléphone dans la main pour envoyer un message à Lenny.

Moi : J'ai un rendez-vous chez le gynécologue dans trente minutes. Tu es dispo après ? Mes collègues se retrouvent après le boulot, la gamine est partie et je ne veux pas rentrer chez moi trop tôt.

Chapitre 12

— Regarde, *regarde !*

Je regardais déjà Lenny, au volant de sa voiture, qui me faisait signe de la main tandis que nous nous éloignions du restaurant grec où nous avions dîné.

— Non, l'interrompis-je. J'ai regardé, et il est trop bien pour moi.

Elle gémit.

Je baissai les yeux vers l'homme à moitié nu sur l'écran de mon téléphone et secouai la tête.

— Je suis sérieuse, Len. Je le vois bien. Les filles doivent lui tourner autour en permanence. Regarde-le !

Elle ne prit même pas la peine de nier le fait que le type avec qui elle voulait apparemment m'organiser un rencard – un combattant de MMA à la retraite – avait du succès auprès des femmes. Cela aurait fait d'elle une menteuse, et s'il y a bien une chose qu'elle n'était pas, c'était ça. C'était plutôt moi, la menteuse. Elle choisit un autre angle d'attaque :

— N'importe quoi. C'est *toi* qui es trop bien pour lui.

J'aurais voulu rire, mais elle continuait comme si elle savait exactement ce que j'allais répondre et ne comptait pas me laisser faire :

— Tu es la meilleure, et de loin, Luna.

Je lui souris et haussai une épaule.

— Ça m'arrive, tentai-je de plaisanter.

— Qu'est-ce que tu as à perdre ? Il est canon, mais tu as ton petit air de Cendrillon, rétorqua-t-elle.

Je levai les yeux au ciel, car je détestais quand elle me comparait à Cendrillon. J'étais le plus souvent sale, je passais mon temps à nettoyer derrière les autres, je travaillais trop et on me traitait mal. La Vie de Luna.

— S'il se fait draguer pendant notre rencard et préfère partir avec une autre fille, ce sera ta faute, déclarai-je.

Elle ricana.

— S'il est con, ce sera la faute de papi Gus. C'est lui qui l'a choisi.

Oh, papi Gus.

— Il était vraiment fier de lui, d'ailleurs. Je te jure qu'il avait une liste et qu'il a passé les derniers jours à barrer les noms un par un. À côté de l'un d'eux, il a écrit «trop poilu».

Ce fut à mon tour de ricaner.

— J'adore cet homme.

Lenny secoua la tête.

— Moi aussi, mais je te jure que la seule personne qui l'aime plus que moi, c'est lui-même.

Elle n'avait pas tort. Là où M. Cooper était calme, facile à vivre et avait toutes les caractéristiques d'un père rassurant, papi Gus était… différent.

— Dis, on va au *Mickey*, hein ? vérifia-t-elle, faisant référence à l'endroit où nous devions nous retrouver après le travail pour célébrer le fait que Rogelio nous abandonnait.

— Ouais.

Après mon rendez-vous chez le gynécologue, je m'étais rendue à sa salle de sport. Papi Gus nous avait fait signe de partir, me demandant de prendre Lenny avec moi. Nous étions allées faire du shopping au centre commercial le plus proche avant d'aller dîner. Et voilà que je la traînais avec moi au *Mickey*. Sauf que, à présent, nous avions déposé ma voiture chez moi parce que Lenny était la pire copilote au monde, et que je n'avais pas envie de me faire engueuler parce que je roulais trop lentement. Devrait-elle être en train de conduire avec un bras en écharpe ? Probablement pas, mais ce n'est pas moi qui allais le lui dire.

— Rip sera là ? demanda-t-elle.
— J'en doute.
Elle marmonna un juron, me faisant rire. Cela faisait trois ans qu'elle essayait de trouver une occasion de le voir en personne. Ce n'était pas comme si je pouvais lui dire de venir pendant mes heures de travail.
— Je veux juste le voir. Juste une fois, se plaignit-elle.
— Je t'ai montré des photos.
Des photos où j'avais réussi à l'avoir en arrière-plan.
Elle souffla de dédain.
— Ce n'est pas pareil.
— Si, c'est pareil, rétorquai-je.
— Peut-être qu'aujourd'hui est mon jour de chance et qu'il va se pointer.
— N'y compte pas trop, tu risques d'être déçue.
Son téléphone sonna depuis là où elle l'avait déposé, dans le porte-gobelet entre nos deux sièges. Comme il était connecté au Bluetooth de sa voiture, «*PAPI GUS*» s'afficha en toutes lettres sur son tableau de bord. Elle n'hésita pas avant d'appuyer sur la touche pour prendre l'appel.
— Pap.
— Tu peux revenir à la maison, Maio ?
Une expression inquiète s'afficha sur le visage de mon amie.
— Que s'est-il passé ?
Il y eut des bruits de froissements, puis le son de papi Gus en train de chuchoter quelque chose qui ressemblait à «Si tu me parles encore sur ce ton, je te descends» emplit la voiture. Heureusement, ce n'était pas à nous qu'il le disait. Je pinçai les lèvres pour ne pas rire, et d'après le visage de Lenny, elle avait le même problème.
— Il y a eu un incident, expliqua papi Gus après un moment, d'une voix mystérieuse.
— Quel genre d'incident ?
Il y eut un autre murmure qui sonnait comme «Je ne veux pas en entendre parler» puis sa voix résonna de nouveau dans l'habitacle de la voiture.

— *Quelqu'un* a besoin de quelques points de suture et ne veut pas aller à l'hôpital, et Peter refuse de le faire.

Cela dut suffire à Lenny, car elle gémit. Manifestement, elle savait qui était ce « quelqu'un » et pourquoi le meilleur ami de son grand-père ne voulait pas faire de points de suture à ce fameux « quelqu'un ». J'avais entendu assez d'histoires depuis toutes ces années pour savoir qu'il remettait en place des nez cassés régulièrement, recollait des choses et pouvait réparer à peu près n'importe quelle luxation sans avoir besoin d'aller à l'hôpital.

— Très bien. Je serai là dans vingt minutes, promit-elle avec une grimace.

— D'accord.

Il ne dit même pas au revoir avant de raccrocher.

Lenny soupira une seconde après moi.

— Tu sais que je te suivrais n'importe où, mais tu sais aussi que je vais tomber dans les pommes si je vois du sang, déclarai-je.

C'était vrai. J'étais carrément une chochotte quand il s'agissait d'hémoglobine.

— Tu peux me déposer au *Mickey* puisqu'on n'est pas loin ? Si tu as le temps de revenir après, tant mieux. Sinon, je demanderai à quelqu'un de me ramener.

Ou bien je commanderais un Uber. Je ne comptais pas boire.

Lenny se pinça l'arête du nez. Pendant un instant, je me demandais qui était ce *quelqu'un*.

— Tu es sûre ?

— Sûre et certaine, ma vieille. Garde mes affaires, je les récupérerai ce week-end.

Elle avait toujours les doigts entre ses yeux.

— Je dois aller travailler à la salle demain, mais envoie-moi un texto après ton rencard. On peut se voir dimanche, proposa-t-elle tout en nous rapprochant du *Mickey*.

En entendant ce rappel que j'avais un rencard le lendemain, je soupirai. Je ne voulais déjà pas y aller. Ce n'était pas bon signe.

Lenny s'arrêta sur le trottoir juste devant le bar et me fit un pauvre clin d'œil qui me confirma qu'elle n'était pas ravie de devoir recoudre quelqu'un… ou de l'emmener à l'hôpital. Je ne voulais pas vraiment demander.

— Tu m'envoies un message quand tu es rentrée, d'accord ? demanda-t-elle. Je peux venir te chercher si tu es toujours là quand j'en aurai fini.

Je souris et hochai la tête.

— Fais attention sur la route.

Lenny me souffla un baiser.

— Si Rip se montre, appelle-moi.

Je secouai la tête et sortis de la voiture, claquant la portière derrière moi, mon sac contre ma poitrine.

Elle appuya sur le Klaxon à l'instant où je montai sur le trottoir et nous nous fîmes un signe de la main avant qu'elle ne fasse demi-tour illégalement. Je secouai la tête et la regardai s'éloigner.

Il me fallut une seconde pour trouver mon permis de conduire et le montrer au videur, qui ne le regarda même pas. Il m'avait vue assez souvent pour savoir que j'avais l'âge. Il était déjà vingt heures quand j'entrai et aperçus six personnes que je connaissais : trois collègues, accompagnés de leurs femmes ou petites amies respectives.

Je leur fis un signe de la main et me dirigeai vers eux avant de les prendre dans mes bras pour les saluer. Puis je me retournai pour voir qui d'autre était présent, et je vis la petite table disposée juste à côté de celle à laquelle je me tenais.

Assis là, seul, se trouvait Rip.

Il était venu ?

La surprise devait être inscrite sur mon visage, car Owen haussa les épaules et déclara un peu trop fort :

— Je ne pensais pas qu'il appréciait trop Ro.

Honnêtement, moi non plus.

Mais la preuve était qu'il était là.

Le voir assis tout seul me rendit triste, alors même qu'il ne me fallut que quelques instants pour repérer quatre autres personnes que je connaissais. Le problème étant qu'aucune des chaises autour de la table à laquelle il était assis n'était utilisée. Il était réellement seul.

Il était venu et personne ne voulait s'asseoir avec lui.

La dispute qu'il avait eue avec M. Cooper un peu plus tôt n'avait probablement pas aidé, mais quand même…

Je savais ce que j'allais faire avant même que mes pieds ne bougent. J'adressai un haussement d'épaules à Owen et fis un signe de tête vers là où je comptais m'installer. Il me regarda avec la même tête que je faisais quand Lily mangeait des carottes vapeur devant moi. Une tête qui voulait dire : «Sérieux ?!»

Eh oui, sérieux.

J'allais devoir envoyer un message à Lenny pour lui dire qu'elle s'était porté la poisse toute seule en mentionnant Rip.

Préférant éviter de paraître trop agressive, je me dirigeai vers le bar pour commander un Sprite.

Puis je revins sur mes pas. Rip n'avait pas bougé. Il était toujours assis là. Il n'était pas sur son téléphone, ne faisait rien d'autre, se contentait de rester *assis là*. Présent. Je n'aurais pas dû trouver ça aussi mignon.

— Tiens, quel heureux hasard, toi ici ? déclarai-je en m'approchant de sa table avant de m'arrêter juste devant.

Mon patron, qui ne m'avait peut-être pas vue avant cet instant, cligna des yeux.

— Luna.

Quel enthousiasme…

Au moment où j'allais lui demander si je pouvais m'installer avec lui, je décidai de ne pas me donner cette peine. Je m'emparai d'une chaise et m'assis.

— Je ne savais pas que tu serais là.

Sa joue recouverte par une barbe de trois jours tressauta.

— Pareil, je ne savais pas que tu serais là non plus.

Je haussai une épaule et bus une gorgée de mon Sprite.

— Ma sœur est partie et je ne veux pas me retrouver toute seule chez moi.

Il leva son propre verre à ses lèvres et prit une gorgée du liquide ambré.

— Je croyais que la fac ne commençait pas avant août, répondit-il, me prenant par surprise.

Je n'avais pas prévu de lui adresser un sourire triste, mais trop tard. J'essayai de rattraper le coup en gardant une voix légère.

— Non, c'est le cas. Notre plan était de trouver un logement à Lubbock début août pour qu'elle puisse prendre ses marques et trouver un petit boulot avant que tout le monde commence les cours, mais… la famille d'une de ses amies a un restaurant à Galveston et ils l'ont invitée à travailler là-bas cet été.

— Galveston ? répéta-t-il de sa voix merveilleuse.

Il continuait à me surprendre, à vouloir poursuivre cette conversation.

— Oui. Elle est logée dans une maison de plage, la totale. La pauvre malheureuse, c'est dur, hein ?

Cette fois, mon sourire était sincère.

Rip se contenta de hausser les sourcils.

— Je lui ai promis d'aller la voir et elle a promis de revenir aussi… Pourquoi tu me regardes comme ça ? ris-je, surprise moi-même par ma légèreté. Je n'y crois pas non plus. J'aurai de la chance si elle revient une fois. Je ne suis pas folle.

Je l'observais attentivement et vis sa joue tressauter de nouveau, juste un peu. Juste assez pour que je continue à sourire.

— Je vais devoir me préparer mes propres paniers-repas, à partir de maintenant. Et je n'ai personne avec qui regarder des films d'horreur et qui en fera des tonnes et hurlera encore plus fort que moi dans les moments qui font peur. Et ma maison est vide, continuai-je sur ma lancée.

— Tes paniers-repas ? fit-il en écho.

C'était ça qui le faisait réagir ?

Je ne savais pas depuis combien de temps il buvait pour me poser autant de questions, mais je ne comptais pas me plaindre.

— Je suis totalement incapable de cuisiner, même si ma vie en dépend, patron. Je pensais que tout le monde le savait. La seule chose que je sais faire, c'est les gâteaux.

— Tu es sérieuse ? demanda-t-il d'un ton surpris.

Je hochai la tête.

— Pour de vrai ?

— Oui, confirmai-je. Je ne peux même pas faire du riz dans un autocuiseur. Soit il est trop sec, soit c'est de la bouillie.

Oh.

— Un autocuiseur, c'est…

— Je sais ce que c'est, m'interrompit-il.

Ce fut à mon tour de le regarder d'un air surpris, mais parce que j'étais impressionnée. Il savait ce qu'était un autocuiseur, mais pas une romcom. D'accord.

— Désolée.

Il ne réagit pas à mon ton taquin, demandant à la place :

— Tu ne sais même pas cuire du riz avec ça ?

— Non.

— Tu sais qu'il y a des instructions sur Internet ?

Est-ce qu'il se foutait de moi ? Je ne pouvais m'empêcher de l'observer. Avait-il bu ?

— Oui, je sais.

— Et tu foires quand même le riz ?

Je clignai des yeux, profitant de Monsieur Bavard en face de moi comme si j'étais une plante privée de soleil depuis trop longtemps.

— Je ne dirais pas que je le *foire*. C'est juste… qu'il faut mâcher un peu plus ou un peu moins.

Ce fut à son tour de cligner des yeux.

— C'est une surprise. J'aime bien quand les gens ne savent pas sur quel pied danser.

Je me disais déjà qu'il avait dû boire un verre ou deux avant mon arrivée, mais ce qu'il fit ensuite me le confirma.

Sa joue gauche tressauta. Puis la droite. Et en un clin d'œil, Lucas Ripley me sourit.

Des dents blanches parfaites. Ses lèvres ni trop fines ni trop épaisses d'un rose sombre relevées sur les bords. Il avait même une fossette.

Rip avait une foutue *fossette*.

Et j'aurais voulu la toucher pour vérifier si elle était réelle.

Je ne pouvais m'empêcher de penser que c'était sans doute la chose la plus mignonne que j'aie jamais vue, alors que mes pensées n'avaient rien à faire dans cette direction. Mais j'étais suffisamment maligne pour savoir que je ne devais pas faire une seule remarque sur le sujet, autrement je ne la verrais peut-être plus jamais.

Au lieu de ça, j'avalais la moitié de mon Sprite à grandes gorgées.

— J'en déduis que tu sais faire cuire du riz ?

S'il voulait parler, on pouvait parler. Ça, je savais faire.

— Hmm-hmm, répliqua-t-il d'un air presque trop sûr de lui.

Je ne pus que lui sourire en réponse, et pendant cinq secondes de plus, je pus admirer sa fossette – et son sourire.

— Tu as des trucs de prévus pour le reste du week-end ?

Il me regarda d'un air satisfait de lui.

— Non.

Pour une réponse courte, c'était une réponse courte, et elle pouvait vouloir dire des milliers de choses différentes.

— Tu as pensé à une nouvelle faveur ? ajouta-t-il.

Et voilà que l'on revenait à ça.

Eh bien, s'il voulait jouer à ce jeu, on pouvait y jouer.

— Je ne sais pas de quoi tu parles.

Son air satisfait se mua en son expression de Monsieur-je-sais-tout, celle que je préférais.

— Luna.

— Ripley, souris-je.

— Alors, tu as choisi ou pas ? grogna-t-il sans méchanceté.

Je fronçai le nez et me penchai vers lui légèrement.

— Pour la millième fois, patron, commençai-je en baissant la voix, tu ne me dois rien du tout.

— Je t'assure que si, rétorqua-t-il immédiatement d'une voix basse également.

— Non. On est quittes.

Sa fossette réapparut avant de disparaître si vite que je commençai à me dire que c'était peut-être illusoire d'espérer la revoir un jour.

— On ne sera pas quittes tant que je ne t'aurai pas accordé une autre faveur, affirma-t-il.

— C'est ce que j'essaie de te dire. Tu n'as pas besoin de faire une autre faveur pour moi. Tu n'as jamais eu besoin de m'accorder une faveur.

Il cligna des yeux.

— Réfléchis à une faveur, Luna.

Je clignai des yeux en retour.

— Toi, réfléchis à une faveur.

Je le fixais du regard. Il baissa la voix encore plus jusqu'à ce qu'elle soit même trop basse pour être un chuchotement.

— Tu veux que, moi, je trouve une faveur ?

Je ne tins pas compte de la façon dont sa question me serra la poitrine et haussai une épaule, tâchant de paraître détendue, calme.

— Ouais. Pourquoi pas ?

Je n'obtins pas de réponse. Comme je m'y attendais. *Ce n'est pas si facile, pas vrai, Rip ?* me dis-je avant de décider d'arrêter de le faire mariner.

— Tu sais poser du carrelage ?

— Du carrelage ? répéta-t-il lentement.

Je hochai la tête.

— Oui. Et si tu m'aidais à faire le carrelage de ma salle de bains ?

— Faire le carrelage de ta salle de bains ? fit-il en écho, donnant du grain à moudre à la petite peste en moi.

— Je lance juste des idées comme ça puisque tu te montres tout désespéré et empressé à propos de cette faveur.

Si Rip avait pu postillonner, je suis à peu près sûre qu'il l'aurait fait à cet instant, parce que son expression…

— Tu trouves que je suis désespéré et empressé ?

Bon d'accord, peut-être que je voulais juste le charrier un peu. Je ne dis rien et pris une gorgée de mon Sprite.

— Ce n'est pas grave si tu ne sais pas poser du carrelage. Il n'y a pas beaucoup de monde capable de démonter et remonter une voiture comme tu sais le faire.

Le silence s'étira entre nous pendant une seconde, puis trois.

— Qu'est-ce que tu as bu depuis que tu es arrivée ?

J'éclatai de rire.

— C'est un Sprite, patron. Je ne bois pas tellement, surtout devant la plupart des gens.

Il haussa les sourcils.

— Ah bon ?

Il continuait à me poser des questions. D'accord.

— Un verre ou deux, ça va, mais même ça, c'est rare. Alors être vraiment bourrée ? Non. Je l'ai fait… deux fois, et c'était pour des occasions particulières, lui expliquai-je.

Il traça le bord de son verre du bout du doigt avant de demander :

— Quel genre d'occasions ?

Est-ce que Rip était en train d'apprendre à me connaître ? J'avais envie d'y croire et de laisser mon enthousiasme monter mais… eh bien… je n'étais pas sûre de ses raisons. Mais ça n'avait pas d'importance, je n'allais pas suranalyser ses paroles.

— Mes vingt et un ans et les soixante-dix ans du grand-père de ma meilleure amie.

Rip me regarda droit dans les yeux.

— Ah.

Je me collai un grand sourire sur le visage, puis je changeai de sujet de nouveau.

— Mais sérieusement, Rip. Je plaisante, mais je veux que tu saches que je suis sérieuse à propos de toute cette histoire de faveur. Tu ne me dois rien. Tu n'as pas besoin de faire quoi que ce soit. M'accompagner à l'enterrement était déjà plus qu'assez.

— Je me fous de ce que tu penses. J'ai toujours une dette envers toi.

Je croisai les bras et ne pris pas la peine de retenir mon soupir. Je ne savais même pas pourquoi je m'obstinais à insister. Comme s'il allait changer d'avis. Je pouvais toujours rêver.

Et puis, de toute manière, pourquoi se montrait-il aussi bavard ? Ça me plaisait. Ça me plaisait beaucoup, même si ça n'avait aucun sens.

Au moment où j'allais capituler, quelqu'un appela mon nom derrière moi.

J'avais à peine eu le temps de regarder par-dessus mon épaule qu'un corps masculin s'arrêta juste à côté de moi. Je rejetai la tête en arrière et tombai sur un visage familier me souriant.

— Comment ça va ? demanda le jeune homme d'une bonne vingtaine d'années.

— Salut. Ça va, et toi ? répondis-je.

— Ouais, la forme. Owen nous a proposé de passer.

Je lui souris.

— Je voulais te dire, j'ai essayé la technique du riz pour mon téléphone comme tu me l'as conseillé la dernière fois qu'on s'est vus, et ça a marché au poil. Dis-moi si tu veux boire un truc, c'est moi qui paie ! proposa-t-il.

Il jeta un coup d'œil vers Rip avant de laisser retomber la main qu'il avait posée sur moi.

— C'est la moindre des choses, continua-t-il.

— Je te dirai, mais tant mieux si ça a marché.

— À plus tard, lança-t-il avec un dernier sourire avant de se retourner et de se diriger vers le bar, se mêlant à la foule là-bas.

Je me retournai vers Rip et haussai les sourcils.

— Il travaille dans l'un des magasins de pièces détachées où on commande beaucoup de choses, expliquai-je en remarquant qu'il regardait dans la direction où le type avait disparu.

Cela fit revenir ses yeux vers moi, mais il avait toujours l'air distant.

— Il est sympa, ajoutai-je sans trop savoir pourquoi.

Il passa les doigts sur la barbe de trois jours qui lui recouvrait le menton, les yeux fixés droit sur moi et l'air pensif.

— Quoi ?

— Rien.

— Quoi ? insistai-je.

— Rien, Luna.

Très bien. S'il ne voulait pas me dire, ça m'allait.

— Luna ! appela une autre voix familière.

Je jetai un regard par-dessus mon épaule vers le groupe de collègues que j'avais salués quand j'étais arrivée et les vis me faire signe de les rejoindre.

— Tu peux prendre ma chaise ! proposa l'un d'entre eux.

— Merci, mais ça va ! criai-je en réponse. Je suis bien ici.

— Tu es sûre ?

Je leur fis un signe, pouce levé.

Quand je me retournai, Rip était en train de boire une gorgée tout en m'observant.

— Quoi ? demandai-je.

— Tu connais tout le monde ici ?

Je levai les yeux au ciel, espérant qu'il comprendrait que je me moquais de lui.

— Pas tout le monde, juste la moitié, plaisantai-je.

Honnêtement, il me regardait comme s'il me croyait. Mais ce qui ne me plut pas, c'est la façon dont sa mâchoire se serra et dont sa voix passa de tendue à un peu dure tandis qu'il déclarait d'une voix claire :

— Je n'ai pas besoin d'une baby-sitter.

Je fronçai les sourcils sans pouvoir m'en empêcher.

— Je ne suis pas une baby-sitter.

— Tu n'as pas besoin de t'asseoir avec moi, insista-t-il d'une voix froide.

Ça sortait de nulle part. Qu'est-ce qui lui arrivait, bon sang ?

— Je suis au courant. Je suis venue de mon plein gré. Si j'avais voulu m'asseoir ailleurs, je l'aurais fait, affirmai-je en essayant de comprendre ses mots et son ton. Mais si tu ne veux pas de moi ici, je peux me lever et partir. Ça ne va pas me vexer si tu préfères que je m'en aille. Je ne veux pas rester si je ne suis plus la bienvenue.

Bon sang, pourquoi avais-je dit que je n'allais pas me vexer s'il préférait rester seul ? Je ne voulais pas en faire toute une histoire à propos de moi… Malgré cela, je n'allais pas repousser ma chaise et me lever. Je n'allais pas lui montrer que ses mots et le ton de sa voix m'avaient touchée.

Parce que ce n'était pas le cas. Enfin, pas trop.

Avant que je n'aie le temps de dire quoi que ce soit de plus, mon téléphone se mit à sonner dans mon sac. Rip ne prononça pas un mot pour confirmer ou nier qu'il voulait que je reste ou que je parte. Il ne me demanda pas non plus de m'en aller, mais ça ne m'aidait pas vraiment. Je sortis mon téléphone et vis le nom de Thea sur l'écran. Je pris l'appel, mettant ma main en coupe autour du micro pour qu'elle puisse m'entendre.

— Thea ?

J'étais obligée de crier presque de toute manière.

— *Luna*, fit sa voix larmoyante à l'autre bout de la ligne. *J'ai été cambriolée.*

Je me figeai.

— Quoi ?

— *Mon appartement. J'ai été cambriolée*, expliqua-t-elle en reniflant suffisamment fort pour que je l'entende malgré le brouhaha autour de moi. *Qu'est-ce que je fais ?*

Merde.

— Appelle la police, mais pas le numéro d'urgence, déclarai-je en essayant de réfléchir. Tu es sûre qu'il n'y a plus personne dans l'appartement ?

— *Sûre et certaine*, confirma-t-elle d'une voix tremblante.

Elle avait l'air plutôt paniquée, ce qui était tout à fait normal.

— *Tu peux… tu peux venir ?*

— Bien sûr, acceptai-je aussitôt. Je ne suis pas à la maison, mais je vais partir bientôt. Appelle la police et commence à faire une liste de ce qu'ils ont pris. Mais quoi qu'il arrive, ne t'inquiète pas, d'accord ? Ce n'est que du matériel. Le principal, c'est que, toi, tu ailles bien.

— *D'accord. Je vais appeler, mais dépêche-toi, s'il te plaît.*

Mon estomac se retourna en entendant la peur dans sa voix.

— Je te le promets. Peut-être que tu ne devrais toucher à rien, je ne sais pas. Pose la question au policier qui répondra, d'accord ? J'arrive dès que je peux, ajoutai-je avant de déglutir. Je suis soulagée que tu ailles bien en tout cas. Mais ne t'inquiète pas. Tout peut être remplacé. Envoie-moi ton adresse, Thea, d'accord ? Je gagnerai du temps à ne pas la chercher.

Ma sœur raccrocha après un au revoir haché. Je repoussai ma chaise et sautai sur mes pieds.

Pauvre Thea. Je ne pouvais pas imaginer comment elle devait se sentir, encore moins pourquoi elle m'avait appelée, moi, avant la police. J'étais honnêtement surprise qu'elle m'ait demandé de venir, mais je ne lui dirais jamais non si elle avait besoin de moi. À aucune de mes sœurs. Ou à quiconque que j'aimais. Cependant, ça ne changeait rien au fait que ma relation avec la plus âgée de mes petites sœurs était tendue depuis qu'elle avait quitté la maison. Depuis la nuit où j'avais voulu la prendre dans mes bras et où elle m'avait repoussée en me disant de lui foutre la paix. Je détestais ces mots plus que tout. Vraiment.

Pourquoi est-ce que j'étais en train de penser à ça ? Je m'étais promis de ne plus le faire.

Je pris une grande inspiration pour me calmer, déverrouillai mon écran et cherchai une application.

— Tout va bien ? demanda Rip, me rappelant sa présence.

Je ne savais pas comment j'avais pu l'oublier, mais c'était le cas.

J'ouvris l'application que je cherchais avant de lever les yeux vers lui.

— Ma sœur s'est fait cambrioler, lâchai-je.

La ride entre ses sourcils se creusa.

— Elle va bien ?

— Pas trop, d'après sa voix, lui expliquai-je en regardant mon téléphone, tandis que j'entrais mon adresse pour repasser chez moi. Elle m'a demandé d'aller la voir, donc je dois rentrer chez moi puis me rendre là-bas.

— Te rendre où ?

Je ne levai pas les yeux vers lui et appuyai sur l'icône de recherche pour trouver une voiture disponible.

— Dallas. Elle vit à Dallas.

J'attrapai mon sac et observai l'écran clignoter tandis que la recherche se poursuivait.

— Qu'est-ce que tu fais ? demanda Rip aussitôt.

— J'essaie de trouver une voiture pour me ramener chez moi, expliquai-je, les yeux toujours fixés sur mon écran. C'est une amie qui m'a déposée ici.

Je l'entendis repousser son tabouret.

— Je peux t'emmener.

À ces mots, je levai enfin les yeux vers lui.

— Tu n'as pas à faire ça.

— Je vais t'emmener, et pas la peine de mentionner la faveur, déclara-t-il tout en se levant et en faisant le tour de la table. Allons-y.

Je clignai des yeux, mais… je fermai l'application.

Peut-être que j'aurais dû protester un peu plus, cela dit… Peut-être qu'il compterait ça comme la faveur s'il prenait le temps d'y réfléchir. Ce n'était pas comme si j'avais beaucoup d'espoir, étant donné que me conduire à San Antonio n'avait pas compté, alors je supposais que me déposer chez moi n'allait pas changer la donne. Malgré tout…

C'était son choix.

Je hochai la tête et m'élançai vers la porte, adressant un signe de main distrait à mes collègues. Ces derniers me regardaient d'un air curieux, probablement parce que Rip était sur mes talons. Il ne me fallut qu'une poignée de secondes pour sortir du bar. Rip indiqua le bas de la rue du doigt et je repérai sa voiture jaune à moins d'un pâté de maisons. Quelques instants plus tard, nous étions devant et il avait déverrouillé la portière passager pour me laisser entrer. À peine avais-je mis ma ceinture de sécurité que nous étions sur la route.

— Ça va ?

Je pris une grande inspiration, prenant conscience que j'avais le regard perdu dans le vague.

— Oui, ça va. Je suis juste un peu inquiète pour ma sœur, expliquai-je en me disant qu'il ne devait pas connaître son nom. Je suis surprise qu'elle m'ait appelée, mais pas vraiment qu'elle se soit fait cambrioler. Son appartement ne se situe pas franchement dans le meilleur quartier que j'aie vu.

— Elle vit toute seule ?

— Non, elle a une colocataire, répondis-je avant de prendre une grande inspiration et de souffler par le nez. Désolée, Rip. Tu as besoin que je te guide ?

— Je sais comment y aller.

J'inspirai de nouveau, soufflai.

— Merci de me ramener, dis-je.

— Hmm-hmm.

Je jetai un coup d'œil à l'horloge et ravalai un bâillement. Il serait plus de minuit quand j'arriverais chez elle. Je m'étais levée à cinq heures quarante-cinq ce matin-là. Si je pouvais avaler un café, tout irait bien. Enfin, aussi bien que possible. Dans le pire des cas, je baisserais la fenêtre pour laisser l'air nocturne me maintenir éveillée.

Je dus me perdre dans mes pensées plus longtemps que je ne le croyais, car soudain, Rip s'avançait dans une allée.

Mon allée.

Je devais rassembler mes esprits. Me calmer. Me concentrer et partir dès que possible.

— Merci beaucoup de m'avoir ramenée, réussis-je à dire à Rip.

Son regard était plutôt intense tandis qu'il arrêtait le moteur et se redressait sur son siège. Il jeta un coup d'œil vers la maison par-dessus mon épaule avant de revenir vers moi. Il se lécha les lèvres avant de répondre de sa voix autoritaire qui me décourageait de protester :

— Prends tes affaires. J'attendrai ici.

Euh… Peut-être qu'il avait bu plus que d'habitude.

— Tu n'as pas besoin d'attendre. Mon quartier est plutôt sûr.

Je ne pense pas avoir déjà vu quelqu'un cligner aussi lentement des yeux que lui en cet instant.

Immobile, il fixait le bracelet que j'avais enfilé ce matin-là. Mon accessoire du jour était un vieux bracelet que Lily m'avait fait il y a des années avec écrit «*JETAIME*» en lettres noires sur des perles blanches. Il soupira et son regard revint vers mon visage.

— Luna, je t'emmène à Dallas. Va récupérer tes affaires.

Chapitre 13

— Tu n'as vraiment pas besoin de faire ça.

Rip ne souffla pas, ne leva même pas les yeux au ciel quand je répétai les mêmes mots que je lui avais déjà dits cinq fois depuis qu'il s'était garé devant chez moi et avait lâché la bombe.

« *Luna, je t'emmène à Dallas. Va récupérer tes affaires.* »

Évidemment, j'avais réagi comme n'importe quelle personne saine d'esprit. J'étais restée là pendant une bonne minute, le regard dans le vide, jusqu'à ce qu'il hausse les sourcils vers moi.

— On n'a pas de temps à perdre, princesse. On doit y aller.

Et ça, *ça*, ça m'avait fait réagir.

S'en était suivi un dialogue de sourds de cinq minutes sur pourquoi il n'avait aucune obligation de m'emmener et pourquoi il allait le faire malgré tout. Il pouvait à peine avoir une conversation avec moi sans souffler et secouer la tête. Je ne savais même pas qu'il avait une fossette avant ce soir. Et il voulait me conduire à Dallas ?

Je n'étais pas le genre de personne à refuser l'aide de quelqu'un, mais ça n'avait aucun sens.

Malgré tout, vingt minutes plus tard, je me retrouvai assise dans sa voiture avec un sac contenant des vêtements de rechange, ma brosse à dents et mon étui à lentilles.

Je soupirai et appuyai mon épaule contre la portière.

— Rip…

— Luna.

Je pinçai les lèvres, observant son profil dans l'habitacle plongé dans la pénombre.

— Fais demi-tour et ramène-moi. Je n'aurais jamais dû monter dans cette voiture. Tu n'as pas à faire ça. Je suis sûre que tu as mieux à faire de ta soirée.

— Ce n'est pas le cas.

Je poussai un soupir qui le fit se retourner vers moi.

— Je t'assure, insista-t-il, ses longs doigts serrant le volant.

Je soupirai de nouveau.

— C'était juste un petit mensonge, Ripley.

— Tu as menti à la police pour moi, bon sang, Luna. C'est un crime, au cas où tu ne le saurais pas. Ça n'a rien de petit.

Je n'avais pas grand-chose à répondre à *ça*. Je me passai la main sur le visage et pris une inspiration. Je lui jetai un regard en coin, essayant d'être discrète pour qu'il ne s'en aperçoive pas. Qui était ce type, bon sang ? Non pas que je me plaigne qu'il me parle, me pose des questions et fasse un effort avec moi, mais…

— Pourquoi est-ce que tu es aussi casse-pieds ? Tu ne veux pas que je vienne avec toi ? demanda-t-il tout à coup, me tirant de mes pensées.

Je laissai tomber la discrétion et tournai la tête vers lui.

— Je ne suis pas casse-pieds. C'est toi qui es casse-pieds, continuai-je en pliant les doigts, me rappelant qu'il s'agissait de *mon patron*. Je dis ça avec tout le respect que je te dois dû au fait que tu es un des dirigeants de *CCC* et que je suis ton employée, à propos. Ne me vire pas, s'il te plaît.

Il secoua la tête, mais je ne savais pas si c'était parce qu'il n'allait pas me virer ou juste parce qu'il était agacé.

Le connaissant, ça pouvait être l'un comme l'autre.

— Écoute, je te suis reconnaissante de venir avec moi. Vraiment, Rip. J'apprécie ta compagnie. Tu le sais.

Je surpris le regard qu'il glissa vers moi l'espace d'une seconde, rien qu'une seconde, mais je le vis. Le truc, c'est que je ne savais pas quoi penser de son expression circonspecte quand il avait tourné la tête.

— Mais je te l'ai dit, tu ne me dois rien. Honnêtement, j'aurais probablement appelé ma meilleure amie pour qu'elle m'accompagne si tu n'avais pas… si tu ne t'étais pas porté volontaire, poursuivis-je, même si je n'étais pas sûre que m'ordonner de récupérer mes affaires compte comme se porter volontaire. Je te suis reconnaissante de venir avec moi, vraiment, mais je ne veux pas être une gêne pour toi.

Il serra les doigts de nouveau, son attention cependant toujours dirigée droit devant lui.

— Tu ne l'es pas.

— Tu fous en l'air au moins une partie de ton week-end pour me conduire à Dallas.

— Je ne fous rien du tout en l'air, Luna, affirma-t-il avant de se tourner vers moi et de secouer la tête. Qui t'a dit que tu étais une gêne ?

Je me crispai malgré moi.

— Personne, affirmai-je d'une voix aussi enjouée que possible.

Il me regarda comme s'il n'y croyait pas une seconde.

Et il avait raison. J'avais beau ne pas vouloir l'admettre, je n'aimais pas le fait qu'il ait deviné ça, surtout aussi rapidement.

— Je n'aime pas déranger les gens, c'est tout. Je n'aime pas demander des faveurs, et si je peux…

Mon Dieu.

Je pris tout à coup conscience de ce que je venais de dire.

Je n'aimais pas demander des faveurs aux gens. C'était la vérité. Je préférerais me priver plutôt que de demander quoi que ce soit à qui que ce soit.

Et depuis trois ans, j'avais brandi cette faveur que Rip croyait me devoir au-dessus de sa tête.

Bon sang.

— Je suis désolée que tu aies l'impression d'avoir une dette envers moi, et je comprends que tu aies envie d'en finir avec cette faveur dès que possible, marmonnai-je.

Je sentis mon visage rougir tandis que je réalisais ce que j'avais fait et pourquoi c'était stupide de continuer à me disputer avec lui à propos d'une faveur qu'il n'allait jamais, jamais oublier. Peu importe à quel point j'essayais de le convaincre, cette idée avait fait son chemin sous son crâne dur et rien n'allait changer.

— Tu ne demandes rien du tout. C'est moi qui ai proposé, asséna-t-il.

Comme si j'allais le voir comme ça. Je laissai mon regard se perdre de l'autre côté de la vitre et hochai la tête.

— Tu as raison.

Il soupira.

— Tu ne vas plus te battre avec moi à propos de cette faveur, alors ?

— Non.

Il émit un grognement peu convaincu, et je lui jetai un regard en coin.

— J'apprécie ta persévérance et le fait que tu aies été si... patient avec moi, déclarai-je avec plus de mauvaise grâce que nécessaire.

— Hmm-hmm.

— Je ne sais pas trop combien de temps ça va prendre. Si tu veux me déposer, je peux...

— C'est quoi, ton problème avec le fait que je t'y conduise ? Tu n'arrêtes pas de me demander de te déposer, m'interrompit-il d'un ton brusque.

J'écarquillai les yeux face à son fichu caractère.

— Parce que, je te l'ai dit, je ne veux pas te déranger. Je n'aime pas déranger les gens. Ne le prends pas personnellement, d'accord ?

Je n'étais pas certaine, mais j'eus l'impression qu'il me lançait un regard noir.

Je me frottai les mains contre mon jean et décidai de le charrier un peu.

— À ce rythme, marmonnai-je, et vu ton aide ces derniers temps, je vais finir par penser que je ne t'agace pas autant que tu voudrais me le faire croire, patron.

Le rire qui jaillit de ses lèvres me fit m'accrocher à la portière contre laquelle j'étais appuyée. Il était si brusque, sorti de nulle part, tel un feu d'artifice éclatant dans l'habitacle.

Je sursautai. Puis je souris.

Et je continuai : pourquoi m'arrêter là ? Je l'avais fait rire. Rip. *Il riait.*

— Si ça continue comme ça, je vais en déduire qu'on est amis, poursuivis-je en me retenant à grand-peine de pouffer.

En réponse, cet Apollon secoua la tête et eut un petit rire.

— Mais sérieusement, merci de m'accompagner. Et de m'avoir ramenée chez moi. Et d'avoir assez de fierté et d'honneur pour tenir parole et insister pour cette faveur, alors que je ne crois pas que tu aies une dette envers moi, déclarai-je en souriant, même s'il ne pouvait pas le voir.

Sa longue inspiration fut sonore et claire. Cette fois, je sus sans l'ombre d'un doute qu'il me regardait.

— Je n'ai pas tant d'honneur que ça, Luna. Ne me crois pas meilleur que je ne le suis.

Je l'observai et compris qu'il était sincère.

— Eh bien, moi, je pense que si. La plupart des gens auraient renoncé ou auraient prétendu avoir oublié si quelqu'un leur répondait à peu près mille fois qu'ils n'avaient besoin de rien.

— Hmm.

Il n'avait pas l'air convaincu, mais j'étais persuadée d'avoir raison. Je savais aussi qu'il ne servait à rien d'insister.

Je sortis mon téléphone et ouvris ma conversation avec Lenny.

Moi : Hey, je suis sur la route de Dallas. L'appart de Thea a été cambriolé. Tu peux demander à Trop Bien Pour Moi si on peut décaler ? Je ne suis pas sûre d'être rentrée à temps demain.

Je n'étais même pas vraiment déçue de rater mon premier rencard en… six mois ? Peut-être même plus ? Et s'il n'était pas disponible à un autre moment, je ne serais pas déçue non plus.

Lenny me répondit à peine deux minutes plus tard alors que Rip cherchait une station de radio.

Lenny : Elle va bien ?
Je vais lui écrire. Tu es dispo dimanche ?

Je savais qu'il n'y avait pas moyen que je reste avec ma sœur jusqu'à dimanche. J'allais sûrement rentrer chez moi dans la journée de demain. À moins qu'elle n'insiste, mais je n'y comptais pas. Elle était occupée. En tout cas, c'est ce qu'elle disait toujours. Il me faudrait tous mes doigts ainsi que ceux de Rip pour compter le nombre de fois où je lui avais proposé de venir la voir, ces dernières années, et où sa réponse avait toujours été la même : ce n'était pas le bon moment pour elle.

Lenny : Ignore ce que je viens de dire.
Dimanche, c'est très bien. Laisse-moi voir ce que je
peux faire.

Bon sang. C'était ce qui arrivait quand quelqu'un vous connaissait trop bien.

Moi : Elle va bien. Et, oui, dimanche, c'est très bien. Le plus tôt sera le mieux.

Lenny : ☺

Voilà au moins une bonne chose de faite.

De la musique résonna ensuite doucement dans l'habitacle pendant le reste du trajet – maintenant que Rip et moi avions fini de nous disputer, du moins. Je m'endormis une fois ou deux, mais jamais Rip ne se plaignit ou ne m'en voulut. Je vérifiai l'heure d'arrivée prévue et découvris que nous n'étions qu'à cinq minutes. Je me redressai et recommençai à prêter attention à mon environnement.

Je ne m'étais pas rendu compte que ma sœur avait déménagé.

Quand je l'avais accompagnée à Dallas trois ans plus tôt, je m'étais contentée de la suivre.

L'appartement où je m'étais rendue était dans un immeuble qui n'avait pas l'air *trop* louche. Ce n'était rien de luxueux, loin de là, mais ce n'était pas si mal. C'était le genre d'endroits où nous avions vécu après être parties de chez M. Cooper.

Mais l'endroit où nous étions maintenant... Cet endroit faisait partie des beaux quartiers...

C'était trop beau.

Beaucoup trop beau, si j'en croyais la Mercedes, les Audi et autres BMW garées de l'autre côté du portail.

Je donnai à Rip le code de ce dernier – Thea me l'avait envoyé en même temps que son adresse. Un sentiment de malaise m'étreignit tandis que j'observais ce qui nous entourait. Chaque voiture était un modèle récent de voiture de luxe, sauf quelques Honda ou Kia qui détonnaient. Maintenant que j'y pensais, Thea elle-même n'était pas venue en voiture à Houston depuis une éternité. Elle retrouvait généralement Kyra à Austin pour faire le trajet avec elle.

Pourquoi ne m'avait-elle pas dit qu'elle avait déménagé ?

— Je croyais que ta sœur était à la fac ? s'étonna Rip, tandis que nous longions lentement l'un des immeubles et nous dirigions vers le suivant d'après les indications.

— C'est le cas, répondis-je d'une voix détachée et incertaine tout en repérant une Range Rover.

— Ça fait partie des plus beaux bâtiments que j'aie jamais vus.

— Pareil, marmonnai-je.

J'étais mal à l'aise, peut-être même un peu blessée qu'elle ne m'en ait pas parlé. Pensait-elle que je serais jalouse ou quelque chose comme ça ?

Mais, sérieusement, comment pouvait-elle bien avoir les moyens de vivre ici ? Elle avait un job sur le campus de la fac. Elle prenait des cours l'été. Elle avait un stage et des prêts.

Je payais pour la cantine sur le campus pour elle.

Il devait y avoir une raison pour qu'elle ne m'ait pas dit qu'elle avait déménagé.

Peut-être avait-elle une nouvelle colocataire d'une famille aisée ?

C'était possible. Je vivais toujours dans ma maison que je retapais moi-même, et elle ne voulait pas que je sache qu'elle avait probablement une douche à l'italienne et un plan de travail en granit alors que j'économisais toujours pour m'offrir le même. Thea n'avait jamais été le genre de personne à être modeste à ce point, mais…

— À quel numéro est-elle, déjà ?

Je lui donnais le numéro d'appartement que Thea m'avait envoyé.

Quand nous arrivâmes à sa hauteur, Rip gara la voiture sur l'une des places de parking réservées aux invités. D'après le numéro, Thea vivait au deuxième étage. Nous sortîmes de la voiture et il resta derrière moi tandis que je cherchais des yeux un escalier ou un ascenseur. Je tombai sur l'escalier en premier et montai les marches quatre à quatre, Rip sur les talons. Une fois au deuxième, il ne nous fallut pas longtemps pour trouver le numéro en question.

Je sonnai et reculai d'un pas, me heurtant au flanc de Rip. Je levai les yeux et vis qu'il avait la tête tournée vers moi. Je souris.

— Merci encore d'être venu avec moi.

Il me regarda de ses yeux sarcelle.

— Pas de problème, fit-il à voix basse.

— Laisse-moi voir comment elle veut s'organiser et on te trouvera une chambre d'hôtel ou quelque chose comme ça.

Je tournai la tête vers la porte toujours fermée, une sensation de malaise s'infiltrant en moi.

— J'avais prévu de dormir ici, mais je ne suis plus trop sûre.

Pourquoi ne m'avait-elle rien dit ?

J'appuyai de nouveau fermement sur la sonnette, puis je frappai à la porte. Il n'était même pas une heure du matin. Je savais qu'elle ne dormait pas encore.

Mais la porte resta close.

— Appelle-la, suggéra Rip.

Je sonnai de nouveau.

Toujours rien.

Je sortis mon téléphone et composai son numéro de mémoire. Je *l'entendis* sonner à l'intérieur. Tout à coup, la sonnerie s'interrompit, comme si elle avait refusé l'appel ou avait mis son portable sur silencieux.

Qu'est-ce qui se passait ?

Je levais les yeux vers Rip et vis qu'il avait toujours le regard baissé vers moi, une expression étrange sur le visage.

La frustration et la peine grandirent en moi en un instant et, une seconde plus tard, je levai le poing et frappai sur le battant de toutes mes forces.

— Thea ! m'écriai-je contre la porte en tapant encore une fois.

Ça, ce fut efficace.

Deux secondes plus tard, le bruit d'un verrou s'ouvrant retentit et, un instant après, la porte s'ouvrait pour révéler ma sœur dans l'embrasure. Vêtue d'un peignoir, ses longs cheveux blonds lâchés sur ses épaules et ses yeux gonflés cerclés de rouge, elle n'avait pas fière allure. Enfin, j'étais mal placée pour parler, mais elle avait vraiment une mine affreuse, elle d'habitude si soignée.

— Luna, marmonna-t-elle, l'air sincèrement surprise.

— Salut, répondis-je en faisant de mon mieux pour ne pas avoir l'air gênée.

Ma sœur de vingt et un ans s'essuya le visage du revers de la main, et je vis ses yeux se poser sur Rip derrière moi. Elle l'observa un instant et une expression étrange, si étrange, traversa son visage avant que son regard ne revienne vers moi.

— Je n'étais pas sûre que tu viendrais, expliqua-t-elle d'une voix tout aussi bizarre que son expression.

Je clignai des paupières.

— Tu m'as demandé de venir. Je t'ai envoyé deux messages pendant que j'étais sur la route.

J'essayai de lui sourire, mais je ne suis pas sûre d'y être parvenue. Aurait-elle vraiment ignoré mon appel ?

— Oui, je sais, c'est juste… commença-t-elle avant de secouer la tête et de reculer d'un pas tout en reniflant. Entre.

Je pénétrai dans l'appartement, Rip juste derrière moi. Elle avait à peine fermé la porte derrière nous que je me retournai vers elle et indiquai Rip du doigt.

— Thea, je te présente Rip. Rip, voici ma sœur Thea.

Ce fut elle qui tendit la main la première et Rip la lui serra rapidement avant de revenir se placer à côté de moi. Elle se tourna vers moi et poussa un soupir qui ne me plaisait pas.

— Les flics sont venus, mais ils sont repartis il y a une heure.

Je hochai la tête.

— Qu'est-ce qu'ils ont dit ?

— Viens, allons dans le salon, déclara-t-elle.

Elle jeta un regard en coin à Rip pendant une seconde avant de nous précéder le long d'un couloir débouchant sur un salon spacieux ouvert sur une cuisine. Trois canapés bleu marine habillaient la pièce, répartis autour d'une jolie table en verre. Il y avait des lampes et des babioles sur une desserte, ainsi qu'une grande télévision montée sur le mur avec des étagères à fixation invisible sur lesquelles reposaient un lecteur de DVD et des enceintes.

C'était joli et élégant. Sophistiqué même.

Et rien n'avait l'air d'avoir été touché… ou même déplacé. Tout était d'une propreté irréprochable. Je savais que Thea était du genre maniaque.

— Vous voulez quelque chose à boire ? demanda-t-elle, les mains serrées devant elle.

Elle se les tordait presque.

J'eus soudain la gorge sèche.

— Je veux bien un peu d'eau.

— Ça va, merci, fit Rip.

Sa voix à lui aussi était étrange, mais je n'y accordai guère d'attention.

Thea hocha la tête et se dirigea vers la cuisine. Elle sortit une bouteille d'eau du frigo. Je remarquai qu'il ne s'agissait pas d'une sous-marque. Quand j'avais déposé Thea à Dallas trois ans plus tôt, tout son placard était rempli de produits sans marque. Maintenant que j'y pensais, la plupart des produits dans mes placards étaient aussi de la sous-marque, sauf si Lily insistait. Même quand j'achetais des trucs bio, s'il y avait la marque du supermarché, c'était celle que je prenais.

Ma sœur me tendit la bouteille d'eau et resta plantée là.

Je la lui pris des mains, dévissai le bouchon et bus la moitié avant de la reboucher. Je jetai un coup d'œil à l'homme à côté de moi, la lui tendis au cas où il aurait soif, finalement. C'était le cas. Il me la prit des mains sans hésitation et but le reste d'une traite.

Dans n'importe quelle autre circonstance, je lui aurais dit que seuls les amis partageaient des bouteilles d'eau, mais… eh bien, ce n'était pas vraiment le moment, et je n'étais pas d'humeur à cause du comportement étrange de ma sœur.

— Les flics sont passés et ont demandé ce qui avait été volé. Ils ont fait une liste et ils sont repartis, expliqua Thea en se mordant la lèvre tous les trois mots. Ils n'ont pas pris d'empreintes ou quoi que ce soit. Ils ont dit qu'ils parleraient au concierge pour vérifier les caméras de surveillance, mais je ne sais pas s'ils l'ont fait.

L'épuisement eut soudain raison de moi tandis que je me tenais devant elle, et je ne pus m'empêcher de laisser mon regard se promener sur le reste de l'appartement. Il y avait une porte de l'autre côté de la pièce qui semblait mener vers un couloir et, plus près de là où nous nous tenions, une porte entrouverte sur des toilettes. Quelques autres devaient mener vers un placard, peut-être une autre chambre, mais je ne savais pas trop quoi d'autre.

Mais rien ne semblait avoir été dérangé.

La pièce était parfaitement propre.

Trop propre ?

— Qu'est-ce qu'ils ont pris ? demandai-je.

Elle s'essuya les yeux de nouveau.

— Mon ordinateur portable. Quelques fringues. Des bijoux.

Ma sœur avait donc des bijoux valant la peine d'être volés ?

— Ils ont fouillé ma chambre et tous les tiroirs, et ils ont mis le bazar dans la cuisine, mais j'ai déjà tout remis à sa place, expliqua-t-elle d'une voix tremblante.

Oh.

— Thea, ma pauvre, je suis tellement désolée.

S'il s'était agi de Lily, je l'aurais prise dans mes bras. Mais mon cœur refusait de me laisser lever les bras, et mon cerveau refusait de me laisser m'humilier si elle n'acceptait pas mon offre de réconfort. Encore une fois.

— Comment est-ce que je peux t'aider ?

Ma petite sœur se mordit les lèvres de nouveau, secoua les mains et déglutit si fort que sa gorge devait en être douloureuse.

— Je suis désolée, Luna. Je n'ai besoin de rien. Je n'ai même pas… Je n'aurais pas dû t'appeler, déclara-t-elle avant de déglutir de nouveau, et je sentis mes yeux s'étrécir d'eux-mêmes. Je n'aurais pas dû te dire de venir. J'ai juste paniqué et tu étais la première personne que j'aie pensé à appeler. Je vais bien.

— Tu n'as pas besoin de t'excuser de m'avoir demandé de venir, répondis-je. Je serais venue même si tu me l'avais demandé sans raison particulière, Thea. Tu le sais.

Mais…

Elle serra les poings et hocha la tête, les yeux toujours au bord des larmes.

— Je sais, Luna, mais je n'aurais pas dû te le demander. J'ai juste paniqué.

Quelque chose clochait. Vraiment.

— Ce n'est pas grave. Mais tu vas bien, pas vrai ?

Ma petite sœur hocha la tête.

— Tu as une assurance locative ?

Elle haussa une épaule. Je pressai les lèvres et ignorai la douleur grandissante dans ma poitrine.

— Et ta coloc ? Ils lui ont volé des choses aussi ?

Jamais je ne l'avais entendue parler sur un ton aussi dur que lorsqu'elle prononça « Non » en réponse.

Je retins mon souffle.

— Où est-elle ?

Elle le fit. Elle se gratta la joue. Si je ne l'avais pas aussi bien connue, je n'aurais pas su que cela voulait dire qu'elle mentait.

— Elle est sortie. Elle ne va pas tarder à rentrer. Elle bossait ce soir, dit-elle d'un ton malgré tout très convaincant.

Elle bossait ? À minuit ? Avec un tel appart, il était peu probable qu'elle soit serveuse…

Thea se frotta les yeux, ce qui me mit encore plus sur mes gardes.

— Je suis désolée de t'avoir fait venir jusqu'ici pour rien.

C'était loin d'être évident de ne pas tressaillir.

— Je vais bien. Je sais… Je sais qu'ils n'ont rien pris d'important. Je vais vérifier si nous sommes assurées. La seule chose qui m'inquiète, c'est mon ordinateur.

Son ordinateur portable. Pour la fac. Je fis de mon mieux pour repousser la déception que je ressentais en entendant ses mensonges – parce que j'avais vu son infime mouvement pour se gratter la joue – et en l'entendant regretter de m'avoir fait venir jusqu'ici… Je me répétai que j'aimais cette personne. Que je voulais le meilleur pour elle, même si ma poitrine était douloureuse à cause d'elle, et pas pour la première fois.

— Combien coûte un ordinateur portable ? parvins-je à demander en m'accrochant à ce fil d'amour comme s'il allait m'empêcher de tomber d'une falaise.

— Tu n'as pas à faire ça, Luna. Ça ira. Je vais m'en sortir, dit-elle.

— Mais tu en as besoin pour la fac. Je peux t'envoyer de l'argent…

Thea secoua la tête brusquement.

— Non, c'est bon, Luna. Je vais m'en occuper.

Elle allait s'en occuper ? *Comment ?*

— Je te le promets, insista-t-elle.

Cela me mit encore plus sur mes gardes. En plus de me blesser.

Très bien. Je me forçai à desserrer les poings et à rester calme. À me concentrer sur cet amour en moi.

— Qu'est-ce que je peux faire, alors ? De quoi as-tu besoin ?

— Je n'ai besoin de rien, fit-elle.

J'eus l'impression qu'elle me frappait pile dans le talon d'Achille.

À côté de moi, Rip se balança d'un pied sur l'autre et me toucha le bas du dos brièvement, d'une main si légère que je ne la sentis presque pas.

— Je vais attendre dans la voiture, dit-il d'une voix grave.

J'ignorai ma gorge qui se serrait, me donnant l'impression d'avoir avalé du papier de verre, et me concentrai sur la femme devant moi. Parce qu'elle était une femme.

— Tu n'as pas à partir. Tu peux rester si tu veux, proposai-je pour une raison que je ne comprenais pas, et que je ne comprendrais probablement jamais.

— Luna, intervint Thea d'une voix un peu trop douce. Je te promets que je vais bien. Je suis désolée de t'avoir fait perdre ton temps.

Elle avait beau être en train de mentir, elle avait beau me cacher des choses pour une raison que j'ignorais, je l'aimais. *Vraiment.*

— Je ferais n'importe quoi pour toi. Tu le sais.

— Je sais, mais je suis vraiment désolée, fit-elle en détournant les yeux, comme elle l'avait fait des centaines de fois quand nous étions plus jeunes. Ma coloc ne va pas tarder à revenir, et je dois lui parler.

Elle se frotta les yeux de nouveau, le regard toujours baissé.

— Je dois être au boulot à huit heures demain et j'y serai toute la journée, poursuivit-elle.

— D'accord.

Je devinais ce qui allait suivre. *Je le savais.*

— On s'est mises d'accord pour ne pas laisser des gens dormir ici…

Et voilà.

— Je te suis vraiment reconnaissante d'être venue. Il n'y a que toi pour faire ça. Tu es la meilleure demi-sœur dont j'aurais pu rêver.

Ce «demi-sœur» fut la goutte d'eau. Cette fois, je ne pus m'empêcher de tressaillir.

Elle ne m'avait appelée comme ça que de temps en temps, et uniquement depuis cinq ans. Avant cela, j'avais toujours été sa *sœur*. Sa *grande sœur*. Et à présent, à présent, j'étais sa *demi*-sœur.

— J'aurais bien aimé ne pas aller au travail demain, mais j'ai besoin de cet argent.

Elle avait besoin de cet argent.

— Je ne sais pas quand je pourrai revenir te voir, mais je vais essayer de passer bientôt, commença-t-elle avec un sourire sans conviction.

Cette fois, l'émotion me transperça directement l'estomac.

— Tu me manques. Je voulais rester plus longtemps la dernière fois, mais je ne pouvais pas, ajouta-t-elle.

Je ne pus que rester plantée là.

Mon cœur à deux doigts de se briser.

Et un nœud dans l'estomac qui grandissait de seconde en seconde.

J'aimais ma sœur. J'aimais sincèrement Thea de tout mon cœur. Elle avait été la première personne dans ma vie à me rendre cet amour.

Et voilà qu'elle me demandait, en quelques mots, de partir, alors que je venais de faire quatre heures de route pour venir la voir.

Je déglutis, mais pas pour une bonne raison.

Je ne ferais pas de scène. J'effleurai mon bracelet avec inscrit «*JETAIME*» à mon poignet gauche. Je ne supplierais pas.

Je me contentai de… hocher la tête et de lui sourire d'un air qui ne devait pas être si compréhensif que ça, mais qui au moins ne la ferait pas culpabiliser, avec un peu de chance. Elle venait de me blesser, mais cela ne voulait pas dire que j'allais la blesser en retour. Ce dont je n'arrivais pas à me débarrasser, c'était cette foutue douleur au plus profond de moi. Je n'allais pas lui faire une scène pour m'avoir mise dehors.

Mais…

Mais je ne pouvais pas juste sortir d'ici et lui laisser penser qu'elle pouvait s'en tirer comme ça et que j'étais dupe. J'avais beau ne pas avoir envie de croire qu'elle en était capable… elle venait de prouver le contraire. Ou, au moins, elle essayait de me rouler dans la farine, et je ne voulais pas ignorer ce petit détail. Pas cette fois.

— Pourquoi est-ce que tu ne m'as pas dit que tu avais déménagé ? demandai-je d'une voix blanche.

Elle se figea et le visage que je connaissais si bien grimaça un peu, mais c'était assez.

— C'est juste…

Était-elle en train de trouver un mensonge ?

— Je… Je ne voulais pas te déranger.

Elle ne voulait pas me déranger.

Je venais peut-être de dire ces mots à Rip quelques heures plus tôt, mais c'était parce que je ne voulais pas lui demander d'aide.

Le fait que ma sœur déménage n'était pas *dérangeant*. Pourquoi est-ce que ça le serait ? En quoi ça pourrait l'être ?

Thea avait dû prendre conscience de la faiblesse de son excuse, car elle m'adressa un sourire aussi faux que le premier qu'elle m'avait décoché.

— Ma coloc m'a invitée à venir vivre ici avec elle, mais elle n'aime pas quand d'autres gens viennent, alors je ne voyais pas l'intérêt de te prévenir, et puis…

Me dire que je ne pouvais pas passer la nuit ici ? Après que j'avais payé seule pour notre appartement les trois ans où elle avait vécu avec moi ? J'aurais compris.

Et elle le savait.

Je n'étais pas déraisonnable. J'aurais pu passer la nuit à l'hôtel.

Mais elle se refermait comme une huître à chaque fois que Lily et moi proposions de venir la voir.

À chaque fois. Instantanément. Encore et encore, et encore au cours des années.

Kyra n'a pas passé quelques jours chez elle il y a plusieurs mois de ça ? me demandai-je pendant un instant avant de décider que je ne voulais pas savoir. Au cas où elle me mentirait.

Je passai la langue contre mon palais et restai debout, là, à hocher la tête comme si je comprenais. Mais ce n'était pas le cas. Même pas un peu.

Thea m'observa attentivement, recommençant à se tordre les mains.

Je me mordis la lèvre.

J'étais aimée. J'étais heureuse. J'avais un chez-moi. J'étais une bonne personne.

Et Rip m'avait conduite jusqu'à Dallas pour venir voir ma sœur parce qu'elle me l'avait demandé.

Je n'allais pas me sentir honteuse ou mal. Je n'allais pas me laisser atteindre. Même si je ne l'aurais jamais crue capable de me blesser comme elle venait de le faire.

J'allais choisir d'être heureuse après ça.

— D'accord, Thea, dis-je sagement, incapable de faire mieux qu'un sourire qui était à peine un étirement d'une joue. Tu me diras si tu as besoin de quoi que ce soit, d'accord ?

Elle… Elle se contenta de hocher la tête.

Je reculai d'un pas et repensai à la prendre dans mes bras comme je l'aurais voulu, ou comme j'aurais voulu pouvoir. Cependant, elle ne fit pas un pas en avant et ne donna aucun signe qu'elle pouvait le vouloir en retour.

Alors, je restai les bras ballants.

— Prends soin de toi, lui dis-je en détestant le timbre artificiel de ma voix.

Elle ne tressaillit même pas.

— Sois prudente sur la route, répliqua-t-elle, comme elle l'avait fait des centaines de fois quand tout allait bien entre nous.

Elle se gratta la joue de nouveau, mais ce fut le seul indice qu'elle regrettait un peu son comportement. Un peu seulement. Je ne m'attendais pas à grand-chose de plus.

Je pensais être une personne forte. Je n'étais pas rancunière. J'étais plus patiente que la plupart des gens de ma connaissance. Je n'étais pas *si* mesquine. Je n'attendais pas grand-chose des gens. Jamais.

Toutefois, tandis que je contournais ma sœur, le regard fixé droit devant moi, je me sentais mal comme jamais cela ne m'était arrivé ces dix dernières années d'après mes souvenirs.

J'avais honnêtement, sincèrement, l'impression que mon cœur se brisait. Ou peut-être que la fracture avait toujours été là et qu'elle ne faisait que s'agrandir et s'approfondir, me blessant plus encore qu'auparavant. Je n'aurais pas cru cela possible.

Je longeai le couloir et ouvris la porte, serrant les poings et inspirant par le nez pour expirer par la bouche.

Elle n'essaya pas de me retenir.

Elle ne changea pas d'avis sur le fait que je parte.

Je sentis la présence de Rip et entendis la porte claquer derrière nous. Je me mordis l'intérieur de la joue et descendis les escaliers quatre à quatre, sans courir, mais sans marcher non plus. Puis, quand j'arrivai au rez-de-chaussée, Rip me suivant de près, je m'arrêtai là, lui donnant juste assez de place pour me contourner.

Je n'allais pas me sentir mal. J'allais être heureuse. Tout allait bien.

Mes mains se posèrent sur mes hanches et je pris une grande inspiration par le nez. Je sentis que je secouai la tête sans vraiment être consciente de la décision qui guidait le geste.

Je ne pouvais plus ignorer la douleur subtile, mais perçante, qui traversait mon plexus solaire.

— J'ai juste besoin d'une minute, dis-je à Rip à voix basse.

J'étais toujours devant lui, de façon qu'il ne puisse pas voir mon visage.

Son « D'accord » en réponse fut aussi bas et doux que ma demande l'avait été, mais je n'étais pas en état de l'analyser.

Je hochai la tête, espérant qu'il m'avait vue faire, et me remis à marcher.

J'allais choisir d'être heureuse. J'allais choisir d'être heureuse. J'allais…

Non.

Je n'étais pas heureuse. Je n'arrivais même pas à rassembler une bribe de bonheur. Pas une miette.

Mes pieds m'entraînèrent vers le parking, au-delà de la voiture de Rip. Ils m'entraînèrent au beau milieu de la zone, dans l'air étouffant de Dallas. Je marchai jusqu'au bout du bâtiment puis fis demi-tour, inspirant par le nez et expirant par la bouche, tout en secouant la tête de temps à autre. Tout du long, je m'interdis de penser à quel point je me sentais triste et blessée. À quel point j'étais malheureuse en cet instant.

J'essayai de toutes mes forces de ne penser à rien tandis que je me retournais et revenais sur mes pas.

Je n'allais pas pleurer. Je n'allais pas me laisser atteindre.

Ce n'était pas la pire chose qui me soit arrivée, que ma sœur me dise que je ne pouvais pas passer la nuit chez elle ; que ma sœur m'appelle sa *demi-sœur* ; que ma propre sœur ne veuille pas de moi pour une quelconque raison.

J'étais venue jusqu'ici parce qu'elle me l'avait demandé. Pas parce que je m'attendais à quoi que ce soit.

Toutefois, je m'étais attendue à plus que d'être renvoyée chez moi après avoir passé dix minutes chez elle alors qu'elle m'avait appelée, bouleversée.

Je refusai de repenser à la façon dont elle avait à peine fait attention à moi.

La façon dont elle m'avait repoussée.

Je me mordis l'intérieur de la joue et fis craquer les jointures de mes doigts tout en continuant à marcher.

Rip ne fit rien. Il ne chercherait pas à me faire honte ou à se moquer de moi. Je le savais au plus profond de moi.

Non, cette brûlure n'avait rien à voir avec lui.

Rien.

Une larme coula hors de mon œil, le long de mon nez et effleura le bord de ma bouche avant de continuer à descendre sur mon menton.

Je clignai des yeux.

Thea n'avait même pas essayé de me prendre dans ses bras.

Après tout ce que…

Elle n'avait même pas voulu prendre un instant pour me parler. J'étais ressortie à peine entrée. Et oust ! Salut.

Je serrai les poings et m'approchai de la voiture de Rip. Je le trouvai appuyé contre le pick-up, les bras croisés, m'observant. Son visage était impassible, totalement indéchiffrable. Il avait même les jambes croisées.

Je levai la tête pour regarder le ciel, recouvert de nuages gris charbon et illuminé par la ville.

Je pris une grande inspiration.

Puis une autre.

Ces inspirations n'aidèrent en rien.

En rien du tout. Une autre larme s'échappa, suivant le même chemin que la première.

Un croassement monta dans ma gorge, et mon instinct fit tout pour l'empêcher de sortir. Je gardai la bouche fermée, mais un petit bruit m'échappa, presque un gémissement. Un son pathétique et triste, comme le son de quelque chose qui se brise.

Une autre larme coula.

Et une autre.

Un autre bruit s'échappa de ma bouche close.

— Encore une minute, lâchai-je.

Je pris une inspiration tremblante qui mutila probablement mes mots et les transforma en quelque chose de totalement différent.

J'entendis Rip répondre « Pas de problème » pendant que je prenais une autre inspiration, une nouvelle larme débordant de mon œil.

Je n'avais aucune raison de pleurer.

Ma sœur m'aimait, je le savais. Elle était juste… Je ne comprenais pas son comportement ni pourquoi elle avait agi ainsi.

Parfois, les gens s'éloignaient en grandissant.

Peut-être était-ce ce qui était en train d'arriver. Elle avait tourné la page, délaissant sa sœur qui n'avait pas fini le lycée et peignait des voitures pour gagner sa vie. Sa demi-sœur, puisque c'était ainsi qu'elle me voyait.

Et ce fut ce « demi » qui aiguillonna mes larmes. Encore et encore, jusqu'à ce que je me colle les paumes contre mes yeux, écartant la cascade de pleurs une larme après l'autre.

— Luna, fit une voix grave, si grave.

— Quinze secondes, plaidai-je.

Je devais *arrêter*. Arrêter.

Arrête, Luna.

Tout va bien.

Arrête d'en faire des tonnes.

Tu prends ça trop à cœur.

Arrête.

J'aurais juré avoir entendu un juron tout près, même si je ne pouvais l'affirmer avec certitude.

Ce dont j'étais sûre, c'était qu'un corps se rapprochait du mien. Un corps qui ne me donna aucune chance d'arrêter de pleurer ou de baisser les mains avant de s'enrouler autour de moi. Un bras m'entoura les épaules, le second juste en dessous, sur mes omoplates.

Un corps chaud et dur, et collé contre le mien, écrasant mes bras entre nous comme s'ils n'existaient pas.

Des jambes et des cuisses se pressèrent contre moi et quelque chose de chaud m'effleura la joue tandis que des mots doux, presque délicats, emplissaient mes oreilles.

— Tout va bien, princesse, dit-il d'abord.

Puis : « Tu es une bonne fille. »

« Une gentille fille. »

« La plus gentille. »

« La plus adorable. »

D'autres larmes jaillirent à chaque mot murmuré à mon oreille, coulant sur mes doigts, mes poignets et le long de mes bras tandis que je restais là, immobile. Je laissai mon patron, un homme qui m'adressait à peine la parole dans ses bons jours, me prendre dans ses bras et me dire que je n'étais pas une personne triste et pathétique qui méritait de se sentir si insignifiante.

« *Mais quelle débile, Luna* », m'avait dit mon père tant de fois. J'avais l'impression qu'il prononçait ces mots dans un conduit spécial qui les faisait résonner directement dans mon cerveau.

— Tu as ton bracelet avec marqué « je t'aime ». Tout ira bien.

Le bras du haut, celui posé sur mes épaules, se resserra. Des mots plus chaleureux, plus doux essayèrent de noyer les anciens.

— Je suis là. Je ne bouge pas, me dit l'homme qui me tenait dans ses bras.

Il était là. Peut-être pour une minute. Peut-être pour dix. Et j'avais beau savoir que c'était idiot, que je n'avais pas le droit et que je devais reprendre mes esprits, je me penchai vers lui. Je laissai mon corps se relâcher contre le sien, allant jusqu'à incliner la tête en avant pour qu'elle soit posée juste entre son cou et sa clavicule.

Pendant un instant, je laissai Lucas Ripley me tenir dans ses bras tandis que les larmes continuaient à couler. À côté, celles que j'avais versées après l'enterrement de ma grand-mère n'étaient rien.

Tout ce que j'avais toujours voulu était d'être aimée.

Et l'une des personnes dont je m'attendais à recevoir cet amour inconditionnel pour le reste de ma vie venait de me faire sortir de chez elle sans même… le moindre mot sur ses études. Ou son boulot. Ou quoi que ce soit.

Nous avions roulé jusqu'ici et…

L'un des bras autour de mes épaules bougea, et ce qui devait être la main de Rip vint se placer derrière ma tête. Ses doigts s'entremêlèrent dans mes cheveux, les caressant de haut en bas avant de recommencer.

— Encore dix secondes, marmonnai-je tout contre mes mains, tout contre sa chemise, tout contre lui.

— Encore dix secondes, acquiesça-t-il contre ma joue.

Sa main vint se replacer derrière ma tête.

J'inspirai par le nez et pressai mon visage encore plus près de son torse, percevant les os et les muscles fermes sous sa chemise – comme un rappel que cet homme était inébranlable. Solide. Dur. J'avais beau m'appuyer sur lui et lui confier bien plus de mon fardeau qu'à n'importe qui d'autre, il le supportait sans problème.

Ses doigts se frayèrent un passage entre mes cheveux pour effleurer ma nuque et maintenir ma tête en place, pile là où elle était.

Thea m'aimait. Je le savais. Mais à cet instant, je n'en avais pas l'impression. *Je n'en avais pas l'impression.*

— C'est juste… C'est juste… commençai-je, sans réussir à trouver les mots.

— Je sais, fit-il, tandis que ses doigts me massaient la nuque doucement et que ses bras resserraient leur étau. Je sais. Tout va bien. Tu verras.

Tout allait bien. *J*'allais bien.

J'inspirai par le nez et hochai la tête contre lui.

C'était vrai. J'allais bien.

J'ai de quoi manger. Je vais bien. J'ai tout ce que j'ai toujours voulu et dont j'ai besoin.

Je n'allais pas me laisser bouleverser par le comportement de Thea.

Pas question.

Pas question.

Tout allait bien. J'allais bien. J'étais aimée.

J'étais…

— Encore cinq secondes, plaidai-je.

J'avais conscience, quelque part dans un coin de mon esprit, que ma requête initiale remontait à bien plus de cinq minutes.

De ses doigts, il continua à caresser mes cheveux jusqu'à la pointe.

— Encore cinq, fit-il d'une voix douce.

Je reniflai, combattant mon envie de pleurer quand de nouvelles larmes perlèrent à mes cils. *Tout va bien, tout va bien, tout va bien.* Mais je ne bougeai toujours pas.

— C'est vraiment agréable, murmurai-je d'une voix cassée et rauque quand ses doigts caressèrent mes cheveux une nouvelle fois.

J'allais bien.

Tout irait bien.

— Ça m'aidait toujours à me sentir mieux quand ma mère me faisait ça, déclara-t-il tout en continuant son geste si doux, si naturel. Peu importe si j'avais peur, si j'étais triste ou en colère, je me sentais toujours mieux quand elle faisait ça.

J'avais du mal à imaginer Rip, enfant, être réconforté par sa mère.

Mais j'avais encore plus de mal à réaliser que c'était lui qui me réconfortait en ce moment, de la seule façon qu'il connaissait. Peut-être. Possiblement. Je ne savais pas. Je commençais à penser que je ne savais rien du tout.

— C'est aussi comme ça qu'elle m'endormait, ajouta-t-il de cette voix grave qui sonnait comme un secret. Encore deux secondes ?

Ce ne fut que plus tard, bien, bien plus tard, que je pris conscience qu'il me taquinait.

— Oui, s'il te plaît, répondis-je néanmoins.

Mes reniflements continuèrent, mais les larmes commencèrent à se tarir.

J'allais bien. Tout allait bien. Je n'avais pas besoin de pleurer. Rien de tout ça n'allait me tuer aujourd'hui, demain, dans une semaine, ou jamais.

Alors, qu'est-ce que ça pouvait faire ?

Qu'est-ce que ça pouvait faire que ma sœur ait changé d'avis après que j'étais venue jusqu'ici ?

Qu'est-ce que ça pouvait faire si elle m'avait menti ? J'avais menti des centaines de fois dans ma vie.

Tout allait bien.

— Encore une seconde, demandai-je malgré tout.

— D'accord, répondit Rip malgré tout.

Un chagrin d'une intensité que je n'aurais jamais cru ressentir un jour recouvrit tout autour de moi. Le bout de mes doigts, le haut de mes mains, juste entre mes omoplates, en plein cœur.

Mais je repoussai le souvenir de ma sœur me demandant à demi-mot de partir, et le jetai au loin pour qu'il ne puisse plus me faire de mal.

Je ne savais pas ce qu'il lui arrivait, mais je savais qu'il se passait quelque chose. Je ne pouvais qu'espérer que cela n'ait rien à voir avec moi.

Je choisissais d'être heureuse. Je n'allais pas laisser tout ça me peser. Pas question.

— Merci, Rip, chuchotai-je.

Le son de ma voix me rappelait que j'avais eu mal et que, si je m'attardais dessus, je souffrirais de nouveau.

Quand les bras qui m'entouraient se relâchèrent légèrement, je laissai retomber mes mains qui étaient jusque-là coincées entre nous deux. Je fis comme si elles ne tremblaient pas – même un peu – quand je les posai sur ses hanches. Je déglutis et me rappelai que tout allait bien. Vraiment.

— Merci, répétai-je en me forçant à lever la tête pour pouvoir le regarder dans les yeux.

Son visage à la beauté brute était concentré sur moi. Son regard bleu-vert passa d'un œil à l'autre et les bras qu'il avait passés autour de moi retombèrent à ses côtés, coinçant mes mains posées sur ses hanches.

— Ça va mieux, déclara-t-il.

— Ça va mieux, confirmai-je.

— Je sais, répliqua-t-il de sa voix autoritaire après m'avoir détaillée une nouvelle fois.

J'enlevai mes mains de sa taille et fis de mon mieux pour faire comme si ça n'avait pas d'importance qu'elles aient été posées là.

— Qu'est-ce que ta mère faisait d'autre pour te réconforter ? l'interrogeai-je timidement tout en m'essuyant le visage du dos de la main.

Il y eut une pause, puis :

— Elle m'achetait une glace.

Je ne pus m'empêcher de sourire un peu en entendant sa réponse. Je laissai retomber mes mains et inspirai par le nez.

Je vais bien. Je vais bien, je vais bien, je vais bien.

— C'était probablement la meilleure glace au monde, hein ? demandai-je en déglutissant. Mais je meurs de faim, et si ça ne te dérange pas de conduire, je nous offre un dîner et des chambres d'hôtel pour la nuit. Tu dois être fatigué. En tout cas, moi, je le suis.

Il m'observa attentivement durant un instant, les yeux et la bouche implacables, avant de hocher la tête gravement.

— Je peux conduire.

Ce fut à mon tour de hocher la tête. Je pinçai les lèvres avant d'ajouter prudemment :

— Je suis désolée que tu aies dû m'amener ici pour rien, fis-je en essayant de sourire sans y parvenir tout à fait. Au moins, on est quittes maintenant, pas vrai ?

Chapitre 14

Je sus que quelque chose n'allait pas le lundi quand j'arrivai au travail et qu'il y avait déjà de la lumière dans mon atelier.

Il n'y avait qu'une voiture sur le parking quand j'étais arrivée, mais c'était un véhicule que je connaissais bien. Le propriétaire n'était jamais, depuis tout le temps que nous travaillions ensemble, allé dans mon atelier sans raison aussi tôt le matin. En y réfléchissant, il n'était probablement jamais entré dedans quand je n'y étais pas tout court. Il n'avait aucune raison de commencer maintenant.

Même après tout ce que nous avions fait ensemble ce week-end après être repartis de chez Thea.

«Tout» consistant en un dîner de burgers, frites et une glace chacun en dessert dans le *diner* ouvert vingt-quatre heures sur vingt-quatre le plus proche. Puis nous avions dormi à l'hôtel. Dans des chambres séparées. Le retour à Houston le lendemain n'avait pas eu lieu dans un silence gêné, mais plutôt… un silence agréable, facile, où nous nous contentions de chantonner pour accompagner la radio. Ça s'était bien passé – mieux que bien même, sachant que la soirée de vendredi m'avait blessée plus profondément que n'importe quoi d'autre depuis longtemps.

Je n'avais pas pleuré à propos de Thea depuis. Même si elle ne m'avait pas appelée ou n'avait pas pris la peine de m'envoyer un message pour s'assurer que j'étais rentrée à Houston sans problème. Ma douleur était comme une microcoupure : vous saviez qu'elle n'allait pas vous tuer, mais ça faisait quand même un mal de chien.

Je n'allais cependant pas m'attarder sur ces événements plus longtemps que le strict nécessaire. Il y avait de meilleures façons de dépenser mon énergie comme, à cet instant précis, deviner pourquoi il y avait de la lumière dans mon atelier.

Je m'approchai de la porte, avec à l'épaule un sac en toile contenant un Tupperware plein de nouilles sautées douteuses qui devaient me durer la semaine, et vis la lumière percer à travers la lucarne carrée située en haut de la porte. Je ne pouvais pas m'empêcher de me demander pourquoi Rip était là. Pour m'aider ? Impossible. Il avait largement assez à faire de son côté. Pour vérifier quelque chose ? Peut-être.

J'avais laissé à Jason un petit projet à finir quand j'étais partie vendredi pour mon rendez-vous chez le gynécologue, mais il devait l'avoir fini avant de partir. En toute probabilité, Rip était là pour vérifier son travail. Il avait fait la même chose avec moi de temps en temps quand il avait commencé à travailler à *CCC*, doutant que j'aie réellement accompli ce dont je lui avais pourtant assuré que j'étais capable.

Alors même si mon instinct me disait qu'il y avait un problème, le reste de mon cerveau essaya de repousser cette impression entêtante tandis que je tournais la poignée et ouvrais la porte de l'atelier. Je ne fus pas surprise de trouver Rip de l'autre côté, debout juste devant les portes ouvertes de la cabine de peinture, regardant droit devant lui. Je ne m'inquiétais pas quand je vis qu'il avait les mains sur les hanches.

Mais quand je lançai un « Bonjour » en entrant, mon sac à main sur l'épaule et le sac en toile contenant mon déjeuner à la main, et qu'il ne me regarda pas… ce fut à ce moment-là que je sus que quelque chose n'allait pas.

Il ne me regarda pas.

Il ne prononça pas un mot.

D'accord.

Ce n'était pas comme si j'avais pleuré contre sa chemise quand ma sœur m'avait transpercé le cœur avec une foutue flèche et m'avait fait me sentir tellement insignifiante.

J'avais *refusé* de penser à quel point cela avait été agréable de m'appuyer contre lui et de le sentir me serrer dans ses bras.

Je n'allais pas commencer maintenant. Je savais qu'il était mon patron, et je savais qu'il me devait une faveur et que c'était la seule raison pour laquelle il était venu avec moi. Peut-être que me réconforter ne faisait pas partie de cette dette, mais je savais qu'il ne me détestait pas. Peut-être que quelque part, au fond de lui, il m'aimait bien.

Mais c'était tout.

Il était une personne assez décente pour être là pour moi, même quand il n'y était pas obligé.

Toutefois, rien de tout ça n'était perceptible sur son visage. Aucun lien, aucune complicité que nous pourrions partager ne se reflétait là. Rien.

Je l'observai tout en posant mes affaires sur mon bureau. Je ne pris même pas la peine de mettre mon sac dans le tiroir où je le rangeais habituellement. Rip n'avait toujours pas bougé. Il était trop occupé à contempler ce qui se trouvait dans la cabine.

La seule chose qui était supposée se trouver dedans était la série de pièces détachées que Jason avait finies plusieurs jours plus tôt.

Oh, bon sang. Il avait fait une connerie, n'est-ce pas ?

Mais comment ? Quoi ? Je ne lui avais rien laissé qu'il puisse foirer.

— Rip ? appelai-je en m'approchant de lui lentement.

De là où j'étais, je le vis prendre une grande inspiration et les muscles de ses avant-bras se crisper. Il finit cependant par détourner l'attention de ce qu'il regardait.

— Qu'est-ce que c'est que ce bordel ? demanda-t-il.

Foutu Jason. Bon sang, foutu, *foutu* Jason. Je le savais. J'aurais dû m'en douter.

Est-ce que je n'avais pas appris à avoir confiance en mon instinct ? Et est-ce que mon instinct ne m'avait pas dit que Jason trouverait un moyen de faire une connerie ?

Merde.

Putain de *merde*.

J'accélérai le pas et réduisis la distance entre mon patron et moi jusqu'à me tenir à une cinquantaine de centimètres à côté de lui. Quand mon regard se posa sur ce qui accaparait son attention depuis que j'étais entrée dans la pièce, je retins mon souffle.

Avant de partir, j'avais fini la dernière couche d'apprêt sur deux ailes arrière. Jason avait promis de les sortir de la cabine pour pouvoir finir les quatre jantes pour un autre projet. J'avais dû partir pour mon rendez-vous et j'avais voulu tendre à ce trou du cul une branche d'olivier en guise d'offre de paix : je lui avais donné quelque chose qu'il pouvait faire lui-même pour gagner un peu de loyauté. Pour me montrer que je pouvais peut-être lui faire confiance.

Mais en regardant dans la cabine, je vis que les ailes étaient toujours là.

Elles appartenaient à ce que je savais être une Ford Mustang de 2010. La même marque et le même modèle que la voiture que j'avais laissée vendredi. Seulement, elles n'étaient plus gris uni comme elles l'étaient alors. Et elles n'étaient pas du vert si foncé qu'il en était presque noir que j'avais mis de côté pour m'en servir ce matin.

Elles étaient bien vertes. Un vert inégal qui avait été si mal appliqué que je pouvais le voir même de là où je me trouvais. C'était horrible.

Juste… incroyablement… horrible.

— Merde, murmurai-je pour moi-même, sincèrement sous le choc.

— C'est toi qui as fait ça ? demanda Rip, comme s'il n'arrivait pas à croire qu'il me posait la question.

Je me redressai d'un coup pour le regarder.

— Non !

D'accord, j'avais merdé récemment, mais jamais à ce point. Jamais par manque de compétence.

Toujours concentré sur les pièces détachées, il lâcha un long souffle qui me fit penser au moment où il m'avait prise dans ses bras devant l'appartement de ma sœur.

— C'est qui, alors ?

Rien dans sa voix ne laisserait deviner que nous avions brisé une barrière entre nous même pas deux jours plus tôt.

En fait, sa voix était la même qu'avant. Pire qu'avant, même. Et je n'aimais pas la façon dont mon cœur se contractait à cette pensée.

— Je ne suis pas sûre, commençai-je, mais cela doit être Jason. J'ai fini l'apprêt avant de partir vendredi, et il était censé rester et peindre les jantes, pas bosser sur ça.

Après notre réunion du vendredi matin, M. Cooper m'avait dit de partir quand j'en aurais besoin et de laisser Jason finir ce qui restait.

— Où est le bon de commande ?

Le bon de commande ?

Je me retournai pour trouver le dossier avec toutes les informations liées à cette commande. Je ne le vis pas sur mon bureau. J'étais sûre de l'avoir laissé là vendredi pour que Jason y ait accès facilement si besoin.

— Donne-moi une seconde pour le retrouver. Je sais que je l'ai laissé sur mon bureau avant de partir, mais Jason n'était pas supposé faire autre chose que les jantes. Je le lui ai répété trois fois.

Je ne pouvais pas m'arrêter de regarder la foutue voiture sur laquelle j'avais passé des heures. J'avais vu des peintures faites maison cent fois plus réussies que ça. Enlever cette couleur allait être un calvaire, surtout que j'avais fait la même chose il n'y avait pas si longtemps.

— Tu l'as laissé ici tout seul ?

Je continuai à fouiller mon bureau, consciente que ce n'était pas très courageux de ma part de ne pas regarder Rip dans les yeux tout en répondant.

— Oui.

M. Cooper était au courant. C'était lui qui m'avait dit d'y aller avant que Rip et lui ne se mettent à se crier dessus.

Rip expira de nouveau longuement, me mettant mal à l'aise.

Malgré cela, je n'arrivais pas à affronter son regard.

— Ce n'est pas moi qui ai fait ça, Rip, déclarai-je, dévoilant mon jeu. Je me suis mise à vérifier chaque bon de commande trois fois pour être sûre de peindre la bonne couleur après ce qui s'est passé il y a quelques semaines. Et je n'ai sûrement jamais infligé *ça* à une voiture, même quand j'étais encore en formation.

Il souffla, et j'aurais juré avoir entendu sa mâchoire craquer.

Bon Dieu. C'était… quoi ? La troisième erreur à ses yeux ? En à peine quelques semaines ? La troisième fois que quelque chose foirait à la peinture ?

Et est-ce qu'il n'avait pas inscrit chacune de ces erreurs dans mon « dossier » ou je ne sais quoi ?

Merde.

Calme-toi, Luna. Calme-toi et réfléchis.

Est-ce que je voulais que Jason soit viré par ma faute ? Non. Est-ce que je voulais pour autant être virée parce qu'il avait volontairement fait une chose que je lui avais expressément dit de ne pas faire ?

Non.

J'arrêtai de fouiller mon bureau et fermai les yeux avant de me frotter le front de ma paume.

— Jason se comporte comme un petit con ces derniers temps, expliquai-je en refusant de culpabiliser pour être en train de le dénoncer. Mais je ne pensais pas qu'il irait jusque-là. Je lui ai dit que tout ce qu'il avait à faire, c'était de travailler sur les jantes, rien d'autre.

Rip leva la main à son front.

Oh, non.

— Je pense qu'il essaie de me faire virer. Tu peux vérifier les caméras et tu verras qu'il est resté après mon départ. Je ne suis pas revenue dans le bâtiment. Je suis partie pour mon rendez-vous et tu sais où j'ai passé le reste de la soirée.

Il ferma ses yeux bleu-vert, et je pus voir la tension dans tout le haut de son corps.

Oh, bon sang. Je m'aperçus, un peu tard, qu'il portait ce jour-là un tee-shirt de compression blanc.

— Rip, ce n'est pas moi qui ai fait ça. Je te le jure, insistai-je.

J'espérais que ma voix n'était pas aussi désespérée que moi, cependant la nervosité commençait à monter en moi et peut-être que j'avais raison de me sentir aussi mal. Je ne voulais la pitié de personne, surtout pas de Rip. Surtout après tout ce qui s'était passé.

Mais si mon compte était correct, ceci risquait d'être ma troisième erreur.

— Je te jure sur ma vie que ce n'est pas moi, lâchai-je d'une voix précipitée.

Je baissai la main, et le stress enfla dans ma poitrine.

— Arrête de parler, Luna, déclara-t-il de la voix la plus basse qu'il avait jamais utilisée contre moi. Juste… tais-toi.

J'obtempérai, le cœur au bord des lèvres.

Il ne pouvait pas me tenir pour responsable pour ça… si ?

Je n'aurais pas dû laisser Jason seul, d'accord. Mais c'est ce que j'avais fait. De la même façon que l'homme qui était peintre en chef avant moi m'avait laissée seule des dizaines de fois quand il voulait partir du travail quatre heures plus tôt. Dans une équipe, il fallait se serrer les coudes. J'avais besoin de me rendre à mon rendez-vous…

Je me cherchais des excuses.

Je ne voulais pas être tenue pour responsable, mais je n'avais pas plus envie de me faire virer. Je savais ça, je l'acceptais. Un peu de fierté valait-elle de perdre mon boulot ? Un boulot que j'adorais ?

Non.

— Rip, commençai-je sans pouvoir m'en empêcher, je suis tellement désolée. Je peux réparer ça.

Il resta figé, aussi immobile qu'une statue. À inspirer et à expirer. Sans bouger. Totalement, absolument immobile.

— Qu'est-ce que je viens de dire, Luna ? finit-il par répondre. Je ne veux pas entendre ça maintenant.

Sa voix était calme, ce qui ne faisait qu'aggraver les choses. Il était furieux. Il n'avait pas besoin de me hurler dessus pour que je m'en rende compte.

L'appréhension qui me brûlait l'estomac ne fit qu'empirer.

— On peut réparer ça. Il faudra juste…

Il finit par tourner son corps immense vers moi et explosa :

— Je n'en ai rien à foutre que tu puisses réparer ça ou qu'on puisse réparer ça ! Je veux juste que tu arrêtes de parler pendant une foutue seconde ! siffla-t-il d'une voix qui était probablement ce qui s'approchait le plus d'un hurlement chez lui.

Je ne l'avais jamais entendu parler aussi fort avant.

C'est pourquoi j'inspirai brutalement et retins mon souffle. J'eus envie de laisser un son triste s'échapper du fond de ma gorge. Puis de mon cœur. Quelques instants plus tard, je me mis à cligner des yeux rapidement sans pouvoir m'en empêcher.

Peut-être que c'était ma faute pour avoir laissé Jason seul, mais ce n'était pas ma faute s'il avait fait ça. Ce n'était pas ma faute si Rip était de mauvaise humeur et se montrait à présent cruel.

Ce qui était ma faute, c'était le sentiment de trahison que je ressentais en cet instant. Je n'avais même pas eu le temps d'espérer quoi que ce soit entre nous, mais *ça* ? C'était douloureux. Juste un peu, mais douloureux quand même.

— S'il te plaît, ne me vire pas.

Ma voix se brisa malgré le fait que je chuchotais presque.

— Je ferai tout ce qu'il faudra pour réparer ça. C'est ma faute. Tu n'as pas à me payer, mais s'il te plaît, ne me vire pas. J'adore travailler ici, plaidai-je.

La voix tremblante, je gardais les yeux fixés vers un bouton de son bleu de travail situé juste devant mon visage, quelque part entre ses pectoraux, évitant le regard de mon patron, l'homme qui m'avait prise dans ses bras et m'avait appelée « princesse » quarante-huit heures plus tôt.

Je suis aimée. Tout va bien. J'aime ce job et je ne veux pas le perdre.

— S'il te plaît, Rip, ajoutai-je, consciente que ma voix était rauque, mais refusant d'en avoir honte.

Le silence qui suivit ces mots aurait pu me liquéfier la peau et les muscles tellement il était oppressant.

Je n'avais pas l'intention de pleurer ; toutefois, si ça arrivait quand même, je n'allais pas en avoir honte. Ça m'était arrivé assez souvent par le passé, quand mes parents m'ordonnaient d'arrêter de me comporter comme un bébé parce qu'ils avaient dit quelque chose qui m'avait blessée et qu'ils ne voulaient pas avoir à faire face aux conséquences.

Toute personne peut choisir ce qui constitue sa fierté.

Quand j'étais plus jeune, je pensais que le fait que mes parents aient piétiné mon ego pendant des années était une honte, mais à présent… à présent, je me rendais compte que cela avait été un cadeau. Je savais jusqu'où je pouvais me plier sans me briser. Se plier était douloureux. Inconfortable, même. C'était horrible. Je savais cependant que cela n'allait pas me tuer.

Si la raison pour laquelle j'avais du mal à ne pas perdre mes moyens était parce que c'était *Rip* qui était en train de me traiter ainsi…

Je n'allais pas y penser.

Il était mon patron et j'avais de nouveau oublié ce détail. C'était ma faute. Celle de personne d'autre.

Non. Je n'allais pas penser au fait que Rip était la source de ma tristesse, parce que je n'allais pas me sentir ainsi plus de… cinq minutes. J'allais me donner cinq minutes, et c'était tout.

C'était tout.

Pour la douleur sourde dans ma gorge… cinq minutes.

Pour cette impression idiote d'avoir été trahie… cinq foutues minutes et c'était tout.

On m'avait assez hurlé dessus dans ma vie. Rip ne faisait que rejoindre une longue liste de personnes qui avaient réussi à me faire me sentir aussi mal.

Je ne voulais pas recommencer à zéro. J'avais merdé. Très bien. Mais je n'avais pas merdé à ce point.

— S'il te plaît, ne me vire pas, répétai-je.

Je me détestais d'être dans cette position.

Une minute s'écoula. Peut-être même deux. Au moment où je commençais à accepter le fait que s'il ne disait rien, c'était pour une bonne raison, je reculai d'un pas. Je me sentais presque aussi mal que le vendredi soir. Puis Rip finit par prendre la parole.

— Je ne vais pas te virer, déclara-t-il d'une voix qui ressemblait plutôt à un grognement.

Je n'avais pas l'impression de pouvoir le croire.

— Vraiment, insista-t-il.

La salive dans ma bouche commença à avoir un goût sucré tandis que je restais immobile.

— Tu es sûr ? me forçai-je à demander.

La voix de Rip n'était qu'un murmure quand il répondit :

— Oui.

D'accord.

Il n'allait pas me virer pour la faute de quelqu'un d'autre.

Frustrée et blessée, je sentais une pression derrière mes yeux. Je hochai la tête et pris plusieurs grandes inspirations tandis que je faisais un pas en arrière. Puis un autre.

J'avais eu ce que je voulais. Je n'avais aucune raison de me sentir mal, que ce soit parce que c'était injuste ou parce qu'il venait de me blesser en me rappelant qu'il était mon patron et que c'était tout ce qu'il y avait entre nous.

Ou parce qu'il m'avait tenue dans ses bras tandis que je pleurais le fait que ma sœur m'avait fait sortir de sa vie.

— Luna.

Il avait murmuré de sa voix rauque que j'aimais tant, sauf à cet instant.

Je l'ignorai.

— Tu peux m'aider à sortir ça d'ici ? demandai-je à la place, ma propre voix tout aussi basse.

Il y eut un instant de silence. Je ne savais pas s'il me regardait, s'il se signait ou s'il levait les yeux au ciel. Je n'étais pas virée, et c'était tout ce qui importait à cet instant.

Lenny avait réarrangé mon rencard pour ce soir, et même si je n'étais pas super enthousiaste, j'avais hâte d'y être. Ce serait peut-être la meilleure partie de la journée, même si rien n'en découlait. Parce que, au moins, j'essayais de rendre ma vie meilleure. Chaque jour, j'essayais de rendre ma vie meilleure, et ça devait bien vouloir dire quelque chose. Je devais y croire.

— Luna ?

Mon cœur se mit à battre plus vite, mais je l'ignorai.

— Est-ce qu'on peut s'en occuper pour que je puisse commencer ? réussis-je à demander.

Il y eut une pause, puis :

— D'accord.

Je déglutis et gardai le regard fixé sur ce bouton.

— Très bien. Allons-y.

Il y eut un autre soupir. Plus long que le premier.

— Luna… répéta-t-il.

Cela me fit penser à une étoile filante suivie d'une longue traînée brillante. Une météorite mourante. Voilà ce que c'était, en un sens. J'allais lui pardonner. J'allais tourner la page, mais ce «Luna» ne changerait rien à ce qui était en jeu.

Un rappel qu'il était mon patron avant tout.

Un petit rêve mourant qui achevait de se consumer.

— Tout va bien, lui dis-je, consciente que ma voix sonnait faux, et frustrée de m'en rendre compte. Tu veux bien m'aider à bouger les pièces, s'il te plaît ?

Silence.

Il y eut un autre soupir.

— D'accord, répondit-il d'un ton auquel je ne m'attendais pas.

Sa voix était douce. Si douce qu'elle glissa autour de moi comme un voile de soie et retomba au sol, perdue à jamais.

Puis nous déplaçâmes les ailes.

Chapitre 15

— Comment ça s'est passé ?

Je déposai mon déjeuner sur la table à côté de M. Cooper et lui tapotai l'épaule.

— Comment s'est passé quoi ? demandai-je, à peu près sûre qu'il se fiche que j'aie remonté les bretelles à Jason ce matin au cas où le sermon de la veille n'aurait pas suffi.

J'étais toujours furieuse. L'avoir engueulé la veille puis ignoré le reste de la journée n'avait pas suffi à me faire extérioriser ma colère. J'étais arrivée au boulot ce matin toujours incapable de lui pardonner; quand il avait pris un risque et m'avait posé une question environ une heure plus tôt, ma réponse n'avait pas été particulièrement sympa.

Je me sentais un tout petit peu mal de lui avoir aboyé dessus comme ça.

En même temps, je m'étais fait aboyer dessus à cause de lui, alors je savais que je ne devrais pas culpabiliser.

M. Cooper me sourit sans me donner un seul indice de ce dont il parlait et je m'assis à côté de lui.

— Comment ça s'est passé ? demanda-t-il de nouveau.

Je me laissai tomber sur la chaise et lui souris en retour.

— Mister C., je ne sais pas de quoi vous parlez.

Je ne m'étais pas plainte de ce qui s'était passé la veille. Pour autant que je sache, seuls Rip, Jason et moi étions au courant de la connerie de Jason, et je doutais fortement que M. Cooper ait découvert que Rip m'avait accompagnée à Dallas le week-end précédent.

Les seules personnes qui étaient au courant étaient Thea, Rip et moi. Je pouvais parler de presque tout à M. Cooper, mais le comportement de ma sœur était l'une des rares choses que je préférais garder pour moi. De plus, je n'avais pas surpris l'ombre d'une dispute entre Rip et lui, donc…

Il inclina la tête.

— Comment s'est passé ton rencard, petite lune ? Tu m'avais dit que tu en avais un samedi, il me semble.

Oh. *Oh.* Ça.

Je lui en avais bel et bien parlé.

— Oh. On ne s'est pas vus samedi finalement, mais je l'ai rencontré hier.

— Comment c'était ?

Je haussai une épaule et retirai le couvercle de mon Tupperware. J'avais préparé un batch de nouilles pour la semaine, dimanche. Elles étaient trop cuites, les légumes mous, la viande pas assez relevée, mais… c'est moi qui l'avais préparé. Et ça ne m'avait pas rendue malade la veille, donc je ne pouvais qu'espérer que ça continue.

— Il était… pas mal, admis-je.

M. Cooper eut un petit rire.

— Ça ne s'est pas super bien passé, alors ?

Je reposai le couvercle entre nous et soupirai.

— J'y suis allée sans aucune attente, Mister C., et heureusement.

C'était la vérité. Je ne m'étais pas rendue au bar en pensant rencontrer l'amour de ma vie, mais avec l'espoir que ma journée ne pouvait pas empirer après ce qui s'était passé avec Rip.

Ça n'avait pas été le cas. Cependant, le rencard n'avait pas vraiment illuminé ma journée non plus.

Trop Bien Pour Moi était un homme d'une quarantaine d'années plutôt canon, comme sur la photo que Lenny m'avait montrée. Il avait été extraverti et bavard.

Je ne pus m'empêcher de rire en repensant au déroulement de la soirée de la veille.

Je haussai une épaule, jetai un regard en coin à M. Cooper et laissai échapper un petit rire avant de secouer la tête.

— Ce n'était pas nul. Peut-être cinquante pour cent.

Son expression surprotectrice me réchauffa le cœur d'à peu près cent degrés.

— C'était si terrible que ça ?

Eh bien…

Je ne voulais pas entrer dans les détails. J'avais appelé Lenny sur le chemin du boulot ce matin pour lui dire que l'homme avec qui papi Gus m'avait organisé un rencard avait passé toute la soirée à répéter qu'il venait juste de divorcer et à quel point il avait hâte de *tourner la page* et de *faire toutes les choses qu'il n'avait pas pu faire pendant toutes ces années*.

J'avais interprété ça comme : je suis célibataire et je ne compte pas revivre le mariage dans la prochaine décennie.

Je n'avais eu qu'une vraie relation dans ma vie. J'étais sortie avec un autre homme pendant un moment, mais ça ne comptait pas. Depuis, j'avais eu une poignée de rencards. J'avais même essayé l'application de rencontres qui était surtout pour les gens à la recherche d'un plan cul, et c'était là que j'avais rencontré le type qui voulait que je l'appelle papa. Je pensais être plutôt douée pour reconnaître le regard d'un homme qui n'était pas prêt à s'engager.

En tout cas, pas avec moi.

L'homme que j'avais eu en face de moi ne comptait pas se poser dans un futur proche. Loin de là. Rien de ce qu'il m'avait dit n'avait contrebalancé cette impression. Il avait prononcé tous les mots qu'il fallait, m'avait dit qu'il me trouvait « mignonne », mais c'était tout.

— Rien de mal, alors ? demanda M. Cooper prudemment.

Un peu trop prudemment, même.

Honnêtement, j'adorais ça. C'était un rappel bienvenu après la journée de la veille.

Je secouai la tête et perçus un pas lourd et familier venant du couloir.

Rien ne s'était passé à part le fait que mon rencard essayait de me faire avouer que je cherchais aussi un plan cul, mais je ne comptais pas raconter ça à M. Cooper, en tout cas pas en ces termes.

— Non, commençai-je en baissant la voix. C'est juste que je voyais qu'il ne cherchait rien de sérieux. Et je ne veux pas… essayer des vêtements que je ne compte pas acheter au final, vous voyez ?

M. Cooper eut un sourire doux et hocha la tête.

— Je ne t'envie pas cette aventure, petite lune.

— Je préférerais ne pas avoir à faire ça, Mister C., croyez-moi. Mais bon, qui sait, peut-être que le prochain va me faire tomber follement amoureuse et me traiter comme vous traitez Lydia ?

Je pris une bouchée de ma nourriture sans tenir compte de tout ce qui était trop ou pas assez cuit, fade ou peu assaisonné.

— Peut-être que ma chance va enfin tourner, continuai-je avec une main devant ma bouche.

Les mauvais rencards étaient une chose qui arrivait. J'en entendais assez parler de la part des mecs à l'atelier. J'en entendais assez parler par mes sœurs. Je n'allais pas renoncer après le premier.

Simplement, je n'étais pas près de faire de nouveau confiance à papi Gus pour jouer les entremetteurs.

Je n'avais avalé qu'une bouchée de plus quand une voix bien trop familière prit la parole.

— Luna, tu as le temps de venir avec moi au magasin pour aller chercher de la peinture ?

Aller au magasin chercher de la peinture avec Rip ? Pour la première fois depuis toujours ? Après que nous avions passé la moitié du week-end ensemble ?

Après qu'il m'avait traitée comme il l'avait fait la veille ?

Je mâchai le reste de ma bouchée de *lo mein* et tournai mon attention vers mon autre patron. Il se tenait devant moi dans son bleu de travail, les mains sur les hanches, portant un tee-shirt bleu marine aujourd'hui. Il s'avança dans la cuisine, déplaçant son corps immense derrière ma chaise pour récupérer quelque chose dans le frigo.

— Je veux choisir la peinture pour la GTO et la SS que tu as dénichées, mais je ne trouve pas ce que je veux dans le catalogue ou dans les échantillons que tu as.

Je devais bien avouer qu'il n'avait rien laissé paraître de son comportement de la veille, ce matin-là. Je lui avais apporté son café et avais marmonné un « Bonjour, Rip ! » plus par politesse qu'autre chose. Il était en train de travailler et m'avait salué d'un « Luna » comme si de rien n'était.

— Je laisse ton café sur le meuble, avais-je grommelé.

— Merci, avait-il répondu.

Et c'était tout. Tout avait été normal. Comme d'habitude… comme s'il ne s'était rien passé la veille.

— Je peux te donner l'adresse de mon fournisseur préféré, déclarai-je donc d'un ton tout aussi nonchalant.

Du coin de l'œil, je vis M. Cooper nous regarder tour à tour, probablement surpris que je ne dise pas oui immédiatement. Je fis semblant de ne pas remarquer son mouvement.

Mais aucun de nous deux ne put ignorer la réponse de Rip :

— Je veux que tu viennes avec moi.

Allons bon.

M. Cooper nous observa de nouveau. Je ne savais pas qui de lui ou de moi était le plus surpris par les mots de Rip. Ce dernier était toujours tellement à cheval sur les règles, à répéter que les gens « étaient payés à bosser, pas à se balader ». Deux personnes allant chercher de la peinture ? C'était sans précédent. Lui m'invitant à aller quelque part avec lui deux fois en moins d'un mois ? C'était quasiment un miracle.

Mon instinct me soufflait que c'était parce qu'il se sentait coupable.

— Tu veux que je vienne avec toi ? fis-je en écho, prise de court par son invitation et me demandant pourquoi il prenait même la peine de me le proposer.

— Oui, se contenta-t-il de répondre comme si ma question était idiote.

Je plantai ma fourchette dans mes nouilles et les enfournai dans ma bouche. Parce que j'avais faim, pas parce que j'en perdais mes mots.

Sûrement pas parce qu'une partie de moi était mesquine et voulait lui répondre que *non*, je ne voulais aller nulle part avec lui vu qu'il s'était montré aussi cruel la veille.

Pas moi. J'étais au-dessus de ça. Ouais.

— Tu as le temps, non ? insista-t-il, toujours devant le frigo.

Si je disais que j'étais juste suffisamment occupée, cela donnerait l'impression que je n'avais pas assez à faire. Si je disais que j'avais du temps, pareil. Et si je lui disais que je rattrapais à peine mon retard après cette histoire avec la Mustang, je donnerais l'impression que je lui en voulais toujours.

Ce qui voulait dire…

Qu'étais-je censée lui répondre ?

Est-ce que je *voulais* seulement y aller ?

Je n'avais pas besoin d'y réfléchir à deux fois. La réponse était : pas vraiment. En temps normal, ça ne me dérangerait pas de l'accompagner. Je n'étais pas trop occupée en réalité, et je n'avais pas particulièrement envie de passer du temps avec Jason puisque notre relation était encore plus tendue que d'habitude. En plus de ça, je ne voulais pas parler à M. Cooper de ce qui s'était passé la veille au risque de provoquer une nouvelle dispute entre Rip et lui. Car j'étais à peu près sûre que c'était ce qui allait arriver. J'avais déjà prévu d'aller voir si les autres employés dans la pièce principale de l'atelier avaient besoin d'un coup de main.

Mais si j'insistais et disais que je ne voulais pas y aller, Rip comprendrait que la pilule ne passait toujours pas. Or, ce n'était pas mon genre, et il réaliserait qu'il comptait plus pour moi qu'il ne le devrait.

Rip s'était juste comporté comme mon patron. Il avait agi avec moi comme il l'aurait fait avec n'importe lequel des autres employés. Je n'avais aucune raison de le prendre personnellement.

Mais il était beaucoup plus difficile de savoir ça *et* de l'accepter.

Il était difficile de faire comprendre à mon cœur ce que mon cerveau avait compris depuis longtemps.

— Il n'y a rien en cours ? demanda-t-il comme je restais silencieuse.

Il y avait toujours quelque chose en cours, techniquement.

Il n'attendit pas que je réponde. Il ne me donna même pas l'occasion de le faire avant de poursuivre :

— Finis ton déjeuner et on y va, dans ce cas.

Je n'avais pas besoin de l'accompagner. Je ne savais même pas pourquoi il voulait que je vienne. Il m'écoutait peut-être de temps en temps, mais pas à ce point.

Pourtant…

J'étais au-dessus de ça. Je n'allais pas me rendre vulnérable face à lui. Je n'allais pas le laisser *se rendre compte* que c'était déjà le cas.

— D'accord, finis-je par déclarer en haussant les épaules.

Je m'étais forcée à laisser Jason effectuer la liste de tâches de la journée puisque ce n'étaient que de petits projets, mais j'étais restée pour le surveiller afin de vérifier qu'il le faisait correctement. Même si ça ne me plaisait pas, c'était pour cette raison que M. Cooper me l'avait fourré dans les pattes. Pour qu'il apprenne. Mon départ nous ferait du bien à tous les deux. Il ne restait plus qu'un ou deux projets à finir pour aujourd'hui.

Je pouvais me comporter comme une personne mature et raisonnable, et oublier la journée qui venait de s'écouler.

J'étais aimée. J'avais un bon métier. J'avais tout ce dont j'avais besoin. J'avais eu un rencard pas trop mal la veille, et j'en avais un autre bientôt.

Chaque nouveau jour qui arrivait vous ouvrait les portes de votre avenir.

Et c'était ce que je continuerais de me répéter.

***

— Comment ça, tu t'en vas ?

Je fis de mon mieux pour contrôler ma colère – une émotion que je ne ressentais pas sans provocation, une émotion que cet homme semblait pouvoir susciter en moi comme un charmeur de serpent, comme si c'était son superpouvoir, alors que mon superpouvoir à moi était d'être facile à vivre et de ne pas m'énerver souvent.

Mais je devais avouer que même Superman avait sa kryptonite.

La mienne était un collègue qui avait un problème avec l'autorité et avait trompé ma sœur. Un problème avec l'autorité qui se manifestait malheureusement surtout en ma compagnie.

Il semblait que c'était un élément récurrent dans ma vie, pour une raison sur laquelle je ne comptais pas m'attarder.

— Je vais acheter de la peinture avec Rip, répétai-je tout en déverrouillant le tiroir du bureau qui contenait mon sac à main.

Je n'avais commencé à le fermer à clé que lorsqu'on m'avait refilé Jason. Je ne lui faisais pas confiance et le croyais tout à fait capable de manger les bonbons que je gardais là ou de frotter ma brosse à dents sur la cuvette des toilettes dès qu'il en aurait l'occasion. La peinture était à moi. Je ne savais pas ce que je ferais si jamais ils essayaient de me le coller de manière définitive, comme j'avais été l'assistante de Mack pendant des années. Mais j'allais m'assurer que ça n'arrive pas.

D'une manière ou d'une autre.

— Pourquoi ? eut-il le culot de demander.

Comme si la dernière fois que l'on avait parlé, je n'avais pas eu envie de l'étrangler.

Est-ce que je lui devais une réponse ? Non. Je lui en fournis une quand même.

— Parce qu'il me l'a demandé, fis-je tout en refermant le tiroir à clé.

Il n'avait pas besoin de savoir que j'avais espéré échapper à cette sortie.

— Mais maintenant, je suis coincé ici à faire ton boulot, se plaignit Jason, comme si ce n'était pas exactement ce qu'il était payé à faire.

Il se comportait comme un chiot battu depuis la veille. Tout docile et pleurnichard, mais pas d'une façon mignonne ou attendrissante.

Je m'assurai de lui tourner le dos et fis une grimace qui ne cachait rien d'à quel point il me tapait sur le système.

— L'accompagner fait partie de mon boulot. Tu es payé à l'heure, alors tu serais de toute manière soit ici à la peinture, soit en train d'aider les autres à la carrosserie. Si tu préfères y retourner, je t'en prie, dis-le à M. Cooper. Il ne te forcera pas à faire quelque chose que tu n'as pas envie de faire, rétorquai-je sans réussir à masquer mon agacement.

Mais bon sang, j'espérais *tellement, tellement, tellement* qu'il allait dire à M. Cooper qu'il voulait arrêter la peinture.

S'il n'était pas parti d'ici à mon anniversaire, je savais exactement ce que j'allais demander comme cadeau.

— Je peux y aller avec lui, déclara-t-il après un moment de silence.

Oh, bon Dieu.

Je choisissais le bonheur et la patience.

Je choisissais le bonheur et la patience.

Je choisis le bonheur et la patience.

Je me mordis la joue.

— Demande à Rip. Je resterai s'il est d'accord pour que tu y ailles.

Après tout, je serais payée dans tous les cas. Je me fichais de rester ici à sa place.

Cependant, pour être honnête, j'étais sûre à quatre-vingt-dix-neuf pour cent que Rip ne dirait pas oui même si Jason avait le courage de s'inviter. J'avais vu la façon dont il se comportait avec lui, et je ne doutais pas qu'il l'avait entendu se plaindre suffisamment souvent pour savoir quel genre d'homme il était.

Après ce qui s'était passé la veille, il avait même fait l'expérience lui-même de l'étendue du désastre qu'était cette ordure.

J'espérais que, si ce n'était pas déjà le cas, il finirait par lui passer un savon. Ou même par le virer. J'étais plus qu'un peu déçue qu'il ne l'ait pas fait la veille.

L'absence de réponse de Jason donnait à penser que soit il voyait où je voulais en venir, soit il comprenait qu'il ne devrait peut-être pas chercher à faire changer d'avis le patron.

— Tu ne peux pas demander pour moi ?

— Non, elle ne peut pas, et, non, tu ne viens pas, intervint une voix que nous reconnûmes tous les deux.

Une voix qui nous surprit l'un comme l'autre, parce que, manifestement, aucun de nous n'avait entendu la porte s'ouvrir. Aucun de nous ne s'était rendu compte que nous avions du public. Mais un seul d'entre nous s'en trouva gêné, et ce n'était pas moi.

— Luna vient avec moi, confirma Rip d'un ton las.

Heureusement, contrairement à quand il me parlait à moi, Jason parvint à fermer sa bouche, à ne pas discuter, ni plaider, ni se comporter comme un connard passif agressif. Il avait tourné la tête vers Rip brusquement à l'instant où il l'avait entendu, mais, en entendant la décision de notre patron, il laissa tomber.

Bien fait.

Mais Rip l'a-t-il pris entre quatre yeux la veille après m'avoir engueulée ? me demandai-je.

— Tu es prête ? demanda ce dernier de sa voix grave.

Je hochai la tête, agrippée à la lanière de mon sac à main.

Il resta planté là, tenant la porte ouverte.

Je ne dis rien à Jason en passant devant lui, mais je ne pus retenir un sourire satisfait.

Comme d'habitude, ni Rip ni moi ne dîmes un mot en sortant de *CCC*. Rip ne demanda pas si ma sœur m'avait appelée pour prendre des nouvelles – ce n'était pas le cas – et ne commenta aucun des autres événements du week-end – ce qui me convenait très bien.

Les seuls mots qui sortirent de ma bouche sur le chemin furent mes indications pour nous rendre au magasin. Il n'était pas loin, mais cela prenait quand même vingt minutes, vu la circulation à Houston. Ce ne fut que lorsque nous nous trouvâmes à quelques minutes à peine de notre destination que je demandai à Rip ce qu'il avait en tête.

Parce que je ne voulais pas lui donner l'impression qu'il m'avait blessée. Or, rester silencieuse aurait eu précisément ce résultat. Heureusement pour moi, ma tactique fonctionna.

Le souci était qu'il n'avait rien de particulier en tête. Il voulait aller voir en personne des peintures qui pouvaient être mélangées spécialement pour lui. Ce qui ne me posait aucun problème. Nous n'étions jamais allés au magasin ensemble, mais il y avait une première fois à tout, apparemment. J'aimais bien aller choisir de la peinture. C'était l'une des choses pour lesquelles ça ne me dérangeait pas de quitter ma cabine, même si la plupart du temps nos stocks étaient livrés toutes les semaines avec le reste de notre matériel.

Rip gara son pick-up dans le parking quasi vide et nous en sortîmes. J'étais si occupée à me demander quelles couleurs l'intéresseraient – et à faire de mon mieux afin de ne pas penser à la journée de la veille, pour être honnête –, que je parvins tout juste à marmonner un « Merci » quand il me tint la porte.

— Tu penses plutôt à une couleur claire ou foncée ? finis-je par demander une fois que nous fûmes à l'intérieur.

Ses yeux semblèrent parcourir le magasin du regard et je dus me demander s'il était déjà venu ici tout court. Je n'en avais pas l'impression. La plupart du temps, il se contentait de choisir les couleurs à partir de nos échantillons. C'était M. Cooper qui venait avec moi d'habitude s'il voulait du sur-mesure, mais même ça, c'était rare. Les peintures sur mesure étaient beaucoup plus chères que celles que l'on pouvait commander sur catalogue, cependant, sur certaines voitures qu'ils achetaient, cela valait le coup de dépenser un peu plus.

Les deux que Rip avait remportées lors de la vente aux enchères en valaient totalement la peine, aussi ne lui en voulais-je pas de vouloir quelque chose d'original.

— Je saurai quand je la verrai, répondit-il en longeant une allée du magasin contenant des pinceaux.

Je me retins de lever les yeux au ciel. Puis je me demandai ce qu'il faisait dans le rayon pinceaux, déjà. Avant de me rappeler que je n'avais pas besoin de m'interroger.

— Salut, Luna ! m'appela quelqu'un depuis le comptoir situé au fond du magasin.

Aussitôt, je ne pus m'empêcher de sourire et me tordis le cou pour regarder en direction de la voix.

— Salut, Hector.

— Je me disais aussi qu'aujourd'hui allait être mon jour de chance, lança sans se déplacer l'homme magnifique qui travaillait ici depuis aussi longtemps que je m'en souvenais.

Il arborait ce sourire immense et éblouissant qui était sûrement un des plus chaleureux que j'aie jamais vus.

J'eus un petit rire.

— Tu dis ça à tout le monde.

— Juste à toi, sourit-il. De quoi tu as besoin ?

Je m'arrêtai juste en face du comptoir et jetai un œil par-dessus mon épaule.

— Mon patron veut quelque chose sur mesure pour deux voitures sur lesquelles il va commencer à bosser, alors je me devais de l'emmener au meilleur endroit possible.

Je me mis sur la pointe des pieds pour avoir une meilleure vue.

— Rip ? appelai-je.

Je reçus pour toute réponse un grognement, en provenance de l'endroit où je l'avais vu pour la dernière fois. Le magasin était plutôt petit. Je n'étais pas sûre de ce qu'il pouvait être en train de regarder ou de pourquoi je ne le voyais pas lui, mais très bien.

Je reportai mon attention sur mon ami et me balançai en arrière.

— Il arrive dans une seconde.

Hector se pencha en avant et planta ses coudes sur le comptoir entre nous avant de me poser la même question qu'il me posait chaque fois que je venais le voir :

— Tu fais quoi pour le déjeuner ?

Et je lui répondis la même chose qu'à chaque fois :

— J'ai déjà déjeuné. Et toi, tu fais quoi pour le déjeuner ?

Il éclata de rire, comme si nous ne répétions pas les mêmes phrases systématiquement. Son rire était aussi sympathique que son sourire.

— Rien, puisque tu ne viens pas avec moi.

— Tu racontes n'importe quoi, me marrai-je.

Je regardai par-dessus mon épaule encore une fois. Rip n'était toujours pas là.

— Tu en as une ? demandai-je donc en me retournant vers Hector, les sourcils haussés.

Il haussa les sourcils en retour.

— J'en ai toujours une pour toi, déclara-t-il d'une voix beaucoup plus séductrice que nécessaire.

Il en avait toujours une tout court, mais cela faisait partie de notre petit jeu.

Je fouillai dans mon portefeuille à la recherche d'un dollar, puis, en y réfléchissant à deux fois, j'en attrapai un autre avant de les lui tendre.

— Je peux en avoir deux, s'il te plaît ?

— Deux ? répéta-t-il avant de prendre l'argent et d'ouvrir un tiroir de l'autre côté du comptoir pour y attraper ce en échange de quoi je venais de lui donner deux dollars. Elle économise pour un vélo, maintenant.

— Un vélo ? Ce n'était pas un téléphone qu'elle voulait ?

Hector eut un petit rire et ferma le tiroir.

— Ça doit faire un moment que tu n'es pas venue. Elle a déjà vendu assez de ça pour acheter son smartphone.

— Pas possible !

— Tu as probablement payé un quart du montant, ajouta-t-il.

Un raclement de gorge derrière moi m'indiqua que Rip avait enfin décidé de se montrer. Quand je me retournai, je fus un peu surprise de voir qu'il regardait derrière moi. Fixement.

Hector.

Je connaissais son visage assez bien pour savoir qu'il avait beau sembler impassible à quiconque le voyait, c'était un mensonge.

Il était agacé.

Mais par quoi… aucune idée.

Et cela ne me regardait en rien.

— Bonjour ! lança Hector d'un ton amical, comme à son habitude. Qu'est-ce que je peux faire pour vous ?

Un ange passa, et mon patron ne disait toujours rien. Je jetai un coup d'œil vers le second homme.

— Hector, je te présente mon patron, déclarai-je comme si cela expliquait tout. Rip, voici Hector.

Rip ne prononça toujours pas un mot. Il ne bougea pas d'un millimètre, continuant à fixer l'homme de l'autre côté du comptoir d'un regard noir.

D'accord.

C'était à moi de faire bouger les choses.

— Euh… Rip ? tentai-je avec un geste en direction de mon patron. Tu veux venir pour qu'on puisse mettre au point quelques idées ?

Il ne bougea pas, ne quitta pas l'autre homme des yeux. *Très bien.*

— Voilà pour toi, Luna, lança Hector depuis l'autre côté du comptoir, me tapotant le bras avec ce que je savais être des sucettes goût mangue recouvertes de piment.

Je lui en achetais une – ou plutôt à sa nièce – chaque fois que je venais ici.

— Merci.

Je souris et m'emparai des sucettes avant de retirer le plastique de protection de l'une et de l'enfourner dans ma bouche. Je tendis la deuxième à Rip.

Il ne bougeait toujours pas, mais ses yeux bleu-vert se fixèrent sur la sucette. Puis de nouveau sur Hector.

— Je l'ai achetée pour toi, déclarai-je en articulant malgré la sucette.

Je froissai l'emballage de l'autre main et la tendis au seul homme dans la pièce qui ne m'avait jamais blessée.

— Luna a dit que vous vouliez une couleur sur mesure pour deux de vos voitures, intervint Hector en jetant l'emballage à la poubelle.

Rip me prit la sucette des doigts et la fourra dans sa poche.

Son regard glissa vers moi et je réussis à hausser les sourcils, ne comprenant toujours pas ce qui l'avait agacé.

— Tout va bien ?

Il inclina le menton et je remarquai la façon dont il relâcha un long souffle. Remarquai la façon dont ses épaules se carrèrent tandis qu'il se rapprochait du comptoir. Puis je ne pus ignorer la façon dont il se tint à côté de moi, son biceps touchant mon épaule. Ses chaussures tout contre les miennes.

Peut-être qu'il se sentait vraiment coupable à propos de la veille.

Ce n'était pas comme s'il m'avait évitée comme la peste avant, mais il n'était jamais allé jusqu'à se tenir juste à côté de moi non plus, à moins qu'il n'y ait une raison. Qui devait être de me voir triste ou bouleversée, si les deux dernières occurrences voulaient dire quoi que ce soit. Cela valait le coup d'y réfléchir.

— Vous avez une idée de ce que vous recherchez ? demanda Hector.

Je ne parvenais pas à interpréter le regard qu'il nous lança, à Rip et moi.

Au moment où j'allais ouvrir la bouche, Rip me coupa l'herbe sous le pied.

— Rouge. Rouge sang.

Je levai les yeux vers lui, bouche bée. D'où est-ce que ça sortait, ça ? Je venais littéralement de lui demander s'il avait des idées, dans la voiture.

— Presque noir, mais pas tout à fait, poursuivit Rip.

Hector sembla y réfléchir un instant avant de hocher la tête.

— Je dois pouvoir faire ça. Et pour la deuxième ?

Le beau visage de Rip se pencha vers moi et son regard si intense s'arrêta un instant sur mes cheveux avant de venir se fixer sur moi.

— Quelle est ta couleur préférée ? se renseigna-t-il.

Ma couleur préférée ?

— C'est blanc, pas vrai ? répondit Hector à ma place.

Je hochai la tête, ce qui était purement la faute de la sucette qui m'empêchait de parler, bien sûr. Nous avions eu des dizaines de conversations sur les différentes couleurs au cours des années. Évidemment qu'il connaissait ma préférée.

Rip tourna la tête vers moi de nouveau, sourcils froncés.

— Blanc ?

J'opinai encore.

— Pourquoi ? demanda-t-il comme s'il n'en revenait pas.

Je haussai les épaules et ôtai la sucette de ma bouche pour pouvoir répondre :

— C'est classe. Le blanc va bien à tout. Tout a l'air classe en blanc.

Il cligna des yeux.

— Si on mélange les trois couleurs primaires, on obtient du blanc. Je trouve ça cool, continuai-je en lui adressant un sourire sincère cette fois. Et je n'ai peint qu'une seule voiture en blanc depuis des années. Je n'en ai pas encore marre.

— Quel genre de blanc vous pouvez faire, alors ? questionna-t-il Hector, le regard toutefois fixé sur moi.

— Ne le fais pas pour moi. Tu peux choisir n'importe quelle couleur, intervins-je.

Je ne voulais pas la responsabilité d'avoir ma couleur préférée sur une voiture qu'il allait vendre ensuite, mais son visage restait extrêmement sérieux.

— Je sais.

Dans ce cas…

— Montrez-moi un blanc pur et brillant avec des nuances de bleu, intima Rip à Hector après s'être finalement retourné pour lui faire de nouveau face.

Hector hocha la tête avant de commencer à taper sur son clavier.

Bon.

Il devait vraiment se sentir coupable.

Tant mieux.

***

Il fallut à peu près dix essais pour trouver la teinte exacte de rouge que Rip avait en tête, ce qui prit des heures, car mélanger la peinture était une vraie science dans laquelle Hector avait un doctorat, et il nous fallut presque autant de temps pour obtenir la teinte de blanc qu'il voulait.

Quand Rip annonça que je pourrais pulvériser une fine couche de paillettes métallisées sur la voiture qui serait peinte de la teinte de blanc qu'il avait choisie – un blanc avec des nuances de bleu pâle –, je m'étais extasiée. *J'adorais* mettre des paillettes métallisées, même si je ne le faisais pas souvent : nettoyer la cabine et le pistolet à peinture après était une vraie galère, mais cela valait totalement le coup.

J'avais à peine refermé la portière du pick-up que Rip empilait les pots de peinture à l'arrière. Il m'avait regardée d'un air de dire que j'étais folle si je croyais que j'allais transporter un seul pot, alors je n'avais pas insisté, j'avais levé les mains en l'air et l'avais laissé s'en occuper.

Ce n'était pas comme si je n'avais pas transporté mes propres pots de peinture jusqu'au véhicule du garage des milliers de fois, même si Hector me proposait toujours son aide. Si Rip voulait s'en charger, je n'allais pas protester.

La portière était à peine fermée que mon téléphone se mit à sonner. Je l'extirpai de mon sac à main et fronçai les sourcils en voyant le numéro qui s'affichait. C'était la ligne fixe du garage.

— Allô ? fis-je en décrochant.

Au lieu de la voix de M. Cooper, de Miguel ou même de n'importe qui d'autre, ce fut celle que je redoutais qui répondit.

— *Quand est-ce que tu reviens ?*

Je levai le visage vers la vitre à ma droite et me mordis l'intérieur de la joue.

— Bientôt. Pourquoi ?

— *Il y a quelque chose qui ne va pas.*

Je repensai au travail que je lui avais laissé sans comprendre comment il avait pu rater n'importe quelle partie. Il aurait déjà dû avoir fini. Il aurait dû être en train d'aider les carrossiers.

— Comment ça ?

Je pouvais entendre la colère contenue dans ma propre voix. J'en avais vraiment assez de lui. J'en avais tellement assez que j'en étais au-delà de me soucier du fait qu'il se fasse virer pour toutes ses conneries.

— *Juste… tu dois revenir pour réparer ça,* déclara l'homme-enfant.

Exactement les mots que je voulais entendre.

Je continuai à grimacer.

— Dis-moi ce que tu as fait de mal et je t'expliquerai comment réparer ça avant que j'arrive.

La portière conducteur s'ouvrit et les yeux bleu-vert de Rip se tournèrent vers moi tandis qu'il s'installait.

— *Ce sera plus facile de te montrer. Tu en as pour combien de temps encore ?* répéta Jason.

— Je ne sais. Probablement pas très longtemps, mais j'ai besoin que tu me dises ce qui s'est passé, parce qu'une grande partie de ce que tu penses être foutu peut peut-être encore se réparer, affirmai-je en espérant avoir l'air calme.

Le simple fait de penser au retard que j'allais prendre en revenant à cause de sa connerie me serrait le ventre. Il était presque dix-sept heures et je n'avais pas particulièrement envie de faire des heures sup'. Pas aujourd'hui, en tout cas. J'étais censée aller à la salle de sport avec Lenny.

Jason décida de faire comme s'il ne m'avait pas entendue.

— *Combien de temps ? Vingt minutes ?*

La meilleure riposte est la gentillesse. La meilleure riposte est la gentillesse. La meilleure riposte est la gentillesse. Cette phrase me paraissait être un rocher en plein milieu de toute ma foutue existence. J'avais dû me répéter ces mots exacts beaucoup trop souvent ces derniers temps, et ils n'étaient pas aussi efficaces que d'habitude.

— Jason, dis-moi ce que tu as fait.

Il m'ignora, comme à son habitude.

— *Peu importe. Tu vas devoir le réparer.*

Le pick-up démarra, me tirant de mes pensées, mais je gardai le regard fixé sur le bâtiment devant lequel nous étions garés.

— Je ne vais rien réparer du tout. Tu dois apprendre à le faire par toi-même. Alors, même si je reviens, tu vas devoir le faire toi-même, d'accord ?

Il y eut un silence à l'autre bout du fil, puis :

— *Ce n'est pas mon boulot.*

Oh, *non.*

Une large main se tendit vers moi, paume vers le haut. Je tournai la tête pour voir que, sans surprise, il s'agissait de celle de Rip.

Il ouvrit et ferma ses longs doigts, tachés en permanence malgré le savon Orange[6] acheté en gros et présent dans toutes les salles de bains.

---

6 Orange est un type de produit lavant pour les mains spécialement destiné aux mécaniciens pour son action contre les graisses, huiles et autres saletés tout en protégeant la peau. (NdT)

Est-ce qu'il… ?

Très bien. D'accord. J'avais déjà été prise en sandwich entre ces deux-là, je n'étais pas près de me porter volontaire pour recommencer.

Je laissai tomber le téléphone dans ses mains et, sans perdre une seconde, il le plaça contre son oreille.

— Qu'est-ce que tu as fait ? grommela-t-il.

Je n'étais pas sûre que j'aurais répondu à cette question si j'avais été Jason. Honnêtement, j'aurais probablement raccroché.

— Tu appelles Luna quand tu sais qu'elle est occupée avec moi, alors je veux savoir pourquoi… Tu n'as rien fait ? Dans ce cas, pourquoi tu appelles ? … Alors, tu as bien merdé ? … C'est bien ce qui me semblait… Encore ? Qu'est-ce que je t'ai dit hier ? … Monte à l'étage, dis à Cooper ce que tu as fait… Oui, M. Cooper. Oui, celui qui t'a embauché. Celui-là. Va lui dire tout de suite. N'attends pas qu'elle arrive. Elle ne va rien faire du tout.

Il y eut une pause puis :

— Tu peux répéter ça ? aboya Rip tout à coup.

Je dus pincer les lèvres pour empêcher ma bouche de s'ouvrir… sous l'effet d'une quasi-jubilation.

Il cligna des yeux.

Je clignai des yeux.

Puis il éloigna le téléphone de son oreille et fixa l'écran.

— Est-ce qu'il vient de te raccrocher au nez ?

Il regardait toujours le téléphone et grommela, l'air *furieux*.

— Cet enfoiré…

Jason lui avait raccroché au nez.

Et… ça me fit rire.

Peut-être était-ce l'expression de Rip, ou bien l'idée qu'il était sincèrement outré, mais j'éclatai de rire sans pouvoir m'arrêter. La frustration que j'avais pu ressentir envers cet *enfoiré*, comme l'avait dit Rip lui-même, disparut instantanément.

Peut-être parce que c'était agréable de voir que je n'étais pas la seule à me faire traiter comme de la merde. Je n'arrivais pas à croire qu'il venait de lui raccrocher au nez. Cela me fit glousser et oublier que j'étais censée rester professionnelle.

— Tu vas voir, il va faire semblant que la connexion a été coupée, mais il a appelé depuis le fixe, l'avertis-je.

Rip continua à regarder l'écran noir un moment avant de me tendre le téléphone.

— Il s'est toujours comporté comme un abruti pareil ? demanda-t-il d'un ton carrément agacé. Il sait qu'il a déjà fait une connerie hier. C'est sa deuxième. Il ne pourra pas jouer la carte de l'idiot bien longtemps.

Ainsi, Jason avait bien eu des ennuis après ce qu'il avait fait la veille. Je me sentis un peu mieux vis-à-vis de ce qui s'était passé. Même si j'aurais apprécié encore plus qu'il prenne la porte. Rip s'était débarrassé de gens pour moins que ça, mais ça ne me regardait pas.

Heureusement, il n'attendit pas ma réponse, probablement conscient que ce serait un *oui*.

— Il se comporte toujours comme ça avec toi ?

Je fermai les yeux, la tête droite.

— Qu'est-ce que tu veux dire exactement ?

Rip claqua la langue. Puis il clarifia sa question, pour mon plus grand bonheur.

— Il se comporte toujours comme un connard comme ça ?

— Eh bien…

Je ne finis pas ma phrase, mais, intérieurement, je pensai « oui », et c'était d'ailleurs pour ça que Rip m'avait passé un savon la veille – parce que Jason était un connard.

— Hmm, fit-il d'une voix rauque.

La joue de Ripley tressauta, et ce rappel de sa fureur précédente faillit me faire rire de nouveau.

— S'il recommence à se comporter comme ça avec toi, tu viens me le dire. D'accord ?

Je grimaçai en mon for intérieur, me répétant d'oublier la journée de la veille même si je n'y parvins que partiellement.

— D'accord, répondis-je.

Si mon ton était sarcastique, ce n'était pas totalement mon intention.

Il se tourna vers moi, dévoilant quelque chose dans son regard bleu-vert que je ne pus identifier.

— Luna, parle-m'en, d'accord ?

Comme si je voulais gérer Jason plus que je ne le faisais déjà. Rip pouvait s'en occuper s'il le voulait. J'avais un peu l'impression de tromper M. Cooper en passant par Rip pour m'en débarrasser, mais j'avais parlé à Mister C. de la façon dont Jason se comportait en ma présence et mon autre patron me l'avait quand même fourré dans les pattes.

— D'accord, répétai-je, consciente que mon ton n'était pas convaincant.

Je choisissais le bonheur. J'allais tourner la page et pardonner à Rip pour ce qui s'était passé la veille.

Il aurait fait la même chose envers n'importe qui.

Je ne devrais pas le prendre personnellement.

Je pouvais voir ses mains se crisper sur le volant, mais il fallut une minute avant que les mots suivants ne sortent de sa bouche.

— Dis, il y a autre chose que tu veux ?

Je me figeai et choisis instantanément de me concentrer sur ça plutôt que sur ce qui s'était passé… avant. Sérieux, on en revenait à ça ? *Encore ?*

— Rip, grognai-je presque. Non, c'est bon. On est quittes. Un partout, balle au centre, quelle que soit la façon dont tu veux l'appeler.

J'allais dire que tout allait bien, mais cela aurait peut-être été exagéré. Dans quelques jours, tout irait bien. D'ici là, il ne me devait rien.

Il ne me regarda pas.

— Non, on ne l'est pas.

— Si.

— Non, Luna, on ne l'est pas. Choisis autre chose, insista-t-il, regardant droit devant lui.

Était-il sérieux ? Il était resté quinze heures en ma compagnie, incluant le temps qu'il avait passé à dormir dans une chambre à quelques pas de la mienne. Si ça ne comptait pas comme une énorme faveur, une faveur qui effaçait toute dette entre nous à jamais, je n'étais pas sûre de ce qui pourrait bien le faire.

Sauf si…

Se sentait-il vraiment *si* coupable pour s'être emporté contre moi ?

— Rip, ça comptait. Ce n'est pas parce que…

Ma sœur nous a mis dehors, pensai-je avant de m'interrompre.

— Parce qu'au final on n'a pas eu besoin de rester ou de faire quoi que ce soit que ça ne comptait pas. Tu es venu avec moi. C'est plus qu'assez.

Je voulais simplement… tourner la page.

Il n'était pas d'accord, cependant.

— Manque de bol. Réfléchis à ce que tu veux et dis-moi comment te rendre cette faveur.

Ses yeux sarcelle se posèrent sur moi une seconde et je remarquai la tension dans sa mâchoire.

— Rien. Je te promets. Tu n'as pas besoin de faire quoi que ce soit.

Et c'était vrai. Il n'y avait vraiment rien de plus qu'il pouvait faire.

Ses longs doigts tapotèrent le volant et sa mâchoire se serra une fois de plus.

— Si, c'est le cas. L'autre fois ne comptait pas. Tout ce que j'ai fait, c'était un trajet en voiture et un dîner un peu tardif. Réfléchis-y, Luna. Je ne veux pas avoir soixante ans quand tu te décideras.

Je pinçai les lèvres.

Ne fais pas ça, Luna. Tout n'est pas vraiment rose entre vous. Ne fais pas ça. Ne…

Laisse tomber. Laisse…

Je n'en fis rien.

— Donc… il me reste… deux ans ? murmurai-je.

Je grimaçai en entendant la blague que je n'aurais jamais dû faire, puisque nous devions nous concentrer sur le sujet sérieux de notre conversation. Puisque je devais me concentrer sur la distance que j'étais censée instaurer entre nous parce que c'était mon patron.

Je n'obtins que du silence en réponse.

Un foutu silence.

Le soupir qui lui échappa m'évoqua le son qu'une montgolfière dégonflée devait faire.

— J'aurais dû te virer l'autre jour.

J'en eus le souffle coupé et mon corps entier se tourna vers lui.

Il arborait un petit sourire.

Il pensait que c'était drôle.

Il… plaisantait.

Deux yeux, à l'étincelle moqueuse et rieuse que je n'avais jamais vue, se posèrent sur moi et, à l'instant où il vit mon expression, la sienne changea. Il prononça mon nom dans un grondement.

— Je plaisantais.

Ben voyons.

Sa bouche se pinça tellement fort que ses lèvres blanchirent.

— Je déconnais, insista-t-il d'un ton sérieux.

Il déconnait.

Ses longs doigts se crispèrent de nouveau.

— Tu es énervée contre moi à ce point ? demanda-t-il.

— Je ne suis pas énervée contre toi.

— Tu m'en veux, alors ?

— Non, répondis-je sans le regarder.

C'était vrai. *C'est vrai.*

— C'est juste que…

Qu'est-ce que je pouvais dire ?

— Tu ne plaisantes jamais avec moi. Je suis surprise.

Je commençai à faire craquer les jointures de mes doigts et m'arrêtai.

— D’accord, peut-être que je t’en veux un peu, mais je suis presque passée au-dessus.

Il me lança un regard en coin et j’entendis à peine sa réponse, tant sa voix se fit basse.

— Je plaisante en dehors du boulot.

Je n’allais pas suranalyser ça.

Était-il sur la défensive ou était-ce un effet de mon imagination ?

— Tant mieux.

J’étais faible. Vraiment. Il faisait un effort, et je n’avais pas la force de le repousser.

— Tu peux plaisanter avec moi quand tu veux, répliquai-je d’une voix aussi basse que la sienne. Je ne le dirai à personne. Je sais que ça ne veut rien dire, et je suis très douée pour garder les secrets. Ça pourrait rester entre nous.

Je doutais que j’oublierais jamais la façon dont sa tête se tourna vers moi, lentement, si lentement, son regard chaud comme la braise m’examinant avec attention. Moi. Ses sourcils étaient froncés, comme s’il était plongé dans ses pensées et qu’il était…

— RIP ! m’écriai-je à l’instant où je vis une voiture nous faire une queue de poisson.

Il écrasa la pédale de frein *instantanément*. Tellement instantanément, de manière tellement brutale que j’eus à peine le temps de prendre une inspiration et de lever les bras pour me protéger le visage. Je fermai les yeux tandis que je sentais la ceinture de sécurité se resserrer d’un coup sec entre mes seins. Des freins hurlèrent quelque part. Mais je savais que je n’avais pas émis un son.

Je n’avais pas pu.

Tout mon cerveau s’était juste… éteint.

Le haut de mon corps fut projeté en avant…

Et le pick-up entra en collision avec la voiture devant.

Je n’aurais pu décrire le son du métal s’écrasant contre du métal. Ou du pick-up se précipitant contre la voiture qui sortait d’une station-service – ce que je découvrirais plus tard.

Même si quelqu'un m'avait fait écouter des enregistrements d'accidents, j'aurais été incapable d'identifier ce que j'entendis à ce moment-là. C'était juste du bruit.

Mais je sentis mon corps entier s'arrêter d'un coup sec. Sentis la ceinture de sécurité s'enfoncer dans mon épaule. Sentis un poids en travers de mes clavicules.

Plus tard, je sentirais la douleur sourde tout le long de mon cou et de mes épaules.

Puis, en un instant, c'était fini.

Le pick-up cessa de bouger, les freins cessèrent de hurler et seules des respirations hachées se firent entendre.

Mes respirations hachées.

Cela venait de moi.

— Rip ?

Je pris une inspiration et ouvris les yeux pour découvrir un pare-brise totalement intact devant moi.

Le poids sur mes clavicules se déplaça. Je baissai les yeux et me rendis compte que c'était une main – la sienne. Me retenant. Là. Juste là.

Je levai les yeux vers son poignet, son coude, son épaule puis son visage, et vis que ses joues étaient empourprées. Sa bouche, ni trop fine ni trop épaisse, était entrouverte. Mais c'était la ligne rouge en travers de son sourcil qui retint mon attention.

— Tu vas bien ? haletai-je.

Je ne savais même pas si je pourrais l'entendre par-dessus le rugissement du sang, de l'adrénaline et de qui sait quoi d'autre qui m'emplissait les oreilles tandis que mon cerveau comprenait que le danger était passé et que nous allions bien, pour autant que je le sache.

Rip cligna des yeux. Ses cils noirs et courbés retombèrent une fois, puis deux, recouvrant ses yeux brièvement. Ses narines se dilatèrent.

— Tu vas bien ? répétai-je.

Ma main, que j'avais plaquée contre mon corps par réflexe, se tendit vers lui. Je posai la paume et les doigts sur son avant-bras, percevant la chair de poule en dessous un instant.

— Ça va ?

Il expira brutalement et hocha la tête.

Je serrai son bras de nouveau, remarquant à peine qu'il tremblait.

— Ils sont sortis de nulle part, commençai-je.

J'inspirai et fis de mon mieux pour calmer les battements de mon cœur.

— Je ne les ai pas vus avant qu'il ne soit quasiment trop tard, admis-je.

Je percevais le tremblement de ma voix, mais mon cerveau refusait de ralentir et répétait : *Tu viens d'avoir un accident de voiture au cas où tu ne le saurais pas.*

Nous avions eu un accident de voiture.

Merde.

Je pris une inspiration profonde et posai la tête contre l'appuie-tête. Je regardai devant moi de nouveau et vis que l'avant du pick-up était écrasé contre les portières passager et arrière d'une BMW d'un modèle récent. Depuis le temps, j'avais assez travaillé dessus pour reconnaître l'allure de la carrosserie.

— Putain, sifflai-je, tandis que tout en moi commençait à trembler.

Nous avions eu un putain d'accident de voiture. J'avais l'impression que mon cœur allait sortir de ma poitrine.

— Bordel.

Je déglutis. Tentai de prendre une grande inspiration. Puis je déglutis de nouveau.

J'allais bien.

Rip allait bien.

C'était tout ce qui comptait.

Je baissai les yeux vers la ceinture qui entourait ma poitrine et ma taille. Je n'avais pas remarqué avant, mais Rip avait apporté des modifications à son pick-up. Il avait ajouté des ceintures de sécurité plus efficaces, puisque cette voiture avait été construite avant l'ère des airbags. Et d'après le bruit qu'ils avaient fait, il avait aussi modifié les freins. S'il ne l'avait pas fait…

Ce n'était pas une éventualité à laquelle je voulais penser.

Du mouvement dans la berline me confirma que le conducteur de l'autre voiture allait bien aussi. La portière semblait être bloquée d'après ce que je voyais de la personne qui bougeait à l'intérieur, mais quand je réussis à avoir les pensées assez claires pour décider de descendre de la voiture, le conducteur avait réussi à l'ouvrir et à sortir une jambe.

Le son d'une ceinture de sécurité se relâchant me fit jeter un œil à mes côtés pour voir la main de Rip s'attarder près de ma hanche. Il était un peu pâle et sa main n'était pas ce que je qualifierais de stable. Je n'avais aucune idée de ce qui me passa par la tête quand je glissai la mienne, à peine moins tremblante, sur la sienne.

Il me regardait et le mieux que je pus lui offrir fut un sourire probablement aussi bancal que le reste de ma personne à cet instant.

— Putain ! s'écria une voix à l'extérieur du pick-up.

Je n'avais pas besoin de regarder pour savoir qu'il s'agissait du conducteur de la BMW, que j'avais vu faire le tour de son véhicule du coin de l'œil.

Mon cœur battait la chamade. Je tremblais un peu. Mon épaule commençait à se faire douloureuse, mais j'allais bien, tout comme l'homme à côté de moi. C'était tout ce qui comptait.

— Enfoiré ! s'écria l'autre conducteur.

Je ne remarquai pas que Rip ne m'avait pas répondu.

Cependant, d'une manière ou d'une autre, j'arrivai à me concentrer assez pour déclarer :

— Je vais appeler la police, mais commençons par sortir de la voiture.

Rip ne disait toujours rien.

J'écartai la ceinture de sécurité et la laissai retomber entre le siège et la portière, tout en essayant de reprendre le contrôle de mes bras pour les empêcher de trembler. J'avais la chair de poule partout, mais n'y prêtai pas attention non plus.

Ça n'était pas passé loin. Pas loin du tout.

— Luna, sors de la voiture, finit par déclarer Rip d'une voix basse et… bizarre.

Je hochai la tête.

J'allais bien. C'était juste mon niveau d'adrénaline qui baissait. Après la poussée d'adrénaline venait la chute.

Nous allions bien. Tout allait bien.

Je réussis à rassembler mes esprits suffisamment pour ouvrir la portière et sortir de la voiture, le tout sans regarder l'homme à ma gauche. Au dernier moment, je me souvins de mon sac à main que j'avais laissé à mes pieds. Heureusement, je l'avais refermé et rien ne s'était renversé. Il ne me fallut qu'un instant pour en sortir mon téléphone et composer le 911.

Je dus faire appel à toute ma concentration pour répondre aux questions de l'opérateur. Rip se tenait devant le capot de sa voiture accidentée et parlait avec le propriétaire de la BMW à voix basse, un homme portant un costume gris souris d'à peu près le même âge que Rip. Il avait l'air complètement furieux et Rip se contentait de rester debout, plus grand de quelques centimètres et plus large d'épaules de beaucoup plus que ça, les bras croisés au-dessus de la tête, les mains contre sa nuque. Quelques voitures s'étaient arrêtées autour de nous et les conducteurs en étaient sortis pour s'assurer que tout le monde allait bien. Quelques-uns s'attardèrent et je les vis s'adresser à l'homme en costume.

Je pouvais entendre une sirène de police au loin, mais je continuai à parler à l'opérateur qui voulait que j'attende l'arrivée des agents pour raccrocher. Mon épaule n'était pas plus douloureuse que quelques minutes plus tôt bien qu'elle me paraisse toujours raide.

Respire. Calme-toi. Tout va bien.

Le conducteur de la BMW haussa le ton et je l'entendis prononcer quelque chose qui ressemblait à « Imbécile de mes deux ».

Rip ne prit même pas la peine de répondre. Il fit un pas sur le côté et s'éloigna. Malgré le soleil éblouissant qui dardait ses rayons brûlants sur toute la route, je vis ses yeux faire le tour de l'endroit où avait eu lieu l'accident sans s'attarder et continuer à aller et venir d'un côté à l'autre jusqu'à ce qu'il m'aperçoive sur le côté, une main tenant le téléphone à mon oreille, mais les bras serrés contre ma poitrine.

Il me rejoignit à grandes enjambées tandis que l'autre conducteur continuait à hausser la voix, se disputant avec les trois autres personnes qui avaient dû assister à l'accident et étaient en train de lui dire qu'il était dans son tort.

Car c'était bien le cas.

Je n'avais pas particulièrement envie d'ajouter mon grain de sel et de lui dire que j'avais vu toute la scène et que ce qui était arrivé était sa faute.

Tout ce que je pouvais faire, c'était rester plantée là à regarder mon patron s'avancer vers moi d'un pas raide tandis que des lumières bleues, rouges et blanches apparaissaient au loin, au-delà de la rue passante sur laquelle nous nous trouvions. Quand il fut à moins de cinq mètres, je lui adressai un sourire faible tout en maintenant le téléphone contre mon oreille. Quand il ne fut plus qu'à deux mètres, je remarquai qu'il fronçait les sourcils.

Ce fut à cet instant que je m'aperçus que les muscles de ses bras se contractaient, que ses poignets tressautaient et que les veines de ses tempes et de sa gorge ressortaient fortement.

Rip frissonnait.

Pas comme moi quelques instants plus tôt, non, il était littéralement secoué par les tremblements. Il était pâle. Même ses lèvres avaient perdu toute couleur.

Je dis quelque chose à la personne au téléphone qui, je l'espérais, incluait au moins un «merci». Mais je ne pourrais jamais en avoir le cœur net puisqu'une seconde plus tard je raccrochai et fourrai le téléphone dans mon sac à main qui reposait contre ma hanche.

Il tremblait. Du haut de son mètre quatre-vingt-quinze, de toute la largeur de ses cent dix kilos, il tremblait.

On aurait dit qu'il venait de voir non pas un fantôme, mais une centaine d'entre eux.

Je n'avais pas l'intention de lui prendre la main ou de l'attirer contre moi, mais c'est ce que je fis. Un jour, j'avais tremblé de la même façon que lui à cet instant, et tout ce que j'avais voulu, c'était que quelqu'un me prenne dans ses bras.

Il n'y avait eu personne pour le faire dans mon cas.

Toutefois, je pouvais être là pour quelqu'un d'autre.

Je le menai vers le trottoir sur lequel je me tenais et le regardai s'affaisser dessus, ses longues jambes pliées au niveau des genoux, les mains pendantes à ses côtés, ses narines se dilatant au rythme de respirations si profondes que chez n'importe qui d'autre on aurait parlé de halètement. Il m'inquiétait. À cet instant, voir son visage d'ordinaire hâlé si pâle, voir l'homme le plus imposant et le plus posé que je connaissais secoué par les tremblements, m'inquiétait.

— Tout va bien, déclarai-je en ignorant tout ce qui se passait autour de nous.

Il avait le regard tourné droit devant lui, vers moi, mais sans me voir.

Je pressai sa main, mais, pour toute réaction, il trembla de nouveau à s'en secouer les os.

— Rip, tout va bien. Ce type est un idiot, fis-je doucement.

Il regardait toujours droit devant lui, vers le haut de mon legging puisque c'était ce qui se trouvait pile à sa hauteur.

Je m'accroupis devant lui, mon inquiétude grimpant en flèche, et je pris son autre main. Je pressai ses paumes bien plus grandes que les miennes. Il ne réagit toujours pas.

Je relâchai une de ses mains et levai la mienne vers son visage, effleurant du bout des doigts la barbe de trois jours sur son menton.

— Hé, tout va bien. Ce n'est rien de grave.

Pas de réaction.

J'avais beau savoir que je n'avais pas le droit de le toucher, aucune raison de le faire et qu'il n'apprécierait probablement pas, je posai la main sur sa joue, sentant ses poils de barbe rêches contre ma paume. Sa peau était moite et trop froide.

— Rip ?

Pas de réaction.

Je relâchai son autre main pour prendre son visage en coupe et tenter d'attirer son regard vers moi, mais ses yeux regardaient droit devant eux, dans le vague.

Qu'est-ce que j'étais censée faire ?

J'entendais toujours les sirènes au loin, cependant, je savais qu'à part la coupure sur son visage, il allait probablement bien, du moins physiquement. Il n'aurait sans doute que quelques bleus et une épaule douloureuse, comme la mienne.

— Rip ? essayai-je de nouveau.

Toujours pas de réaction.

— Hé, tout va bien, le rassurai-je, ses joues entre mes mains. Je vais bien. Inspire profondément.

Il n'en fit rien. Il ne fit rien du tout.

Je me demandais ce que je voudrais si j'étais à sa place et j'hésitai. Un seul coup d'œil vers son regard dans le vide me suffit toutefois pour savoir que j'allais le faire, même s'il me repoussait et m'en voulait plus tard.

Au moins je savais à quoi m'attendre.

Avant de pouvoir changer d'avis, je déplaçai mes mains, en mettant une sur sa nuque et l'autre sur le haut de son crâne. Il ne tressaillit même pas, aussi tombai-je à genoux et, sans prêter attention à la douleur quand ils heurtèrent le trottoir de béton, je passai les bras autour de son cou et l'étreignis.

Je pressai une joue contre la sienne et le serrai encore plus fort, sans lâcher prise.

Mais cela ne suffisait toujours pas. Il était toujours secoué par ces grands tremblements qui semblaient venir du centre de son corps jusqu'au bout de ses doigts.

— Tout va bien. Tout va bien, répétai-je sans cesser de l'enlacer.

Je caressai sa nuque, les muscles de son cou, ses épaules et ses bras, appuyant très légèrement sur mon passage. Puis je réitérai, encore et encore, avant de commencer en haut de son torse et de remonter jusqu'à sa nuque, puis le long de ses épaules et ses bras.

Les tremblements se calmèrent à peine.

Très bien.

Mes genoux craquèrent tandis que je me relevais, puis je fis une chose que je n'avais jamais faite avant. Que je n'avais jamais rêvé de faire avec Rip un jour. Mais j'allais devoir employer les grands moyens.

Je fis un pas de plus vers lui et me calai moi, mes fesses, mon corps entier tout en haut de sa cuisse droite avant de ramener son autre jambe vers moi pour me retrouver en sandwich tout contre lui. Je passai mes bras, mes mains, toutes les parties de mon corps possible autour de lui. Je lui caressai la nuque, puis le dos, effectuant de petits cercles à la base tandis que mon autre main maintenait l'arrière de son crâne.

— Rip, murmurai-je tout contre son oreille puisque ma joue était à un millimètre de la sienne. Tout va bien.

Ma main fit de nouveau un petit cercle dans son dos et je le serrai encore plus fort contre moi, ses tremblements me secouant par la même occasion.

— C'est moi, Luna, poursuivis-je. Tout va bien. Tout va bien.

Je passai les doigts sur les mèches courtes et douces à l'arrière de son crâne, tout comme il l'avait fait pour moi devant l'appartement de ma sœur.

— Parle-moi, Rip, lui demandai-je. Tu vas bien. Tout va bien. Il n'est rien arrivé de grave. J'ai besoin que tu prennes une grande inspiration.

Rien. Il ne réagissait toujours pas.

Je passai les doigts dans ses cheveux de nouveau, percevant le désespoir dans ma voix.

— Tu me fais peur. Parle-moi, s'il te plaît. Je n'aime pas te voir trembler comme ça.

Je lui massai le dos. Je lui promis que tout allait bien. Je lui dis que j'allais prendre soin de lui.

Encore et encore, jusqu'à ce que l'homme immense entre mes bras se calme… Un peu, mais c'était déjà ça. C'était mieux que rien.

— On peut aller chercher de la glace après ça si tu veux, continuai-je sans être sûre que j'aidais en quoi que ce soit. Le sundae du week-end dernier était pas mal, mais je connais un endroit pas loin de l'atelier qui fait les meilleures glaces du monde. Ils renouvellent leur stock tous les jours. Si on ne peut pas y aller aujourd'hui, je t'y amènerai un jour pendant ma pause-déjeuner, bientôt.

Je massai sa nuque fraîche mais moite. La cuisse sous moi se contracta et se tendit, et je mis un peu plus de force dans mon massage, appuyant contre les muscles durs de son cou.

— Tu sais, j'ai toujours imaginé que si ma mère avait été là, elle m'aurait prise dans ses bras et m'aurait frictionné le dos quand j'aurais eu besoin d'elle. J'ai essayé de trouver des informations sur elle une fois ou deux, mais bon, il y a tellement de personnes portant le nom de Teresa Ramirez, c'était comme chercher une aiguille dans une botte de foin. C'est pour ça que je suis assise sur toi en ce moment, au cas où tu te poserais la question. Je parie qu'elle m'aurait cuisiné du flan aussi. Un jour, j'ai acheté des petites boîtes de flan quand j'habitais avec mon père. Quand il les a trouvées, il a pété un câble. Je me suis dit que c'est sans doute parce que ma mère avait dû les apprécier et que ça l'avait mis hors de lui, mais je ne sais pas. Un rien pouvait le rendre furieux. Peut-être qu'il détestait le flan, mais je pense qu'il y avait autre chose. Je ne sais pas.

Je continuai de raconter ce qui me passait par la tête, sans vraiment savoir ce que j'étais en train de dire, mais consciente que cela avait un effet.

— Si tu n'as jamais goûté de flan, je t'en apporterai de cette boulangerie où je vais de temps en temps. Je te dirais bien que j'en cuisinerais un pour toi, mais il vaut vraiment mieux que j'évite d'essayer, pour ton bien. Tout ce que j'arriverais à faire, c'est probablement de mettre le feu à ma cuisine.

Je passai la main de sa colonne vertébrale à sa nuque, puis recommençai.

— Oh ! Attends une seconde.

Je fouillai sous mon tee-shirt et défis le fermoir du collier que j'avais autour du cou. Je l'avais vu ce matin et avais eu l'intuition que je devais le porter. Quelle coïncidence ! Même si mes doigts tremblaient encore un peu, il ne me fallut qu'une seconde pour passer la chaîne autour du cou de Rip et refermer le fermoir. Je me reculai juste assez pour voir le pendentif en forme de cône de glace retomber pile sur le creux de sa gorge. Il avait l'air totalement ridicule à cet endroit, mais je le tapotai sans y prêter attention.

— Regarde. Tu vois ? Il y a un petit cône de glace dessus. Pour que tu te sentes mieux.

Son corps entier se contracta pendant un instant, puis un bruit sonore explosa depuis sa poitrine. Le temps que je prenne conscience du son, il avait déjà disparu et ses muscles s'étaient encore plus relâchés. J'aurais juré que sa respiration s'était ralentie aussi.

— Et voilà, lui dis-je en appuyant sur son dos et sa nuque de nouveau. Tout va bien. Tu vas bien.

Pour une raison ou une autre, cela me donnait encore plus envie de le serrer fort dans mes bras. Il était si massif qu'il m'était difficile de lui faire un câlin : mes bras faisaient à peine le tour de son corps. Je replaçai ma paume contre l'arrière de sa tête et lui grattai le crâne doucement, tout comme Lily aimait que je le fasse quand elle était petite. Elle me l'avait fait aussi de temps en temps tandis qu'elle s'endormait, et j'avais adoré ça.

D'après la manière dont le corps entier de Rip se relâcha, muscle par muscle, il devait aimer ça aussi.

Je continuai donc de lui gratter la tête.

Lentement mais sûrement, son corps immense se détendit contre le mien. Pas totalement, mais c'était mieux que rien.

— Ça va ? demandai-je quand le seul mouvement que je sentis de sa part fut réduit à des inspirations profondes.

Une part de moi s'attendait à ce qu'il me parle durement, qu'il me repousse de ses genoux et me dise de lui foutre la paix.

Mais rien de tout ça n'arriva.

Un des bras qui pendait à ses côtés remonta et sa main vint se caler contre ma hanche, la pressant légèrement. Son front se posa sur la parcelle de peau où mon épaule rencontrait mon cou. Je pouvais sentir son souffle court sur ma clavicule et ma poitrine. Sa main pressa ma hanche de nouveau. Et mon cœur… ne savait pas quoi faire.

— Dis-moi de quoi tu as besoin.

Il secoua la tête contre moi.

Le bruit de pas s'approchant me fit regarder par-dessus mon épaule. J'aperçus un policier faire le tour des voitures et se diriger droit vers nous.

Rip devait l'avoir entendu également, car il se tendit. De partout. De la cuisse sous moi au reste de son corps contre ma poitrine, Rip se transforma en roc. Je pris une légère inspiration et perçus son odeur de savon alliée à celle de propre d'un déodorant de sport.

— Tu n'as mal nulle part ? murmurai-je.

Rip secoua la tête de nouveau.

— Je suis désolée pour ta voiture.

— C'est juste une voiture, l'entendis-je répondre à voix basse, surprise.

Le poids contre ma hanche se déplaça jusqu'à ce que ses doigts s'étirent le long de mes côtes, se moulant contre mes os.

— Le policier arrive, le prévins-je en laissant ma main glisser le long de sa colonne vertébrale encore une fois.

Je le serrai dans mes bras une dernière fois avant de relâcher ma prise, lui coupant l'herbe sous le pied. Je me reculai, sa main toujours contre mes côtes, et plongeai mon regard dans ses yeux bleu-vert. Je lui souris, un nœud dans la gorge en repensant à la pâleur de son visage quelques instants plus tôt.

— Tu as sauvé nos foutues peaux en installant ces nouvelles ceintures de sécurité, patron.

Le corps sous le mien se fit dur, mais pas de la même façon qu'un instant plus tôt. La main sur mes côtes ne bougea pas, pas plus que le bras qui lui appartenait. Rip resta assis là, me laissant posée sur sa cuisse comme si nous avions fait ça des centaines de fois.

— Je suis contente que tu ailles bien et que tu ne sois pas en colère pour ta voiture. Je t'aiderai à la réparer si c'est possible.

La main sur mes côtes me pressa à son tour.

Il prononça les mots qui suivirent doucement, à voix basse, d'un ton plus sincère et sérieux que je n'aurais pu l'imaginer :

— Moi aussi, je suis content que tu ailles bien, princesse.

Chapitre 16

Lily m'avait prévenue que j'allais avoir mal. Elle avait eu un accident de voiture deux ans plus tôt. Son ami, le conducteur, avait raté un *Stop* et s'était fait rentrer dedans sur le côté. Ma petite sœur s'était retrouvée le nez dans l'airbag, avec deux yeux au beurre noir et un nez gonflé, mais elle s'en était bien tirée, de toutes les manières qui comptaient.

Alors, quand je lui avais envoyé un message la veille pour lui dire que j'avais eu un accident – elle le saurait d'une manière ou d'une autre et je préférais qu'elle l'apprenne de ma bouche –, elle m'avait prévenue. Avant ça, elle m'avait aussi passé un savon pour lui avoir envoyé un simple *message* pour quelque chose d'aussi grave. « Qu'est-ce qui s'est passé ? » m'avait-elle demandé, en hurlant presque.

Il fallait le reconnaître, Kyra avait répondu à mon message immédiatement et Thea m'avait envoyé un SMS une heure plus tard à peine. Elle n'avait pas mentionné ce qui s'était passé le week-end précédent, et je n'avais pas eu le courage de lancer le sujet.

Mais pour en revenir à Lily, elle avait dit : « Tu vas souffrir, ma caille. »

Malgré cela, je fus surprise de me réveiller le lendemain matin avec l'impression d'être passée sous un rouleau compresseur. Mon cou était si douloureux que je ne pouvais pas tourner la tête dans un sens ni dans l'autre. Mes épaules me faisaient mal.

En toute honnêteté, tout me faisait mal, même l'endroit juste au milieu de ma poitrine où s'était trouvée la main de Rip.

Il me fallut le double de temps pour me doucher et m'habiller, et le double de temps rien que pour descendre l'escalier, puisqu'il me semblait que même mes genoux avaient souffert. J'avais l'impression d'être un robot tandis que je prenais mon petit déjeuner. Je remerciai le monde entier d'avoir préparé assez à manger pour plusieurs jours, même si ce n'était pas la nourriture la plus délicieuse de ma vie.

Deux comprimés contre la douleur plus tard, je me dirigeai vers la porte, attrapai mes affaires au passage et m'emparai de mes clés.

Pendant une seconde, j'hésitai à appeler le boulot pour leur dire que je ne pourrais pas venir. M. Cooper savait que j'avais eu un accident. Je l'avais appelé pendant que le policier parlait avec Rip pour noter son témoignage. C'était lui qui était venu nous récupérer. Il m'avait prise dans ses bras longuement, me permettant de sentir le léger tremblement qui avait parcouru tout son corps.

J'avais vu le long regard qu'il avait dirigé vers Rip, tandis que ce dernier avait mis un point d'honneur à ne pas tourner les yeux vers M. Cooper une seule fois tant que j'étais présente. Il avait gardé le regard fixé sur la dépanneuse qui allait conduire sa voiture au garage.

Ensuite, M. Cooper m'avait ramenée chez moi et m'avait promis qu'il enverrait quelqu'un déposer ma voiture plus tard. Il m'avait de nouveau prise dans ses bras et, après m'avoir raccompagnée jusqu'à ma porte, m'avait dit qu'il était heureux que j'aille bien.

Mais à l'instant où je pensais à appeler le boulot, je m'y refusai.

Je n'étais pas mourante. Il n'y avait rien que je puisse faire chez moi qui vaille le coup de rester. Si j'étais plus lente, personne ne se plaindrait.

Sauf Jason, mais je ne comptais pas gâcher mon temps ou ma patience avec lui.

Il n'avait pas intérêt à me faire un sale coup aujourd'hui. Pas avec les deux erreurs qu'il avait déjà commises. J'ouvris ma porte et fis un pas à l'extérieur avant de m'arrêter net. Parce que, garé dans l'allée, juste derrière ma voiture, se trouvait un immense pick-up noir flambant neuf.

Et assis sur le siège conducteur, je reconnus clairement Rip.

Je clignai des yeux. Puis continuai, histoire de m'assurer qu'ils ne me jouaient pas des tours.

Enfin, je savais que je n'étais pas en train d'halluciner. Ce n'était pas une impression de déjà-vu ou un moment où l'on croyait voir un mirage. C'était réel.

Rip était dans mon allée.

Heureusement, je réussis à garder assez mes esprits pour verrouiller la porte derrière moi et descendre les marches du perron. Je jetai un coup d'œil à ma voiture qu'un de mes collègues avait déposée là une heure après que M. Cooper m'avait raccompagnée chez moi. Rip m'observait déjà tandis que je m'approchais de lui et je constatai, surprise, qu'il se penchait par-dessus la banquette pour ouvrir la portière en grand, au lieu de simplement descendre la vitre pour me parler.

Je souris sans trop savoir pourquoi.

— Bonjour, le saluai-je, me retenant à peine de lui demander ce qu'il fichait ici.

Rip, arborant une paire de lunettes de soleil noires de marque, inclina la tête vers l'autre côté.

— Monte, Luna.

Monte. Pas de « bonjour ». Pas de « je suis là pour passer te prendre » ou quoi que ce soit du genre. Juste… « monte ».

Je parvins à le regarder pendant une seconde avant de sortir de mes pensées et d'aviser la taille du pick-up. Il avait sûrement été surélevé. Il y avait deux panneaux horizontaux rentrés sur les côtés pour servir de marche aux passagers. Les sièges étaient recouverts de cuir noir.

Le pick-up était littéralement flambant neuf.

Et je restai plantée là.

Parce que Rip était garé dans mon allée.

À nouveau.

Parce qu'il voulait s'assurer que j'irai au travail.

— C'est pas que je ne suis pas contente de te voir, mais qu'est-ce que tu fais ici ? lançai-je avant de pouvoir m'en empêcher.

Le sourire que je lui adressai devait avoir l'air dérangé.

— Suis là pour t'emmener, répondit-il, comme si c'était une évidence.

Pas la peine de lui faire remarquer que ma voiture était juste devant le pick-up, malgré tout, mon regard glissa vers elle. Parce que *oui*, ma voiture était bien là. Elle n'avait pas été équipée d'une technologie de camouflage pendant la nuit.

Derrière ses lunettes, mon patron haussa lentement les sourcils. Il prononça la question qui suivit à la même vitesse, avec un peu plus de talent que moi pour le sarcasme.

— Tu as besoin de la marche ou pas ?

Il était mon patron et il n'était pas question que je me jette dans sa voiture comme si j'étais désespérée.

— Je peux conduire moi-même.

Ses sourcils épais et sombres ne redescendirent pas et cette fois il y avait *définitivement* du sarcasme dans sa voix :

— Je parie que tu ne peux même pas regarder par-dessus ton épaule, me provoqua-t-il, ce qui me surprit encore plus.

Comme j'étais incapable de lui résister, je m'accrochai à sa touche d'humour inattendue.

— Mais toi, oui ?

— Hmm-hmm. Je n'ai pas eu le temps de me crisper, ajouta-t-il, tandis que ses sourcils reprenaient leur position normale et qu'il me faisait signe de monter. Grimpe, je t'amène au boulot et on est déjà en retard.

C'est vrai que je n'y avais pas pensé sous cet angle, mais il n'avait pas tort. Je ne pouvais pas tourner la tête, pas assez pour assurer ma sécurité en voiture en tout cas. Allais-je *vraiment* me montrer butée sur le simple fait de ne pas vouloir covoiturer avec l'homme qui m'avait peut-être blessée deux jours plus tôt, sachant toutefois qu'il se serait comporté exactement de la même façon avec n'importe lequel de mes collègues ? L'homme qui m'avait aussi laissée le prendre dans mes bras et le réconforter quand il avait eu une sorte de crise après l'accident ? Une crise que je ne comprenais pas, mais à laquelle j'avais pensé la veille, allongée dans mon lit. J'en étais arrivée à une seule conclusion.

Ce n'était pas le premier accident qu'avait eu Ripley.

Je n'allais pas lui demander ce qui s'était passé la première fois. Je voulais savoir, mais j'étais aussi consciente que personne ne réagissait comme il l'avait fait sans raison.

Je soupirai, mais je ne pus retenir un sourire tout en lui disant la vérité.

— Je ne peux pas lever le bras au-dessus de ma tête, patron. Je ne peux pas grimper.

Je voulus illustrer mes dires ; cependant, je dus m'arrêter au bout de quelques dizaines de centimètres avec un grognement.

— Ouais, apparemment ce n'est pas au programme.

Je n'avais aucune idée de comment j'étais supposée travailler, mais je me débrouillerais bien.

L'expression de son visage, un léger froncement de sourcils accompagné d'un petit mouvement de tête de droite à gauche, disait clairement « c'est bien ce que je pensais ». Heureusement, il n'insista pas et appuya sur un bouton quelque part à côté du volant qui fit se déployer les marches en dessous des portières. Puis il ouvrit sa portière et sortit, faisant le tour du pick-up avant que je n'aie le temps de réaliser ce qui était en train de se passer.

Un instant plus tard, Rip était derrière moi et ses larges mains étaient en haut de mes cuisses, juste sous mes fesses, et il me *portait.* Sans forcer. Sans grogner ni rien. Il se contenta de me porter jusqu'à ce que mes pieds se trouvent sur la marche. À ce moment-là, et seulement à ce moment-là, il me relâcha.

Je n'eus pas besoin d'aide pour rentrer dans le pick-up, réprimant à peine un gémissement quand le mouvement envoya une décharge de douleur dans ma nuque. Si Rip le remarqua, il ne fit aucun commentaire tandis qu'il me lâchait et reculait d'un pas, claquant la portière derrière moi. Le temps qu'il fasse le tour du pick-up pour se rasseoir au volant, j'avais réfléchi à toutes les raisons pour lesquelles ceci était en train d'arriver.

Puis j'acceptai qu'il n'y ait qu'une seule raison ayant de l'importance et que l'on doive en parler dès que possible.

J'attendis qu'il ait fait marche arrière pour sortir de l'allée et pris le chemin de l'atelier pour tourner mon corps dans le coin de mon siège afin de pouvoir le regarder sans tourner le cou. Il avait l'air en forme. Et c'était une journée à tee-shirt de compression bleu marine.

— Comment va ton cou ?

Heureusement, il ne me regardait pas et ne voyait pas mon visage grimacer à chaque fois qu'il passait ne serait-ce qu'un petit nid-de-poule. Autrement, il aurait deviné que je mentais.

— Ça va, déclarai-je en luttant contre l'envie de tendre la main pour me masser la nuque.

Il inclina la tête en avant lentement en guise d'acquiescement.

C'était le moment pour attaquer.

— Dis, Rip ?

— Quoi ?

Quoi ? Je ne savais pas pourquoi ça m'amusait autant.

— Je vais bien, d'accord ? Mon cou et mon épaule sont douloureux, mais ça va passer. Tu n'as pas besoin de venir me chercher chez moi parce que tu te sens coupable.

— Je ne me sens pas coupable, m'interrompit-il.

— Oh.

Dans le genre réponse intelligente, on repassera. Bon. Très bien.

— D'accord, poursuivis-je.

Menteur, pensai-je. Pour quelle autre raison est-ce qu'il aurait pris la peine de venir jusqu'ici ? Parce qu'il en avait envie ? Parce que l'on était amis et qu'il se souciait de moi ? Non. Je changeais d'avis quotidiennement sur les signes qu'il me donnait à ce sujet. Puis il se comportait comme il l'avait fait lundi et me faisait douter de tout.

— C'était la faute de l'autre abruti, déclara Rip après une seconde. Je sais que ça va passer, tout comme je savais que tu viendrais au boulot aujourd'hui même si tu dois souffrir le martyre et que tu ne pourras probablement pas travailler longtemps avant que ça ne devienne insupportable.

Je grimaçai intérieurement.

— Je peux travailler la journée complète.

J'avais déjà bossé en ayant la grippe auparavant. Je pouvais survivre à une journée avec quelques courbatures.

Quelques courbatures qui m'obligèrent à masquer un grognement quand il roula un peu trop vite sur un dos-d'âne.

Un simple coup d'œil à son visage me fit envisager qu'il l'avait fait exprès pour prouver qu'il avait raison.

Ses yeux bleu-vert glissèrent vers moi et j'aurais juré voir un coin de sa bouche se soulever d'une fraction de millimètre.

— Je sais.

Il l'avait bien fait exprès. J'ignorais ce qui me permettait de le dire, mais c'était le cas. Très bien. Il ne voulait pas que je prenne sur moi ? Je ne le ferais pas. En revanche, je continuerais à me comporter comme une bonne personne.

— Tant mieux si tu ne te sens pas coupable, parce que tu n'as aucune raison pour cela. Mais je te promets que tu n'avais pas besoin de venir me chercher. Je peux conduire moi-même.

Rip attendit tellement longtemps avant de prononcer mon nom que je m'attendais à moitié à ce qu'il change de sujet.

Ce ne fut pas le cas.

— Ouais ?

— Si je veux venir te chercher, je le fais. Débrouille-toi avec, affirma-t-il d'un ton qui était quasiment un ordre. Tu veux qu'on passe par cette boutique qui vend les donuts que tu aimes ?

Je sursautai légèrement et m'ordonnai de ne pas prendre son premier commentaire trop sérieusement.

— On peut y aller, si tu veux, répondis-je.

— D'accord.

Je me tournai de nouveau vers l'avant.

— D'accord.

— Tu es sûre que tu ne m'en veux plus ?

— Je suis sûre.

Il me jeta un coup d'œil.

— Est-ce que tu sais seulement faire la tête ?

Je lui adressai un petit sourire.

— Non, pas vraiment.

Rip prit une grande inspiration avant que sa voix ne retentisse de nouveau dans l'habitacle.

— Luna ?

— Hmm ?

— Ma mère est morte dans un accident de voiture quand j'avais dix-huit ans. J'étais avec elle quand c'est arrivé, expliqua Rip, tandis que je me figeais sur place en entendant ces mots. C'est pour ça que j'ai… C'est ce qui s'est passé hier. Je voulais juste te dire merci pour ce que tu as fait.

Sa mère était morte dans un accident de la route ? La mère qui lui grattait la tête et lui achetait des glaces pour qu'il se sente mieux ?

Puis il continua à parler, et je ne sus pas quoi dire.

— Ajoute ça à nos secrets, d'accord ? Je me suis juste dit que tu avais le droit de savoir.

***

J'avais beau me répéter que j'avais pris la bonne décision en allant travailler, la vérité était que cela s'avéra être une très mauvaise idée.

J'avais mal. Une souffrance physique qui n'avait rien à voir, en toute honnêteté, avec la douleur sourde que la confession de Rip avait provoquée en moi. Une confession à laquelle je prenais grand soin de ne pas penser tant que je ne serais pas rentrée chez moi, où je pourrais y réfléchir en toute tranquillité. Je n'étais pas sûre de pouvoir supporter le fait que Rip ait perdu tous ses moyens après l'accident à cause d'un événement traumatisant dans sa vie.

Donc, plus tard. J'y penserais plus tard. Pour le moment, j'allais me concentrer sur la douleur physique que je ressentais.

J'appris rapidement que certains gestes m'étaient inaccessibles, comme regarder derrière moi ou vers le bas. Je devais tourner mon corps entier d'un côté ou de l'autre pour faire ces choses et, même ainsi, ça me faisait mal. J'avais juré tout bas quand je m'étais penchée pour faire mes lacets un peu plus tôt. La douleur devait être suffisamment visible sur mon visage pour que même Jason se tienne à peu près à carreau. Ça, ou alors il savait que j'avais toujours envie de lui mettre un coup de pied au cul après l'incident de lundi avec Rip.

Les antidouleurs disponibles sans ordonnance que j'avais pris n'avaient pas aidé le moins du monde. Quand vint l'heure de déjeuner, je m'étais résignée à aller chez le médecin pour m'assurer que je n'avais rien de plus grave.

Je laissai Jason dans la cabine de peinture et me dirigeai vers le hall, dans l'idée de me rendre à la salle de pause à l'étage pour manger mon *lo mein* trop cuit et répugnant.

Je faillis rentrer dans Miguel quand il sortit des toilettes des hommes brusquement.

— Tu es une foutue ninja, Lu…

Il s'interrompit avec un clignement d'yeux et grimaça.

— Tu as une sale tête.

Eh bien.

— Merci, Miguelito.

Il n'esquissa pas l'ombre d'un sourire en réponse. Au lieu de ça, il me regarda de haut en bas comme si j'étais une poubelle éventrée.

— Ça va ? M. Cooper a dit que tu allais bien hier, mais tu as l'air aux portes de la mort.

Oh, Miguel.

— J'ai mal partout, déclarai-je. Ça me donne la nausée.

Son froncement de sourcils se transforma en grimace et il finit son inspection en plissant le nez.

— Ça se voit.

Je ne pus m'empêcher de rire alors même que cela envoya des éclairs de douleur vers ma nuque. Je m'interrompis avec un grognement.

— Oh, mon Dieu, ne me fais pas rire.

Son dégoût face à ma nausée se transforma instantanément en inquiétude.

— Prends quelque chose. Sérieux. Tu n'as pas l'air bien.

Il prit un air pensif et baissa la voix :

— Je sais où est cachée la vodka si tu veux atténuer la douleur.

Je réussis de justesse à ne pas rire, lui adressant un sourire à la place.

— Non, merci. Je vais peut-être voir s'ils sont d'accord pour que je parte plus tôt pour aller aux urgences ou autre.

Mon collègue me tapota l'épaule.

— Tu sais qu'ils seront d'accord. Mais tu sais que je sais où est la vodka. Si tu as besoin que quelqu'un t'emmène, dis-le-moi, suggéra-t-il. Je n'ai pas vu ta voiture dans le parking. M. Cooper me laissera t'accompagner.

Je gardai un visage neutre.

— Rip est passé me chercher.

— On croirait qu'il ne lui est rien arrivé, affirma Miguel tout en m'observant attentivement, comme si j'allais lui vomir dessus d'un instant à l'autre. Même l'enfer ne veut pas de lui.

Je secouai la tête.

— Ne sois pas méchant. Mais si je vais chez le médecin et que j'ai besoin d'un chauffeur, je te le dirai.

Il me tapota l'épaule une dernière fois.

— Si tu vomis, vise Jason.

Je ricanai et me dirigeai vers les toilettes pour faire mon affaire rapidement, ignorant la douleur qui traversa mes quadriceps quand je m'assis pour faire pipi. Je ressortis et continuai à longer le hall.

— Luna !

La voix familière de M. Cooper tonna devant moi de là où il se tenait, de l'autre côté du couloir, dans la pièce principale. Un homme que je ne connaissais pas se tenait à côté de lui, vêtu d'un jean et d'un tee-shirt.

Je levai la main jusqu'à ma taille et les saluai.

— Bonjour, Mister C. Bonjour, personne inconnue.

L'homme sourit aussitôt, imitant M. Cooper.

— Nous nous apprêtions justement à venir te voir, déclara mon patron de toujours.

Nous n'étions qu'à quelques mètres l'un de l'autre quand je pus enfin observer l'autre homme à loisir. Pas beaucoup plus grand que moi, les cheveux blond foncé, en forme, et avec un visage de jeune premier si avenant que j'en étais presque surprise. Je jetai un regard en coin à M. Cooper pour voir s'il allait me donner un indice sur l'identité de cette personne. Il ne fut pas assez rapide, cependant.

— J'allais prendre ma pause-déjeuner, mais Jason est à la peinture, si vous voulez passer le voir, expliquai-je en m'arrêtant à leur hauteur.

— Je comptais emmener Ashton faire un tour de l'atelier, mais je voulais surtout t'inviter à déjeuner avec nous après, répondit M. Cooper. Luna, voici Ashton, notre nouveau Rogelio. Ashton, je te présente Luna, notre peintre en chef qui est un peu notre couteau suisse ici.

Je tendis la main au nouveau et leur souris à tous les deux tandis qu'il me la serrait. Son petit sourire de travers était plutôt mignon.

— Ravi de te rencontrer, déclara Ashton en libérant ma main.

— Moi de même.

J'essayai de faire un geste du doigt derrière mon épaule et échouai lamentablement quand la douleur revint brusquement. Je grognai sans réussir à le cacher.

— Je travaille là-bas derrière si tu as besoin de quoi que ce soit.

— Ça fait si mal que ça ? demanda M. Cooper d'une voix inquiète.

Je lui adressai un sourire grimaçant.

— Un petit peu, mentis-je. Je m'apprêtais à manger un morceau, reprendre des antidouleurs et voir si ça aide.

Je faillis lui demander si je pouvais partir plus tôt, mais je ne voulais pas montrer le mauvais exemple devant un nouvel employé et lui faire croire qu'il pouvait quitter le travail en avance pour un petit bobo de rien du tout. Je le ferais en secret plus tard.

— Viens déjeuner avec nous, suggéra mon patron qui fronçait toujours les sourcils, me regardant comme Miguel venait de le faire. On verra comment tu te sens après. Qu'en dis-tu ?

Est-ce que je *voulais* manger ma propre nourriture ? Pas vraiment. Est-ce que je le ferais malgré tout ? Évidemment. Mais j'allais quand même accepter l'offre de M. Cooper. Je ne dirais jamais non à la chance de passer plus de temps avec lui.

Si le nouvel employé allait être là, eh bien, je n'allais pas me plaindre. J'aimais bien m'entendre avec tous mes collègues – à l'exception de Jason.

— Avec plaisir, acquiesçai-je en m'autorisant à jeter un autre regard en coin au type nommé Ashton. Donnez-moi une seconde pour aller chercher mon portefeuille.

— Tu n'as pas besoin de ça, répliqua mon patron.

En d'autres circonstances, je serais allée le chercher quand même, mais je n'avais aucune envie de retraverser tout le couloir pour retourner à mon bureau. Et je ne ressentais aucune culpabilité à l'idée de laisser M. Cooper payer pour moi.

— Dans ce cas, je suis prête.

Il posa une main sur mon épaule et fit un geste en direction de la sortie. Je passai en premier, adressant un sourire à mi-chemin de la grimace chaque fois que nous croisions un collègue. Nous avions traversé la moitié de l'atelier quand je sentis M. Cooper s'arrêter.

— On va déjeuner avec Ashton. Tu veux venir avec nous ?

Je savais qu'il parlait à Rip, qui m'avait acheté ce matin-là non seulement un donut tressé, mais aussi une kolache[7]. Je n'avais même pas faim, mais j'avais mangé les deux sur le chemin du boulot puisqu'il avait fait de même, ne conduisant que d'une seule main et tenant sa pâtisserie de l'autre.

Il m'avait ensuite aidée à porter mes affaires dans mon atelier avant de rejoindre le sien.

— Vas-y doucement, aujourd'hui, s'était-il contenté de me lancer par-dessus son épaule.

Si je lui en avais encore voulu pour ce qui s'était passé deux jours auparavant, cela n'aurait plus été le cas après ça.

Mais en entendant la question de M. Cooper, je me préparai mentalement à la réponse brusque que ne manquerait pas de lui donner Rip. Au moins, la veille, ils ne s'étaient pas adressé la parole. La tension palpable dans la voiture de M. Cooper quand il était venu nous chercher m'avait mise mal à l'aise, et ce n'était pas peu dire au vu de certaines de leurs disputes que j'avais déjà interrompues.

— Laisse-moi juste me nettoyer les mains, fit Rip.

Il venait ? Avec nous ? Si j'avais pu bouger mon cou, je l'aurais fait, juste pour vérifier s'il gelait en enfer.

Est-ce qu'il savait que M. Cooper venait aussi, ou… ?

La façon dont M. Cooper répondit « D'accord » indiquait clairement que je n'étais pas la seule à être choquée par cette réponse.

---

7 Kolache : pâtisserie tchèque aux fruits, très connue au Texas du fait de l'immigration tchèque. (NdT)

Honnêtement, d'aussi loin que je pouvais me souvenir, il emmenait tous les nouveaux employés déjeuner quand il les embauchait. Dans mon cas, il l'avait fait et m'avait en plus épargné de vivre dans une chambre d'hôtel miteuse. C'est comme ça qu'il s'était retrouvé coincé avec moi sous son toit pendant des années.

Je me souvenais du jour où il avait embauché Jason. Je n'y étais pas allée – j'avais trop de boulot – et Rip non plus, pour une quelconque raison.

Donc…

M. Cooper étouffa une exclamation de surprise qui me fit sourire.

— Attendons Ripley, dans ce cas, déclara-t-il.

Sa voix était différente, mais pas de manière négative. C'était plutôt comme s'il était… totalement surpris. Dans le bon sens.

Je ne pris pas la peine de me retourner pour leur faire face et me contentai de rester plantée là jusqu'à ce qu'Ashton prenne la parole.

— Depuis combien de temps tu travailles ici, Luna ?

Je me tournai alors vers mon patron et mon nouveau collègue.

— Neuf ans.

Et j'en étais fière.

— C'est Luna qui est notre plus ancienne employée à présent, pas vrai ? demanda M. Cooper.

Je me souvins juste à temps que je ne devais pas bouger la tête.

— Ouais, répondis-je à la place.

— Si tu as besoin de quoi que ce soit, Luna est la personne qu'il te faut. Elle connaît tout et, si elle ne sait pas quelque chose, elle se débrouille pour deviner, continua M. Cooper, tel un papa fier de sa fille.

Il n'y avait pas à dire, je l'adorais.

— Prêts ? fit la voix de Rip derrière les deux hommes.

M. Cooper sursauta, mais hocha la tête.

— Je comptais conduire, mais si tu veux…

— Tu peux conduire.

Je pouvais voir le visage de Rip tandis qu'il lui répondait. Qu'est-ce qui se passait, et pourquoi se comportait-il aussi poliment et agréablement ? J'avisai son air calme, mais pris soin de ne pas laisser refléter ma surprise. Moi qui m'attendais à ce qu'ils se disputent même pour une chose aussi simple…

Ils ne se disputèrent pas plus sur le choix d'aller manger des burgers.

Je sortis la première et leur tins la porte, mais Rip tendit le bras pour me remplacer à peine une seconde plus tard.

— Tout va bien ?

La question venait de derrière moi, et plus spécifiquement de la bouche d'Ashton.

— J'ai juste un peu trop forcé sur ma nuque, répondis-je sans prendre la peine de me retourner.

— Nous avons eu un accident hier, expliqua Rip de sa voix si grave.

— Ils vont tous les deux bien, ajouta M. Cooper, tandis que je m'avançais devant sa voiture. À part le pauvre cou de Luna.

Mon pauvre tout, mais je n'avais pas besoin de leur dire ça.

Il déverrouilla la portière et avança le siège. Je montai et m'assis derrière le passager. En revanche, je ne m'attendais pas à ce que, au lieu du nouveau venu, ce soit Rip qui monte à l'arrière et réussisse à se glisser à côté de moi. Il prit à peu près les trois quarts de la banquette, me forçant à me serrer dans le coin tandis que tout le côté gauche de mon corps était pressé contre le sien.

Même la pointe de son coude était posée en haut de ma cuisse.

Ses yeux bleu-vert rencontrèrent les miens tandis que M. Cooper et Ashton montaient aussi. Il m'observa.

— Ça va ?

Est-ce que je ne lui avais pas posé exactement la même question au moins trois fois la veille, quand il avait eu son absence après l'accident ?

— Je vais bien, lui assurai-je. Et toi ?

Il me regarda comme s'il n'y croyait pas une seconde.

Je jetai un coup d'œil à la coupure au-dessus de son sourcil.

Incapable de m'en empêcher, je posai le bout du doigt juste au-dessus, ignorant l'éclair de douleur qui me traversa l'épaule. La blessure était déjà en voie de guérison.

— Je suis vraiment contente qu'il ne soit rien arrivé de plus grave, chuchotai-je tout en baissant la main avec un grognement à peine dissimulé. Tu as appelé ton assurance ?

Ses yeux se promenèrent sur mon visage pendant un instant.

— Ils doivent venir inspecter le pick-up, mais il est bon pour la casse. Je ne suis pas sûr d'avoir envie de le réparer.

Cela m'attrista, son pick-up était magnifique. L'avait été, en tout cas.

— Ah oui ?

Un muscle tressaillit dans sa joue.

— Sûr et certain.

Je fronçai le nez.

— Je suis désolée.

Ses narines se dilatèrent.

— C'est juste un pick-up. Rien de grave.

Les portières claquèrent, donnant le signal du départ.

M. Cooper se retourna sur le siège conducteur et me demanda :

— Tu vas chez le médecin ?

— Je ne sais pas, répondis-je avec un regard vers la longue cuisse alignée contre la mienne.

Je n'avais pas besoin de faire d'effort mental pour me rappeler à quel point elle avait été dure et musclée sous moi. *Et* j'avais besoin d'oublier ce qui s'était passé. Tout comme je devais mettre de côté ce que Rip m'avait dit à propos de sa mère.

— Je finirai peut-être par y aller, mais je n'ai rien de grave. Je suis à peu près sûre que ce n'est que le contrecoup.

Je crus sentir Rip se pencher et ses doigts effleurer le dos de ma main. Juste un tour de mon imagination, certainement.

— Tu veux aller chez le médecin ? demanda-t-il.

Il y avait quelque chose dans sa voix qui me donnait envie de fermer un œil.

— J'y réfléchis. Je suis sûre que l'assurance de cet imbécile me remboursera.

— C'est bien le cas, assura M. Cooper depuis l'avant de la voiture.

Les doigts retournèrent sur le dos de ma main.

— Je t'emmènerai quand on reviendra, lança Rip sans même prendre la peine de baisser la voix.

Mon avant-bras ne se crispa pas quand ses doigts s'attardèrent sur les jointures de mes doigts. Mais contrairement à lui, je prononçai les mots qui suivirent à voix basse :

— Je vais bien.

Surtout quand il me touchait la main.

— Je t'emmènerai quand on reviendra, répéta-t-il sans faire plus d'effort pour baisser la voix.

Je clignai des yeux et essayai de nouveau :

— Tu n'as pas besoin de m'emmener, répliquai-je tout bas.

Il cligna des yeux à son tour.

— Luna.

Je clignai des yeux en retour.

— Ripley.

— Je t'emmène chez le médecin, rétorqua-t-il d'une voix tout aussi sonore que tout ce qu'il avait dit jusqu'ici.

Il devait vraiment culpabiliser.

Je n'avais aucune raison d'être touchée par son inquiétude. Il était mon patron. Si je n'allais pas bien, je pouvais faire des erreurs dans mon travail.

— C'est vraiment adorable de ta part, parvins-je à dire sans sourire, juste pour l'embêter. Mais…

Il ne me laissa pas finir ma phrase et j'aurais juré qu'il s'était penché vers moi encore plus.

— Je ne suis pas adorable.

Sa mère est morte dans un accident de voiture, me dis-je avant de repousser cette pensée pour plus tard comme je me l'étais promis.

Je pouvais agir normalement. Aussi, je fermai un œil et fis un geste de la main, amenant mon pouce et mon index jusqu'à presque se toucher :

— Un petit peu.

Sa joue tressaillit de nouveau.

— Je ne suis pas adorable, mais toi, tu vas aller chez le médecin et je t'y emmènerai, déclara-t-il en essayant de se montrer péremptoire.

En essayant de me donner un ordre.

— Tu n'as pas besoin de faire ça, répliquai-je en lui retournant son regard.

Son coude atterrit en haut de ma cuisse et je ne savais pas s'il faisait ça pour m'intimider – ce dont je doutais – ou s'il se rendait enfin compte à quel point l'espace était réduit.

— Je t'emmènerai chez ce foutu médecin.

J'ouvris la bouche pour continuer à me disputer avec lui, mais mon téléphone sonna à cet instant. Je le sortis de ma poche, jetai un coup d'œil à l'écran et ne pus retenir un froncement de sourcils quand le nom de Thea apparut. Je croisai par hasard le regard de M. Cooper dans le rétroviseur. Il avait une expression étrange. Je lui souris avant de prendre l'appel de ma sœur.

— Allô ?

J'essayai de chuchoter puisque Rip avait déjà exposé assez de mes affaires aux yeux de quelqu'un que je venais juste de rencontrer et d'un autre homme qui ne comprenait peut-être pas pourquoi Rip et moi nous parlions de manière aussi… presque amicale… ni comment cela avait pu arriver.

— *Luna*, fit ma sœur d'une voix étrange.

— Salut, Thee.

Je me mordis l'intérieur de la joue quand elle ne répondit pas immédiatement.

— Tout va bien ?

— *Je vais bien*, répondit-elle avec empressement. *Et toi ?*

— Oui. Je te l'ai dit dans mon message, tu te rappelles ? Je vais bien, lui promis-je.

Je n'aimais pas le son de sa voix. Je pouvais comprendre le fait qu'elle soit inquiète pour moi, mais…

Elle t'a fait sortir de chez elle.

Il y avait ça.

— *Ah oui ? Il ne s'est rien passé d'autre ?* demanda-t-elle.

Sa voix était trop… différente.

J'étudiai l'arrière du siège devant moi en essayant d'ignorer le sentiment de malaise que son ton m'inspirait.

— Non, juste l'accident. Et aujourd'hui, je ne ressens que le contrecoup, lui promis-je en me répétant de ne pas trop réfléchir à son comportement. Tu vas bien ?

— *Oui, Luna. Oui*, répondit-elle un peu trop rapidement.

Elle n'en avait pas l'air. Je baissai la tête.

— Tu as pu te débrouiller avec ton assurance locative ? me forçai-je à demander.

Thea fit un bruit étrange que je n'avais jamais entendu auparavant, ce qui me mit encore plus sur mes gardes.

— *Euh… oui. Ils vont me rembourser pour mes affaires.*

— Bien.

— *Je suis contente que tu ailles bien*, marmonna-t-elle d'une voix distraite. *Eh bien, c'est juste pour ça que j'appelais. Je voulais juste… être sûre que tu allais bien.*

Depuis trois ans qu'elle avait déménagé pour vivre seule, elle n'avait jamais, jamais appelé pour « être sûre que j'allais bien ». Je n'étais pas beaucoup plus douée qu'elle pour téléphoner, mais je lui envoyais un message au moins une fois par semaine.

— Je vais bien.

Je levai la tête et regardai fixement le siège devant moi. Il y avait quelque chose de bizarre, quelque chose qui n'allait pas.

— Thee, est-ce que tout va bien pour toi ?

— *Je vais bien, ne t'en fais pas pour moi. Mais je dois y aller. Je te parlerai plus tard*, répondit-elle rapidement.

— D'accord.

Je marquai une pause. Puis j'ajoutai, me surprenant moi-même :

— Je t'aime, Thea.

— *Moi aussi.*

Elle mit alors fin à l'appel et me laissa accrochée au téléphone contre mon oreille, fronçant les sourcils en repensant à notre conversation.

Qu'est-ce qui venait de se passer ? Thea et moi avions toujours eu une relation un peu houleuse. Nous n'avions jamais été aussi proches que Lily et moi, ou, dans son cas, aussi proches que Kyra et elle. Mais… je l'aimais quand même. Je l'aimerais toujours, quoi qu'elle me dise ou qu'elle fasse.

La voiture passa sur un dos-d'âne qui fit s'enfoncer le coude de Rip dans ma cuisse.

— Ta sœur ? demanda-t-il à voix basse, me forçant à me tourner pour le regarder.

— Oui, répondis-je.

Je ne lui expliquai pas que j'avais l'impression que quelque chose n'allait pas, car… eh bien, pourquoi le ferais-je ? Je n'avais pas besoin de lui demander son avis pour savoir qu'il n'avait probablement pas la meilleure opinion de ma sœur dès le départ. Honnêtement, si nos rôles avaient été inversés, je n'aurais pas eu une bonne image d'un membre de sa famille se comportant comme elle l'avait fait avec moi.

Mais je n'allais pas m'inquiéter de ça.

À la place, je lui lançai un regard en coin.

— Et pour revenir à notre conversation, pas question que je te laisse m'emmener chez le médecin, patron, mais merci encore d'avoir proposé.

Chapitre 17

Tous mes espoirs furent déçus le lendemain matin.

Je m'étais dit que j'irais mieux, *beaucoup* mieux, quand je me réveillerais le jeudi matin. Peut-être que j'aurais toujours un peu mal, mais rien que je ne pouvais gérer.

En tout cas, c'était ce que je croyais sincèrement.

En réalité, j'avais encore plus mal que la veille. Il me fallut à peine cinq secondes après mon réveil pour comprendre à quel point.

— Merde, marmonnai-je tandis que je restais allongée.

Je voulus lever la main pour me masser, mais je m'en empêchai au dernier moment, car bouger mon bras serait probablement assez douloureux pour me faire pleurer.

Et je ne voulais pas vraiment en avoir le cœur net.

Je n'avouerais jamais à personne à quel point je gémis bruyamment tout en roulant sur le côté et en me forçant à m'asseoir. Puis je jetai un coup d'œil par la fenêtre pour vérifier qu'il n'y avait pas de pick-up noir garé dans mon allée. Ce n'était pas le cas.

Après qu'il m'avait déposée chez moi la veille au soir, j'avais dit à Rip qu'il n'avait vraiment pas besoin de venir me chercher. Il s'était contenté de me lancer un regard éloquent, puis avait haussé une épaule avant de répondre :

— D'accord.

Je n'étais pas sûre de croire qu'il ne viendrait pas, mais au moins son pick-up n'était pas là.

Il me fallut longtemps pour me doucher et enfiler mes vêtements avec raideur. Il n'y avait toujours pas de pick-up quand je jetai un œil au-dehors. Il me fallut encore plus longtemps pour préparer le petit déjeuner et remplir un Tupperware avec une nouvelle portion de *lo mein* qui parvenait, d'une manière ou d'une autre, à avoir l'air encore plus molle et fade. Je n'aurais pas cru cela possible.

Quand j'ouvris ma porte, mes affaires à la main, trente minutes plus tard que l'heure à laquelle je partais d'habitude, je vis une Ford F-250 garée là.

Comme je pouvais m'y attendre, je reconnus, à travers le pare-brise, la tête rattachée au corps immense.

Pendant la minute qu'il me fallut pour verrouiller ma porte et descendre les marches, mon patron était sorti de la voiture et tenait déjà la portière passager ouverte tout en m'adressant un regard m'intimant clairement de me la fermer.

— Bonjour, patron, lançai-je dans sa direction, déjà résignée.

Il portait de nouveau ses lunettes de soleil et sa voix était aussi basse et rauque que d'habitude.

— Bonjour, Luna.

Je vins me placer juste devant lui et remarquai qu'il ne portait pas de tee-shirt de compression. Au lieu de ça, en plein mois de juin, il portait un tee-shirt à manches longues assez fin qui s'arrêtait juste au creux de sa gorge, dévoilant une bonne partie de son cou épais.

Je lui rendis son regard et haussai les sourcils.

— Qu'est-ce que tu fais ici ?

— Je passe te chercher, répondit-il tout en me prenant mon sac des mains.

Est-ce que j'aurais pu m'y accrocher ? Sûrement. Mais je ne comptais pas le faire.

Malgré ça…

— Tu n'as pas besoin de tout ça, en revanche, déclara Rip.

Cette fois, j'hésitai et mes yeux se plissèrent.

— Pourquoi ?

Il m'intima de monter dans la voiture d'un geste.

— Tu ne vas pas au travail. On va chez le médecin.

Je fixai son beau visage, prenant conscience du fait qu'il n'essayait pas d'éviter mon regard ou de lancer des coups d'œil furtifs. Il était sérieux.

— Mais je n'ai pas besoin d'aller chez le médecin, lui dis-je d'un ton prudent.

— Tu ne vas pas au travail. Bon-à-rien peut s'occuper de tout ce qui a besoin d'être fait, ajouta-t-il avec un signe vers la voiture de nouveau. Allons-y.

Bon-à-rien ? C'était ainsi qu'il parlait de Jason ? Parce que si c'était le cas, j'étais totalement pour. Au lieu de relever le surnom cependant, je ne bougeai pas. Rip le remarqua.

Et à ce moment-là, il fronça les sourcils.

— Pourquoi est-ce que tu te montres aussi têtue ? Tu as mal. Tu as eu un accident.

— Toi aussi.

Son froncement de sourcils ne changea pas.

— Je n'ai mal nulle part, clama-t-il avant de m'indiquer la voiture encore une fois. Va chez un foutu médecin et laisse-le vérifier que tout va bien. Tu pourrais avoir un autre souci plus tard, et l'assurance de la voiture ne le couvrira pas si tu n'as pas une preuve que tu ne te sentais pas bien dès le départ, expliqua-t-il.

Il n'avait pas tort.

Mais je savais que je n'avais rien de grave.

Il passa une de ses mains sur sa tête et se massa le crâne avant de souffler longuement et de dire d'une voix calme :

— Monte. Cooper a pris rendez-vous pour toi hier à huit heures ce matin.

M. Cooper avait fait ça ?

Je n'avais même pas besoin d'y réfléchir, dans ce cas. Si M. Cooper voulait que j'y aille, alors… ça changeait tout. Il voulait que j'y aille seulement parce qu'il se souciait de moi.

J'aurais tout donné au monde pour avoir un père qui se souciait de moi, quand j'étais plus jeune. Je pouvais bien l'accepter maintenant.

— Très bien, acquiesçai-je.

Je faisais de mon mieux pour ne pas avoir l'air agacée, car je ne l'étais pas, surtout maintenant que j'étais au courant de toute l'histoire. Et puis, la seule raison pour laquelle je n'y étais pas allée la veille était que Jason avait failli merder de nouveau, et je ne lui faisais pas assez confiance pour rester seul. Il était comme un petit enfant que je devais constamment surveiller, sauf qu'il n'était ni mignon ni curieux et n'avait pas l'excuse d'être un enfant.

Si Rip était satisfait, il n'en montra rien. Il se contenta de désigner son pick-up du doigt.

Je l'imitai, rien que pour l'embêter.

— Tu m'aides ?

Je remarquai le tressaillement qui parcourut sa joue. Je remarquai aussi son absence de réponse. Il se contenta de déposer mon sac par terre, de venir se positionner derrière moi et de me hisser à bout de bras comme il l'avait fait la veille jusqu'à ce que je puisse atteindre la marche. Je montai dans la voiture et l'observai déposer mes affaires sur le sol à mes pieds avant de faire le tour pour s'installer du côté conducteur.

Nous étions à peine sortis de l'allée quand Rip reprit la parole.

— Tu n'es pas énervée ?

Je lui jetai un coup d'œil, remarquant l'encre épaisse que je pouvais voir sur le côté de son cou qui ressemblait à… des flammes ? Hmm.

— Pourquoi est-ce que je le serais ?

— À cause du rendez-vous.

J'étais à peu près sûre que c'étaient bien un crâne et des flammes. Des flammes un peu stylisées, mais des flammes quand même.

— Non. Je ne serais jamais énervée parce que quelqu'un se soucie de moi.

Les mots étaient à peine sortis de ma bouche que je me rendis compte à quel point ils semblaient pathétiques.

Tant pis.

— Tu es sûr que tu ne veux pas y aller aussi juste pour être certain que tu n'as rien ? lui demandai-je pour le charrier.

Son ricanement ne fut pas une surprise.

— Non.

— Tu es sûr ?

— Certain, insista-t-il, une trace d'amusement presque imperceptible dans sa voix.

Je souris, uniquement parce que je savais qu'il ne le verrait pas.

— Je peux appeler et prendre rendez-vous pour toi, si tu veux, poursuivis-je.

— Quelqu'un t'a déjà dit que tu étais vraiment infernale ? demanda-t-il, son attention toujours concentrée sur la route.

J'eus un petit sourire tandis que mon téléphone vibrait sur mes genoux. J'avais un message de ma petite sœur Lily.

Lily : Salut.
Je suis du service du matin aujourd'hui.
Tu me manques trop.

J'adorais cette fille.

Moi : Tu me manques aussi, mon canard en sucre. Passe une super journée au boulot. J'espère que tu auras des pourboires.

J'hésitai une seconde, puis tapai un autre message avant d'avoir pu changer d'avis.

Moi : Je t'aime.

Trente secondes passèrent avant que je ne reçoive une réponse.

Lily : JE T'AIME TELLEMENT
❤❤❤❤❤❤

— Bonne nouvelle ?

Je tournai le regard vers lui.

— Tu as un énorme sourire aux lèvres, expliqua-t-il.

Oh.

— Juste un message de ma petite sœur pour me dire bonjour.

J'y réfléchis une seconde et repensai à son commentaire à propos de sa mère la veille. Avant d'avoir pu douter de moi-même et de ce que j'allais demander, je décidai de tenter le tout pour le tout.

— Tu as des frères et sœurs ?

Son « Non » fut immédiat. Puis il pencha la tête sur le côté et continua à parler.

— Ma mère voulait plus d'enfants, mais ça ne s'est pas passé comme ça. Je ne sais pas pourquoi, mais il n'y a que moi.

Uniquement lui. J'ignorais pourquoi cela me rendait triste, mais c'était le cas. Sa mère n'était plus là. Il n'avait pas de frères et sœurs, et je n'avais aucune idée de ce qu'il en était de son père.

S'il l'avait seulement connu.

Ce n'était pas comme si j'avais connu ma mère. Ou comme si j'avais voulu connaître mon père, au bout d'un certain temps.

Mais je n'allais pas me lancer sur ce sujet. Non. Je choisis plutôt un terrain sûr.

— Tu en aurais voulu ?

Il y réfléchit pendant une seconde avant de secouer la tête.

— Non, fit-il avant d'enchaîner sans que je puisse poser d'autres questions : Tu as reparlé à ta sœur depuis la dernière fois ?

— Laquelle ? demandai-je, même si je me doutais de qui il voulait parler.

— Celle qui vit à Dallas.

J'avais raison.

— Pas depuis hier.

Je me mordis la joue et ne compris pas ce qui me poussait à continuer.

— Mais c'était la première fois depuis que nous sommes… allés la voir. Ça ne m'étonne pas, elle ne m'appelle jamais…

Sauf quand elle a besoin de quelque chose, voulus-je continuer, au lieu de quoi je poursuivis :

— … durant la journée, sauf si c'est une urgence

— Hmm.

Son ton était tellement éloquent que je concentrai mon attention sur lui.

— Quoi ? demandai-je sans pouvoir m'en empêcher.

Rip ne se fit pas prier.

— Tu as eu une bonne impression quand on est allés la voir ?

Sa question me mit sur la défensive immédiatement.

— Qu'est-ce que tu veux dire ?

Il dut se rendre compte de quelque chose, car il tourna la tête vers moi.

— Je ne veux pas casser du sucre sur le dos de ta sœur, Luna, déclara-t-il calmement. Tout ce que je dis, c'est qu'il y avait quelque chose de louche dans son comportement, et tu le sais.

Ainsi, je ne l'avais pas imaginé.

— Comment ça, louche ?

Il grimaça.

— Tu ne vas pas t'énerver, si ?

— Non, répondis-je.

Ma voix donnait l'impression que je mentais, mais ce n'était pas le cas. Je n'allais pas m'énerver. Il n'y avait aucune raison de le faire. Il avait affirmé qu'il ne disait pas ça pour critiquer ma sœur. Donc…

— Écoute, je ne voulais rien dire, mais il y a quelque chose qui ne tenait pas debout dans son histoire.

Il me glissa un regard, comme s'il me défiait de le contredire.

Je ne comptais pas le faire, car sa remarque résonnait avec quelque chose de diffus en moi.

— Comment ça ?

Il lâcha un souffle qui aurait dû être un signe que je n'allais pas aimer ce qui allait suivre. Mais comme à son habitude, il ne prit pas de pincettes.

— Tu n'as pas remarqué, quand on est allés à son appartement, que sa porte d'entrée n'avait rien ?

Quoi ?

— Sa porte d'entrée, répéta-t-il, comme si j'avais posé la question à voix haute. Elle a dit qu'elle s'était fait cambrioler, mais sa porte d'entrée était normale. J'ai déjà vu des endroits cambriolés, Luna. Or, là, il n'y avait aucun signe d'intrusion. L'encadrement de porte était intact. Elle avait même une alarme, bon sang.

Il me fallut une seconde pour digérer ses paroles. Pour *réfléchir.*

Mais au bout du compte… il avait raison.

Il n'y avait eu aucun signe d'effraction sur la porte d'entrée. J'avais sonné. J'avais frappé. J'avais même frappé de toutes mes forces. Et elle vivait au deuxième étage. Comment seraient-ils montés à moins d'être Spiderman et d'avoir escaladé les balcons ? Et pour quoi ? Pour entrer par la baie vitrée ? Tous ces efforts pour voler un ordinateur valant un millier de dollars, ce qui ne me semblait pas si cher de toute manière ? Est-ce qu'ils n'auraient pas cambriolé d'autres appartements pour rentrer dans leurs frais ?

Rip grommela tandis que je restais assise là, silencieuse.

— C'est tout ce que je veux dire. Il y a un truc de louche.

Hmm.

Hmm.

Il n'avait pas tort.

Et cette prise de conscience fit bourdonner mes oreilles. Parce que quelque chose m'avait semblé étrange dans toute cette histoire, mais je n'avais pas réussi à savoir quoi ou pourquoi. J'avais pensé que c'était juste Thea qui se comportait bizarrement, mais ce n'était pas ça.

Ou alors peut-être que c'était ce que je voulais penser.

Je ne m'attendais pas à ce qu'elle soit ma meilleure amie, mais je ne m'étais pas attendue non plus à ce qu'elle me mente, pas après tout ce que nous avions vécu ensemble.

Pourtant, c'était le cas. Pour une raison ou une autre, elle avait commencé à me mentir à l'instant où elle avait déménagé sans m'en parler.

… Peut-être même plus tôt.

Cette trahison était pire que tout le reste. Pourquoi aurait-elle inventé une histoire pareille ? Quelqu'un était-il rentré chez elle par effraction malgré tout ?

Je me demandais si Kyra savait ce qui se passait avec Thea. Je doutais que Lily soit au courant de quoi que ce soit.

Pour une fois, je ne savais pas quoi dire. Je ne pouvais que rester silencieuse et réfléchir.

Et me sentir déçue.

C'était cette déception qui me vola mes mots pendant un long moment après cela.

***

— Merci, marmonnai-je à la réceptionniste en réglant le montant de mon rendez-vous avec le médecin, une heure et demie plus tard.

— La pharmacie aura votre ordonnance prête dans une trentaine de minutes, me rappela la femme en face de moi une fois de plus.

Je la remerciai de nouveau avant de m'échapper par la porte qui menait vers la salle d'attente, où je trouvai Rip. Il était affalé sur une chaise, les bras croisés, débordant de la pauvre chaise de partout. Pendant une seconde, je me demandai à quoi ressemblaient les canapés chez moi, puis je me repris. Il sauta sur ses pieds et me détailla de haut en bas, comme si j'allais revenir avec un panneau dévoilant mon diagnostic.

— Prête ?

— Oui, répondis-je en lui adressant un sourire qui n'était qu'à demi forcé.

Je n'étais pas en colère contre lui pour avoir abordé le sujet de Thea, mais cela me pesait. Cela me pesait tellement que je ne savais pas quoi lui dire. Je ne savais pas quoi penser, surtout.

Je laissai rarement les gens me blesser, cependant, le fait que Thea ne soit pas honnête avec moi… me faisait plus de mal que ça ne le devrait. Pour tout dire, n'avais-je pas menti à assez de personnes dans ma vie pour être une énorme hypocrite quand quelqu'un faisait la même chose avec moi ? Je connaissais la réponse à cette question. Mes mensonges n'étaient pas toujours innocents.

Je devais me sortir de cette spirale de pensées néfastes, cependant.

Alors, je rassemblai toutes ces pensées en une boule que je rejetai loin de moi. Pour le moment.

Je suis bien. Je suis aimée. J'ai tout.

Sauf l'honnêteté de ma sœur. Et peut-être sa loyauté.

Et voilà que je recommençais.

— Je vais bien, me forçai-je à répondre à Rip, tandis que nous sortions du cabinet et longions le hall d'entrée vers là où était garé son pick-up. Ils ont fait une radio. Le médecin dit que tout va bien, j'ai juste été un peu secouée.

Je gardai le « je te l'avais bien dit » pour moi.

— Il m'a fait une ordonnance qui sera prête dans une demi-heure, mais je ne vois pas l'intérêt d'aller chercher des médicaments que je ne prendrai pas.

— Pourquoi ?

Quelle fierté me restait-il ? Il connaissait déjà la plupart de mes mauvais côtés. Qu'est-ce qu'un de plus pouvait changer, honnêtement ?

— Je ne me fais pas confiance avec tout ce qui pourrait être addictif. Je ne veux pas prendre le risque, et il m'a prescrit des opiacés. J'ai vérifié sur Internet pendant que j'attendais.

Pas besoin de regarder Rip pour savoir qu'il était de nouveau sérieux. Je pouvais le sentir. Je devinai qu'il me regardait du coin de l'œil.

Je haussai les épaules pour qu'il sache que ce n'était pas grave.

— Bref, si tu veux…

— Tu ne retournes pas travailler, rétorqua-t-il avant que je ne puisse finir ma phrase.

Je dus lutter pour ne pas sourire.

— Je sais. M. Cooper m'a envoyé un message quand j'attendais pour la radio et il m'a dit de prendre quelques jours. J'allais te demander si tu pouvais me raccompagner chez moi, patron.

Son grognement me fit sourire.

— Je vais te ramener. Je ne suis pas resté à t'attendre pour rien.

Je levai les yeux au ciel.

Puis je me demandai ce que j'allais faire. Je n'avais jamais pris une journée sans raison. Cela avait toujours été pour faire quelque chose avec une de mes sœurs, ou pour une des rares fois où j'avais été malade.

Mais à présent ? La première et la seule chose à laquelle je pensais était Lily. Lily et seulement Lily.

Et Rip agit de nouveau comme s'il pouvait lire dans mes pensées :

— Tu vas te reposer ?

— *Oui.* J'étais justement en train de penser que je pourrais aller voir ma petite sœur à Galveston.

— Galveston ?

— Oui.

Avant qu'il ne puisse dire quoi que ce soit, j'ajoutai rapidement :

— Si j'y vais, je prendrai un Uber ou un truc comme ça. Je ne compte pas risquer ma vie ou celle de qui que ce soit d'autre en conduisant, d'accord ?

Il me tint la porte menant à l'extérieur et je passai devant lui, effleurant du bras les muscles durs de son torse et de ses abdominaux. Bon sang, cet homme était sacrément roulé. Ferme. Musclé.

Et *mon patron.*

Mon patron que je devais continuer à provoquer pour qu'il ne croie pas que j'étais en train de penser à son corps.

— Sauf si tu veux venir ? lançai-je par défi tout en descendant les marches qui menaient hors du bâtiment.

Il ne répondit pas tandis que nous nous dirigions vers son pick-up, et je ne le pris pas personnellement. Ce n'était pas comme s'il acceptait toujours mes invitations. Et je lui en avais lancé… quoi ? Des centaines au cours de ces dernières années ?

Je sortis mon téléphone de ma poche alors que je marchais et trouvai le nom de Lily parmi mes messages. Je souris en voyant le dernier SMS qu'elle m'avait envoyé.

Je lui en envoyai un nouveau.

Moi : Je pose ma journée et celle de demain, je pensais venir te voir si tu as du temps. Dis-moi. Pas de pression.

Si elle était occupée, je comprendrais. Ce n'était rien de grave.

— Tu vas passer la nuit ou juste la journée ? demanda Rip en déverrouillant le pick-up.

Oh.

— J'attends la réponse de Lily, mais si j'y vais… je suppose que je pourrais passer la nuit. Je n'ai jamais dormi à Galveston avant, maintenant que j'y pense.

Il ouvrit la portière passager et vint se placer juste derrière moi, ses mains se posant à leur place à présent familière en bas de mes hanches.

— Ça fait vingt ans que je ne suis pas allé à Galveston. Lève les pieds.

— Tu n'aimes pas la plage ?

— J'aime bien la plage. J'aime pas avoir du sable dans le cul.

Ne le fais pas. Ne le fais pas. Ne le…

Je ne pus me retenir.

— Parce qu'il y a des choses que, euh… tu aimes avoir là-dedans ? demandai-je.

Rip s'étouffa.

J'éclatai de rire tout en levant les pieds, puis il me souleva et je les reposai une fois la marche à ma hauteur. Il claqua la portière derrière moi dès que je fus assise. Je ne pus m'empêcher de sourire en pensant à quel point il se montrait gentil avec moi sans raison.

— Rip, tu sais que tu n'as pas besoin d'être gentil avec moi à cause de l'accident. Ce n'était pas ta faute, déclarai-je à l'instant où il fut assis face au volant.

Il ne prit même pas la peine de me lancer un regard agacé.

— On a déjà parlé de toute cette histoire.

Toute cette histoire.

Et il ne se sentait pas coupable.

Ben voyons.

— Tant mieux, je suis contente que tu ne te sentes pas coupable, mais, sérieusement, tu n'as pas besoin de jouer au chauffeur pour moi. Je ne suis pas Miss Daisy[8]. On est quittes. Je te le promets. Je serais quand même allée au travail si Mister C. et toi m'aviez laissée faire, si c'est ce qui t'inquiète.

Sur quelle partie de ma phrase s'arrêta-t-il, évidemment ?

— On n'est pas quittes, eut-il le toupet d'affirmer, usant de son ton sec avec moi.

Je n'avais pas l'intention de lui lancer un regard noir, mais… sérieusement ?

— Pourquoi ?

Il haussa les épaules.

— Parce qu'on ne l'est pas.

Pile à cet instant, mon téléphone vibra. Je baissai les yeux et vis un message de ma sœur. Puis un second.

Lily : Je finis mon service à 17 h, mais VIENS ME VOIR. TU ME MANQUES TELLEMENT.

Lily : Tu peux venir passer du temps au restaurant avec moi.

---

8 En référence au célèbre film Miss Daisy et son chauffeur sorti en 1989 avant de remporter quatre oscars en 1990. (NdT)

Un troisième SMS arriva avant que je n'aie fini de lire les deux premiers.

Lily : Ma chambre est toute petite, mais SOIRÉE PYJAMA. On peut dormir dans le même lit comme au bon vieux temps.

Un autre message arriva et je ne pus m'empêcher de sourire en les lisant.

Lily : Tu es déjà en route ?

Je l'aimais. Je l'aimais tellement.

Moi : Pas encore, mais je ne vais pas tarder.

— Qu'est-ce qui te fait sourire comme ça ? m'interrogea l'homme à côté de moi.

Je rangeai le téléphone dans mon sac, un immense sourire toujours collé au visage.

— Ma petite sœur doit travailler, mais elle m'a dit de venir la voir, donc je suppose que je vais trouver une voiture pour m'emmener.

Rien que de penser à elle, je me sentais déjà mieux.

— Elle me manque tellement, continuai-je dans un soupir. Et même si je suis vraiment désolée pour ton pick-up et que je n'aime pas devoir poser des jours, j'ai vraiment hâte d'aller la voir. Une bonne douzaine de ses câlins ne me feraient pas de mal.

— Hmm, se contenta-t-il de répondre.

Je fis une liste dans ma tête de ce que je devais emporter. La vibration de mon téléphone me sortit de mes pensées. Ce n'était pas un message, mais un appel. M'attendant à moitié à ce que ce soit Lily, j'hésitai une fois le téléphone dans ma main en voyant que l'appel provenait de San Antonio. Était-ce le notaire, encore une fois ?

Je n'hésitai qu'une seconde avant de répondre.

— Allô ?

Il y eut un grand bruit en arrière-plan puis la voix d'un homme retentit sur la ligne.

— *C'est Luna ?*

D'accord. Ça ne ressemblait pas du tout à l'homme à qui j'avais parlé quelques semaines plus tôt au sujet de mamie Genie.

— Oui ?

J'avais beau savoir que ma réponse ressemblait plus à une question, je m'en fichais.

— *Enfin, putain,* marmonna l'homme à l'autre bout du fil.

Je dus éloigner le téléphone de mon oreille pour regarder l'écran. Qui était-ce, bon sang ?

— Pardon ? demandai-je en ramenant le téléphone à mon oreille.

Il ne me fit pas attendre.

— *Il faut qu'on parle,* continua l'homme en avalant les mots. *Le plus tôt sera le mieux.*

Attendez. *Attendez.*

Je vais bien. Je suis aimée. J'ai tout ce dont je peux avoir besoin.

À part cette conversation avec un homme qui, je le devinai brusquement, était mon père.

Comment avait-il bien pu mettre la main sur mon numéro ?

Mon père m'appelait. Au bout de neuf ans. Après m'avoir dit qu'il allait me tuer. Après m'avoir menacée avec…

Calme-toi, Luna.

J'étais calme. J'étais calme. J'allais bien. Je pouvais réfléchir.

— Ne m'appelle plus jamais, déclarai-je lentement, interrompant l'homme à l'autre bout du fil.

Que fit-il ? Il jura. Il me maudit comme à chaque fois que je lui avais demandé quoi que ce soit quand j'étais petite. Comme si je ne faisais que le déranger, et les mots qui suivirent le confirmèrent.

— *Je t'appelle que pour ta sœur, bordel, ne crois pas que ça soit pour une quelconque autre raison.*

Pour ma sœur ? Laquelle ?

— *Dis-lui d'arrêter ce job à la con. Elle ne répond plus à mes appels.*

Elle ne répondait plus à ses appels ? Elle y répondait d'habitude ? Depuis quand ? Pourquoi ?

Pourquoi ferait-elle une chose pareille ?

Je croyais mon père tout à fait capable de mentir, mais… pourquoi ? Pourquoi ferait-il ça ?

— *Parle-lui. Elle n'a rien à faire là-bas, pas à faire cette merde*, continua-t-il.

Ses phrases étaient décousues, il parlait trop vite.

Il me détruisait un peu plus mot après mot. Ou peut-être était-ce ma sœur qui le faisait à chaque mot sortant de *sa* bouche.

Mes mains commencèrent à trembler. *Les miennes.* À l'instant où j'allais cacher ma main vide sous ma cuisse, je m'arrêtai. Puis je pris une décision.

— Je ne sais pas de quoi tu parles, affirmai-je sincèrement, parce que c'était vrai et que je ne comptais pas le cacher. Mais je ne veux plus jamais entendre ta voix. N'appelle pas Lily ou Kyra non plus. Si tu le fais, j'appellerai ton contrôleur judiciaire. Je n'aurai pas un instant d'hésitation.

Puis je raccrochai.

À cet instant, et seulement à cet instant, je fourrai mes mains tremblantes sous mes cuisses et lâchai un long souffle.

Bon sang, mais dans quels ennuis s'était mise Thea ? Qu'est-ce qu'elle pouvait bien être en train de faire ? Et pourquoi lui parlait-elle à lui ?

Juste quand je me disais que les choses ne pourraient pas être pires…

Je découvrais *ça* ? *Ça* ?

— Ça va ? demanda Rip sans attendre.

Je voulais répondre que j'allais bien. Vraiment. Mais ce n'est pas ce qui sortit de ma bouche.

— Oui. Non. Je crois… Je crois que tu as raison, il se passe quelque chose de louche avec ma sœur. C'était mon père au téléphone.

Mon père. Quelle blague.

— Je ne lui ai pas parlé depuis des années, et il a juste dit…

Pourquoi est-ce que je parlais de tout ça à Rip ?

Je sortis une main de sous ma cuisse et me frottai le front comme si cela pouvait effacer la conversation qui venait d'avoir lieu.

La voix de Rip était basse et rocailleuse, et tellement, tellement sérieuse quand il reprit la parole.

— Qu'est-ce qu'il a dit ?

Je gardai le regard fixé droit devant moi, à peine capable de parler.

— Il a dit que ma sœur n'avait rien à faire quelque part, mais ne m'a pas dit où et…

De l'amertume, une vague d'amertume pure monta dans ma gorge pour la première fois de mon existence. Je n'étais pas amère. *Vraiment.* Mais à cet instant, c'était ce que je ressentais. Et je compris. Je compris comment les gens pouvaient s'accrocher à leur ressentiment pour le reste de leur vie.

— Il a dit qu'elle ne prenait plus ses appels, comme si c'était nouveau.

Comment avait-elle pu ? Après tout ce qu'il m'avait dit et tout ce qu'il m'avait fait ? Elle était la plus âgée après moi. Celle qui avait vu, plus que mes autres sœurs, à quoi avait ressemblé notre relation.

Et elle lui parlait ?

— Je suis désolée. Il faut que je l'appelle.

Je récupérai mon téléphone, remis la main sous ma cuisse et appuyai sur l'un de mes favoris, le cœur au bord des lèvres.

Rip ne répondit pas tandis que je lançais l'appel. Puis je restai assise là, à écouter la tonalité sonner, puis sonner, et sonner encore. Jusqu'à ce que le répondeur se déclenche.

Je rappelai, et une fois de plus elle ne répondit pas. Tant pis. Je laisserais un message.

— Thea, c'est Luna. Je viens d'avoir un appel de… la maison. Est-ce que tout va bien ?

Elle parlait à notre père derrière mon dos. Bon sang, j'étais *furieuse*. Mais plus… plus que tout… j'avais mal. Tellement mal que je pouvais à peine parler et rester maîtresse de moi-même. Je pouvais à peine *penser*.

— Écoute, je ne sais pas ce qui se passe, mais je t'aiderai de n'importe quelle manière possible. Alors, parle-moi, d'accord ? Rappelle-moi, s'il te plaît. Je ne vais pas au travail aujourd'hui. Tu peux m'appeler à n'importe quelle heure, insistai-je en inspirant par le nez avant d'expirer. Fais attention à toi, d'accord ?

Puis je raccrochai, me sentant bizarrement… insensible.

Dans quoi était-elle impliquée ?

Je retirai la main de sous ma cuisse, serrai les poings sur mes genoux et gardai le regard fixé sur eux, essayant de retrouver mes moyens. Elle n'était pas mourante. Rien de terrible ne lui était arrivé. Il n'y avait aucune raison pour que je panique et retourne à Dallas pour la voir – elle ne m'ouvrirait pas la porte de son appartement de toute façon.

Je pris une autre grande inspiration qui ressemblait honnêtement à un silencieux pour voiture en fin de vie.

Me calmer. Je devais me calmer.

L'arrêt de la voiture me tira de mes pensées. Nous étions juste devant chez moi.

— Luna, fit Rip lentement et prudemment. Ça va ?

Je me mordis la lèvre inférieure et entendis le mensonge qui voulait sortir de ma bouche. Je le remplaçai par la vérité.

— Ça ira.

Des doigts tatoués, longs et familiers effleurèrent le dos de ma main et restèrent là, près du bracelet «*JETAIME*» que j'avais enfilé ce matin-là. La voix de Lucas Ripley glissa sur moi tandis qu'il déclarait :

— Je ne sais pas ce qui se passe avec ta sœur, mais dis-moi si je peux faire quoi que ce soit. Tu n'es pas seule, tu m'entends ?

Je pinçai les lèvres et hochai la tête.

Mais il n'avait pas fini.

— Tu ne l'es pas, Luna, et il faut que je te dise que tu n'as pas à laisser qui que ce soit se servir de toi ou ne pas assumer…

— Je ne fais pas ça, l'interrompis-je.

Ce ne fut que parce que son visage était doux, ses traits d'habitude si durs totalement détendus pour une fois, que je m'empêchai d'être gênée par ses mots ou ce qu'ils insinuaient.

— Tout ce que je veux dire, c'est que tu n'as pas à te laisser marcher sur les pieds, et il faut que tu arrêtes de croire le contraire. Réfléchis-y, d'accord ? Profite du temps que tu vas passer avec ta sœur, mais pense à ce que je t'ai dit.

Chapitre 18

— Content de te revoir, petite lune, me salua M. Cooper en entrant dans la salle de pause en ce samedi matin, une tasse de café à la main.

Je me reculai sur ma chaise et souris.

— Moi aussi, Mister C. J'ai l'impression d'être partie au moins une semaine.

Mais ça n'avait été que deux jours complets. J'aurais pu rester chez moi un jour de plus et personne n'aurait rien dit, mais je ne comptais pas profiter de la gentillesse de qui que ce soit.

Ça, et puis, même si je ne m'étais retrouvée seule chez moi la veille que pour quelques heures, je ne savais déjà pas quoi faire de moi-même. J'avais appris très vite, quand j'étais allée rendre visite à Lily, que si j'avais ne serait-ce que cinq secondes d'inactivité, je finissais par penser à Thea et mon père. Et si ce n'était pas à eux, je pensais à Rip, ses amis secrets et sa mère. Une fois, une seule et unique fois, je m'autorisai à réfléchir aux derniers mots qu'il avait prononcés avant de me déposer chez moi, quand il m'avait dit de ne pas laisser les autres me traiter comme de la merde.

Je ne voulais pas penser à eux, surtout étant donné que ma propre sœur refusait apparemment de m'appeler, mais n'avait aucun problème pour répondre aux messages de Lily.

Ce n'était que parce qu'elle répondait par message et parce que j'avais appelé Kyra pour savoir si elle avait de ses nouvelles, que je savais qu'elle était au moins vivante et en bonne santé. Si quelque chose n'allait pas, elle n'irait pas au travail ni à l'université, avait affirmé Kyra. J'avais dû lui mentir et lui dire que nous nous étions disputées et qu'elle m'en voulait.

Ce ne serait pas la première fois.

M. Cooper posa une main sur le haut de ma tête tout en marchant derrière moi, m'entraînant vers des pensées plus heureuses et sans danger qui ne concernaient pas la trahison émotionnelle de ma sœur, ou le fait que mon père était un sale type.

— Te voilà comme neuve ?

— Presque, répondis-je.

Je pouvais enfin tourner la tête, en tout cas plus qu'avant. Le massage que je m'étais payé jeudi pendant que j'attendais que Lily finisse son service avait aidé.

— Comment ça va ? Comment se porte votre femme ?

Il déposa un sandwich à côté de moi.

— Tout va bien. Elle est en pleine forme. Tu lui manques et elle m'a demandé de te dire d'appeler. À part ça, je ne peux pas me plaindre.

— Votre tension ?

Il me lança un regard en coin.

Je souris.

— Et le petit nouveau ? murmurai-je.

— Il est bien, confirma-t-il. Il bosse dur, est respectueux et professionnel. Je suis content.

— Tant mieux.

— Qu'est-ce que tu as fait de tes deux jours de congé ?

J'avais décidé de ne parler à personne de ce qui s'était passé avec Thea, et cela incluait M. Cooper.

— Je suis allée voir Lily et j'ai passé une nuit avec elle. Et hier, je suis restée chez moi à regarder la télé et à faire des machines.

— Tu as eu d'autres rencards ?

Bon sang. Sans le rappel de ma petite sœur ce matin, j'aurais oublié, même si elle m'en avait parlé une douzaine de fois quand nous étions ensemble.

— J'en ai un ce soir. Avec un ancien prof de Lily.

— Un prof ?

Son ton était-il dubitatif, ou alors était-ce mon imagination ?

Je hochai la tête malgré tout.

— Je t'imaginerais bien avec un prof, fit-il d'un ton pensif.

Ainsi, il n'était pas dubitatif.

Très bien.

— Pas moi. Elle a dit qu'il était sympa. On a rendez-vous au *Mickey*, alors j'espère que ça va bien se passer, répliquai-je en apercevant du coin de l'œil Rip entrer dans la salle de pause.

Je ne l'avais même pas entendu arriver tellement il était discret.

Il me lança un regard impassible que je ne sus interpréter.

Quand j'étais arrivée ce matin-là, il était déjà au boulot. Et lorsque je lui avais apporté son café peu de temps après, nous avions eu la même conversation que nous avions à chaque fois, sauf qu'il m'avait demandé si je me sentais mieux. Je lui avais répondu par l'affirmative, et ça s'était arrêté là.

Il ne m'avait pas posé de questions à propos de ma sœur après m'avoir proposé son aide si j'en avais besoin.

Non pas que je le ferais.

Enfin, sauf si c'était absolument nécessaire.

— Tu te sens mieux, Luna ? fit une autre voix, attirant mon attention vers la porte tandis que Rip passait derrière moi.

C'était le nouvel employé, Ashton, qui se tenait dans l'embrasure, portant un sac à emporter avec le logo du food truck du coin qui vendait des burgers.

— Oui, répondis-je en lui souriant. Je peux enfin tourner un peu la tête. Tu vois ?

L'homme blond sourit à son tour et déposa son sac sur la chaise en face de moi.

— Bravo.

— Merci.

Du coin de l'œil, je vis Rip mettre quelque chose dans le micro-ondes.

— Tout le monde se plaignait de ton absence, continua Ashton en s'asseyant.

— Oh, c'est parce qu'ils n'ont personne à embêter quand je ne suis pas là, plaisantai-je.

Deux bouchées de nourriture plus tard, le raclement de la chaise à côté de moi me prépara à voir Rip s'y asseoir, ce qu'il fit. Il avait un Tupperware en verre contenant ce qui ressemblait à… du poulet, du riz complet et des légumes. Puis je tournai le regard vers mon déjeuner et observai les mêmes nouilles molles et collantes, les mêmes légumes flétris qui n'avaient pas meilleur goût que la première fois que je les avais mangés.

Il dut jeter un œil à mon déjeuner aussi, car nos yeux se croisèrent et je lui souris.

La joue tournée vers moi s'arrondit en un demi-sourire – c'était la joue avec une fossette, en plus – et je ne pus m'empêcher de ressentir une pointe de triomphe face à cette blague partagée.

Je poussai mon Tupperware vers lui légèrement.

— Tu veux goûter, patron ? demandai-je tout à fait sérieusement.

Sa joue s'arrondit encore un peu plus.

— Ça va, merci, répondit-il de sa belle voix grave.

— Tu es sûr ?

Il observa de nouveau ma nourriture et sembla y réfléchir un instant avant de me prendre la fourchette des mains, de la plonger dans le Tupperware et, comme s'il avait fait ça des dizaines de fois, de l'enfourner dans sa bouche avant que je n'aie le temps de réaliser ce qui se passait. Il mâcha… ses yeux bleu-vert s'arrondirent…

Et il manqua de s'étouffer.

Il faillit *s'étouffer* avant de réussir à déglutir.

Je restais bouche bée tandis qu'il secouait la tête comme pour effacer le souvenir de ce qu'il venait de goûter.

— Rip, réussis-je à dire, la bouche toujours ouverte.

— Qu'est-ce que c'était que *ça* ? demanda-t-il en tendant la main vers sa bouteille d'eau et en en avalant la moitié.

Il me lança un regard qui se voulait sûrement horrifié, mais était juste adorable.

— Un *lo mein*, déclarai-je en éclatant de rire.

Il me regarda. Puis il attrapa mon Tupperware, repoussa sa chaise en arrière et jeta le tout à la poubelle.

— Rip ! sifflai-je, hilare. Qu'est-ce que tu fais ? C'est de la nourriture parfaitement mangeable !

Il se rassit et me lança un regard tout en reposant mon Tupperware à présent vide et en s'emparant du sien.

— Il n'y avait rien de parfaitement mangeable là-dedans, Luna, grommela-t-il en secouant la tête.

Il versa la moitié de son déjeuner dans ma boîte, puis la poussa vers moi en inclinant le menton.

— Mange ça.

Je clignai des yeux, ignorant la sensation de chair de poule sur mes bras tandis que je digérais ce qu'il venait de faire.

— Je ne veux pas manger ta nourriture.

— Luna.

— Et si tu as faim plus tard parce que tu n'en as avalé que la moitié ?

Son visage se transforma, juste un petit peu, puis il leva les yeux au ciel et prononça de sa voix autoritaire :

— Mange.

Ce ne fut qu'à cet instant que je pris conscience que ni M. Cooper ni Ashton n'avaient prononcé un mot depuis que Rip s'était assis à côté de moi et que nous avions commencé à parler. Je me demandais ce que M. Cooper en penserait.

Mais la voix de Rip me fit concentrer mon attention sur lui de nouveau.

— Tu vas vraiment te disputer avec moi sur le fait de manger ? eut-il le culot de demander.

Je pinçai les lèvres.

— Non, marmonnai-je.

Puis je me forçai à arrêter, enroulant ma main autour du Tupperware et le tirai vers moi.

— Merci de partager avec moi. Tu n'avais pas besoin de faire ça.

Sa réponse chaleureuse fut un grognement.

Si mon téléphone n'avait pas sonné à cet instant, j'aurais continué, mais je vis que j'avais reçu un message de Lily.

Depuis l'appel de mon père, chaque fois que mon téléphone sonnait, je devenais parano.

Je déverrouillai l'écran et ouvris son message.

Lily : Tu es prête pour ce soir ?

Bon, au moins ce n'était rien d'autre. Juste le rencard. Ce soir.

Était-ce mon imagination ou ma nuque recommença-t-elle à me faire mal pile à ce moment-là ?

Je lui répondis.

Moi : Oui…
Moi : Ma nuque me fait toujours mal, en revanche.

C'était exagéré, mais…

Lily : Ne tourne pas la tête alors, banane.

Je jetai un regard en coin à Rip et vis qu'il avait sorti un magazine de quelque part – sa poche ? – et l'avait ouvert devant lui. Mais il donnait l'impression de se passer la langue sur les dents en grimaçant. Ma cuisine avait cet effet sur les gens.

Je me demandais quoi lui répondre, avant de finir par baisser les yeux vers mon nouveau déjeuner.

C'était exactement ce que j'avais deviné : du riz sauté avec des légumes et une cuisse de poulet. Je plongeai ma fourchette dans le riz et l'enfournai, clignant des yeux tandis que je mâchais et que j'avalais.

Je jetai un regard à Rip et pris une autre bouchée.

Bon sang, c'était *délicieux*. Je me demandais s'il l'avait préparé ou alors – ou alors quoi ? À moins qu'il n'ait une cuisinière qui venait chez lui – ou une femme préparant son déjeuner pour lui –, c'était lui qui avait fait ça.

Peut-être était-ce une femme qui avait préparé ça pour lui. J'ignorais s'il avait une petite amie. Ou peut-être pas une petite amie, mais juste… une amie. Et plus si affinités. Personne n'avait jamais mentionné une femme dans sa vie, et ce n'était pas comme s'il amenait qui que ce soit à l'atelier, à part l'autre homme qu'il était allé retrouver sur le parking.

— C'est toi qui as cuisiné ça ? lui demandai-je.

— Oui, répondit-il sans même me regarder.

D'accord. Je répondis à Lily tout en enfournant une bouchée de plus.

Moi : Je n'ai pas vraiment envie d'y aller, Lily.

Lily : Allez. Vas-y.
Qui sait, peut-être que vous allez bien vous entendre.
Je te promets qu'il est mignon.

Je savais qu'il l'était. Elle m'avait montré sa photo au moins trois fois. Ce n'était pas la question, cependant.

Lily : Mais je peux lui demander s'il est dispo un autre jour, si tu veux.

Je n'avais pas envie d'y aller tout court, mais… j'étais supposée faire des efforts. Donc…

Je jetai un autre coup d'œil à Rip, qui feuilletait le magazine tout en mangeant le contenu de son Tupperware sans le regarder. Il avait partagé son déjeuner avec moi. Un déjeuner qu'il avait cuisiné lui-même.

Le cœur a ses raisons, mais la raison sait ce qu'elle peut avoir.

Et ce fut avec cette pensée en tête que je lui répondis.

Moi : Oui, si tu peux.

Lily : D'accord, je m'en occupe.

Je me sentais un peu mal après ça, mais au moins je n'annulais pas carrément. Je faisais quand même des efforts. Juste… pas aujourd'hui.

Pour une raison ou une autre, je tournai la tête vers l'autre côté pour voir ce que faisait M. Cooper puisqu'il était totalement silencieux. J'eus un instant d'arrêt en voyant le sourire qu'il arborait tout en mangeant son sandwich.

— C'est si bon que ça ? ne pus-je m'empêcher de lui demander.

Ses yeux bleus se rivèrent aux miens et il eut un petit rire, arborant toujours son sourire.

— Oui, c'est si bon que ça, Luna, répondit-il, tandis que son sourire s'agrandissait encore et qu'il me tapotait la tête. C'est le meilleur sandwich que j'aie jamais mangé.

***

Des heures plus tard, quand cinq heures sonnèrent et que j'en eus fini avec la journée de boulot – que j'avais passée à adresser à peine la parole à Jason, qui s'était montré bizarrement professionnel –, je vérifiai mon téléphone de nouveau et vis les messages que m'avait laissés Lily au cours de l'après-midi.

Lily : Je lui ai envoyé un e-mail, mais je n'ai pas encore eu de réponse.

Lily : Toujours rien.

Lily : Pas de réponse, mama Luna. Je dois filer au boulot, mais je vérifierai s'il me répond. Désolée ❤

Il n'avait pas répondu ?

Et s'il s'était rendu au bar où l'on s'était donné rendez-vous et attendait pour rien ?

J'envoyai un message à ma sœur pour lui dire de ne pas s'inquiéter et pris mes affaires en sortant. Rip était occupé à parler avec deux employés, aussi ne pus-je pas lui faire de signe d'adieu. Je lançai un « Au revoir » à Miguel cependant, qui me regardait toujours comme si j'allais lui vomir dessus depuis l'autre côté de la pièce.

Quand j'arrivai chez moi sans message de Lily confirmant que mon rencard était annulé, je me sentis mal. Je ne voulais vraiment pas y aller, mais je ne voulais pas le laisser patienter là-bas pour rien non plus. Je me forçai à m'habiller et à me rendre au bar.

Dans le pire des cas, j'enverrais un message à Lenny et lui dirais de m'appeler dans une heure si les choses ne se passaient pas bien.

Dans le meilleur des cas, il me poserait un lapin.

***

Je n'étais au bar que depuis quelques minutes quand j'acceptai le fait que soit le prof avait reçu le mail de ma sœur et était trop obtus pour répondre, soit qu'il était mort. Ça devait être l'un ou l'autre. Du moins, c'est ce que je me disais.

Mais s'il y avait la moindre chance qu'il n'ait pas reçu le mail et soit juste en retard…

J'attendais. C'était le mieux que je puisse faire.

Au bout de cinq minutes à poireauter et à vérifier mon téléphone toutes les minutes au cas où Lily m'aurait écrit, je m'en voulus de ne pas être restée chez moi dès le départ et d'avoir pris le risque que ce soit le prof qui attende ici plutôt que moi. Mais j'avais commandé un verre de Sprite et avais observé toutes les personnes entrant dans le bar, espérant que l'une d'entre elles ressemble à la photo que ma sœur m'avait montrée.

Au bout de quinze minutes, j'aurais accepté n'importe qui regardant autour de lui, pour qu'au moins j'aie espoir que cette personne soit en train de me chercher. Mais les seules personnes qui regardaient autour d'elles en entrant rejoignaient des groupes déjà assis. J'avais pris une table pour deux au milieu de la pièce.

Il n'y avait personne, cependant. Seulement moi, assise seule, observant les autres clients. L'histoire de ma vie.

Je vérifiai mon téléphone une dernière fois et ne soupirai même pas en constatant que rien n'avait changé sur l'écran. L'une des serveuses passa devant moi avec un plateau de patates grossièrement coupées recouvertes de fromage fondu et de ce qui ressemblait fort à des morceaux de bacon. Mon estomac gronda. J'aurais dû au moins grignoter avant de venir.

Dix minutes de plus. Encore dix minutes, puis je partirais, sans me sentir coupable puisque j'étais venue. C'était tout. Je n'allais pas rester une minute de plus ; je mourais de faim. Si je voulais des frites, je pouvais m'arrêter au *Jack in the Box* sur la route de la maison.

De l'autre côté de là où j'étais assise, un groupe d'hommes se tenait à côté d'un jeu de fléchettes, déjà bien alcoolisés si j'en croyais leurs exploits. L'un d'entre eux en lança une qui atterrit à quasiment un mètre à droite de la cible, rebondissant sur le plâtre plein de trous qui recouvrait le mur, souvenir d'autres personnes bourrées s'étant essayées à ce jeu. Les autres hommes du groupe commencèrent à rire, mais celui qui venait de lancer la fléchette recommença, pour un résultat tout aussi mauvais.

Je regardai mon téléphone.

Trois minutes de passées, plus que sept à tenir.

— Tu es toute seule ?

Je devais être distraite, car il me fallut une seconde pour comprendre qui se tenait juste devant moi, un verre rempli d'un liquide sombre et ambré à la main. Ce fut la grande main couverte de tatouages que je vis en premier. Puis la longue manche s'arrêtant au niveau du poignet de l'homme.

Je ne connaissais qu'une seule personne qui portait des tee-shirts à manches longues en plein été. Et quand je vis que ce poignet était relié à un bras large et musclé, puis un torse puissant, un cou épais, et enfin un visage que j'avais vu un nombre incalculable de fois…

Je suis à peu près sûre que les yeux me sortirent de la tête.

— Rip ? hoquetai-je, comme si je ne connaissais pas son nom.

Ses yeux bleu-vert ne brillaient pas, sa bouche ne formait pas un sourire. Il continua à me regarder tout en restant planté là, aussi grand et large que d'habitude et tout simplement trop beau. Et moi qui étais assise ici parce que l'on m'avait posé un lapin.

— Tu es toute seule ? répéta mon patron.

Est-ce que… Est-ce que j'étais ici seule ?

J'avais perdu la tête. Merde. Je devais être si surprise que je n'arrivais pas à aligner deux pensées.

— Salut. Oui, répondis-je en souriant, sans comprendre ce qu'il faisait ici. J'étais supposée avoir un rencard, mais je n'ai pas l'impression qu'il va venir.

Je racontais n'importe quoi.

Il se gratta l'aile du nez. Puis il écarta la seule autre chaise de la table et cala son corps immense dessus. Ses avant-bras se posèrent sur la table et ses yeux se rivèrent à moi.

Avait-il une expression étrange, ou était-ce juste mon imagination ?

— Qu'est-ce que tu fais ici ? demandai-je en regardant autour de moi.

Je ne savais même pas ce que je cherchais – une femme magnifique avec des seins énormes venant vers nous ?

Mais personne ne nous accordait la moindre attention.

Rip observait le groupe d'hommes lançant des fléchettes.

— Je suis juste venu boire un verre avant de rentrer chez moi, répondit-il d'un ton naturel.

Oh, c'était logique.

J'attrapai le bout de ma paille et jouai avec tout en observant l'homme en face de moi.

— Tu habites près d'ici ?

Il avait toujours le regard tourné vers les joueurs de fléchettes.

— Non.

Donc…

— Tu es ici seul ?

— Oui.

Rip tourna son profil parfait vers moi et prit une gorgée de sa boisson. Ses sourcils se haussèrent paresseusement.

— C'est un endroit pourri pour rencontrer un inconnu, princesse.

Voilà ! Voilà cette trace d'affection de nouveau.

— C'est public.

— Il fait sombre, contra-t-il.

Je clignai des yeux.

— Il y a plein de monde autour.

— Beaucoup de gens bourrés ou pas loin de l'être.

— Le videur est à peu près aussi grand que toi, insistai-je.

Il haussa son autre sourcil.

— Il fait totalement noir sur le parking, fit-il lentement.

J'aurais juré le voir sourire. Je refusais de prêter attention à la pointe de plaisir que je ressentis à l'idée d'être la personne avec qui il pouvait partager ça. *Mais ça ne voulait rien dire.* Je ne pouvais pas oublier ça. Il était mon patron et… il m'aimait bien. Je le savais. Il avait partagé son déjeuner avec moi. Si ça, ce n'était pas de l'affection, je ne savais pas ce qui en était. Je savais comment partager, comme tout le monde. Mais Rip ? Rip avait caché son gâteau d'anniversaire pour que personne d'autre ne puisse en avoir.

— Pourquoi est-ce que tu as choisi cet endroit pour le rencontrer ?

Ce fut à cet instant que je percutai. Rip était en train de me voir attendre mon rencard. En train de me voir me faire poser un lapin. Génial.

Absolument génial.

Pourquoi est-ce que ma chance m'abandonnait chaque fois qu'il était là ? Mon cousin essayait de me faire du mal ? Rip était là. Ma sœur me virait de chez elle après que j'avais fait quatre heures de route pour venir la voir ? Il était là. Je faisais une erreur au boulot ? Il était là. La même sœur me mentait ? Il était là.

Je ne savais pas si je croyais à ce genre de signes, mais si c'était le cas, j'étais sûre que ça voudrait dire quelque chose.

Je soupirai et, repoussant mes inquiétudes, je pris une gorgée de mon Sprite juste pour gagner du temps avant de lui dire la vérité.

— Parce que ce n'est ni trop proche ni trop loin de chez moi.

Son expression changea, se rapprochant de l'amusement.

— Malin.

Je me tapotai la tempe.

Désirant changer de sujet et profitant du fait qu'il était venu s'asseoir avec moi, je me penchai en avant et posai le menton sur ma paume.

— Vas-tu me dire où tu habites, ou alors c'est trop personnel ? Je peux mettre ça dans notre boîte à secrets, si tu veux.

Il secoua la tête de droite à gauche avant de répondre en citant deux grandes rues situées au nord d'ici que je connaissais.

— Maison, duplex, appartement, immeuble ?

— Trou à rats.

Je n'aurais pas dû rire… mais c'est ce que je fis. Quand je vis son petit sourire, je réalisai qu'il l'avait fait exprès. Il se montrait de nouveau joueur. Pourquoi maintenant ? Après toutes ces années ? Je me posais la question, mais est-ce que ça allait m'empêcher de continuer ? Non.

— C'est rien de spécial. Juste un endroit où dormir et manger, expliqua-t-il sans perdre le fil.

Je pris une autre gorgée de ma boisson.

— Ton bail est pour combien de temps ?

— Je n'en ai pas.

Il vivait dans un trou à rats, qui n'était pas une location. Je n'avais pas besoin de dire que ça n'avait aucun sens, mais… ça n'avait aucun sens.

— Ce n'est pas ce genre d'endroits, continua-t-il avec un sourire microscopique. J'ai un mobil-home sur un terrain.

— Il est à toi ?

Rip hocha la tête.

— Ce n'est pas un trou à rats, alors.

— Si tu le dis, répondit-il en gardant un œil sur moi. C'est de la merde, crois-moi, mais c'est un endroit où dormir, me doucher, et cuisiner.

— C'est tout ce que ma maison a à offrir aussi, déclarai-je. Elle n'a rien de spécial, mais elle est à moi, et ça, c'est plutôt génial.

Son petit sourire tandis qu'il m'écoutait me poussa à continuer.

— Tu aurais dû voir ma maison quand je l'ai achetée. Elle aurait pu servir de décor à un film sur une famille qui y emménageait et dont les enfants se retrouvaient possédés par les poltergeists qui y avaient élu domicile depuis deux cents ans. Ma petite sœur, Lily, avait pris l'habitude de caler une chaise sous la poignée de son placard parce que ça lui faisait peur. J'ai dormi avec la lumière pendant au moins un an, mais ne répète ça à personne. Je leur ai toujours dit qu'elles exagéraient, mais c'était vraiment flippant à l'époque. La moitié du temps, je m'attendais à ce que quelque chose m'attrape le pied depuis le dessous du lit.

Les yeux de Rip s'illuminèrent et ma poitrine se gonfla de plaisir.

— À ce point ?

Il n'avait pas idée, ce qui me fit rire.

— Oui. Je ne pouvais pas me doucher en paix sans ouvrir un œil toutes les deux secondes pour vérifier qu'il n'y avait rien qui se cachait dans la salle de bains avec moi.

Rip émit un son rauque qui ressemblait *presque* à un rire, mais je ne comptais pas réagir. Pas question.

— Tu pourrais passer un jour, si tu as envie de te faire posséder ou si tu veux te faire une idée, même si la maison est assez différente aujourd'hui. Il reste encore énormément de choses que je veux faire, en revanche.

Était-il en train de sourire ?

— Mais elle est à moi, et tant que je rembourse l'emprunt et que je paie la taxe d'habitation, personne ne peut me l'enlever, à part les fantômes et les petits enfants qui vivent dans les murs.

Il eut un petit rire. Pour de vrai. Et sa fossette était pleinement visible quand il me demanda :

— Depuis quand est-ce qu'elle t'appartient ?

— Un an et demi. Et toi, depuis combien de temps tu as ton mobil-home ?

— Trois ans, répliqua-t-il sans y réfléchir.

Depuis qu'il était arrivé chez *Cooper's*.

Puis il décida de réorienter la conversation vers moi.

— Tu étais plutôt jeune pour acheter ton propre chez-toi.

Je pris une gorgée de mon Sprite.

— Je ne voulais pas vivre dans un appartement plus longtemps que nécessaire. On déménageait beaucoup quand j'étais petite, et je détestais ça. Donc, dès que j'ai eu un boulot, j'ai mis de côté autant d'argent que j'ai pu, même si ce n'était que vingt dollars par semaine. Mon objectif était d'acheter quand j'aurais vingt-deux ans, et puis mes sœurs sont venues vivre avec moi, et il y avait toujours une dépense imprévue. M. Cooper m'a proposé de se porter garant pour moi si j'avais besoin, mais j'ai eu la maison pour un prix très bas et j'avais un bon historique de crédit, donc il n'a même pas eu besoin de le faire. Ils avaient déjà fait tellement pour moi, en plus de se porter garants pour le prêt pour ma voiture quand j'ai eu dix-huit ans.

Je lui souris et hésitai à poursuivre. Et puis merde.

— Je sais que vous n'êtes pas vraiment les meilleurs amis du monde, mais Mister C. est l'homme le plus généreux que j'aie jamais rencontré. Il a fait plus pour moi que mon propre père, mais je suis sûre que tu l'avais compris, depuis le temps.

Des étrangers avaient fait plus pour moi que mon père, mais personne n'avait besoin de le savoir.

Heureusement, Rip ne se formalisa pas de mon commentaire. Il sembla pensif pendant un instant avant de passer à autre chose et de poser son regard intense sur moi de nouveau. Même son corps sembla se pencher tandis qu'il me demandait :

— Pourquoi est-ce que tu es ici, Luna ?

— Parce que ma sœur n'a pas un bon radar pour mes hommes et m'a arrangé un rencard avec un type qui n'a même pas pris la peine de décaler notre rendez-vous ou de me dire qu'il n'était plus intéressé ?

Il ne me quitta pas du regard. Il ne bougea pas d'un millimètre, ce qui me poussa à me demander si ce n'était pas exactement la question qu'il avait posée.

— Ou alors est-ce que tu me demandes pourquoi je suis à un rencard tout court ?

Le regard qu'il m'adressa confirma que c'était bien ce qu'il voulait dire.

Eh bien.

— Parce que.

Mais quelle réponse brillante, Luna !

Cela me valut un haussement de sourcils.

— Parce que ?

Pourquoi étais-je si mal à l'aise tout à coup ? Je haussai une épaule.

— Parce que. Pourquoi est-ce que, toi, tu sors avec des gens ?

Il cligna des yeux.

— Je ne le fais pas.

Ce fut à mon tour de cligner des yeux.

— Qu'est-ce que tu veux dire ?

— Je ne sors pas avec des gens, je n'organise pas de rencards.

Je tressaillis.

— Pourquoi ?

Ses yeux sarcelle étaient totalement concentrés sur moi.

— Parce que je ne sais pas. Je n'en ai jamais eu envie. Je ne voulais pas d'attache. Ou alors je n'ai jamais aimé quelqu'un assez pour essayer, choisis l'explication qui te convient, répondit-il sans se faire prier, comme si c'était un fait.

Et peut-être était-ce le cas pour lui.

Je ne pus m'en empêcher, surtout quand il se montrait aussi ouvert. Je me disais qu'il allait orienter la conversation vers moi tôt ou tard et je savais à quel point il pouvait être persévérant, mais je comptais bien en profiter tant que ça durait.

— Tu n'as jamais eu de petite amie ?

Il inspira.

— Non.

— *Jamais ?*

Il me lança un regard éloquent.

— Non.

Je lui adressai une grimace qui provoqua un petit rire grave.

— Ai-je vu la même femme plusieurs fois ? Ouais…

Ce n'était pas de la jalousie qui me noua l'estomac, non.

— Mais une foutue bonne femme ? Une petite amie ? Quelqu'un avec qui on est amis, on parle de trucs et on fait des efforts pour passer du temps ensemble ? Non, continua-t-il en secouant la tête. Non.

Le sexe. Il était en train de me dire que son seul intérêt pour les femmes était lié au sexe. Je n'allais pas prétendre que ça ne me laissa pas une sensation étrange au creux du ventre, mais… Cela expliquait un certain nombre de choses. Je n'allais pas m'inquiéter de cette boule amère qui me venait à l'estomac à l'idée qu'il couche avec d'autres personnes.

Ce n'était pas comme si j'étais vierge.

Mais son commentaire et son regard m'aidaient à comprendre pourquoi je devais limiter mes attentes vis-à-vis de lui.

Il était là, à me parler, il pouvait se montrer bon, gentil et affectueux quand il le voulait, mais c'était tout. Ce n'était pas comme si c'était une surprise. Si j'y réfléchissais sous un certain angle, peut-être que j'apprécierais même qu'il me voie différemment… peut-être.

Éventuellement.

— Pourquoi est-ce que tu es là, Luna ? demanda-t-il de nouveau, revenant à moi plus tôt que je l'aurais voulu.

J'ignorai sa remarque précédente et me concentrai.

— Parce que j'aimerais bien rencontrer quelqu'un qui soit mon ami et qui ait envie de passer du temps avec moi, répondis-je en me servant de ses propres mots.

Il passa les doigts sur son verre.

— Pourquoi est-ce que tu n'as pas déjà quelqu'un ?

Pourquoi ?

— Je croyais que tu voyais quelqu'un quand je t'ai rencontrée, poursuivit-il.

Oh…

— On s'était déjà séparés à ce moment-là, mais… tu sais, ça n'a pas marché. Il voulait quelque chose que je ne voulais pas, et on a rompu, expliquai-je.

Je savais que ça sonnait mystérieux, mais j'espérais qu'il ne saisirait pas la perche.

Il était assez curieux pour le faire cependant, et je remarquai sa surprise.

— Qu'est-ce qu'il voulait ?

Je l'avais cherché, pas vrai ? Je tripotai ma paille de nouveau.

— Entre nous ?

Il hocha la tête.

— Un plan à trois.

Rien sur son visage n'indiqua une quelconque surprise.

— Avec son ex-femme, terminai-je en lui souriant et en haussant une épaule.

J'avais tourné la page. Aujourd'hui, cela me faisait juste rire.

Rip cligna des yeux, avala une autre gorgée et prit son temps pour préparer sa prochaine question, l'air presque stupéfait.

— Tu peux répéter ça ?

Cette fois, j'éclatai de rire.

— Il voulait qu'on ait un plan à trois avec son ex-femme. Apparemment, c'est quelque chose qu'ils faisaient, même après avoir divorcé, mais je n'en savais rien avant qu'il me pose la question.

Rip redressa son grand corps sur sa chaise, mais son expression sidérée ne changea pas.

— Il a rompu avec toi pour ça ?

De nouveau, j'attrapai ma paille et contemplai mon Sprite avant de relever les yeux vers lui.

— *J'ai* rompu avec lui pour ça. Il a dit qu'il était désolé et qu'il n'aurait pas dû demander, mais c'était trop tard. Ça m'avait blessée et je n'arrivais pas à dépasser ça. En toute honnêteté, je ne pense pas que j'en aie rajouté des tonnes, mais c'est un peu bizarre un homme qui couche toujours avec son ex-femme. Ils avaient eu des filles ensemble. Tu vois ce que je veux dire ? Il a juré que ce n'était pas grave si on ne le faisait pas, qu'ils s'étaient séparés pour une bonne raison et que ça ne voulait rien dire, que c'était juste pour le sexe. Mais à cette époque, c'était le seul avec qui j'avais…

Merde. Rip n'avait pas besoin de savoir où je voulais en venir. Si ? Sûrement pas.

— Il était très sympa, continuai-je, il me traitait vraiment bien et je savais qu'il tenait à moi, mais avec cette question… il a trahi ma confiance et je savais que je n'arriverais pas à dépasser ça. Tout ça pour quoi ? Pour qu'il me propose de nouveau un plan à trois avec elle plus tard ? Ou pour qu'il finisse par s'ennuyer avec moi et trouver quelqu'un d'autre à qui suggérer ça ? Non, merci. Donc j'ai rompu avec lui et ça s'est terminé là.

Cette histoire était beaucoup moins douloureuse à raconter que toutes les autres fois où j'en avais parlé.

Il ne m'avait pas brisé le cœur, mais il avait trahi ma confiance.

J'avais été triste pendant deux jours, puis je m'en étais remise. Je ne laissais pas les gens prendre trop de mon temps, que ce soit pour faire le deuil de quelque chose ou pour me plaindre. Ce n'était que du temps et de l'énergie gâchés.

Peut-être que certaines personnes étaient prêtes à avoir un plan à trois… peut-être que j'en aurais été capable aussi si nous n'étions pas ensemble et qu'il n'était pas l'homme avec qui j'avais perdu ma virginité… Mais j'étais à peu près sûre qu'il y avait quelque chose en moi qui ne s'épanouirait jamais dans ce genre de relation.

J'avais dû partager tellement de choses dans la vie. Je me disais que si je voulais être égoïste de temps en temps, il n'y avait rien de mal à ça.

Je haussai les épaules de nouveau.

— Et puis juste après lui, j'ai fréquenté un type pendant quelques semaines… Une sorte de relation de transition, je suppose… et puis c'est tout, à part quelques rencards ici et là ces derniers mois, mais ça n'a jamais marché, continuai-je avec un sourire forcé. Mais maintenant que Lily est partie, tout le monde a essayé de me convaincre de réessayer. Donc me voilà, en train de me faire poser un lapin. Youpi.

Rip inspira et l'un de ses doigts se posa sur le bord de son verre, en traçant le contour tandis que ses yeux restaient fixés sur les miens.

— Mais pourquoi est-ce que tu es ici, princesse ?

Pourquoi étais-je ici ?

Comme si c'était une question facile.

Je jetai un coup d'œil vers le groupe d'hommes en train de jouer aux fléchettes.

— Je suis heureuse, mais je sais qu'il y a des gens encore plus heureux grâce aux gens dans leur vie, tu vois ? J'ai toujours aimé voir les couples de personnes âgées marcher et se tenir la main. Je veux la même chose ou en tout cas j'y aspire. Je veux un partenaire. Quelqu'un sur qui je puisse compter. Avoir quelqu'un avec qui partager des câlins, ce serait sympa. J'aime bien les câlins. Et si je dois rencontrer plusieurs mecs, être assise dans un bar et me faire poser quelques lapins jusqu'à ce que j'en trouve un qui me fasse me sentir… plus heureuse que je ne le suis toute seule, alors ça en vaudra la peine un jour.

Je lui souris, essayant d'alléger une conversation qui était si chargée pour moi.

Mais tout ça était vrai. Je voulais juste… quelqu'un. Pas n'importe qui, mais quelqu'un de spécial. Un meilleur ami et un amant. Un partenaire. Un partenaire de *vie*. Ça ne me dérangeait pas d'être toute seule, mais je ne voulais pas souffrir de solitude et il y avait une vraie différence.

Rip me regardait. Je veux dire, il me regardait vraiment, à cet instant. J'ignorais s'il essayait de comprendre si j'avais perdu la tête ou s'il me considérait plutôt comme digne de pitié.

Peut-être que j'aurais dû garder ça pour moi.

— Enfin, bref, je devrais probablement y aller.

Cet homme immense et magnifique se pencha en avant sur sa chaise, ses yeux parcourant mon visage et mes cheveux qui ondulaient à cause de l'humidité. J'avais presque oublié que j'y avais glissé une barrette argentée à paillettes ce matin-là pour les écarter de mon visage.

— Tu vas me laisser ici tout seul ?

— Tu veux vraiment que je te tienne compagnie ?

Pour toute réponse, il me regarda longuement.

Pour une quelconque raison, cela me fit me sentir bizarrement vulnérable. Il pensait que j'étais pathétique. Je le savais. Mais pathétique ou non, eh bien, il avait l'air de vouloir que je lui tienne compagnie.

— Je peux rester, si tu veux.

Il n'avait pas dit qu'il le voulait, mais… Il se contenta de me regarder fixement.

Je pris ça pour un oui.

— D'accord, je vais rester.

C'était la bonne réponse.

Il but une gorgée.

— Bien.

Eh bien, on aurait dit que j'allais rester un peu plus longtemps. Notre conversation continuait à me trotter dans la tête, aussi lui demandai-je de nouveau :

— Donc tu n'as vraiment *jamais* eu de petite amie ? Pas en quarante et un ans ?

— Non.

— Même pas au lycée.

Il secoua la tête.

— Pas *une seule fois* ?

— Non.

Il me lança un regard qui était presque un défi.

— J'ai deux numéros enregistrés sur mon téléphone qui n'appartiennent pas à quelqu'un doté d'une bite. L'un appartient à une dame qui fait le ménage chez moi une fois par semaine…

— À qui est le deuxième ? demandai-je en essayant d'ignorer la pointe de jalousie qui attendait sa réponse.

Il eut un petit rire.

— À toi, qui d'autre ?

— Moi ? m'étonnai-je en me penchant en avant. Depuis quand ? Tu ne m'appelles jamais sur mon portable.

— Depuis toujours. Ce n'est pas parce que je ne t'appelle pas que je n'ai pas ton numéro.

Je ne pus m'empêcher de poser les mains sur mon cœur et de les laisser là, un sourire immense me dévorant le visage.

— Est-ce que ça veut dire… patron, est-ce qu'on est amis ? En dehors du boulot, je veux dire.

Son expression se fit totalement sérieuse pendant un instant avant qu'il ne rejette la tête en arrière et *éclate de rire*.

— Va te faire, Luna. Bon sang.

C'était le cas.

Nous étions totalement amis, c'était évident. Il était mon patron aussi, mais ça ne voulait pas dire que nous ne pouvions pas être amis quand nous n'étions pas à l'atelier. Ou pendant la pause-déjeuner. Ou quand ma vie s'effondrait un peu autour de moi.

Rip et moi.

Amis.

Ça m'allait. Ça m'irait tous les jours de l'année, pour toujours.

Chapitre 19

— Tu es un homme mort, fis-je en riant à Miguel, tandis que nous marchions vers mon atelier.

— Pourquoi est-ce que tu crois que j'ai pris la voiture avec moi ? demanda-t-il.

— Elle va te tuer dans tous les cas. Je suis toujours surprise qu'elle ne l'ait pas fait le jour de son anniversaire, affirmai-je.

Nous avions passé les dix dernières minutes à examiner la voiture de sa femme et à monter un plan pour la réparer. Apparemment, il était rentré dedans avec la sienne ce matin-là, et il n'avait pas eu le courage de le lui dire. Il avait donc élaboré un mensonge pour conduire le véhicule accidenté au garage et le réparer sans qu'elle apprenne ce qui s'était passé.

Le problème étant que nous savions tous les deux qu'elle découvrirait le pot aux roses tôt ou tard.

— Je sais, mais si je lui achète des fleurs ou des conchas[9] de la boulangerie à côté de la maison, je pense que je peux la convaincre de m'épargner, plaisanta-t-il.

Je secouai la tête tandis que nous nous arrêtions devant la porte de mon atelier, et il tendit le bras pour m'ouvrir.

9 Conchas : petits pains sucrés d'origine mexicaine, nommés ainsi du fait de leur forme de coquillage (« concha » signifie « coquillage » en espagnol) (NdT)

— Je vais appeler mon contact tout de suite puisque j'ai la référence de cette couleur, il devrait l'avoir en stock. C'est une couleur standard. Je devrais pouvoir aller chercher un stylo à retouches pour toi pendant ma pause-déjeuner.

Je m'attendais à voir Jason dans la pièce en entrant, mais pas le petit nouveau, Ashton. Jason et lui portaient une aile de voiture à l'intérieur de la cabine. Jason, sans surprise, fit semblant de ne pas nous voir entrer.

Quel sale type.

Il s'était montré bizarrement docile ces derniers temps – du moins dans ce qu'il disait, et la fréquence à laquelle il levait les yeux au ciel ou se plaignait avait baissé –, mais il ne pouvait pas cacher le fait qu'il se retenait à grand-peine. Je savais que je devais cette amélioration à Rip.

— Tu es un ange, Luna, déclara Miguel en me tapotant la tête.

C'était ainsi que mes collègues me montraient leur affection. Comme si j'étais un chiot. Un chiot très aimé. Ça m'allait.

— Je sais, lui répondis-je avec un sourire.

— Dis-moi si tu peux récupérer la peinture. Je comptais sauter ma pause-déjeuner pour polir les rayures.

Puis il fit quelque chose qui ressemblait à un battement de cils.

— Tu pourras t'occuper de la peinture ?

Je lui souris.

— Tu sais bien que oui.

Il me tapota la tête de nouveau.

— C'est bien ce que je dis, un ange.

— Je suis ton amie, c'est tout, et je ne veux pas que tu meures.

Miguel éclata de rire.

— Merci, Luna, je te dois une fière chandelle.

Je haussai les épaules.

— De rien. Laisse-moi juste passer un coup de fil et vérifier s'ils ont le stylo à retouches, et je viendrai t'embêter quand j'aurai une réponse.

Si mon contact n'a pas la bonne couleur, le concessionnaire devrait l'avoir. Je la trouverai bien quelque part.

Miguel se dirigea vers la sortie, un grand sourire collé au visage, comme s'il pensait s'en sortir blanc comme neige après l'incident.

— Je t'aime plus que ma propre sœur, lança-t-il.

J'éclatai de rire.

— Je lui répéterai ça la prochaine fois que je la verrai !

— Je lui dirai que tu es bourrée ! plaisanta-t-il avant d'ouvrir la porte et de sortir de mon atelier.

Je grognai avant de me retourner et de me diriger vers la cabine de peinture pour voir ce qui se passait exactement à l'intérieur. Jason et Ashton étaient en train de préparer l'aile qu'ils portaient quand j'étais arrivée, la déposant sur de vieilles bassines dont nous nous servions pour caler les pièces détachées.

— Vous avez besoin d'aide ? demandai-je.

— Non, répondit en souriant mon nouveau collègue.

— Plus maintenant, marmonna l'autre idiot.

Et voilà ce qui arrivait quand je croyais que son comportement s'améliorait.

Je me contentai de l'ignorer.

— Comment se passe ta journée ? demanda Ashton, tandis qu'ils posaient l'aile au sol.

Il n'était que neuf heures du matin. Mais c'était quand même gentil de sa part.

— Super, jusqu'ici. Et toi ?

— Très bien, répondit-il en s'essuyant les mains sur son pantalon.

— Ma journée aussi se passe bien, grommela Jason.

Je ne lui accordai même pas un regard.

— Tu te plais au garage, jusqu'ici ?

— Oui, répliqua-t-il tout en lançant un regard étonné au trou du cul qui continuait ses petits commentaires. Ça se passe super bien.

Je souris.

— Merci d'avoir aidé Jason, déclarai-je, comme s'il s'agissait de mon enfant qui avait eu besoin d'assistance.

Ce qui était le cas, d'une certaine manière. Il était le gamin pourri gâté que j'essayais de guider pour qu'il devienne un mec respectueux.

Enfin, sans lui parler plus que le strict nécessaire.

Et il avait vingt ans de plus qu'un bambin influençable.

— Pas de problème, fit Ashton.

J'aurais juré entendre Jason ricaner avant de se retourner et de quitter la cabine. J'avais vraiment envie de le gifler de temps en temps.

— Tu connais des endroits sympas pour manger près d'ici ?

— Oui. Il y a un food truck à une rue d'ici qui fait de bons burgers, mais je crois que tu as déjà testé, je t'ai vu avec un de leurs sacs. Il y a aussi un restaurant mexicain à quelques pâtés de maisons qu'on est nombreux à adorer, ici. C'est un bout de comptoir dans une pièce minuscule, mais c'est délicieux. Si tu y vas entre onze et treize heures, ils ont des menus déjeuner. Et à deux rues d'ici, il y a un endroit qui fait des barbecues pas mauvais du tout.

Il se balança d'un pied sur l'autre.

— Le restaurant mexicain est ton préféré ?

— Oui. Je n'y vais pas souvent, mais c'est ce qu'il y a de meilleur autour d'ici.

— Tu as quelque chose de prévu pour le déjeuner ?

— Elle va être occupée, répondit une voix grave derrière moi.

Une voix grave qui ne pouvait appartenir qu'à un seul homme.

Je regardai par-dessus mon épaule et, effectivement, Rip se tenait dans l'embrasure de la porte, ses biceps imposants croisés sur son torse, et affichant un air impassible.

J'allais être occupée ? Depuis quand ? Je lui avais parlé pas plus tard que ce matin-là quand je lui avais apporté son café, et il n'avait pas mentionné de projets pour lesquels il aurait besoin de moi.

Mais il m'avait adressé ce petit sourire que j'adorais et m'avait demandé :

— Tu as raté ton plat pour ce midi ?

Je lui avais répondu avec un autre sourire, me rappelant les deux heures que nous avions passées au bar samedi, et avais ironisé :

— C'est juste un peu brûlé, merci bien.

Son petit sourire n'avait pas disparu tandis qu'il secouait la tête et se remettait au travail.

Et c'était tout ce qui s'était passé.

C'était plus que toutes les fois d'avant, cependant. J'avais beau ne pas comprendre pourquoi il se montrait parfois tellement plus chaleureux, je n'allais pas me plaindre.

Aussi, quand Rip annonça que j'allais être occupée, je ne pus que rester plantée là et me demander ce qui allait m'occuper.

Ashton ne se laissa pas démonter et me sourit.

— Ce n'est pas grave. Peut-être demain.

Derrière moi, Rip reprit la parole.

— Luna va être occupée demain aussi.

Hmm.

Je vis une expression étrange passer sur le visage d'Ashton, puis il haussa les épaules sans se formaliser.

— D'accord. Je devrais me remettre au boulot, mais je repasserai plus tard voir si tu as besoin d'aide.

Je n'eus pas le courage de lui dire que si j'avais besoin d'aide, il serait la dernière personne à qui je demanderais. Je m'adresserais toujours en priorité aux gars qui travaillaient ici depuis le plus longtemps. Mais c'était sympa de sa part de proposer.

Et sympa de sa part de m'inviter à déjeuner, si c'était bien là ce qu'il s'apprêtait à faire.

Même si j'avais comme l'impression que ce n'était pas aussi amical que je l'avais d'abord cru.

Surtout après l'avoir vu rougir.

Je le trouvais mignon, mais c'était tout. Hector, du magasin de peinture, était l'un des types les plus canon que j'aie jamais vus, et ça ne signifiait pas que je voulais sortir avec lui. Mes yeux appréciaient le spectacle. Mon cerveau l'appréciait tout court. Mais mon cœur n'y était pas, pas de cette manière-là en tout cas.

— À plus tard, Luna, me salua Ashton avant de passer devant notre patron et d'incliner le menton. Rip.

Je marquai un temps d'arrêt et suivis Ashton du regard jusqu'à ce qu'il sorte. À l'instant où je le perdis de vue, je me retournai vers Rip, qui avait le regard fixé sur moi.

— Je suis occupée à faire quoi à l'heure du déjeuner ? demandai-je. Tu veux retourner chercher de nouvelles peintures ? Je croyais que tu bossais toujours sur la GTO et la SS.

— Non, répondit-il sans bouger d'un cil ni cesser de me fixer du regard. Je t'ai apporté ton déjeuner.

Il m'avait apporté… *est-ce qu'il venait de dire qu'il m'avait apporté mon déjeuner ?*

— Il y a un truc dans le frigo avec ton nom écrit dessus, continua Rip sans détourner le regard. Je risque d'avoir besoin de ton aide plus tard, si tu as le temps.

J'entendis sa dernière phrase, mais la seule chose sur laquelle je pus me concentrer était ce qui se trouvait dans le frigo à mon nom.

— Viens me voir quand tu auras un moment, lança-t-il avant de reculer d'un pas comme s'il ne venait pas de me prendre totalement de court.

Je pus malgré tout rassembler quelques pensées, du moins assez pour l'interroger :

— Et qu'est-ce que je vais être occupée à faire demain midi ?

Il reculait toujours quand il me répondit.

— Je cuisine pour toi demain aussi.

Que se passait-il ?

Que se passe-t-il ?

— Tu n'as pas besoin d'acheter mon amitié ! J'attends ça depuis des années, Rip ! criai-je après lui.

Je décidai d'ignorer le fait que mon estomac me donnait l'impression d'être au milieu de montagnes russes.

J'aurais juré l'entendre rire, puis il répondit :

— Mets-toi au travail et viens me voir si tu as le temps de m'aider.

Nous étions amis.

Pour de vrai.

Qu'il y ait une faveur en jeu ou non, personne ne prenait la peine de cuisiner pour quelqu'un qu'il n'appréciait pas.

Je ne voulais pas sourire, mais je ne pus m'en empêcher tandis qu'il sortait de la pièce. Je souriais toujours quand Jason vint se placer pile à l'endroit où Rip se tenait quelques instants plus tôt.

— Si tu as fini de draguer, je peux commencer à bosser sur ces ailes ?

Mon sourire disparut en un instant.

— Dis-moi quelque chose comme ça encore une fois, Jason, et je n'hésiterai pas à te dénoncer. Compris ?

Il se contenta de ricaner, décidant manifestement qu'il en avait assez de faire des efforts de comportement.

— Ce que je fais de ma vie ne te regarde pas.

C'était donc à ça qu'il voulait jouer.

— De quoi tu parles ? Je ne parle pas de ce que tu fais de ta vie, Jason. Tu as été grossier, voilà de quoi je parle.

— Je parle du fait que tu ne n'aimes pas, et maintenant *il* ne m'aime pas non plus, tenta-t-il d'argumenter.

Ce fut à mon tour de le regarder de haut.

— S'il ne t'aime pas, ce n'est pas à cause de ce que j'ai pu lui dire. Peut-être que c'est parce que tu lui as raccroché au nez quand tu m'as appelée ou parce que tu ne restes pas à ta place. Tu as déjà pensé à ça ?

Il pinça les lèvres.

— Je ne lui ai pas raccroché au nez, lâcha-t-il.

J'étais sûre qu'il allait mentir à propos de ça. Je détestais traiter les gens de débiles, mais il l'était vraiment. Je ne comptais pas me disputer avec lui à ce propos. Au lieu de ça, je haussai les épaules.

— Je sais que tu sais pourquoi je ne t'apprécie pas. Et je suis désolée de dire ça, parce que je ne l'ai jamais dit à qui que ce soit avant, mais tu ne t'es jamais comporté normalement avec moi. En revanche, je n'ai jamais fait quoi que ce soit pour te le faire payer. Je n'ai pas besoin de t'apprécier pour travailler avec toi, mais je ne suis pas du genre à aller raconter ce que tu as fait il y a deux ans à Rip pour influencer sa vision de toi.

— Tu ne sais même pas ce qui s'est passé entre Kyra et moi.

Je levai les mains entre nous.

— Peu importe. Tu n'as pas à m'expliquer quoi que ce soit.

Même s'il avait une très bonne raison, je ne l'apprécierais pas.

— Je ne peux pas apprécier quelqu'un qui a fait pleurer ma sœur, quelle qu'en soit la raison.

— Je ne suis pas un sale type, essaya-t-il d'affirmer.

Je restai silencieuse.

— *Je ne suis pas…*

Mon téléphone sonna depuis mon bureau. Je secouai la tête puis contournai Jason pour aller voir.

— Commence à préparer l'aile, Jason.

Il jura à voix trop basse pour que je l'entende clairement. Je l'ignorai et sortis mes clés pour déverrouiller mon bureau et y récupérer mon téléphone, qui sonnait toujours, appuyant sur l'icône pour prendre l'appel.

Ce fut mon erreur.

J'étais tellement énervée par Jason que je ne regardai pas l'écran avant de répondre.

— Allô ?

Alors que je me tournais vers Jason pour vérifier que cet idiot ne faisait pas un doigt d'honneur dans mon dos, j'entendis :

— *Ne raccroche pas ! Luna, t'avise pas de raccrocher !* cracha une voix à demi familière à l'autre bout du fil.

Mon cerveau eut beau ne pas la reconnaître instantanément, mon instinct le fit.

C'était mon père.

— Je t'ai déjà dit de ne plus m'appeler, murmurai-je contre le micro tout en m'assurant que Jason n'était pas à portée de voix.

— *Tu as eu des nouvelles de Thea ?*

Avais-je eu des nouvelles de Thea ?

J'éloignai le téléphone de mon oreille et raccrochai.

Serrant le poing de ma main libre, je n'hésitai pas une seconde avant de composer le numéro de ma sœur et de l'appeler. Encore une fois. Comme si je n'avais pas essayé de le faire tous les jours depuis que cet homme m'avait contactée.

Je n'aurais pas dû être surprise qu'elle ne réponde pas, pourtant, ce fut le cas.

Et merde.

Je composai le numéro de Kyra, qui, au moins, répondit.

— *Luna, qu'est-ce qu'il se passe ?* lança ma sœur cadette.

— C'est à propos de Thea. Tu lui as parlé ? demandai-je de but en blanc.

Ma voix tremblait. Je n'arrivais pas à croire que ça arrivait de nouveau. Mon père me rappelant ? Je n'avais pas besoin de ça. Je ne *voulais pas* de ça.

— *Hier, oui,* répondit-elle, un peu mal à l'aise.

Peut-être avait-elle perçu la faiblesse de ma voix.

— *Pourquoi ?*

Avais-je envie de lui parler de notre père ? Bon sang. Je n'avais pas le choix, si ?

— Papa vient de m'appeler.

Il y eut une pause.

— *Pourquoi ?* finit par demander Kyra.

— Il voulait me parler de Thea, Kyra. Il m'a dit de lui dire de démissionner.

Il y eut une autre pause.

— *Ah…*

Quelque chose me percuta en pleine poitrine.

— *Je savais qu'elle lui avait parlé…*

Je retins mon souffle.

— *Luna ?*

Le ton de ma sœur était un peu trop doux, sa voix un peu trop aiguë.

— Oui ? marmonnai-je en essayant de me calmer.

De ne pas m'énerver.

J'allais être patiente. J'allais être calme. Quoi que ce soit, ce n'était pas la fin du monde.

— *Ne t'énerve pas,* commença Kyra.

Évidemment, mon corps choisit de réagir exactement à l'inverse de ce qu'elle me demandait. Ma tension était déjà en train de monter.

— *Nous pensions toutes les deux que c'était une mauvaise idée de te parler de ces appels.*

Elles m'avaient toutes les deux caché ça.

Toutes les deux.

Voilà ce qu'elle essayait de me faire comprendre.

Deux de mes sœurs m'avaient caché ça.

Je dus émettre un son étranglé ou *quelque chose,* car j'eus l'impression que Kyra déglutissait.

— *Oh, Luna. Je lui ai promis de ne rien dire pour son boulot. Mais à propos de papa… Ne sois pas énervée. Ce n'est rien de grave. Il l'appelle de temps en temps et ils parlent. Je l'ai eu au téléphone aussi une fois ou deux…*

Quoi ?

Je n'écoutai pas la suite. Je n'entendais plus ce qu'elle me disait, car mes oreilles bourdonnaient et qu'une fureur ainsi qu'une douleur profondes, telles que je ne pensais pas être capable d'en ressentir, m'emplissaient la poitrine.

Kyra mentionna le fait que ça ne durait que depuis *un an ou deux.*

Elle dit qu'elles m'aimaient toutes les deux et que cela n'avait rien à voir avec moi.

Me dit de ne pas m'inquiéter de ce que Thea faisait pour gagner de l'argent et que notre père désapprouvait.

Cela n'avait rien à voir avec moi.

Je ne dirais pas que ce fut cette fureur qui me vola mes mots. Ou que la colère me brisa le cœur encore plus. Mais, à cet instant, je perdis quelque chose. Quelque chose que je ne pourrais peut-être jamais nommer.

Malgré tout, j'arrivais à poser la seconde question qui me rongeait ces derniers jours :

— Kyra, qu'est-ce qu'elle me cache d'autre ?

Le silence à l'autre bout du fil fut plus éloquent que tous les mots qu'elle aurait pu utiliser.

Une partie de moi ne voulait pas poser d'autre question et avait même peur de la réponse… Toutefois, je ne pouvais pas m'en empêcher. J'en avais assez des secrets. Assez de tellement de choses auxquelles je n'étais pas prête à penser.

— Est-ce qu'elle t'a dit qu'elle avait été cambriolée ? Parce que je ne savais même pas qu'elle avait déménagé et, si elle a besoin d'aide, vous devriez toutes savoir que je serai toujours là pour vous aider. Je veux juste savoir ce qui se passe, d'accord ?

Pour toute réponse, je n'eus droit qu'à une longue pause de nouveau.

— *Je lui dirai que tu as appelé et qu'il faut qu'elle te rappelle,* continua Kyra en ignorant ma question.

Je fus à peine consciente de finalement raccrocher. Je restai plantée là, insensible et presque brisée en mille morceaux par le fait qu'elles avaient agi dans mon dos pour parler à quelqu'un qui m'avait traitée comme de la merde, voire pire. Quelqu'un qui les aurait laissées mourir de faim si je n'avais pas été là. Quelqu'un qui n'avait jamais lavé un seul de leurs vêtements de toute leur vie. Quelqu'un qui ne leur avait jamais, jamais acheté un seul cadeau de Noël ou d'anniversaire. Qui ne les avait jamais soutenues à l'école, et encore moins encouragées à aller à l'université.

Si j'étais le genre de personne à casser son téléphone sous le coup de la colère, je l'aurais fait.

Au lieu de ça, je pris une grande inspiration qui incluait la partie de moi que j'avais perdue, puis je me retournai et donnai un coup de pied dans un seau en plastique vide, l'envoyant à l'autre bout de la pièce.

Je pris une décision à cet instant, tout en riant en regardant le bracelet orné de licornes à mon poignet. Je n'allais pas laisser mon père gâcher cette journée pour moi. Pas alors qu'il avait déjà gâché ma relation avec mes sœurs en deux coups de téléphone parmi les plus courts de ma vie.

***

Je me répétai que je n'étais pas de mauvaise humeur même en claquant la portière de ma voiture.

Je n'étais pas en colère.

Vraiment.

Même pas un peu.

Non, non, ce n'était pas mon genre.

Cependant, je devais être la seule personne à y croire, car même Hector m'avait demandé ce qui n'allait pas.

«Rien du tout», lui avais-je répondu.

À part que deux de mes sœurs étaient en contact avec le seul homme au monde que je haïssais. Que les deux filles que j'aidais autant que je le pouvais à couvrir leurs frais de scolarité avaient agi dans mon dos et fait quelque chose qui me blesserait, ce qu'elles savaient. Elles l'avaient gardé pour elles *pour que je ne sois pas en colère contre elles.*

Non. Je n'étais pas du tout en colère. Même la sucette de la nièce d'Hector ne réussit pas à apaiser ma fureur.

C'est pourquoi j'étais distraite tandis que je marchais vers le bâtiment abritant l'atelier, le stylo à retouches pour la voiture de la femme de Miguel dans une main et mon sac à main dans l'autre.

— Hé ! cria quelqu'un.

Je me figeai sur place, brusquement tirée de mes pensées.

Me retournant en direction de la voix, j'aperçus un homme de l'autre côté de la grille, se tenant à côté d'un pick-up rouge. Il devait avoir une quarantaine d'années et arborait une série de tatouages sur un bras.

Je clignai des yeux.

— Salut, fis-je.

— Vous pouvez me rendre service ? demanda-t-il avec un sourire.

Je fis un pas en avant. Je n'avais aucune raison d'être en colère contre lui ou de me défouler sur lui.

— Ça dépend de ce que c'est.

Son sourire s'agrandit.

— Vous pouvez, euh… dire à Ripley de venir me voir ?

Mon air aimable s'effaça aussitôt.

— Qui ça ?

— Ripley, répéta l'homme sans cesser de sourire.

Rip n'avait jamais fait venir qui que ce soit au garage. Pas une seule fois. Enfin, sauf l'homme avec qui je l'avais entendu discuter, mais… je ne l'avais pas bien vu, ce jour-là. Était-ce la même personne qui se tenait devant moi ?

Je n'étais pas sûre, mais si ce n'était pas le cas…

— Je ne connais pas de Ripley, répondis-je à voix basse.

Son sourire se fit encore plus grand, dévoilant ses dents du bonheur.

— D'accord. Eh bien, mon nom est Gio et je vais rester assis ici pendant encore… vingt minutes, déclara-t-il après un regard vers sa montre.

Puis il me fit un clin d'œil.

Je haussai les sourcils.

— Enchantée, Gio.

— Enchanté aussi, Luna, répliqua-t-il dans un sourire.

Ce ne fut qu'en ouvrant la porte du garage que je pris conscience de ce qu'il avait dit.

Il m'avait appelée par mon prénom. Je ne portais pas de bleu de travail sur lequel il aurait été inscrit, mais, même si cela avait été le cas, je ne l'aurais pas porté en dehors du boulot. J'étais trop paranoïaque pour ça.

Comment connaissait-il mon prénom ?

Une fois à l'intérieur, je regardai autour de moi dans l'atelier principal, à la recherche de l'homme le plus imposant ici. Personne n'avait la bonne taille ou la bonne couleur de cheveux. Je n'avais pas besoin de regarder ma montre pour savoir qu'il me restait vingt minutes pour manger – manger ce que Rip m'avait préparé – avant de retourner travailler. Enfin, plutôt, c'était ce que je *devrais* faire. Je faisais en réalité tellement d'heures supplémentaires que quinze minutes de pause en plus ne feraient pas une grande différence. Mais ma maison avait beau être silencieuse et vide en ce moment, c'était là où j'aurais préféré être, à cet instant.

À l'étage, j'entendis deux voix en provenance de la salle de pause. Je ne fus donc pas surprise d'y voir Ashton en train de parler à un autre des employés. Au bout de la table, assis tranquillement, seul et occupé à feuilleter un magazine, se trouvait Rip.

Je souris aux deux employés et observai Rip qui levait la tête, me rendant mon regard.

Je gardai un sourire plaqué sur le visage tout en ouvrant la porte du frigo et remarquai immédiatement le Tupperware en verre posé sur l'étagère du haut, avec mon nom écrit sur un Post-it. À travers le récipient, je devinai ce qui ressemblait à des nouilles, du bœuf et des légumes – exactement ce à quoi mon *lo mein* aurait dû ressembler.

J'attrapai l'une des fourchettes en plastique dans un tiroir et m'assis sur la chaise à côté de Rip. J'ôtai le couvercle et donnai un discret coup de genou à mon patron avant de chuchoter :

— Il y a un type appelé Gio dehors qui veut te parler. Je lui ai dit que tu ne travaillais pas ici, mais il a dit qu'il allait attendre là vingt minutes. C'était il y a à peu près cinq minutes, expliquai-je de la voix la plus basse que je pouvais.

Rip se figea.

Puis, du coin de l'œil, je le vis lever la tête et me regarder d'un air étrange, sa joue s'arrondissant d'un millimètre.

— Tu lui as dit que je ne bossais pas ici ?

Je m'emparai de ma fourchette et empalai un morceau de bœuf avec.

— Oui, murmurai-je.

On ne pouvait faire confiance à personne, ces temps-ci. Même pas à ses propres… *Stop.*

Rip secoua la tête, avant de repousser sa chaise et de se mettre debout. Je lui adressai un sourire sans ouvrir la bouche. J'étais à peu près sûre qu'il se doutait que ce n'en était pas un vrai.

Il leva cependant une main, et avant que je ne puisse cligner des yeux, il ramena une mèche de cheveux derrière mon oreille, l'extrémité de ses doigts effleurant la peau sensible juste derrière.

Puis, tout aussi vite, il baissa la main.

— Tu surveilles mon déjeuner pour moi ? demanda-t-il.

Est-ce qu'il venait de glisser mes cheveux derrière mon oreille, ou alors ma colère me faisait-elle halluciner ?

Je réussis à hocher la tête avant qu'il ne disparaisse. Je restai assise là pendant peut-être cinq secondes à regarder l'endroit où je l'avais vu pour la dernière fois avant de diriger mon attention vers la nourriture devant moi. J'enfournai un morceau de bœuf dans ma bouche.

Il était tout aussi délicieux que le poulet de la semaine précédente.

Chapitre 20

Je sus que j'avais fait une erreur quand le mec m'appela «ma belle» deux fois d'affilée.

Parce que j'étais à peu près sûre que l'homme avec qui j'avais un rencard ne se souvenait pas de mon nom.

Pour être honnête avec moi-même, l'océan de pitié, de douleur et de colère dans lequel je me noyais depuis des jours n'aidait pas non plus. J'avais beau me répéter de prendre sur moi et de digérer ce que j'avais appris sur mes sœurs – j'avais beau me répéter de leur pardonner –, c'était loin d'être le cas. Pas encore. Je n'avais même pas été capable d'en parler à Lenny, et encore moins à Lily. J'étais juste… tellement… à fleur de peau. Je n'en avais pas soufflé mot à une seule personne.

Donc toute cette situation n'aidait en rien.

Ça ne changeait rien non plus, c'est pourquoi je n'avais pas annulé le rencard que l'on avait organisé pour moi.

Comme beaucoup de choses dans ma vie, cela s'avéra être une énorme erreur. Une énorme foutue erreur.

Ce qui ne fit que se confirmer quand je pris conscience que l'homme en face de moi n'arrêtait pas de lancer des regards autour de nous.

— Tu es sûre que tu n'es pas mariée ? me demanda-t-il.

Je retins à grand-peine un haussement de sourcils.

— Oui, fis-je avant de marquer une pause. Pourquoi ?

Il était plus grand que moi, avait les cheveux noirs, et un petit sourire qui m'avait semblé sympathique quand je l'avais vu sur mon écran de téléphone – Lydia m'avait envoyé une photo de lui. Apparemment, c'était un kinésithérapeute qui travaillait à la même clinique qu'elle. Puisque son métier était d'aider les autres, on aurait pu penser qu'il serait chaleureux, mais au lieu de ça, il était juste… agressif, et pas charmant du tout.

Il avait essayé de m'embrasser sur la joue à peine arrivé, et ce n'était pas du tout mon genre. J'aimais que les gens se sentent bienvenus et à l'aise, mais je ne voulais pas qu'un inconnu mette sa salive sur moi. Si nous avions été amis, cela aurait été différent.

Mais cet homme et moi n'étions pas amis.

— Il y a un mec là-bas qui nous regarde depuis une demi-heure comme s'il avait envie de tuer quelqu'un, répondit-il en continuant de promener son regard dans le bar.

— Je ne suis pas mariée, affirmai-je.

Je ne pris pas la peine de lui expliquer que je n'avais pas eu de petit ami depuis des années, aussi les chances qu'un ex jaloux me suive à la trace étaient-elles inexistantes.

Les yeux de l'homme se fixèrent sur quelque chose par-dessus mon épaule.

— Tu es sûre ? insista-t-il en se tortillant sur son siège.

Bon Dieu, il était vraiment en train de se tortiller sur sa chaise.

— Oui.

Je faillis me retourner pour voir de qui il pouvait bien parler, mais je décidai finalement de m'abstenir.

Nous n'étions ici que depuis trente minutes et j'étais déjà prête à rentrer chez moi.

Pour être tout à fait honnête, j'avais été prête à le faire avant même d'être partie.

— Hmm, lâcha l'homme avant de se concentrer de nouveau sur moi. De quoi est-ce qu'on parlait, déjà ?

Voilà qui confirmait mes soupçons. Ce type n'avait aucune idée de mon nom. C'était sûr.

— Tu me parlais de ton travail, répliquai-je.

L'enthousiasme était perceptible dans ma voix. Ou pas.

Il haussa les épaules.

— Oh. Pas grand-chose à dire. C'était tout. Lydia a dit que tu… es peintre ?

— Oui.

— Donc tu es une artiste ?

Je lui avais dit quel genre de peintre j'étais quinze minutes plus tôt quand il m'avait posé exactement la même question pour la première fois. Je décidai donc de le lui expliquer en utilisant des mots qu'il comprendrait.

— Non. Je peins des voitures. Des pick-up. Des véhicules.

Il cligna des yeux.

— Sans déconner ?

— Oui, confirmai-je en observant son visage qui se fit pensif.

Il était plutôt beau gosse, mais il y avait quelque chose chez lui qui était juste…

— Donc tu peins les voitures d'une couleur différente ? demanda-t-il.

Ça allait un peu plus loin que ça, mais…

— Oui.

Il était toujours en train de se tortiller.

— Ce n'est pas…

Je savais exactement ce qu'il allait dire ensuite.

— … tu sais, plutôt un boulot d'homme ?

— Non, répondis-je avec patience. Je le fais aussi, et je ne suis pas un homme.

J'aurais dû rester chez moi. Être seule était mieux que d'être ici avec un homme qui ne se souvenait même pas de mon prénom.

— Pourquoi ? demanda-t-il soudain.

Je ne pus m'empêcher de froncer les sourcils.

— Pourquoi quoi ?

— Il n'y a pas autre chose que tu peux faire ?

J'étrécis le regard.

— J'aime bien ça. Je suis douée pour ça. Pourquoi est-ce que je voudrais faire autre chose ?

Cet abruti eut le culot de *rire*.

Je me mordis l'intérieur de la joue et m'emparai du Sprite entre nous pour en boire une longue gorgée tandis que je me demandais comment je m'étais débrouillée pour me mettre dans cette situation. Pourquoi ? Pourquoi tous mes rencards étaient-ils tous aussi foireux ? Est-ce que toute ma vie était destinée à être…

Stop.

Tout va bien. Je suis aimée. J'ai un bon métier. J'ai tout ce que je veux et plus encore. Patience.

Patience. Je choisissais la patience.

— Tu es la seule fille à bosser là-bas ? demanda-t-il en se remettant à jeter des coups d'œil autour de lui.

Apparemment, il n'était pas prêt à changer de sujet.

— Oui, acquiesçai-je en haussant les sourcils.

Il eut l'air de me dire « Ah, tu vois ? », comme s'il pensait que ma réponse confirmait qu'il avait raison.

Mais il ne se rendait pas compte que la seule chose qu'il confirma, c'était qu'il était un énorme crétin potentiellement un peu sexiste.

— Je ne pense pas que je pourrais laisser ma femme bosser avec une bande de mecs en rut, lâcha-t-il en continuant à me regarder d'un air condescendant.

J'eus un petit rire.

— Pourquoi est-ce qu'ils seraient en rut ?

— Parce que.

Quel imbécile.

— Enfin bon, je ne travaille pas avec des mecs qui ont des érections toute la journée. Je ne sais pas avec quel genre de personnes tu bosses, mais, moi… ça n'arrive jamais. Et s'ils en ont, ils ne vont pas venir les brandir devant moi pour que je les mate.

Le regard vide qu'il me lança me poussa à m'attendre au pire. Sa remarque suivante ne fut donc pas une surprise.

— Lydia a dit que tu étais vraiment gentille… Il y a quelque chose qui ne va pas chez toi ?

Je secouai la tête et ne pus m'empêcher de me couvrir la tête des mains et de rire.

— Oui, je pense qu'on en a fini ici. Est-ce qu'on est d'accord sur ça ?

— Je crois que tu as raison, répondit-il presque immédiatement.

J'aurais dû être reconnaissante qu'il ne proteste pas, mais au lieu de ça, je me sentis simplement soulagée et toujours insensible.

Je n'avais pas vraiment eu d'attentes par rapport à ce soir-là, mais je m'attendais quand même à… mieux que ça. J'aurais préféré qu'il ne vienne pas plutôt que de subir ça. Je voulais juste rentrer chez moi, appeler Lily et la laisser me remonter le moral.

Aucun de nous ne dit quoi que ce soit tandis que je faisais signe à la serveuse pour qu'elle nous apporte l'addition. Chacun régla sa part et la cerise sur le gâteau fut quand il se leva et me laissa sur un pauvre :

— Bon, salut.

Quand je finis par me mettre debout à mon tour et me retourner, j'oubliai de chercher qui nous avait apparemment observés toute la soirée.

Je m'en fichais.

Il n'y avait pas de grand gaillard, ni de crevette, ni aucun type d'homme ici pour moi, et cela me serrait le cœur. J'étais en train de m'apitoyer sur mon sort, ce qui n'arrangeait rien. Je n'allais pas renoncer à rencontrer quelqu'un, même si ça ne se présentait pas très bien jusqu'ici. Mais à quoi m'attendais-je ? À rencontrer l'âme sœur en deux rencards ? En quelques semaines ? Quelques mois ?

Lily aimait bien regarder une émission de télé où l'on arrangeait des mariages pour les participants, et je n'avais jamais trouvé ça particulièrement bizarre, contrairement à elle qui disait qu'elle ne pourrait jamais épouser un parfait inconnu.

Mais à présent… Je comprenais que ça puisse être tentant. Y avait-il un problème à vouloir avoir une relation stable ? Avoir quelqu'un qui se souciait de vous et voulait ce qu'il y avait de mieux pour vous, qui voulait construire une famille avec vous ? Que valait un couple s'il n'y avait pas de respect au départ ?

Je voulais quelqu'un qui veuille être avec moi, et pas juste pour un coup d'un soir.

En attendant, j'avais un lit très confortable chez moi dans lequel je pourrais aller me coucher tôt.

***

Mon instinct tira la sonnette d'alarme à l'instant où je garai ma voiture dans l'allée.

Premièrement, je savais que j'avais laissé la lumière sur le porche. L'idée que quelqu'un se cache dans la pénombre et m'attaque depuis des buissons me rendait paranoïaque. Je ne plaisantais pas avec ma sécurité.

Deuxièmement, ma porte d'entrée était grande ouverte, comme une gueule béante sur l'obscurité, ce qui me confirma que quelque chose clochait. Je n'hésitais jamais à ressortir de voiture afin de m'assurer que la porte était bien fermée, si je ne me rappelais pas clairement avoir testé la poignée pour vérifier après l'avoir verrouillée.

Et troisièmement… si les deux premiers indices ne suffisaient pas, des morceaux de bois qui avaient constitué mon encadrement de porte étaient éparpillés sur mon porche.

Quelqu'un était entré chez moi.

Par la porte principale.

Quelqu'un était entré chez moi.

Quelqu'un est entré chez moi.

Merde.

MERDE.

Je pressai mes doigts contre mon front et quelque chose de laid, de chaud et… d'horrible… m'emplit la poitrine instantanément. Et la gorge. Et la bouche. L'envie de vomir monta en moi et…

Réfléchis, Luna.

Je fis de mon mieux pour me calmer et sortis mon téléphone de mon sac. Je cherchai le numéro de la police locale et appelai.

Puis je pris soin d'ignorer à quel point mes mains tremblaient, et à quel point j'avais envie de vomir, et à quel point l'idée que quelqu'un soit entré chez moi par effraction m'inquiétait. Ce n'était pas un mauvais quartier. C'était calme. Si la maison avait été totalement refaite à neuf quand j'avais emménagé, elle aurait coûté facilement quatre fois le prix que j'avais payé. L'agent immobilier m'avait dit que c'était une super affaire, pour une saisie.

La maison était vieille, mais solide.

J'aurais été satisfaite de n'importe quel style de maison, mais à l'instant où Lenny m'avait amenée devant ce petit pavillon délabré, ayant désespérément besoin d'un bon coup de peinture et de quelques travaux pour le faire entrer dans le vingt et unième siècle, j'étais tombée sous le charme.

Et voilà que quelqu'un était entré dans le seul endroit de toute ma vie qui ait vraiment été à moi. Il avait peut-être volé des choses pour lesquelles j'avais travaillé dur. Il avait peut-être fouillé dans mes tiroirs et mes effets personnels.

Ne pleure pas. Ton assurance devrait te rembourser tous les dégâts. Ce n'est que du matériel.

Ce n'est que du matériel. Ce n'était que du matériel. *Ça n'a pas d'importance.*

Mais un seul coup d'œil à la porte enfoncée me donna la chair de poule.

Une porte peut être réparée. Une alarme peut être installée. Un verrou ajouté.

— *Merci d'avoir appelé la police de Houston…*

Il me fallut vingt minutes pour joindre la police et leur expliquer ce qui s'était passé.

« Ne bougez pas », avaient-ils dit.

Je n'avais cependant rien d'autre à faire que de regarder cette porte…

Je frissonnai. Puis je continuai de frémir tandis que je restais assise là, à regarder l'intérieur de la maison plongée dans l'obscurité…

Un nouveau frisson me parcourut l'échine. Je m'emparai de mon téléphone et composai un numéro. Il y eut une sonnerie avant que je ne tombe sur la messagerie vocale : «*Ici Allen Cooper de* Cooper Coll… »

J'avais oublié qu'il éteignait son téléphone en allant se coucher.

D'accord. Très bien.

Concentre-toi, Luna.

Je pris une grande inspiration et composai un autre numéro. Cela sonna. Encore et encore, et encore jusqu'à ce que j'entende : «*La messagerie vocale du numéro que vous essayez de joindre est pleine.*»

Lenny dormait aussi. D'accord. Ce n'était pas grave. Je pouvais faire ça. Je pouvais…

Quelqu'un est entré chez moi. Quelqu'un qui a peut-être volé mes affaires. Qui a fouillé dans mes vêtements, est entré dans la pièce où je dors. Quelqu'un qui a enfoncé ma porte. Quelqu'un qui peut recommencer…

La voix cruelle et insistante continuait de chuchoter dans un coin de ma tête. Je déglutis tout en observant la porte d'entrée.

Il n'y avait pas l'ombre d'un doute que je l'avais verrouillée. Tout comme je le faisais chaque nuit. C'était ce verrou qui était censé empêcher les gens d'entrer, censé me protéger.

Des larmes brûlantes me montèrent aux yeux tout à coup. Des larmes pitoyables qui me firent me réjouir d'être seule. J'étais nulle. J'étais une nulle qui avait une malchance terrible. J'aurais dû y être habituée. N'importe qui le serait, à ma place.

Mais j'allais bien. Ou j'irais bien. Tout irait bien. Les choses pourraient être pires.

J'inspirai par le nez, jetai un nouveau regard à travers la porte d'entrée béante, vers l'endroit dans lequel je m'étais sentie tellement en sécurité pendant si longtemps. Je m'interdis de pleurer.

Malgré tout, quelques larmes échappèrent à mon contrôle et perlèrent au coin de mes yeux. J'inspirai brusquement et prétendis qu'elles n'existaient pas.

Je restai là, à regarder la porte fixement et à me dire d'entrer. Quelle était la probabilité qu'il y ait quelqu'un à l'intérieur ?

Quelqu'un à l'intérieur. Comment pouvait-il y avoir eu quelqu'un chez moi ? Et si j'y avais été présente à ce moment-là, moi aussi ?

Je m'accroupis et ne bougeai plus, regardant fixement le trou béant. La police arriverait quand elle arriverait. Pas question que j'entre avant. Pas seule.

Je me frottai les joues sans réfléchir, m'essuyant le visage lentement. Je posai les mains sur ma poitrine et, pour une raison ou une autre, je repensai au collier que j'avais donné à Rip. Il ne me l'avait toujours pas rendu. Puis, aussitôt que j'eus cette pensée, elle disparut de nouveau tandis que je me concentrais sur ma maison.

Tout irait bien.

Tout irait bien.

Chapitre 21

Sans surprise, je ne dormis pas de la nuit.

Cela n'était pas si étonnant quand on considérait que la seule chose maintenant ma porte d'entrée fermée était une petite console que j'avais traînée jusque-là. Si j'avais eu quoi que ce soit de plus lourd que j'aurais pu déplacer seule, je l'aurais fait. Mais je ne pouvais pas faire plus sans aide, et je n'avais pas beaucoup de meubles de toute manière.

Donc je n'avais pas dormi. J'avais eu trop peur, étendue dans mon lit, à écouter chaque son pour m'assurer que personne n'était en train d'ouvrir la porte. Et quand je ne m'inquiétais pas de ça, je pensais à mes sœurs et au fait qu'elles parlaient à mon père.

Ce ne fut pas la meilleure nuit de ma vie.

Alors, quand mon réveil avait sonné, et que je venais à peine de finalement réussir à m'endormir, j'avais failli pleurer. *Failli.*

Pourquoi est-ce que ce genre de choses m'arrive toujours à moi ? Pourquoi ? Pourquoi est-ce que je ne peux pas avoir une pause de temps en temps ?

Je savais que j'en rajoutais. Je savais qu'il y avait des choses pires dans la vie que d'être cambriolée et que des objets soient volés ou cassés. Au moins, j'avais un chez-moi. Au moins, j'étais assurée. Mais… j'avais quand même l'impression d'avoir pris un coup de pied à l'âme.

Vous faisiez un pas en avant et l'on vous forçait à reculer de cinq. Ainsi allait la vie parfois, pas vrai ? Pour tout le monde, pas juste moi.

J'étais juste de mauvaise humeur, et je ne savais pas quoi faire de moi-même ou comment m'en sortir.

Je ne pleurai pas tandis que je me traînais hors de mon matelas abîmé – même ça, ils y avaient touché. Je n'avais même pas eu le courage de réparer la housse pour quelle serve de barrière entre le lit et moi. C'était le premier lit que j'avais jamais acheté, alors je m'étais fait plaisir, à l'époque. Et voilà qu'il était sérieusement endommagé. Quelqu'un l'avait lacéré de coups de couteau qui le traversaient de part en part.

Parce qu'un salaud était entré chez moi par effraction et avait tout détruit sans aucune raison.

Est-ce que je donnais l'impression d'être riche ? Ou d'être une espionne qui cachait ses secrets dans le matelas ? Tout ça semblait tellement… insensé. Même les policiers le pensaient. Ils m'avaient même demandé si quelqu'un avait des raisons de m'en vouloir.

Je leur avais dit que non, mais ce n'était pas vrai. Simplement, je ne pensais pas qu'ils seraient assez en colère pour faire une chose pareille. Me faire un croche-pied ? Crever mes pneus ? Me frapper alors que j'étais à terre ? Pas de souci.

Mais cambrioler ma maison ? Je n'étais pas une si mauvaise personne. Enfin, pas que je sache.

M'habiller et me préparer pour la journée me prit plus de temps que d'habitude, puis je descendis vérifier la porte, et en me souvenant qu'elle avait été enfoncée, je faillis pleurer de nouveau. Je fis de mon mieux pour la sécuriser depuis l'intérieur, puis je fis le tour par la porte arrière et passai par le jardin. Je me rendis au travail en essayant de me concentrer autant que possible sur ma conduite et pas sur ce qui m'attendait chez moi. En vain.

Mon cœur et chaque partie de moi me semblèrent lourds quand j'arrivai au garage.

Je déposai mes affaires sur mon bureau puis montai l'escalier pour faire un café que je n'avais pas vraiment envie de boire. Pour être totalement honnête, je n'avais pas vraiment envie de faire quoi que ce soit. Et sûrement pas de travailler. Mais je savais que j'allais avoir besoin d'argent et que le seul moyen d'en obtenir était de bosser. Même si ce n'était que quelques heures. Un petit salaire était mieux que pas de salaire du tout.

Je préparai du café et fus soulagée de ne pas percevoir de dispute provenant de la pièce adjacente. Comme j'entendis du bruit dans l'atelier principal, je soupirai et préparai une deuxième tasse de café. Peu importe à quel point je me sentais mal, ne pas faire le café de Rip serait comme de… ne pas mettre de déodorant. Même si, maintenant que j'y pensais, j'étais à peu près sûre d'avoir oublié d'en mettre ce matin, à vrai dire.

Je refusai de pleurer.

Perdre mes affaires n'était pas grand-chose, parce que j'allais bien.

Je descendis l'escalier et grimaçai pour ne pas perdre le contrôle. Je pouvais survivre à la journée. Je le pouvais. Pendant ma pause-déjeuner, je passerais quelques appels à des serruriers pour voir si l'un d'entre eux pouvait passer chez moi quand je reviendrais du travail et réparer la porte pour moi. J'étais à peu près sûre qu'il y avait beaucoup de boulot prévu aujourd'hui, mais M. Cooper me laisserait partir une fois que je lui aurais expliqué pourquoi. Je le savais.

Je déglutis. Je me serais pincé l'arête du nez si j'avais eu une main de libre.

Une fois dans l'atelier de réparation, je regardai autour de moi et aperçus Rip devant l'une des servantes d'atelier. Il ouvrait et fermait des tiroirs à la recherche d'un outil, manifestement. Parfait. Je pouvais peut-être réussir à retourner dans ma cabine sans qu'il me regarde une seule fois. Ça arrivait souvent, après tout.

Il fallait que j'arrête. Qu'est-ce que je ne cessais pas de me dire à propos des choses sur lesquelles je n'avais aucun contrôle ? Il n'y avait aucune raison de m'en soucier.

Mais ma malchance décida à cet instant de se rappeler à mon bon souvenir.

Parce que j'avais à peine posé la tasse de café que Rip marmonna un merci avant de me jeter un rapide coup d'œil.

Il le fit la tête ailleurs, comme on jette un simple coup d'œil à quelqu'un. Mais à peine eut-il détourné les yeux qu'il les ramena sur moi. Il se redressa en fronçant les sourcils, la bouche pincée.

— Qu'est-ce qui ne va pas ? demanda-t-il, ses yeux magnifiques parcourant mon visage.

Je fis de mon mieux pour lui sourire, mais n'y parvins qu'à demi avant de renoncer.

— Rien.

Ses yeux cessèrent de se déplacer.

— Qu'est-ce qui ne va pas, Luna ? répéta-t-il d'une voix qui me sembla plus grave.

— Rien, répétai-je à mon tour, la bouche pincée.

Il ferma le tiroir qu'il avait ouvert sans détourner le regard et tourna son corps immense vers moi.

— Dis-moi ce qui ne va pas.

— Il n'y a rien qui ne va pas.

— Je peux le voir sur ton visage, affirma-t-il d'une voix rauque en faisant un pas en avant.

Je pinçai les lèvres et clignai des yeux rapidement.

— Ce n'est rien dont tu aies besoin de te soucier, essayai-je de lui dire.

Ma voix éraillée ressembla à un soupir, mais je fis de mon mieux pour ne pas montrer ma frustration.

En entendant ma réponse, son visage s'assombrit et il fit un autre pas vers moi.

— Je veux m'en soucier. Dis-moi ce qui ne va pas.

Il…

Je pris une grande inspiration. Je pinçai les lèvres plus fort et continuai à cligner des yeux. *Ne perds pas tes moyens. Ne perds pas tes moyens.*

— Rip, ça n'a rien à voir avec le boulot. Je n'ai pas merdé.

Il étudia de nouveau mon visage et fit un pas de plus vers moi, sans cesser de froncer les sourcils.

— Qu'est-ce qui s'est passé ?

De ma main libre, je me pinçai l'arête du nez et fermai les yeux brièvement avant qu'ils ne décident de me trahir comme tout et tout le monde dans ma vie, apparemment.

Stop.

J'allais bien. Rien de tout ça ne valait la peine de pleurer. J'allais bien.

— Je n'ai pas dormi de la nuit, c'est tout.

Ce fut tout ce que je parvins à dire et même moi je n'aurais pas été dupe en m'entendant.

Rip souffla et je n'eus pas besoin d'ouvrir les yeux pour savoir qu'il était encore plus près de moi qu'avant.

— Pourquoi ?

Il ne renoncerait pas avant de savoir. D'accord. Très bien.

Je ne vais pas pleurer. Je vais juste lui dire. Vite, comme quand on enlève un pansement. Mieux vaut l'arracher d'un coup.

— Ma maison…

Et voilà, j'allais pleurer. Tant pis. Impossible de l'éviter.

— Qu'est-il arrivé à ta maison ? demanda-t-il lentement.

Ma voix tremblait plus qu'un drapeau un jour de grand vent.

— Elle a été cambriolée.

Voilà. Je l'avais dit. J'avais survécu.

— Ils ont volé certaines choses, déchiré d'autres…

Je dus m'arrêter de nouveau après cette phrase. J'inspirai profondément et me repinçai le nez tout en ouvrant les yeux.

— Je suis un peu chamboulée.

J'essayai de sourire, mais en vain.

Rip se gratta l'avant-bras à travers le bleu de travail qu'il portait, mais ses yeux ne quittèrent pas mon visage.

Sa pomme d'Adam monta et descendit, et sa voix fut différente quand il reprit la parole.

— Ils ont abîmé tes affaires ?

Je hochai la tête, pinçant les lèvres.

Un muscle de sa joue tressauta.

— Beaucoup ?

Je ne pus que hausser les épaules et retenir mon souffle.

— À quel point ?

Je me mordis la joue et n'essayai pas de me racler la gorge avant de répondre d'une voix rauque :

— Beaucoup.

Sa pomme d'Adam recommença. Il pencha la tête sur le côté. Puis il se gratta la joue du dos de la main.

— Comment ils sont entrés ? demanda-t-il d'une voix tendue.

Je me tendis tout entière en repensant à ce que ces enfoirés m'avaient pris, non pas physiquement, mais…

— Ils ont enfoncé la porte.

— Tu as appelé la police ?

Je hochai la tête.

L'un de ses yeux se plissa.

— Qui est entré dans la maison pour toi ?

La pointe de colère froide dans sa voix était indéniable.

— Les policiers.

Plus j'y pensais, pire c'était. Comment avais-je pu croire que je survivrais à la journée ?

Peut-être que je devrais lui demander de prendre ma journée. Ou au moins la matinée. Ou le reste de la semaine.

— Tu as déjà tout nettoyé ?

Un crapaud avait dû élire résidence dans ma gorge parce que les mots qui suivirent ressemblaient plus à un coassement.

Ne t'avise pas de pleurer, Luna. Tu n'as pas intérêt.

— Non. Je suis rentrée tard et la police a mis tellement de temps à venir…

J'allais pleurer. J'allais pleurer et je ne pouvais plus rien faire pour l'empêcher.

Je devais juste tenir un peu plus longtemps. Encore un peu de temps et je serais seule chez moi ou du moins seule dans mon atelier. *Je vais bien, je vais bien, je vais bien.*

— J'aurais dû essayer de nettoyer puisque je n'arrivais pas à dormir de toute manière, mais je vais m'y mettre ce soir. Je voulais appeler un serrurier pour la porte…

Je vis son visage s'assombrir avant de percevoir le changement dans sa voix.

— *Tu as dormi là-bas ?*

— Il était tard, croassai-je. J'ai essayé d'appeler ma meilleure amie et Mister C., mais aucun des deux n'a répondu.

Et bon Dieu, si, ça, ce n'était pas une piqûre de rappel que j'étais seule… j'aurais pu essayer de joindre Lydia, ou bien le fixe des Cooper, ou bien le numéro de papi Gus. Bon sang, j'aurais même pu appeler Miguel. Mais je ne voulais embêter personne. C'était ma maison. Mes affaires.

Rip me transperça du regard sans me donner le temps de me préparer à la question qui suivit.

— Pourquoi tu ne m'as pas appelé ?

Appeler… Rip ?

Cette fois, je réussis à faire un sourire, mais uniquement parce que c'en fut un sans joie.

— Je n'allais pas t'appeler parce que j'ai été cambriolée. Ça ne te regardait pas…

— Luna, gronda-t-il, les dents serrées, faisant un autre pas en avant.

Son corps sembla grossir devant moi.

— Ça me regarde. Tout ce qui te concerne me regarde.

Quoi ?

— Tu as dormi là-bas avec une porte qui ne fermait pas ? insista-t-il sans attendre ma réponse. Bon sang, mais à quoi pensais-tu ?

À quoi pensais-je ?

— Je ne voulais embêter personne avec ça, finis-je par répondre en haussant une épaule, gênée, mais surtout… dépassée. J'étais bouleversée, Rip. Toutes mes affaires…

Ma voix monta dans les aigus et je me forçai à m'arrêter.

Il s'agissait de mes affaires. Des miennes. Pour la première fois de ma vie, tout m'avait appartenu. Et quelqu'un avait…

Je n'entendis pas mon hoquet, et je m'aperçus encore moins qu'après ça les larmes jaillirent de mes yeux.

Ce n'était pas juste des affaires. C'étaient les miennes. *Les miennes.*

Et voilà. Plantée là, un Thermos de café à la main, j'éclatai en sanglots. En *sanglots*. Mes épaules se voûtèrent et je me mis à trembler, les mains contre le visage. J'avais beau me dire d'arrêter, me dire que ce n'était pas la fin du monde, me rappeler qu'il y avait des milliards de personnes dans le monde qui avaient des problèmes à côté desquels les miens paraissaient dérisoires… je continuai à pleurer. Les larmes dégoulinèrent sur mes doigts et le long de mes paumes.

Et je pleurai.

Parce que j'avais travaillé tellement dur, tout ça pour que quelqu'un débarque et foute tout en l'air.

Parce que j'étais fatiguée. Fatiguée des merdes qui m'arrivaient, encore et encore.

J'avais eu un endroit où je me sentais heureuse, fière et en sécurité, et quelqu'un que je ne connaissais pas avait décidé de me prendre ça.

Ils prenaient, ils prenaient, ils prenaient. Voilà ce que les gens me faisaient. Parce que je les laissais faire. Parce qu'ils étaient cupides.

Et c'était tellement injuste, putain.

Assez de ces *conneries*.

— Ah, putain…

J'entendis Rip marmonner tandis que je restais plantée là à m'apitoyer sur mon sort et à me sentir blessée, si frustrée…

Ses mains recouvrirent les miennes pendant un instant avant de se placer sur mes oreilles, prenant mon visage en coupe. Je n'avais pas besoin de lever les yeux pour savoir qu'il s'agissait de Rip. Qui d'autre ?

Mais je continuai à pleurer, car même Rip, à cet instant, même sa gentillesse n'étaient pas suffisants pour me faire me sentir un peu moins minable.

Pourquoi ?

— Pourquoi est-ce que quelqu'un voudrait me faire ça ? demandai-je.

J'étais à peu près sûre que mes larmes coulaient le long de ses poignets tandis qu'il tenait mon visage et passait les pouces sur les os fins du dos de ma main.

— Je n'ai rien qui vaille la peine d'être volé. Je n'ai rien fait de mal à qui que ce soit, récemment. Je ne comprends pas pourquoi ça m'arrive.

Ma voix se cassa sur les derniers mots. Se cassa, se cassa, se cassa.

Pourquoi est-ce que quiconque ferait une chose pareille ?

— Ce ne sont que des affaires, mais ce sont les miennes, et quelqu'un est entré par effraction comme si ce n'était rien. Et j'ai juste l'impression que… les gens peuvent avoir des jours plus difficiles que d'autres, mais j'ai la sensation d'avoir vingt-six ans de jours difficiles, et je déteste me sentir impuissante, et je suis désolée de me défouler sur toi. Et merde alors, je déteste pleurer. Je suis désolée.

Tremblante, je me recroquevillai encore plus sur moi-même, faisant de mon mieux pour me rouler en boule. Pour protéger cette partie de moi qui ne venait pas de se prendre une raclée à coups de batte parce que c'était tout ce qui me restait qui gardait espoir. Ridicule. J'étais si ridicule, bon sang.

Deux grands bras s'enroulèrent autour de moi, me tirant de mes pensées. Et avant que je n'aie le temps de dire quoi que ce soit, mon visage fut pressé contre un cou chaud et ma poitrine contre un torse plus large… et je fis la seule chose que je pouvais. Mes mains se posèrent sur des hanches qui n'étaient pas les miennes et mes doigts s'agrippèrent au bleu de travail qui les enveloppait.

Et je continuai à pleurer.

J'ignorais si c'était à cause de mes affaires ou du fait que quelqu'un soit entré chez moi. Pas la moindre idée. Peut-être était-ce parce que la vie était profondément injuste, mais je n'en étais pas sûre.

Tout ce dont j'étais certaine, c'est que j'avais l'impression d'être au trente-sixième dessous, que j'en avais marre que rien ne colle, et que j'en avais encore plus marre des gens qui passaient leurs nerfs sur moi. La vie était injuste, et parfois elle était une vraie chienne. Pourtant, j'avais beau savoir cela depuis très, très longtemps, cela ne rendait pas les choses plus faciles. C'était plutôt le contraire, même.

— Je ne sais pas ce que j'ai fait dans une autre vie pour mériter ça, fis-je d'une voix étranglée contre sa poitrine.

Je pressai mon nez aussi près que possible de son cou si chaud, à l'odeur familière.

Je perçus de la chaleur sur l'arrière de mon crâne puis sa paume entre mes omoplates, me pressant encore plus fort contre son corps sous le bleu de travail.

— Tout va bien, Luna. Ne pleure pas, fit Rip d'une voix basse et grave.

La main contre ma colonne vertébrale fit de petits mouvements de bas en haut.

— Je suis désolée.

— Tu n'as aucune raison d'être désolée, souffla-t-il contre mes cheveux tout en me serrant dans ses bras. Pas la moindre foutue raison.

Je ne répondis pas. Je me contentai de rester là, à respirer son odeur… Surtout accidentellement, mais pas uniquement. Comme un médicament pour toutes les petites blessures. Les grandes blessures aussi. Et puis les moyennes…

Peut-être me rappellerais-je, pendant des jours, que sa peau sentait le savon Irish Spring. Qu'il sentait comme l'atelier aussi, mais en mieux. Peut-être me rappellerais-je qu'il sentait délicieusement bon, d'une manière qui n'avait rien à voir avec du parfum ou de l'après-rasage.

Mais pendant un instant, juste un instant, je ne pensais à rien d'autre qu'au moment présent. Au fait qu'il était un homme en qui j'avais confiance, qui avait au moins un peu d'affection pour moi, et qui me réconfortait. Du moins, qui me faisait me sentir moins seule.

— Tu veux prendre ta journée pour t'en occuper ? demanda-t-il, le nez toujours dans mes cheveux.

Je secouai la tête.

— Pas tout de suite, réussis-je à dire.

Rien que de penser à tout ce que je devais faire…

— Je peux boucler quelques trucs ce matin et peut-être que cet après-midi…

Tout était détruit. Je devais appeler mon assurance. Contacter un serrurier. Acheter des sacs-poubelle.

Ne pleure pas.

Trop tard, non ?

Je me sentis enfoncer mon visage dans le cou de Rip de nouveau et j'entendis le bruit désespéré qui sortit de ma bouche.

Bon sang. *Bon sang.*

— Vas-y quand tu veux, Luna, chuchota-t-il tout en continuant à me caresser le dos entre mes omoplates tandis que je lâchais un souffle tremblant. Tout va bien, princesse.

Je hochai la tête.

— Tout ira bien.

Tout irait bien. Il avait raison. Je hochai la tête de nouveau.

Sa main remonta jusqu'à prendre ma nuque en coupe.

— Tu aurais dû m'appeler, fit-il d'une voix douce.

Non, je n'avais aucune raison de le faire. Il en était conscient, il essayait juste d'être gentil. Tout comme il essayait d'être gentil en me prenant dans ses bras.

Mais ça m'allait. Qui sait quand quelqu'un me serrerait dans ses bras de nouveau ?

Une chose était sûre : malheureusement, ce ne serait pas Rip.

***

J'étais debout dans mon jardin, fixant ma porte d'entrée depuis dix bonnes minutes et essayant de me convaincre d'entrer.

J'étais déjà bouleversée la veille, mais j'avais réussi à entrer, principalement parce que je n'avais pas le choix et que les policiers étaient avec moi. À présent toutefois, il n'y avait personne pour m'accompagner.

Tu peux le faire, Luna. Tu peux faire n'importe quoi.

C'était le cas. Je n'avais juste pas *envie* de le faire.

Le truc, c'est que je ne voulais pas appeler Lenny, ou papi Gus, ou M. Cooper, ou qui que ce soit. Ce n'était pas leur responsabilité. Je pouvais le faire. Je le pouvais.

J'étais en train de prendre mon courage à deux mains pour monter les marches devant le porche quand j'aperçus le pick-up Ford noir qui remontait mon allée et se garait derrière ma voiture. Je n'avais pas besoin de chercher un visage derrière le pare-brise pour savoir qui était au volant. J'en étais aussi certaine que de mon prénom.

C'était Rip.

Qui avait dû partir du travail cinq minutes après moi.

Je reconnaissais son corps massif. Je reconnaissais l'homme qui claqua la portière derrière lui avant de marcher à grandes enjambées vers moi, parcourant la façade de la maison du regard. De gauche à droite, derrière lui, puis de nouveau devant lui. Observant.

Son regard finit par atterrir sur moi qui restais plantée là, une main sur la poitrine. Je vis ses yeux se plisser. Je vis son torse se gonfler et se dégonfler au rythme d'un grand souffle. Je vis ses épaules se détendre et ses mains retomber à ses côtés.

— Tu ne m'as pas dit que tu partais.

Quelque chose en moi, quelque chose qui ressemblait à mon âme, bégaya. Ma gorge sembla se serrer et s'étouffer sur chaque lettre de l'alphabet. Je ne pus que pincer les lèvres et hocher la tête, tandis qu'en moi quelque chose continuait à bégayer.

Puis je réussis finalement à prononcer quelques mots :

— Je ne voulais pas t'embêter.

Et Rip… Rip cilla. Ses narines se dilatèrent. Son torse se gonfla puis retomba.

— Combien de fois je dois te dire que tu ne m'embêtes pas ? fit-il d'un ton plus calme que je ne lui avais jamais entendu.

Je retins mon souffle.

— Si tu as besoin de moi, tu m'appelles, continua-t-il en s'assurant de me regarder droit dans les yeux. N'importe quand. N'importe quel jour. C'est aussi facile que ça.

Pourquoi est-ce que cela me faisait me sentir aussi mal à l'aise ?

— Tu n'as pas besoin de toujours tout faire toute seule.

— Je n'ai jamais voulu ça, Rip.

Quelque chose sur son visage si puissamment beau sembla voler en éclats. Il inclina le menton puis l'une de ses cuisses massives s'avança. Un pied immense se posa sur ma pelouse, et un instant plus tard, Rip se dirigeait vers moi à grands pas. Les bras ballants, les narines dilatées, le regard fixé sur moi.

Avant que je ne m'en rende compte ou que je ne comprenne ce qu'il faisait, il était devant moi.

Juste devant moi, si grand que je devais pencher la tête en arrière pour voir son visage qui était une vingtaine de centimètres plus haut que le mien.

Je ne pris pas conscience que j'étais au bord des larmes avant d'en sentir quelques-unes perler au coin de mon œil droit. Quelque chose les essuya aussitôt.

Ce n'était pas ma main, cependant. Ce n'étaient pas mes doigts qui essuyèrent ma joue avant de faire de même avec l'autre.

C'étaient ceux de Ripley.

Avant que je ne puisse prononcer un seul mot, avant que je ne puisse réagir, sa grande main se glissa dans la mienne comme si c'était la chose la plus normale au monde et il m'entraîna vers la maison.

Je devais lui dire que je lui étais reconnaissante d'être venu jusqu'ici, mais qu'il n'avait pas besoin de rester. Toutefois, j'eus beau ouvrir la bouche, rien n'en sortit. Je n'étais pas assez stupide ou bornée pour lui demander de me lâcher la main. J'en avais besoin. J'en avais envie. Alors tant pis si c'était à cause de circonstances difficiles. Je prendrais ce qu'il y avait à prendre.

Je suis sûre que je pourrais me souvenir de tout ce qui se passa ensuite si j'essayais vraiment. Mais quand quelque chose ressemble plus à un horrible rêve qu'à la réalité, le plus souvent, il y a certaines choses qui restent dans votre mémoire pour toujours et d'autres que vous essayez d'oublier le plus vite possible.

Parfois, il est arrivé tellement de choses difficiles au cours de votre vie que vous avez assez de mauvais souvenirs sans avoir besoin d'en rajouter.

À ce stade, je faisais le tri. C'était tout ce que je pouvais faire.

Traverser la maison, aller de pièce en pièce avec des sacs-poubelle à la main fut l'une des choses les plus douloureuses que j'eus à faire de ma vie. C'était pire que de préparer mes bagages quand j'avais dix-sept ans, fourrant mes affaires dans un sac en toile et deux sacs en plastique, puis de quitter la maison de mon enfance sans la moindre idée de ce que j'allais faire, d'où j'allais aller.

Ce dont je me souviendrais, c'est la façon dont Rip resta à mes côtés, sa main tenant la mienne tout le temps que nous passâmes à faire le tri.

Tout ça constituait un souvenir étrange sur lequel je ne comptais pas me pencher dans un futur proche, voire dans le futur tout court.

Mon corps entier se crispa quand je vis la télévision pour laquelle j'avais économisé trois mois, à présent ornée d'une immense fissure en plein milieu. Et ce n'était que le début. Des plats cassés, des chaises renversées, mon matelas, des tiroirs entiers arrachés, fouillés et vidés de leur contenu…

Je ne m'autorisai pas à pleurer en prenant conscience que quasiment rien n'avait été volé à part environ cent dollars que je gardais cachés dans un tiroir, et deux cents sous le lavabo de la salle de bains. Mon ordinateur portable manquait à l'appel, ainsi que ma tablette. Il y avait juste tellement de… destruction. *Dans quel but ?*

Ma poitrine était serrée, et pendant longtemps, j'eus l'impression de ne pas pouvoir respirer pleinement.

C'était déjà difficile, la veille, quand j'avais repoussé mes vêtements en vrac sur le sol en essayant de ne pas penser à un inconnu en train de fouiller dedans, mettant ses sales pattes sur tous les objets dans lesquels j'avais mis tellement d'amour et d'attention.

Tant de choses avaient été abîmées ou détruites.

Mon refuge, mon sanctuaire avait été saccagé, et je ne savais pas quoi faire.

***

Des heures et des heures plus tard, après avoir rempli une dizaine de sacs-poubelle taille chantier, après avoir tout nettoyé pendant que Rip allait au magasin de bricolage pour acheter ce dont il avait besoin pour réparer ma porte, et après avoir commandé à manger au restaurant vietnamien du coin pour le remercier de tout ce qu'il faisait pour moi, pendant qu'il s'occupait de ma porte… quand je fus épuisée et que tout ce dont j'avais envie était d'aller me coucher, Rip me prit par le poignet.

— Allez, viens, dit-il de sa voix qui me berçait.

— Si tu as toujours faim, je peux commander des pizzas.

— Je n'ai pas faim, répondit-il en tirant sur mon bras de nouveau. Tu ne peux pas rester ici cette nuit.

Je ne voulais pas avoir à le faire. Ni la nuit suivante. Malgré tout, je ne voulais pas partir non plus.

— Tu viens avec moi.

Ah bon ? Je venais où ?

— Viens. Je n'ai plus vingt ans. Je dors déjà d'habitude, à cette heure.

Quoi ? Je jetai un coup d'œil à ma montre et avisai l'heure. Il était presque minuit. Bon sang. Comment est-ce que ça avait pu prendre autant de temps ?

Comment est-ce que, *moi*, je tenais encore debout ?

Rip tira de nouveau sur mon poignet.

— Tu ne restes pas ici. Pas la peine de faire cette tête-là.

Cette tête-là ? Il était sérieux ?

Je ne voulais pas rester, mais je ne voulais pas partir non plus. Il en avait déjà fait assez. Il en avait déjà fait beaucoup plus que ne le devrait un patron pour son employée, ce qui ne servait qu'à me rappeler que je n'avais encore parlé à personne de ce qui s'était passé. Pas même à M. Cooper. Et bon sang, je me sentais tellement coupable. Qu'est-ce que Rip lui avait donné comme explication à mon départ ?

Il passa le pouce sur le dos de ma main.

— Allez, viens, insista-t-il d'une voix sincèrement fatiguée. Je te prendrai une chambre d'hôtel si tu ne veux pas rester avec moi.

Je ne pus que rester plantée là à le dévisager.

Il me regarda en retour.

— Maintenant, Luna. Je suis trop fatigué pour me disputer avec toi.

Je voulus lui dire que tout allait bien, que je n'avais pas besoin d'aller chez lui ou de dormir à l'hôtel, mais ma bouche refusa de bouger.

Bon Dieu, j'étais tellement pathétique. Je pouvais dormir ici. Il y avait de nouveau un verrou sur la porte.

Tout irait bien.

Je m'assurerais que tout irait bien.

Je n'étais pas…

— Luna. Je suis fatigué, princesse, soupira Rip en resserrant légèrement sa prise.

Je levai les yeux vers lui, l'épuisement pesant sur mes paupières. Sa main monta vers mon visage et son pouce se posa sous mon œil. Il n'y avait pas de larmes à cet endroit. Ce n'était pas possible. J'avais assez pleuré pour les dix prochaines années. Mais son doigt ne bougea pas. Il resta là, juste sous mon œil.

— Allons-y, fit-il d'une voix toujours douce, le visage marqué par l'épuisement. Tu ne peux pas rester ici. Ça va aller. Tu ne veux pas dormir à l'hôtel ? Dors chez moi. Tu ne veux pas dormir chez moi ? On te prendra une chambre d'hôtel.

Je continuai à le regarder fixement.

— Ce n'est rien de particulièrement sympa, mais j'ai un lit que tu peux prendre, et ma porte ferme à clé, et j'ai de quoi manger dans le frigo.

Je ne répondis pas.

La main autour de mon poignet se relâcha et il glissa ses doigts entre les miens une fois de plus.

— Allons-y, essaya-t-il d'insister encore une fois.

Mais je ne fis pas un geste. Je me contentai de rester là à imaginer à quoi ressemblait son chez-lui… sans bouger pour autant. Je ne voulais pas aller à l'hôtel et, pour une raison que je ne comprenais pas, je ne voulais pas aller chez lui non plus. Il était mon patron avant tout. *Mon patron.*

Toutefois, Rip était encore plus fatigué que moi ou bien il voulait se coucher plus tôt, car il soupira.

— D'accord, princesse. On reste ici.

***

Regardant autour de moi dans ma chambre, je poussai un soupir qui aurait pesé des tonnes si les soupirs avaient eu un poids. Je m'emparai de toutes les couvertures que j'avais récupérées dans la maison. Bon sang, toutes les fibres de mon être me faisaient sentir chaque heure que j'avais passée éveillée.

Je me dirigeai vers le salon, serrant mon paquet le plus fort possible contre moi. Les couvertures, deux oreillers… J'avais décidé de dormir par terre. Heureusement, le canapé se dépliait et les salauds qui avaient cambriolé ma maison n'avaient pas pris la peine de faire plus que poignarder quelques coussins.

Mais la même question qui me préoccupait depuis la veille demeurait. Qui me ferait une chose pareille ? Et pourquoi ?

Le simple fait d'y réfléchir me donnait envie de vomir. C'était si *mesquin*… ce n'étaient que des objets matériels.

Ce ne sont que des objets matériels

Et j'avais une assurance. C'était déjà ça. Je l'avais appelée pendant que Rip était au magasin de bricolage et il avait fallu presque une heure pour que je m'occupe de tout le côté administratif afin de lancer la procédure.

Cela valait mieux que rien.

En entrant dans le salon, je découvris Rip assis sur le canapé, les bras croisés, le regard fixé sur la télévision qui reposait sur le meuble prévu à cet effet de l'autre côté de la pièce.

S'il avait l'air fatigué, je préférais ne pas savoir à quoi je ressemblais moi-même.

— Je suis désolée, Rip, dis-je.

J'avais l'impression d'être une idiote égoïste, à cet instant. Combien de fois avait-il mentionné son épuisement ?

— Si tu veux rentrer chez toi…

Je survivrai seule.

Il se contenta de secouer la tête et j'aurais parié ma vie que ses yeux s'étaient fermés pendant un instant.

— Je reste ici, répéta-t-il pour au moins la cinquième fois depuis qu'il avait évoqué cette option.

Je me forçai à insister.

— Oui, mais… tu peux y aller si tu préfères rentrer chez toi.

— Je reste.

Avais-je vraiment envie de le supplier ?

Pas vraiment.

Je déglutis.

— D'accord. Merci, dans ce cas.

Concentre-toi.

— Laisse-moi t'aider à déplier le lit, puis…

— Pas besoin. Je peux dormir sur le canapé.

Je jetai un coup d'œil aux coussins éventrés et à la longueur du canapé, et évaluai la probabilité qu'il arrive à dormir dessus.

— Euh… Rip, tu es géant et mon canapé est normal.

Il me jeta un regard qui en d'autres circonstances m'aurait fait rire. Sans un mot de plus, il déplia son long corps et se mit sur ses pieds. Il se tourna vers moi, me transperçant du regard.

— Le canapé ira très bien, Luna. Ça me va.

Ça lui allait.

Je hochai la tête à contrecœur et me rapprochai du meuble. Je déposai mon tas de draps, de couvertures et d'oreillers sur le côté. Puis je dépliai un drap et le coinçai sous les coussins.

Rip, debout à côté de moi, ne dit pas un mot et me regarda faire pendant un long moment.

— Tu veux dormir là aussi ? finit-il par demander.

Est-ce qu'il… ?

Complètement apathique, je réfléchis à sa question pendant peut-être une quinzaine de secondes.

— D'accord, répondis-je avant de pouvoir m'en empêcher.

D'accord. Pour dormir sur le canapé avec lui.

Qui fait ça ?

Moi. Voilà qui. Je connaissais quelqu'un qui allait se sentir vraiment stupide et en manque d'affection, plus tard.

Je m'en soucierais une autre fois. Dans longtemps. Je n'étais pas assez fière pour essayer de paraître plus forte que je ne l'étais.

Parce que la vérité, c'était que je ne voulais pas rester seule. Et c'était idiot de ma part de vouloir ça. Mais tant pis.

— Très bien, fit Rip doucement.

Si doucement que je ne pus m'empêcher de lui jeter un regard en coin, me demandant d'où sortait toute cette tendresse.

Il a juste pitié de toi, chuchota une petite voix en moi.

— Viens, continua-t-il.

Levant les yeux, je le vis s'asseoir sur le canapé et se pencher en arrière avec un long soupir. Le bras posé sur l'accoudoir, il poussa un nouveau soupir, profond et épuisé.

— Allonge-toi sur le reste du canapé, je peux dormir dans ce coin.

Je clignai des yeux, assommée de fatigue. Il voulait que je m'allonge alors qu'il dormait assis ?

— Je peux dormir n'importe où. Allonge-toi. J'ai besoin de dormir.

Je ne répondis rien.

— Tout ira bien, affirma-t-il.

Je pinçai les lèvres et hochai la tête. Il était ici. J'allais m'allonger à côté de lui. Très bien.

Bon Dieu, j'aurais voulu que ce soit réel.

Ce n'était pas le cas. Mais rien que ce soir, je ferais semblant.

Rip tapota l'espace situé à côté de lui.

— Viens.

C'est ce que je fis.

J'avançai de deux pas et me laissai tomber sur le canapé, à un coussin de distance de lui. Il bâilla, sans cesser de me regarder.

— Ça va ?

— Oui, répondis-je sans beaucoup d'enthousiasme.

Je me débarrassai de mes chaussures. J'avais oublié que j'avais enfilé des chaussettes PacMan ce matin-là. Je n'avais pas voulu plus de fantaisie. D'autant que tous mes bijoux avaient été éparpillés dans toute la maison.

Avant que je ne réalise ce qu'il était en train de faire, il tendit le bras et m'attira vers lui. J'arrêtai ce que je faisais et clignai des yeux en étudiant sa grande main, ses longs doigts, ses ongles parfaitement taillés enveloppant ma propre main. Puis il me tira vers lui de nouveau, me forçant à m'allonger sur le canapé.

Rip se leva et attrapa le matériel que j'avais remisé sur le fauteuil.

Il secoua la couverture avant de la déposer sur moi. Je me contentai de le regarder tandis qu'il se tenait au-dessus du canapé, se débarrassait de ses chaussures et défaisait un bouton de son jean. Ce fut à mon tour de bâiller tandis qu'il revenait vers le bout du canapé, juste à côté de là où j'étais étendue. Il s'assit et je sentis la chaleur de sa cuisse et le poids de son corps qui enfonçait le canapé.

Je ne m'attendais pas en revanche à sentir sa main passer sous ma tête pour la soulever – Rip, en train de soulever ma foutue tête ! – avant de glisser un oreiller sous moi. Ses doigts effleurèrent mon front.

— Dors. Je suis là, déclara-t-il.

Je levai les yeux, ou plutôt j'essayai de regarder derrière moi et, à l'envers, je le vis adossé au canapé.

Rip était trop occupé à bâiller pour remarquer que je ne pouvais pas détacher mon regard de lui.

— Dors, Luna. Je ne vais nulle part.

Je ne prononçai pas un mot. Je ne savais pas quoi dire. Mais surtout, j'étais épuisée.

Je m'étendis sur le canapé et hésitai à dire à Rip qu'il devrait s'allonger à ma place et que ce devrait être à moi de dormir assise. Que j'aurais pu dormir par terre.

Je me tournai sur le côté et glissai mes mains sous mon oreiller. Je ne pensai à rien. Je me contentai de rester immobile, à écouter la respiration profonde de Rip. Mais je n'arrivais toujours pas à me détendre.

Quand l'horloge indiqua que dix minutes s'étaient écoulées, l'homme à côté de moi émit un grognement grave. Un instant plus tard, sa main se posa juste devant mon visage.

— Rien ne peut t'atteindre ici, gronda-t-il doucement, la voix rauque et veloutée à la fois.

Je gardai le regard fixé sur ses longs doigts, étudiant les cals dessus et sur sa paume. C'étaient des mains fortes. Solides. Qui faisaient que les miennes me démangeaient.

— Tu penses que je laisserais quoi que ce soit t'arriver ?

Je roulai sur le ventre et m'appuyai sur les coudes pour me redresser et pouvoir le regarder. Après tout, s'il ne s'endormait pas non plus…

— Non.

Sa tête était appuyée contre le dossier, ses yeux lourds, à demi fermés.

— Tant mieux, parce que c'est le cas, affirma-t-il avant de presser mes doigts entre les siens. Tu as parlé à ta sœur ?

Je savais exactement de laquelle il s'agissait et ne pouvais pas jouer l'idiote.

— Non. Elle ne répond pas à mes appels.

— D'autres gens ont eu des nouvelles d'elle ?

Bon sang, il retournait le couteau dans la plaie alors même que j'avais l'impression d'avoir été poignardée en plein cœur. Je pris une inspiration profonde et ajoutai du sel sur ma blessure.

— Oui, il n'y a qu'à moi qu'elle refuse de parler.

Il grommela.

— Je croyais que vous étiez toutes parties de là-bas parce que ton père était un salaud.

Cela ne fit qu'empirer les choses.

— C'est le cas, mais c'était avec moi qu'il se comportait le plus mal. Mes sœurs, il se contentait de les ignorer. C'était ça, la différence.

Une pause s'étira entre nous.

— Qu'est-ce que ça veut dire ? finit-il par demander.

— Je t'ai dit que c'était compliqué. Mon père n'arrêtait pas de me dire qu'il aurait dû se *retirer*. Lui et sa femme… même si maintenant que j'y pense, je ne suis même pas sûre qu'ils soient mariés légalement… c'étaient les pires personnes que j'aie jamais rencontrées dans ma vie. Ils étaient cruels, malheureux et égoïstes. Je ne… Je ne sais même pas pourquoi ils étaient ensemble. Mieux vaut être seul que mal accompagné, mais ils n'avaient pas l'air de connaître l'expression, expliquai-je. Et mon frère n'a jamais rien fait.

Il ne passait pas beaucoup de temps à la maison dès le départ. Il n'a jamais défendu aucune de nous. Je sais qu'il les détestait au moins autant que moi : il est parti de la maison à l'instant où il a passé son bac et n'est jamais revenu.

Je ne lui parlai pas du reste. De toutes les fois où mon père m'avait dit que j'étais stupide et que je ne valais rien. De cette femme qui répétait exactement les mêmes mots. De toutes les choses dont je ne voulais jamais me souvenir. Jamais.

Ses yeux noirs s'ancrèrent dans les miens et il resserra sa prise sur ma main.

— Je croyais que tu n'avais que des sœurs.

— Non, j'ai un grand frère aussi, qui a le même père et la même mère que moi. C'est juste que je ne parle jamais de lui. Cela fait onze ou douze ans que je ne l'ai pas vu. Je n'ai même pas pu tenir jusqu'à mes dix-huit ans, tu sais. Je suis partie au bout de deux mois de ma dernière année de lycée.

Mais je n'avais pas abandonné mes sœurs. Même si je ne lui racontai pas cette partie-là.

— Ils t'ont virée de chez toi ? demanda-t-il d'une voix douce.

Je soupirai.

— Pas exactement.

— Comment ça ?

J'enroulai mes doigts de pied sous la couverture.

— Disons que depuis mes trois ans, ils comptaient les jours me séparant de mes dix-huit ans. Et puis, un jour, ils ne m'ont pas vraiment laissé d'autre possibilité que de m'en aller. Alors, je suis partie.

— Qu'est-ce qui s'est passé ?

Je serrai la main de Ripley en repensant à cette période de ma vie.

— J'ai fait quelque chose, expliquai-je d'une toute petite voix.

Il y eut une pause.

— Qu'est-ce que tu as fait ?

De nouveau, je crispai mes doigts de pied.

— Je ne sais pas si j'ai envie que tu le saches.

— Pourquoi ? demanda-t-il à voix basse, sans se décourager.

— Parce que je ne me sens pas coupable. Même pas un tout petit peu, admis-je.

Sa respiration était douce.

— J'ai fait des choses peu recommandables aussi, Luna. Je serais la dernière personne à te juger pour ce que tu as pu faire.

Je retins mon souffle.

— Tu me le diras une autre fois, ajouta-t-il. Quand tu veux, d'accord ? Tu mettras ça dans notre… Comment tu appelles ça ? Notre boîte à secrets ?

Je n'y repensai pas à deux fois. Ni au fait qu'il reconnaissait l'existence de notre boîte à secrets. Je me contentai d'acquiescer.

— Oui, d'accord.

— Où es-tu partie après ?

Je faillis soupirer de soulagement. Ça, je pouvais lui en parler, au moins.

— J'avais tout planifié avec ma grand-mère. Elle s'occuperait de mes sœurs puisque nous savions toutes les deux que leur mère ne le pourrait pas, ne le voudrait pas ou n'en serait pas capable.

Oh, mamie Genie…

— Elle m'a donné un peu d'argent. J'en avais un peu aussi de côté. J'ai pris le bus pour Houston dès que je suis partie de cet endroit. Je crois que je te l'ai déjà raconté. Je suis restée dans ce qui devait être l'hôtel le plus miteux de Houston. Mais ils n'avaient pas besoin de pièce d'identité ni d'une carte de crédit ou de quoi que ce soit. J'étais tellement terrifiée que j'ai calé la commode devant la porte tout le temps que j'ai passé là-bas.

J'aurais juré que mon cœur s'était mis à battre un peu plus vite rien que de penser à ces jours où j'avais tellement peur d'être retrouvée et renvoyée de force à San Antonio.

Où je ne savais pas combien de temps durerait l'argent que m'avait donné ma grand-mère.

— J'ai postulé à tous les petits boulots que j'ai trouvés sur Craigslist, ou presque. Et environ deux semaines après mon arrivée à Houston, j'ai postulé au garage pour être réceptionniste. Le jour de mon arrivée, M. Cooper avait décidé de retirer son annonce, mais il n'a rien dit avant. Il m'a dit qu'il avait changé d'avis, qu'il n'avait pas besoin d'une réceptionniste et ferait mieux d'embaucher un autre mécano à la place. J'ai fondu en larmes dans son bureau, tu sais. Il m'a demandé s'il y avait quoi que ce soit qu'il puisse faire. Je lui ai dit que j'avais vraiment besoin de trouver un travail et lui ai demandé s'il connaissait quelqu'un qui recrutait. Je ne lui ai pas dit que personne ne voudrait m'embaucher pour un poste à plein temps parce que je n'avais pas dix-huit ans. Je ne lui ai pas dit que j'avais dix-sept ans, mais j'ai toujours fait plus jeune que mon âge…

— Il t'a trouvé du boulot ? demanda-t-il après une pause.

En y repensant, embaucher une personne qu'il ne connaissait ni d'Ève ni d'Adam pour un poste dont il n'avait pas vraiment besoin était une décision plutôt risquée pour son entreprise. M. Cooper n'avait pas besoin de moi, mais il m'avait quand même embauchée. Je hochai la tête.

— Il m'a prévenue qu'il y aurait probablement beaucoup de tâches que je n'apprécierais pas. Il m'a dit qu'il ne me ferait pas de traitement de faveur sous prétexte que j'étais une fille, mais que si j'étais d'accord avec ça, il m'embaucherait en tant qu'assistante au lieu d'engager un mécano, finalement. Je lui ai dit que j'apprendrais vite, que je ferais absolument tout ce que lui ou d'autres me demanderaient et qu'il ne le regretterait pas. À ce stade, j'aurais ramassé de la merde à mains nues s'il l'avait fallu. Je me fichais de ce qu'il voulait que je fasse tant que ça n'impliquait rien de tordu. Il m'a demandé quand je pouvais commencer et je lui ai répondu que j'étais disponible dès maintenant. Il m'a trouvé le plus petit bleu de travail qu'il avait, et j'ai commencé à nettoyer l'atelier.

Je repensai à cette première journée, aux regards déroutés de mes nouveaux collègues se demandant ce que je fichais là.

— Ce jour-là, à dix-huit heures, tout le monde a commencé à rentrer chez soi. Mister C. m'a dit que c'était la tradition pour les nouveaux employés de venir dîner chez lui… Il m'a promis qu'il était marié, que c'était vraiment une invitation à dîner et que sa femme serait chez lui. Je ne mangeais que des plats à un dollar ou des nouilles instantanées à ce stade. Donc j'y suis allée, et Lydia a cuisiné pour moi. Ils m'ont dit qu'ils me reconduiraient à mon hôtel et j'ai eu beau insister, leur disant que ce n'était pas nécessaire, ils n'ont rien voulu entendre. Ils ont jeté à peine un regard à l'hôtel avant d'entrer tous les deux dans la chambre avec moi, de récupérer mes affaires et de me dire que j'allais habiter chez eux aussi longtemps que je le voudrais.

Je déglutis en repensant à leur mensonge sur le fait que les nouveaux employés étaient invités à dîner. M. Cooper avait deviné que j'avais besoin d'un vrai repas. Il devait se douter que quelque chose n'allait pas. Et il avait décidé de prendre les choses en main.

— J'ai habité chez eux pendant quatre ans. J'aurais pu rester plus longtemps, ils m'avaient assuré que ça ne posait pas de problème, mais mes sœurs vivaient avec nous depuis un moment, à ce stade, et je ne voulais pas abuser de leur générosité… Je suis partie peu de temps après. M. Cooper m'a suppliée de rester, mais je suis quand même partie. Nous avons vécu dans un appartement avec deux chambres pendant quelques années, et puis j'ai acheté ma maison. Et voilà comment je suis arrivée où j'en suis aujourd'hui.

Je percevais la respiration régulière de Rip tandis que je parlais. Il prit une inspiration puis déclara :

— J'ai du mal à t'imaginer abuser de qui que ce soit.

Je lui souris.

— C'est gentil, mais je ne pourrais pas. Il y a trop de gens qui ont essayé de profiter de moi pour que je fasse la même chose à qui que ce soit d'autre.

Rip relâcha un souffle si long et profond que je songeai à un ballon percé par une aiguille, perdant lentement tout l'air qui l'emplissait.

— Pourquoi est-ce que tu travailles encore au garage ? demanda-t-il de manière inattendue. Et pas la peine de me servir une réponse toute faite sur le fait que tu as une dette envers Cooper ou que tu apprécies tes collègues.

Il ne me fallut qu'une seconde pour réfléchir.

— J'aime bien réparer des choses et les rendre belles de nouveau.

Je me mordis l'intérieur de la joue, me demandant ce qu'il allait en penser. Mais à ce stade, je ne m'inquiétais plus de son opinion de moi ou des mots qui sortaient de ma bouche.

— Enfin, je veux dire… ce n'est pas grave si elles ne sont plus parfaites, si elles ont eu un accident par exemple… parce qu'elles marchent toujours. Les voitures, je veux dire. Elles seront plus belles et rouleront mieux qu'avant et auront quand même une longue vie devant elles. C'est comme si on leur donnait une deuxième chance. Je peux me reconnaître là-dedans, je suppose.

Il m'observa pendant un long, long moment.

Je fus donc surprise quand il finit par me demander :

— Pourquoi est-ce que tu portes un accessoire fantaisiste chaque jour ?

Oh.

— J'ai lu un livre il y a longtemps sur comment être heureux, expliquai-je sans me soucier de ce que cela voulait dire sur moi. Il y avait un chapitre entier dédié à la façon de prendre soin de soi.

Je souris.

— Porter quelque chose que je trouve rigolo tous les jours me rappelle que tout va bien. Que je mérite d'être heureuse. Que je peux choisir comment je prends les choses. Ça me parle. Je fais ce que je peux pour voir le bon côté des choses. Je ne compte pas mourir triste et malheureuse si je peux faire autrement.

Rip ne prononça pas un mot, mais continua à m'observer si attentivement que je ne savais pas quoi dire.

Le temps qu'il prépare sa réponse, je m'étais redressée. Son bras était brûlant contre le mien. Je ne savais pas si cela le dérangeait que je sois assise à côté de lui, pratiquement collée contre lui. Mais il ne me demanda pas de bouger.

— Je reconnais cet air. N'aie pas pitié de moi, déclarai-je prudemment.

Il me regarda droit dans les yeux.

— Je n'ai pas pitié de toi. Même pas un peu, princesse.

Dans ce cas… Je souris.

— D'accord. Merci de ton aide aujourd'hui.

Puis je me jetai à l'eau. Après tout, qu'est-ce que j'avais à perdre ?

— Tu sais, tu es plutôt merveilleux quand tu n'es pas furieux contre moi.

Il ne me sourit pas en retour.

— De rien, répondit-il d'une voix veloutée et lourde de sommeil. Dors, Luna.

Je le fixai des yeux pendant un instant et il me rendit mon regard. Je ne savais pas comment interpréter l'expression de son visage ni la chaleur de sa voix.

— Dors, Ripley.

Chapitre 22

Je fus réveillée par l'alarme de mon téléphone me hurlant à l'oreille, mais les courbatures dans mon cou qui remontèrent vers mes épaules et ma colonne vertébrale aidèrent aussi.

— Aïe.

Je grognai et passai la main autour de moi à la recherche de mon téléphone. Ne le trouvant pas, je me forçai à ouvrir un œil.

Et il me fallut une seconde pour prendre conscience d'où j'étais.

Sur le canapé. Où je m'étais endormie la veille. Ou, plus probablement, quatre heures plus tôt.

Ma main trouva mon portable plaqué contre ma poitrine et le traîna vers mon visage. Je tapotai l'écran par habitude pour le faire taire, tandis que quelque chose bougeait à la périphérie de ma vision. Quelque chose…

C'étaient des doigts. Des doigts longs et épais. Et il n'y avait qu'une personne que je connaissais à avoir ce qui ressemblait à un M et un C tatoués sur son annulaire et son auriculaire.

Ces doigts appartenaient à Ripley.

Et les doigts de Ripley étaient à quelques centimètres de mon visage tandis que j'étais étendue sur le côté, sur le canapé.

Il avait passé la nuit avec moi. Avait dormi sur le canapé à côté de moi. À peine cette pensée avait-elle traversé mon esprit que l'oreiller sous ma tête bougea.

L'oreiller sous ma tête bougea ?

— Tellement fatigué…

La voix de Rip, encore plus grave et rauque que d'habitude, s'éleva non loin de moi tandis que «l'oreiller» sous moi bougeait de nouveau, presque comme s'il… s'étirait ?

J'avais la tête sur sa cuisse, pas vrai ?

— Ça va ? demanda-t-il de cette voix incroyable qu'il possédait.

Je hochai la tête, peinant toujours à aligner mes pensées. Que faisait-il là ? Comment m'étais-je retrouvée avec la tête sur ses genoux ? Mais surtout *que faisait-il là ?*

Il laissa échapper un son guttural qui aurait dû être illégal.

— Il est quelle heure ?

Je jetai un coup d'œil à mon téléphone, les yeux probablement écarquillés sous le coup de ma prise de conscience.

— Six heures.

L'homme qui me servait d'oreiller poussa un grognement.

Je bougeai la tête pour appuyer mon oreille contre la jambe sous moi. Il fallait que je me lève. Il fallait que je le remercie pour tout ce qu'il avait fait. Et il fallait que je me lève, tout simplement.

Mais je ne fis rien de tout ça.

À la place, je glissai le bout des doigts de ma main gauche sous sa cuisse, comme si je m'apprêtais à me rendormir. Comme s'il était vraiment mon oreiller. Ou comme si j'avais le droit de le toucher.

— Je ne veux pas me lever non plus, commenta Rip en bâillant.

Il enleva les doigts qu'il avait posés juste devant mon visage… Et les plaça sur mon épaule à la place, la prenant en coupe.

Il ne dit rien et moi non plus. Je ne pouvais même pas l'entendre respirer. Je me contentai de rester là, rien qu'un instant, à penser à tout ce que je devais faire en commençant par *me lever et le lâcher*. Mais au lieu de ça, mon cerveau dit *plus tard*.

Sa main pressa mon épaule et mes yeux s'écarquillèrent encore plus.

— Pose ta journée, princesse. Il faut que je passe quelques heures au garage, mais je reviendrai t'aider après.

J'ouvris grand les yeux et fixai la télévision fissurée du regard. Ma si belle télévision. Bon, il était temps de me concentrer sur ce que je devais faire. Malgré cela, je ne bougeai toujours pas.

— Je devrais aller au travail aussi. Je ne peux pas vraiment me permettre de poser une journée complète en ce moment, mais merci.

Il bâilla une fois de plus.

— Tu n'as pas dit que tu avais une assurance habitation ?

— C'est le cas, mais je ne pense pas que cela couvrira tout, et je ne sais pas combien de temps il leur faudra pour me rembourser, expliquai-je. Je ne veux pas finir endettée pendant dix ans à force de tout acheter à crédit…

Tout en parlant, je vis l'argent que j'économisais pour m'offrir des plans de travail en granit s'envoler en fumée. Tant pis. Ils existeraient encore plus tard, et en attendant, les miens faisaient encore très bien l'affaire.

Rip bâilla de nouveau.

— En plus, je suis en retard à cause de ce que je n'ai pas fait hier, et comme Jason ne m'a pas appelée, je n'ai aucune idée de ce qu'il a fait ou pas. Je peux m'occuper de tout ça…

Jamais.

— … le soir et le week-end. Je me débrouillerai.

Il y eut un silence et le muscle sous ma tête se tendit. Rip me pressa l'épaule, tout aussi légèrement que la première fois. Puis il passa la main sur mon bras pour me caresser la joue… et je retins mon souffle tandis que ses doigts rugueux s'attardaient là.

— Très bien, dans ce cas, allons au travail.

D'une façon ou d'une autre, je parvins à adresser un sourire fatigué à sa cuisse – c'était un plaisir de faire sa connaissance et malheureusement je ne serais plus jamais aussi proche d'elle, à moins que quelque chose de similaire ne se reproduise dans le futur, ce que je n'espérais pas.

Puis je m'appuyai sur le coussin sous moi pour me redresser. Rip était autant affalé que possible afin d'être installé confortablement ; en d'autres termes, il s'était pratiquement fondu dedans. J'avais choisi ce modèle parce qu'il était confortable, pas pour son allure. Mais avec Rip assis dessus… Il devenait le plus beau canapé de ma vie, honnêtement.

Rip avait un bras posé sur l'accoudoir, et son tee-shirt, froissé et chiffonné autour de ses côtes, moulait tout le haut de son corps, tandis que des morceaux de rembourrage du canapé éventré étaient collés contre son flanc. Son jean épousait la courbe de ses cuisses… et était ouvert en V au niveau de son entrejambe, dévoilant un petit triangle de tissu noir en dessous. Son visage à la beauté brute était une bonne indication de son état de fatigue.

Il n'avait jamais été aussi séduisant. Cette envie de lui était juste…

Rhaa. Comment pouvait-il être aussi beau tout le temps ? Je n'avais pas besoin d'un miroir pour savoir que j'avais une sale tronche. Je contemplais mon reflet depuis vingt-six ans. Je savais que mes yeux étaient gonflés, tout comme mon visage et ma bouche. Je n'avais pas arrangé mes cheveux sous ma tête avant de m'endormir, donc je devais avoir un vrai nid d'oiseau sur le dessus du crâne.

Enfin bon, je n'y pouvais plus rien.

Je lui souris avant de me couvrir la bouche pour bâiller.

— Je n'ai aucune fringue à ta taille à te prêter, déclarai-je d'une voix la plus légère possible.

Il cligna des yeux lentement.

— J'ai un tee-shirt dans mon pick-up. C'est tout ce dont j'ai besoin.

Je levai les mains au-dessus de ma tête pour m'étirer et bâillai de nouveau.

— Mon shampoing n'est pas trop floral et mon gel douche non plus, si tu veux te laver.

Ses yeux bleu-vert s'égarèrent un instant avant de revenir à mon visage, me rappelant que j'avais dormi dans mes vêtements de la veille sans même me soucier de mettre un pyjama.

— La salle de bains est au bout du couloir à droite, dans ma chambre, si jamais tu as oublié. Il y a des serviettes dans le petit placard à l'intérieur, expliquai-je en baissant les bras et en retenant un autre bâillement. Je peux aller récupérer le tee-shirt dans ta voiture, si tu veux.

La journée allait être difficile. J'avais besoin d'au moins dix heures de sommeil de plus. Peut-être que je pourrais faire une sieste rapide au cours de ma pause-déjeuner.

Rip m'observa attentivement pendant une minute avant de se mettre sur ses pieds en hochant la tête.

— Crie si tu as besoin de quoi que ce soit, ajoutai-je.

Je souriais toujours. Et pourquoi en irait-il autrement ? Il y avait peut-être beaucoup de choses qui n'allaient pas en ce moment, mais Rip était là alors que rien ne l'y obligeait.

Il n'avait pas reparlé de la faveur depuis un moment, mais je n'avais pas grand espoir qu'il l'ait oubliée. Peut-être qu'il croyait toujours me devoir quelque chose alors que je savais que ce n'était pas le cas. Pour une fois, je ne voulais pas le lui rappeler.

Il m'adressa un long regard, observant même mes chaussettes avant de se détourner et de partir en direction de ma chambre. Toujours assise, je pris une grande inspiration. Je me tapotai les joues et me levai. Il ne me fallut pas longtemps pour trouver ses clés et mettre la main sur le tee-shirt déposé sur sa banquette arrière. Puis je suivis la direction qu'avait empruntée Rip et entrai dans ma chambre pour récupérer quelques vêtements de la pile que j'avais déposée sur le lit la veille. Nous avions jeté tellement de choses que je n'étais honnêtement pas sûre de ce qui me restait. Je n'avais pas voulu y regarder de trop près ou y penser trop longtemps.

Mais les choses pouvaient toujours être pires.

Je jetai un coup d'œil à la porte menant à ma salle de bains et, pendant un instant, j'imaginai l'homme nu de l'autre côté. Puis je soupirai.

***

Durant ma pause-déjeuner, quelques heures plus tard, je montai l'escalier jusqu'au premier étage de *CCC* pour voir deux de mes collègues sortir de la salle de pause avec des expressions étranges.

— Bonjour le malaise, marmonna le plus grand des deux.

— Je n'entrerais pas, à ta place, renchérit le plus petit dans un murmure.

Je fronçai les sourcils.

— Ils se disputent, expliqua le plus grand, toujours à voix basse.

Eh bien, ce n'était qu'une question de temps.

Le second haussa les sourcils en passant devant moi et disparut dans l'escalier tandis que je poursuivais mon chemin. J'avais prévu d'aller chercher l'un des plats congelés que je gardais dans le frigo au cas où. Comme je n'avais toujours pas pu cuisiner et que Rip n'était pas rentré chez lui, je ne m'attendais pas à ce qu'un bon petit plat apparaisse devant moi comme par magie.

Je n'avais même pas fait un pas dans la pièce que j'entendais déjà leur engueulade.

— *Tout ça, c'est des conneries.*

— *Non, pas du tout.*

— *Si, absolument. Tu n'avais aucun droit de prendre cette décision sans moi.*

— *J'avais tous les droits de le faire.*

— *Tu n'avais pas besoin de brûler les étapes…*

— *Ils avaient besoin d'une réponse, alors je la leur ai donnée. J'ai essayé de t'appeler plusieurs fois, mais tu n'as pas répondu.*

— *J'étais occupé.*

Il y eut une pause.

— *C'est ce que j'ai vu quand j'ai constaté que tu avais pris ta journée sans rien dire.*

Oh non. C'était ma faute ?

— *J'arrive avant tout le monde et je reste plus tard que n'importe qui d'autre. Si j'ai besoin de prendre ma journée, ça ne devrait pas être un problème,* continua Rip avant de marquer une pause. *Je ne suis plus un enfant et tu n'es pas mon foutu patron. Tu n'as pas à me dire quand je peux poser ma journée ou pas.*

M. Cooper ne répondit pas immédiatement et je restai immobile, juste devant la porte de la salle de pause à les écouter et à me demander si je devais les interrompre ou pas. Leurs disputes me rendaient chèvre. Vraiment.

— *Je ne suis pas en train d'essayer…*

— *Oh si, tu l'étais.*

— *Arrête avec ça. On est dans le même bateau. Je ne veux pas que tu t'attires des ennuis.*

— *Tu penses que je fais quelque chose qui risquerait de m'attirer des ennuis ?*

— *Je ne sais pas, Ripley. Je ne sais pas ! Tu ne me dis rien !*

— *Parce que je devrais ?*

— *Qu'est-ce que tu es en train d'essayer de…*

Bon. Très bien. Je poussai un soupir et me remis à marcher. Toutefois, au lieu de me glisser dans la salle de pause, je me dirigeai vers la porte du bureau et frappai avant de me laisser le temps de changer d'avis. Je n'avais aucune idée de ce que j'allais dire, mais je savais que je voulais qu'ils arrêtent. Apparemment, la responsabilité me revenait puisque tous mes collègues étaient des poules mouillées qui ne s'y risquaient jamais.

Comme je m'y attendais, une fraction de seconde après que j'eus frappé, les voix se turent.

— Monsieur Cooper, c'est Luna. Est-ce que vous avez vu Rip ? demandai-je en levant les yeux au ciel, car j'étais vraiment une très mauvaise menteuse.

— *Oui, Luna, entre*, répondit-il au bout d'une seconde.

Je me demandai quelle expression ils avaient en se regardant. Ou quand je les avais interrompus. Même s'ils l'ignoraient, je leur rendais service, là.

Sans attendre qu'ils changent d'avis, je tournai la poignée et passai la tête dans l'embrasure de la porte. Je pris soin de prendre un air surpris en repérant immédiatement Rip. Il se tenait juste à côté de la porte, les bras croisés. Je lui adressai un sourire qui n'était pas tout à fait joyeux – j'étais trop fatiguée pour ça –, mais qui suffisait à faire illusion.

Je n'avais toujours parlé à personne au boulot de ce qui s'était passé. Si M. Cooper avait trouvé bizarre que je ne sois pas venue bosser la veille, il n'avait pas pris la peine de m'appeler pour vérifier. Je me rendis compte à cet instant que Rip avait dû lui justifier mon absence, sans mentionner toutefois où il se trouverait, lui. Je comptais en parler à M. Cooper, bien sûr, mais la journée était déjà assez difficile comme ça. Je ne voulais pas déjà me remettre à pleurer.

— Je te cherchais pour savoir si tu voulais aller déjeuner, expliquai-je rapidement en regardant Rip. Je te dois bien ça pour hier.

L'air surpris, M. Cooper observa Ripley avant de se tourner vers moi. Quant à Rip, son corps se crispa en entendant ma question.

Il allait dire non, je le savais, et ça me conviendrait très bien. Je n'avais proposé ça que pour interrompre leur dispute, de toute manière.

— Alors ? fis-je en lui adressant le plus grand sourire de mon répertoire, et en faisant de mon mieux pour lui dire avec les yeux qu'il pouvait refuser.

Mais il n'en fit rien.

— D'accord, répondit-il avant de décroiser les bras et de les laisser retomber à ses côtés. Mais tu ne paies pas.

Je pinçai les lèvres et clignai des yeux. Bon. S'il le disait.

— Ça n'est pas vraiment compatible avec le fait que je te remercie pour ton aide hier, si, patron ? demandai-je innocemment.

La tête de M. Cooper allait et venait entre Rip et moi, et je m'en voulais de ne pas tout lui expliquer.

Je le ferais dès que j'aurais un moment.

— Tu n'as pas besoin de me remercier pour quoi que ce soit, insista Rip avant de faire un pas en avant. Je t'invite ce midi. Allons-y.

Je gardai mon sourire innocent si agaçant plaqué sur le visage et l'observai se rapprocher de moi.

— Sérieux, tu devrais me laisser payer.

— Sérieux, je ne devrais pas, répliqua-t-il d'un ton sarcastique tout en effleurant mon épaule en passant devant moi.

Et voilà qu'il faisait des blagues ? Très bien. Pas de souci.

J'inspirai par le nez et jetai un coup d'œil à M. Cooper. Je ne savais pas si je prenais la bonne décision… ou pas. Mais je savais que s'il y avait bien une personne qui méritait ma loyauté, c'était lui. Déjà que je ne lui avais pas parlé des autres choses…

— Vous voulez venir déjeuner avec nous ? lui demandai-je en prenant soin de tourner le dos à son associé pour ne pas voir son expression au cas où il grimacerait.

Mais la question ne se posait même pas.

M. Cooper dut être surpris par ma proposition, car il ne répondit pas tout de suite. Je ne manquai pas de remarquer la façon dont son regard glissa vers Rip pendant une seconde avant de revenir vers moi. Il arbora un sourire qui n'était pas totalement faux avant de déclarer :

— Merci, Luna, mais j'ai déjà mangé.

Aurait-il voulu venir, cependant ?

Quand nous étions allés déjeuner pour le premier jour d'Ashton, Rip et lui s'étaient à peu près bien entendus. Une partie de moi était persuadée qu'ils avaient juste voulu faire un effort devant le nouvel employé. Ils ne s'étaient jamais adressé la parole directement, n'avaient même pas échangé un regard, mais cela s'était plutôt bien passé. Je les avais surveillés d'un regard d'aigle tout le temps du déjeuner, m'attendant à ce que cela dégénère à tout instant, cependant, tout s'était bien passé.

Tout se passait relativement bien, ces derniers temps.

— La prochaine fois, alors ? demandai-je en lui adressant un sourire plus sincère que ceux qui précédaient.

Il fallait vraiment que je lui dise la vérité.

M. Cooper hocha la tête, la mine très curieuse, mais… chaleureuse. Attentive, mais chaleureuse.

Je me retournai finalement vers Ripley, ne changeant pas mon expression pour qu'il ne croie pas que j'avais essayé de la lui mettre à l'envers, même si c'était bien le cas.

— Prêt ?

Ses yeux rencontrèrent les miens, et bien qu'il y ait quelque chose sur son visage que je ne reconnus pas, il finit par hocher la tête.

Après un signe de la main vers M. Cooper, je ressortis et descendis l'escalier, Rip sur les talons. Une fois en bas, je m'aperçus que je n'étais pas prête à partir. Je jetai un regard par-dessus mon épaule et tombai nez à nez avec Rip qui me suivait de près.

— Donne-moi juste une seconde pour récupérer mon portefeuille !

Il me fixa de ses yeux sarcelle.

— Tu n'as pas besoin d'argent.

J'ouvris la bouche, mais il me prit de court.

— Tu n'as pas besoin d'argent. Allons-y, insista-t-il.

De nouveau, j'essayai de parler, sauf qu'il me coupa encore l'herbe sous le pied, avec un regard exaspéré en prime.

— Tu peux me rembourser d'une autre manière, d'accord ?

— Je ne t'ai pas invité pour que tu te retrouves à payer pour moi.

Il se contenta de me regarder.

— Tu en as assez fait. Je ne veux pas abuser de ta gentillesse, déclarai-je pour ce qui devait être la centième fois ces jours-ci.

Je savais que cela, il le comprendrait. Il concentra son attention sur moi puis coula un regard vers mes oreilles. Ce matin-là, j'avais mis la première paire de boucles que j'avais trouvées dans ma chambre saccagée : de petits oursons dorés.

— Je te le dirai si j'ai l'impression que tu abuses de moi. Mais allons-y, j'ai faim. Les kolaches de ce matin ne m'ont pas du tout suffi.

Bon sang. Il ne comptait pas lâcher l'affaire.

— Très bien. Mais je te rembourserai au moins pour ma nourriture, fis-je en plissant les yeux. D'une façon ou d'une autre.

Il n'acquiesça pas ; il me jeta un autre regard en coin avant de secouer la tête.

— Allez, viens.

J'allais déjeuner avec Ripley.

J'allais prétendre que je ne ressentais ni excitation ni une anticipation incroyablement intense. Nous n'étions que deux collègues déjeunant ensemble en public. Rien de spécial. Ce n'était même pas la première fois que nous le faisions.

Je passai devant lui et remarquai que personne ne nous prêtait attention tandis que nous sortions du garage. Nous avions à peine franchi la porte que ses longues jambes lui permirent de me rattraper pour que nous marchions côte à côte vers son pick-up. Il avait insisté pour conduire ce matin-là, allant jusqu'à mettre mes clés dans sa poche afin que je ne tente rien en douce. Je ne reconnaissais plus cet homme. Aucun de nous ne prononça un mot tandis qu'il déverrouillait la voiture et m'ouvrait la portière passager avant de faire de même pour le côté conducteur. Il grimpa dans l'habitacle tandis que je m'attachais. En moins de temps qu'il ne fallait pour le dire, nous étions en route.

Pour aller manger ensemble.

— Tu veux manger quoi, patron ?

— Ne m'appelle pas comme ça quand on n'est pas au boulot, m'intima-t-il d'une voix égale.

Il n'essayait pas d'être méchant ou quoi que ce soit. Il me demandait juste… de ne pas l'appeler comme ça.

Pour une raison inconnue.

Je grimaçai.

— D'accord… Comment je peux t'appeler en dehors du travail, alors ?

Il grogna pour toute réponse.

— Est-ce qu'un barbecue, ça te tente ? fit-il sans me regarder.

— Je crois que je pourrais manger un demi-kilo de poitrine de bœuf, répondis-je tout en méditant sérieusement sur une façon de l'appeler pour le titiller, mais pas trop.

Un muscle de sa joue tressauta, ce que je pris pour un sourire.

— Tu as eu des nouvelles de ton assurance ?

Ah.

— Oui, je leur ai parlé ce matin. Ils vont envoyer un expert en sinistre et je dois leur fournir quelques papiers, donc je devrais avoir cinquante ans quand je recevrai le moindre centime de leur part.

Il tendit les doigts sur le volant et pencha la tête sur le côté.

— Ce n'est pas grave. Je me débrouillerai. Tu as assez réparé ma porte pour que tout aille bien, et ce n'est pas comme si les gens qui m'ont cambriolée allaient revenir. Ils ont déjà pris tout ce qui avait de la valeur, tentai-je de plaisanter.

Mais si j'étais honnête, ça n'avait rien d'une plaisanterie.

Tout allait bien. Mes affaires… ce n'était que du matériel. Ce n'était pas le plus important. Je pouvais vivre sans elles. J'avais déjà survécu avec moins que ça. Mais…

— Luna…

— Ça va. Je sais que c'est stupide de m'inquiéter qu'ils reviennent ou que la même chose arrive de nouveau.

— Ce n'est pas stupide.

Ça l'était, et nous le savions tous les deux.

— Tu ne te sens pas en sécurité. Il n'y a rien de stupide à ça, déclara Rip de cette voix contre laquelle je n'avais aucune défense. Tu as pensé à installer une alarme ?

— J'y ai *pensé*, répondis-je. Mais la société qui est venue chez moi un jour était trop au-dessus de mes moyens. Ils demandaient trois cents dollars juste pour l'équipement. C'est le prix du carrelage mural chic dont je rêve pour ma cuisine.

Il serra les doigts sur le volant et le tapota.

— Je connais quelqu'un qui pourrait t'aider. Je vais l'appeler et voir ce qu'il dit.

Je ne pus m'empêcher de l'observer du coin de l'œil.

— Tu n'as pas besoin de faire ça, Rip.

Et c'était vrai.

— Je te tiendrai au courant quand je lui aurai parlé.

Évidemment qu'il allait m'ignorer.

Eh bien, je ne pouvais rien faire de plus s'il insistait. Il devrait bien comprendre que je n'avais pas les moyens. Les policiers avaient dit qu'il y avait déjà eu quelques cambriolages dans le coin. C'était donc censé être une occurrence… normale. Rien d'exceptionnel. Même si aucun de mes voisins ne m'avait dit avoir entendu parler de cambriolages dans les environs.

— Merci de ta proposition, déclarai-je. Tu…

Son beau visage se tourna vers moi et il leva les yeux au ciel en secouant la tête.

— Arrête de me remercier pour tout et n'importe quoi.

Je pris soin de lever les yeux au ciel en retour quand il me regarda.

— D'accord, mais merci quand même.

Il secoua la tête de nouveau et reporta son attention sur la route.

— Tu n'as pas besoin de me remercier.

— Tu n'as pas besoin de faire toutes les choses que tu as faites pour moi, mais…

— Arrête, grogna-t-il.

J'en aurais fait la grimace, s'il avait encore été en train de me regarder.

— Je t'en suis reconnaissante, d'accord ? Tu es vraiment gentil avec moi alors que tu n'y es pas obligé. Je veux juste que tu saches que j'apprécie, alors prends sur toi.

Nous nous arrêtâmes devant un panneau *Stop* et il me jeta un coup d'œil.

— J'en ai envie, d'accord ? fit-il d'une voix qui n'était ni douce ni dure, simplement… différente.

Je refermai la bouche aussi vite que je l'avais ouverte.

Il en avait envie ?

Lucas Ripley avait envie d'être gentil avec moi ?

Ma première pensée fut : pourquoi ?

Ma seconde fut : qui étais-je pour lui dire non ? *Non, monsieur, je vous prie de bien vouloir vous comporter comme un salaud et de ne pas vous soucier de moi.* Je n'étais pas si stupide.

***

Je venais de finir de plier les vêtements que j'avais sortis du sèche-linge quand on frappa à ma porte.

Je jetai un coup d'œil à mon téléphone, mais je n'avais pas raté d'appel ni de message. Je n'attendais personne. Je m'emparai de mon plus grand couteau de cuisine – heureusement, ces derniers avaient survécu au cambriolage – et me dirigeai vers la porte d'entrée.

Je regardai par le judas puis reculai d'un pas.

Je m'avançai de nouveau pour regarder. La personne était toujours la même et le visage de l'autre côté de la porte ne s'était pas transformé comme par magie.

Je n'arrivais même pas à réfléchir tandis que j'ouvrais la porte pour tomber sur un sac en toile déposé sur mon porche, puis sur un homme grand, aux épaules larges et au torse puissant debout devant moi.

Il ne me donna même pas l'occasion de prononcer un mot.

— Tu vas me laisser entrer ?

Eh bien.

— Non, souris-je tout en me décalant pour le laisser passer.

Il n'essaya même pas de se faire discret et m'effleura de tout son long en passant devant moi.

— Tu as déjà dîné ? demanda-t-il, tandis que je refermais la porte avant de la verrouiller.

— Oui et toi ?

Il m'avait déposée chez moi deux heures plus tôt. Nous avions tous les deux travaillé tard et il m'avait proposé de me ramener quand je voulais.

C'était lui qui était venu dans mon atelier avant même de me demander si j'en avais fini pour la journée, et c'était le cas. Ou en tout cas, j'y étais presque.

— Non, répondit-il en déposant le sac en toile en bas de l'escalier.

Mes yeux se concentrèrent dessus et firent le lien avec ce qu'il faisait avec *ça* chez moi à vingt et une heures.

Il allait passer la nuit ici.

— Tu veux que je commande quelque chose ? J'ai pris du pho, mais j'ai tout mangé, désolée, m'excusai-je tout en continuant à fixer du regard le sac bleu marine qui avait déjà bien vécu.

— Non, répondit-il tout en se penchant pour l'ouvrir et en sortir le même genre de Tupperware avec lequel il m'apportait à déjeuner au boulot.

Puis il en attrapa trois autres identiques, les empilant précautionneusement entre ses mains avant de se redresser.

— J'ai apporté à manger. Je vais mettre le reste dans ton frigo, d'accord ?

— D'accord, coassai-je.

Ses yeux rencontrèrent les miens pendant une seconde avant qu'il ne disparaisse dans le couloir qui menait à la cuisine.

Tout comme Lenny quand elle passait. Ou M. Cooper ou Lydia. Ou mes sœurs.

Comme si c'était la chose la plus normale au monde.

Et il m'avait apporté à manger. Encore.

Bon sang, je pourrais réellement tomber amoureuse de cet homme, si je n'y faisais pas attention. Je le pourrais vraiment. Mais seuls les imbéciles tombaient amoureux de leur patron – un patron qui ne voulait ni *petite amie* ni *relation stable*.

Rien ne servait de rêver à des choses que je ne pouvais pas avoir. Rien ne servait de penser que je pouvais tomber amoureuse de lui, même si une petite partie de moi me chuchotait que c'était déjà le cas. C'était avéré. Ce fut avec cette pensée en tête que je m'écriai vers le couloir :

— Rip ! Je vais me doucher, mais fais comme chez toi !

— D'accord ! s'écria-t-il tout aussi fort en retour.

Que faisait-il dans la cuisine ? Était-il en train de manger ? Je me figeai.

— Tu veux de la compagnie pendant que tu manges ?

— Ça va ! répondit-il.

D'accord.

Je me dirigeai vers ma chambre, m'emparai des vêtements que j'avais préparés pendant que j'attendais mon dîner et en retirai un short bleu marine et un haut de pyjama en forme de débardeur orné de cœurs roses que Lily m'avait acheté.

Il ne me fallut pas longtemps pour me doucher et m'habiller tandis que je faisais de mon mieux pour ignorer ma fatigue. J'avais dû dormir cinq heures en tout et pour tout sur les trois derniers jours, et je le sentais. Honnêtement, tout ce dont j'avais envie, c'était de tomber la tête la première dans mon lit. J'étais trop fatiguée pour même me soucier de la possibilité que quelqu'un revienne.

Et… Rip était là.

Je me brossai même les dents et m'hydratai le visage, poussant un soupir quand j'avisai les poches que j'avais sous les yeux. J'avais vraiment besoin de dormir. Et utiliser l'un de ces masques pour les yeux avec du gel ne me ferait pas de mal non plus. Au moins, le stress ne m'avait pas donné de boutons.

Je soupirai de nouveau, ouvris la porte de la salle de bains et me figeai.

Je me figeai sur place en tombant sur l'homme assis au bord de mon lit.

L'homme assis au bord de mon lit, en train d'ôter ses chaussettes, ce qui me donnait une vue parfaite sur ses plantes de pied roses.

L'homme qui leva les yeux à la seconde où j'ouvris la porte et me fit un sourire presque aussi fatigué que le mien.

— Si tu as faim au milieu de la nuit, j'ai laissé de quoi manger dans ton frigo, déclara-t-il à voix basse avant de plier ses chaussettes et de les laisser tomber par-dessus ses chaussures de travail. Il faut que tu ailles faire des courses, en revanche. Il est vide.

— Je sais, merci, répondis-je sans bouger. Je trouverai un moment ce week-end.

Je marquai une pause.

— Tu as tout cuisiné toi-même ?

— Oui, confirma-t-il sans me quitter des yeux.

Je me demandai si c'était sa mère qui lui avait appris à le faire ou s'il avait dû se débrouiller tout seul après sa mort.

— Tu veux prendre une douche ? vérifiai-je en choisissant de me concentrer sur autre chose.

Il secoua la tête.

— J'en ai pris une avant de venir.

Eh bien.

— Je ne peux pas passer une autre nuit sur ton canapé, finit-il par déclarer, toujours de cette voix calme et douce que je ne savais pas comment interpréter.

Oh.

J'y réfléchis quelques instants.

— Le lit de Lily est trop petit, c'est un clic-clac. Et mes autres sœurs ont pris les leurs.

Oh.

Oh.

Je n'avais pas besoin de regarder mon lit pour savoir que même si ce n'était pas un matelas extra-large, il n'en demeurait pas moins imposant. Et le plus grand de la maison.

— Tu peux dormir dans mon lit. Le matelas est déchiré, mais je l'ai recouvert avec un drap. Ce sera toujours mieux que la nuit dernière, lui proposai-je en souriant. Je dormirai sur le canapé.

… Seule.

Plus près de la porte d'entrée et de la porte de derrière.

Pas question.

— Ou dans la chambre de Lily, ajoutai-je avec précipitation.

Rip se leva, si grand que je devais pencher la tête en arrière pour continuer à le regarder dans les yeux. Il étendit ses bras musclés au-dessus de sa tête et bâilla.

— Tu as l'air d'avoir besoin d'une bonne nuit de sommeil aussi, princesse.

En effet. J'en avais bien besoin.

Tout comme d'ignorer le mot commençant par p.

Tout comme d'arrêter d'être une telle chochotte et d'accepter de dormir là où je le pouvais.

— Rien ne va t'arriver, tu sais ça, pas vrai ? demanda-t-il de sa voix prudente, me poussant à me concentrer sur lui.

Je hochai la tête.

Sa respiration était profonde mais régulière et il continua à me regarder droit dans les yeux pour me demander :

— Pourquoi est-ce que tu ne dormirais pas ici aussi ?

Aussi ? Dans le même lit ?

Je veux dire…

— D'accord, répondis-je avant de pouvoir m'en empêcher ou même avant de réaliser dans quoi je venais de me lancer.

Mais qu'est-ce que je suis en train de faire, bon sang ?

— Allons nous coucher, alors, fit Rip avant que je ne puisse changer d'avis.

Tout simplement.

Eh bien. Bon sang.

J'étais si nerveuse que je retins ma respiration tout en allant jusqu'au mur pour éteindre le plafonnier. Je retournai vers le lit à la lueur de la seule lampe qui avait survécu au saccage de ma maison par ces salauds. Elle éclairait juste assez la pièce, dévoilant Rip de l'autre côté du matelas – le côté sur lequel je ne dormais pas – en train de repousser le couvre-lit blanc comme si c'était la chose la plus naturelle au monde.

Comme j'aurais aimé que ce soit le cas.

Enfin, j'aurais aimé ça si je demandais à avoir le cœur brisé.

— Est-ce une bonne idée ? demandai-je sans pouvoir m'en empêcher.

Dormir dans le même lit que mon patron me semblait être quelque chose qui ne devrait pas arriver. En tout cas pas à moi. Et pas quand mon patron était Rip.

— Pourquoi ça ne le serait pas ? répliqua-t-il en retour avant de se glisser sous les draps que j'avais remis en place un peu plus tôt.

Bon.

S'il pensait qu'il n'y avait aucune raison pour que cela puisse être une mauvaise idée…

Je pouvais ignorer le fait que c'était nouveau pour nous. Que mon cœur battait un peu plus vite à l'idée de dormir à côté de lui. Il n'y avait aucune raison que cela ne soit pas strictement platonique.

Je repoussai la couette et me glissai dans mon lit à mon tour. J'éteignis la lumière et ajustai ma position entre les draps. Je sentis le matelas bouger à côté de moi, m'indiquant que Rip faisait de même.

Je me tournai sur le côté pour lui faire face et glissai les mains sous ma joue.

— Luna ?

Je fermai les yeux sans même le vouloir.

— Hmm ?

— Ça va ?

— Oui.

Je bâillai.

— Merci d'être venu. Donne-moi un coup si je bouge trop, d'accord ?

Mes yeux s'ouvrirent en grand à l'instant où je l'entendis ricaner.

J'étais tellement fatiguée, mais cela ne m'empêcha pas de rire.

J'étais à peu près sûre qu'il avait dit quelque chose d'autre, cependant, je n'avais aucune énergie et n'arrivais même pas à réfléchir au fait que Rip était dans le même lit que moi ou que je venais de lui dire de me donner un coup. Je m'endormis instantanément.

Et j'étais à peu près sûre que mes rêves avaient commencé instantanément aussi.

Peut-être était-ce le stress de me faire cambrioler. Peut-être était-ce mon inquiétude et ma colère envers Thea… Peut-être était-ce la fureur que le fait de parler à mon père avait déclenchée en moi. Ou ma dispute avec Kyra aussi, à présent…

Mais je tombai dans un cauchemar mettant en scène mon père. Encore.

Une partie de moi savait que ce n'était pas réel, que tout ça n'était pas véritablement en train d'avoir lieu. Malgré cela, ma panique me semblait réelle. Trop réelle. Tout commença par Kyra me disant qu'elle avait faim tandis que nous étions toutes dans ma chambre en train de faire nos devoirs. Je me dirigeai vers la cuisine à l'arrière de la maison et attrapai deux boîtes de gratin de macaronis dans le compartiment secret que j'avais découpé dans le placo. Je pouvais entendre mon père et la mère des filles en train de se disputer dans le salon et je fis de mon mieux pour me dépêcher – pour que l'eau boue plus vite et que je puisse retourner dans la chambre – mais il n'y avait rien à faire.

Quelque chose se brisa dans le salon et je pensai : *Dépêche-toi.*

Mais je n'avais pas été assez rapide. Je me tenais là quand j'entendis :

— Qu'est-ce que tu fous là ?

Je me crispai. Tremblai. J'avais envie de vomir.

Je ne sais pas ce que je répondis, mais je sus ce qui allait se passer avant même que ça n'arrive. J'essayai de me réveiller. Essayai de me forcer à me réveiller avant… avant… mais rien n'y fit, et le métal était aussi froid qu'à chaque fois quand il toucha le bas de ma nuque d'abord, puis…

Je me réveillai en haletant dans ma chambre plongée dans l'obscurité. J'étais sur le dos, mon corps entier crispé. Sentant la chair de poule sur mes bras, je les frottai.

Ce n'était qu'un rêve.

Je le savais. J'allais bien. J'étais en sécurité.

Quelque chose de lourd atterrit sur mon estomac un instant avant que la voix de Rip ne m'ancre encore plus dans le présent.

— Luna ? fit-il d'une voix rauque.

Mince.

— Ça va, chuchotai-je, percevant moi-même le mensonge dans le tremblement de ma voix.

Le matelas se creusa tandis que Rip se tournait vers moi.

— Cauchemar ?

Il faisait toujours si noir que nous ne devions pas dormir depuis longtemps, mais je me sentais quand même coupable de l'avoir réveillé. C'était déjà assez difficile quand il n'y avait que moi.

— Oui.

J'inspirai par le nez et me frottai le visage, les doigts toujours tremblants.

— Ça va. Désolée de t'avoir réveillé.

Je sentis son souffle chaud sur mon bras, confirmant qu'il me faisait face.

— Qu'est-ce qui se passait dans le cauchemar ? demanda-t-il.

Surprise, je retins mon souffle et repensai aux détails. Cela ne fit que renforcer ma chair de poule.

— Tu n'es pas la seule à savoir garder les secrets, gronda-t-il de sa voix basse.

Je me figeai, le regard dans le vide. Je n'avais jamais parlé à quiconque de ce qui s'était passé la veille de mon départ. Ni à Lenny. Ni à M. Cooper. À personne.

Je n'étais pas en train de cuire des macaronis pour les filles comme dans mon rêve, mais…

— Luna, dit Rip avec précaution.

Je reniflai et me frottai la nuque, touchant l'endroit qui n'avait jamais été le même depuis ce jour-là.

— Princesse, tu as crié, continua-t-il d'une voix très douce, presque comme le miel.

Avant que je ne comprenne ce qu'il faisait, ses doigts trouvaient mon bras et glissaient jusqu'à ce que sa main entoure la mienne et l'avale tout entière.

— Raconte-moi ce qui s'est passé. Ce n'est pas réel. Tu le sais.

J'inspirai par le nez alors que ma nuque me démangeait de nouveau.

— C'était réel, Rip, reniflai-je.

Il pressa mes doigts tremblants.

— Quelqu'un t'a fait quelque chose ?

J'essayai de caresser ses doigts rugueux.

— Quelqu'un t'a fait du mal ? répéta-t-il.

Chaque jour, pendant des années. Le mal n'avait pas besoin d'être physique, même si je ne le lui dis pas. Il affirmait pouvoir garder les secrets, et je le croyais. Peut-être que je ne devrais rien lui dire, peut-être que je ne devrais pas prononcer ces mots à voix haute et les rendre encore plus réels que quand ils ne vivaient que dans ma tête, mais…

Mais je devais essayer.

N'était-ce pas ce que j'avais essayé de faire avec Lily et Kyra pendant des années ? Les faire parler afin qu'elles ne refoulent pas tout pour ensuite exploser des années plus tard ?

J'étais tellement hypocrite, parfois.

— J'ai rêvé que mon père…

Bon sang. Comment pouvais-je expliquer ça ?

— Il a toujours été un sale type. Toujours, tu vois ce que je veux dire ? Quand il était bourré ou furieux parce que je respirais trop fort ou que la télé était allumée ou que quelque chose n'allait pas et que j'étais dans les parages…

Les doigts qui englobaient les miens bougèrent pour s'entrelacer à eux, nous liant ensemble. Sa paume était chaude, tellement plus que la mienne ; j'avais l'impression qu'elle me donnait de la force. Ou de l'assurance. Quelque chose, en tout cas. Quelque chose de doux et d'essentiel. Qui ne m'appartenait pas du tout.

Mais je continuai.

— Il m'a surpris en train de lui voler de l'argent. Ma petite sœur Kyra avait de la fièvre et quand j'ai demandé de l'argent à sa mère, elle m'a envoyée promener. Je lui ai dit que c'était juste pour payer le médecin, mais il n'a pas voulu écouter. Il croyait que je voulais voler son business ou quelque chose comme ça, je ne sais même pas… mais il s'est mis tellement en colère, tellement plus que les autres fois… et il a dit tout un tas de choses, et quand j'ai essayé de sortir de la pièce, il m'a attrapée par les cheveux et il… il…

Le point sensible sur ma nuque me démangea de nouveau, mais je ne comptais pas lâcher la main de Rip pour y toucher. Pas question. Pas question.

— Il m'a mis un pistolet sur le crâne et m'a dit que si jamais je recommençais, il me tuerait, chuchotai-je sans pouvoir retenir un tremblement.

Je faisais de mon mieux pour éviter la fureur pure qui m'envahissait quand je pensais à ce que cet homme m'avait fait subir, à ce qu'il m'avait fait.

— Parfois, j'en rêve. Rarement, cela dit. Mais alors, ma nuque commence à me démanger et j'ai l'impression d'être de retour là-bas.

Le silence entre nous s'étira, et s'étira encore. Si ses doigts n'avaient pas sursauté entre les miens quand je lui avais raconté la dernière partie, j'aurais pu croire qu'il s'était rendormi.

Mais il ne devait pas savoir quoi dire, et je ne pouvais pas lui en vouloir. Je n'aurais pas su quoi dire non plus si nos rôles avaient été inversés.

Je n'avais même pas été certaine de pouvoir tout lui raconter.

— Je suis allée chez ma grand-mère le lendemain, tu sais. Je lui ai raconté ce qui s'était passé, et elle m'a dit de partir. Ce n'était pas la première fois qu'elle le mentionnait. Elle a dit que je ne serais jamais en sécurité là-bas, et je lui ai fait promettre qu'elle s'occuperait de mes sœurs aussi longtemps qu'elle le pourrait. Elle a juré. Et je lui ai dit… je lui ai dit que je m'assurerais qu'elle en aurait la garde.

Je pressai la main de Rip.

— Je ne pouvais pas rester là-bas après ça, Rip. Je ne pouvais pas. J'ai appelé la police le lendemain, pendant que les filles étaient à l'école, alors que j'aurais dû y être aussi, et je leur ai dit qu'il y avait des drogues chez moi. Je leur ai dit comment les trouver et que des enfants vivaient là-bas. Et ils sont venus… ils sont venus et ont arrêté mon père et leur mère. Il m'a hurlé qu'il allait me tuer… et j'ai découvert plus tard dans le journal qu'ils avaient fini par arrêter son frère aussi.

J'avais toujours su ce que mon père faisait. Su que la police en avait toujours eu après lui, d'après ce qu'il disait. Il m'avait répété des milliers de fois que je ferais mieux de me taire, sinon…

Ce que je ne racontai pas à Rip, c'était de quelle façon j'avais prévenu mes sœurs de mon départ et du fait qu'elles allaient vivre avec mamie Genie pendant un moment. Je leur avais dit que tout irait mieux. Que j'étais désolée qu'elles ne puissent pas venir avec moi, mais je n'avais que dix-sept ans.

Mamie Genie ne m'avait jamais proposé de vivre avec elle, pour une raison que j'ignorais, même si elle s'était portée volontaire pour s'occuper de mes sœurs.

Donc j'étais partie.

— C'est de ça que je ne voulais pas te parler. Je les ai dénoncés, et il a écopé de trois ans de prison à cause de moi. Je ne regrette pas du tout ce que j'ai fait. Même pas un tout petit peu. Je regrette juste qu'il ne soit pas resté en prison plus longtemps. C'est pour ça que je suis allée chercher mes sœurs. Parce que ma grand-mère m'a appelée quand elle a appris qu'il allait sortir. Elle savait qu'elles ne seraient pas en sécurité chez elle s'il était dans le coin. On s'est organisées et je suis allée les chercher…

Je reniflai de nouveau, laissant ma colère prendre le dessus et me rappeler ce que j'avais fait et sur quoi je ne reviendrais jamais.

— Ce n'est pas grave si tu penses que je suis déloyale ou une vraie pourriture pour avoir dénoncé mon propre père.

Ses doigts tressautèrent de nouveau, et rien n'aurait pu me préparer à la façon dont il répondit. À la force contenue dans son ton, à son assurance.

— Je ne pourrais jamais penser ça de toi, affirma-t-il d'une voix incroyablement rauque et teintée de… quelque chose.

Quelque chose que je ne savais pas interpréter.

— Tu as fait la meilleure chose à faire. Tu as fait la seule chose que tu pouvais faire. Il n'y a rien à regretter. Tu m'entends ?

Est-ce que je l'entendais ? Il était sérieux ?

— Tu veux quand même être mon ami alors ? demandai-je d'une toute petite voix, aussi petite que je me sentais.

— Bon Dieu, siffla-t-il avant de laisser échapper un bruit étranglé. Bon sang, Luna.

Je n'eus pas le temps de réfléchir à ses mots avant que sa main ne lâche la mienne. Un instant plus tard, Lucas Ripley me hissa à moitié sur son corps, ou en tout cas, c'est ce qui me sembla quand son biceps devint mon oreiller et sa hanche ainsi que sa cuisse une partie de mon matelas.

— Tu me tues, princesse, murmura-t-il de la voix la plus rauque que j'avais jamais entendue de sa part. Je te jure, tu es un foutu puzzle que je croyais être bien rangé dans une boîte, mais chaque jour je découvre une ou deux pièces manquantes éparpillées aux quatre vents.

Je n'avais pas la moindre idée de ce qu'il voulait dire par là. Peut-être Rip en était-il conscient, car il se tourna légèrement sur le côté, juste assez pour pouvoir me regarder avec ce visage que je ne pouvais pas m'empêcher d'admirer à chaque fois que j'en avais l'occasion. Les angles en étaient marqués et la pièce était si sombre que j'avais du mal à distinguer grand-chose.

Mais je voyais assez. Sentais assez.

Il était réellement trop tard pour me dire que je pourrais tomber amoureuse de lui si je m'en laissais la possibilité, pensai-je avant de rejeter cette pensée le plus loin possible. Je n'étais pas assez imprudente pour trop y réfléchir. Hors de question.

Ma vision était tout juste suffisante pour le regarder se redresser sur un coude.

— Qu'est-ce qu'il y a ? demandai-je d'une voix anxieuse.

Il ne répondit pas, cependant. Il se contenta de me regarder, dressé sur un coude, de me regarder, me regarder, me regarder pendant si longtemps que je dus m'humecter les lèvres. Pendant si longtemps que je me demandai s'il pensait que quelque chose clochait chez moi. Jusqu'à ce que, tout à coup, il penche la tête – je retins ma respiration – et fasse la dernière chose à laquelle je me serais attendue.

Rip effleura mes lèvres des siennes, sèches et tièdes. Juste au coin de ma bouche. Juste le long de mes lèvres. Le plus furtif des baisers, léger comme une plume. Le plus doux baiser de ma vie.

À peine était-ce arrivé que c'était terminé. Rip se retourna sur le dos, me laissant…

Tout simplement.

Rip m'avait embrassée. *Moi.*

Était-ce… Était-ce pour me réconforter ? Est-ce que les amis faisaient ça ? S'embrasser parfois pour que l'autre personne se sente mieux ?

Oui. Oui, ils le faisaient, me répétai-je en l'entendant souffler. C'était ce que j'allais continuer de me répéter. Il n'avait pas utilisé la langue du tout, ce qui, pour le coup, n'aurait pas été purement amical. *Et tu n'aurais pas dit non*, chuchota une petite voix en moi, que je décidai d'ignorer pour toujours afin de me concentrer sur la seule et unique chose dans ma tête qui avait du sens à cet instant. Une inquiétude sincère qui n'avait rien à voir avec cet homme qui m'avait peut-être embrassée ou peut-être pas.

— Tu veux quand même être mon ami, alors ? répétai-je.

J'aurais juré l'avoir senti se rapprocher encore plus de moi, mais je n'allais pas trop y réfléchir. Et je n'allais surtout pas penser à ce qui venait d'arriver.

— Luna, si tu savais les choses que j'ai faites…

— Je voudrais quand même être ton amie, affirmai-je tout en inspirant son odeur de savon Irish Spring.

Je m'humectai les lèvres et me répétai que leur goût différent n'était qu'un effet de mon imagination.

— Sauf si tu as… fait du mal à un enfant, ou à un animal, ou à une femme.

J'entendis son inspiration, je perçus la tension de son biceps sous mon bras.

J'étais allongée sur le bras de Rip. *J'étais allongée sur le bras de Rip.* Après que ses lèvres avaient rencontré les miennes.

Il me réconfortait, me répétai-je. C'était tout.

— Non, je n'ai rien fait de tout ça, mais d'autres hommes… commença-t-il de sa voix toujours rauque. Tu n'as pas la moindre idée des conneries que j'ai faites, et je ne veux pas te les dire.

Je sentis son inspiration parce que le torse qui était directement sous mon visage gonfla encore et encore, et encore.

Là. Là. Il s'ouvrait à moi un peu. Juste un peu.

— Ce n'est pas grave, tu n'as pas besoin de me dire.

— Je n'en ai pas envie, mais tu devrais savoir, tu as le droit de connaître la personne avec qui tu veux être amie.

— Tu me le raconteras plus tard, déclarai-je à voix basse tout en humant longuement cette odeur propre de mâle.

Mais je réfléchis. À ses mots. À toutes les histoires que je m'étais imaginées à son propos au cours des années.

— Mais est-ce que je peux te demander une chose ? Une chose qui ne changera rien, quoi que tu répondes ? Parce que je te jure que ça n'a pas d'importance, j'y ai juste beaucoup pensé et… j'aimerais bien savoir. On n'a pas besoin d'en parler plus après. Tu peux compter ça comme ma faveur. Ou mettre ça dans notre boîte à secrets.

— Hmmm, répliqua-t-il pour toute réponse.

J'aurais aimé me dire qu'il n'avait pas l'air inquiet, mais c'était bien l'impression que j'avais.

Je passai les doigts sur les deux siens qui avaient un M et un C tatoués.

— Tu étais dans un gang avant ?

Le bras sous moi se crispa de nouveau, et il fallut quelques secondes à Rip pour se détendre. Des secondes qui me parurent durer plusieurs minutes tandis que son corps perdait son attitude défensive.

— Oui, princesse. On peut dire ça.

Eh bien. Ce n'était pas vraiment une surprise. Pas du tout, même. Mais sa réponse encourageait la partie de moi qui avait des douzaines de questions. J'allais en choisir une seule.

— Puis-je te poser une autre question ?

Il grogna en guise d'assentiment.

— Pourquoi ?

Ma question le surprit-elle ? Je ne le saurai jamais. En revanche, je perçus la façon dont il soupira avant de répondre.

— J'étais en colère, après la mort de ma mère. Vraiment en colère. Je n'avais pas l'intention de rejoindre… de les rejoindre. J'ai été élevé ici. Je ne crois pas te l'avoir jamais dit. Quelques mois après sa mort, j'ai pris mes affaires et je suis parti. J'ai baroudé pas mal ici et là. Je passais deux jours dans un endroit puis je repartais. Le Nouveau-Mexique, le Colorado, la Californie… Ça a duré à peu près un an, puis je suis revenu. Je n'ai pas une grande famille, mais à cette époque j'avais un oncle à San Antonio…

Une partie de moi sursauta en entendant le nom de la ville dans laquelle j'avais grandi, mais je ne fis pas un bruit.

— Il était impliqué dans cette vie. Le frère de ma mère. J'étais tellement en colère contre tout, et… ils… m'ont accueilli. C'était un peu comme d'avoir une nouvelle famille, une famille totalement givrée dans laquelle tout le monde avait perdu la tête, mais une famille, continua-t-il d'une voix égale. J'y ai passé dix-huit ans.

J'enroulai mes doigts de pied sous la couette en réfléchissant à ce qu'il venait de dire.

— Tu étais heureux ?

De la bouche de Rip sortit un rire bas et triste, un peu tordu.

— Non, princesse, tu ne penses pas vraiment à ce genre de choses quand tu mènes ce style de vie, mais parfois tu t'enfonces tellement profondément dans quelque chose que tu ne sais pas comment en sortir, jusqu'à ce qu'un jour tu te réveilles et réalises que tu ne peux pas rester une foutue minute de plus.

Ses mots glissèrent sous mes côtes et se logèrent directement dans ma poitrine. Je savais exactement ce qu'il entendait par cette certitude que vous ne pouviez pas continuer de faire quelque chose sans trop y perdre. Je lui caressai les doigts et sentis les siens faire de même, sans me tenir la main, mais tout en me rappelant leur présence. Ici, et ici, et ici. Tièdes, et forts, et présents.

— J'en ai eu assez d'être en colère pendant presque vingt ans. J'ai fini par songer à ce que ma mère aurait voulu pour moi, et ce n'était pas ça. Ce n'était pas ce que je voulais pour moi-même quand j'étais gamin. Être en colère contre tout et tout le monde tout le temps semblait être un genre de signe… Donc je suis parti. C'est à ce moment-là que je suis revenu.

Les jointures des mains de Rip effleurèrent les os fins du dos de ma main. Je regardai le plafond avant de poser la dernière question sur laquelle je m'autorisais à réfléchir.

— Tu es content d'être revenu ?

Il eut un petit rire et sa main caressa la mienne une dernière fois.

— Certains jours, non… mais oui. Oui. Revenir était la meilleure chose que j'aie jamais faite.

Chapitre 23

Si j'avais osé espérer une pause dans l'enfilade de merdes qui me tombaient dessus, je me trompais.

Profondément.

Heureusement, j'avais beau espérer que les choses seraient différentes et que la chance tournerait en ma faveur, je ne m'attendais pas une seconde à ce que ce soit le cas. Je savais comment fonctionnait ma chance, et avec moi, un malheur n'arrivait jamais seul. Ce qui s'était passé avec ma sœur était un avertissement de ce qui m'attendait – simplement, je ne m'en étais pas rendu compte assez tôt. Le cambriolage m'avait emmenée dans l'œil du cyclone et je devais encore survivre à l'autre moitié de la tempête. Je ne m'attendais donc pas à vivre les plus beaux jours de ma vie le matin où je me réveillai avec ma main dans celle de Rip.

Le matin qui suivait la soirée durant laquelle il m'avait pratiquement avoué qu'il avait fait partie d'un gang ou de quelque chose de similaire.

Mais nous n'allions pas en parler, pas avant qu'il ne soit prêt. S'il l'était un jour.

Si quelqu'un savait à quel point il était difficile d'admettre des choses immensément personnelles, c'était bien moi. Après tout, j'avais plusieurs personnes dans ma vie à qui je faisais totalement confiance, mais qui n'étaient pas au courant pour mon père et le pistolet. Je ne leur avais jamais révélé que je l'avais dénoncé à la police.

Elles avaient juste supposé que j'en avais eu marre et que je m'étais enfuie.

Je ne comptais pas penser à cela ni en parler. Je ne le fis pas quand je réveillai Rip en m'extirpant du lit ou lorsque nous prîmes la voiture pour aller au travail ensemble, ni lorsque nos pauses-déjeuner se chevauchèrent de trente minutes et qu'il s'assit à côté de moi, lisant son magazine en silence, son coude effleurant le mien à plusieurs reprises.

Le lendemain matin, après qu'il eut passé une autre nuit dans mon lit, aucun d'entre nous n'aborda le sujet de nos confessions… ni ne commenta le fait que nous avions de nouveau partagé le matelas, mais que cette fois-ci j'avais utilisé mon oreiller et non son épaule, contrairement à la première nuit.

Malheureusement, depuis le cambriolage, Jason avait oublié qu'il en était déjà à deux erreurs graves ou alors il avait décidé qu'il n'en avait rien à cirer de son boulot et de concentrer ses efforts sur le fait d'être un abruti détestable. Il était encore plus narquois et de mauvaise humeur que d'habitude, et je pouvais à peine le supporter quand il était comme ça. Il avait commencé à disparaître pendant de longues périodes au milieu de la journée, et quand je lui en parlais, il disait qu'il avait la diarrhée et que c'était pour ça qu'il s'éclipsait vingt minutes toutes les heures.

Je l'avais chronométré : vingt minutes, bon sang ! Il m'avait mis dans un tel état que je minutais ses pauses toilettes pour avoir des preuves si besoin. Une partie de moi ne pouvait s'empêcher d'espérer que, bientôt, son karma lui ferait payer tout ça et lui donnerait une diarrhée terrible pour le punir d'être un sale menteur.

Connard.

Ce vendredi, le dernier jour avant qu'il ne parte pour sa semaine de vacances, un jour que j'avais l'impression d'attendre depuis ma naissance, je ne fus pas surprise quand il arriva d'humeur exécrable. Je pouvais deviner rien qu'en regardant son visage qu'il allait lâcher une flopée de regards désagréables, de soupirs et de commentaires désobligeants dans sa barbe.

Rien que cela me mit sur mes gardes.

Je ne fus donc pas totalement surprise lorsque nous commençâmes à nous disputer avant même la pause-déjeuner. Il n'avait pas mélangé une peinture comme je le lui avais demandé pendant que je retirais le ruban adhésif d'un capot sur lequel j'avais apposé deux bandes blanches épaisses parallèles – des Shelby Stripes.

— J'étais en train de commander de la peinture pour toi, essaya-t-il de se justifier lorsque je sortis de la cabine et vis que le pot de peinture n'avait pas bougé d'un millimètre.

Je sus immédiatement que c'était faux.

— Donc tu as passé commande pour moi ?

Son regard vide confirma ce que je pensais.

— Ils m'ont mis en attente et j'ai raccroché.

Patience. Patience.

Je touchai le bracelet à breloques sur mon poignet gauche.

— Qui t'a mis en attente ? demandai-je.

— Quelqu'un.

— Un homme ou une femme ?

Son expression indiquait qu'il voyait ça comme une question piège, mais ce n'était pas le cas.

— Un homme.

— Il s'appelait comment ?

Jason leva les yeux au ciel et secoua sa tête.

— Ben voyons, comment est-ce que je suis censé me souvenir de son nom ?

— S'il t'a mis en attente, je veux savoir qui il était. Nous faisons beaucoup d'affaires avec eux, ils ne devraient pas te mettre en attente, mentis-je.

Bien sûr, il arrivait que même Hector me fasse patienter quand j'appelais pour une commande, mais la question n'était pas là. Mon instinct me disait que Jason mentait.

— Comment s'appelle-t-il ? répétai-je.

— Je ne sais pas, répondit l'abruti.

— Réfléchis. Est-ce que c'était Andy ? Larry ? Hector ? Clarence ?

— Je ne sais pas. Clarence, peut-être ? Je ne lui ai pas demandé son nom de famille, son adresse, ni son groupe sanguin, au cas où ce serait ta prochaine question.

Personne du nom de Clarence ne travaillait au magasin de peinture. Personne du nom d'Andy ou de Larry non plus. J'avais beau me répéter de faire preuve de patience avec lui, celle-ci fondait comme neige au soleil face à pareille attitude. Ce n'était pas le bon moment de ma vie pour agir de cette façon avec moi.

J'avais beau vouloir être une bonne personne et faire en sorte que les gens, à défaut de m'aimer, du moins me respectent, je savais reconnaître les signes d'un cas perdu d'avance.

Jason en était un.

— Donc tu t'es contenté de raccrocher quand tu as été mis en attente ? lui demandai-je lentement, essayant toujours d'être une meilleure personne que lui en restant calme face à son comportement.

Le mouvement de sourcils qu'il me fit devait vouloir dire oui.

Ce petit menteur de *merde*.

J'inspirai par le nez et me dis de rester patiente, de *prendre sur moi*. Mais c'était dur. C'était si dur que pendant un instant, je contemplai l'idée de dire à M. Cooper à quel point son employé était malhonnête.

D'une manière ou d'une autre, je réussis à m'en empêcher. À la place, je décidai de lui donner un autre avertissement subtil, même si j'étais consciente que cela ne servirait sûrement à rien.

— Jason, je n'aime pas les menteurs, et M. Cooper non plus.

Son expression changea pendant une seconde, exprimant son agacement.

Il n'aimait pas être percé à jour, mais je n'appréciais pas que l'on me mente, et encore moins que l'on se foute de moi.

— S'il te plaît, ne me mens plus jamais, et à lui non plus, conclus-je.

Je pris soin de garder une expression impassible qui, avec un peu de chance, cacherait à quel point il me frustrait.

— Je n'ai pas besoin de te dire ce que Rip pense des menteurs, ajoutai-je.

Il s'empourpra.

— Je ne mens pas !

Je ne pus m'empêcher de lever les yeux au ciel.

— Écoute, je ne veux pas me disputer avec toi. Tout ce que je te dis, c'est que tu ne devrais pas mentir à qui que ce soit ici. Personne n'aime cela, surtout pas moi.

— Je ne mens pas !

Je faillis lui dire de baisser d'un ton, mais réussis à m'en empêcher.

— Tu me mens en ce moment même, et tu as menti quand tu as dit que tu étais au téléphone.

Il ouvrit la bouche, sauf que je ne lui laissai pas l'opportunité de répondre.

— Pas la peine de nier, je sais que tu mentais. Il n'y a que deux employés qui répondent au téléphone du magasin et aucun d'entre eux ne porte l'un des noms que je t'ai donnés.

— Tu m'as piégé ?

Je haussai les épaules.

— Oui, et je n'ai pas aimé faire ça, mais tu m'as forcé la main. Je voulais simplement la vérité. Je t'ai demandé de faire quelque chose et tu ne l'as pas fait. Ce n'est pas normal, c'est bien tout le problème. Je ne suis pas en train d'essayer de te causer des problèmes ou de te faire virer. Je ne veux pas que tu perdes ton boulot, alors j'essaie de t'aider en te disant que tu ne devrais pas mentir à l'avenir. Peu importe que tu aies appelé ou non, tu aurais dû faire ce que je t'avais demandé. Je ne suis pas ta patronne, mais j'essaie juste de te former comme on me l'a demandé.

— Mais je ne mens pas, merde ! s'écria-t-il.

Patience et bonté, Luna. Patience et bonté.

Je déglutis et me rappelai mon mantra. *Ne le laisse pas t'atteindre.*

— D'accord. Si tu ne mens pas, je suis désolée de t'avoir accusé. Bon, tu veux que je rappelle le dernier numéro composé ou m'aider à transporter le capot dans la cabine ?

Il pinça les lèvres à son tour. Mais quelle saloperie de menteur de merde. Il n'y avait rien à réfléchir. Il savait qu'il mentait. Je savais qu'il mentait. Il n'allait juste pas l'avouer. Jamais.

Plusieurs secondes s'écoulèrent sans qu'il dise rien.

— Aide-moi à porter le capot et ensuite tu pourras mettre la peinture dans le mélangeur pendant que j'irai aux toilettes.

Si les regards avaient eu le pouvoir de tuer, alors je serais morte plusieurs fois dans ma vie, au vu de tous ceux que j'avais reçus en vingt-six ans. Mais celui que Jason m'adressa à ce moment-là… C'était honnêtement l'un des pires. Tout ce qu'il réussit à faire, ce fut de me mettre en rogne. Je n'essayais pas de faire une compétition avec lui. Vraiment. Si j'avais voulu lui attirer des ennuis, j'avais largement assez de motivation – et de preuves – pour lui causer du tort.

Mais je ne le faisais pas.

Je voulais simplement qu'il fasse un travail correct et qu'il me traite avec un minimum de respect.

Et qu'il n'agisse pas comme un connard.

Apparemment, c'était trop demander.

Si j'avais été élevée par des personnes différentes, j'aurais été dévastée par le regard qu'il m'avait lancé, mais j'avais survécu à pire de la part de personnes qui comptaient vraiment pour moi. Cet idiot n'aurait pas la satisfaction de me voir ciller.

Il ne savait pas à qui il avait affaire.

— Allez, lançai-je d'une voix presque aussi dure et froide que celle de Rip.

Je ne lui avais pas laissé d'autre choix que de me suivre.

J'avais appris au fil de ma vie que quand on voulait quelque chose, on ne demandait pas. Si l'on demandait, la personne en face comprenait parfois qu'elle pouvait dire non. Cela revenait à lui laisser l'opportunité de refuser.

Le fait était que je ne voulais pas que cet idiot soit plus insolent avec moi qu'il ne l'était déjà.

Il ne fallut qu'une dizaine de secondes avant que Jason ne soupire de colère et qu'il ne baisse le menton en signe d'acquiescement…

Il ne fallait pas s'étonner que personne ne s'extasie jamais sur les hommes émotionnellement immatures.

Essayant de garder mon corps détendu et ma bouche fermée, j'ouvris la porte vers la cabine. J'avais déjà ouvert les doubles portes quand j'étais venue enlever le ruban adhésif, aussi entrai-je directement et m'arrêtai-je à côté du capot. Marchant plus lentement qu'un zombie unijambiste dont les intestins dégoulinaient hors du ventre, Jason se dirigea de l'autre côté du capot et s'arrêta.

Il ne me regardait pas, mais peu importait.

— À trois, on soulève.

Il ne répondit toujours pas. Très bien.

— Un, deux, *trois*, lançai-je avant de le soulever.

Heureusement, Jason s'exécuta sans faire de commentaires.

Je me reculai, portant mon côté du capot, regardant par-dessus mon épaule pour m'assurer de ne pas rencontrer un obstacle. En un rien de temps, nous avions mis le capot sur cinq vieux seaux de vingt litres recouverts de chiffons. Pendant un instant, je pensai à lui rappeler ce que je lui avais demandé, mais décidai de m'abstenir. Il était un adulte avec une mémoire en parfait état de fonctionnement.

Je me contentai donc d'aller aux toilettes, pris mon temps et décidai de passer par l'atelier principal pour dire à Rip que le capot était prêt à être récupéré. Au lieu de cela, je trouvai un ouvrier accroupi près d'un Hummer et lui transmis le message. Le temps que je revienne dans mon atelier, le son d'un pot de peinture en train d'être agité remplissait la pièce, mais Jason n'était nulle part en vue.

Où était-il encore passé ?

J'avais envisagé de lui laisser peindre le bloc-moteur qui était le prochain au programme, mais, vu son comportement, je n'étais pas sûre de vouloir faire ça.

Cependant…

Bonté et patience. Bonté et *patience.*

J'allais l'attendre.

Et c'est ce que je fis. Je patientai, vérifiai des dossiers, fis l'inventaire… Mais lorsque ma montre m'indiqua que cela faisait une demi-heure et qu'il n'était toujours pas là, mon agacement atteignit de nouveaux sommets. Il abusait déjà avec ses absences de vingt minutes, mais maintenant trente ?

Patience, Luna, patience.

Mais patience ne voulait pas dire que je devais poireauter sans rien faire.

J'allais partir à la recherche de ce trou du cul et lui dire de peindre le capot. S'il avait encore un problème avec moi, eh bien, peut-être était-il temps que j'en parle à M. Cooper. J'allais même peut-être le dire à Rip, s'il dépassait les limites. À ce stade, j'avais accepté le fait que la seule personne de moins de vingt et un ans en qui je pouvais avoir confiance, c'était Lily.

Soupirant, je me dirigeai vers le couloir, m'arrêtai aux toilettes pour hommes et ouvris la porte en grand.

— Jason ? appelai-je.

Mais ce ne fut pas lui qui me répondit.

— Luna ! Je fais la grosse commission !

Être de mauvaise humeur ne m'empêcha pas de laisser échapper un petit ricanement.

— Désolée, Owen ! Je recherche Jason.

— Il est passé à côté de moi dans le couloir tout à l'heure, répondit-il d'une voix qui laissait entendre qu'il était… en plein effort.

Je couvris ma bouche pour qu'il ne m'entende pas me moquer de lui.

— D'accord, merci !

Je reculai et me dirigeai vers l'atelier principal. Je me mis sur la pointe des pieds et regardai autour pour essayer de le repérer… mais toujours aucun signe de lui.

Où était-il ?

Je montai les escaliers quatre à quatre et vérifiai la salle de pause, cependant, il ne s'y trouvait pas non plus. J'hésitai un instant à demander à M. Cooper s'il l'avait vu, avant de renoncer à cette idée. Depuis l'escalier, je ne le voyais toujours pas. Je n'avais jamais senti l'odeur de cigarette sur lui, mais peut-être était-il dehors ?

Je devrais juste retourner dans ma cabine et faire le travail moi-même. Vraiment. Ou en parler à M. Cooper d'abord, puis retourner travailler.

Toutefois, pour une raison idiote, je traversai la pièce principale et me dirigeai vers la porte menant à l'extérieur.

— Tout va bien ? me demanda Miguel en passant la tête au-dessus de l'avant d'une Malibu qu'il était en train de polir.

— Tu as vu Jason ?

Il indiqua la porte du menton.

— Il était au téléphone. Il est parti par là, expliqua Miguel, l'air pensif. C'était il y a un petit moment, en revanche, juste après le départ de Mister C.

Ce petit con.

— Oui, ça fait une demi-heure que je l'attends. Je vais voir ce qu'il fabrique.

Mon collègue secoua la tête et je lui fis une grimace avant de continuer mon chemin vers la porte. Rip s'immobilisa. Il se tenait à côté d'une SS sur laquelle il travaillait et je le saluai de la main. Il ne me répondit pas de la même façon, mais j'étais sûre d'avoir vu sa bouche bouger et sa fossette apparaître.

Cela me suffisait.

Trois pas plus loin, j'ouvris la porte et, debout dans l'embrasure, j'appelai :

— Jason ?

J'aurais juré entendre des voix.

— Jason ? répétai-je.

De nouveau, je perçus… quelque chose.

J'aurais dû laisser tomber et aller cafarder. Sérieusement. La porte se referma derrière moi tandis que je traversais le parking, essayant de deviner d'où provenaient les voix. Le parking était rempli de voitures d'employés et de clients. Je devais me trouver à peu près au milieu lorsque je vis le haut de la tête de Jason au-dessus de son Eclipse Mitsubishi.

— Hé ! lançai-je en m'arrêtant.

Il se tourna pour me regarder. Je lus l'hésitation sur son visage, puis il sembla hocher la tête pour lui-même avant de se diriger vers moi.

— Qu'est-ce que tu fais ? lui demandai-je. Je t'attendais.

Jason s'approcha de moi la tête basse et ne répondit pas.

Je répétai son nom au moment où il passa devant moi.

Il ne prit même pas la peine de me regarder.

Je ne bougeai pas et fis une nouvelle tentative.

— Jason.

Toujours pas de réponse.

Qu'est-ce qui lui prenait ?

Je me retournai pour le regarder marcher vers la porte par laquelle j'étais arrivée sur le parking et ouvris la bouche pour dire quelque chose – je ne savais même pas quoi – quand j'entendis des pas martelant le sol.

Je ne saurais même pas dire ce qui me traversa l'esprit. Ni pourquoi je fus si lente à regarder derrière mon épaule afin de comprendre *pourquoi* j'entendais des bruits de course dans mon dos. Mais le fait est que je ne me retournai pas. Pas assez vite, en tout cas.

Je ne compris pas ce qu'il se passait avant qu'il ne soit trop tard.

Avant que je ne sois poussée par-derrière de façon si violente que je volai en avant. Je tendis les mains devant moi pour amortir ma chute. Mes paumes et mes avant-bras raclèrent le béton à mon atterrissage, environ trois mètres plus loin. Ce ne fut qu'à ce moment-là que je compris ce qu'il se passait.

J'ignorais pourquoi, et je ne le saurais peut-être jamais, mais la première chose qui sortit de ma bouche fut un « RIP !!! » hurlé de toute la force de mes poumons. Je criai de nouveau son nom dès que je repris mon souffle.

Mais à l'instant même où son nom franchit mes lèvres, j'entendis un grognement.

— La ferme, connasse !

Cela déclencha quelque chose dans mon cerveau une seconde avant qu'une main ne m'attrape les cheveux, mes cheveux si courts qu'ils dépassaient à peine de mon menton quand ils étaient ondulés, et ne me tire brusquement la tête en arrière. L'espace d'un quart de seconde, je reconnus un visage familier.

Un visage sur lequel je me résolus de cracher dès que je le pourrais, avant que mon cousin ne me gifle violemment du revers de la main comme l'ordure qu'il était.

Je vis trente-six chandelles pendant une seconde alors que la stupide bague qu'il avait toujours autour du doigt s'enfonçait dans ma joue.

— Qu'est-ce que tu fous, Rudy ? s'écria une voix paniquée que je ne reconnaissais pas. Tu as dit qu'on allait lui parler !

— Je… commença mon cousin, tandis que résonnait le son d'une porte s'ouvrant sur le parking.

J'ouvris les yeux, luttant contre les points noirs qui emplissaient ma vision. Chaque petit détail qui avait mal tourné dans ma vie récemment me redonna de la force en une milliseconde. Je lançai la jambe pour balayer mon cousin d'un mouvement parfait… assez pour l'entendre tomber au sol.

Je me levai aussi vite que mes pieds et mes mains me le permirent, envahie comme jamais auparavant par une bouffée d'adrénaline et de colère.

Le salaud avait essayé de m'attaquer par surprise.

Mon propre foutu cousin essayait de s'en prendre à moi. Pourquoi était-ce surprenant ? Pourquoi cela me mettait-il en colère ? me demandai-je en me relevant finalement, baissant les yeux vers l'homme au sol qui clignait des paupières, étourdi et gémissant.

— LUNA ! rugit Rip depuis l'autre bout du parking.

Le son de plusieurs personnes en train de courir vers moi m'indiqua qu'il n'était pas seul.

Mais moi non plus je ne l'étais pas.

— Merde ! siffla le mec dont je n'avais pas reconnu la voix.

Je me retournai pour le voir faire demi-tour et commencer à courir vers le portail du parking, qui était en train de se refermer.

À ce moment-là, je vis rouge. Littéralement.

Ni une ni deux, je me baissai et enlevai une de mes chaussures de sécurité – heureusement que je ne les serrais jamais trop – et la lançai le plus fort possible vers l'homme qui essayait de s'enfuir. Je vis ma chaussure à renfort en acier le frapper juste entre les omoplates. Un «Aïe !» lui échappa et ce fut son tour de s'étaler au sol, les bras étendus devant lui. Il poussa un juron coloré, prouvant qu'il n'y avait pas que ma chaussure qui lui avait fait mal.

Et tout ce qui me vint en tête fut : *Tant mieux*.

Derrière moi, les pas s'arrêtèrent, puis je perçus le bruit de quelque chose de dur frappant de la chair.

Mais rien n'aurait pu me préparer à la vision de Miguel et de Rip se déchaînant sur mon cousin à coups de pied. Mon cousin était au sol, recroquevillé en position fœtale sur le côté. Comme le lâche qu'il avait toujours été.

Les regarder en train de le tabasser vint rejoindre la liste de choses que je ne regretterais jamais. Du moins jusqu'à ce que je les rejoigne et le frappe de toutes mes forces au coccyx avec la chaussure qui me restait.

— Putain, Rudy ! criai-je, prenant mon élan pour le frapper de nouveau.

En périphérie de ma vision, Rip s'arrêta et fit un pas en arrière pour me regarder, les mains sur les hanches, son visage à la beauté brute empourpré.

— Ça va ? demanda-t-il.

Ses yeux se posèrent sur mes avant-bras et mes poignets, remarquant avant moi les éraflures qui les recouvraient.

Je l'observai, respirant si fort que je n'arrivais pas à reprendre mon souffle, respirant si fort que je n'appréciai même pas le coup de pied que Miguel venait de porter à Rudy.

— Il a… couru derrière moi et m'a poussée… essayai-je d'expliquer, perdant mes mots entre mon souffle haletant et ma rage.

Mon cousin avait essayé de m'agresser dans le parking de mon boulot.

Il avait levé la main sur moi.

— Arrêtez ! Arrêtez, bon sang ! hurla mon cousin. Laissez-moi !

Miguel me fixa, le pied suspendu en l'air, ses traits d'habitude avenants dévoilant sa colère sincère et son incrédulité.

— Tu veux que j'arrête ?

— Non, répondis-je sans réfléchir. Qu'est-ce que tu fous, Rudy ?

L'intéressé, à peine plus âgé que moi, resta en position fœtale.

— Va te faire foutre !

— Mon poignet est cassé, Rudy ! s'écria l'homme sur qui j'avais lancé ma chaussure.

Tout le monde l'ignora.

Rip frappa Rudy, dans le postérieur cette fois, avec bien plus de force que moi.

— Putain ! hurla mon cousin de nouveau. Arrêtez !

— Qu'est-ce que tu fais ici ? répétai-je, complètement prise au dépourvu par la situation, par le fait qu'il était là.

À Houston, sur mon lieu de travail.

Comment avait-il su…

Mon père avait trouvé mon numéro. Cela ne devait pas être bien difficile de trouver l'adresse de mon travail aussi.

Était-ce mon père qui l'avait envoyé ?

— On t'a dit de ne pas retourner à San Antonio ! eut le culot de crier Rudy de sa voix éraillée, mais pleine de douleur. On t'avait prévenue de ce qui se passerait si tu revenais !

Il essayait d'utiliser cela comme excuse, mais cela eut pour seul effet de me figer brusquement.

— On aurait dû t'attendre devant ta foutue maison !

C'était en représailles de ma visite là-bas, pour l'enterrement de mamie Genie, qu'il était venu ?

Était-il sérieux ?

Une terrible appréhension m'envahit soudain. *On aurait dû t'attendre devant ta foutue maison.* Il y eut un déclic en moi. Je baissai les yeux vers mon cousin, et une envie de le frapper de toutes mes forces dans les bijoux de famille me submergea. Je ne voulais pas y croire, mais c'était lui. Eux. Rien de tout cela n'aurait dû me surprendre.

— Rudy, est-ce toi qui as cambriolé ma maison ?

Je vis sa main bouger. Je le vis tressaillir.

— *Est-ce toi qui as cambriolé ma maison ?*

— Est-ce que je vais me prendre un autre coup si je réponds à ça ? eut-il l'audace de demander.

C'était lui. Ce petit con, ce merdeux était coupable. Ça n'avait pas été un coup de malchance.

Ce n'était même pas la première fois que j'entendais qu'il était rentré chez des gens par effraction pour les voler. Il le faisait depuis que nous étions enfants.

J'étais trop occupée à le dévisager pour voir qui l'avait frappé, mais son cri me confirma que quelqu'un venait de recommencer.

C'était lui qui m'avait cambriolée.

Il était entré sur une propriété privée pour m'agresser. Pour me faire du mal. Et ce n'était pas la première fois.

Si j'avais cru voir rouge une minute plus tôt, je m'étais trompée. Ce fut définitivement le cas à cet instant-là. Une rage pure monta en moi. Si puissante, si brûlante que je ne pouvais plus respirer.

D'une façon ou d'une autre, cependant, cela me calma aussi de savoir que c'était lui.

Cela me calma de savoir exactement ce que j'allais faire.

Ce ne fut donc pas si difficile de rester là, de le dévisager. Ce ne fut pas difficile de prendre la parole.

— Rudy, mon père ne m'a jamais dit de ne pas retourner à San Antonio. Il m'a dit de ne jamais rentrer à la maison. Si tu veux jouer sur les mots, il n'a jamais parlé de San Antonio.

Et c'était vrai.

Peut-être que mon cousin n'était pas venu pour me tuer, mais il était bel et bien venu pour foutre ma vie en l'air. Pour me foutre en l'air, *moi*. Pour me faire du mal.

Je n'étais pas d'accord avec ça. Je ne serais jamais d'accord avec ça.

Une Miller ne revenait jamais sur sa parole. Et j'avais beau être une Allen maintenant, j'avais été une Miller d'abord. Mon cousin me le rappela. Malheureusement pour lui.

— Va te faire foutre, espèce de connasse ! continua Rudy, stupidement.

Cela ne m'atteignait plus.

— Tu te souviens de ce que je t'ai dit à l'enterrement ? demandai-je d'une voix calme tout en sachant que je n'aurais pas de réponse.

Il ne m'en donna pas, en effet. Je m'accroupis donc à ses côtés, pas assez près pour qu'il puisse m'atteindre s'il était assez stupide pour tenter quelque chose, mais assez tout de même pour pouvoir lui parler à voix basse. Pour qu'il sache que je ne m'exprimais pas sous le coup de la colère. Rip m'avait appris à quel point c'était plus efficace que de crier.

Au cas où il aurait oublié, je répondis à ma propre question.

— Tu es venu et tu as essayé de me faire du mal, et je peux vivre avec cela. Mais je t'avais dit à l'enterrement que si jamais tu levais la main sur moi de nouveau, je te briserais les doigts.

Son corps entier se figea, et j'entendis Miguel émettre un son, mais je ne me retournai pas vers lui. J'étais trop concentrée. J'étais dans un état d'esprit que je connaissais très bien, même si je l'avais oublié ces derniers temps.

— Et tu comprends ce que cela veut dire, n'est-ce pas ? demandai-je.

— Oh, putain, marmonna Miguel.

Je m'adressai à mon patron et mon ami sans quitter Rudy du regard.

— L'un de vous pourrait-il le tenir pour moi ?

Miguel n'hésita pas une seconde. Il se baissa et s'accroupit près de mon cousin, les mains sur le bras de Rudy le plus proche du sol. Il se montrait un peu trop doué pour cela ; je lui en parlerais plus tard.

Au moment où je tendais la main vers celle de Rudy, une autre se posa sur mon épaule et la voix claire de Rip s'éleva.

— Laisse-moi le faire.

Je ne détournai pas le regard. Au contraire, j'observai le visage de mon cousin, exprimant à la fois la douleur, la colère et la fureur – un rappel d'une période de ma vie dont je ne voulais plus jamais.

— Je peux le faire, affirmai-je.

— Je *veux* le faire, répliqua-t-il à voix basse.

Cette fois, je me retournai vers Rip. Il avait toujours les joues empourprées, son souffle toujours saccadé, et il avait l'air… furieux.

Pour moi ?

— Va soigner tes éraflures. On va s'en occuper, continua-t-il de son ton calme, si calme.

Il me regardait avec une expression que je n'avais jamais vue sur son visage auparavant. Une expression qui me donna la chair de poule et me serra la poitrine.

Il y avait une émotion au fond de ses yeux que je ne savais pas comment interpréter. Que je ne savais pas comment gérer.

J'acquiesçai, consciente que j'étais en train d'abandonner mon cousin pour qu'il se fasse casser la main.

Et tout ce à quoi je pensais était qu'il le méritait. Après tout ce qu'il avait fait et avait été prêt à faire, il le méritait.

Mais je savais qu'il y avait une dernière chose que je devais faire. Je jetai un coup d'œil à l'homme au sol qui commençait à se débattre.

— Dis à mon père que si je revois l'un d'entre vous ou s'il essaie de me rappeler, je ne me contenterai pas d'appeler la police pour leur dire qu'il y a des drogues dans la maison. Dis-lui que je me souviens de beaucoup de choses d'il y a dix ans. Compris ?

— Va te… commença Rudy avant de siffler de douleur quand Rip lui saisit la main.

— Souviens-toi de ce que j'ai dit, l'avertis-je en reculant d'un pas.

Mon calme face à toute cette situation aurait dû m'inquiéter. J'y réfléchirais plus tard. Peut-être.

— Je t'ai demandé de me laisser tranquille, Rudy, ajoutai-je. Souviens-toi. Je t'ai prévenu.

— Récupère ta chaussure, fit Rip à voix basse. Et puis rentre, Luna.

J'acquiesçai, observant l'homme imposant accroupi au-dessus de mon cousin, tenant sa main dans une prise que je connaissais bien. J'entendis un gémissement provenant de quelque part dans le parking et me dirigeai dans cette direction. Je trouvai ma chaussure à quelques mètres d'un homme assis entre deux voitures, tenant son avant-bras et regardant sa main ou son poignet avec horreur.

Je n'allais pas m'inquiéter de lui, me dis-je en récupérant mon bien. Je savais que Miguel et Rip pouvaient s'en occuper. Un peu trop bien.

Ou juste assez bien.

J'effleurai du doigt ma joue à présent douloureuse et ne pus m'empêcher de secouer la tête en regardant la silhouette au sol. Puis j'enfilai la chaussure et repartis de là où j'étais venue.

— On s'en occupe, me rassura Miguel, immobilisant toujours mon cousin, au moment où je passais devant eux.

Son regard était pensif et, d'une certaine façon, en colère aussi.

— Merci, Miguelito, déclarai-je prudemment.

Pendant une seconde, je me demandai à quoi il pensait en ce moment même. Je m'inquiéterais de ce que ces pensées pourraient changer à notre amitié plus tard.

Je ne m'en voulais pas, même pas un tout petit peu, pensai-je tout en m'éloignant.

Je n'étais qu'à quelques mètres d'eux quand Rip demanda, à ma grande surprise :

— Tu te souviens de moi ?

CHAPITRE 24

J'étais en train d'enlever ma combinaison de protection quand la poignée de la porte de mon atelier remua. La personne de l'autre côté essaya une nouvelle fois d'ouvrir. Je comprenais la confusion, car la porte n'était jamais fermée à clé, d'habitude.

Mais je n'avais pas vu Jason depuis des heures. Pas depuis qu'il était passé à côté de moi avant de rentrer dans le bâtiment, me laissant dehors, seule. Enfin, pas tout à fait seule, techniquement.

Il m'avait peut-être fallu dix minutes après m'être lavé les mains et les avant-bras pour rassembler les pièces du puzzle. Elles ne s'emboîtaient pas parfaitement… mais assez pour avoir une vision d'ensemble.

Quelqu'un avait laissé entrer mon cousin et l'autre homme dans le parking.

Il n'y avait pas besoin d'être un génie pour remarquer qu'une seule autre personne était à cet endroit au même moment. Une seule autre personne qui aurait pu volontairement faire entrer quelqu'un qui ne m'aimait pas. En tout cas, c'était ce que me soufflait mon instinct.

La seule et unique personne qui avait disparu. Je n'avais pas eu le courage de demander aux autres employés qui étaient venus dans la salle de pause ce qu'il s'était passé ou s'ils savaient quoi que ce soit à propos de Jason. Lorsque j'avais fini de nettoyer mes plaies, Rip et Miguel n'étaient toujours pas revenus. Je m'étais donc dirigée vers la porte qui menait au parking pour le trouver vide.

Quel bordel. Quel foutu bordel.

Mais *comment* mon père avait-il pu faire ça ? Je ne pensais pas qu'il pourrait encore me surprendre après toutes ces années, pourtant, il avait réussi.

Je ne voulais plus y penser. C'était fait. Je savais comment fonctionnaient les choses avec eux. Même si Rip n'avait pas… blessé Rudy… le message était passé. J'irais de nouveau à la police si la situation l'exigeait. Toutefois, je savais, d'instinct, que ça ne serait pas le cas.

— Une seconde, lançai-je tout en m'essuyant le visage avec une serviette en papier.

Je pris le temps de vérifier qui était de l'autre côté, puis je tournai le loquet et ouvris la porte en grand.

— Luna, me salua Owen.

— Salut, répondis-je.

Je lui tournai le dos, ayant besoin de m'asseoir pour enlever le reste de la combinaison.

— Qu'est-ce qui se passe ? demandai-je tout en me dirigeant vers mon bureau pour y dégager la chaise à roulettes et m'y asseoir.

— M. Cooper m'a demandé de te dire d'aller dans son bureau, répondit mon collègue d'une voix beaucoup plus sérieuse que d'habitude.

Je retirai ma combinaison par les pieds et levai les yeux pour lui adresser un sourire qui me fit mal à la joue. J'avais mis de la glace et de la pommade dessus. Je savais que la douleur aurait été pire autrement. J'avais besoin de vacances. De longues et agréables vacances. Et si les choses pouvaient bien se passer pendant un moment, cela ne serait pas de refus non plus.

Mais je n'allais pas compter là-dessus.

Surtout quand une sœur ne répondait toujours pas à mes appels et que l'autre agissait bizarrement aussi.

— D'accord, j'arrive dans une seconde, répondis-je.

Owen hésita.

— Ça va ? demanda-t-il.

Je haussais les épaules.

— Ma joue me fait souffrir et mes coupures me piquent, mais ça ira.

Mon ami de longue date me regarda, me laissant comprendre que s'il me croyait, il n'était pas rassuré pour autant. Il n'était pas présent quand j'étais allée à l'étage, mais les gars étaient de vraies commères. Ils savaient que quelque chose s'était passé, mais je ne leur avais pas dit quoi exactement. Je parierais qu'en l'espace de trois minutes, ils avaient trouvé une explication quelconque et avaient décidé de me laisser de l'espace.

J'appréciais ce geste. Il y avait quelque chose de vraiment dérangeant dans le fait qu'un membre de sa famille vous veuille du mal, surtout lorsque c'était votre père.

Heureusement, rien de tout cela n'était nouveau pour moi. Et si ce que Rudy avait subi ne m'avait pas déplu… eh bien, hors de question de m'en vouloir pour ça. Après ce qu'il s'était produit, c'était tout ce qu'il méritait.

— Luna…

Je n'arrivais même pas à esquisser un sourire.

— Oui ?

Ses yeux marron foncé allaient et venaient d'un côté à l'autre de la pièce et sa voix se fit si basse que je pus à peine à discerner ses paroles.

— Tu veux qu'on s'en occupe ?

— S'occuper de quoi ? demandai-je en me relevant.

Il regardait toujours autour de la pièce.

— Du gamin.

Je restai immobile.

Il posa son regard sur moi et ne me quitta plus des yeux.

— On a regardé la vidéo. C'est lui qui les a laissés entrer, me dit-il d'un ton solennel. Tu veux qu'on lui donne une bonne leçon ?

Jamais je ne m'étais sentie autant aimée par mes collègues qu'à cet instant. Qu'est-ce que cela disait de moi ? Je l'ignorais.

On n'offrait pas de tabasser quelqu'un à moins que la personne ne compte pour vous.

C'était bien ce qu'Owen était en train de me proposer au nom de l'équipe. C'était ce que Rip et Miguel avaient fait en sortant de l'atelier en courant pour m'aider. *Voilà* comment la famille était censée réagir.

Et même si je n'aurais pas dû sourire à ce moment-là, c'est ce que je fis. Quand je répliquai à Owen, ce fut d'une voix probablement bien plus gaie qu'elle n'aurait dû l'être.

— C'est une des choses les plus gentilles que l'on m'ait jamais proposées, Owen, mais ça ira.

Il plissa les yeux.

— Tu es sûre ? Parce que personne ne s'attaque à l'une des nôtres sans en subir les conséquences.

J'avais toujours su que j'étais l'une des leurs ou qu'eux faisaient partie des miens, mais l'entendre de vive voix…

Eh bien, c'était plus efficace contre la douleur que n'importe quoi d'autre.

— Certaine, mais merci quand même. Et remercie les autres gars pour moi. Ça me touche vraiment, déclarai-je.

— Si jamais tu changes d'avis, préviens-nous, insista Owen en faisant un pas en arrière. On n'est pas obligés de s'en charger nous-mêmes, tu sais. Je connais des gens. Miguel aussi.

Miguel savait comment immobiliser Rudy au sol… Je comptais bien lui en parler plus tard.

Apparemment, tous mes collègues avaient un passé douteux.

C'était plutôt agréable de savoir que je n'étais pas la seule. Tellement agréable, en fait, que je fis un large sourire à Owen malgré la douleur.

— Je te préviendrai si je change d'avis, mais ça va. Je ne laisserai pas Jason m'atteindre, répondis-je.

Pas plus qu'il ne l'avait déjà fait.

— On a tous essayé de l'appeler, mais il ne répond pas. On dirait qu'il a filé juste après Rip et Miguel.

Attendez. *Attendez.*

Avaient-ils regardé l'enregistrement des caméras de surveillance… et vu ce qu'il s'était passé ? N'était-ce pas ce qu'il venait de dire ? *On a regardé la vidéo.*

— Le con. Il n'a pas intérêt à envisager de revenir ici.

J'appréciais sa remarque, mais j'étais trop préoccupée par autre chose.

— Vous avez regardé la vidéo de surveillance ?

Owen m'adressa un large sourire… et acquiesça.

— On a tout vu.

Bon.

Puis il ressortit l'air complice et étrangement assez satisfait.

Si je m'étais inquiétée qu'ils puissent ne plus m'apprécier lorsqu'ils découvriraient que je ne me comportais pas toujours comme la gentille Luna qu'ils connaissaient, j'aurais été rassurée de leur réaction.

Maintenant, je devais aller parler à M. Cooper. Il ne m'avait jamais demandé de venir le voir dans son bureau avant et je n'étais pas idiote au point de croire que ça ne voulait rien dire. Il n'était pas dans les parages lorsque j'étais montée à l'étage. Il était parti pour un long déjeuner.

Je me doutais qu'il voulait parler de Jason, mais…

Pourquoi ne descendait-il pas ici, dans ce cas ?

Je pris conscience que j'aurais pu éviter la majeure partie de ce qui était arrivé si je n'avais pas tout gardé pour moi. Si j'avais parlé à M. Cooper de toutes les difficultés que nous avions à nous entendre depuis que Jason était à la peinture avec moi, eh bien, je ne serais pas là avec une joue abîmée et des avant-bras blessés. Ou si j'avais été honnête et dit à Rip de but en blanc que je ne pouvais pas supporter ce type…

C'était ma faute. La seule personne responsable, c'était moi-même.

Peut-être que si j'avais vraiment essayé d'être plus gentille avec Jason, nous aurions pu avoir une meilleure relation.

Ouais, bon, peut-être pas.

Frottant l'emplacement entre mes seins où se trouvait le collier doté d'un petit pendentif renard que j'avais mis le matin, je me dirigeai vers la porte et l'ouvris. Je saluai mes collègues qui travaillaient dans l'atelier principal et leur adressai un sourire sombre tout en me dirigeant vers le bureau de M. Cooper. En retour, je reçus un mélange de hochements de têtes, quelques mouvements de mains, et un pouce en l'air.

Mais c'était Miguel, debout au milieu de la pièce, qui me fit m'arrêter.

— T'inquiète, articula-t-il sans laisser sortir un son, un petit sourire en coin très satisfait aux lèvres.

— Merci, répondis-je sans bruit non plus.

En réponse, il me décocha un sourire plus grand encore.

Je secouai la tête avant de me retourner et de monter l'escalier. Arrivée devant le bureau, je frappai à la porte.

— C'est Luna, annonçai-je en enfonçant les mains dans les poches de mon jean.

— *Entre*, répondit M. Cooper.

Je baissai la poignée du coude et ouvris la porte. L'homme qui avait fait évoluer son petit atelier de carrossier en entreprise florissante de restauration était assis derrière son bureau, cliquant sur son ordinateur avec une expression inquiète sur le visage. Il essaya d'esquisser un sourire, mais celui-ci retomba aussitôt.

— Petite lune, souffla-t-il.

Il repoussa sa chaise en arrière et se leva…

Enfin presque. Ses épaules étaient voûtées quand il posa son regard sur moi.

— Je vais bien, Mister C., promis. Asseyez-vous.

Je lui fis un sourire crispé et tirai une des chaises anciennes en face de son bureau. Retirant mes mains de mes poches, je pressai mes paumes ensemble puis les glissai entre mes cuisses.

Je ne manquai pas de remarquer que les mouvements de M. Cooper étaient raides lorsqu'il s'assit sur sa chaise et la tira en avant pour s'installer. Il portait un polo gris et un pantalon de treillis noir, comme tous les jours depuis que Rip était arrivé et qu'il avait arrêté de travailler en bas.

— Ils ne m'avaient pas parlé de ton visage, murmura-t-il.

Il avait l'air de plus en plus inquiet à chaque seconde qui passait.

— C'est juste une petite coupure, le rassurai-je en lui lançant un petit sourire crispé qui me fit un petit peu mal.

Il était probablement temps que je remette de la pommade.

Il secoua sa tête, ses yeux fixant la coupure sur ma joue.

— Je suis désolé, ma puce.

— Vous n'avez aucune raison de l'être, lui dis-je sincèrement. C'est uniquement la faute de ma famille, Mister C. Je suis désolée que ce soit arrivé ici.

L'expression de mon patron indiquait qu'il ne me croyait pas, et la façon dont ses épaules continuaient à se voûter me le confirma.

— Rip arrive. Attendons-le, d'accord ? me demanda-t-il doucement.

— D'accord, acquiesçai-je.

J'espérais que mon expression lui montrait bien que je ne voulais pas qu'il s'en veuille à propos de quoi que ce soit.

C'était *ma* faute.

Et celle de Jason.

Et celle de Rudy.

Et celle de mon père.

Mais je pouvais prendre la responsabilité de mes actions, et je comptais bien le faire.

— Cela vous dérangerait de parler d'autre chose en attendant qu'il arrive ? demandai-je.

Ses yeux vert émeraude m'observèrent.

— Comment va la maison ? proposa-t-il.

J'avais oublié que je n'avais pas eu de véritable conversation avec lui à propos du cambriolage. La seule personne à qui j'avais fini par en parler, c'était Lily. Sans mentionner toutefois que je n'étais pas seule ces derniers jours.

Encore moins que Rip et moi avions partagé un canapé et un lit.

Je n'étais pas surprise qu'il n'ait pas parlé à M. Cooper non plus du fait qu'il était venu dormir dans mon lit, mais j'essayais de ne pas y penser en premier lieu. Et puis, après tout, pourquoi est-ce que Rip lui parlerait de moi ?

— Ça va, répondis-je, me sentant encore plus comme une menteuse que d'habitude. Ma maison a été cambriolée il y a quelques jours. L'assurance va couvrir une grande partie des dégâts. Ils n'ont rien volé à part mon ordinateur et ma tablette.

Ils. Mon cousin, aidé par je ne sais qui. Peut-être l'homme sur lequel j'avais lancé ma chaussure.

J'aurais aimé pouvoir l'envoyer de nouveau, honnêtement. Sur sa tête.

— Oh, Luna, je suis désolé. Ils ne savent pas qui est le coupable ?

On y était.

— La police a dit qu'il y avait eu plusieurs cambriolages dans le coin, mais personne n'a entendu parler de quoi que ce soit autour de moi, répondis-je avant de déglutir, ignorant la douleur au creux de ma poitrine. Mon cousin… l'homme avec qui j'ai eu un problème dans le parking… il a admis que c'était lui.

Plus je le répéterais, plus ce serait facile. Enfin, j'espérais.

Il se gratta le sommet du crâne, ce qui me rappela Rip, qui faisait la même chose. M. Cooper soupira.

— Je n'arrive pas à croire qu'on puisse faire une chose pareille.

Il n'avait pas à savoir que c'était sûrement mon père qui avait envoyé mon cousin. Je ne voulais pas lui faire encore plus de peine en le lui avouant.

Il secoua sa tête, l'air bouleversé.

— Je suis désolé, ma puce. Tu aurais dû me le dire plus tôt.

Je ne voulais pas lui expliquer que je l'avais appelé la nuit du cambriolage, mais que son téléphone était coupé.

— Merci, Mister C. Ça va. Je vais m'en occuper, mais si j'ai besoin d'aide, je vous en parlerai, promis.

Le visage de mon patron de longue date s'assombrit, comme s'il était à deux doigts d'insister. Il se retint cependant et reprit sur un ton qui me fit me sentir un peu mal.

— S'il y a quoi que ce soit que Lydia et moi puissions faire, dis-nous. Tu sais que tu peux compter sur nous, petite lune. On t'aime.

Je savais qu'ils m'aimaient, bien sûr, mais je le lui dis tout de même :

— Je sais et je vous aime tous les deux aussi.

C'était peut-être la deuxième fois depuis que nous nous connaissions que je prononçais ces mots.

— Et je vous tiendrai au courant, promis. Je suis juste en train d'essayer de comprendre la situation. Ces dernières semaines ont été dures pour moi, c'était un peu un cauchemar.

Il comprit et acquiesça. Mais son expression résignée ne changea pas.

— Peut-être que tu devrais installer un système d'alarme ?

Eh bien.

— Oui.

Je marquai une pause et hésitai à mentionner ma conversation avec Rip. Je n'avais rien à cacher. Je ne *voulais* rien cacher.

— Rip m'a aidée, le lendemain du cambriolage, expliquai-je. C'est pour ça qu'il a pris un jour de congé. Pour m'aider. Je suis désolée si cela a causé des problèmes entre vous deux.

M. Cooper cligna des yeux, et heureusement il n'eut pas l'air de m'en vouloir de lui avoir caché ça alors que j'en avais parlé à Rip.

— Notre Rip ? s'étonna-t-il d'une voix un peu trop haut perchée.

Évidemment, je n'étais pas la seule à être surprise par sa gentillesse, aussi me sentis-je un peu gênée et sur la défensive.

— Oui.

Il n'y avait rien à cacher, je n'avais pas envie de garder ça pour moi plus longtemps.

— Il savait que j'avais eu peur et il est resté avec moi les dernières nuits.

— Il a fait ça ? répliqua-t-il, comme si la question était sortie de sa bouche avant qu'il n'ait pu s'en empêcher.

Je me contentai de hocher la tête.

Je ne savais pas comment interpréter l'expression qui apparut sur son visage, aussi décidai-je de changer de sujet.

— Comment va Lydia, d'ailleurs ?

Il me répondit distraitement ; je me demandais s'il pensait encore à ce que je venais de lui révéler.

— Elle va bien. Elle m'a demandé de tes nouvelles il y a quelques jours. Je crois qu'elle avait l'intention de t'inviter pour le déjeuner ou le dîner ce week-end, si tu es libre.

— Je suis toujours libre pour vous deux, lui dis-je sincèrement.

— Es-tu allée à tes rencards ?

— En quelque sorte, répondis-je avec un petit sourire.

Ripley m'avait tenu compagnie au bar quand on m'avait posé un lapin.

— Je suis allée à deux rendez-vous et on m'a posé un lapin au troisième.

Bien que toujours distrait, cela ne l'empêcha pas de demander :

— Il y en a un qui sort du lot ?

Je *faillis* ricaner.

— Non. Loin de là, mais je ne suis allée qu'à trois rencards. Je ne veux pas gâcher mon temps, et la plupart de ces hommes ne voulaient rien de sérieux, expliquai-je en haussant les épaules. Je suis juste difficile et je ne veux pas choisir par défaut. Je veux juste… la bonne personne.

Et mon cœur voulait la mauvaise personne, mais je n'allais pas penser à ça avant le prochain millénaire. Pas question.

M. Cooper hocha la tête gravement, sa voix plus sérieuse encore :

— Je comprends, ma puce, soupira-t-il. J'ai déjà été marié avant Lydia. Tu le savais ?

Je l'avais appris lorsque j'avais surpris une conversation entre Rip et lui, une conversation que je n'aurais pas dû entendre. Je préférai donc mentir et secouer la tête.

Il eut l'air de déglutir, de réfléchir pendant une minute avant de déclarer :

— J'avais quarante ans quand elle est décédée. On était ensemble depuis que j'avais vingt et un ans, raconta M. Cooper à voix basse, d'un ton grave. Nous nous sommes fréquentés pendant dix-neuf ans et cela m'a semblé durer six mois. C'était une vie entière, mais qui ne m'a jamais pesé en tant que telle.

Était-ce stupide de ma part de me sentir gênée et même un peu protectrice vis-à-vis de Lydia ? Maintenant que je savais que M. Cooper avait été avec quelqu'un d'autre pendant si longtemps ?

Il continua, toujours aussi sérieux. Il y avait une autre émotion dans sa voix, une note un peu douce-amère. Il déglutit, confirmant à quel point cette conversation était difficile pour lui.

— Elle était… Elle était l'amour de ma vie, admit-il. Lydia l'est aussi d'une certaine façon, mais Bea était toute ma vie. Cela fait vingt-trois ans, et elle me manque toujours autant. Lydia est arrivée dans ma vie bien plus tôt que ce que j'aurais pu espérer, bien plus tôt que ce que j'aurais aimé, mais…

Il haussa les épaules comme si elles pesaient cent cinquante kilos.

— Lydia est arrivée quand elle est arrivée, et je ne peux pas dire que ce n'était pas le destin qui nous a rapprochés.

Oh, bon sang. Je clignai des yeux.

— Quand avez-vous rencontré Lydia ?

Il se passa la main sur la tête de nouveau et regarda le plafond.

— Je l'ai rencontrée six mois après.

Qu'allais-je faire ? Le juger ? Si cela avait été n'importe qui d'autre, je me serais indignée, ou aurais pensé quelque chose de terrible. Mais M. Cooper avait toujours été honnête avec moi. Il m'avait aimée quand je ne m'aimais pas beaucoup moi-même. Je l'avais vu avec Lydia. Je savais qu'ils étaient liés par un amour profond.

J'étais bien placée pour comprendre que, dans la vie, rien n'était tout noir ou tout blanc. Je n'avais même pas été capable de trouver une personne pour me porter un amour romantique, encore moins deux. Tout ce que je savais, c'était qu'à en juger par son expression, d'autres personnes dans le passé lui avaient exprimé leur désaccord. Après tout ce que cet homme avait fait pour moi, je ne serais pas l'une d'elles.

— Puis-je demander comment elle est décédée ?

Son hésitation me fit me sentir mal. La longue respiration qui suivit me fit me sentir très mal.

— Elle a eu…

Nous fûmes interrompus par un coup sur la porte. Elle s'entrouvrit et une voix familière demanda :

— Prêts ?

Le visage de M. Cooper s'empourpra immédiatement, et il baissa la voix.

— Nous finirons cette conversation plus tard, d'accord ?

Il ne voulait pas terminer tout de suite à cause de Ripley, pas vrai ? Bien que curieuse… j'acquiesçai. Il y avait certaines choses dans la vie dont on ne voulait pas parler. Jamais. Et surtout pas devant certaines personnes.

Je comprenais ça mieux que la plupart des gens. Il y avait un certain nombre d'années de ma vie que je n'aimais pas évoquer.

— Entre, Rip, lança M. Cooper un instant plus tard.

L'homme le plus imposant que je n'avais jamais vu de ma vie ouvrit la porte en grand, entra puis referma derrière lui. Il portait un tee-shirt gris qui moulait tout le haut de son corps. Je me retournai vers M. Cooper tandis que Ripley prenait le siège inoccupé, le plus proche de la porte. Il posa son regard sur moi.

— Luna, me salua-t-il dans un grognement.

— Salut, Ripley.

— Ça va ?

— Je survivrai. Ce n'est pas la première fois qu'il m'agresse.

C'était peut-être la mauvaise chose à dire.

— Bon, intervint M. Cooper dès que son associé fut installé sur sa chaise. Nous t'avons demandé de venir à cause de ce qui s'est passé tout à l'heure.

J'avais raison. C'était à propos de Jason. Ou peut-être à propos de mon cousin qui était venu à mon boulot et avait créé un tas de problèmes… Mais je ne pensais pas que M. Cooper m'en voudrait pour ça. Heureusement, aucun client n'avait été témoin de la scène. Donc cela ne pourrait pas avoir un impact sur les affaires.

Rip se pencha en avant et prit le contrôle de la conversation, son regard braqué droit sur le mien.

— Dis-nous comment ça se passait avec Jason.

M. Cooper intervint immédiatement :

— Depuis le début, Luna. Dis-nous ce qui s'est passé avec lui. Tu m'as raconté une partie, mais je pense que Rip devrait entendre toute l'histoire, lui aussi.

Oh, voilà ce qu'ils voulaient savoir. Ça n'avait rien à voir avec Rudy – heureusement. Mais soit ils avaient vu la vidéo, soit ils avaient appris que c'était Jason qui avait laissé entrer mon cousin. Sa disparition n'avait probablement pas aidé non plus. L'idiot n'avait vraiment pas pensé plus loin que le bout de son nez. Ne savait-il pas que, même s'il ne revenait jamais ici, un employeur vérifierait ses références ?

Alors, je me lançai.

— Je n'ai jamais rien dit, mais je le connaissais avant qu'il ne commence à travailler ici.

Rip plissa les yeux et jeta un coup d'œil à M. Cooper, revint à moi, puis regarda l'autre homme de nouveau. Je n'aimais pas l'expression de son visage lorsqu'il me demanda :

— Comment ?

On y était.

— Il est sorti avec ma sœur il y a deux ans. Une sale histoire. Je ne l'avais pas aimé quand elle nous l'avait présenté, je ne l'aimais toujours pas six mois plus tard quand il s'est avéré qu'il avait mis une autre fille enceinte. J'étais restée en dehors de tout ça, mais quand il venait à l'appartement pour essayer de la voir, si j'étais là, je lui disais de partir. Bref, ensuite il a postulé ici… Je ne savais pas qu'il s'intéressait à ce domaine, à l'époque… mais je ne voulais pas vous parler d'une histoire aussi personnelle. Je pouvais me contenter de penser qu'il n'était pas… vous savez, pas une bonne personne.

Je marquai une pause dans mon histoire.

— Et presque immédiatement après qu'il a commencé à travailler ici, il s'est montré malpoli et irrespectueux. Je n'étais pas exactement la personne la plus chaleureuse ni la plus aimable qui soit avec lui non plus, mais il était sur la défensive à propos de tout. Je ne l'aimais pas, et il le savait, mais j'essayais de rester professionnelle. Rien n'y a fait. Il a commis pas mal de bêtises depuis qu'il a commencé à m'aider, et volontairement, je vous assure. Il n'écoute pas. Il est insolent. On ne peut rien lui dire. Il est rancunier et fainéant, continuai-je sur ma lancée. On se prenait la tête pour tout, même avant qu'il ne vienne à la peinture. M. Cooper sait qu'il a fait des choses par pure mesquinerie. Et Rip, tu l'as entendu au téléphone avec moi, tu sais comment il est.

Je m'arrêtai pour reprendre mon souffle et aucun des deux hommes ne m'interrompit.

— Aujourd'hui, on n'était pas d'accord, alors il est sorti de l'atelier et il n'est pas revenu pendant au moins une demi-heure. C'est à ce moment-là que je suis partie le chercher. Vous pouvez demander à Owen et aux autres, ils m'ont soit vue, soit demandé ce que je faisais et je leur ai expliqué. Miguel m'a dit qu'il l'avait vu dehors. C'est pour ça que je suis allée là-bas. Quand j'ai remarqué Jason, il m'a ignorée. Il est passé devant moi, et d'un coup… je me suis retrouvée plaquée au sol.

— Tu as vu ce qui s'est passé ? demanda M. Cooper à Ripley en fronçant les sourcils.

— Je suis arrivé après, confirma ce dernier, l'expression sérieuse. Miguel et moi étions près de la porte de derrière quand nous avons entendu Luna crier, et on est passés devant Jason pour sortir sur le parking. J'étais trop… distrait pour m'arrêter et réfléchir à ce qu'il était en train de fabriquer.

Il serra les poings.

— Tu aurais dû revenir et t'assurer qu'il ne filait pas à l'anglaise, répondit M. Cooper très sèchement.

Je ne l'avais jamais vu aussi en colère, et ce n'était pas peu dire, puisque j'avais entendu plusieurs disputes entre Rip et lui.

La bouche de celui-ci se relâcha et je sus que ce qui allait en sortir ne serait pas joli.

J'essayai de m'interposer.

— C'est ma faute. J'aurais dû en parler à l'un d'entre vous et vous dire la vérité quand Jason faisait son cinéma ces dernières semaines. J'aurais dû le suivre et rentrer dans le bâtiment quand il m'a ignorée…

Rip me coupa la parole, m'ignorant totalement tandis qu'il répondait à M. Cooper d'une voix dure.

— J'étais occupé à m'assurer que Luna allait bien. Ce qui *aurait dû* se passer, c'est que tu *aurais dû* m'écouter quand je t'ai dit que tu devrais arrêter de le forcer à être l'apprenti de Luna.

Une minute. Il avait dit à Mister C. de ne pas me le mettre dans les pattes ?

— Je t'ai *dit* qu'il y avait quelque chose de bizarre chez lui, continua Rip. Je t'ai *dit* qu'elle ne l'aimait pas et qu'elle n'aimait pas travailler avec lui.

Il avait dit ça aussi ?

— Je t'ai dit qu'on aurait dû le virer dès la première fois qu'il a fait de la merde. Mais tu as répondu : « Donnons-lui une autre chance. Il est jeune. Tout le monde fait des erreurs. » N'est-ce pas ?

— Je ne savais pas que c'était si grave, se justifia l'homme plus âgé d'une voix tremblante, le visage empourpré.

— Ma parole ne t'a pas suffi ? rétorqua Rip. Celle de Luna non plus ?

Merde, merde, merde.

— Non, c'est ma faute. Monsieur Cooper, j'aurais dû insister…

Ripley leva une main pour m'interrompre.

— Non. Je le lui ai dit, insista-t-il en pointant un doigt long et solide vers M. Cooper. Je te l'ai *dit*, et son putain de cousin aurait pu avoir un pistolet sur lui. Il aurait pu avoir une batte de base-ball. Une clé anglaise. Il aurait pu écraser sa cervelle parce que tu penses toujours avoir raison.

J'aurais très bien pu ne pas être présente, vu l'intensité des regards qu'ils échangeaient.

Et soudain, j'eus le sentiment que cette conversation avait pris un tournant qui n'avait plus rien à voir avec moi.

J'aurais eu raison.

— Je n'avais aucune idée de…

— Tu n'as jamais aucune idée ! s'écria Ripley.

— Ce n'est la faute de personne à part la mienne, essayai-je de leur dire.

Je cherchai à croiser le regard de l'un d'eux, mais ils étaient tous les deux en train de se dévisager. C'était comme si je n'étais pas dans le même univers.

— C'était mon cousin, insistai-je. Ma famille. Et je ne sais pas s'il a payé Jason pour ouvrir le portail et le laisser entrer, mais c'est ma faute.

Cependant, ils ne m'écoutaient pas. Pas du tout.

— Tu es injuste, Ripley, déclara M. Cooper, totalement concentré sur lui.

— Ah oui ?

M. Cooper se passa de nouveau une main sur la tête.

— Oui. Je t'ai dit que je n'étais pas au courant.

— Tu ne crois pas que cette excuse est un peu éculée après toutes ces années ?

— Fiston, tu exagères ! s'écria M. Cooper d'une voix rauque.

Il se frottait la poitrine de la main, le visage d'un rose tendant vers le rouge.

Mais l'homme en face de lui n'en avait pas fini avec son associé, avec cet homme qui avait été si bon pour moi pendant si longtemps.

— Ne t'avise pas de m'appeler « fiston ». Tu crois toujours savoir tout mieux que tout le monde, mais ce n'est pas le cas.

D'accord. Bon. Il fallait que je calme la situation.

— Hé, Rip. Ne mets pas ça sur le dos de monsieur Cooper. C'est ma faute. J'aurais dû dire quelque chose dès le départ…

Ils m'ignoraient toujours et le ton montait de plus en plus.

— Je ne savais pas ! s'écria M. Cooper, tandis que Rip se mettait sur ses pieds. Tu es injuste, à ressortir des choses d'il y a vingt ans !

Comment se connaissaient-ils vingt ans plus tôt ?

— Bon, vous deux, peut-on tomber d'accord sur le fait que c'est la faute de Jason et personne d'autre ? intervins-je en me levant à mon tour pour leur rappeler qu'ils n'étaient pas seuls.

J'aurais aussi bien pu être invisible, car rien ne changea.

Rien ne changea, et Rip pointa M. Cooper du doigt puis cracha :

— Vingt-deux ans, pas vingt, et cela pourrait être quarante de plus que ça ne me ferait pas oublier ce que tu as fait à maman….

Une minute.

Une minute.

Maman ?

Maman ?

M. Cooper semblait avoir du mal à respirer et je me tournai vers lui au moment où il levait le bras et pressait sa deuxième main sur la première, au centre de sa poitrine.

— Monsieur Cooper ?

Je fis un pas vers son bureau tandis que la voix de Ripley s'estompait.

M. Cooper essaya de prendre une autre respiration et ses doigts se crispèrent sur son tee-shirt.

— Je… je…

— *Appelle une ambulance !*

Chapitre 25

— Je vais chercher du thé ou du café à la cafétéria. Tu veux quelque chose ? demandai-je en me levant et en ignorant le bruit que firent mes genoux en changeant de position après autant de temps passé assise dans la salle d'attente de l'hôpital.

L'hôpital.

L'endroit où nous étions arrivés après avoir suivi l'ambulance transportant M. Cooper.

Qui, j'en étais quasi sûre, venait de faire une crise cardiaque.

Passer deux heures dans la salle d'attente m'avait suffi pour me donner une migraine terrible, un nœud dans la poitrine qui me faisait croire à une tumeur cancéreuse – si l'on pouvait sentir ce genre de choses – et des genoux qui craquaient quand je bougeais. Quand les ambulanciers étaient arrivés, je les avais suivis, saisie de l'envie de vomir et de prier en même temps. Mais je n'avais pas prié pour quoi que ce soit depuis si longtemps que je n'étais pas sûre de savoir encore comment faire.

Derrière moi, au volant de la voiture de M. Cooper, s'était trouvé Ripley dans son pick-up.

Rip, qui n'avait pas prononcé plus d'une poignée de mots depuis qu'il avait crié d'appeler une ambulance. Rip, qui était resté planté sur le côté pendant que les secouristes se chargeaient de transporter Mister C. dans l'ambulance. Rip, qui n'avait pas fait un geste pour partir, raison pour laquelle j'avais pris la voiture de M. Cooper puisque la mienne était toujours garée chez moi.

Rip et moi étions restés assis à trois chaises d'écart, en silence tout ce temps. J'ignorais ce qu'il pensait ou ce qu'il ressentait. Et je n'avais aucune idée de quoi dire.

Je ne savais pas quoi penser moi-même, pour être tout à fait honnête.

Maman.

Vingt-deux ans.

Toute cette colère…

Ce n'était pas le moment d'y penser, mais j'avais du mal à ne pas laisser mon esprit vagabonder, revivre notre conversation et ce qu'elle pouvait vouloir dire.

Je n'étais pas stupide.

J'avais le cœur au bord des lèvres depuis deux heures. Mon estomac me semblait noué et brûlant. Je me rendais malade d'inquiétude pour un homme que j'aimais et qui était important pour moi. Le fait que j'avais essayé d'appeler Lydia un millier de fois et qu'elle n'avait pas répondu n'aidait pas. Je lui avais laissé plusieurs messages vocaux sur son portable et sur le fixe pour lui dire de me rappeler, mais elle ne l'avait pas encore fait.

Était-ce normal que cela prenne si longtemps, quoi qu'ils soient en train de lui faire ? me demandai-je. Je n'en savais rien. J'avais essayé de chercher des réponses sur Internet, mais il y avait tellement d'informations disponibles que cela n'avait fait que m'inquiéter davantage.

Voilà pourquoi je devais me lever et faire quelque chose, même si ce n'était qu'un tour rapide à la cafétéria. Se sentir impuissant était l'un des sentiments les plus désagréables au monde.

Rip avait le regard fixé droit devant lui, sur la télévision qui diffusait un épisode de *New York, Police Judiciaire.*

— Non, répondit-il d'une voix que je n'avais jamais entendue auparavant.

Il avait à peine bougé depuis que nous nous étions assis. Était-il inquiet aussi ? Se sentait-il coupable de sa dispute avec M. Cooper – qui était apparemment, peut-être, probablement, son père – juste avant ? Je ne pouvais pas lui en vouloir si c'était le cas.

Je me reprochais de ne pas avoir fait plus. De ne pas les avoir arrêtés. De ne pas avoir ouvert la bouche plus tôt pour me plaindre de ce petit con de Jason quand M. Cooper me l'avait mis dans les pattes pour la première fois.

Une petite partie de moi, cependant, qui ne me paraissait pas si petite à cet instant, se sentait stupide de ne pas avoir compris plus tôt.

Une autre petite partie de moi se sentait trahie qu'ils ne m'aient ni l'un ni l'autre jamais dit qu'ils étaient de la même famille, si c'était vrai.

Surtout M. Cooper, qui s'était plus comporté comme un père pour moi que mon propre géniteur. Cet homme que j'aimais sincèrement n'avait jamais fait allusion au fait que l'homme de quarante et un ans que je voyais cinq jours par semaine, parfois six, était son fils.

Si j'y réfléchissais… si j'y réfléchissais vraiment… ils avaient tous les deux la même carrure massive, la même haute stature. Les épaules larges, le torse puissant, ils étaient bâtis comme des armoires à glace. Ripley n'avait pas les mêmes yeux, mais il avait bien hérité du même menton. Et si je n'avais pas rencontré M. Cooper alors qu'il était déjà grisonnant, ils auraient peut-être eu la même couleur de cheveux aussi. Ils préparaient leur café de la même façon, avaient certains tics en commun…

S'ils étaient de la même famille, alors leur hostilité l'un envers l'autre prenait tout son sens, à tel point que c'en était agaçant.

Si quelqu'un savait ce que c'était que d'en vouloir à des membres de sa famille, c'était bien moi.

Et je n'en avais rien su.

Je n'avais pas la moindre idée, alors que je connaissais M. Cooper depuis neuf ans.

Peut-être que ce n'était pas vrai. Peut-être avais-je mal compris, mais j'en doutais sérieusement. Pour quelle autre raison Rip utiliserait-il le mot «maman» comme il l'avait fait ? S'ils se connaissaient d'une autre manière, j'étais sûre qu'ils en auraient parlé depuis le temps.

Rip n'avait-il pas dit que sa mère était décédée quand il avait dix-huit ans ? M. Cooper ne s'était-il pas remarié un an après ? Or, il était avec Lydia depuis vingt-deux ans.

Ils étaient de la même famille.

C'était évident.

Et ils avaient gardé ça secret.

Les secrets. Les secrets sont nocifs. Les secrets font du mal aux gens.

Ce n'était pas le moment de me concentrer sur ça, me rappelai-je. C'était le moment de penser à M. Cooper. Tout ça n'avait rien à voir avec moi.

Parfois, il était beaucoup plus facile d'accepter les choses quand vous preniez conscience que, au bout du compte, vous n'étiez qu'une victime collatérale dans un accident causé par des pièces ayant lentement rouillé et s'étant désagrégées pendant des décennies.

Je me mis sur la pointe des pieds pour étirer mes mollets et avisai l'expression grave et réservée de Ripley, assis sur une chaise à deux mètres à peine de moi.

— Rip ? demandai-je. Est-ce que tu veux quelque chose ? Je peux te prendre une boisson fraîche, si tu ne veux pas de café.

Il ne détourna toujours pas les yeux de la télévision.

— Non, répliqua-t-il d'une voix éraillée, tendue.

Je n'étais même pas sûre qu'il ait mangé son déjeuner. Moi-même, je n'avais pas eu faim après tout ce qui s'était passé avec mon cousin.

— Quelque chose à manger ? insistai-je.

Je me sentais tellement impuissante pour l'homme en salle d'opération qu'il fallait que je fasse quelque chose.

— Non.

Je vis ses doigts s'étendre sur ses cuisses, le coup d'œil qu'il me lança, les lèvres entrouvertes, et cette expression… agacée qui traversa son visage. Je connaissais cette expression. Je l'avais vue sur le visage de mes parents suffisamment souvent au cours de ma vie.

Surtout quand j'essayais de leur parler et que je ne faisais que les déranger.

C'était leur expression qui disait «cette idiote de gamine stupide». Comme s'ils avaient pitié de moi parce que j'essayais quand même. Parce que je voulais quelque chose alors qu'ils savaient que je ne l'obtiendrais pas. J'aurais dû le savoir aussi, mais j'étais trop jeune pour comprendre.

C'était l'expression qu'ils arboraient juste avant de me donner une raison de regretter.

— Je ne veux rien, Luna, compris ? fit-il d'une voix si calme qu'elle en était inquiétante.

Je déglutis. Me rappelai qu'il se sentait peut-être coupable et en colère parce que quelqu'un avec qui il avait une relation compliquée était à l'hôpital, et il s'en voulait. Quelqu'un qui était peut-être son père. Peut-être.

Je fis de mon mieux pour ignorer sa réponse. Pour lui pardonner son expression malgré mon ventre noué. Je fis de mon mieux pour me dire que, parfois, les gens ne savent pas ce dont ils ont besoin ou envie quand ils souffrent. Personne n'est vraiment rationnel sous le coup de la peur et de la tristesse. Même pas moi. À peine quelques heures plus tôt, j'avais demandé à cet homme de casser la main de quelqu'un en représailles. C'était l'hôpital qui se foutait de la charité.

— Tu es sûr ?

Je refusai d'abandonner, car je savais qu'il avait besoin de manger ou au moins de boire quelque chose.

— Je ne crois pas que tu aies mangé quoi que ce soit et…

Cette expression détestable ne changea pas d'un poil. Pas plus que sa voix si calme, si bizarre, si douce, mais comme râpant sur ses cordes vocales quand il reprit la parole :

— Je t'ai déjà dit que je ne voulais rien, non ? gronda-t-il.

Son père a eu une crise cardiaque, sois patiente avec lui, me répétai-je malgré mon cœur douloureux et mon estomac de plus en plus noué.

— Je demande juste, Rip, répondis-je patiemment, sans détourner le regard. Tu n'as pas besoin de m'aboyer dessus. J'essaie juste d'aider. Je n'insisterai plus, d'accord ?

L'homme qui avait dormi dans mon lit leva les yeux au ciel. Ses mains s'ouvrirent et se refermèrent sur ses cuisses. Je fis de mon mieux pour me préparer mentalement. Pour me répéter : *La gentillesse l'emporte toujours. Choisis la patience.* Mais rien n'y fit quand cet homme que je connaissais sans le connaître grogna d'une voix rageuse :

— Retourne au garage, Luna. Je ne suis pas d'humeur à gérer tes conneries.

Gérer mes conneries ?

Très bien. D'accord. Il essayait de digérer ce qui s'était passé. Je devais me souvenir de ça. *Je le devais.* Il ne voulait pas dire ça. J'essayai donc de rester aussi amicale et patiente que possible.

— Je suis là pour M. Cooper.

J'essayai de lui décocher un sourire. Un sourire patient, pour qu'il sache que je voulais juste aider. Si Rip ne comptait pas pour moi, je me ficherais totalement du fait qu'il ait mangé ou bu. Le savait-il ?

— Je suis là pour toi aussi, Rip. Tu ne devrais pas rester seul ici.

Il inclina la tête sur le côté, ce qui me mit sur mes gardes. Le ton de sa voix n'aida pas. Pas du tout.

— Je ne suis pas d'humeur, compris ? Je n'ai pas besoin que tu t'inquiètes pour moi, là, tout de suite. Ce dont j'ai besoin, c'est que tu me laisses de l'espace pour que je n'aie pas à m'inquiéter de froisser tes sentiments.

Je tressaillis sans pouvoir m'en empêcher.

— Tu n'as pas à t'inquiéter de froisser mes sentiments.

— Je m'inquiète tout le temps de froisser tes sentiments. Bon sang, Luna, fous-moi la paix, rétorqua-t-il d'un ton sec.

Sa déclaration eut beau me donner l'impression d'avoir passé une brûlure sous un jet d'eau chaude, je réussis à masquer mon choc.

— Depuis quand ?

Ma voix était tendue. Je n'aimais pas ce que ses paroles me faisaient éprouver.

Il secoua la tête.

— Je ne suis pas d'humeur.

Lui n'était pas d'humeur ?

— Je ne suis pas d'humeur à ce que tu te montres cruel avec moi alors que j'essaie juste d'être ton amie, répliquai-je.

Mon visage s'échauffait et je brûlais d'indignation. Il essayait de se débarrasser de moi comme si nous étions des étrangers.

Il avait dormi dans mon lit la nuit précédente. Il m'avait fait à déjeuner et à dîner. M'avait acheté de quoi petit-déjeuner.

Les amis étaient là pour se soutenir et c'était ce que j'étais en train de faire. J'essayais de l'aider. De le soutenir.

Et il me repoussait sans prendre de gants.

Et les mots qui suivirent le prouvèrent.

— Tu essaies d'être mon amie ? Alors, comporte-toi en tant que telle et fous-moi la paix avant que je dise ou fasse quelque chose que je regretterai plus tard. Fous-moi la paix pour que je n'aie pas à me soucier plus tard de t'avoir blessée.

Peut-être aurais-je dû laisser tomber. Peut-être aurais-je dû partir, lui donner l'espace dont il avait envie. Mais la journée avait été longue et je me sentais sur les nerfs. Irritée. Blessée physiquement et émotionnellement. Je n'avais pas envie de m'écraser devant lui. Surtout après tout ce que j'avais vécu récemment, entre l'enterrement et ce qui s'était passé avec mes sœurs et mon père. Peut-être que si ma sœur ne m'avait pas virée de chez elle, si les blessures causées par mon père ne s'étaient pas rouvertes, si mon cousin ne venait pas de se pointer sur mon lieu de travail pour essayer de me faire du mal… Peut-être qu'alors, j'aurais pu laisser tomber. Si toutes ces choses ne s'étaient pas produites aussi récemment. Si je n'avais pas été aussi à vif après tout ce qui s'était passé.

Et maintenant ça ? Venant de lui, en plus ?

Je n'aimais pas me sentir menacée, surtout ce jour-là.

— Qu'est-ce que tu veux dire ? demandai-je prudemment.

La peur s'infiltra en moi et se logea au creux de mes os tandis que j'essayais de comprendre le fait qu'il avait des choses à dire qui me feraient du mal intentionnellement.

— Laisse tomber.

Que je laisse tomber ? Il y avait donc quelque chose ? Mon cœur se mit à battre plus vite et mon instinct de survie me souffla d'obéir. Mais je ne pouvais pas. *Je ne pouvais pas.*

— Qu'est-ce que tu veux dire ? répétai-je. Qu'est-ce que tu as à me dire qui me blesserait ?

Son expression... Son expression était un avertissement. Ce fut le seul indice auquel j'eus droit avant qu'il n'ancre son regard dans le mien, ses yeux bleu-vert semblant luire d'un feu intérieur.

— Dis-moi, insistai-je, même si une partie de moi savait que je n'avais pas envie de savoir.

— *Arrête.*

Mais je ne pouvais pas. *Je ne pouvais pas.* Pas alors que la vie que je vivais depuis si longtemps semblait n'être qu'un mensonge, où la moitié des personnes que j'aimais ne me faisaient pas confiance ou ne considéraient pas que j'en valais la peine. Je ne voulais pas ressentir ça de la part d'une autre personne à laquelle je tenais tellement. Je ne voulais pas que Rip rejoigne cette liste. En quoi était-ce mal ?

— Je veux savoir. Je ne veux pas que tu marches sur des œufs autour de moi parce que tu crois que je suis faible ou pathétique. Ce n'est pas le cas. Je ne suis ni faible ni pathétique. Je veux que tu me *dises.*

Son expression aurait pu me crucifier sur place.

— Ah oui ? C'est ce que tu veux ? répondit-il d'un ton qui avait quelque chose de cruel. Je suis au courant de ce que tu as fait à ta famille depuis le jour où on est allés à l'enterrement, Luna. Ce n'est pas un foutu secret. Je savais. Tout le monde savait, putain.

Ne le laisse pas voir que tu as sursauté.

Mais il ne comptait pas s'arrêter là. Il n'en avait pas fini.

— Tu veux savoir comment j'étais au courant ? Tu veux savoir la vérité ? Je n'ai pas appris leur arrestation dans le journal. J'étais au courant parce que ce *gang* à propos duquel tu m'as interrogé n'était pas un *gang*. J'étais dans un club de motards. Un MC. Les Reapers[10]. Et même si on restait loin des drogues de ta famille, j'avais rencontré ton oncle. Je connaissais toute l'histoire de la fille qui avait fait arrêter la moitié de sa famille. J'avais entendu parler de toi avant même de te rencontrer.

La partie rationnelle de mon cerveau essayait de convaincre le reste que ce que Rip disait ne comptait pas. Que ça ne changeait rien. Que ça n'avait pas d'importance.

Je n'avais pas honte. Je ne regrettais rien.

Mais…

— Cooper est au courant depuis le début aussi, pour information. Il m'a dit il y a des années qu'il avait embauché un détective privé pour en apprendre plus sur toi. Il a toujours su d'où tu venais et qui était ta famille.

Il était au courant aussi. Depuis qui sait combien de temps, peut-être depuis le début. Il savait.

Et il n'avait jamais rien dit.

Je pouvais comprendre le fait qu'il garde le secret sur sa première femme. Je pouvais même comprendre pourquoi il avait gardé le secret sur Rip, si je faisais un effort pour me servir uniquement de ma logique. Mais il connaissait mon passé et n'avait jamais rien dit ? Jamais, en neuf ans ?

— Ça te suffit ? Tu vas y aller maintenant et me laisser respirer, ou alors je dois épeler ça pour toi ? *Fous-moi la paix*.

« Fous-moi la paix », m'avait fait comprendre ma sœur sans mettre les mots dessus un nombre incalculable de fois.

« Fous-moi la paix », m'avait craché mon père encore plus souvent.

---

10 Reapers : littéralement, les faucheurs (The Reaper = la Faucheuse, la mort). Les MC ou Motorcycle Clubs sont une sous-culture principalement présente aux États-Unis constituée de groupes de motards liés au crime organisé. Les plus importants et connus sont les Hells Angels, Outlaws MC, les Pagans et les Bandidos. (NdT)

Fous-moi la paix.

J'aurais pu en garder beaucoup de colère au creux de mon cœur. Quand les gens comme Thea ou Kyra me faisaient de la peine, il y avait des millions de choses auxquelles j'aurais pu penser pour les blesser, mais je ne le ferais jamais. Parce que je ne voudrais jamais que quelqu'un que j'aime souffre à cause de moi. Je ferais tout ce qui était en mon pouvoir pour éviter que ça n'arrive.

Et pourtant…

Je me figeai. Je clignai des yeux avant de déglutir et essayai d'ignorer le nombre de fois où j'avais entendu ce qu'il venait de dire.

— J'essaie juste d'être ton amie, déclarai-je d'une voix blanche.

— Est-ce que j'ai l'air d'en avoir quelque chose à cirer, là, tout de suite ?

J'avais toujours été douée pour que les gens me traitent comme de la merde. Pour qu'ils profitent de moi.

Mais pas de la part de ceux à qui je croyais pouvoir faire confiance, ceux qui m'avaient laissée penser que je pouvais.

Et pourtant.

On ne pouvait pas forcer les gens à vous aimer ou à se soucier de vous. Je le savais mieux que personne.

J'eus la chair de poule, un frisson me parcourut tout le dos et je me sentis… totalement engourdie, comme insensible, à regarder l'homme qui ne me laissait pas indifférente, et ce depuis des années. L'homme qui avait commencé à me faire croire que je n'étais pas une gêne, que je pouvais lui demander des choses. Qui m'avait fait me sentir protégée. Comprise.

Et je pris conscience que la brûlure que je ressentais était un feu glacé.

« Fous-moi la paix », venait de me dire Lucas Ripley.

Je n'avais peut-être pas beaucoup de fierté, mais j'en avais assez.

Peut-être que Rip ne s'en rendait pas compte, mais j'avais quitté les personnes qui ne voulaient pas de moi et je ne l'avais jamais regretté.

Trop, c'est trop. J'en avais assez – de ces mots, de me faire repousser par toutes les personnes auxquelles je tenais, de sentir qu'elles se passeraient bien de moi. Tout ça me donnait l'impression de recevoir de l'acide sur mon âme.

Il voulait que je lui foute la paix, lui aussi ? Il ne voulait pas être mon ami ? Il voulait me cacher des choses comme apparemment tout mon entourage ?

Je me mordis l'intérieur de la joue et gardai le regard fixé sur lui tandis que la brûlure s'étendait en moi. Je la sentais à travers tous les pores de mon visage, autour de ma bouche, de mes yeux.

J'aurais dû laisser tomber, je le savais. J'aurais dû éviter cette conversation, mais je ne l'avais pas fait. J'avais insisté, et toute cette douleur était ma faute. Je ne pouvais en vouloir à personne d'autre qu'à moi-même.

En même temps, il aurait pu me dire à peu près n'importe quoi d'autre, ça ne m'aurait pas fait aussi mal.

Mais c'était ça qui était drôle : il ne l'avait pas fait. J'en avais assez. J'étais tellement fatiguée que je ne me souvenais même pas de la dernière fois que je m'étais sentie aussi épuisée. Et tout à coup, je me sentis si seule que je ne pouvais pas le supporter.

Voilà tout ce que j'obtenais à force d'espérer. À force d'oublier.

Tout le monde méritait de l'amour, mais il y avait des gens qui n'en voulaient pas, peu importe à quel point vous vouliez désespérément et sincèrement leur en donner.

Je reculai d'un pas, puis d'un autre, et hochai la tête une seule fois.

— Tu as raison, Ripley, dis-je avec un calme qu'il ne méritait pas. Tu savais mieux que moi que tu pouvais me blesser, mais tu l'as fait quand même.

Je me mordis l'intérieur de la joue et me forçai à continuer, à purger mon âme.

— Je suis désolée d'avoir dépassé les bornes. Je suis désolée d'avoir insisté. Je ne le ferai plus jamais.

Je ne versai pas une seule larme tandis que je me retournais et sortais de la salle d'attente. Je ne versai pas une seule larme tandis que je marchais vers la cafétéria pour acheter un café. Quand j'emportai ce café jusque dans la salle d'attente où j'avais laissé la dernière personne d'une longue liste à m'avoir brisé le cœur, j'étais fière de moi.

Ce n'était pas parce qu'il ne voulait pas de mon soutien que j'allais fuir et me cacher, pas alors que quelqu'un à qui je tenais et qui tenait à moi était en train de se faire opérer. Lucas Ripley venait peut-être de me mettre à terre, mais il n'allait pas me faire oublier pourquoi j'étais ici.

J'étais là pour M. Cooper. L'homme qui ne m'aurait jamais fait sortir de la pièce. L'homme qui avait été là pour moi si souvent que j'en avais perdu le compte.

Peut-être qu'il avait su d'où je venais tout ce temps, et cela me faisait mal de savoir qu'il m'avait caché tant de choses. Mais je m'en soucierais plus tard. Je m'en soucierais quand je saurais qu'il était tiré d'affaire. Je n'allais pas lui en vouloir alors que je ne savais même pas s'il allait s'en sortir.

Grâce aux murs de verre qui entouraient la salle d'attente, je pouvais voir qu'elle était toujours vide à part l'homme aux cheveux sombres que je refusais de regarder.

J'entrai et m'installai sur la même chaise qu'avant, sans m'éloigner plus de *mon patron*, et gardai la tête haute tout du long. Puis je me redressai sur ma chaise, les yeux fixés sur la télévision, et ne jetai pas un regard à Ripley pendant les trente minutes qui suivirent. À ce moment-là, un médecin entra, demandant à parler à la famille de M. Cooper. Je surpris assez de leur conversation pour apprendre que l'opération s'était bien passée, mais qu'il allait rester dans l'unité de soins intensifs pour le moment et que cela pouvait durer plusieurs heures comme plusieurs jours. D'ici là, seule la famille pouvait lui rendre visite.

Et c'était une chose que je n'étais pas. Un membre de leur famille.

Peut-être que je n'étais pas la mieux placée pour savoir comment une famille était censée se comporter, mais j'en avais assez que l'on me mente. Assez de me faire repousser, encore et encore, et encore. Même moi, je savais que ce n'était pas comme ça qu'une *famille* était censée se comporter.

«*Fous-moi la paix.*»

J'en avais tellement *marre*. Marre de ces mots. Marre de moi-même.

Je m'emparai de mon téléphone, composai le numéro de Lydia et attendis qu'elle réponde. Quand elle le fit finalement, expliquant qu'elle venait de finir avec un client, je lui racontai ce qui s'était passé. Puis j'écoutai ses pleurs et sa promesse d'arriver aussi vite que possible.

Ce fut seulement à cet instant que je me levai pour partir. Mon cœur avait beau me souffler l'inverse, je ne faisais pas partie de leur famille.

Ma famille était constituée d'un père qui avait menacé de me tuer, d'un frère qui nous avait abandonnés, d'un cousin qui avait essayé de m'agresser, de deux sœurs qui me mentaient, et de la seule et unique personne qui m'aimait autant que je l'aimais, elle.

Je m'aimais assez pour savoir ce que je méritais.

Et cette… merde… qui venait de m'arriver, ça n'en faisait pas partie.

Il n'y avait pas assez de donuts ni de repas faits maison dans le monde pour que ça en vaille la peine. Ça, c'était certain.

Chapitre 26

Tout le monde à l'atelier avait été bouleversé d'apprendre que M. Cooper, notre patron bien-aimé, avait eu un infarctus.

Ça n'avait pas été trop grave, mais suffisamment pour que ses médecins insistent pour qu'il prenne son temps avant de revenir. Pour qu'il se *repose*. Pour qu'il fasse plus attention à son niveau de stress.

Lydia m'avait gentiment appelée peu de temps après que j'étais partie de l'hôpital – en en profitant pour me demander pourquoi je ne l'avais pas attendue –, puis elle m'avait tenue au courant de son état. Le lendemain, je lui rendis visite au moment où papi Gus quittait l'hôpital.

— Tu m'as sauvé, ma puce, me chuchota mon patron quand je m'approchai de son lit.

Je lui pris la main et la pressai doucement tout en souriant à son visage ridé et toujours trop pâle. Je faisais de mon mieux pour ne pas penser à ce qui aurait pu se passer si l'infarctus n'avait pas été mineur. J'avais fait l'erreur de faire des recherches, et les maladies cardiaques étaient la plus grande cause de mortalité dans ce pays.

— Tout ce que j'ai fait, c'est de vous donner une aspirine, répondis-je en ignorant la pointe de douleur qui me traversa en pensant aux choses qu'il m'avait cachées pendant si longtemps.

— Tu m'as dit d'acheter une nouvelle boîte quand la dernière est arrivée à expiration, tu te souviens ? Tu as insisté pour que j'en achète, «juste au cas où, Mister C.», répliqua-t-il de sa voix plus faible que d'habitude en me serrant la main à son tour.

Je pensais à lui justement quand j'avais insisté pour qu'il rachète de l'aspirine. La première fois qu'il m'avait dit qu'il faisait de l'hypertension, j'avais fait quelques recherches, en secret. Je tenais à lui et je voulais m'assurer de prendre soin de lui de toutes les façons possibles pour que son état n'empire pas. Parce que c'était ce que l'on faisait quand on tenait aux gens.

— Eh bien, je suis heureuse que vous ayez écouté, déclarai-je.

Le sourire qu'il m'adressa, allongé dans son lit d'hôpital, était faible.

— Je ne sais pas quand je vais pouvoir revenir à l'atelier.

Ma première pensée fut pour Ripley.

— Tu garderas la boutique pour moi jusque-là, pas vrai ? demanda-t-il.

L'émotion me serra la gorge tandis que je baissais les yeux vers lui. Ce fut à mon tour de lui serrer la main.

— Je garderais le monde entier pour vous, si vous me le demandiez, Mister C. Ne vous en faites pas pour l'atelier. On s'en sortira.

Je refusais de me laisser penser à Ripley et à ce que l'absence de M. Cooper voudrait dire pour nous autres.

La journée avait été assez dure comme ça. Nous étions tous tendus, mal à l'aise, et un peu sur les nerfs. Tous, sauf Rip, à qui je n'avais pas adressé la parole, dont je n'avais pas croisé le regard, et que j'avais évité à tout prix. Au cours de la journée, tous mes collègues étaient passés dans ma cabine pour prendre des nouvelles de notre patron préféré.

Enfin, sauf Jason, qui ne s'était pas présenté au travail et qui ne le ferait probablement plus jamais.

Mais à présent, je me fichais totalement de ce crétin, de toute manière. Je pouvais obtenir son adresse d'un claquement de doigts. Mais, heureusement pour lui, tout ça semblait insignifiant comparé à la crise cardiaque de M. Cooper. Et si je devais choisir entre botter les fesses de Jason ou celles de mon cousin, je choisirais toujours mon cousin. Toujours.

M. Cooper, que j'aimais et qui m'aimait en retour, m'adressa un sourire doux et chaleureux qui acheva de remettre les choses en perspective pour moi. *La vie est trop courte pour la passer à aimer quelqu'un qui ne m'aimera jamais en retour.* J'en étais enfin clairement consciente.

— Je sais que tu le ferais, Luna, fit M. Cooper avant de soupirer et de plisser les yeux. Je suis désolé pour Jason. Tu ne sais pas à quel point…

Oh, bon sang. On en revenait à lui.

— Ne vous en faites pas pour lui ou pour mon cousin. Ce n'est pas grave, répliquai-je tout en lui souriant afin qu'il ne croie pas que ce n'étaient que des paroles en l'air pour le rassurer. Ce n'est pas la première fois que mon cousin essaie de m'agresser, mais ce sera la dernière.

Miguel s'était assuré de me prévenir que la question était réglée. J'ignorais ce qu'ils avaient dit ou fait. Je n'avais pas demandé de détails, parce que ça me suffisait.

Avec un peu de chance, mon cousin transmettrait mon message à mon père pour que ce dernier sache que je ne plaisantais pas. Je savais assez de choses pour lui attirer des problèmes et, si ça ne suffisait pas, j'étais prête à faire des recherches pour lui causer du tort. J'étais prête à aller aussi loin s'ils tentaient de nouveau quelque chose, et il devait être assez malin pour s'en rendre compte.

— Si, c'est grave, et je suis désolé, contra mon mentor.

Il glissa un regard en coin là où Lydia était assise avant de revenir vers moi. Il déglutit et poussa un autre soupir.

— Il y a des choses que je veux te dire… des choses dont j'aurais dû te parler plus tôt…

Il s'interrompit, une expression intense sur le visage, comme s'il essayait de me dire quelque chose en silence.

Il était en train de confirmer mes soupçons, pas vrai ?

Il essayait de me faire comprendre qu'il était vraiment le père de Rip et qu'ils avaient gardé le secret.

Il n'avait pas menti. Pas techniquement. Il n'avait juste… révélé la vérité à personne, y compris moi.

L'homme avec qui je travaillais depuis trois ans était son fils. Le fils d'une femme qu'il avait connue avant celle qui se trouvait à quelques mètres de nous. Le fils de la femme dont il m'avait dit qu'elle était, ou avait été, l'amour de sa vie.

Et il s'avérait que ce fils était l'homme avec qui il ne pouvait pas parler plus de deux minutes sans qu'ils commencent à se disputer ?

Le même homme qui, vingt-quatre heures plus tôt, m'avait fait comprendre qu'il voyait en moi la même chose que toutes les autres personnes qui m'avaient profondément blessée.

Ce n'était pas une pensée très agréable, bon sang.

— Je reviendrai vous voir demain, promis-je.

Je lui offris un sourire rassurant pour qu'il sache que j'avais beau avoir fait le rapprochement, je comprenais pourquoi il m'avait caché ça

Ce n'était pas le cas. Pas vraiment.

Mais je ne lui en voulais pas. Il devait avoir des raisons d'agir ainsi. C'était sûr. Et je me contenterais de subir ce léger sentiment de trahison que je ressentais à la suite de son non-mensonge d'ici là.

Je ne me sentais pas capable d'ajouter une autre personne à ma liste.

— Je viendrai vous voir chez vous aussi, une fois que vous serez sorti d'ici, continuai-je en m'accrochant à la petite partie de moi qui avait décidé de ne pas se sentir blessée. Je dois bien vous tenir au courant de tous les ragots de l'atelier, pas vrai ?

M. Cooper m'observa un instant, puis il inclina le menton juste assez pour que cela compte comme un acquiescement. Mais à quoi acquiesçait-il ? Nous étions tous les deux très conscients de l'énorme non-dit qui planait au-dessus de nous. *Il y a des choses que je veux te dire… des choses dont j'aurais dû te parler plus tôt…*

À ce moment-là – et un peu plus tard aussi, d'ailleurs –, je savais que je ne tenais pas à ce point à connaître toute l'histoire.

En toute sincérité, mon cœur s'en fichait pas mal.

Mon cœur avait été brisé, piétiné et transformé en poussière la veille, mais, comme toutes les autres fois où c'était arrivé, je savais que je pouvais le faire renaître. C'était mon superpouvoir à moi. J'arrivais toujours à me relever.

Même quand on m'envoyait plus bas que terre, comme Rip l'avait fait.

Je lui avais dit un jour que je ne boudais pas, en tout cas jamais pour longtemps, et je n'allais pas commencer avec lui. Il était plus facile d'oublier et d'ignorer que de s'accrocher aux choses qui faisaient mal.

Avant que M. Cooper n'ait l'occasion d'ajouter un mot, on frappa à la porte. D'abord entrebâillée, celle-ci fut ensuite ouverte en grand. Je sus instantanément qui entrait avant même de voir les chaussures de sécurité tachées et le tee-shirt de compression blanc qui était juste assez long pour recouvrir le jean sali du nouveau visiteur.

Je savais que c'était Ripley.

Voilà pourquoi je retirai ma main de celle de M. Cooper et me penchai pour lui embrasser la joue.

— Je devrais y aller. Appelez-moi si l'un d'entre vous a besoin de quoi que ce soit. Je suis sûre que mon patron ne verra pas d'inconvénient à ce que je quitte le garage en douce si besoin, déclarai-je d'un ton aussi gai que possible.

— Merci, petite lune, fit M. Cooper, la tête inclinée vers la porte.

Il avait utilisé la même voix qu'à chaque fois que Rip était dans les parages. Un peu moins affectueuse. Un peu plus distante.

Je m'étais toujours dit qu'il ne voulait pas le mettre en colère ou avoir l'air de faire du favoritisme, mais je me rendais compte à présent qu'il avait d'autres raisons que je n'étais pas sûre de comprendre. Était-ce pour ne pas le rendre jaloux ? Pour ne pas insister sur notre relation et notre entente ?

Je ne savais pas et ça ne me regardait pas. Ça ne me regardait plus. Ça ne m'avait jamais regardée, apparemment.

— Vous aussi, Lydia, ajoutai-je avant de me pencher pour l'embrasser sur la joue à son tour.

Ses yeux se fixèrent sur l'homme qui venait d'entrer dans la pièce. Puis elle tourna la tête vers moi, mais son sourire était fragile et fatigué quand elle hocha la tête.

— Merci, ma chérie. Je t'appelle bientôt.

J'acquiesçai et fis un pas en arrière.

— Reposez-vous, Mister C. Je reviendrai vous voir demain.

Quand ils me saluèrent alors que je me retournais pour sortir, je perçus la tension dans leurs voix.

Sans surprise, un homme plus grand que moi d'une tête et beaucoup plus large s'arrêta juste devant moi.

Même si j'avais voulu faire comme s'il n'était pas là, je ne l'aurais pas fait.

Ce n'était pas sa faute si j'avais commencé à croire qu'il tenait sincèrement à moi. Je pouvais accepter ses sautes d'humeur au travail. Je pouvais accepter ses secrets. Mais me faire me sentir stupide et me repousser étaient des choses que je ne pouvais pas accepter.

Tout était ma faute, pour avoir cru que notre relation était en train d'évoluer. Pour avoir été désespérée et en manque d'affection. C'était ma faute.

Au lieu de l'ignorer, je levai donc les yeux vers lui.

— Bonjour, monsieur Ripley, déclarai-je d'une voix calme et fraîche en soutenant son regard.

Son visage était un masque indéchiffrable. J'essayai d'imiter son expression pendant un instant. Un instant seulement, puisque, le suivant, je lançai un «Au revoir» par-dessus mon épaule aux trois personnes dans la pièce.

Ma poitrine était douloureuse quand je sortis de l'hôpital. Comme tant d'autres choses, je rassemblai cette douleur en une boule et la jetai loin de moi.

Je suis aimée et j'ai tout ce dont j'ai besoin. Je n'étais peut-être pas heureuse à l'heure actuelle, mais je le serais à nouveau un jour.

Ma poitrine continua à me faire un petit peu mal à chaque fois que je vis Rip au garage après ça.

La première fois, trois jours après notre conversation dans la salle d'attente, je dus aller le voir pour lui poser une question sur un détail vague d'une commande. Il était dans l'atelier principal, en train d'enlever la matelassure d'une Ford Bronco des années soixante-dix. J'étais restée dans mon atelier une bonne minute à essayer de trouver le courage de lui parler de la façon dont je le voulais.

Comme s'il ne m'avait pas blessée.

Comme s'il n'avait pas fait exprès de se montrer insensible et cruel.

Je peux le faire, me répétai-je.

Je n'aimais pas jouer à des jeux, et je ne comptais pas commencer maintenant.

Je profitai donc de cette minute pour rassembler mes esprits avant d'y aller.

— Monsieur Ripley ? appelai-je, satisfaite d'avoir gardé le contrôle sur ma voix.

Il arrêta immédiatement ce qu'il était en train de faire, accroupi juste à côté de la voiture.

Je n'attendis pas pour venir me placer juste en face de lui.

— J'allais passer une commande, lançai-je, mais je voulais confirmer ce que vous aviez entouré et annoté. Il n'y avait rien d'écrit sur l'ordinateur. C'est bien la couleur indiquée ici que vous voulez ?

Voilà, totalement professionnelle. Je m'en sortais parfaitement bien.

Rip m'observa en silence, sans rien faire, avant de me prendre la feuille des mains pour la regarder.

Je m'autorisai à étudier son visage, même si je n'aurais pas dû. Il avait des poches sous les yeux et des rides de tension au coin des paupières, tandis qu'il relisait ses pattes de mouche. Je me mordis l'intérieur des joues lorsqu'il me regarda d'un air détaché.

— C'est bien ça, répondit-il.

Je ne lui adressai pas de sourire comme je le faisais en temps normal. Je me contentai de hocher la tête.

— Merci, ajoutai-je avant de repartir aussi vite que j'étais venue.

Et quand il se pointa dans ma cabine quelques heures plus tard pour vérifier un capot que j'avais peint ce matin-là, je le saluai d'un mot avant de me remettre au travail. Comme j'aurais toujours dû le faire, puisqu'il était mon patron et moi son employée.

Et si la colère fusa en moi pendant quelques minutes, je l'ignorai.

Je n'étais pas furieuse. Je n'étais pas blessée. J'allais bien.

J'irais toujours bien.

Et c'est bien ce qui se passa les jours suivants.

J'allai voir Lily un week-end avec Lenny. Un autre week-end, nous fîmes une soirée jeux chez papi Gus. Je faisais quelques heures supplémentaires, mais pas trop. J'allais à la salle de sport. J'eus un rendez-vous pas trop raté, mais qui ne m'emballa pas non plus. Je continuai d'avancer, tant bien que mal. Et ça marchait.

Deux semaines s'écoulèrent et le garage tint le coup. Je ne savais pas qui s'occupait des salaires, mais je n'étais qu'une employée, alors je n'allais pas m'en soucier. C'était le rôle de Rip. La seule responsabilité que j'avais endossée était de commander certaines choses pour la salle de pause sur le compte de l'atelier, mais c'était tout.

Tout allait bien. Tous les employés allaient bien. J'avais des nouvelles par bribes quand je prenais ma pause-déjeuner en même temps que les gars ou bien quand ils venaient dans mon atelier pour m'aider à déplacer ou soulever quelque chose. Ils me disaient que Rip était encore plus irascible qu'avant et à quel point c'était agaçant de n'avoir que lui à qui poser des questions.

Je ne disais rien. Je n'abondais pas dans leur sens, je ne le défendais pas non plus. Je me contentais de leur donner une tape dans le dos et d'essayer de les faire rire.

Je n'allais rien dire de mal sur lui.

Pendant tout ce temps, M. Cooper et moi n'eûmes pas le temps de parler. J'étais allée le voir un jour sur deux chez lui une fois que l'hôpital l'avait autorisé à sortir. Je lui apportais de quoi manger, des DVD, mais il ne m'avait quasiment rien dit.

C'était peut-être parce que Lydia n'était jamais bien loin.

Si j'avais pensé des mois plus tôt que j'aurais du mal à faire sortir quelqu'un de ma vie totalement, je me serais trompée. J'avais oublié à quel point c'était facile.

J'avais comme l'impression que c'était surtout parce que je n'arrivais pas à oublier les mots que Rip avait prononcés. Je les avais mémorisés. Ou presque. « Fous-moi la paix », m'avait-il dit dans cette salle d'attente.

J'avais arrêté de courir après l'affection de personnes qui ne me traitaient pas aussi bien que moi je le faisais quand j'étais enfant. Je m'étais promis à cette époque de ne jamais faire la même erreur. Contrairement à une dizaine d'autres promesses à moi-même que je n'avais pas réussi à tenir, celle-là, je la respectais.

Voilà pourquoi cela ne me posait aucun problème de préparer mon café et d'ignorer Rip quand je descendais l'escalier pour aller dans ma cabine.

Il voulait du café ? Il pouvait se le préparer lui-même. Il voulait que je lui foute la paix ? Pas de problème. Je n'allais pas supplier quelqu'un pour qu'il m'accorde du temps, de l'affection ou de l'attention. Je n'allais certainement pas supplier pour qu'il m'accorde de l'amitié ou de la compagnie non plus.

Plus maintenant.

Aussi, quand je fis de nouveau un rêve, au bout de deux semaines, à propos de mon père – un rêve qui était la réplique exacte des événements ayant précédé mon départ –, je me sentis triste, en colère et irritée à un point que je n'arrivais même pas à expliquer. Ma nuque m'avait démangée et brûlée à l'instant où je m'étais réveillée, ce qui n'aidait pas. Tout comme le fait que cela me rappelait un rêve très similaire alors que Rip dormait dans le même lit que moi il n'y avait pas si longtemps. Une nuit où il m'avait attirée contre lui.

Même une matinée bien occupée au travail à écouter toute la bande originale de la comédie musicale *Hairspray* ne réussit pas à me faire oublier ma fébrilité.

Quand l'heure de déjeuner arriva, je montai l'escalier et découvris que la salle de pause était pleine. Je récupérai ma gamelle dans le frigo – un ragoût mexicain qui était trop sec et avait un goût bizarre –, réchauffai mon plat et décidai de rendre service à tout le monde en allant ailleurs où je pourrais laisser libre cours à ma mauvaise humeur. Ce n'était pas à cause de Ripley. Il n'avait même pas pris la peine de lever les yeux quand j'étais entrée dans la pièce. Si ça n'était pas un signe de l'état des choses entre nous, je ne savais pas ce qui pouvait l'être.

Je pris donc ma gamelle et allai la manger sur l'une des chaises disposées à l'arrière du garage, là où les gars prenaient leurs pauses cigarette. Nous étions à Houston, il faisait toujours chaud et humide, mais, à l'ombre, s'il y avait une petite brise, pas trop d'insectes, comme nous étions protégés de la pollution de la rue de l'autre côté de l'atelier, c'était… pas trop mal.

Pour être honnête, c'était même assez reposant, bien que je sois à quelques mètres de là où mon cousin m'avait frappée. Je n'avais pas de croûte ni de cicatrice sur le visage, et je ne comptais pas me focaliser sur ce crétin. Pas alors qu'il m'avait déjà fait des choses similaires quand nous étions enfants et que je revenais de l'école.

Rudy n'était personne. Mon père n'était personne. Et les gens qui n'étaient personne ne pouvaient pas vous faire de mal.

J'allais bien. J'avais un métier. J'étais aimée.

M. Cooper allait se remettre totalement.

Lily était heureuse, en bonne santé, et gagnait plein d'argent grâce à ses pourboires.

Thea et Kyra étaient toutes les deux vivantes, même si je ne le savais que parce que Lily me l'avait confirmé.

Mon père n'avait pas rappelé.

Jason n'était jamais revenu au boulot.

J'étais en sécurité. J'avais un toit sur ma tête et de quoi manger dans mon frigo. J'avais tellement de choses. Tout n'était pas parfait – et je détestais cette rancune que je ressentais envers mes sœurs –, mais c'était déjà mieux que ce que la plupart des gens avaient.

Au bout de vingt minutes, je remontai mon pantalon juste au-dessus de mes genoux et étendis mes jambes pâles devant moi pour bronzer un peu.

Quand il me resta dix minutes de pause, je rassemblai mes affaires et rentrai dans le bâtiment. Je ne regardai pas autour de moi pour voir qui était dans la pièce principale avant de remonter l'escalier. Quand j'entrai dans la salle de pause, elle était vide, je vis qu'il n'y avait presque plus personne, à part deux carrossiers auxquels je pris soin de sourire, et Rip.

Quand mon regard rencontra accidentellement le sien, je ne laissai pas mon sourire s'effacer.

Je n'allais pas lui montrer qu'il m'avait fait du mal. J'allais le traiter comme il l'avait voulu dès le départ. Comme s'il était mon patron. Comme s'il ne s'était pas taillé une place dans ma vie avant de décider qu'il ne voulait plus en faire partie.

Comme s'il n'avait pas prononcé ces quatre foutus mots.

Mais quand je rencontrai son regard, le sourire vissé aux lèvres, ses yeux bleu-vert passèrent tout mon visage en revue, s'attardant sur le collier à pendentif étoile qui dépassait de sous mon tee-shirt.

Cela dura une seconde.

Parce que je détournai le regard et pris soin de me concentrer sur le frigo tandis que je passais devant les trois hommes pour ranger le reste de mon déjeuner peu ragoûtant.

— Luna, tu as mangé quoi à midi ? demanda l'un des mecs, tandis que je remettais mon sac dans le frigo.

— Un ragoût. Ça a un goût de pieds, mais si tes papilles sont mortes, tu peux avoir le reste.

Ils n'avaient pas l'air particulièrement intéressés. Je remplis ma bouteille d'eau à la fontaine et sortis de la pièce après un simple « À plus tard » lancé aux deux hommes que je n'étais pas déterminée à ignorer.

Je retournai dans mon atelier et finis de mettre le ruban adhésif sur la voiture sur laquelle je devais poser l'apprêt cet après-midi-là. J'étais en train de relire mes notes, vérifiant trois fois que la couleur de la peinture sur la facture correspondait à celle sur l'étiquette, quand la porte s'ouvrit. Je ne levai pas la tête en reconnaissant la démarche de la personne en deux secondes à peine. Une seule personne avait le pas aussi lourd.

— Avez-vous besoin de moi pour quelque chose ? demandai-je avant qu'il n'ait le temps d'aller trop loin dans la pièce.

Ses pas ne s'arrêtèrent pas.

— J'ai juste besoin de vérifier quelque chose sur la SS, lança-t-il.

Je ne pinçai pas les lèvres, ne fis pas la grimace. Je me levai immédiatement et lui tendis le porte-bloc que j'avais à la main. Il était déjà à côté de moi. Je gardai les yeux fixés sur le document tandis qu'il me le prenait des mains, ses longs doigts feuilletant le dossier jusqu'à la page que j'étais en train de lire à son arrivée.

Je reculai d'un pas et me dirigeai vers la voiture pour en faire le tour et vérifier que le ruban adhésif était bien posé, même si je savais que c'était le cas.

Rip ne reprit pas la parole tout de suite. Je réussis à faire presque un tour complet de la voiture avant qu'il ne lance depuis là où il était :

— C'est bon, j'ai fini.

Je ne comprenais pas pourquoi il n'avait pas juste vérifié la commande sur l'ordinateur, mais je n'allais pas perdre mon temps à me poser la question.

La partie de moi qui était mesquine voulait l'ignorer, mais je ne le fis pas. Je n'allais pas lui accorder ça.

— D'accord, répondis-je à la place.

Quand je me retournai, il avait disparu. J'en fus soulagée.

Réellement.

***

Le lendemain, j'étais en train d'attendre devant la machine qui nous servait à mélanger la peinture et je m'apprêtais à commencer à travailler sur une Audi A4 récente quand la porte de mon atelier s'ouvrit. Une haute silhouette entra et laissa la porte se refermer derrière elle.

Je savais de qui il s'agissait.

J'allais rester au-dessus de tout ça.

— Qu'est-ce que je peux faire pour vous ? me forçai-je à demander.

Rip attendit d'avoir fait quelques pas de plus dans la pièce avant de répondre.

— Je voulais vérifier des jantes qui étaient sur ta liste ce matin.

Quand avait-il vérifié mon planning ?

Je ne lui posai cependant pas la question. Au lieu de ça, je pris soin de croiser son regard brièvement – très brièvement. Son visage reflétait sa tension et sa maîtrise de lui, comme d'habitude. Je l'ignorai et fis un geste vers ma droite où j'avais déplacé les jantes une heure plus tôt. Du coin de l'œil, je le regardai se diriger vers elles, ses longues jambes lui permettant de traverser une pièce qui me semblait d'habitude immense. Puis je me concentrai de nouveau sur la machine devant moi, priant pour qu'elle se dépêche de finir son cycle afin que je puisse avancer sur mon prochain projet avant le déjeuner.

Rip restait silencieux et je fis exprès de bouger légèrement pour continuer à lui tourner le dos.

Le cycle se termina avant que Rip n'ait fini son travail d'inspection. Je me dirigeai vers la cabine de peinture pour transférer la couleur à présent mélangée.

Puis je revins sur mes pas pour enfiler ma combinaison de protection. Il était toujours là, cette fois en train de feuilleter l'un des catalogues de peinture qui étaient posés sur mon bureau. J'ignorais s'il m'avait jeté le moindre coup d'œil. Je gardai les yeux fixés droit devant moi, vers le mur à l'autre bout de la pièce. Il ne prononça pas un mot tandis que j'enfilais mes baskets avant de mettre ma combinaison et de la fermer jusqu'en haut.

— Toquez si vous avez besoin de moi, lançai-je par-dessus mon épaule tout en entrant dans la cabine de peinture.

Je refermai la porte derrière moi. Quelque temps plus tard, quand je jetai un coup d'œil vers l'une des seules fenêtres de la pièce blanche, je vis Rip qui me regardait.

Je me concentrai de nouveau sur les ailes sur lesquelles j'étais en train de travailler.

Quand je pris ma pause-déjeuner, j'allai dehors de nouveau. Tout comme la veille, quand je passai dans la salle de pause pour déposer mon sac et mes restes dans le frigo, Rip était assis là, à manger un plat au poulet et à feuilleter un magazine. Nos regards se croisèrent. Je ne détournai les yeux que lorsque je fus trop proche et dus ouvrir le frigo.

Puis je retournai en bas.

***

Le lendemain matin, vers neuf heures passées, quand tous les autres employés furent arrivés au garage, je me dirigeai vers l'atelier principal pour leur demander de m'aider à déplacer ce que l'on appelait la rôtissoire – sur laquelle était fixé un bloc-moteur – depuis l'entrée de l'atelier jusqu'à la cabine de peinture. Nous l'avions préparé la veille, mais il était trop lourd pour que je le bouge moi-même ou avec une seule autre personne.

Avais-je fait exprès de me diriger droit vers Owen et Ashton pour leur demander leur aide ? Bien sûr. La tête haute et un sourire aux lèvres, je me faufilai entre les voitures garées tout le long de la pièce pour rejoindre les deux hommes qui étaient toujours vraiment gentils avec moi.

— Salut, lançai-je en m'approchant d'eux.

Ashton, qui était debout, inclina le menton immédiatement et me décocha un sourire chaleureux.

— Salut, Luna.

— Tu as besoin d'aide avec la rôtissoire ? s'écria Owen depuis le dessous de la voiture.

Ce n'était pas pour rien qu'il était l'un de mes collègues préférés.

— Oui, répondis-je en m'arrêtant juste à côté d'Ashton pour regarder ce qu'il était en train de faire.

Il y avait une tache foncée et apparemment liquide sur le sol à côté de l'endroit où Owen était allongé, levant les yeux vers moi, une clé à molette à la main.

— Est-ce que vous voulez bien m'aider à la déplacer jusqu'à la cabine quand vous aurez un moment, s'il vous plaît ?

— Dans cinq minutes ? demanda Owen.

Je hochai la tête.

— Merci. Rejoignez-moi là-bas quand vous serez prêts, alors, déclarai-je.

Ashton acquiesça.

Je gardai le regard fixé sur les voitures autour de moi tandis que je retraçais mon chemin jusqu'à mon atelier. Je vis Rip se diriger vers le même couloir que moi, mais il s'arrêta aux toilettes. Je fis le tour de la cabine de peinture une dernière fois, m'assurant que tout était en place. Au bout de quelques minutes, j'entendis la porte de l'atelier s'ouvrir et claquer. M'attendant à voir Owen et Ashton, je me figeai totalement quand je découvris Rip, debout devant moi, les mains sur les hanches.

— Tu as besoin d'aide pour déplacer quelque chose ? demanda-t-il tout en s'essuyant les mains sur un torchon, son regard intense posé sur moi.

Je ne pus m'empêcher de jeter un coup d'œil vers la porte pendant une fraction de seconde avant de revenir vers lui.

— J'ai déjà demandé aux gars de m'aider.

Un muscle de sa mâchoire tressauta.

Je me forçai à me concentrer sur autre chose.

— Ils ont dit qu'ils en avaient pour cinq minutes, ajoutai-je en jetant un nouveau coup d'œil vers la porte.

Rip plissa le nez un instant avant de fourrer le torchon dans l'une des poches de son bleu de travail.

— Tu ne m'as pas demandé, déclara-t-il en m'observant attentivement.

Je clignai des yeux.

— Demandé quoi ?

La permission ?

— De t'aider, clarifia-t-il d'une voix tendue.

Oh.

— Je me suis dit que vous leur demanderiez de s'en charger, expliquai-je d'une voix calme, maîtrisée. C'est ce que vous faites toujours.

Je ne pus m'empêcher de regarder vers la porte une fois de plus.

— Je ne voulais pas vous faire perdre votre temps quand je peux le leur demander moi-même.

Il plissa le nez de nouveau et garda cette expression tout le temps que je parlai. Il croisa les bras, les yeux toujours fixés sur moi comme s'il avait l'intention de ne regarder nulle part ailleurs. Il leva le menton, me donnant une superbe vue de son cou long et fort.

— Qu'est-ce que je t'ai dit à propos de perdre mon temps ? demanda-t-il de la même voix.

La peau sur ma colonne vertébrale me démangea immédiatement et je ne pus m'empêcher de sentir un éclair de douleur en plein cœur. De l'indignation. Voilà le mot parfait pour décrire l'émotion qui m'envahit à cet instant.

Ça, et un sentiment de trahison.

Et de colère.

Mais surtout, de l'indignation.

Je refusai de me laisser atteindre.

— Je ne veux pas présupposer quoi que ce soit, monsieur Ripley.

D'accord, peut-être que le «monsieur Ripley» était un peu mesquin, mais je n'allais pas m'en vouloir.

Quand je levai les yeux vers lui en prononçant ces mots, je vis toute la ligne de sa mâchoire se crisper, mais je ne me sentis pas mieux pour autant. Je m'en voulus. Je n'essayais pas de le faire souffrir. Je ne voulais pas ça de sa part.

Je ne voulais rien de lui.

Je me forçai donc à continuer.

— Vous avez des choses plus importantes à faire. Vous avez largement de quoi vous occuper, en ce moment, avec l'absence de M. Cooper.

Son père. Pas seulement M. Cooper. Son *père*.

Il ne prononça pas un mot. Il se contenta de rester debout, là, à me regarder.

— S'il y a un problème, je vous préviendrai, bien sûr, poursuivis-je d'une voix peut-être un peu monotone.

Rip ne répondit toujours pas.

Je tournai la tête vers la porte de nouveau, espérant qu'Ashton et Owen allaient arriver, prêts à m'aider.

Mais rien ne se passa. C'était l'histoire de ma vie.

— Merci d'avoir vérifié, mais on devrait pouvoir se débrouiller pour déplacer la rôtissoire, conclus-je.

Je pris soin d'utiliser ma voix la plus professionnelle possible, comme je l'aurais fait avec n'importe quel patron. Sauf M. Cooper – et Rip quelques mois plus tôt.

Cependant, puisque c'était ce qu'il voulait, alors c'était ce que j'allais lui donner.

Mais quand il fit quatre enjambées et me rejoignit, s'arrêtant uniquement quand la pointe de ses chaussures toucha les miennes, sa main relevant mon menton, je retins mon souffle. Parce que Rip était *juste là*. Dans mon espace personnel. À me forcer à le regarder.

Alors c'est ce que je fis. Je le regardai.

J'étudiai les tatouages qui dépassaient du col roulé de son tee-shirt de compression. J'étudiai les formes sombres juste au-dessus. J'étudiai son début de barbe sous son menton et sur la moitié basse de son visage. J'étudiai sa bouche presque rose, pincée par l'expression furieuse qu'il dardait vers moi.

J'étudiai ses yeux, qui me brûlaient de l'intérieur.

Comme s'il voulait soit me hurler dessus, soit autre chose.

Je ne savais pas ce que cet «autre chose» pouvait être, mais, d'après la ligne de sa mâchoire, je n'étais pas sûre d'avoir envie de le savoir.

Rip inclina le menton un peu plus, rapprochant encore son visage du mien.

— Est-ce qu'on peut arrêter avec ça ? demanda-t-il d'une voix si rauque que je pouvais à peine l'entendre.

Je retins mon souffle.

— Avec quoi ?

Son visage si incroyablement beau resta distant, mais ses yeux…

— Avec tes *monsieur Ripley*. Avec ce ton. Avec le fait que tu refuses de me parler ou de me demander de l'aide, fit-il dans un souffle, si proche que je pouvais presque sentir sa respiration sur mon visage. Avec le fait que tu fais exprès de me tenir à l'écart.

Je voulus hausser les sourcils, mais ne le fis pas.

— Je ne vois pas de quoi vous voulez parler, répondis-je.

Ce n'était qu'un demi-mensonge. Parce que je ne comprenais pas pourquoi il me disait ça alors que c'était lui qui m'avait demandé de le faire.

— Tu sais exactement de quoi je parle, Luna, rétorqua Rip d'une voix toujours aussi basse, si basse que je devais tendre l'oreille pour l'entendre.

La pointe de ses chaussures s'avança encore plus vers les miennes.

Ça n'avait pas d'importance. Ça n'avait aucune foutue importance.

— Vous êtes monsieur Ripley, fis-je, toujours aussi tendue. Je vous parle comme je le ferais avec n'importe quel patron, avec professionnalisme, parce que c'est ainsi que j'aurais dû me comporter depuis le début.

Un son rauque s'échappa de sa bouche, presque comme… un grondement ? Un grognement ?

— Je n'ai aucune raison de venir vous embêter alors que je peux me débrouiller seule.

Ses chaussures tapèrent contre les miennes si durement que je reculai de quelques centimètres.

— Je vous traite juste comme j'aurais toujours dû le faire, continuai-je en m'arrêtant avant d'ajouter un autre «monsieur Ripley» à la fin.

Mon instinct me soufflait que ce serait une très mauvaise idée, comme d'appâter un lion affamé ou un truc du genre.

— Vous êtes mon patron et je n'aurais pas dû l'oublier.

J'avais l'impression que son cou gonflait un peu plus à chaque mot qui sortait de ma bouche. Son visage était de plus en plus rouge aussi.

Mais quand avait-il commencé à rougir ainsi ?

La main sous mon menton me fit lever la tête encore plus, m'étirant le cou presque douloureusement. Je pus alors sentir son souffle tiède sur mon visage. Sur ma bouche. Je pouvais sentir la chaleur de son corps contre le mien. Un mois plus tôt, cela aurait fait mon année. Une semaine plus tôt, je serais tombée en pâmoison.

Mais à présent…

À présent, je me forçai à rejeter tout ça. À l'enterrer profondément sous une demi-tonne de terre. Loin. Loin, loin, loin.

C'était ce qu'il m'avait demandé et je lui avais donné tout ce que j'avais à donner pendant bien trop longtemps.

Seule une idiote continuerait de s'acharner après un certain point ; or je n'étais pas une idiote. Je ne me laissais pas avoir par qui que ce soit. Je n'étais ni un souffre-douleur ni un divertissement passager.

Je lui avais donné plus qu'à quiconque avant lui, et il avait coupé les ponts avec moi une fois pour toutes. Il m'avait dit la même chose que tant d'autres gens : «Fous-moi la paix.»

— Je ne fais que ce que vous m'avez demandé de faire, énonçai-je lentement, insistant sur chaque mot, chaque syllabe.

Je le regardai dans les yeux pendant un instant, puis un deuxième, puis finis par baisser le regard. Je pris une inspiration.

Et je reculai d'un pas. Puis d'un autre.

— J'apprécie le fait que vous soyez venu voir si j'avais besoin d'aide, mais ce n'est pas le cas. Ashton et Owen arrivent, lui expliquai-je. Et les choses dont je peux m'occuper seule, je le ferai. Mais, merci, monsieur Ripley.

Monsieur Ripley ne bougea pas d'un poil.

— Il faut qu'on...

À cet instant précis, il fut interrompu par le bruit de la porte en train de s'ouvrir, et j'eus très envie de remercier un dieu auquel je n'étais pas sûre de croire.

— Désolé, Luna, lança Owen. On est prêts pour la rôtissoire... Oh.

Il se figea et nous regarda, ses yeux écarquillés allant de Rip à moi. Ashton le suivait de près.

Je leur souris et fis un pas vers eux.

— Je suis prête, c'est quand vous voulez.

***

Toujours déterminée à garder mes distances avec mon patron, je récupérai mon déjeuner dans la salle de pause avant de me diriger vers les chaises et la table sur le parking de l'atelier pour le troisième jour d'affilée.

C'était une nouvelle chaude journée – même si c'était toujours le cas à Houston –, mais à l'ombre, c'était supportable. Et comme il n'y avait pas trop d'insectes, les conditions étaient aussi bonnes qu'elles pouvaient l'être, ici. De l'air frais. Un peu d'espace.

J'aurais dû venir ici depuis des années.

Ce qui me rappelait…

Je m'emparai de mon téléphone et composai le numéro que j'appelais tous les jours depuis maintenant une semaine.

Cela sonna.

Je remontai les jambes de mon pantalon et les manches de mon tee-shirt jusqu'à mes épaules, le téléphone coincé contre mon oreille, à l'écouter sonner. J'étendis mes jambes pour les exposer au soleil et m'affalai sur la chaise en sortant mon déjeuner de mon sac. J'avais à peine ouvert mon Tupperware contenant mon ragoût – ou plutôt mon désastre culinaire datant maintenant de trois jours – quand la porte menant à l'atelier s'ouvrit et dévoila une silhouette familière, portant un tee-shirt à manches longues qui moulait chaque muscle de son torse et un jean sombre.

Je ne plissai pas les yeux, mais je l'observai un peu trop attentivement.

Que voulait-il, cette fois ? me demandai-je tout en écoutant l'annonce de la messagerie vocale de ma sœur.

— Thea, c'est encore Luna. J'espère que tu vas bien et que tu vas me rappeler, d'accord ? déclarai-je en faisant de mon mieux pour ne pas avoir l'air en colère ou triste avant de raccrocher.

Je récupérai ma fourchette dans mon sac et la plantai dans le mélange de riz et de bœuf haché, m'assurant de ne surtout pas prêter attention à l'homme se dirigeant vers moi. Je réussis à prendre une bouchée de quelque chose qui me semblait un peu trop marron avant qu'il ne me rejoigne.

Je ne prononçai pas un mot et lui non plus tandis qu'il s'asseyait sur une chaise de l'autre côté de la table et l'avançait jusqu'à ce qu'elle soit alignée avec la mienne.

Je l'observai alors qu'il déposait son Tupperware en verre sur la table entre nous et s'asseyait.

Au moment où j'allais lui demander s'il avait besoin de moi pour quelque chose, je me retins. C'était ma pause-déjeuner. Je n'avais pas besoin de faire quoi que ce soit pendant ma pause.

Et lui aussi était en train de prendre son déjeuner.

Donc…

Je ne comprenais simplement pas ce qu'il faisait ici tout à coup.

Je gardai ma curiosité pour moi et pris soin de ne pas le regarder tandis que je mâchais mon plat et posais mon téléphone sur ma cuisse.

Quoi qu'il soit en train de faire ici… cela ne me regardait pas.

Le léger bruit du couvercle de son Tupperware s'ouvrant déchira le silence entre nous, ponctué par les sons occasionnels qu'il faisait en mangeant ou en buvant.

De mon côté, je restai assise, sirotant ma canette de Sprite et avalant mon ragoût tout en faisant des recherches sur les prix des écrans de télévision.

Quand mon heure de pause toucha presque à sa fin, que la base de ma nuque et le bas de mon dos commencèrent à suer sous le coup de la chaleur et que la peau de mes jambes me sembla sèche et tendue à cause du soleil, je me levai.

Aucun d'entre nous ne dit un mot tandis que je m'éloignais.

Chapitre 27

Ma pause-déjeuner le lendemain se déroula exactement de la même façon que celle qui l'avait précédée. En toute honnêteté, je ne savais pas quoi en penser.

Ou si je devais perdre mon temps à y réfléchir.

Je sortis sur le parking, mon déjeuner devant moi et mes vêtements remontés comme je les aimais pour étendre mes jambes au soleil quand la porte s'ouvrit sur l'homme que j'avais vu quelques heures plus tôt quand il était venu dans la pièce dédiée à la peinture et m'avait observée travailler à travers la fenêtre de la cabine. Il portait un tee-shirt de compression gris et un autre jean qui était taché malgré le bleu de travail qu'il enfilait par-dessus.

Son corps entier était recouvert par ses vêtements, comme toujours.

De son cou jusqu'aux os de ses poignets, tout en lui accentuait sa carrure imposante et musclée que j'admirais en douce dès que je le pouvais depuis des années.

Mais cette fois, je n'eus aucun mal à détourner les yeux. Vraiment aucun.

J'avais de nouveau rêvé de mon père la nuit précédente. Le même cauchemar que récemment, duquel je m'étais réveillée pantelante et en sueur. Il ne m'avait fallu que deux heures pour m'en débarrasser. Mais cela me rappela pourquoi il ne m'était pas difficile d'ignorer Rip à cet instant.

Le problème, c'était que je n'avais pas besoin de me servir de mes yeux pour savoir ce qu'il était en train de faire, à savoir, exactement la même chose que la veille.

Il arriva et s'assit à côté de moi, aucun de nous ne prononçant une seule parole. Pas tandis que nous mangions. Pas dans les minutes qui suivirent, alors que j'avais fini mon déjeuner. Pas tandis que je faisais des recherches sur mon téléphone pour consulter les avis sur des canapés soldés.

Quand il fut l'heure de retourner travailler, je jetai à peine un regard à Rip alors que je ramassais mes affaires et que je me dirigeais vers mon atelier, plus d'une demi-heure après qu'il était apparu.

***

Le lendemain se déroula exactement comme tous les autres depuis l'infarctus de M. Cooper.

J'arrivai au travail. Ripley était déjà là. Je fis semblant de ne pas le voir et me dirigeai vers la peinture, puis je l'ignorai de nouveau en montant l'escalier pour aller préparer mon café, et encore une fois en redescendant, ma tasse à la main. Uniquement la mienne. Parce que c'était notre nouveau mode de fonctionnement. Je ne devrais pas faire autant d'efforts pour être sympa avec mon patron alors qu'il ne voulait rien de moi. Ce n'était pas comme si je lui étais redevable de m'employer.

Il ne pouvait pas me licencier sans passer par M. Cooper. Je savais que même s'ils étaient très, très probablement de la même famille, au bout du compte, je m'entendais mieux avec M. Cooper que ne le faisait Rip. J'étais allée le voir la veille, j'avais dîné avec Lydia et lui, et j'étais même restée regarder un film avec eux. Je savais la place que j'occupais dans la vie de M. Cooper.

Mais vers le milieu de la matinée ce jour-là, comme souvent dernièrement, j'eus un visiteur dans la salle de peinture.

Un visiteur d'un mètre quatre-vingt-quinze qui devait peser près de cent dix kilos.

L'homme dont je ne voulais plus dans mon espace personnel.

— Est-ce que je peux faire quelque chose pour vous ? demandai-je, employant les mêmes mots que j'avais utilisés chaque fois qu'il était entré.

Je restai calme, maîtrisée, professionnelle.

Contrairement aux autres fois cependant, mon patron ne se servit pas de l'excuse qu'il voulait vérifier ou consulter quelque chose.

Il se contenta de venir se placer devant moi, les mains sur les hanches.

— Tu as fini ? fit-il entre ses dents.

— Oui. Je viens de terminer le capot. Il est dans la cabine et j'attends encore un peu avant de le sortir pour commencer les ailes. Ashton a déjà accepté de m'aider à le déplacer.

Il garda le regard fixé sur moi.

Je refusai de détourner les yeux.

Puis il poussa un long, long soupir, carra la mâchoire et me demanda :

— Tu sais de quoi je parle. Tu as fini avec ça ?

— Avec quoi ? fis-je de ma voix la plus polie.

Gardant les yeux plongés dans les miens, il étendit les mains autour de lui.

— Avec tout ça.

— Avec quoi ?

Il pinça les lèvres. Si je les avais regardées d'assez près, j'aurais parié que je les aurais vues blanchir, mais je m'abstins. Je m'abstins totalement.

— Avec *ça*, Luna, répliqua-t-il en effectuant le même geste.

En y repensant, j'aurais dû choisir une autre approche. Cependant, c'était le problème quand on repensait à ses actions passées : on ne pouvait pas rembobiner le temps. Malheureusement.

Mais, au moins, je pouvais être fière d'avoir gardé la tête haute, la voix calme, et d'avoir regardé mon patron dans les yeux quand je lui répondis.

— Je vous traite comme vous le vouliez, monsieur Ripley. Avec respect. Parce que c'est grâce à vous que je paie mes factures. Je vous fous la paix. Je ne viens pas vous embêter. Je ne m'impose pas à vous et je ne vous demande pas de faire des choses dont vous n'auriez pas envie. Je ne vois pas ce que vous pourriez vouloir de moi en plus.

Son regard continua à me fixer intensément. Il ne détourna pas les yeux, pas une seconde. Même pas une milliseconde. Il me regardait comme si ses yeux étaient des rayons laser et qu'il voulait me brûler de l'intérieur.

Puis il essaya.

— Tu veux bien arrêter avec ton foutu «monsieur Ripley» ?

Je ne tressaillis pas, ne bougeai pas. Je me contentai de le regarder comme si ses mots ne m'affectaient absolument pas.

— C'est votre nom, pourtant. Monsieur Ripley.

D'accord, peut-être que le «monsieur Ripley» était en trop.

— Tu te fous de moi, n'est-ce pas ? s'écria Rip.

Bon, d'accord, j'avais peut-être un peu abusé. Mais ça ne changeait rien. Ça ne changeait rien à propos de moi ou de notre situation.

— Non, pas du tout, répondis-je calmement. Et je ne comprends pas pourquoi vous vous mettez à crier. Je ne fais rien de mal.

Les yeux de Rip semblèrent *presque* lui sortir de la tête tandis qu'il se penchait en avant.

— Tu parles que tu ne fais rien de mal ! Tu tournes autour du pot et tu agis exprès pour me rendre dingue.

— Je n'essaie pas de vous rendre dingue. Je vous ai assez embêté par le passé, vous vous rappelez ? Donc j'arrête. J'ai arrêté. Je ne fais que ce que vous m'avez demandé de faire.

Mon patron fit un pas en avant.

— Arrête de me parler comme ça.

— Comme à mon patron ? rétorquai-je, sachant que j'étais en train de le pousser à bout, mais ignorant quoi dire d'autre. Comme une employée qui n'a pas menti à la police pour vous quand ils se sont pointés un matin et vous ont demandé où vous étiez ? Quand je vous ai donné un alibi parce que je vous croyais quand vous disiez que vous étiez seul chez vous ? Quand je leur ai dit que j'étais avec vous cette nuit-là et que vous m'avez laissée vous embrasser la joue ?

— Bon sang, Luna ! s'irrita-t-il.

Il utilisait le même ton que mon père. Je pouvais presque entendre ce dernier prononcer exactement les mêmes mots.

Mais j'en avais assez d'entendre ce ton et cette phrase, surtout ensemble. J'en avais vraiment assez. Surtout de la bouche de Rip.

— Je sais que tu n'avais rien fait, Rip. C'est pour ça que quand les policiers sont arrivés, je leur ai dit que tu étais avec moi cette nuit-là. Je n'attendais rien en retour. Ce que j'essaie de te dire, c'est que maintenant, je sais à quoi m'en tenir avec toi. Je n'ai aucun problème avec le fait de mentir pour toi, mais c'est toi qui as commencé avec toute cette histoire de faveur que tu me devais. Et puis tu m'as dit de te foutre la paix, crachai-je.

J'essayais de garder la maîtrise de moi-même et mes distances, mais j'avais conscience de ne pas y arriver.

— Alors c'est ce que je fais. Je voulais être ton amie. J'ai essayé d'être ton amie. Je croyais que tu voulais être le mien aussi. Je voulais que tu m'apprécies et que tu me voies comme plus qu'une amie, Rip. Tu sais, ça m'aurait plu plus que tout.

» Même si je savais que ça ne mènerait à rien, c'était ce que je ressentais. Mais j'aurais accepté de n'être que ton amie, si c'était tout ce que tu étais prêt à me donner. J'essayais de ne plus te voir comme ça. Je pense qu'un jour, j'aurais fini par me débarrasser toute seule de ce stupide faible pour toi. Peut-être le jour où j'aurais trouvé quelqu'un qui me plaisait.

Je pris une grande inspiration.

— J'ai l'habitude d'accorder mon affection à des gens qui ne me la rendent pas, monsieur Ripley. Mais trop de gens que j'aime n'ont pas voulu de moi en retour. Et je refuse de continuer comme ça. Vous voulez vous montrer cruel et me repousser parce que vous êtes triste ou je ne sais quoi au sujet de M. Cooper ? Je comprends. Je ne sais même pas combien votre relation avec lui est compliquée. Je comprends que vous soyez furieux qu'il ait épousé quelqu'un d'autre aussi rapidement après votre mère. Je comprends. Mais je n'ai rien fait qui mérite que vous me rejetiez comme une vieille chaussette. J'ai voulu être présente pour vous, mais même après que vous m'avez prévenue que vous ne vouliez pas me blesser, vous l'avez fait quand même.

» Maintenant, j'en ai assez. Je sais écouter. Je suis capable de savoir quand je suis en train de perdre mon temps, et je ne compte pas continuer comme ça. Je ne veux pas continuer à donner sans cesse de moi-même à quelqu'un qui ne veut pas de ce que j'ai à partager. Mes parents m'ont traitée comme ça, mes sœurs m'ont traitée comme ça, tous les gens me traitent comme ça quand je les laisse faire, et vous serez la dernière personne à me faire me sentir comme une foutue emmerdeuse.

» Je ne fais que ce que vous m'avez dit. Je fais ce que vous m'avez demandé et ça me convient très bien. Vous n'avez pas à vous sentir coupable. Vous me rendez service, au fond. Vous ne faites qu'accélérer ce qui aurait fini par arriver de toute façon.

» Je ne vais pas démissionner. Je ne vais pas me mettre à mal faire mon travail ou à décider que je n'ai pas besoin de faire des heures supplémentaires si je n'ai pas fini mon boulot, alors vous n'avez pas besoin de vous inquiéter que ça affecte mon travail, d'accord ? Je vais m'occuper de mes affaires comme j'aurais dû le faire depuis le début, monsieur Ripley, au lieu de dépenser mon temps et mon énergie pour quelque chose qui n'arrivera jamais.

Je terminai ma tirade d'un ton sec. Je relâchai un grand souffle et mes épaules se détendirent enfin. Je ne pris conscience de leur crispation et de la raideur de mon cou qu'à cet instant.

Bon sang, j'étais tellement *en colère*.

J'étais *blessée*. Mais surtout, j'étais furieuse et lasse. Une partie de moi voulait pleurer, mais je m'y refusai. Pas pour quelqu'un qui éprouvait juste de la culpabilité mal placée. Pas pour quelqu'un qui voulait que je lui foute la paix. Pas pour quelqu'un qui ne voulait pas de moi et n'en voudrait jamais.

Nous ne souhaitions pas les mêmes choses, mais j'avais été trop obstinée et désespérée pour m'en rendre compte.

Je gardai le regard fixé sur lui tout le temps que dura ma tirade. Je vis ses poings se serrer. Vis les tendons de son cou se faire plus prononcés.

Mais je ne vis pas son regard changer.

En réalité, cela n'aurait probablement eu aucune importance.

Je m'en voulais d'avoir été aussi sèche avec lui. Ce n'était pas totalement sa faute si j'en étais arrivée à ce point dans ma vie, si ? Il n'avait été que la goutte d'eau de plus dans un vase déjà trop plein. Et rien de tout ça n'avait pour but de le forcer à ressentir quelque chose dont il n'était pas capable.

— Écoutez, ajoutai-je en ignorant à quel point ma voix sonnait creuse et fatiguée. J'aurais dû vous traiter comme mon patron depuis le début. Je ne l'ai pas fait, mais cela va changer à partir de maintenant. Je suis désolée d'avoir donné l'impression que vous m'avez brisé le cœur. Parfois, j'oublie qu'il a été brisé bien longtemps avant que je ne vous rencontre. Je suis désolée de vous avoir donné l'impression de vous obliger à me tenir compagnie et à être gentil avec moi. Je suis désolée de vous avoir forcé à me faire toutes ces faveurs.

Je croisai son regard et ignorai son expression étrange. Ignorai la façon dont ses yeux étaient plissés.

— J'ai assez de problèmes en ce moment sans en ajouter d'autres. Je veux juste… prétendre que rien de tout ça n'est arrivé. Je veux que les choses reviennent à ce qu'elles auraient dû être depuis le début.

Depuis l'instant où nous nous étions rencontrés.

Rip cligna des yeux. Il déglutit si violemment que le col de son tee-shirt révéla davantage son tatouage de crâne que d'habitude.

Je réussis à reculer d'un pas avant qu'il ne prononce mon nom.

Je le regardai.

Il releva le menton et ses yeux sarcelle plongèrent dans les miens. Puis il prononça la dernière chose à laquelle je me serais attendue de sa part.

— Je ne voulais pas te blesser, princesse.

Bien sûr.

— Je te jure, insista-t-il comme s'il pouvait lire dans mes pensées, continuant de me fixer de son regard si intense.

Bien sûr.

Ben voyons.

J'en avais assez. Je voulais revenir à l'époque où les choses étaient moins compliquées. Je voulais juste être heureuse de nouveau.

— Pourtant, c'est bien ce que vous avez fait, monsieur Ripley, et ce n'est pas grave, déclarai-je avant de passer la langue sur mes dents et de reculer d'un pas. Je dois me remettre au travail pour lequel vous me payez. Si vous avez besoin de quoi que ce soit d'autre, dites-le-moi. Je suis disponible pour ça.

***

— Oh, ma puce, roucoula Lydia tout en me faisant signe d'entrer dans la maison dans laquelle j'avais vécu avec eux pendant des années.

Je la pris dans mes bras, fis quelques pas à l'intérieur et attendis qu'elle referme la porte derrière moi.

Je n'avais pas besoin de regarder autour de moi pour connaître l'agencement exact de la maison. Il n'avait pas beaucoup changé depuis que j'avais déménagé. Lydia adorait le mobilier ancien et la plupart des meubles étaient sombres, en bois de cerisier. D'après ce qu'elle m'avait dit, elle en avait hérité la majorité de sa famille, mais elle en avait acquis elle-même une partie. J'étais allée acheter certains meubles avec elle pendant mes week-ends.

Je me rappelai à quel point j'avais été nerveuse les premiers mois où j'avais vécu ici. J'avais continuellement peur de renverser un objet qui était dans sa famille depuis des générations. Je faisais tous les efforts possibles pour ne rien toucher. La seule chose de valeur dans la maison de mes parents avait été la télévision. Or, à moins d'être seule à la maison ou très, très silencieuse, je ne l'avais pas beaucoup regardée.

Pour être totalement honnête avec moi-même, même maintenant, j'avais peur de casser quelque chose chez les Cooper.

— Comment allez-vous ? demandai-je tout en enlevant mes chaussures.

Elle soupira.

— Ça va. Je suis stressée. Inquiète. Optimiste, répondit-elle en m'adressant un sourire épuisé. Et toi ?

Je haussai les épaules et rejetai toute pensée à propos de Ripley et de son comportement de la journée.

— Ça va. J'ai beaucoup de boulot, expliquai-je en laissant mes épaules retomber et en lui rendant son sourire. Voulez-vous de l'aide pour quoi que ce soit ?

Elle secoua la tête, puis changea d'avis.

— Puisque tu proposes, ça te dérangerait de rester assez longtemps pour que je passe à la pharmacie récupérer ses médicaments ? Je comptais y aller une fois qu'Allen dormirait, mais si je peux éviter de conduire de nuit… Mes yeux ne sont plus ce qu'ils étaient…

— Vous savez que ça ne me dérange pas. Je comptais rester, de toute manière, ajoutai-je avec un signe de tête vers la porte.

Lydia me fit un sourire qui me poussa à me demander quel genre de personne était la première femme de M. Cooper pour être l'amour de sa vie au lieu de celle qui se trouvait devant moi.

Mais je me montrais injuste. Ils avaient toujours été heureux, aimants et chaleureux, et M. Cooper n'avait eu de cesse de la traiter comme une reine.

— Je ne serai pas longue, promit-elle en tendant la main vers les clés qu'elle laissait dans le bol près de la porte.

— Prenez votre temps, déclarai-je en attendant qu'elle récupère son sac également.

Elle partit peu après. Je déposai mon sac là où elle laissait le sien et me dirigeai vers le salon au bout du couloir. J'avais passé d'innombrables nuits allongée sur le canapé à côté du fauteuil dans lequel était installé M. Cooper. Le dossier était incliné en arrière et le repose-pieds était déplié. Il avait l'air en forme et confortablement installé…

— Mister C., appelai-je à voix basse quand je pris conscience que je ne pouvais pas voir son visage pour vérifier s'il dormait.

Ce n'était pas le cas.

— Petite lune ?

Il me fit un signe de la main pour que je m'approche.

— Viens t'asseoir, sauf si tu veux boire quelque chose.

Je pris place sur le canapé.

— Ça va, mais vous, vous voulez quelque chose ?

— Non merci, j'ai de l'eau ici, répondit-il en indiquant une bouteille sur la table entre le canapé et le fauteuil. Lydia va finir par me noyer à force de me faire boire.

Je ne pus m'empêcher de lui sourire et tendis le bras pour saisir sa main.

— Je vous avais bien dit que vous deviez boire plus.

Il me pressa la main.

— Ça a quand même un goût de terre.

— Vous savez ce qui aura un goût de terre aussi ?

M. Cooper grimaça.

— La nourriture sans sel, poursuivis-je en haussant les sourcils et en retirant ma main. L'absence de bacon.

Il grogna.

— Ne m'en parle pas. Ils m'ont dit d'arrêter la caféine aussi, soupira-t-il. Je suppose que tu avais raison de mélanger du déca au café ces dernières années au bureau.

J'en aurais lâché sa main à cet instant si je l'avais encore tenue.

— Vous étiez au courant ?

— *Oui*, répondit-il avec un petit rire. Petite cachottière. Tu me rappelles tellement quelqu'un que je connaissais.

— Quelqu'un de bien ?

— Plus que ça, même, fit-il à voix basse.

Il tourna la tête vers moi et je pris conscience à cet instant à quel point son regard était semblable à celui de Ripley.

— Luna… Je suis désolé, ma puce. Il faut que je te le dise, ça me ronge de l'intérieur.

Ce fut à mon tour de déglutir.

— Vous n'avez aucune raison d'être désolé.

Et c'était la vérité.

Il secoua la tête, et son visage, qui semblait avoir vieilli de dix ans après son infarctus, accusa chacune de ces années supplémentaires.

— Si j'en ai. Vraiment, j'en ai.

Il savait que je savais, ou du moins que je me *doutais,* qu'il m'avait caché quelque chose.

— Je comprends que parfois les choses sont compliquées, Mister C. Je suis sûre que vous aviez de bonnes raisons, déclarai-je aussi doucement que je le pouvais.

J'avais fait tout mon possible pour ne pas penser à Rip et lui. Vraiment.

Je vis sa main monter vers son visage avant de remarquer la manière dont les larmes perlaient à ses yeux, les rendant si brillants.

— Aucune de mes raisons ne me semble bonne quand j'y repense, admit-il en serrant le poing. J'ai beaucoup merdé au cours des années, petite lune, et je n'ai aucune bonne excuse pour justifier ça.

— Nous merdons tous à un moment ou un autre, tentai-je de le rassurer.

C'était la vérité.

— Il semble que je le fasse plus que n'importe qui d'autre.

— Ce n'est pas vrai. Je suis toujours vivante.

Il eut un petit rire tremblant. Son visage était toujours partiellement caché par son poing. Il secoua la tête et renifla.

— Oh, Luna, je suis vraiment désolé de ne jamais t'avoir dit la vérité. J'y ai pensé des centaines de fois. Peut-être des milliers. À chaque fois que tu m'apportais mon café. À chaque fois que tu essayais d'interrompre mes disputes avec Ripley… Je me disais : *Je devrais lui dire.* Et j'avais trop honte pour le faire, poursuivit-il dans un souffle. Je ne voulais pas décevoir une personne de plus, surtout pas toi. Je sais que c'est égoïste, mais je n'aurais pas pu supporter de te décevoir.

J'avais été déçue qu'il n'ait pas été honnête avec moi.

J'avais été déçue de penser qu'il ne tenait pas assez à moi ou n'accordait pas assez d'importance à notre relation pour me dire qu'il avait un fils.

Un fils avec qui je travaillais.

J'avais été un peu blessée qu'il ait fait des recherches sur moi, mais, en y réfléchissant, je comprenais. J'étais une fille de dix-sept ans qui était apparue comme par magie.

Mais je n'étais pas la seule concernée et j'étais mal placée pour critiquer le fait de garder certaines choses secrètes afin de ne pas décevoir les autres. Je voulais qu'il me parle de lui et de ce qui se passait dans sa tête. De ce qui s'était passé dans son cœur avant que nous ne nous rencontrions.

Je ne voulais pas mentir et lui dire que je n'étais pas déçue qu'il ait gardé secret quelque chose d'aussi important, aussi répondis-je ce que je pouvais. Je lui révélai mes propres vérités, celles que je lui avais cachées.

— Je ne vous ai jamais dit que mon père était un dealer, que mon oncle fabriquait la drogue lui-même et que mes cousins la vendaient, ou que je suis partie le jour où mon père m'a menacée d'une arme et m'a dit qu'il regrettait le jour de ma naissance.

J'essayai de sourire puis renonçai parce que… parce que je n'en avais pas la force.

— Je ne vous ai jamais dit que j'ai un grand frère qui est parti du jour au lendemain. Je ne voulais pas que vous sachiez d'où je venais pour que vous ne vous attendiez pas au pire de ma part comme toutes les autres personnes dans ma vie. Je suis désolée de vous avoir forcé à découvrir la vérité d'une autre façon, Mister C. J'aurais dû vous la dire, mais j'en avais trop honte.

Il prit une inspiration hachée et secoua la tête. Les larmes perlèrent à ses yeux et une goutte finit par rouler le long de sa joue ridée. Je ne fus pas surprise quand il tendit le bras pour prendre ma main dans la sienne, la voix un peu tremblante tandis qu'il me disait :

— Tu es la meilleure personne que j'aie jamais rencontrée, Luna Allen. Je n'aurais jamais pu penser ça. Jamais. Même si ton père avait été le diable en personne, ça n'aurait rien changé.

Ce fut à mon tour de renifler et de retenir mon souffle.

— J'espère que vous pourrez me pardonner de ne pas avoir été honnête avec vous toutes ces années, puisqu'on parle de garder des secrets, commençai-je avant de m'essuyer la joue. J'ai fait beaucoup d'erreurs, Mister C. Nous faisons tous des choses que nous ne pouvons ou ne voulons pas expliquer. Il y a aussi tout un tas de petites choses dont je ne vous ai pas parlé récemment.

M. Cooper déglutit et hocha la tête.

Je me dis qu'il était temps de demander au moins une chose avant que je ne perde mon courage.

— Est-ce que Rip est vraiment votre fils ?

Il acquiesça, et j'eus comme l'impression que… ma poitrine avait été libérée d'un poids, mais seulement pour le déplacer sur mes épaules.

J'avais beau comprendre qu'ils avaient tous les deux eu de bonnes raisons de garder ça pour eux, j'avais du mal à l'accepter. Juste un peu.

— Comme tu le vois, nous ne sommes pas vraiment en très bons termes, souffla M. Cooper en essayant de faire passer ça pour une plaisanterie sans vraiment y réussir.

— Non pas que ça aide, mais je ne suis pas en super bons termes avec mes parents non plus, répondis-je. Je ne suis pas non plus en très bons termes avec Thea et Kyra en ce moment, si ça peut vous rassurer. Mais je n'ai pas trop envie d'en parler pour l'instant, si ça ne vous dérange pas.

Il rit, de nouveau un rire tremblant qui n'avait rien de gai.

— Mais je parie que tes sœurs ne te haïssent pas.

Il pensait que Rip le haïssait. Mais que pouvais-je faire ? Nier ?

Au lieu de ça, je ne pus répondre qu'une seule chose :

— Je suis désolée, Mister C.

— Ne sois pas désolée pour moi, fit-il rapidement. Je le mérite.

Bon sang.

— Est-ce que sa mère était votre première femme ?

Il hocha la tête et se passa la main sur le visage.

— J'ai fait tellement d'erreurs avec lui… Rien de ce que je fais ne pourra jamais être assez.

Il marqua une pause avant d'émettre un bruit étranglé qui me brisa le cœur encore plus.

— Je ne peux pas ramener sa mère à la vie, mais si je pouvais échanger ma vie pour la sienne, je le ferais. Je le ferais instantanément, ajouta-t-il d'une voix si ravagée qu'elle me brisa le cœur de nouveau.

Je savais ce que c'était que de vivre avec des regrets et, d'après le ton de sa voix, ce n'était pas juste un regret. C'était tellement plus que ça.

C'était un membre amputé qu'aucune prothèse au monde ne pouvait remplacer.

Et le pauvre homme continuait de parler de cette voix éraillée et douloureuse.

— Je ne l'ai pas vu pendant vingt ans. Je n'aurais même pas su qu'il était vivant si je n'avais pas payé un détective privé tous les ans pour le retrouver.

Je ne pus m'empêcher de me tendre. J'étais mal placée pour parler, mais *vingt ans* ? C'était toute une vie.

D'accord, je ne pouvais rien dire parce que j'étais partie de chez moi depuis presque dix ans. La différence étant que ma famille se souciait de moi comme d'une guigne. Que je sois vivante, morte, que j'aie un endroit où dormir et quelque chose à manger… Aucune des personnes que j'avais laissées derrière moi ne s'en souciait.

L'expression douloureuse sur le visage de M. Cooper quand il regardait Rip prenait soudain tout son sens.

— Quand tu es arrivée au garage, toutes les personnes qui avaient connu Ripley quand il était enfant avaient démissionné ou étaient parties, donc j'avais arrêté de parler de lui au boulot, puisqu'il n'y avait plus personne pour demander de ses nouvelles. Les années… ont passé, les unes après les autres, et, en fin de compte, je n'avais parlé de lui à aucun d'entre vous avant qu'il n'arrive, expliqua-t-il.

Je déglutis, touchée par le tremblement dans sa voix tandis qu'il me racontait son histoire.

— Il est sorti de nulle part un jour, Luna, et a dit qu'il voulait acheter des parts du garage… Je ne voulais pas mentir, mais ne pas parler de lui pendant si longtemps… Ça a eu comme un effet boule de neige, au point que si je vous révélais enfin la vérité à tous, ça ne paraîtrait plus si innocent.

— Je comprends, lui dis-je doucement.

Et c'était vrai. Je comprenais.

Il poussa un soupir triste.

— Je ne sais pas comment me sortir de cette histoire.

— Je n'ai rien dit à personne, déclarai-je. Et je ne le ferai pas. Jamais. C'est votre histoire à tous les deux, celle de personne d'autre. Il n'y a pas de raison pour que qui que ce soit d'autre l'apprenne.

Il fit un bruit étranglé, passant les mains sur son visage tandis que des larmes coulaient entre ses doigts.

— Il ne veut pas que quiconque sache que je suis son père. Cela fait des décennies que c'est comme ça et ce n'est pas près de changer. Je pourrais mourir demain que cela ne lui ferait ni chaud ni froid.

Il hoquetait sous le coup d'une dizaine d'émotions que je ne pourrais jamais comprendre.

— Ça me ferait quelque chose à moi, répondis-je. Je sais que je ne peux pas le remplacer, et je n'essaierais jamais, mais vous êtes le seul modèle paternel que j'aie jamais eu. Et je serais très touchée si vous mouriez. Vous me manqueriez pour le reste de ma vie.

La main qu'il avait sur le visage bougea révélant son œil brillant et cerclé de rouge. Je continuai donc.

— Et je pense que Rip serait très touché aussi. J'étais là pendant que nous attendions l'ambulance, puis plus tard, alors que nous espérions des réponses sur votre état de santé. Il était inquiet, Mister C. Je ne sais pas si ça voudra un jour dire quoi que ce soit, mais s'il vous haïssait vraiment, il ne serait pas resté assis là des heures à attendre des nouvelles de votre médecin.

— Il voulait probablement s'assurer que j'étais bien mort.

— Ou alors, vous avez une relation compliquée que personne ne peut comprendre, soupirai-je. Mister C., je peux vous dire que si mon père avait une crise cardiaque, je n'attendrais pas à l'hôpital pour savoir comme il va. Je n'irais pas le voir tout court. Et quand viendra le jour où il mourra, je n'assisterai pas à son enterrement. On pourrait m'offrir un million de dollars que ça ne suffirait pas. Rip n'est peut-être pas votre plus grand fan, il ne sait peut-être pas comment vous pardonner pour ce qu'il vous reproche, mais ça pourrait être pire entre vous. Si vous étiez en si mauvais termes, il ne serait pas revenu, et il ne pourrait pas vous avoir en face de lui tous les jours.

Mon patron déglutit et hocha la tête. Son torse se gonfla et retomba. Il renifla et fit un autre bruit étranglé qui me serra le cœur.

Je ne savais pas ce qu'il s'était passé avec sa femme. Ni avec Rip. Ni *entre eux*.

Mais je tenais à M. Cooper, et j'avais beau me dire que je ne tenais plus à Rip de la même façon à présent, une partie de moi le faisait et le ferait toujours.

Je voulais le meilleur pour eux deux.

J'étais juste la mauvaise personne pour parler de relations familiales, pour être honnête.

Il renifla et mon cœur se serra un peu plus.

— Tu es très douée pour réussir à remonter un peu le moral à un vieil homme qui se sent comme le pire des salauds, petite lune.

— Vous ne pourriez jamais être le pire des salauds. Et je sais comment vous dire la vérité la plupart du temps. En ce qui concerne Rip, je n'ai pas besoin de mentir. J'ai vu son expression. Et si ça peut vous rassurer, ajoutai-je en baissant la voix, il ne m'aime pas beaucoup non plus.

Il s'essuya le visage du bras.

— J'en doute beaucoup, ma puce.

Mon expression dut me trahir, car il continua à parler.

— Vraiment, Luna. Je ne connais pas Rip…

Il s'interrompit et prit une inspiration.

— Je ne connais pas mon fils aussi bien que je le devrais, mais je sais que tu es la dernière personne qu'il n'apprécierait pas.

Eh bien.

— Peut-on tomber d'accord sur le fait que nous ne sommes pas d'accord ? demandai-je avant de me lever. Je vais chercher un verre d'eau. Avez-vous besoin de quelque chose dans la cuisine ?

Il laissa retomber son autre bras et me dévoila son visage rose et gonflé, bouleversé, tandis qu'il m'adressait un petit sourire.

— Un paquet de chips ?

— Que diriez-vous de fruits, plutôt ?

M. Cooper poussa un gémissement tandis que je contournais le canapé pour aller dans la cuisine adjacente au salon.

Au moment où je me retournai, je faillis me mordre la langue.

Debout dans le couloir qui menait de l'entrée au salon, il y avait quelqu'un.

Immobile. Silencieux. Juste… *là*.

Et ce quelqu'un était Rip, qui était quasiment aussi large que le couloir.

Rip qui nous observait, les paupières lourdes et la mâchoire encore plus contractée que d'habitude.

— Luna, qu…

M. Cooper s'interrompit en tournant la tête vers la porte.

— Rip.

Rip jeta un regard à son… père… un instant. Sa voix était rauque quand il posa la dernière question à laquelle je me serais attendue.

— Ça va ?

— Oui, acquiesça M. Cooper sans hésiter.

Oui ? C'était tout ? Pourtant, je ne devrais pas m'attendre à ce qu'il réponde que, non, ça n'allait pas, parce qu'il était en train de parler du fait que son propre fils le haïssait.

— Tu as des nouvelles du médecin ? demanda Rip.

Je me mordis l'intérieur de la joue et me dirigeai vers la cuisine. J'écoutai les murmures de Rip et de M. Cooper tout en sortant un verre du placard et en le remplissant d'eau à la fontaine du frigo.

— Je ne veux pas que tu meures, déclara Rip d'une voix si basse que je l'entendis à peine.

Le silence en retour voulait tout dire, pensai-je. Je tressaillis.

— Les choses ne seront plus jamais les mêmes, mais je ne te hais pas non plus, continua-t-il d'une voix bourrue. Je ne te supporte pas, mais je ne te hais pas. Compris ?

Il y eut un reniflement, puis j'entendis «Compris» en retour.

Bon. D'accord. Très bien.

Les voix des deux hommes se turent juste au moment où je sortais un sac de raisin du frigo.

Le temps que je finisse de rincer les fruits et de les mettre dans un bol, les deux hommes n'avaient toujours pas repris la parole. Je me disais que ce n'était pas grave. Je jetai un coup d'œil par-dessus le comptoir qui menait au salon et vis M. Cooper qui n'avait pas bougé. Rip avait disparu.

— Voilà votre raisin, fis-je en passant le bol à M. Cooper.

Il fronça le nez en le prenant.

— Merci ?

Je ne pus m'empêcher de lui sourire.

— Avez-vous des médicaments à prendre, Mister C. ?

— Non, madame, répondit-il, pince-sans-rire.

Au moment où j'ouvris la bouche pour répondre, une autre voix me parvint.

— Est-ce que je peux te parler deux minutes dehors, princesse ?

Je restai figée et ne tournai que mes yeux vers l'homme qui était réapparu. Je gardai un visage impassible et avenant.

— Je suis censée rester avec M. Cooper jusqu'à ce que Lydia revienne.

C'était la vérité et c'était crédible, non ?

— Je peux rester seul une minute, lança M. Cooper, à peine avais-je fini ma phrase.

Je fermai la bouche.

Le temps que je me retourne vers Rip, il avait la main tendue.

Vers moi.

Et il s'était approché pour que je sois assez proche pour le toucher.

Assez proche pour lui prendre la main.

Il essayait juste de se rattraper après avoir été aussi cruel avec moi quelques semaines plus tôt. Peut-être en avait-il assez de devoir préparer son propre café. Peut-être avait-il entendu ce que j'avais dit à M. Cooper. N'avais-je pas déjà appris qu'il pouvait éprouver de la culpabilité ?

— Viens avec moi, lança-t-il de sa voix basse et douce, les doigts toujours tendus vers moi.

Ma poitrine se serra douloureusement, mais je me levai malgré tout. Et je pris sa main. Peut-être que je ne l'aurais pas fait si je ne venais pas d'apprendre que Rip avait des problèmes avec M. Cooper parce que sa mère adorée était morte et que ce dernier s'était remarié si peu de temps après son décès. Je ne le saurais jamais.

En revanche, je savais d'expérience ce que c'était de prendre un risque sans que personne soit là pour vous rattraper. Ou au moins interrompre votre chute. C'était pour cette raison que je lui pris la main.

Qui sait quand il avait tendu la main à qui que ce soit pour la dernière fois ?

Il me tira gentiment derrière lui et me mena vers la porte d'entrée, la refermant derrière nous dès que nous fûmes dehors. Je le regardai faire un pas en avant. Il passa sa main libre sur le sommet de son crâne et sa nuque. Il n'avait toujours pas lâché ma main.

Les criquets sifflaient dans l'herbe de la pelouse de M. Cooper. Je n'avais pas besoin de regarder autour de moi pour savoir que nous étions au milieu de buissons et de fleurs. Je n'avais pas besoin de lever les yeux pour savoir que Lucas Ripley avait le regard fixé sur moi. J'essayai de retirer ma main de la sienne, mais il resserra sa prise au lieu de la relâcher.

Je ne fus donc pas surprise qu'il prenne la parole sans hésiter d'une voix forte et assurée.

— Ne sois plus en colère contre moi.

Je me mordis l'intérieur de la joue et me forçai à lever les yeux vers ce visage que je connaissais par cœur. Il avait les cheveux bruns parcourus de mèches grises, des yeux profondément enfoncés, des pommettes larges et plates, et une mâchoire qui aurait pu être une œuvre d'art si quelqu'un avait été capable de la recréer. Ses yeux étaient ancrés dans les miens, résolus et déterminés.

« Fous-moi la paix », avait-il dit.

— Je ne pensais pas toutes les conneries que je t'ai dites, et tu le sais, déclara-t-il en tirant sur ma main.

Je pris une profonde inspiration et gardai une voix impassible.

— Monsieur Ripley…

Il ne me laissa pas continuer avant de m'interrompre d'un ton sec.

— Arrête avec ça.

— Avec quoi ?

Il déglutit et inclina son menton vers moi.

— Tu sais quoi, Luna.

Je continuai à le regarder, l'air impassible.

— Ces conneries à m'appeler « monsieur Ripley », finit-il par grommeler.

— Mais c'est votre nom.

Il fit un bruit de gorge.

— Vous êtes mon patron, lui rappelai-je.

Ses doigts autour des miens se serrèrent.

— Je suis plus que ton patron.

De nouveau, j'essayai de retirer ma main.

— Non, Rip. C'est ce que tu es, et il s'avère juste que je l'ai oublié pendant un moment.

Il jura. Rip jura et resserra encore sa prise.

— Non, princesse, il n'y avait rien à oublier.

« *Fous-moi la paix.* »

Je m'accrochai à ces mots des deux mains et refusai de lâcher prise. Il était mon patron. Aujourd'hui, demain, et encore le jour après ça. Il ne voulait pas de ce que j'avais à offrir, et je n'allais pas me montrer assez naïve pour croire que les gens changeaient.

Rip s'était égaré pendant un moment avant de décider que c'était ce qu'il voulait.

Et ce qu'il voulait, ce n'était ni moi, ni mon amitié, ni mes problèmes.

Il se sentait coupable, voilà tout.

Je levai le menton et me rappelai que j'avais vécu pire, vécu des choses qui m'avaient plus blessée que quelques mots prononcés sous le coup de la colère. Et je lui dis ce qui, je le savais, le rassurerait.

— Je vous ai déjà dit que je ne démissionnerai pas, si c'est ce qui vous inquiète, monsieur Ripley, déclarai-je avant de déglutir et de serrer le poing, gardant une voix calme. Je reçois des offres de temps en temps d'autres sociétés, mais je n'y réfléchis même pas. J'adore travailler à *CCC*, même si vous ne m'appréciez pas…

Il se redressa et cligna des yeux. Sa main serra la mienne.

— Moi, ne pas t'apprécier ? fit-il d'une voix rauque.

Sois forte. Tu es capable de surmonter n'importe quoi, Luna.

Je hochai la tête.

— Appelez ça comme vous voulez. Ça ne me dérange pas, monsieur Ripley. Vous n'êtes pas la première personne à ne pas m'apprécier ou à ne pas vouloir de moi. Ce n'est pas grave.

Il relâcha ma main si rapidement que je n'eus pas le temps de réagir avant qu'il ne réduise tout l'espace entre nous jusqu'à ce qu'il n'y en ait plus du tout.

Il prit ma nuque en coupe. Avant que je ne puisse finir ma phrase, avant que je ne puisse même prendre une inspiration, Lucas Ripley pencha la tête vers moi.

— Il n'y a pas une seule parcelle de toi que je *n'apprécie pas*, Luna.

Ma bouche se ferma et mes yeux s'écarquillèrent.

— Tu me rends dingue…

— Ce n'est pas vraiment positif, rétorquai-je avant de pouvoir m'en empêcher.

Il haussa les sourcils.

— Laisse-moi finir, d'accord ?

Je fermai la bouche.

— Mais tu me manques carrément. Ta façon de me provoquer tout le temps me manque, ta façon de te moquer de moi, de toujours rire et sourire, et même ta façon de me faire chier me manque.

Son auriculaire caressait la base de mon cou tandis que je restais plantée là.

— J'ai dit une chose cruelle à la seule personne dans ce foutu monde qui…

Il s'arrêta, et si je ne l'avais pas vu déglutir, je n'aurais pas pris conscience qu'il cherchait ses mots. Qu'il cherchait à me dire quelque chose. Je ne comprenais plus rien.

— Toi. Je ne pourrais jamais avoir envie de te faire du mal, souffla-t-il, me transperçant de son regard. Pour rien au monde. Je suis désolé de ne pas t'avoir dit que j'étais au courant pour ta famille, mais je ne voulais pas non plus que tu saches comment ou pourquoi je le savais. Tu comprends ?

Juste au moment où j'ouvrais la bouche, sa main fit le tour de ma tête et son pouce atterrit sur mes lèvres, me réduisant au silence.

— Je jure devant Dieu que si tu dis quoi que ce soit à propos du travail ou du fait que tu ne vas pas démissionner, je te fermerai la bouche moi-même d'une autre manière, lança Rip.

Je pinçai les lèvres aussitôt.

Mon cœur se mit à battre la chamade. *Badam, badam, badam, mais qu'est-ce qu'il se passe* ?

— Quoi ? fut tout ce que je pus croasser.

— Je me fiche complètement du nombre de boîtes qui te proposent un job ou à quel point tu es heureuse au travail. Cooper et moi, on ne te laissera jamais aller ailleurs, déclara-t-il en me fixant d'un regard intense.

— Je viens de dire que je ne veux aller nulle part… marmonnai-je.

Je faisais tout mon possible pour ignorer à quel point mon cœur battait vite à cause de son regard.

À cause de ce qu'il me disait.

Un muscle de sa joue tressauta et sa voix se fit encore plus basse.

— Tant mieux.

Son petit doigt, sur ma nuque, se mit à me caresser la peau, l'effleurant à peine.

— Je ne veux pas que tu me laisses seul. J'étais en colère et tu étais là, et je n'aurais pas dû me défouler sur toi. Je ne veux pas te faire de mal. Tu m'entends ?

Oui et non.

J'avais été là, et comme toujours, j'étais une cible facile. Rien de nouveau sous le soleil.

Mais je savais que les mots contenaient toujours un embryon de vérité.

Je savais aussi que j'avais eu raison de penser que j'avais perdu mon temps à rêvasser de cet homme qui ne serait jamais plus que mon patron. Il regrettait et c'était agréable à entendre, mais c'était tout. C'était moi qui lui avais donné les armes dont il s'était servi pour me blesser.

Et j'en avais vraiment assez d'être blessée, mais ça, c'était mon problème. Je voulais juste que nous oubliions tout ça.

Une haleine douce et chaude caressa mon visage quand Rip se pencha encore plus vers moi. Il était si proche que je devais retenir mon souffle.

— Tu me pardonnes pour avoir merdé ?

Est-ce que je lui pardonnais ?

Je n'eus besoin d'y réfléchir qu'une seconde avant d'avoir ma réponse.

— D'accord.

— Tu es sûre ?

Je hochai la tête et il cligna des yeux lentement, prudemment.

— Tout va bien entre nous ?

J'acquiesçai de nouveau.

Il m'observa attentivement. Je pouvais toujours sentir son souffle contre mon visage, sa paume entière derrière ma tête, son doigt contre ma nuque.

— Tu vas arrêter de m'appeler monsieur Ripley ?

Je ne répondis pas à ça. J'avais beau lui pardonner – Rip était tout en nuances de noir, de gris et de blanc, tout comme sa relation avec M. Cooper –, ça ne changeait pas ma propre réalité. Ma propre vérité.

Et puis, je ne voulais pas mentir.

Je n'étais pas sûre d'arrêter de l'appeler monsieur Ripley. Ça m'aidait. C'était un rappel de la leçon qui m'avait tant coûté.

Son visage s'assombrit. Ses yeux s'étrécirent et il étudia mon expression comme s'il devinait, comme s'il *savait* à quoi je pensais.

— Ce n'est pas que je ne t'apprécie pas. Bien au contraire. Combien de fois vais-je devoir te le dire pour que ça te rentre dans la tête ?

Ma poitrine se serra tandis que je regardais son si beau visage.

Mais je me souvenais.

Je m'en souviendrais pendant très, très longtemps.

— Je te pardonne, Rip. Vraiment. Je ne peux pas imaginer combien tu étais stressé, et j'apprécie le fait que tu t'en veuilles pour ce que tu as dit. Tu ne pouvais pas savoir que je me fichais totalement que tu sois au courant de ce que j'avais fait avant que je te le dise moi-même. Mais je n'aurais jamais cru que tu me dirais de te foutre la paix. Que tu me repousserais. Et c'est ça qui m'a blessée. Parce que toute mon enfance, on m'a répété de foutre la paix aux gens. Je veux que tu sois heureux, et je veux être heureuse aussi. Et ces temps-ci, rien de tout cela ne me rend heureuse. Ça ne fait que m'attrister. Donc je pense qu'on ferait mieux de laisser les choses telles qu'elles auraient toujours dû être. Tu es mon patron, tu me paies pour peindre tes voitures, et c'est tout.

Chapitre 28

Le lendemain matin, je lâchai mes sacs – avec mon déjeuner, mon téléphone et toutes les affaires que j'apportais chaque jour – sur le sol, près de la porte.

Car, sur mon bureau, à sept heures du matin, m'attendait une rose orange vif, entourée d'un ruban blanc, baignant dans un petit bocal en verre.

Comme… posée là.

Attendant.

M'attendant, *moi* ?

Il n'y avait qu'une seule personne dans le bâtiment qui aurait pu la mettre là.

Je n'avais pas le moindre doute.

Après m'avoir apporté des donuts, il était passé à la vitesse supérieure en m'offrant… une fleur. Une fleur qui me serra la poitrine alors même que je savais exactement pourquoi il avait fait ça.

À cause de sa culpabilité.

La première fleur que je recevais de toute ma vie m'était offerte par culpabilité.

Je lâchai un profond soupir.

Je lui avais dit – ne lui avais-je pas dit ? – que je voulais que notre relation redevienne ce qu'elle avait été au début.

Je le lui avais dit. Et voilà qu'il compliquait tout et me faisait croire à des choses que je devrais oublier avant de trop y réfléchir. Et voilà qu'il se mêlait de mes émotions. Essayait de m'amener vers des idées dont je ne voulais que me défaire.

J'aurais dû laisser tomber, prétendre que je ne la voyais pas.

Je n'en fis rien.

J'étais éreintée. Fatiguée. Juste… lasse.

Aussi, sans ramasser mes affaires, je ressortis immédiatement de la pièce. Un pied devant l'autre. Un pas après l'autre. Me rapprochant, encore et encore. J'avais à peine traversé le couloir vers l'atelier principal que je repérai Rip près de la servante, à fouiller dans les tiroirs.

Je ne sais pas pourquoi mon cœur accéléra, mais c'est ce qu'il fit. À chaque pas, il battait de plus en plus vite, malgré mon cerveau lui répétant de se calmer. Ça ne voulait rien dire.

C'était un acte de gentillesse, mais qui n'était absolument pas nécessaire.

Et je ne voulais pas lui faire perdre son temps de nouveau.

— Monsieur Ripley ? appelai-je.

J'étais consciente que je ne devrais pas l'appeler ainsi après notre conversation. Mais je refusais aussi de rompre la promesse que je m'étais faite.

Il leva les yeux aussitôt et me fixa de son regard perçant. Ce jour-là, il portait un tee-shirt de compression bleu marine et avait déjà enfilé son bleu de travail. Mais ce qui me perturba le plus, c'était qu'il n'avait pas l'air agacé par le fait que je l'appelle par son nom complet. Il avait l'air trop calme. Bien trop détendu.

J'avais beau être sûre qu'il avait déposé la fleur, j'allais me punir en demandant quand même.

— Est-ce vous qui avez déposé cette rose sur mon bureau ?

Il se redressa de là où il était penché sur le meuble. Son expression resta si impassible que c'en était troublant. Il me répondit aussitôt, comme je m'attendais à ce qu'il le fasse.

— Oui.

Oui.

Mon cœur se mit à battre la chamade, mais je l'ignorai. Ce n'était pas comme si c'était une surprise. Qui d'autre aurait pu faire ça ?

Je retins mon souffle. *Fous-moi la paix.*

— Merci, mais vous n'aviez pas besoin de faire ça. Je vous ai dit hier…

— Je n'ai pas oublié, m'interrompit-il.

Bon sang.

— Mais vous n'avez pas besoin de vous sentir coupable ou d'essayer de vous faire pardonner quoi que ce…

— Je n'essaie pas de me faire pardonner, me coupa-t-il de nouveau.

Je me tus aussitôt. Car… pour quelle autre raison ferait-il une chose pareille ? Pour rien ? Il avait soudain eu envie d'acheter une rose à quelqu'un, et j'étais la seule femme à qui il pouvait en offrir une ?

Il ferma le tiroir d'un coup de hanche.

— Elle te plaît ?

Est-ce qu'elle me plaisait ? *Pourquoi mon cœur ne ralentissait-il pas ?*

— Oui, répondis-je sincèrement. Elle est magnifique, mais vous n'avez pas à…

— Bien, me coupa-t-il pour la troisième fois.

Oh, bon sang.

— Monsieur Ripley.

— Rip.

Pas question de rentrer dans son jeu.

— S'il vous plaît, ne m'achetez plus rien.

Son grognement en réponse fut tout sauf convaincant.

— Vous n'avez aucune raison de vous sentir mal, continuai-je.

Il se contenta de grogner de nouveau, mais il ne détourna pas le regard et garda son expression impassible. Une expression que je ne savais pas interpréter.

— Il faut que je me mette au travail, mais je voulais juste vous remercier et vous dire que vous n'aviez pas besoin de faire ça, insistai-je.

Ripley détailla mon visage du regard, puis il s'intéressa à mes boucles d'oreilles en forme de cœur.

Je lui adressai un sourire crispé. Il ne serait absolument pas dupe, mais bon. Au moment où je faisais volte-face pour retourner dans mon atelier afin de me mettre au travail comme je l'avais annoncé, il lança derrière moi :

— À quelle heure pars-tu aujourd'hui ?

Je me figeai et me retournai. «*Fous-moi la paix.*»

— Je dois partir à dix-huit heures, ce soir. J'ai quelque chose de prévu.

Et par là, je voulais dire que j'avais un rencard. Avec un parfait inconnu.

Il n'expliqua pas pourquoi il me posait la question.

Mais en toute honnêteté, je me carapatai dans mon atelier si vite que je n'eus pas le temps d'y réfléchir trop longtemps.

***

Je sus que c'était une idée stupide de me rendre à mon rendez-vous à l'instant où l'homme me demanda quel âge j'avais.

Il avait pourtant l'air plutôt sympa.

Quand je lui répondis, il se recula contre son dossier et marmonna un «Mmh» avec une expression étrange.

Il y avait quelque chose qui ne me convenait pas là-dedans. Ou alors je devenais paranoïaque.

— Pourquoi ?

— Je pensais que tu étais plus jeune, eut-il le culot de répondre.

Je haussai les épaules. J'étais sûre de ne pas aimer la direction que prenait ce rencard, mais… je pouvais lui laisser le bénéfice du doute. J'avais beau me dire que j'allais bien, ce n'était pas le cas. Pas vraiment.

— Ah bon ? Je suis trop vieille ? tentai-je de plaisanter.

Il haussa les épaules.

Il hausse les épaules ?

Sérieux ?

Le demi-sourire que je lui adressais s'effaça.

— Quel âge as-tu ?

Il m'observait toujours d'un peu trop près.

— Trente-quatre ans, répondit-il.

Trente-quatre ans ? *Trente-quatre ans* et c'était *moi* qui étais trop vieille ?

— Tu fais plus jeune que vingt-six ans, cela dit.

— Oh, fis-je, espérant qu'il percevrait mon sarcasme. Merci ?

Bon sang, ce que j'étais de mauvaise humeur ! Je n'étais pas sûre d'avoir déjà été d'aussi mauvais poil.

Il jeta un coup d'œil au bar avant de se concentrer de nouveau sur moi. Il me regardait comme si… aucune idée, mais pas de manière plaisante en tout cas.

— Et sinon… commençai-je.

Je m'accrochais à ce que je pouvais, à ce stade, car je n'avais qu'une seule envie : rentrer chez moi.

Tout ce que j'avais à faire, c'était d'envoyer un message à Lenny disant SOS, et elle appellerait puis viendrait me sauver.

À l'instant où j'envisageais cette éventualité, je me rappelai que j'étais censée y mettre du mien. Je devais au moins essayer. Il fallait que j'aie envie que quelqu'un d'autre m'offre des fleurs, et pas uniquement parce que cette personne m'avait fait du mal.

— Tu as déjà été marié ? demandai-je.

Il eut un petit rire et regarda autour de lui de nouveau.

— Il y a dix ans, ça n'a pas duré. C'était la plus grosse erreur de ma vie. Et toi ?

Je secouai la tête sans trop savoir comment interpréter le fait qu'il considérait ça comme une erreur.

— Dieu merci, marmonna-t-il en grimaçant, comme si cela aurait été un problème que je sois divorcée.

Au moment où j'ouvris la bouche pour répondre, la chaise à côté de moi racla le sol tandis que quelqu'un la reculait. Je me figeai et tournai la tête pour voir qui la prenait sans demander. Mes yeux se fixèrent sur les jointures des doigts qui agrippaient le dossier. J'aurais pu les reconnaître n'importe où, même si les lettres tatouées dessus n'avaient pas été un signe distinctif.

Surtout quand ces doigts étaient reliés à des mains aussi grandes que des assiettes, des mains reliées à des poignets recouverts par un tee-shirt moulant que je connaissais bien.

Je restai bouche bée tandis que Rip s'asseyait brutalement sur la chaise, ses jambes s'écartant instantanément, son attention fixée sur l'homme en face de… nous.

En face de nous.

Ah.

Qu'est-ce qu'il faisait là ?

— C'est fini maintenant ? lança mon patron avec naturel tout en croisant les bras et en se redressant sur la chaise.

D'une manière ou d'une autre, il parvenait ainsi à paraître encore plus imposant qu'il ne l'était déjà.

L'autre homme fronça les sourcils.

— Vous êtes perdu ?

— Rip… commençai-je en ignorant mon rencard.

Si l'on pouvait même appeler ça un rencard, vu son attitude désobligeante.

— Qu'est-ce que tu fais là ?

L'autre homme me jeta un coup d'œil.

— C'est qui, ce type ?

Je l'ignorai encore une fois, mais Rip ne me prêtait aucune attention. Il fixait mon rencard d'un air *faussement* tranquille, comme le confirmèrent ses mots suivants.

— Il est temps pour toi de partir, à présent.

Ah bon ?

L'autre homme grimaça avant de se tourner vers moi.

— Tu as un petit ami ? m'accusa-t-il d'une voix furieuse.

Moi ? Un petit ami ?

— Ce ne sont pas tes affaires, poursuivit Rip. Tu peux rentrer chez toi, maintenant.

Sans trop savoir pourquoi, je tendis le bras et effleurai celui de mon patron pour attirer son attention.

— Qu'est-ce que tu fais là ? demandai-je tout bas, sifflant presque entre mes dents.

Ses yeux bleu-vert se tournèrent vers moi, son visage toujours aussi détendu, et sa joue tressaillit juste assez pour que ce soit considéré comme un sourire.

— Je mets fin à ce rencard stupide, déclara-t-il.

Je ne comprenais plus rien.

— À qui est-ce que tu parles comme ça ? s'énerva l'homme en fronçant les sourcils.

Ses mots ne plurent pas à Rip, qui lui lança un regard de côté avec un air parfaitement impassible que je connaissais bien.

— Toi.

— Moi ?

— Elle n'est pas intéressée, répondit Rip d'un ton calme.

L'autre type décida que c'était le bon moment pour m'inclure de nouveau dans la conversation et se tourna vers moi.

— Il plaisante, là ?

Je l'ignorai et tapotai du doigt l'avant-bras de mon patron.

— Qu'est-ce que tu fais ici ?

Son air insolent disparut et il se contenta de… me regarder. Son être entier était… focalisé.

Trop focalisé. Sur moi.

— Tu es sa foutue petite amie ? demanda encore l'autre homme, sa voix montant dans les aigus.

Sa petite amie ? La petite amie de Rip ?

Je répondis « Non » au même moment que Rip lâcha « À ton avis ? ».

À ton avis ?

Est-ce que cet homme, à qui je n'avais pas adressé la parole depuis deux semaines jusqu'à la veille, était en train de sous-entendre que j'étais *sa petite amie* ?

— Non, déclarai-je en regardant Rip et en lui touchant de nouveau l'avant-bras à travers le tissu de son tee-shirt. De quoi est-ce que tu parles ?

— Sérieux ? insista l'autre homme.

L'expression de Rip ne changea pas, son attention tout entière concentrée sur lui.

— Je crois avoir été clair.

— Tu te fous de moi ? cracha l'homme avant de repousser sa chaise en arrière et de me lancer un regard furieux. Tu sais quoi ? Je n'ai pas le temps pour ce genre de conneries. Tu peux aller te faire foutre, et elle, elle peut…

Rip se leva si vite que je ne le vis pas bouger.

— Tu aimes bien avoir toutes tes dents dans ta bouche ? Ou alors ça te va de rentrer chez toi avec quelques-unes en moins ?

— Va te…

— Fais-moi confiance quand je te dis que tu n'as pas envie de finir cette phrase, articula Rip. J'ai brisé des Don Juan de pacotille comme toi rien que pour le plaisir, mais tu es en train de me donner une bonne raison de le faire. Tu n'as pas envie de me provoquer. Crois-moi.

Il avait brisé…

Bon sang.

— Espèce de… commença l'autre homme.

Je repoussai ma chaise instantanément et passai la main autour du coude de Ripley, le tirant vers moi légèrement.

Il ne bougea pas, mais je sus qu'il avait senti ma présence, car ses yeux se posèrent sur moi. Il avait l'air furieux. Mon cœur se serra.

— Je crois qu'il est temps que je parte, fis-je en lui serrant le bras. Que nous partions tous les deux.

L'autre type grogna et recula d'un pas. Il fit une courte pause puis s'éloigna d'un pas de plus, comme si le premier n'avait pas mis assez de distance entre les deux hommes.

— Je ne sais pas ce qui se passe ici, mais j'en ai fini. Il faut que tu dises à ton mec que c'est toi qui veux aller voir ailleurs.

J'aurais pu protester ou lui expliquer que Ripley n'était pas mon mec. Il n'était le mec de personne. Encore moins le mien.

Mais…

Je ne m'en souciais pas plus que ça, surtout pas alors qu'il m'avait fait me sentir vieille et s'était comporté comme un abruti de manière générale. Voilà justement pourquoi je ne devrais pas chercher à rencontrer quelqu'un sur une application qui servait surtout aux gens pour trouver des coups d'un soir.

Mais la seule personne à qui je pouvais en vouloir pour le déroulement de la soirée, c'était moi-même. C'était moi qui avais fixé ce rendez-vous. J'avais téléchargé l'application deux jours plus tôt et accepté l'invitation de la première personne qui me l'avait proposé. Parce que je m'étais dit que j'essayais de tourner la page.

Le sale type fit le tour de la table et, à la dernière minute, il nous adressa un doigt d'honneur avant de sortir du bar quasiment la queue entre les jambes.

— Qu'est-ce que tu fiches ? sifflai-je vers Rip dès que l'autre homme eut disparu de mon champ de vision.

Rip resta planté là à me regarder d'un air impassible.

— C'était un abruti, Luna.

D'accord, peut-être, mais…

— Qu'il le soit ou pas, qu'est-ce que tu fais ici ? demandai-je en repoussant ma chaise encore plus loin, tout en prétendant que je ne voyais pas les autres clients autour de nous en train de nous observer.

J'en avais assez. Je rentrais chez moi.

— Je suis venu pour m'assurer que tu allais bien.

Je n'allais pas m'imaginer des choses en entendant sa réponse. C'est ce qui me permit de rester calme et aimable.

— Pourquoi est-ce que ce ne serait pas le cas ?

Rip ignora mes paroles, mais m'observa tandis que j'attrapais mon téléphone, mes clés et les fourrai dans mes poches.

— Où est ta voiture ?

Je reculai d'un pas.

— Je ne suis pas venue avec.

Il avança d'un pas et fit le tour de la table tout en annonçant :

— Parfait. Je vais te ramener chez toi.

Non, je n'allais toujours pas laisser courir mon imagination en entendant ces mots et cette proposition. Je n'avais aucune idée du jeu auquel il jouait – ni même de quand il avait décidé de commencer à jouer ainsi, à m'appeler *sa petite amie* tout à coup –, mais ce n'était pas mon problème. Je ne comptais pas me laisser avoir par son comportement si sympa avec moi *maintenant*, si c'était pour qu'il décide ensuite qu'il ne voulait plus rien avoir à faire avec moi. Je ne pourrais pas le supporter. Je m'y refusais.

— Merci pour ta proposition, mais je n'ai pas besoin d'être raccompagnée. Je vais juste appeler un…

Il posa sa main au creux de mon dos une seconde avant de commencer à me mener vers la porte, ignorant le regard que je lui lançais comme si je ne le connaissais pas.

Parce que c'était le cas.

Je ne savais pas qui était cet homme qui me guidait à travers le bar, qui sortait de nulle part pour mettre fin à un rencard foireux, qui sous-entendait que j'étais sa *petite amie*, qui se montrait si gentil, protecteur, jaloux, et…

Je refusais de faire ça. De me mettre dans cette position. Je savais déjà que je n'avais pas de volonté en ce qui concernait Rip. C'est pourquoi je devais mettre fin à cette histoire dès que nous serions sortis.

— Tu as déjà mangé ? s'enquit-il, alors que nous franchissions la porte.

Le videur me lança un regard curieux à force de me voir si souvent ici ces derniers temps.

— Non.

Je fis de mon mieux pour ralentir le pas, mais cette main dans mon dos continuait à me guider à travers le parking.

— Rip, je n'ai vraiment pas besoin qu'on me ramène. Écoute, je vais juste appeler un…

— Tu as envie d'un burger ? demanda-t-il au moment où j'aperçus son pick-up à cinq mètres de nous, illuminé par un lampadaire.

Je lui jetai un regard par-dessus mon épaule et intimai à mon instinct de *la fermer*.

— J'essaie de te parler. Est-ce que tu pourrais écouter, s'il te plaît ?

Cette fois, il s'immobilisa, et sa main remonta le long de ma colonne vertébrale avant de s'arrêter à mon épaule. J'aurais juré qu'il ne se contentait pas de baisser les yeux vers moi, il me semblait que son corps entier se lovait autour du mien tandis qu'il haussait les sourcils.

— Je t'écoute toujours.

Je n'étais pas prête pour ce commentaire. Pas à cet instant, et, en toute probabilité, je ne le serais jamais de toute ma vie, surtout quand la personne prononçant ces mots était l'homme en face de moi.

La main qu'il avait posée sur mon épaule remonta encore, prenant ma nuque en coupe dans sa paume chaude et forte.

— Tu veux gaspiller de l'argent dans un taxi pour éviter de dîner avec moi, pas vrai ? demanda-t-il d'une voix douce.

Merde.

Merde, merde, merde.

Son doigt effleura le haut de mon oreille, caressant la peau si légèrement que cela me chatouillait presque.

— Tu as dit que tu me pardonnais, m'accusa-t-il de sa voix plus fragile que le plus délicat des verres.

Je pouvais le faire. J'en étais capable.

— C'est vrai, je te pardonne, Rip. Je comprends que les gens disent des choses qu'ils regrettent ensuite.

Son expression s'assombrit.

— Je regrette mes paroles, mais tu as raté la partie où je t'ai dit que j'étais désolé de la façon dont je les avais prononcées et de ne pas t'avoir avoué dès le début que j'étais au courant à propos de ta famille.

Il avait voulu le dire, pourtant. Toute chose contenait au moins une petite part de vérité. Toute.

Et même si ce n'était pas le cas ici… ça ne changeait rien au fait que je ne voulais pas revivre ça. Jamais. Pas avec lui.

Il effleura le haut de mon oreille de nouveau, et un frisson parcourut mon échine. Son souffle chaud me caressa le front tandis qu'il se rapprochait encore de moi.

— Quoi que tu en penses, tu es la dernière personne à qui je voudrais faire du mal. Pourquoi est-ce que tu refuses de le comprendre ? m'interrogea-t-il tout en passant le doigt sur mon oreille avant de le glisser jusqu'à mon lobe.

Je pouvais rester forte. Je pouvais être courageuse. Je pouvais le faire.

— Je ne… refuse rien. Je suis juste réaliste. Je ne veux pas que tu perdes ton temps…

— Tu n'es jamais une perte de temps.

D'où est-ce que ça sort, ça ?

— Rip…

Sa deuxième main remonta le long de mon dos pour venir se placer contre ma gorge, réussissant à la prendre en coupe avant que je ne comprenne ce qu'il était en train de faire. Lucas Ripley rapprocha encore son visage du mien… si près que je tentai de reculer pour mieux le voir, mais il ne me laissa pas faire. Il rapprocha sa bouche, son visage, ses yeux, certaines des choses que j'aimais le plus chez lui, à quelques centimètres des miens. Sa bouche, si proche qu'il suffirait que je…

Bon sang, pourquoi est-ce que je pensais même à ça ?

— Tu n'as pas écouté une seule des choses que j'ai dites, pas vrai ? Remarqué une seule des choses que j'ai faites ? Tu es la seule personne qui n'a pas encore additionné deux et deux ?

Je soufflai par le nez et entendis ma propre respiration hachée.

— Je ne sais pas comment t'offrir des mots doux ou des conneries comme ça, Luna. Je ne sais pas comment te dire ce que tu veux ou ce que tu as besoin d'entendre. Ça fait un bon paquet de temps que je ne me suis pas soucié de quelqu'un d'autre. Tu comprends ça ?

Je pouvais le faire. Je pouvais…

— Je n'aime pas l'idée que tu sois assise avec un abruti sorti de nulle part qui ne cherche qu'à t'attirer dans son lit.

Je ne m'attendais pas du tout à ça.

— Quoi ? chuchotai-je sans m'en rendre compte.

Il passa le pouce sur ma pommette.

— Je n'aime pas l'idée que tu aies un rencard avec quelqu'un, déclara-t-il, tandis que son pouce repartait de là où il était venu, avant que Rip ne reprenne d'une voix basse : Je ne supporte pas ça. Juste quand je pensais que je ne pouvais pas être plus énervé…

Il…

Il…

Était… jaloux ?

— Je sais que j'ai merdé, et je suis désolé. Je ne voulais pas que tu découvres que j'ai été un Reaper. Je n'étais même pas sûr de vouloir que tu apprennes un jour que j'avais fait partie de ce genre de clubs. Tu as dit que tu avais grandi à San Antonio. Le club avait une mauvaise réputation là-bas, mais j'en suis sorti. Je suis désolé de ne rien avoir dit l'autre soir, dans ton lit, quand tu m'as parlé, mais c'est ma faute, comme tu dis. Mais je veux quand même que tu me reviennes.

— Que je revienne ? répétai-je comme une idiote.

— Je veux qu'on me rende ma Luna, souffla-t-il, tandis que mes poumons se vidaient de tout leur air. Je ne veux pas que tu me foutes la paix. Je veux que tu recommences à venir me casser les pieds pour tout et n'importe quoi. Je veux que ton visage soit la première chose que je vois le matin, même si tu ne m'apportes plus mon café. Je veux te préparer quelque chose à manger pour que tu n'attrapes pas la salmonelle à cause de ce que tu cuisines.

Sa voix était étrangement calme, à l'opposé de ce que je ressentais : j'avais l'impression que quelqu'un faisait voler ma vie entière en éclats à coups de marteau.

Il poursuivit, choisissant soigneusement ses mots :

— Ça fait deux foutues semaines et je veux que tu me reviennes. Tu m'as donné ces morceaux de toi que tu n'as jamais donnés à personne d'autre, et ils sont à moi. Tu ne peux pas les reprendre. J'en ai plus besoin que toi, tu m'entends ?

J'inspirai par le nez et ignorai cette chose qui bouillait et remuait en moi. Mais tandis que je restais plantée là, à le regarder, que la méfiance envahissait chaque parcelle de mon corps et que mon cerveau répétait *menteur, menteur, foutu menteur*, quelque chose de gros et de dur prit forme dans ma poitrine. Ce nœud. Cette… intuition. J'ignorais ce que cela allait être, mais sans doute quelque chose… que je n'étais pas sûre d'être prête à affronter, finalement.

Les mains sur ma gorge glissèrent sur mes épaules, et ce fut à son tour de lâcher un profond soupir.

— Je sais que j'ai merdé, je vois bien que tu ne vas pas me faire de cadeaux, et je comprends. Mais je veux que tu viennes manger un burger avec moi en attendant, d'accord ? Viens manger une glace avec moi. C'est ce que tu m'as promis le jour de l'accident. Tu te souviens ?

Évidemment que je me souvenais. Comment aurais-je pu l'oublier ?

Rip recula d'un pas, et je ne prononçai toujours pas un mot.

Il fit un pas de plus et je restai silencieuse.

Puis il continua, jusqu'à s'arrêter juste devant la portière sans me lâcher du regard un seul instant.

— Allons manger un burger et une glace, princesse. Tu n'as aucune raison d'avoir peur. Tu peux me faire confiance.

Je n'en étais pas sûre. Je n'étais pas certaine de pouvoir faire confiance à Rip ou à la partie de mon cerveau qui prenait des décisions rationnelles.

Mais je n'avais jamais été du genre à être rancunière. Ça n'avait jamais été le problème, ici.

Et puis… je voulais le croire. Je voulais tellement le croire que ma gorge me brûlait, ainsi que tout ce qui était situé plus bas. Je voulais me faire confiance à moi-même, même si je n'étais pas sûre de le pouvoir.

Mais ce besoin que j'avais d'essayer, d'y croire, était telle une flamme brillant de mille feux au creux de ma poitrine. Partout en moi, en réalité.

Lui faire confiance ?

— Je suis là pour toi, dit-il avec tellement de conviction que je ne pus plus l'ignorer.

Nous allâmes manger un burger et deux cônes de glace quelques minutes plus tard, et je ne savais toujours pas comment je me sentais.

Ce que je savais, c'est que sa voix me promettant que je pouvais lui faire confiance tourna en boucle dans ma tête pendant tout le reste de la soirée.

Chapitre 29

Le lendemain matin, quand j'entrai dans mon atelier et découvris une nouvelle fleur sur le bureau, je n'en lâchai pas mes affaires. Il s'agissait cette fois-ci d'une rose violette, d'un lavande si pâle qu'il était presque blanc, avec juste ce qu'il fallait de couleur pour ne pas l'être, entourée d'un ruban en dentelle blanche. Elle était magnifique. Franchement. Elle était tout à fait magnifique.

Mais était-elle l'illustration de sa culpabilité ?

Ou de toutes les belles choses qu'il m'avait dites la veille ? Ces choses auxquelles je n'arrêtais pas de penser depuis que nous avions mangé des burgers ensemble et partagé une barquette de frites. Ces choses qui avaient illuminé cette part effrayée de mon être et donné bien trop d'espoir.

Il veut qu'on lui rende sa Luna.

Sa.

De quelle façon, cependant ?

Et pourquoi était-ce exactement ce que je désirais par-dessus tout, alors même que je m'étais répété avant de m'endormir seule dans mon lit hier soir que c'était dangereux, stupide, et bien trop risqué ? Car tous ces arguments étaient vrais.

Ne sois pas bête, me dis-je en rangeant mon sac dans le bon tiroir, le regard attiré par cette rose. Elle était parfaite. Il n'y avait pas la moindre imperfection, sur aucun pétale. L'extrémité de chacun d'eux était d'une nuance légèrement plus foncée que la base.

Elle était tout aussi belle que celle de la veille, seule dans son petit pot.

Je la ramassai d'une main tremblante, la reniflai, et, tout en faisant mon possible pour ignorer les battements plus rapides de mon cœur, la glissai dans le vase à côté de la rose orange.

Ce n'était qu'une fleur. La deuxième de ma vie. Illustrant la culpabilité de Rip ou le fait qu'il ait perdu la tête et se mette à délirer en imaginant des choses impensables entre nous.

Mais…

Vous savez quoi ? S'il voulait m'acheter des fleurs, très bien. Je lui dirais quand même qu'il n'avait pas à le faire, parce que c'était vrai, il n'y avait aucune obligation.

Alors que je me rendais, ma gamelle à la main, dans l'atelier principal pour avoir une certaine conversation avant de me faire un café et de démarrer ma journée, je sus précisément ce que je devais faire.

Rip feuilletait un manuel près d'une vieille Corvette que je n'avais jamais vue. Il leva le nez à l'instant où le bruit de mes pas lui parvint à l'oreille. Il arborait la même expression calme, patiente et sérieuse que la veille, quand j'étais venue lui parler de la fleur orange.

— Monsieur Ripley…

Il sourit.

Il me décocha un grand sourire, franc, avec fossette et tout.

À moi.

— Rip, tu veux dire.

Je fis comme s'il n'avait rien dit. La tête haute, je pris une grande inspiration et répliquai, avec le plus de professionnalisme possible :

— Comme je vous l'ai déjà dit, vous n'avez pas à m'offrir quoi que ce soit si vous vous sentez mal…

Il haussa légèrement les sourcils sans cesser de m'adresser son magnifique sourire, lèvres closes.

— Comme je te l'ai dit, je ne le fais pas par culpabilité.

Alors, pourquoi, Rip ? Pourquoi est-ce que tu fais ça ?

— Tu m'as dit qu'on ne t'avait jamais offert de fleurs avant, poursuivit-il, toujours trop calme, toujours trop souriant.

Je fermai mon clapet.

— Elle t'a plu ?

Dis non. Dis non. Sois une peste et dis non.

Le problème, c'était que ce n'était pas mon genre. Je n'étais jamais une vraie peste.

Alors, je lui révélai la vérité.

— Elle est magnifique.

Son sourire devint hésitant.

— Bien.

Et avant que je ne puisse ouvrir la bouche pour lui rappeler qu'il n'avait pas à m'offrir des fleurs, des donuts ou à se rendre dans les bars où j'avais des rencards, il fit un signe du menton vers les servantes d'atelier et annonça :

— Je t'ai fait du café. Je ne suis pas sûr d'avoir réussi, mais je crois.

Il m'a fait du café ?

Mais que se passait-il ?! J'avais la très sincère impression d'avoir été frappée à la tête et d'être en pleine hallucination. Cela me paraissait… Je ne saurais pas dire quoi, mais pas réel, en tout cas.

Pas même un drôle de rêve. Loin de là.

Je ne pouvais pas bouger. Je restai immobile, comme si cet homme m'avait frappée de toutes ses forces dans le plexus, puis qu'il m'avait balayé les jambes ensuite, pour faire bonne mesure.

Avant qu'il ne puisse ajouter quoi que ce soit, avant que je ne puisse me souvenir de comment parler ou penser à ce que je pourrais ou devrais dire, son portable se mit à sonner. Alors qu'il le sortait de sa poche, son sourire fut moins brillant, plus doux.

— J'ai utilisé ce déca que tu as caché, dans le cas où tu t'inquiéterais pour tes mains.

Puis il décrocha.

Comme si je n'étais pas là, immobile comme une imbécile, essayant de comprendre pourquoi il allait aussi loin. Pourquoi il en venait à *me* préparer mon café. Je l'avais observé. Parfois, il était même trop feignant pour faire le sien comme il l'aimait.

Et pourtant, il avait préparé le mien.

Le jour où il m'avait aussi acheté une fleur violette qui me rappelait ma maison.

Le lendemain du jour où il avait mis mon rencard à la porte du bar et m'avait emmenée manger un burger, des frites et un cône de glace, tandis que je passais l'essentiel de mon temps à le dévisager, pensive.

Évidemment, quand je récupérai ma tasse alors qu'il s'entretenait avec l'un des fournisseurs du garage, je bus une gorgée et… mon café était comme je le préparais moi-même.

Exactement pareil.

Telle la poule mouillée que j'étais devenue, je me réfugiai dans mon atelier pendant qu'il était encore au téléphone.

Je devais réfléchir. Bon, je devais faire bien plus que ça, mais…

Je n'avais pas parlé à Lenny de la rose de la veille, parce que ça me semblait sans intérêt. Cependant, quand je retournai à mon atelier avec ce café qui me brûlait le cœur, je n'eus d'autre choix que de sortir mon portable et rédiger un message.

Moi : Il m'a apporté une rose violette et a préparé mon café.

Sa réponse dut mettre trente secondes à tout casser à arriver.

Lenny : Qui ?

Moi : Rip.

Lenny : O.O

Lenny : Pourquoi ?

Je n'avais pas encore eu l'opportunité de lui raconter tout ce qui s'était passé la veille, et ne lui avais pas non plus révélé que Rip était au courant pour ma famille.

Tout ce qu'elle savait, c'était qu'il s'était comporté comme un con à l'hôpital et que nous n'étions pas en bons termes depuis.

Moi : Il m'a offert une rose orange hier et l'a laissée sur mon bureau. Alors, je suis allée lui dire qu'il n'avait pas besoin de faire ça pour se racheter ni rien… et il m'a dit qu'il ne cherchait pas à se faire pardonner.

Lenny : Et ???

Moi : Tu sais que j'avais un rencard hier soir ? Il s'est pointé au bar et a viré le type. Puis, il m'a dit qu'il voulait qu'on lui rende sa Luna et que mon visage soit la première chose qu'il verrait tous les matins, et ensuite, on est allés manger des burgers.

Moi : Je croyais qu'il disait des conneries juste pour m'embobiner, histoire que je ne démissionne pas sous le coup de la colère, mais maintenant, il me fait mon café, m'apporte des roses, me demande si je les aime, et il me dit qu'il écoute tout ce que je lui dis… Je ne sais pas quoi faire.

Moi : On ne m'a jamais offert de fleurs et il s'en est souvenu.

Moi : Qu'est-ce que je dois faire ?

Lenny : Pourquoi tu me poses la question ? Je n'en sais rien, moi.

Lenny : Il mériterait que tu lui dises d'aller se faire foutre, mais j'ai mes règles et j'ai envie de trucider la moitié des types de la salle de sport.

Lenny : Quand même, je dois dire que c'est mignon.

Lenny : Les seuls mecs qui m'ont fait du café, c'est papi Gus et Peter. Ça fait réfléchir.

Moi : Tu ne m'aides pas.

Moi : Je vais y réfléchir.

Lenny : Désolée.

Moi : Je ne t'ai pas dit non plus qu'il se pointe tous les jours à mon atelier sans raison.

Lenny : Arrête de remuer le couteau dans la plaie.

Lenny : Dis-moi ce qu'il se passe.
Comme je n'ai pas de romance dans ma vie, je vais vivre la tienne par procuration.

Moi : Je ne crois pas que ce soit de la romance. Je pense qu'il se sent mal, c'est tout.

Lenny : Ma belle, j'ai grandi avec des mecs.
Même si par hasard ils culpabilisent pour un truc, la plupart du temps, ils ne s'excusent même pas.
Ils font juste comme si de rien n'était en espérant que tu oublieras. Ils ne t'apportent pas des fleurs, ne te font pas de café et ne te disent pas ce genre de choses.
Pas même pour coucher avec toi. Je dis ça comme ça.

Moi : Tu viens de dire que tu ne sais pas ce que je dois faire.

Lenny : Et c'est le cas, mais je connais les hommes, je connais les connards, et aucun d'eux n'achèterait de fleurs sans raison. Ou te dirait des trucs du style « je veux qu'on me rende ma Luna ».

Lenny : Tu veux que je pose la question à papi Gus pour voir ce qu'il en pense ?
C'est un homme depuis soixante-douze ans, après tout.
Même s'il n'en sait rien, il trouvera bien quelque chose.

Je n'étais pas très fan de son idée d'interroger papi Gus, mais qui d'autre pourrait me donner des conseils ? M. Cooper ? Miguel ?

Je me frottai le front et soupirai.

Moi : O.K. Pose-lui la question.

Lenny : Je t'en prie.

Moi : Merci. Faut que je me mette au boulot.

Lenny : Certaines ici travaillent déjà…

Lenny : Bisous.

Je poussai un autre soupir et, alors que je remettais mon portable dans ma poche arrière, mes yeux furent attirés par les deux fleurs dans le pot… tentatrices.

***

Lenny m'avait écrit dans la soirée pour me dire que papi Gus avait confirmé qu'elle avait raison : Rip ne dirait pas ces choses-là s'il ne les pensait pas, et il ne m'achèterait pas de fleurs, même s'il se sentait coupable.

Mais…

Et si ce n'était pas le cas ?

Et s'il avait changé d'avis ?

***

Une semaine passa, et les fleurs continuèrent d'apparaître chaque matin sur mon bureau. Des roses de toutes les nuances, rouge, orange, jaune, lilas, violet… toutes à la tige coupée et sans épines, n'attendant que moi.

Et comme si ça ne suffisait pas, mon café était aussi prêt tous les matins. À côté de la machine à café un jour, près des fleurs un autre, et trois autres fois sur des servantes juste à côté de lui. Et quand je venais le récupérer, il m'adressait un sourire en me demandant si j'avais aimé son offrande du jour.

Je ne m'attarderai pas sur le Tupperware dans le frigo m'attendant chaque midi, avec mon nom dessus.

Ni sur le fait que je le mangeais plutôt que ce que j'avais apporté moi-même, qui était au moins dix fois moins bon que ce qu'il préparait.

Et comme si tout cela ne suffisait pas, un matin, en arrivant au travail, j'avais découvert que le petit pot avait été remplacé par un joli vase rond bleu glacier dont le col était entouré d'un ruban en dentelle blanche. Il était si beau que j'avais presque peur de le toucher.

Rip y allait fort. On aurait dit qu'il avait fixé la barre haut et qu'il comptait s'y tenir.

Il commençait à débarquer sans raison dans mon atelier. Tous les matins, vers dix heures sans faute, et tous les après-midi aussi, me regardant à travers la fenêtre si j'étais dans la cabine ou glandant juste pour observer des objets qu'il avait déjà vus des dizaines de fois dans mon atelier.

Toujours est-il qu'il me regardait, même quand j'évitais soigneusement de me tourner vers lui.

Il me regardait, et il était patient.

Il conservait son sourire chaleureux, ou ce qui s'en rapprochait le plus, chaque fois que je le fixais. C'était comme s'il me laissait volontairement du temps et de l'espace pour… je ne savais pas bien quoi.

Vraiment pas.

Chaque fois que je l'appelais « Monsieur Ripley », il me corrigeait, puis poursuivait notre conversation, qui consistait principalement en des réponses monosyllabiques et une raideur professionnelle de ma part.

Une semaine céda la place à une deuxième, et bientôt, il y eut deux vases sur mon bureau, remplis des roses les plus belles et les plus parfaites qui soient. Lorsque l'une d'elles commençait à faner, il la retirait du bouquet avant que je n'arrive au travail, mais une autre la remplaçait toujours, m'attendant sur mon bureau, comme s'il voulait que j'admire la fleur.

Lenny : Il fait des efforts. Tu dois bien l'admettre.

Moi : Il n'a pas besoin d'en faire. Je ne veux pas qu'il en fasse.

Lenny : Menteuse.

Lenny : Tu adores ça et tu en as le droit.

Moi : Ça me fiche la trouille. J'en ai marre d'aimer des gens qui décident qu'ils n'en ont plus rien à faire de moi.

Lenny : Il faut savoir prendre des risques dans la vie, Lu, tu le sais.

Il faisait des efforts.

Et Lenny n'avait pas tort.

Mais…
Mais.

***

Le lendemain matin, je craquai. C'était à mettre sur le compte de la nuit pourrie que j'avais passée.

C'était sans doute cette lettre, trouvée dans mon courrier la veille, qui était responsable de mon manque de sommeil. Cette lettre que j'avais lue et relue une dizaine de fois en sachant très bien que je la relirais encore tout autant. Je l'avais gardée près de moi, sur ma table de nuit, pour dormir.

Chère Luna,

J'aimerais te dire que je suis désolée, même si c'est trop facile. Malgré tout, je le suis. Je suis vraiment désolée, pour tout. Je voulais t'appeler, mais je n'aurais pas supporté de t'entendre rester si polie, alors que je me suis comportée comme une garce avec toi ces derniers temps.

Concernant papa, je ne voulais pas que tu l'apprennes comme ça, d'accord ? Il m'a appelée dès sa sortie de prison et d'autres fois pendant les années qui ont suivi, et je n'ai jamais répondu. Jusqu'au jour où je l'ai fait. C'était une mauvaise journée, alors j'ai décroché pour lui dire d'aller se faire voir… Je lui ai crié dessus, je lui ai demandé pourquoi il avait été un tel connard toute ma vie. J'ai dû lui hurler dessus pendant au moins dix minutes, et il a écouté sans broncher. Il s'est excusé, Luna. Il m'a dit qu'il était vraiment désolé, qu'il était malheureux à ce moment-là et qu'il regrettait tellement tout ce qui s'était passé. Il m'a dit qu'il était sobre maintenant et qu'il essayait de se racheter pour tout ce qu'il avait fait.

Si ça peut te consoler, j'ai raccroché juste après ça. Il m'a rappelée quelques jours plus tard et je l'ai encore insulté. Et pourtant, il a continué à me contacter et j'ai continué à décrocher.

Je ne me cherche pas d'excuses et je sais que ça explique à peine les choses, mais c'est comme ça que ça s'est passé. S'il te plaît, ne t'énerve pas encore plus si je te dis ça, mais il n'est pas si méchant. Il a beaucoup changé. Il m'a demandé des nouvelles de tout le monde. (Oui, de toi aussi.) (Surtout de Kyra et Lily, mais tu le sais déjà, j'en suis sûre. Je ne veux plus te mentir cependant.)

Pour info, je lui ai demandé de ne jamais t'appeler. Je sais que tu ne lui pardonneras jamais, j'ai compris, mais je crois que j'ai eu peur que tu m'obliges à choisir entre lui et toi. Kyra et moi le pensions toutes les deux.

Si ça peut te consoler, mon copain, lui, m'a dit que j'avais été stupide sur ce coup-là et que je mériterais que tu m'évinces de ta vie. J'espère toutefois que tu ne le feras pas. J'espère que tu pourras me pardonner un jour.

Si par hasard tu continues à lire cette lettre, sache que je me sens encore très mal pour ce qu'il s'est passé le soir où tu es venue me voir. « Je suis désolée » ne suffira pas, mais je le suis. Pour tant de choses que je ne sais pas par où commencer.

Ce que je voulais te dire aussi, c'est… Je ne savais pas comment te l'apprendre et je ne sais toujours pas, mais… je ne vends pas de drogue, d'accord ? Ne flippe pas. Je fais du strip-tease, d'accord ? Je ne l'ai dit à personne. Kyra ne le sait que depuis un an, quand je n'ai plus réussi à garder le secret. Je gagne assez pour me payer la plupart de mes dépenses, et en ne travaillant que quelques heures par jour. Ma colocataire est strip-teaseuse aussi. Je ne le ferai que jusqu'à l'obtention de mon diplôme.

Il y a quelque temps, je suis sortie avec un type plus vieux que moi, et c'est grâce à lui que j'ai eu cet appartement. Nous avons rompu, et c'était tendu et… Pour la faire courte, c'est lui qui s'est introduit chez moi ce soir-là. Il était jaloux de mon nouveau copain, mais j'ai obtenu une ordonnance restrictive contre lui et, en janvier, à la fin de mon bail, je déménagerai.

Je ne voulais pas que tu sois en colère contre moi, parce que toi, tu fais toujours ce qu'il faut. Quand j'ai réalisé que je devrais tout te dire, c'était presque trop tard, je ne savais plus par où commencer et comment compenser mon silence. Quand on commence à mentir, les mensonges s'accumulent et finissent par échapper à notre contrôle, même si on ne le voulait pas, tu vois ?

Je t'aime, Luna. Je suis désolée d'avoir tout foiré, de t'avoir menti, et d'être une si mauvaise sœur. Mais je veux que tu saches toute la vérité maintenant.

S'il te plaît, ne m'en veux pas.

Je t'aime,

Thea.

P.S. Pour info, ce n'est pas papa qui a envoyé Rudy chez toi et à ton travail.

C'était l'idée de notre cousin. Papa m'a dit que Rudy m'avait entendue lui dire que j'avais été cambriolée, alors il s'est dit qu'il allait tenter le coup aussi. Le même jour, papa m'a demandé de t'appeler pour être sûre que tu allais bien. Il avait le pressentiment que Rudy ferait quelque chose. J'aurais dû te prévenir. Maintenant, je vais vivre avec ça aussi sur la conscience. Je suis vraiment contente qu'il ne te soit rien arrivé. Lily m'a tout raconté. C'est trop peu, mais je suis désolée.

Voilà ce que j'avais reçu.

Alors, si j'avais aussi mal dormi, c'était à cause de cette lettre passive-agressive de ma sœur.

J'étais toujours en colère. Moi, qui l'étais rarement. Mais comment avait-elle pu croire que je lui aurais reproché de faire du strip-tease ? Je me fichais de ce qu'elle faisait.

Pourquoi ne m'avait-elle pas appelée ? Pourquoi ne me l'avait-elle pas avoué, tout simplement ? Je n'étais pas effrayante, bon sang. Je pouvais comprendre sa réticence, jusqu'à un certain point, mais ça restait un ramassis de conneries quand même.

Je n'étais peut-être pas effrayante, mais en colère, ça oui.

Et c'était ce qui expliquait que j'aie craqué.

D'un autre côté, la goutte d'eau fut peut-être de trouver Ripley penché sous le capot de la Corvette qu'il restaurait, et récolter ainsi une vue fantastique sur son arrière-train.

La goutte d'eau, ce furent peut-être les six roses rouges dans un vase rond. Elles étaient belles. Mais elles l'étaient trop. Et quand je vis le vase et remarquai qu'il n'y avait pas la moindre trace ou empreinte sur le verre, quand j'imaginai Rip transporter un objet aussi délicat dans ses mains et l'essuyer ensuite, peut-être avec son tee-shirt ou un chiffon, et le laisser bien en évidence à mon intention…

Je craquai.

C'était aussi simple que ça.

Je me souvins à peine d'avoir lâché mon sac et mes affaires par terre pour rejoindre l'atelier principal et l'homme qui m'avait laissé ce cadeau.

— Rip ! criai-je, sachant exactement où il se trouvait.

— Oui ? répondit-il sans tarder depuis le fond de la pièce, plongé dans sa Corvette.

Mon café m'attendait dans une tasse à l'effigie du *Rocky Horror Picture Show*.

Cette tasse n'était pas là, avant. L'avait-il achetée… pour moi ?

J'inspirai vivement, puis avançai les yeux rivés sur l'objet, ne les détournant que quand j'eus rejoint ma cible.

— Rip, lançai-je, sans même réaliser que j'avais omis le «monsieur» avant. Tu peux arrêter de m'offrir des fleurs, s'il te plaît ?

— Tu ne les aimes pas ? répliqua-t-il de sa voix douce et agréable sans lever la tête.

— Ce n'est pas la question…

— Tu les aimes ou pas ? me coupa-t-il, toujours sans me regarder.

— Tu sais bien que oui. Elles sont magnifiques…

— Tu ne veux plus les avoir dans ton atelier ?

Je cillai.

— Si, ça me plaît de les avoir…

— Alors… ? demanda-t-il, toujours affairé.

Je ne regardai pas ses fesses.

Vraiment pas.

— Alors, tu n'as pas besoin de m'en offrir d'autres, d'accord ? Je te l'ai déjà dit, j'ai digéré ce qu'il s'est passé, pas la peine de te racheter.

Cette phrase, elle, le fit se redresser, et il manqua de très peu de se cogner au capot de la Corvette.

— Tu peux arrêter. J'ai compris que tu cherchais à te faire pardonner, mais tu en as fait assez. Tu me mets la tête à l'envers et tu me perturbes, alors je préfère que tu arrêtes maintenant plutôt que dans un mois ou dans six ou dans une année, quand tu auras décrété que tu n'as plus envie de le faire, d'accord ?

Cette phrase, elle, le fit pivoter lentement vers moi. Il attendit d'être vraiment en face de moi, son grand corps tourné vers le mien, pour répondre.

— Je ne cherche pas à me faire pardonner quoi que ce soit. Je te l'ai déjà dit.

Il posa la clé qu'il tenait à la main et prit une grande inspiration en m'observant avec intensité.

— Je t'offre des fleurs parce que j'en ai envie. Parce que tu m'as dit que personne ne t'en avait jamais acheté et qu'il est hors de question que je laisse quelqu'un d'autre t'en offrir. Ce n'est pas en tant que patron que je le fais, princesse. Ce n'est pas au nom du garage. C'est une histoire entre Luna et Rip. C'est ma tentative pour que tu me laisses une chance. Tu comprends ?

Oh, bon sang. Il était sérieux. Luna et Rip.

Il essayait de… quoi ? Me conquérir ? Je ne me faisais pas d'idées, donc. J'étais juste têtue. Et effrayée.

Il faut savoir prendre des risques dans la vie, m'avait écrit Lenny. Était-ce ce que je faisais ? Refuser de prendre un risque ? Avais-je tort de vouloir me protéger ? De vouloir éviter de souffrir ?

Je n'en étais pas sûre à cent pour cent, mais je devais l'être en partie, puisque je lui demandai :

— Tu n'essaies donc pas de te racheter ?

Son sourire s'élargit lentement.

— Non, princesse, ce n'est carrément pas ça.

— Pourquoi ? demandai-je lentement, adoptant le même rythme que son sourire à l'instant.

— Parce que.

Mon cœur battait vite. Quand avait-il commencé à tambouriner de la sorte ? Fichu cœur.

— Tu ne peux pas décider tout à coup que tu veux que… que…

Comment finir ? «Que je te kiffe» ? Je ne savais pas parler aux gens et encore moins aux hommes. Je n'avais aucune expérience. J'avais toujours l'air d'une adolescente, voire pire.

— Tu ne peux pas décider tout à coup que tu veux que je t'apprécie…

— Je ne cherche pas à te faire *m'apprécier*. Ce n'est pas ce que je veux. Ce n'est qu'une infime partie de ce que je désire, Luna.

Pour une raison idiote, je reculai d'un pas et me cognai à la voiture placée à côté de la Corvette.

— Qu'est-ce que tu veux, alors ?

Rip s'avança et leva la main vers mon visage. Du dos de ses doigts, il effleura ma joue… et les laissa là, me touchant à peine, juste un peu.

— Je veux ce que j'aurais dû te demander depuis le moment où tu t'es adoucie à mon égard. Depuis la première fois que tu as tout fait pour que je me sente bien… Tu en as fait bien plus pour que je me sente bien, et même mieux encore, que quiconque depuis très, très longtemps.

Il se lécha les lèvres et j'observai chaque seconde de ce geste. Sa main, elle, resta à sa place. Sur ma joue.

Ses doigts redessinèrent ma mâchoire, descendirent sur mon cou, s'y attardèrent.

— Tu m'apaises, tu sais ? Tu me fais le même effet que tes bijoux te font. Je me sens mieux rien qu'en te regardant. Non seulement *mieux*, mais aussi *meilleur*. Ce n'est pas la même chose. On dirait que tu lis en moi, que tu vois à travers mes conneries et que tu sais ce qui se trouve en moi. Mieux que moi, d'ailleurs.

J'étais estomaquée, je ne savais pas quoi dire.

— La fleuriste m'a dit que les roses orange étaient synonymes d'admiration.

Mon cerveau et mon système nerveux avaient décidé de ne me rendre capable que de cligner des paupières, et encore, même ça, ça me paraissait trop dur à gérer.

Parce que… *quoi ?*

— Les roses, c'est le bonheur… la gratitude… l'appréciation. Les violettes, c'est le désir, l'amour au premier regard… Les jaunes, c'est l'affection. Les rouges, c'est l'amour. Je t'en dois aussi quelques blanches, mais je voulais attendre encore un peu, parce que je sais que j'ai merdé.

Il laissa retomber sa main.

— Mais je n'irai nulle part. Ni aujourd'hui. Ni demain. Il y a trois ans, quand tu es entrée dans ce minuscule bureau, très sûre de toi, je t'ai trouvée magnifique, la plus belle fille que j'aie jamais vue. Et je pense à cette fille chaque fois que je vais me coucher, Luna. Je sais que je me suis détourné de certaines choses de ma vie, mais je ne veux pas… je ne supporte pas que tu ne me parles plus. Tu m'as gâté, Luna, et je sais que je me suis vraiment comporté comme un connard. Je sais que tu mérites mieux que moi. Je me le suis répété des milliers de fois, mais ça ne change rien. Tu me manques et j'ai trop envie de t'avoir à mes côtés.

Chapitre 30

— C'est quoi, cette expression troublée, petite lune ? me demanda M. Cooper plus tard dans la journée.

J'étais en train de dîner chez lui, assise en face de lui. Je pris le temps de finir de mâcher la cuisse de poulet préparée par Lydia. Ce même morceau que je mastiquais ainsi depuis deux bonnes minutes tandis que je repensais à la première partie de la journée. Et, en l'occurrence, celle incluant mes interactions avec Ripley.

Celle où il m'avait dit vouloir que je fasse partie de sa vie d'une façon qui n'avait rien à voir avec le travail.

Cette conversation m'avait laissée avec le cœur tambourinant, l'esprit confus et toute mon existence chamboulée.

J'y avais repensé toute la journée. Encore maintenant, alors que je mangeais chez les Cooper et passais du temps avec eux… du moins, avant mon rencard, dans deux heures.

Mon rencard.

Qu'est-ce qui me prend ?

— Des problèmes au travail ? Ripley m'a dit que Jason n'est plus revenu, poursuivit M. Cooper.

Son inquiétude sincère me toucha en plein cœur.

J'avalai enfin mon poulet et secouai la tête, pas certaine de ce que je devrais dire. *Monsieur, ce fils que vous avez ignoré pendant vingt ans et qui a fait partie d'un gang de motards m'a dit qu'il a besoin de moi. Je l'aime, mais j'ai peur qu'il change d'avis un jour et ne s'intéresse plus à moi, ou qu'il me répète une nouvelle fois de lui foutre la paix.*

Hors de question.

— Non, il n'est pas revenu. Il doit savoir que les gars lui botteront les fesses s'il ose se pointer, lui dis-je avec un sourire en grande partie sincère, malgré la confusion qui me nouait les entrailles.

M. Cooper sourit.

— Ça ne m'étonne pas. Je suis trop vieux pour me battre contre des garçons ayant l'âge d'être mes petits-enfants, mais j'aurais fait beaucoup de mal à celui-ci si j'avais eu dix ans de moins. Gus, ajouta-t-il, mentionnant le grand-père de Lenny, m'a appelé quand il a découvert ce qu'il s'était passé et a essayé de me convaincre de faire quelque chose.

Cette fois-ci, mon sourire fut totalement sincère. J'imaginais bien papi Gus devenir fou et vouloir faire quelque chose. Il avait plus de soixante-dix ans, mais il n'avait pas reçu le mémo, manifestement.

— Qu'y a-t-il alors, chérie ? demanda Lydia, assise en face de moi.

Notre installation actuelle me réconfortait. *Ils* me réconfortaient, tous les deux. Quand j'avais emménagé avec eux, cela avait été la première fois que je m'étais installée autour d'une table pour manger. Nous l'avions fait tous les soirs après le travail, à moins que nous ne sortions dîner au restaurant, ou bien qu'ils y aillent en amoureux et que je ne reste à la maison. C'était l'une des choses que j'avais préférées de ma vie ici. Ce sentiment de former une famille.

Cela m'avait donné l'envie d'avoir la mienne un jour.

Ils ne méritaient pas que je leur cache des choses, même si elles concernaient un homme avec lequel ils avaient des relations compliquées tous les deux. Encore que, d'après moi, la vie en elle-même n'était qu'une énorme complication.

La vie n'était pas facile, ni toute blanche ou toute noire.

Et il fallait vraiment que je leur dise la vérité.

Parce que si Rip ne ment pas…

— C'est…

J'hésitai, puis posai ma fourchette et mon couteau sur mon assiette.

— C'est Rip.

Tous deux se figèrent.

— A-t-il enfin décidé de s'enlever ses œillères ? demanda M. Cooper au bout d'un moment, un sourire circonspect aux lèvres.

— Quoi ?

— A-t-il enfin décidé de s'enlever ses œillères et de te demander de consacrer tes rencards à lui seul ? répéta-t-il.

J'en restai bouche bée, très heureuse d'avoir pensé à poser mes couverts avant. Du coin de l'œil, je vis le petit sourire prudent de Lydia, qui se concentra de nouveau sur son assiette, coupant son poulet, tandis que M. Cooper et moi nous dévisagions.

— Je savais que tu ne t'en étais pas rendu compte, petite lune. Je l'ai su dès l'instant où j'ai vu cette étincelle dans les yeux de Ripley. Je te l'avais bien dit, Lydia, ma chérie, n'est-ce pas ?

Elle opina en mâchant, puis posa une main contre sa bouche pour répondre.

— Oui, et je l'ai vue, moi aussi.

— Qu'avez-vous dit à Lydia ? intervins-je lentement, tentant de comprendre ce qu'il se passait.

Il pencha la tête.

— Que tu n'étais pas au courant.

— Pas au courant de quoi ?

Son sourire se fit doux-amer.

— Qu'un seul regard sur toi lui a suffi pour savoir.

— Monsieur Cooper, vous savez que je ne suis pas très fan des puzzles et des énigmes. Qu'a-t-il su en me regardant ?

— La même chose que moi quand j'ai regardé Lydia.

Son sourire s'adoucit, et je vis à son regard qu'il pensait à la femme qu'il avait connue autrefois.

— Mon père l'a remarqué aussi. Et son père avant lui. Nous, les Cooper, nous le savons tout de suite. La seule différence avec Ripley, c'est son entêtement. Il le tient de sa mère. Je ne pouvais pas lutter.

— Vous pensez que Ripley… m'apprécie ?

Le vieil homme pencha la tête de l'autre côté, puis il répondit tout en découpant un morceau de poulet.

— Je ne le *pense* pas, je le sais. Je l'ai vu sur son visage un millier de fois, Luna. Surtout quand il se montrait sévère avec toi. J'ai essayé de lui dire plusieurs fois de faire quelque chose, mais quand il s'est mis un truc en tête, c'est impossible de le faire changer d'avis tant qu'il ne l'a pas décidé lui-même. Et je sais qu'il faut pour cela une intervention divine. Comme sa mère. Il a du sang Ripley dans les veines.

Il poursuivit, toujours sans me regarder.

— Je ne le connais plus aussi bien, mais je distingue encore en lui des fragments du petit garçon qu'il était. Je n'ai jamais vu une cuirasse aussi épaisse que la sienne, malgré tout, je sais que ses os sont faits d'amour à l'intérieur, comme… autrefois.

Avant l'accident de sa mère ? Avant qu'il ne quitte Houston et ne fasse toutes ces choses dont il ne voulait pas parler ?

— Luna chérie, intervint Lydia, nos relations avec Ripley sont ce qu'elles sont. Je ne lui reproche rien, même si j'aimerais qu'il puisse nous pardonner depuis le temps. Je n'ai jamais eu d'enfants, mais j'étais proche de ma maman et de mon papa. Et si celui-ci avait épousé une nouvelle femme à peine un an après le décès de ma mère, je me serais sans doute comportée comme Ripley. Je savais ce que je faisais à l'époque en entrant dans sa vie et celle d'Allen. J'ai dû vivre avec le fait que, parce que j'aimais quelqu'un, son fils a fait ses bagages et est parti pendant vingt ans.

Elle fit une petite pause.

— Nous devons vivre tous les deux avec.

Soudain, tout devint plus clair. La réaction de Rip face à Lydia. Et même si j'aimerais dire que je souhaiterais à mon père d'être heureux si notre relation était meilleure… je ne sais pas trop comment je réagirais s'il se remariait.

Je tentai d'imaginer la réaction de Lenny si papi Gus retrouvait quelqu'un, et franchement, ce ne serait pas beau à voir.

Une grande main se posa sur mon avant-bras. Je levai la tête vers M. Cooper.

— C'est un homme compliqué. Crois-moi. Je le sais mieux que personne. Il malmène les personnes qui l'aiment. Il les malmène comme s'il voulait s'assurer qu'elles n'iront nulle part. Rip est tout le contraire de toi. Je l'aime vraiment et je l'aimerai jusqu'à ma mort, mais toi aussi, je t'aime. Et vous méritez d'être heureux, tous les deux. Il t'idolâtre. Je ne peux m'ôter de l'esprit que c'est pour une bonne raison que Dieu vous a fait entrer dans nos vies.

Je fixai cet homme alors que la peur s'épanouissait en moi.

— Mais il vous aimait et vous a quitté pendant vingt ans, Mister C. Ce n'est pas… ce que je veux.

Le sourire qui étira lentement ses lèvres me brisa le cœur.

— Luna, il a menacé de démissionner des centaines de fois depuis qu'il est revenu.

Je restai figée.

— Ce n'est pas pour moi qu'il est resté, ma chérie.

***

Qu'est-ce que je fais là ? me demandai-je en garant ma voiture, puis en coupant le moteur.

Pourquoi ? J'aurais dû annuler ce stupide rencard. Je perdais mon temps, du carburant, de l'argent, comme pour chaque imbécile que je rencontrais ici.

Parce que je ne voulais pas faire la connaissance de ce type dont ma sœur Kyra me parlait depuis un mois.

Je ne voulais faire la connaissance d'aucun de ceux que j'avais rencontrés, d'ailleurs. Je commençais enfin à l'admettre.

Toute cette situation n'était qu'un grand merdier. J'ignorais comment le gérer ou quoi en penser.

M. Cooper avait été très clair sur le sujet : quoi qu'il se soit passé entre son fils et lui, Rip m'appréciait sincèrement. *Et à une époque, Rip a été Lucas Ripley Cooper. C'est toujours en lui, quelque part.*

Mais pourquoi avait-il attendu tout ce temps ? Aucune idée.

Ou peut-être que j'en avais une, en fait.

Voulais-je le savoir, cela dit ?

C'était une question stupide. Évidemment que je le voulais. Je voulais tout savoir.

Je voulais que ce soit vrai.

Je voulais que ce soit vrai, mais je savais aussi ce que c'était que d'espérer et de rêver à des choses qui ne se produisaient pas.

J'étais une grosse poule mouillée, n'est-ce pas ? J'en voulais à Thea de ne pas m'avoir dit la vérité, parce que cela me semblait si facile à dire, et pourtant, me voilà en train de faire la même chose qu'elle.

Sortant mon portable, j'écrivis à Lenny.

Moi : Est-ce que j'agis comme une lâche dans cette histoire avec Rip ? Dis-le-moi franchement.

La réponse arriva moins d'une minute plus tard.

Lenny : Oui.

Lenny : Une poule mouillée ne mérite pas d'être ma meilleure amie.

Je relus son message d'innombrables fois, sans tenir compte de la culpabilité et de la nervosité qui me nouaient le ventre.

Je n'avais aucune raison d'avoir mal là.

Luna, Luna, Luna, murmura ma conscience désapprobatrice. *Tu te mens à toi-même.*

C'était vrai. La vérité pure. J'étais lâche. Une poule mouillée. Un chaton effrayé.

Et j'étais assise dans ma voiture, sur le point de rejoindre un type que je ne souhaitais pas rencontrer.

Mais…

J'étais incapable de lui poser un lapin. Ce n'était pas sympa, pas plus que de dire à un innocent : « Désolée, mais je suis amoureuse d'un autre. » Cependant, je préférais être honnête plutôt que faire faux bond. C'était certain. C'était le moins que je puisse faire. Si j'avais pu annuler sans passer par Kyra, je l'aurais fait, mais je n'avais pas eu le courage de la contacter. Les SMS que nous avions échangés pour organiser ce rendez-vous avaient été suffisamment douloureux et gênants comme ça.

Je rentre, puis je ressors. J'allais en finir au plus vite. Ensuite, je pourrais retourner chez moi et réfléchir à ma réponse à Rip. Parce que « je t'aime » et « ne me fais pas de mal », ce n'était pas terrible.

Ma décision prise, je sortis de voiture et claquai la portière. Je présentai ma carte d'identité au videur ; une simple formalité, puisque nous savions tous les deux qu'il la connaissait déjà. Puis j'entrai dans le bar où j'avais eu des rencards avec des types, des rendez-vous qui n'avaient mené nulle part.

Pour une bonne raison.

Quelle blague. Bien sûr que c'était pour une bonne raison. Parce qu'aucun d'eux n'avait une carrure de lutteur, un sens de l'humour plein de sarcasme et un air impassible plus efficace que n'importe quelle expression renfrognée.

À l'intérieur du bar, je cherchai un type aux cheveux longs.

Je savais que j'avais quelques minutes d'avance. Peut-être qu'il était en retard ? Si oui, quel était le temps d'attente acceptable avant que je ne m'en aille ? Trois minutes ? Cinq ?

Repérant une table dans le fond, je m'y rendis, en regardant toujours autour de moi pour m'assurer que l'homme dont Kyra m'avait envoyé la photo ne se trouvait pas assis dans un coin sombre où je ne pouvais pas le voir. Il avait trente-deux ans et travaillait sur une plate-forme pétrolière. Voilà pourquoi la rencontre avait mis un mois à se faire. Je jetai un nouveau coup d'œil à mon portable en m'asseyant.

Puis je m'adossai à ma chaise et observai les lieux, espérant qu'il apparaîtrait par magie afin de pouvoir lui dire en face «merci, mais non merci».

La porte s'ouvrit au même instant sur un homme qui regardait autour de lui, mais qui était trop blond pour être celui que je devais rencontrer. Il était grand, élancé et… pas Rip.

Il n'était pas Rip.

Il était trop jeune. Trop mince.

Mais surtout, il n'était pas l'homme qui me caressait les cheveux et m'écoutait parler quand j'étais bouleversée.

Ce type-là était tout ce que j'aurais recherché quatre ans plus tôt.

Avant qu'un homme d'un mètre quatre-vingt-quinze, au torse deux fois plus imposant que celui du nouveau venu, aux avant-bras marqués par les muscles, au cou épais et aux fesses qui auraient inspiré les sculpteurs n'entre dans ma vie.

Rien à cirer de tout ça, je vais me planquer aux toilettes.

Cette pensée venait à peine d'apparaître dans mon esprit qu'un homme assis au bar se tourna sur son tabouret et se leva.

Je me rendis compte que je connaissais cette silhouette. Cette forme de tête. Cette taille.

Et tandis que ce corps familier s'avançait dans ma direction, je restai immobile. L'éclairage masquait les plus jolies parties de son anatomie, ce qui ne m'empêchait pas de savoir qui c'était. Je saurais toujours qui il était.

Et il avait l'air sacrément énervé.

Qu'est-ce qu'il fichait ici ? Comment savait-il…

Sans un mot, il attrapa la chaise en face de la mienne et s'y installa. Dans l'ombre, je ne pouvais distinguer ses yeux sarcelle, mais je savais quand même, à la position de ses sourcils, ce qu'il regardait.

Ouaip. Il était vénère, aucun doute.

Et franchement, je ne l'avais jamais été aussi peu de toute ma vie.

Jamais.

Il était là. *Ici.*

— Qu'est-ce que tu fais là ? demandai-je, alors que la tension s'apaisait dans mon ventre.

Il posa les coudes sur la table et croisa les bras avant de répondre.

— Tu sais très bien ce que je fais là.

Je retins mon souffle… puis je mentis. L'espoir et l'amour s'épanouissaient si vite en moi que j'avais envie de taquiner cet homme.

— Non, je n'en sais rien.

— Oh que si, répliqua-t-il dans un grognement très, très bas.

— Tu t'assures que je ne me fais pas kidnapper à nouveau ? plaisantai-je en gardant l'air sérieux.

Pourquoi me sentais-je désormais si légère quand je le taquinais ? Quand je jouais avec lui ?

— Ou alors, tu me suis en douce, maintenant ?

Il cilla. Il inspira… et, en un clin d'œil, ses lèvres s'incurvèrent d'un millimètre.

— C'est pas drôle, Luna.

Je ne pus rien faire pour retenir le sourire qui en un instant apparut sur mon visage, même si je poursuivis sur le même ton. Je n'allais pas laisser tomber. Jamais.

— Je n'ai pas besoin d'un baby-sitter, si c'est ce qui t'inquiète.

Le sourire remonta d'un millimètre supplémentaire.

— Tu as raison, princesse. Tu n'as pas besoin d'un baby-sitter. Encore moins quand l'abruti que tu es censée rencontrer a l'air trop jeune pour toi.

Je méditai ses paroles… avant d'arrêter pour ne me concentrer que sur le plus important.

— Quand est-ce que tu l'as vu ?

Là, il sourit franchement.

— Avant que tu arrives.

Pas besoin de regarder autour de moi pour savoir que le type ne s'était pas attardé. Je le savais. J'ignorais comment Rip avait su qui chercher, mais ça n'avait pas d'importance. Pas du tout. J'avais aussi un sérieux pressentiment sur ce qu'il s'était passé. Néanmoins, je me devais de poser la question. Je penchai la tête sur le côté.

— Où est-il allé ?

Il haussa les épaules.

— Ailleurs.

Hum.

— Je lui ai dit de foutre le camp, expliqua-t-il, pas le moins du monde penaud. Je lui ai dit que tu ne sortirais pas avec lui ce soir ni aucun autre, et qu'il ferait mieux d'aller draguer une autre femme, car il n'aurait jamais la mienne.

Mon cœur n'aurait pas dû se mettre à battre plus fort en l'entendant me qualifier de sienne. Il n'aurait pas dû, je le savais. Je n'aurais pas dû non plus en avoir la chair de poule, sur les bras et dans le dos.

Ce fut pourtant précisément ce qui se produisit.

Je me laissai traverser par le frisson, puis décrétai que taquiner Rip était bien trop amusant pour m'en passer.

— Rip, tu n'avais aucun droit de…

— J'ai tous les droits.

Il pouvait me répéter ces mots tous les jours de ma vie jusqu'au dernier, je ne m'en lasserais jamais.

Il le prouva en se penchant vers moi et en m'adressant le plus torride des regards.

— Si, je l'ai, Luna. Tu veux manger au restaurant ? Je t'y emmènerai. Tu veux aller boire un Sprite ? Je t'y emmènerai. Tu veux aller voir un film ? Je t'emmènerai au cinéma, bordel. Tu veux aller péter la gueule à ton cousin encore une fois ? *Je t'y conduirai avec joie.* Tu cherches ton nouveau meilleur ami et ton partenaire ? Je suis juste là, princesse.

Oh, putain.

Oh, putain de merde.

— Combien de fois vais-je devoir te le dire ? J'adore être à tes côtés, déclara-t-il d'une voix basse tout en observant mon visage stupéfait.

Parce que quelle autre expression pourrais-je arborer quand l'homme que j'aimais depuis des années faisait fuir mes rencards et déclarait qu'il m'emmènerait faire tout ce que je voudrais ?

Aucune autre. Aucune autre expression faciale possible.

— Je peux le faire des centaines de fois, Luna. Je peux faire fuir tes rencards, sans jamais me lasser. Je te le dis tout de suite : les repousser n'est pas un problème pour moi. J'ai mené des tas de combats dans ma vie. Je commence à penser qu'ils n'avaient qu'un seul but : me préparer à me battre pour toi, affirma-t-il, menaçant.

Je pris une grande inspiration, toujours immobile, les yeux rivés sur lui, emplie de joie et effrayée à la fois. Jamais je n'avais eu autant envie d'une chose, et en même temps…

— Et si tu changeais d'avis ? Je serais obligée de bosser ailleurs, parce que je serais incapable de te regarder en face. J'y arrive à peine maintenant, déclarai-je, lui avouant ce sentiment basique pulsant dans mes veines, qui pouvait être de la terreur, mais qui était très certainement de l'adrénaline.

Cet homme magnifique m'adressa le plus sérieux des regards.

— Luna, pourquoi est-ce que je ferais un truc aussi stupide ?

Je serrai le poing.

— Tu n'as… tu n'as jamais eu de copine.

— Et alors ? Tu préférerais que je mente et affirme en avoir eu des dizaines ? Ou bien tu peux accepter le fait que ça n'a toujours été que toi ?

Eh bien.

La vache.

— Tu es trop jeune. Tu es trop mignonne. Tu es trop bien pour moi. Mais j'en ai marre de me gaver de ta gentillesse sans que tu le saches, Luna. Tu es ma nana. Juste toi. Il n'y a eu personne d'autre avant, et il n'y aura jamais personne d'autre.

J'inspirai vivement et levai la tête pour le regarder bien en face.

— Je suis ta nana ?

Il opina et son visage arbora une expression que je ne lui avais jamais vue.

— C'est vrai ?

— C'est vrai, confirma-t-il avec un sourire doux, presque timide.

Je me mordis la lèvre et me tordis les mains quand il me fixa avec une telle intensité que mon souffle se coupa dans ma gorge. *Il faut savoir prendre des risques dans la vie*, avait dit Lenny. J'avais toujours cru que rien ni personne ne pouvait me faire peur, car j'avais déjà vu ce qu'il y avait de pire en l'humanité.

Mais j'avais aussi vu le meilleur, non ?

— Tu sais tout ce qui est important à mon sujet, Luna. La seule chose que tu ignores, c'est ce qu'il s'est passé avec la police le jour où tu as menti pour moi. J'étais avec Gio, qui a tabassé le copain de sa sœur parce qu'il l'avait frappée. Je n'ai rien fait, mais j'étais là. Sa famille l'a couvert aussi. C'est pour ça que les flics sont venus. Ils cherchaient quelqu'un à accuser, mais je n'ai rien fait, je te le jure.

Si j'avais réfléchi à ces événements, c'était exactement ce que j'aurais imaginé.

— Je sais, Rip. Je ne sais pas comment je le sais, mais je le sais.

Ses yeux me transpercèrent.

— Si tu veux savoir autre chose, reprit-il sur un ton prudent, il te suffit de me le demander et je te raconterai tout. Je t'ai déjà prévenue pour le reste, et pourtant tu es toujours là.

Cela semblait si facile, quand il le présentait comme ça. Était-ce possible que ça le soit ?

— Rip ? demandai-je avec circonspection, alors que mon appréhension disparaissait tout à coup.

— Oui ?

Je déglutis et plongeai dans ses magnifiques yeux bleu-vert.

— Est-ce que tu *m'apprécies* ou bien est-ce que ça va au-delà de ça ?

Il prit une grande inspiration.

— Sortons d'ici et je te répondrai.

***

Le trajet jusque chez lui ne dura pas longtemps, malgré les incessants bouchons, même à cette heure de la journée.

Rip avait proposé de nous y conduire tous les deux, mais j'avais refusé de laisser ma voiture sur le parking du bar, alors je l'avais suivi, les yeux rivés sur la route tandis que nous empruntions une rue calme au nord de Houston dotée de maisons individuelles espacées et de voitures garées dans des allées.

Quand Rip tourna sur une parcelle ouverte en gravier, avec, en plein milieu, un mobil-home rectangulaire qui paraissait neuf, je sus que c'était là qu'il habitait. Je me garai derrière son pick-up et le regardai en sortir, puis s'approcher de moi pour m'ouvrir ma portière avant même que je n'essaie de le coiffer au poteau.

Il m'adressa son sourire caractéristique, celui qui ne s'incurvait que d'un côté et faisait apparaître sa fossette, et me prit la main pour me faire sortir, avant de claquer ma portière.

— Quand tu en parles, tu donnes l'impression de vivre dans un trou à rats, lançai-je, accusatrice.

— Ce n'est pas une jolie maison violette, expliqua-t-il en cherchant ses clés.

J'observai l'étendue de son habitation.

— Rip, je parie que ce truc coûte presque autant que ma maison.

Il haussa les épaules et me serra la main tout en glissant la clé dans la serrure.

— C'est quand même pas une jolie maison violette.

Manifestement, il n'admettrait jamais mon point de vue, même si j'avais raison.

Je n'avais cependant pas envie de me disputer avec lui. Parce que… Parce que… accroché au porte-clés de sa maison, quelque chose pendait. Une breloque en forme de cornet de glace, comme celle que j'avais autrefois portée en pendentif. Celui-là même que je lui avais enfilé après l'accident de voiture.

Il l'avait gardé ? Il l'avait mis à son porte-clés ?

J'étais fichue. Tellement fichue que plus personne ne me reconnaîtrait. Jamais. Je pris sur moi pour me taire. J'en parlerais plus tard, puisqu'il semblait qu'il y aurait un «plus tard» qui nous attendait. Je l'espérais, en tout cas.

Il ouvrit la porte tandis que je montais les petites marches en métal et qu'il appuyait sur l'interrupteur au mur. La lumière se fit à l'intérieur du mobil-home alors qu'il me faisait entrer et refermait la moustiquaire ainsi qu'une autre porte derrière moi.

J'observai son intérieur pendant ce temps. Je m'étais trompée en déclarant que sa maison devait être aussi chère que la mienne. Celle-ci était *jolie*. Deux gros fauteuils confortables, avec des motifs de plusieurs nuances de brun chaud, se trouvaient à droite de l'entrée. Sur le côté, je vis une table autour de laquelle quatre personnes pouvaient s'asseoir. Sa cuisine, sur la gauche, était bien plus jolie que la mienne. Les appareils étaient neufs et brillants, et il possédait une cuisinière à quatre feux, ainsi qu'un four et un micro-ondes. Il disposait d'un joli îlot de cuisine avec du rangement en dessous. Et si je voyais bien, il y avait aussi de vieux livres de cuisine en dessous. Je me demandais s'ils avaient appartenu à sa mère. J'espérais qu'il me le dirait un jour. Il avait même une télévision d'une taille correcte sur le mur, près d'une autre porte. Qui menait où ? Aux chambres ? À la salle de bains ? Aucune idée.

Et c'était propre.

Extrêmement propre.

— Tu es toujours aussi soigneux ? demandai-je d'une voix rauque, toujours en train de m'abreuver de sa maison.

Son rire riche et chaleureux était si naturel que je me retrouvai sans défense. Il se glissa sous mes côtes et se posa sur mon cœur.

— Je ne suis pas bordélique, mais je suis un peu plus maniaque ces dernières semaines, pour le cas où tu viendrais ici.

J'inspirai et le regardai, à mes côtés, les yeux rivés sur moi.

— Ce n'est pas pour toutes les filles que tu ramènes ? me sentis-je contrainte de demander.

Il secoua la tête et se tourna franchement vers moi. Sa main se glissa sur mon cou et il m'attrapa par la nuque. Ses yeux sarcelle ne se détournèrent même pas une seconde quand il répondit dans un souffle :

— Je te l'ai dit, j'ai acheté ce mobil-home après m'être installé ici.

— Je sais.

Pourquoi ma voix était-elle si faible ?

— Ça ne me regarde pas, si tu as…

— Non, non, répliqua-t-il en secouant la tête.

Je cillai.

— Mais ça fait trois ans.

Il haussa un sourcil.

— Mais tu ne m'appréciais pas.

— Oh, je t'appréciais beaucoup, princesse. Je t'ai toujours beaucoup appréciée.

Ouaip, j'étais fichue.

— Mais tu étais méchant avec moi.

Il sourit lentement.

— J'étais dur avec toi, pas méchant, et ça me rongeait ensuite pendant des heures et des jours.

Ah oui ?

— Tu aurais pu être gentil.

— Je me croyais trop vieux pour toi. Je pensais avoir fait trop de conneries dans ma vie pour te mériter, Luna, expliqua-t-il à voix basse. Je ne voulais pas t'apprécier et j'ai lutté contre ce sentiment le plus longtemps possible.

— À cause des mauvaises choses que tu penses avoir faites ?

Son visage s'adoucit.

— À cause des mauvaises choses que je sais avoir faites, confirma-t-il, et cette certitude aussi se faufila sous mes côtes.

Je connaissais cette culpabilité que l'on ressentait quand on faisait des choses dont on n'était pas fier. Des maux nécessaires. Des maux inutiles, aussi.

Je m'approchai de lui et mes seins effleurèrent son torse. Sa main glissa sur mon dos, atterrissant sur ma chute de reins, m'attirant encore plus près.

— Et si j'avais commencé à sortir avec quelqu'un ?

Rip pencha la tête vers moi, sa bouche à quelques millimètres de la mienne.

— J'aurais fait en sorte qu'il n'y ait jamais de second rendez-vous, princesse. Je sais que tu en as eu sept, avant la série récente. Je sais que tu es allée trois fois au restaurant, deux fois au cinéma, une fois à un match de baseball et au *Mickey* une fois. J'ai écouté. Je sais.

C'était vrai. Tout était vrai.

— Comment as-tu su ?

J'aurais juré sentir déjà ses lèvres sur les miennes.

— J'écoute, comme je te l'ai dit.

— Qu'as-tu entendu d'autre ?

— Tout.

Il bougea la tête, effleurant ma gorge d'un baiser si délicat qu'il ne fut que picotements. Les plus agréables de ma vie.

Et juste après avoir caressé mes lèvres avec les siennes, il recula.

— Qu'est-ce qui ne va pas ? demandai-je, souriant pour qu'il sache que j'étais heureuse.

J'espérais que c'était son cas aussi.

Il se caressa la tête, sans me quitter de son regard qui convoyait une dizaine d'émotions différentes. La seule sur laquelle je parvenais à me concentrer, cependant, c'était son incertitude.

— Qu'est-ce qu'il y a ? insistai-je, souriant toujours.

Du moins, jusqu'à ce qu'une pensée me traverse l'esprit.

— Nous ne sommes pas obligés de faire quoi que ce soit, si tu n'en as pas envie.

Il cligna des paupières, agitant ses très longs cils, puis il plissa légèrement les yeux.

— Princesse, ce n'est pas ça du tout.

— C'est quoi, alors ?

Il semblait toujours hésitant. Il se passa la main sur le torse, d'un pectoral galbé à un autre, puis il remonta sur sa gorge et posa les doigts sur le col de son tee-shirt de compression, qu'il écarta de quelques millimètres.

— Il faut que je te dise quelque chose d'abord.

Oh, non.

— Il y a un problème avec ton… ?

Je baissai les yeux vers son entrejambe.

Il cilla.

— Pardon ?!

D'accord, ça ne devait pas être ça.

— Tu as trois tétons ? Ce n'est pas grave. J'ai des vergetures, si tu veux tout sa… Pourquoi tu me regardes comme ça ?

Il me fixait très bizarrement. Vraiment.

— Je me fous complètement que tu aies des vergetures, et, non, je n'ai pas trois tétons.

Je posai les mains sur ses hanches, des mains fermes malgré la situation, et sentis la chaleur émanant de sa peau à travers son haut.

— Qu'est-ce qu'il y a, alors ?

Il tira sur son tee-shirt, attirant mon attention sur sa peau tatouée… et ce fut *là* que je percutai.

Ohhhh.

— Tu as le nom d'une fille tatoué sur ta peau ?

Il leva les yeux au ciel comme si j'avais suggéré une absurdité.

— Laisse-moi te raconter, d'accord ?

J'écarquillai les miens et le regardai écarter davantage son tee-shirt.

— J'ai des tatouages.

— J'avais remarqué, oui.

Il me lança un regard gêné et se frotta le crâne.

— Luna, je vais d'abord t'expliquer, puis je te les montrerai, d'accord ?

J'opinai.

— Je t'ai raconté ce que j'avais fait pendant près de vingt ans.

J'acquiesçai de nouveau. Comment pourrais-je oublier qu'il avait fait partie d'un gang de motards… enfin d'un *club*… peu importe le nom ?

— Beaucoup de tatouages proviennent de cette époque et je n'ai jamais pris le temps de les faire recouvrir, avoua-t-il d'une voix basse.

Quelque chose tira sur mon cœur, tira fort dessus et l'affola.

J'aime cet homme. Je l'aime, je l'aime, je l'aime.

— Rip, je me fiche complètement des tatouages que tu t'es fait faire à cette époque-là, lui assurai-je gentiment. À moins que tu n'aies le nom d'une fille tatoué quelque part, mais ce n'est pas le cas, si ?

Son visage s'adoucit tellement que je ne pus que sourire.

— Arrête avec tes questions à la con, d'accord ? Et, non, j'ai le prénom de personne sur moi.

— D'accord, dans ce cas.

Je levai le menton.

— Tu as des tatouages de gang. Merci de me l'avoir dit.

— Ce ne sont pas des tatouages de *gang*.

— Des tatouages de club, si tu préfères.

Je haussai les sourcils et agitai les doigts entre nous.

— Montre-moi la marchandise.

Son rire adoucit le tranchant de son ton.

— Luna…

— Je suis sérieuse. Je m'en fiche.

J'ouvris et fermai la main, dans ce geste universel pour lui dire de se rapprocher.

— Nous ne sommes plus les mêmes qu'autrefois, et, tu as de la chance, je trouve que tu es l'homme le plus sexy de cette planète, alors même que je ne t'ai vu qu'entièrement habillé.

Je souris.

— Montre-moi le reste.

Rip me fixa de son regard profond. Il prit une grande inspiration tremblante.

Je reconnus cette incertitude qui approfondissait les rides au coin de ses yeux, et mon cœur se serra de nouveau.

J'aimais cet homme. Je l'aimais depuis longtemps, et pourtant, je ne l'avais jamais autant aimé qu'en cet instant précis, alors qu'il se tenait devant moi avec ce regard craintif. Inquiet de ce que je pourrais penser.

— Viens là, répétai-je en souriant.

La petite inspiration qu'il prit par le nez me fit l'aimer encore plus.

Alors, je lui fis de nouveau signe.

— Je ne t'ai jamais raconté que je volais dans les magasins ou dans le portefeuille des gens.

Il cilla.

— Toi ? demanda-t-il, incrédule.

Cela ne fit qu'élargir mon sourire.

— Oui, moi. Si c'était assez petit pour rentrer dans la poche de mon sweat, je le prenais. J'avais faim et je ne voulais pas entamer mes économies, au début de ma fugue, expliquai-je.

Je me souvenais très bien de ce qu'avait ressenti cette Luna quand elle s'était retrouvée à court d'argent.

— J'avais déjà volé des tas de trucs avant ça. Des bonbons, en général, puisque personne ne m'en achetait jamais. Et quand j'arrivais à dérober du fric à mes parents, je revenais au magasin et je donnais l'argent au propriétaire. Je suis sûre qu'il connaissait mon manège, mais il ne me l'a jamais dit et ne m'a jamais dénoncée à la police.

Ripley retira les doigts de son col et s'approcha de moi.

— Ils ne t'ont jamais acheté de bonbons ?

Je secouai la tête.

— C'est moi qui me préparais mes propres gâteaux d'anniversaire. Après avoir volé le mélange à la supérette. Mon père adorait le lait et les œufs, alors il y en avait toujours à la maison. Pour ça, il voulait bien me donner de l'argent. Il demandait ensuite le ticket et s'assurait que je lui rendais bien toute la monnaie.

Cet homme s'avança d'un pas de plus.

— Le 13 février, c'est ça ?

Il m'interrogeait sur mon anniversaire, et le fait qu'il en connaisse même la date était…

— Oui.

Il fit un pas supplémentaire.

— Je m'en charge à partir de maintenant.

— De mes gâteaux d'anniversaire ? demandai-je.

Avec un peu de chance, j'avais réussi à cacher mon ton plein d'espoir.

— Oui, confirma-t-il en s'approchant encore. Je te préparerai un gâteau rouge velours. Je sais que tu adores.

— D'accord.

Je souris.

— Maintenant que tu sais que tu n'es pas le seul à avoir fait des choses fourbes, montre-moi tout.

Il s'avança un peu, puis encore d'un pas, si bien qu'il se trouva juste devant moi. Il me souleva le menton.

— Tu es une petite fourbe, toi aussi, n'est-ce pas ?

— Quand c'est nécessaire.

Il me caressa la joue, remonta jusqu'à mon oreille et reprit d'une voix plus basse.

— Oui, j'avais remarqué quand tu m'as dit de casser la main de ton cousin. Je ne vais pas te mentir, Luna : j'avais envie de le tuer. Mais je t'ai vue lui botter les fesses et balancer cette chaussure comme une ninja, et c'était le plus beau spectacle de ma vie.

Je tendis la main vers l'un des passants de sa ceinture.

— Et tu m'apprécies toujours, même après ça ?

Il me fit un adorable sourire.

— Tu pourrais voler *La Joconde*, je saurais que tu l'as fait pour une bonne raison. Je crois que je te soutiendrais dans tout ce que tu ferais, princesse.

J'éclatai de rire, ce qui le fit sourire encore plus largement. Il glissa les doigts plus bas, effleurant ma gorge.

— Tu es la plus belle et la meilleure chose qui me soit arrivée de toute ma vie. Je ne veux pas que tu partes en courant, tu comprends ? Un jour, je te raconterai tout, déclara-t-il doucement.

Je le fixai du regard. S'il avait fait une photo en cet instant, il m'aurait prise les lèvres légèrement entrouvertes, et si j'avais pu, j'aurais même fait flotter de gros cœurs roses au-dessus de ma tête.

Je passai les bras autour de sa taille sans me sentir embarrassée un seul instant.

— J'en ai eu envie des centaines de fois.

— De quoi ?

— De te câliner.

Il mit quelques secondes à le faire, mais enfin, il m'étreignit à son tour, une main sur ma tête, l'autre en haut de mon dos, et j'appuyai la joue contre son torse.

— Princesse, souffla-t-il d'une voix rauque.

— Tu es la plus belle chose qui me soit arrivée de toute ma vie, déclarai-je.

Ce qui sortit de sa bouche ressembla à un rire passé par un hachoir à viande.

— C'est vrai. Ne discute pas.

Le hachoir à viande recommença, et je le serrais si fort qu'il m'était facile d'oublier que mes avant-bras étaient plaqués juste au-dessus de ses fesses.

— Et je ne dis pas ça non plus pour te convaincre de me montrer tes tatouages.

— Je sais.

— Est-ce que je peux les voir quand même ?

Son rire fut plus léger. Puis, il bougea, me lâchant pour pouvoir faire passer son tee-shirt par-dessus sa tête. Il s'était à peine écarté de moi.

Je le serrai une dernière fois contre moi avant de lever enfin le visage. Je remarquai immédiatement sa peau mate au niveau de la taille…

Recouverte de lignes épaisses et de formes dont l'encre s'estompait.

Retenant mon souffle, j'étudiai ses tatouages. Sous son nombril était écrit «*ÉXÉCUTEUR*» en grosses lettres, en demi-cercle. Plus haut, au-dessus de ses côtes, il avait deux crânes ailés. Les lignes étaient fines et détaillées. Et au-dessus de tout ça se trouvaient les lignes tribales imposantes qui s'étendaient sur ses pectoraux, ses épaules, ses biceps, remontaient sur sa gorge… où il y avait un autre squelette aussi.

Les dessins n'étaient pas beaux.

Pas beaux du tout.

Sans un mot, Rip se tourna, me présentant son dos.

Là se trouvait un squelette surdimensionné qui tenait un parapluie, dessiné à l'intérieur d'un cercle imparfait. Les mots *REAPERS MC 1978* étaient tatoués juste au-dessus. Les lettres ne faisaient pas toute la même taille et certaines penchaient alors que d'autres non. Tout autour se trouvaient les mêmes lignes tribales imposantes.

Je passai un doigt sur la peau douce étirée par les muscles.

Et je l'entendis soupirer profondément.

Je remontai le doigt sur sa colonne, vertèbre par vertèbre.

— Je suis un peu déçue qu'il n'y ait pas le symbole chinois de la force.

Il explosa de rire, me faisant m'esclaffer à mon tour.

— Ta peau est vraiment douce. Tu l'hydrates ?

— Non, répondit-il, toujours hilare. Je ne veux pas que les tatouages tiennent. Plus maintenant.

— Tu es donc en train de me dire que ta peau est juste douce au naturel ?

— Hum-hum.

Je remontai encore plus haut sur son échine, jusqu'à ses épaules. Les lignes s'y croisaient ; ça avait dû faire un mal de chien au moment de les faire.

— J'ai un tatouage, déclarai-je.

Il leva la tête et la tourna vers moi.

— Ah oui ?

— Ouaip.

— Où ça ?

— Sur les côtes. Je voulais le faire sur la hanche, mais le tatoueur me l'a déconseillé.

— Il est petit ?

Je fis non de la tête et il cilla une nouvelle fois. Lentement, il cligna des paupières.

— Qu'est-ce que c'est ?

— Un renard.

— Un renard ?

J'opinai, puis saisis l'ourlet de mon tee-shirt et retirai le vêtement en un seul geste. Je portai un joli soutien-gorge, rien de particulièrement sexy, mais il était mignon et turquoise. Je me tournai sur le côté afin que Rip puisse voir correctement mon flanc.

Cependant, je me rendis compte très vite qu'il ne regardait pas cette zone. Il m'observait tout entière. Mes seins remontés par mon soutien-gorge, mon petit ventre, mon jean taille haute.

— Regarde, l'invitai-je, lui montrant la tête de renard qui s'étendait de sous mon sein à ma dernière côte.

Et, enfin, ses yeux se tournèrent dans cette direction et il prit une grande inspiration par le nez.

— Joli, hein ?

Je savais qu'il l'était. De fins traits noirs entouraient la tête et les oreilles du renard, un peu féminin, mais surtout féroce. Magnifique, féminin et fort.

— Je l'ai fait à mes dix-neuf ans.

Sa main, chaude, se posa sur ma hanche, un peu en dessous du tatouage.

— Pourquoi un renard ?

J'avais de la peine à parler, avec ses doigts caressant ma peau.

— Parce que les gens croient toujours qu'on est soit un lion, soit un agneau, mais j'ai toujours voulu être quelque chose entre les deux.

Je me mordis la lèvre et haussai une épaule.

— Quelque chose ayant quand même des dents pointues, au cas où.

— Hum, dit-il tout bas, en effleurant ma cage thoracique, juste au-dessus du renard. Juste un ?

— Pour l'instant. J'ai failli tomber dans les pommes quand j'ai fait celui-là. Ne le dis à personne, mais j'ai pleuré, répondis-je.

Je poussai un petit cri quand il me caressa le ventre et que l'un de ses doigts s'enfonça légèrement dans mon nombril.

— Il faut que je te dise autre chose.

— Hummm ? répliqua-t-il de sa voix rauque et sexy, tandis que son doigt poursuivait sa course sur mon ventre.

— J'ai un piercing aussi.

Rip pencha la tête, posant ses lèvres chaudes et sèches sur mon épaule, parsemant ma gorge de baisers vers le haut. Sa main se décala sur mon dos et il tira sur mon soutien-gorge tandis que sa bouche se posait sur le point de jonction entre mon épaule et mon cou. Il suçota la zone et je me dressai sur la pointe des pieds en poussant un petit cri.

— Un seul, encore une fois. Je voulais en faire deux, mais ça a fait tellement mal que je me suis dégonflée.

Le grondement de son rire flotta jusqu'à ma peau à l'endroit où sa bouche effleurait mon épaule. Il pointa ensuite la langue et suçota la zone, ses doigts jouant toujours avec les agrafes de mon soutien-gorge. J'aimais le sentir galérer. Je n'envisageai même pas de l'aider en tendant les mains dans mon dos pour défaire mon sous-vêtement et le sentir glisser dans l'instant.

Ce fut là que je le lui dis.

— C'est à mon téton.

Il inspira si fort que les poils se dressèrent sur mon bras. Il détacha mon soutien-gorge en une seconde, posa les deux mains sur ma taille et *plongea* la tête, droit vers mon mamelon traversé d'une petite barre. Ce piercing m'avait fait un mal de chien pendant des mois.

Mais tout à coup, le souvenir de la douleur ne fut plus si vif.

Pas alors que Rip suçotait mon téton, que sa langue chaude jouait avec le piercing, avant qu'il n'ouvre la bouche plus grande pour avaler un peu plus de chair.

— Putain, lança-t-il dans un souffle qui s'insinua jusque dans ma moelle.

Ses mains se posèrent sur l'avant de mon jean, défirent le bouton, puis la fermeture Éclair tandis que je m'agrippais à ses épaules pour garder l'équilibre.

Le dos arqué, je le laissai descendre mon jean autant que possible, à savoir pas très loin, puisqu'il était moulant. Et quand je me mis sur la pointe des pieds de nouveau, pour l'encourager à s'intéresser à mon autre sein ou à aspirer encore plus celui qu'il avait actuellement dans la bouche, Rip s'accroupit pour faire descendre mon pantalon jusqu'en bas. Avec des gestes impatients, saccadés, et si *sexy*. Comment faisait cet homme pour l'être autant ?

— Rip, gémis-je lorsque ses mains se posèrent sur mes hanches pour faire prendre le même chemin à ma culotte.

Si rapidement que le frottement du tissu fit picoter ma peau. La seconde suivante, il me retira entièrement mon pantalon, ma culotte, mes chaussettes et mes chaussures.

— Je sais, princesse, grommela l'homme le plus sexy du monde en se redressant pour me plaquer contre lui.

Ses deux grandes mains empoignèrent mes fesses et il recula. Sa bouche passa d'un mamelon à l'autre, suçotant, y donnant des coups de langue, l'aspirant, tandis qu'il lâchait des bruits affamés d'une voix rauque et qu'il reculait, reculait…

Enfin, il se laissa tomber sur l'un des fauteuils inclinables près de la porte et m'attira sur ses genoux, entièrement nue, m'obligeant à le chevaucher. Il parsema ma poitrine de baisers et remonta sur mon cou, jusqu'à ma bouche.

Et là, il m'embrassa. Il déposa de petits baisers, bouche fermée, qui me rendirent folle et me poussèrent à agir, à glisser ma langue contre la sienne, à la caresser. Ces baisers humides m'excitèrent, et je frottai mon corps totalement nu contre le sien à moitié dénudé. Si je n'avais pas senti sa main en bas de mon ventre ou son petit mouvement de hanches, je n'aurais pas su qu'il avait ouvert son pantalon.

Enfin, je l'aurais découvert à l'instant où quelque chose de nu, chaud, et extrêmement dur et épais effleura mon nombril.

Y donna des petits coups.

Le caressa.

L'embrassa.

Je baissai la main pour m'emparer de la hampe épaisse, très épaisse, qui tressautait entre nous. *Bon sang*, Rip était chaud, plus doux que la soie aussi, mais surtout épais et long, et son sexe gouttait sur mes doigts et entre nous.

— Putain, siffla-t-il d'une voix brisée contre ma peau.

Empilées, mes deux mains se terminaient juste en dessous de la tête en forme de champignon, mais j'étais incapable de regarder, pas quand Rip arborait cette expression, la tête en arrière, les lèvres entrouvertes. Je serrai son membre et en admirai la taille. La douceur. Je m'émerveillai d'avoir sous les yeux cet homme si beau qui respirait si fort. Alors, je le serrai un peu plus fort et entrepris un léger va-et-vient.

À ce moment-là, il ouvrit les yeux, dardant ses iris bleu-vert droit sur moi tout en inspirant vivement. Je sus, je sus pile à cet instant ce qu'il voulait. Ce que *je* voulais. Ce que mon corps voulait aussi plus que tout, sans attendre davantage, si j'en jugeais par l'humidité entre mes jambes.

Je détaillai son visage aux traits ciselés, aux joues creuses, et je le positionnai jusqu'à ce que son gland humide trouve la place où nous le voulions tous les deux, et… je soulevai les hanches, comme si cette position, avec lui, était la chose la plus naturelle au monde. Puis, lentement, lentement, lentement, je descendis sur lui, haletant à chaque centimètre me pénétrant. *La vache.* Je soulevai les hanches une fois, puis m'abaissai un peu plus, accueillant chaque centimètre de son long membre en moi, sans jamais cesser d'embrasser Rip. Sans m'arrêter, je fis des va-et-vient sur cette hampe, respirant quand je le pouvais, jusqu'à ce que je finisse enfin totalement empalée sur son sexe puissant, dur – sacrément dur –, qui devait faire plus de vingt-deux centimètres.

— Putain de merde, jura-t-il lorsque mes fesses se trouvèrent posées sur ses testicules chauds.

Je pris une grande inspiration. Ce geste me fit me trémousser sur lui et nous haletâmes tous les deux.

Je le chevauchai avec lenteur, me frottant contre la large base, montant, descendant, ses poils rêches formant l'effleurement parfait contre mon clitoris. Les mains sur mes hanches, il me guida pendant tout l'acte. En haut et en bas. En haut et en bas. L'embrassant. Lui, m'embrassant. Posant sa bouche sur mon cou. Me léchant un sein, puis l'autre. Suçant le droit dans sa chaude cavité, puis se décalant vers l'autre et faisant de même. Rip me lécha et me suça dans des endroits qui me procuraient un plaisir insoupçonné…

— Merde, grogna-t-il en remontant les hanches, comme si je n'étais pas déjà entièrement assise sur lui.

Cependant, il ne pouvait pas aller plus loin en moi. Il tressauta dans mon intimité et remonta les hanches, plaquant un peu plus nos corps l'un contre l'autre.

J'ondulai du bassin, j'accélérai le rythme, je me fis plus animale, je prenais tout ce qu'il m'offrait, encore et encore, jusqu'à ma jouissance. Là, je me crispai autour de lui et poussai un cri que j'entendis à peine moi-même.

Il inspira alors, ses mains et son corps se figèrent un instant avant qu'il ne m'empale au maximum, s'enfonçant si loin dans mon fourreau que mes muscles palpitèrent autour de lui. Ses grognements se firent plus rauques à mes oreilles et contre mes lèvres, et il jouit à l'intérieur de moi. Son grand corps frémit, son sexe pulsa à un rythme lent et régulier. J'acceptai tout. Chaque fragment de lui.

Peu après, je m'allongeai sur lui, les bras autour de son cou. Torse contre poitrine, nous peinions à reprendre notre souffle. Il m'enlaçait, me gardant tout contre lui, et c'était la chose la plus géniale et appréciable de toute ma vie. Je n'aurais voulu être nulle part ailleurs. Nulle part. Même contre un million de dollars.

Le nez contre sa gorge, j'inhalai sa douce fragrance : une odeur de propre, de déodorant et de peau chaude.

Il me caressa lentement le dos, de chaque côté de ma colonne. Me balayant de haut en bas et de bas en haut.

— Tu vas bien ?

Je souris. Comment pourrait-il en être autrement ?

— Je crois que je n'avais jamais été aussi bien, Rip.

Il pouffa contre mon oreille.

— Je mentirais si je disais le contraire aussi.

— Ah oui ? demandai-je en m'imprégnant de sa chaleur.

De son amour. De son corps contre le mien.

— Oui, répondit-il simplement, avant que ses mains ne retournent cheminer sur mon dos, comme s'il aimait me sentir contre lui, lui aussi.

J'espérais que c'était le cas.

Nous restâmes un long moment dans cette position, lui en moi, ramollissant, mais ses bras solides, comme toujours. J'adorais ça. J'adorais tellement ça que je n'avais pas de mots pour le décrire.

— Je suis désolé, princesse. Désolé de n'avoir pas été là pour toi ces derniers temps, désolé d'avoir été un tel con pendant quelques jours. Ça n'arrivera plus, affirma-t-il, l'air grave. Même si j'essayais, je ne pourrais plus le faire. Tu sais pourquoi ?

Je m'interdis de me raidir, et même si je n'avais pas vraiment envie de poser la question et d'être le genre de personne ayant besoin d'être rassurée… je l'étais malgré tout. Je le serais peut-être toujours, bien que j'espère que non. Je demandai quand même :

— Pourquoi ?

Ce magnifique Rip, ce formidable Rip, répondit sans hésiter un seul instant :

— Parce que je t'aime, Luna. Parce que je t'aime à en crever, princesse, et les deux semaines pendant lesquelles tu donnais l'impression d'en avoir fini avec moi ont été les pires de ma vie.

Je me redressai à ces mots afin de pouvoir le regarder. Et je ne m'en privai pas. Son visage grave. Ses yeux intenses. Ce sérieux qu'il exsudait littéralement. Je vais être honnête : je ne pus m'empêcher de le lui faire répéter en murmurant :

— Tu m'aimes ?

Il ne dit pas «Ouais». Il ne dit pas «Hum-hum». Il ne fit rien pour amoindrir ses paroles ou les nier. Il me donna les quatre plus beaux mots de ma vie.

— Je t'aime, princesse.

Une confirmation. Une promesse. Un pansement sur une plaie, même si je n'aurais pas dû en avoir besoin.

Parce que je savais que Rip ne prononcerait pas ces mots s'il ne les pensait pas. Certes, il avait énoncé des paroles qu'il ne pensait pas quelques semaines plus tôt, mais je comprenais pourquoi.

Ces mots qu'il venait de me dire, j'étais intimement persuadée qu'il ne reviendrait pas dessus pour une raison quelconque. En cet instant, je sus qu'il les pensait au plus profond de son cœur brutal et compliqué.

— Je t'aime, moi aussi, lui avouai-je.

Autant y aller, parce que, pourquoi me retenir ? Des gens plus intelligents que moi diraient que le monde n'appartient pas aux poules mouillées. Je refusais d'en être une.

Le coin de ses lèvres s'incurva en un sourire gentil, mais lumineux et doux à la fois.

— Je sais, princesse.

Il se remit à me caresser le dos et se pencha vers moi, sans me lâcher du regard.

— Je sais. Et je sais que beaucoup de gens t'ont fait du mal, et je sais que ta relation avec ta sœur est compliquée…

— Elle m'a envoyé une lettre, le coupai-je. Je voulais t'en parler.

Il ne dit pas un mot, mais je sus, à son expression, qu'il n'en pensait pas moins.

— Elle m'a dit qu'elle était désolée, qu'elle ne savait pas comment m'avouer qu'elle parlait à mon père…

Son ricanement ne fut même pas surpris. Je ne pouvais pas le lui reprocher.

— A priori, c'est un de ses ex qui est entré chez elle par effraction, et si elle se comportait bizarrement, c'est parce qu'elle ne voulait pas m'avouer qu'elle était strip-teaseuse. Voilà comment elle se paie cet appartement, poursuivis-je. Moi qui me suis inquiétée pendant un moment qu'elle vende de la drogue…

Le visage soigneusement dépourvu d'expression, Rip me demanda :

— Comment te sens-tu ?

Je me penchai pour l'embrasser sur la joue, récoltant un sourire oscillant entre la douceur et l'arrogance qui alla se ficher droit dans mon âme. Est-ce que ce serait aussi simple ? Était-ce censé l'être ? Rip me laisserait-il l'embrasser quand je le voulais ? J'étais partante. Sincèrement.

— Je suis triste qu'elle ait ressenti le besoin de me cacher ça. Je ne vais pas te mentir. Ça me blesse beaucoup qu'elle parle à mon père, à lui précisément, et que ça dure depuis des années. Je ne comprends pas, tu vois ? Enfin, si, d'une certaine manière, peut-être, mais pas vraiment non plus. Il était loin d'être aussi méchant avec elles qu'il l'a été avec moi, malgré tout, je ne comprends pas qu'elle puisse vouloir se donner la peine *d'essayer*. Qu'elles puissent toutes les deux, Kyra et elle. Il était horrible. Il n'en avait rien à foutre d'elles quand elles vivaient avec lui. Je n'exagère pas. S'il avait été méchant avec elles, je n'aurais jamais pu le lui pardonner, moi.

Sa grande main chaude remonta vers ma nuque.

— Tu ne comprends pas, parce que tu n'es pas comme elles.

Il me caressa la joue avec son pouce.

— Pas comme tes sœurs. Tu ne ferais jamais ça, Luna. Je ne comprends pas pourquoi elles le font, moi non plus.

— Elle m'a aussi dit que ce n'est pas mon père qui a envoyé mon cousin chez moi, qu'il l'a fait de sa propre initiative. Je n'ai pas cherché à la contacter depuis que j'ai reçu sa lettre. Je ne sais pas quoi faire. Je l'aime, mais je suis en colère.

— Tu feras ce qu'il faut.

— J'espère.

Son sourire s'adoucit.

— Bien sûr que oui, princesse. Tu fais toujours ce qu'il faut. Je ne connais personne ayant un cœur aussi gros que le tien.

— Ohhh, il y a un tas de gens…

— Non, me coupa-t-il.

Il m'embrassa au coin de la bouche, puis de l'autre côté, et sa barbe rêche effleura mes lèvres au passage.

— Tu es la seule. Tu t'es peut-être fait tatouer un renard, mais tu es une lionne, princesse. Un putain de miracle. Je ne sais pas comment tu as fait pour devenir comme ça, mais tu me donnes une véritable leçon de pardon et d'amour chaque jour. Je pensais avoir cessé d'apprendre depuis bien longtemps, mais tu es entrée dans ma vie.

— Moi ?

Il éclata d'un rire doux.

— Oui, toi. Juste toi.

Je déglutis une nouvelle fois et haussai les sourcils, parce que je ne savais pas quoi dire. J'ignorais quoi penser. Il dut le comprendre, puisqu'il poursuivit sans attendre de réponse de ma part :

— Je ne sais pas quoi te dire concernant tes sœurs et ce que tu devrais faire, mais je sais que tu trouveras. Je ne sais pas quoi te dire non plus concernant ton père, mais si tu veux savoir ce que j'en pense, je te dirais : « Allons brûler la maison dans laquelle tu vivais avec lui ! » Cela dit, si tu choisis de passer à autre chose, je te soutiendrai.

» Tout ce que je sais, c'est que je ne laisserai personne te traiter comme de la merde ou comme une quantité négligeable. Ni moi ni même ta famille. Je ne plaisantais pas quand je t'ai dit que je t'aimais, et je sais que j'ai encore un tas de trucs à te dire, mais on va avancer ensemble.

Il me caressa une nouvelle fois la joue, et ses yeux dans lesquels je me perdais sans jamais retrouver mon chemin se rivèrent à moi.

— Si tu es d'accord.

Si je suis d'accord ?

Oh, non.

Je me mordis l'intérieur de la joue.

— Et si je ne le suis pas ? demandai-je, même si nous savions aussi bien l'un que l'autre que ce ne serait jamais le cas.

— Alors, je vais devoir te convaincre un peu plus, répliqua-t-il doucement.

Ce qu'il y a de drôle avec la vie, c'est tout ce que l'on ne choisit pas. On ne choisit pas sa famille. On ne choisit pas sa couleur de cheveux, sa taille ou ses talents naturels. On ne choisit pas où l'on naît ni ce que les gens verront quand ils nous contempleront.

Mais ce qu'il y a de mieux dans la vie, c'est que, en fin de compte, rien de tout ça n'a d'importance. On peut choisir la personne que l'on devient. Celle que l'on aime. On peut changer de couleur de cheveux et, dans une moindre mesure, on peut aussi changer la couleur de ses yeux ou sa taille. Et on peut apprendre à exceller dans un domaine.

Il y a beaucoup de choses que l'on ne choisit pas, mais il y en a bien plus que l'on peut choisir.

Et je sus en cet instant ce que je choisirais. Ce que je choisirais toujours.

Les meilleures décisions de ma vie étaient celles que j'avais prises terrifiée, tout en sachant que c'était nécessaire.

En cet instant, je sus que rien ne me serait jamais aussi nécessaire que l'homme qui me faisait face, qui sabotait mes rencards et me préparait à manger parce qu'il me savait incapable de cuisiner, et surtout qui voyait en moi celle que je voulais être. Celle que j'essayais de devenir, même quand je faisais des choses pas gentilles. Rien ne me serait jamais aussi nécessaire que cet homme, Lucas Ripley, qui était autant que moi un puzzle aux morceaux collés par du Scotch.

Comme nous l'étions tous, j'imagine.

Alors, je lui donnai la seule réponse possible, la seule me permettant de me regarder dans un miroir toute ma vie.

Je plongeai dans ses iris bleu-vert et lui dis la vérité :

— Je le veux. Je le veux vraiment.

ÉPILOGUE

Ce fut un rêve qui me réveilla dans une inspiration étranglée.

Ce n'était pas réel, me répétai-je en clignant des yeux jusqu'à distinguer le plafond dans l'obscurité. Cela faisait bien deux ou trois mois que je n'avais pas rêvé de mon père ainsi que de cette maison et de ces «pauvre petite merdeuse débile» qui avaient poussé mon subconscient à me réveiller en sursaut pour y échapper. Ce n'était pas réel. *Ce n'est pas réel.*

Je vais bien, je suis en sécurité et je suis aimée.

Je n'avais pas dix-sept ans et j'allais bien.

Mais je n'avais pas besoin de me tourner vers le réveil pour savoir qu'il était plus de minuit et que j'avais donc désormais trente et un ans, techniquement. Trente et un ans. Et *ça*, ça me fit sourire toute seule dans la chambre, ça ralentit mon rythme cardiaque et fit passer la chair de poule que j'avais depuis mon réveil.

Bien sûr que j'avais rêvé de mon père après l'une des meilleures soirées de ma vie. C'était toujours comme ça. Ces souvenirs stupides se dispersaient à mesure que le temps passait, néanmoins, ils étaient toujours dans de sombres petits coins de mon esprit auxquels je ne rendais visite que rarement.

Je tendis le bras vers l'autre côté du lit et le découvris vide, mais toujours chaud, les couvertures rejetées en partie sur moi.

Je jetai un coup d'œil du côté de la salle de bains et vis de la lumière sous la porte fermée. Je savais où était Rip. Je savais précisément ce qu'il faisait.

Et cette certitude finit de me calmer entièrement, bien plus que le souvenir de la soirée.

Tournant les jambes, je m'assis sur le côté du lit, saisis mon verre d'eau à moitié plein et le vidai avant de me lever. La maison était silencieuse, ce qui ne m'étonnait pas puisque, d'après mon portable, il était trois heures du matin. Rip et moi avions tenu presque jusqu'à minuit avant de retourner dans notre chambre pour nous doucher – ensemble – et aller nous coucher, laissant tous les autres faire ce qu'ils voulaient.

Tous les autres. Voilà qui me fit sourire encore plus et me lever, mon verre vide toujours à la main.

J'ouvris la porte le plus doucement possible et écoutai dans le couloir, mais je ne perçus aucun bruit.

Et j'en savais déjà assez pour ne pas gâcher une surprise, alors je m'approchai du salon le plus silencieusement possible. Ce fut à ce moment-là que j'entendis les bruits. Les ronflements provenant de la pièce. Avant d'aller me coucher, j'avais indiqué à tous ceux qui ne rentraient pas chez eux où se trouvaient les matelas gonflables, s'ils voulaient rester. Certains l'avaient fait, manifestement.

J'entrai dans le salon et découvris l'écran de soixante-quinze pouces, que Rip avait tenu à acheter deux ans plus tôt, allumé, mais avec le son coupé, et observai les deux matelas gonflés dans la pièce. Sur l'un d'eux se trouvaient Lily et son copain de ces deux dernières années, un gentil gars du nom d'Abner. Sur l'autre, Kyra et son copain, un gars que j'aimais beaucoup moins. Tous les quatre étaient entièrement habillés et n'avaient ni couverture ni oreiller, pourtant, ils dormaient profondément. Kyra ainsi que l'un des garçons ronflaient comme des sonneurs.

Sur le canapé se trouvait la plus grande surprise de ma journée, Thea.

D'accord, le fait qu'à la fois Kyra et Thea viennent à ma fête d'anniversaire avait été une grande surprise.

La présence de Lily n'en était pas une, en revanche. Depuis l'obtention de sa licence l'année passée, elle avait trouvé un travail ici, à Houston, mais avait emménagé dans son propre appartement, même si elle dormait plus souvent dans notre maison que là-bas. Rip et moi lui avions assuré qu'elle pouvait vivre avec nous, mais elle prétendait être très bien seule.

Mais Thea et Kyra ? Certains jours, j'aimais croire que les choses étaient comme *avant*, entre nous, mais ce n'était pas vrai. Je pouvais l'accepter, désormais. Je pouvais avancer en sachant que j'aimais mes sœurs plus que tout et qu'elles m'aimaient en retour, mais que tout ce qui s'était passé presque cinq ans plus tôt avait changé les liens qui nous unissaient.

Ce qui n'aidait pas non plus, c'était de la voir sur leur visage. Leur hésitation. Leur inquiétude à l'idée que je leur pose une question à laquelle elles ne voudraient pas répondre. Ou de dire quelque chose que je ne voudrais pas entendre.

Même s'il n'y avait qu'un seul sujet que je ne souhaitais pas aborder : celui commençant et se terminant par « pa ».

Je me refusais cependant à penser à cette personne ce soir, ou demain, ou n'importe quel autre jour. Le rêve que je venais de faire était suffisant. En plus, c'était mon anniversaire, j'avais passé une soirée géniale, alors, rien ne pouvait m'atteindre. Ça, non.

Voilà pourquoi je continuai à avancer doucement dans la maison, me rendant à la cuisine que nous n'avions finalement jamais ouverte, parce que tous les murs étaient porteurs et je refusais de dépenser de l'argent pour l'agencement, surtout sachant qu'avec le budget d'une seule poutre, j'avais pu me payer tous mes appareils et les plans de travail en granit. Et tout ça, grâce à l'argent que mamie Genie m'avait légué dans son testament.

Je refermai doucement la porte derrière moi et allumai la pièce, avant d'aller récupérer dans le frigo le gâteau que j'y avais mis quelques heures plus tôt.

Le joli gâteau à deux niveaux, avec glaçage blanc et paillettes bleues que Rip m'avait préparé, était à moitié mangé.

Je l'attrapai et m'en coupai une part généreuse, que je posai sur une assiette. Puis je sortis une fourchette et remis le gâteau dans le frigo.

À peine m'étais-je assise à notre îlot tout récent, installé deux ans plus tôt, que la porte s'ouvrit derrière moi sur une silhouette imposante et très familière.

Je souris.

— Qu'est-ce que tu fais, princesse ? me demanda cet immense beau gosse que je pourrais admirer chaque minute de chaque jour jusqu'à la fin de ma vie.

Il portait un maillot de corps blanc qui moulait chacun de ses muscles et un bas de survêtement bleu marine qui n'était pas là quand nous nous étions couchés.

— Je mange un morceau de ce délicieux gâteau, répondis-je en poussant légèrement l'assiette vers lui et en haussant les sourcils. Tu partages avec moi ?

Il m'adressa ce sourire craquant qui me touchait en plein cœur et s'approcha, attrapant d'une main le tabouret à côté du mien et glissant l'autre dans mes cheveux, au niveau de ma nuque. Je me les laissais pousser, ces derniers temps, et mes mèches rose et bleu m'arrivaient presque aux épaules à présent. Il m'embrassa dans le cou et rapprocha ensuite, sans surprise, son tabouret du mien, une cuisse contre la mienne et l'autre effleurant mon genou.

— Je t'ai réveillée ?

J'enfonçai ma fourchette dans le gâteau avant de lui répondre.

— Non, pas du tout. J'ai fait un cauchemar, alors j'ai eu l'idée de venir manger un morceau pendant que tu finissais.

Il savait que j'avais du mal à me rendormir, dans ces cas-là. En général, je me blottissais tout contre lui pour pouvoir m'assoupir à nouveau, quand j'avais fait un cauchemar, ou je le réveillais. Il ne m'en tenait jamais rigueur, et, à vrai dire, nos meilleures conversations avaient toujours lieu dans ces moments-là, quand nous pouvions nous raconter ces histoires ni faciles ni jolies.

Il grogna pour toute réponse, et quand je lui tendis la fourchette pleine, il mangea un morceau.

— Merci pour tout, lui dis-je en récupérant l'ustensile et en observant ses lèvres roses une seconde de trop.

Puis, je pris un autre morceau et l'avalai.

La vache, il était délicieux.

Une grande main chaude se posa sur mon dos et y traça des cercles.

— Tu t'es bien amusée hier soir ?

J'opinai et souris avant d'avaler.

Tous nos collègues étaient venus avec leurs copines ou femmes, certains avec leurs enfants aussi. Ainsi que M. Cooper et Lydia. Mes sœurs et leurs copains. Lenny et son gang. Et même deux amis de Rip et leurs compagnes.

Rip et Lydia avaient préparé le repas. C'était lui qui s'était chargé du gâteau. Lily avait acheté l'apéritif. Lenny et M. Cooper, les boissons.

Tout ça pour fêter mon anniversaire. Dans cette maison que j'avais achetée et que Rip et moi avions améliorée au fil des ans. Une maison qui était à nos deux noms, désormais. Une maison que nous avions transformée en foyer ensemble. Un endroit où notre petite fille se réveillait au milieu de la nuit et où son père la nourrissait, lui changeait sa couche, ou la câlinait tout simplement, comme si c'était un honneur pour lui de le faire.

Il ne me réveillait jamais pour que je l'aide, mais une fois sur deux, le babyphone me disait ce qu'il se passait quand même. La plupart du temps, s'il laissait l'appareil dans la chambre, je restais allongée dans le lit et l'écoutais parler à notre fille, patiemment et avec tellement d'amour que mon cœur manquait d'exploser. C'était un papa formidable, sans surprise.

Après tout, avant que tout ne s'écroule, Mister C. avait été un super papa avec lui. Rip m'avait raconté des souvenirs qu'il avait en commun avec son père du vivant de sa mère. Il avait eu un super exemple.

Les choses entre M. Cooper et lui n'étaient pas *géniales*, mais elles n'étaient pas mauvaises non plus. Sans doute grâce au fait que, après sa crise cardiaque, Mister C. n'avait plus travaillé qu'à mi-temps et ne s'occupait plus que de l'administratif. Ils avaient même embauché un nouveau mécanicien pour aider Rip, puisqu'il assumait de plus en plus les tâches de M. Cooper.

Ils ne se disputaient plus que rarement. La moitié du temps, ils n'étaient pas d'accord, mais ils ne se disputaient pas. Je ne pense pas que je les verrais un jour s'enlacer ou parler d'autre chose que du travail ou de la famille, cependant, c'était déjà ça. J'avais même vu Rip tapoter une ou deux fois le dos de Lydia.

Si ce n'était pas *déjà ça*, je ne voyais pas ce que c'était.

Alors, je me penchai pour l'embrasser sur les lèvres.

— Chaque année est le meilleur anniversaire de ma vie.

Rip ne sourit pas quand je reculai ; il m'adressa *ce* regard et je me demandai à quoi il pensait. Toutefois, quand sa main se glissa sous mon débardeur, dans mon dos, et que ces doigts que je connaissais par cœur effleurèrent ma peau nue, j'arrêtai de penser tout court. Les sombres souvenirs des mauvais anniversaires planant dans mon esprit, le cauchemar, mes sœurs dans l'autre pièce, la chance que j'avais ; je ne pensai plus à rien.

Du moins, je cessai de penser à tout pendant dix secondes, à peu près, avant qu'il ne dise de sa voix basse, si basse :

— Je vais t'offrir ton cadeau maintenant.

Je haussai les sourcils.

— Ici ? Alors que n'importe qui pourrait entrer ?

Il leva les yeux au ciel en souriant et recula son tabouret, contournant pieds nus l'îlot de la cuisine jusqu'au meuble surmontant le frigo. Il l'ouvrit sans peine et en sortit un cadeau de la taille d'une boîte à chaussures emballé dans du papier blanc et entouré d'un nœud bleu.

Pas besoin de lui demander s'il s'était chargé de l'emballage lui-même. Il le faisait toujours, et jamais à moitié. Jamais.

Il referma le meuble et revint vers moi, l'air amusé.

— Quoi ? Tu n'aurais jamais eu l'idée de regarder là-dedans. Il n'y a que des casseroles et des poêles.

Après des années d'innombrables leçons de cuisine données par Rip, je ne m'étais toujours pas améliorée.

Plutôt que de retourner s'asseoir, il posa le cadeau juste à côté de la part de gâteau que nous mangions à deux.

Je lui souris en détachant le ruban, puis en arrachant le papier le plus silencieusement possible. Ce n'était pas une boîte à chaussures, mais une vraie boîte cadeau.

— Si c'est un nouveau masque, je vais être surexcitée, lui dis-je en soulevant le couvercle pour le poser sur le côté.

Je trouvai bizarre qu'il ne rie pas, cependant, je ne m'y attardai pas, parce que les photos dans la boîte m'ôtèrent toute capacité à penser.

Je savais que j'avais de la chance. Je savais que la vie s'était arrangée d'une façon que je n'aurais jamais pu imaginer. Je savais que j'avais tellement d'amour en moi que je me battrais pour jusqu'à mon dernier souffle.

J'avais parfaitement conscience que je ne changerais pas un seul événement survenu dans ma vie, parce que tout m'avait menée *là*. Avec cet homme. Avec cette vie. Avec ces gens que j'aimais et qui m'aimaient en retour.

Toutefois, quand je regardai les photos qui se trouvaient dans cette boîte, je n'aurais su dire si j'étais excitée ou un peu dévastée.

Parce que je n'avais jamais vu le visage qui me renvoyait mon regard. Jamais.

Je savais pourtant à qui il appartenait. D'une certaine façon. D'instinct. Je savais.

La femme ne devait pas avoir plus de dix-huit ans. Elle prenait la pose dans une toge pourpre, avec un chapeau sur la tête, tenait dans une main un faux diplôme et arborait un sourire crispé. Peau mate. Cheveux mi-longs. Elle n'avait pas les yeux verts des Miller, mais c'était normal.

— Tu sais qui c'est ? demanda doucement Rip, une main sur mon omoplate.

Je déglutis.

— Ma mère, c'est ça ? répondis-je, à peine capable de formuler les mots.

Il me caressa le dos.

— Oui, princesse. C'est ta mère.

J'attrapai la photo du haut et regardai la suivante. Un autre cliché de remise de diplôme, avec un autre décor ; cette fois-ci, elle était assise dans une autre position et adressait un sourire crispé à l'appareil, comme si elle aurait préféré être n'importe où ailleurs.

C'était ma mère. *Ma mère.*

— J'ai mis trois ans à les trouver. Elle a été pom-pom girl pendant un an. Il paraît qu'elle était douée en dessin, mais qu'elle n'aimait pas beaucoup l'école. Vous vous ressemblez beaucoup, je trouve.

Passant à la troisième photo, je vis la même femme assise dans un uniforme de pom-pom girl, arborant toujours la même expression.

C'était ma mère.

— Elle est partie juste après son diplôme et personne ne savait où elle était passée, poursuivit Rip. Tout le monde ignorait qu'elle était décédée. Ils ne connaissaient pas ton existence ni celle de ton frère. Je croyais qu'ils disaient des bobards, mais c'était la vérité, Luna, princesse. Ça se voyait. Ils ne savaient pas du tout pour toi…

Je déglutis. Pinçai les lèvres. Clignai des paupières, parce que mes yeux me brûlaient tout à coup et que je ne savais pas quoi faire. Levant la tête, je tendis les doigts vers sa main, vers cette main que je tenais dès que j'en avais l'occasion.

— C'est qui, « ils » ? lui demandai-je avant d'y réfléchir à deux fois.

Lucas Ripley se pencha et effleura mes lèvres, puis il recula et posa sa main libre sur ma joue.

— La famille de ta mère, princesse. Si tu veux les rencontrer, sache que tu as une grand-mère et une tante qui t'attendent dans un hôtel à quelques kilomètres d'ici et qui adoreraient te voir demain.

— Tu es sérieux ?

— Oui.

Il me caressa de nouveau la joue.

— Est-ce que tu es d'accord ? demanda-t-il tout bas, avec tellement de tendresse dans sa voix rugueuse. Est-ce que tu es d'accord pour agrandir la famille un peu plus en les rencontrant ?

On aurait pu croire qu'il se serait habitué à mes câlins, depuis le temps, et pourtant non. Il soupirait toujours dans mon cou quand je l'enlaçais, comme si c'était nouveau pour lui, et il me serrait toujours très fort contre lui quand je l'étreignais tout à coup.

Je le serrai fort. Je le serrai comme s'il était toute ma vie et l'avait rendue dix fois meilleure rien que par sa seule présence. Rien qu'en étant l'homme qu'il était.

J'étais vraiment la plus grande des veinardes de cette planète.

Remerciements

Un livre ne s'écrit jamais sans une tonne d'amour et de patience de la part de tout un tas de gens.

Avant toute chose, vous, les lecteurs les plus géniaux de l'univers, je ne vous remercierai jamais assez pour votre amour et votre soutien. Chaque e-mail, message, post ou critique de mes livres compte énormément pour moi. Vous ne cessez de m'épater. Sérieux. Vous êtes les meilleurs lecteurs au monde.

Un grand merci au meilleur des groupes de lecture, les Slow Burners, pour votre patience et votre amour. À mes amis et bêta-lecteurs pour nous avoir supportés, moi et les déchets – que j'appelais « brouillons » – que je vous ai envoyés. Ryn, mon amie, merci à toi d'être une fille si formidable et de m'avoir autant aidée pour cette intrigue (et pardon d'avoir été aussi têtue).

Un immense merci à Letitia Hasser de RBA Designs pour la création des meilleures couvertures de l'univers et d'avoir toléré tous mes revirements. Jeff, de chez Indie Formatting Services, merci pour l'excellente mise en pages du livre et pour ta gentillesse constante. Virginia et Kim, de Hot Tree Edition, merci pour votre aide précieuse pour l'histoire de Luna et Rip. Ainsi qu'à Ellie, de My Brother's Editor. À Kemi Faderin, Lauren Abramo et Jane Dystel de chez Dystel, Goderich & Bourret pour leur soutien et leur aide afin de toucher un public alors que j'ignorais que c'était possible.

À Eva-4-Evah. Ce livre n'aurait pas été le même sans toi. Je suis tellement heureuse que tu fasses partie de ma vie. Je vais résumer toute l'aide que tu m'as apportée avec Luna en deux mots : hamac banane.

Un immense merci à la plus géniale des familles : maman, papa, Ale, Raul, Eddie, Isaac, Kaitlyn, Nana, ma famille Letchford et le reste de la famille Zapata/Navarro.

Et les derniers, et non les moindres, loin de là : Chris, prince Dorian et Kaiser, mon petit prince. Chaque livre vous est dédié à tous les trois.

Imprimé en France
FRHW011418100122
29588FR00004B/21

9 791038 118133